PERDA

John Bowlby
PERDA
Tristeza e depressão

Tradução WALTENSIR DUTRA

martins fontes
selo martins

Título original: *Attachment and loss – Vol. III: Loss – Sadness and Depression*.
© by The Tavistock Institute of Human Relations, 1973.
© 1985, Livraria Martins Fontes Editora Ltda.,
São Paulo, para a presente edição.

Publisher	Evandro Mendonça Martins Fontes
Coordenação editorial	Vanessa Faleck
Produção editorial	Carolina Cordeiro Lopes
Tradução	Waltensir Dutra
Revisão da tradução	Silvana Vieira
Consultoria técnica para a tradução	Antônia Maria Brandão Cipola
Revisão	Ellen Barros
	Julio de Mattos
Revisões gráficas	Marisa Rosa Teixeira
	Mauro de Barros
	Dinarte Zorzanelli da Silva
Diagramação	Studio 3 Desenvolvimento Editorial

Dados Internacionais de Catalogação na Publicação (CIP)
(Câmara Brasileira do Livro, SP, Brasil)

Bowlby, John, 1907-
   Apego e perda: perda: tristeza e depressão, volume 3 da trilogia / John Bowlby; [tradução Waltensir Dutra]. – 3ª ed. – São Paulo : Martins Fontes - selo Martins, 2004. – (Psicologia e pedagogia)

Título original: Attachment and loss.
Bibliografia.
ISBN: 978-85-336-2064-3

1. Angústia da separação em crianças   2. Comportamento afetivo em crianças   3. Desgosto em crianças   4. Luto em crianças   5. Privação maternal   I.Título.
II.Série

04-6546   CDD-155.418

Índice para catálogo sistemático:
1. Apego e perda: Psicologia infantil   155.418

Todos os direitos desta edição reservados à
Martins Editora Livraria Ltda.
Av. Dr. Arnaldo, 2076
01255-000 São Paulo SP Brasil
Tel.: (11) 3116 0000
info@emartinsfontes.com.br
www.emartinsfontes.com.br

*Aos meus pacientes,
que muito se esforçam para me educar*

Sumário

Agradecimentos **XIII**
Prefácio **XVII**

Parte I:
Observações, conceitos e controvérsias

1 – ***O trauma da perda*** 3
   Prelúdio 3
   O pesar na primeira e na segunda infâncias 5
   Sofrem luto as crianças pequenas? Uma controvérsia 12
   Desapego 17
2 – ***O lugar da perda e do luto na psicopatologia*** 21
   Uma tradição clínica 21
   Ideias relativas à natureza dos processos
   de luto sadio e luto patológico 22
   Ideias que explicam as diferenças individuais
   na reação à perda 31
3 – ***Estrutura conceitual*** 37
   Teoria do apego: um esboço 37
   Estressores e estados de tensão e aflição 41
4 – ***Um enfoque da defesa pelo processamento***
   da informação 45
   Um novo enfoque 45

Exclusão da informação do processamento posterior 46
Percepção subliminar e defesa perceptual 48
Etapas em que os processos de exclusão
defensiva podem operar 54
Eu ou eus 63
Algumas consequências da exclusão defensiva 69
Condições que promovem a exclusão defensiva 74
Exclusão defensiva: adaptativa ou mal-adaptativa 78
5 – **Plano da obra** 81

Parte II:
O luto dos adultos

6 – **Perda do cônjuge** 87
    Fontes 87
    Quatro fases do luto 91
    Diferenças entre viúvos e viúvas 112
    Nota: detalhes sobre as fontes 115
7 – **Perda de um filho** 123
    Introdução 123
    Pais de crianças com doenças fatais 124
    Pais de crianças que nascem mortas
    ou que morrem cedo 135
    Laços afetivos de diferentes tipos: uma nota 137
8 – **O luto em outras culturas** 139
    Crenças e costumes comuns a muitas culturas 139
    Luto por um filho adulto em Tikopia 146
    Luto pelo marido no Japão 149
9 – **Variantes com distúrbios** 153
    Duas variantes principais 153
    Luto crônico 158
    Ausência prolongada de pesar consciente 170
    Localização inadequada da presença
    da pessoa perdida 181
    Euforia 190
10 – **Condições que afetam o curso do luto** 195
    Cinco categorias de variáveis 195

    Identidade e papel da pessoa perdida **197**
    Idade e sexo da pessoa enlutada **202**
    Causas e circunstâncias da perda **204**
    Circunstâncias sociais e psicológicas
    que afetam o enlutado **213**
    Evidências proporcionadas pela intervenção
    terapêutica **222**
11 – Personalidades predispostas ao luto perturbado 229
    Limitações dos dados **229**
    Predisposição a estabelecer relações angustiosas
    e ambivalentes **230**
    Compulsão à prestação de cuidado **234**
    Predisposição a afirmar independência dos
    laços afetivos **239**
    Conclusões experimentais **241**
12 – Experiências infantis das pessoas predispostas
    ao luto perturbado 243
    Teorias tradicionais **243**
    Posição adotada **245**
    Experiências que predispõem ao apego angustioso
    e ambivalente **247**
    Experiências que predispõem à compulsão
    para cuidar **252**
    Experiências que predispõem à afirmação
    de independência dos laços afetivos **254**
13 – Processos cognitivos que contribuem para variações
    na reação à perda 261
    Uma estrutura para a conceituação dos
    processos cognitivos **261**
    Tendências cognitivas que afetam as reações à perda **265**
    Tendências que contribuem para o luto crônico **267**
    Tendências que contribuem para a ausência
    prolongada de pesar **273**
    Percepções tendenciosas de confortadores potenciais **274**
    Tendências que contribuem para um resultado
    saudável **276**
    Interação de tendências cognitivas com outras
    condições que afetam as reações à perda **277**

14 – **Tristeza, depressão e distúrbio depressivo**   *279*
   Tristeza e depressão   *279*
   Distúrbio depressivo e experiência infantil   *281*
   Distúrbios depressivos e sua relação com a perda:
   o estudo de George Brown   *285*
   O papel dos processos neurofisiológicos   *298*

Parte III
O luto das crianças

15 – **Morte de um dos pais na infância e adolescência**   *303*
   Fontes e plano de trabalho   *303*
   O que é dito à criança, e quando   *309*
   As ideias infantis sobre a morte   *313*
16 – **Reações das crianças em condições favoráveis**   *315*
   O luto em duas crianças de 4 anos   *315*
   Algumas conclusões experimentais   *326*
   Diferenças entre o luto das crianças
   e o luto dos adultos   *332*
   Comportamento do genitor sobrevivente
   para com os filhos enlutados   *334*
17 – **Luto infantil e distúrbio psiquiátrico**   *339*
   Aumento do risco de distúrbio psiquiátrico   *339*
   Alguns distúrbios para os quais contribui
   o luto infantil   *346*
18 – **Condições responsáveis pelas diferenças
   de resultados**   *359*
   Fontes dos dados   *359*
   Dados de levantamentos   *361*
   Dados de estudos terapêuticos   *366*
19 – **Reações das crianças em condições desfavoráveis**   *369*
   Quatro crianças cujo luto foi malsucedido   *369*
   Peter, 11 anos quando o pai morreu   *370*
   Henry, 8 anos quando a mãe morreu   *377*
   Visha, 10 anos quando o pai morreu   *384*
   Geraldine, 8 anos quando a mãe morreu   *391*
20 – **A desativação e o conceito de sistemas segregados**   *399*

*21 – Variantes perturbadas e algumas condições
que contribuem para elas 405*
Angústia persistente 406
Esperanças de reunião: desejo de morrer 410
Acusação e culpa persistentes 415
Hiperatividade: explosões agressivas e destrutivas 418
Compulsão para cuidar e autoconfiança compulsiva 423
Euforia e despersonalização 430
Sintomas identificadores: acidentes 436
22 – Efeitos do suicídio de um genitor 443
Proporção de morte de genitores por suicídio 443
Resultados de levantamentos 444
Resultados de estudos terapêuticos 446
23 – Reações à perda no terceiro e quarto anos 455
Questões pendentes 455
Reações em condições favoráveis 456
Reações em condições desfavoráveis 463
24 – Reações à perda no segundo ano 481
Um período de transição 481
Reações em condições favoráveis 482
Reações em condições desfavoráveis 486
*25 – Reações de crianças pequenas à luz do
desenvolvimento cognitivo inicial 497*
Desenvolvimento do conceito de permanência
da pessoa 497
O papel da permanência da pessoa na determinação
das reações à separação e perda 507

Epílogo 515

Referências bibliográficas 517

Agradecimentos

Ao preparar este volume tive, mais uma vez, a ajuda e o estímulo de muitos amigos e colegas que, gentilmente, me concederam seu tempo e suas reflexões. A todos, a minha gratidão profunda.

Tenho uma dívida especial para com Colin Murray Parkes. Quando, no início da década de 1960, eu lutava para esclarecer a natureza do luto, ele chamou minha atenção para as ideias de Darwin e o papel desempenhado pela compulsão da pessoa enlutada para recuperar a pessoa perdida. Posteriormente, começamos a trabalhar juntos, e ele iniciou seus estudos sobre viúvas, primeiro em Londres e depois em Boston, os quais representaram uma grande contribuição para nossa compreensão do assunto. Colin leu os capítulos da parte II deste volume, sobre o luto dos adultos, e fez várias críticas e sugestões valiosas. Outros que também leram esses capítulos e fizeram sugestões importantes foram Robert S. Weiss e Emmy Gut. Embora eu acredite que tais capítulos tenham melhorado muito em consequência dessa colaboração, continuo sendo o único responsável pelas deficiências que permanecem.

Beverley Raphael teve a gentileza de confirmar a exatidão da descrição que fiz de seu trabalho no capítulo 10, e George Brown fez o mesmo com relação ao seu, nos capítulos 14 e 17. A parte final do capítulo 4 deve muito a um debate com Mary Main. Entre os que colaboraram de outras maneiras estão Mary Salter Ainsworth e Dorothy Heard, que leram os rascunhos de quase todos os capítulos e fizeram muitas sugestões valiosas.

Mais uma vez, os originais foram preparados por minha secretária, Dorothy Southern, que datilografou todas as palavras destes volumes, do começo ao fim, e em muitos casos várias vezes, com um zelo e uma dedicação inquebrantáveis. Os serviços de biblioteca foram proporcionados, com a eficiência tradicional, por Margaret Walker e o pessoal da Tavistock Library. Pelo preparo da relação de referências e por outras colaborações editoriais, sou grato a Molly Townsend, que também organizou o índice. A todos, os meus mais sinceros agradecimentos.

As várias organizações que a partir de 1948 patrocinaram a pesquisa em que se baseia este trabalho estão relacionadas no primeiro volume. A todas elas sou profundamente grato. Durante o período de preparação deste volume, contei com a hospitalidade da Clínica Tavistock e do Instituto Tavistock de Relações Humanas, que, desde a minha aposentadoria, gentilmente me ofereceram instalações de trabalho e outras facilidades.

Devo agradecimentos, pela autorização de citar obras publicadas, aos seguintes editores, autores e outros relacionados a seguir. Os detalhes bibliográficos das obras citadas encontram-se na relação das referências, no final deste volume.

Tavistock Publications, Londres, e International Universities Press Inc., Nova York, por *Bereavement: Studies of Grief in Adult Life*, de C. M. Parkes; International Universities Press, Nova York, por "Aggression: its role in the establishment of object relations", de R. A. Spitz, em *Drives, Affects and Behaviour*, organizado por R. M. Loewenstein; por "Notes on the development of basic moods: the depressive affect", de M. S. Mahler, em *Psychoanalysis: A General Psychology*, organizado por R. M. Loewenstein, L. M. Newman, M. Schur & A. J. Solnit; e por "Contribution to the metapsychology of schizophrenia", em *Essays on Ego Psychology* de H. Hartmann; Academic Press Inc., Nova York, por "Episodic and semantic memory", de E. Tulving, em *Organization of Memory*, organizado por E. Tulving e W. Donaldson; McGraw Hill Book Co., Nova York, por "Social use of funeral rites", de D. Mandelbaum, em *The Meaning of Death*, organizado por H. Feifel; Prentice-Hall International, Hemel Hempstead, Herts., por "The provisions of social relationships", de R. S. Weiss, em *Doing*

Unto Others, organizado por Z. Rubin; John Wiley, Nova York, por "Death, grief and mourning in Britain", de G. Gorer, em *The Child and his Family*, organizado por C. J. Anthony e C. Koupernik, e *The First Year of Bereavement*, de I. O. Glick, R. S. Weiss e C. M. Parkes; Basic Books, Nova York, por *Marital Separation*, de R. S. Weiss; o diretor da *Psychological Review*, *por* "A new look at the new look", de M. H. Erdelyi; o diretor da *Psychosomatic Medicine*, por "Is Grief a Disease?", de G. Engel; a Universidade de Chicago e o diretor de *Perspectives in Biology and Medicine*, por "Toward a neo-dissociation theory" de E. Hilgard; International Universities Press, Inc., Nova York, e o diretor de *Psychoanalytic Study of the Child*, por "Children's reactions to the death of important objects", de H. Nagera, e de "Anaclitic Depression" de R. A. Spitz; o diretor do *American Journal of Psychiatry*, por "Symptomatology and management of acute grief", de E. Lindemann; o diretor do *Journal of the American Psychoanalytic Association*, por "Separation-individuation and object constancy" de J. B. McDevitt; o diretor dos *Archives of General Psychiatry*, por "Children's reactions to bereavement" de S. I. Harrisho, C. W. Davenport e J. F. McDermott Jr.

Prefácio

Este é o terceiro e último volume de uma obra que explora as implicações que têm para a psicologia e a psicopatologia da personalidade as maneiras pelas quais as crianças pequenas reagem a uma perda, temporária ou permanente, da figura materna. As circunstâncias nas quais a investigação foi realizada foram descritas nos prefácios dos volumes anteriores. A estratégia geral, que implica a abordagem prospectiva dos problemas clássicos da psicanálise, foi apresentada no primeiro capítulo do volume I. Pode ser resumida da seguinte maneira: os dados primários são observações sobre o comportamento das crianças pequenas em situações definidas; à luz desses dados, procurou-se descrever certas fases iniciais do funcionamento da personalidade e, a partir delas, extrapolar. O objetivo é, particularmente, descrever certos padrões de reação que ocorrem regularmente na primeira infância e, daí, verificar como padrões semelhantes de reação podem ser identificados no funcionamento posterior da personalidade.

São muitas as razões pelas quais meu quadro inicial de referências foi, e continua sendo sob muitos aspectos, o da psicanálise. Uma delas, e não a menos importante, foi o fato de que, quando a investigação começou, a psicanálise era a única ciência do comportamento que dava atenção sistemática aos fenômenos e conceitos que pareciam centrais à minha tarefa – laços afetivos, ansiedade de separação, pesar e luto, processos mentais inconscientes, defesa, trauma, períodos sensíveis no início da vida. Há, porém, muitos aspectos em que a teoria apresentada aqui chegou a divergir das teorias clássicas apresentadas por Freud e desenvolvidas por seus seguidores. Vali-me particularmente, e muito, das constelações e ideias de duas disciplinas, a etiologia e a teoria do controle, que eram ainda embrionárias ao final da vida de Freud. Além disso, recorri, neste volume, a trabalhos mais recentes sobre a psicologia cognitiva e o processamento da informação humana, numa tentativa de esclarecer problemas de defesa. Consequentemente, o quadro referencial aqui oferecido para a compreensão do desenvolvimento e da psicopatologia da personalidade equivale a um paradigma novo, sendo, portanto, estranho aos clínicos que há muito se habituaram a pensar de outras maneiras. As consequentes dificuldades de comunicação são tão infelizes quanto inevitáveis.

Contudo, senti-me muito encorajado ao encontrar outro psicanalista que, independentemente, adotou uma posição teórica quase igual à minha. Trata-se de Emanuel Peterfreund, cuja monografia *Information, Systems and Psychoanalysis* foi publicada em 1971. É interessante notar que, embora influenciado pelas mesmas considerações científicas que me motivaram, os problemas que o dr. Peterfreund procurou resolver inicialmente, problemas do "processo analítico clínico" e os fenômenos do *insight*, eram totalmente diferentes dos meus. Apesar disso, porém, os pontos de referência teóricos desenvolvidos por nós, isoladamente, foram "notavelmente coerentes", para repetir as palavras usadas por ele numa rápida nota de rodapé acrescentada ao seu trabalho (p. 149) pouco antes da impressão.

Nossos trabalhos são, sob muitos aspectos, complementares. As características especiais do trabalho do dr. Peterfreund são, em primeiro lugar, a crítica incisiva da atual teoria psicanalítica; em segundo, a brilhante exposição dos conceitos básicos de informação, processamento de informação e teoria do controle; e, em terceiro, a aplicação sistemática desses conceitos aos problemas clínicos enfrentados diariamente por todo analista que trata de pacientes. Ele demonstra, em particular, como os fenômenos reunidos sob os termos transferência, defesa, resistência, interpretação e modificação terapêutica são explicáveis pela referência ao paradigma que ambos propomos. Os analistas que acham o meu trabalho intrincado, não só devido ao paradigma pouco conhecido mas também devido à minha abordagem prospectiva estranha, devem portanto ler a monografia do dr. Peterfreund. Meu trabalho difere do dele na posição central que atribuo ao conceito do comportamento de apego como uma classe do comportamento que tem sua dinâmica própria, em distinção ao comportamento alimentar e ao comportamento sexual, e que tem, no mínimo, a mesma importância.

Muitos outros psicanalistas estão chamando a atenção, atualmente, para os méritos de um paradigma baseado em conceitos correntes em biologia, teoria do controle e processamento de informação. Exemplo disso é o trabalho de Rosenblatt e Thickstun (1977).

Os primeiros passos que dei na formulação de meu esquema próprio foram uma série de trabalhos publicados entre 1958 e 1963. Esta obra em três volumes é uma nova tentativa. O primeiro volume, *Apego*, é dedicado a problemas abordados originalmente em meu primeiro artigo da série, "The Natene of the Child's Tie to his mothers" (1958). O segundo volume, *Separação: angústia e raiva*, compreende um terreno examinado originalmente em dois outros artigos, "Separation Anxiety" (1960*a*) e "Separation Anxiety: A Critical Review of the Literature" (1961*a*). Este terceiro volume trata dos problemas de pesar e luto e dos processos defensivos a que a ansiedade e a perda podem dar origem. Compreende uma revisão e amplificação do material publicado primeiramente nos artigos subsequentes da série inicial: "Grief and Mourning in Infancy and Early Childhood" (1960*b*), "Processes of Mourning" (1961*b*) e "Pathological Mourning and Childhood Mourning" (1963) – bem como em esboços de dois outros artigos relacionados com a perda e a defesa escritos no início da década de 1960 e que tiveram circulação limitada, permanecendo inéditos.

Desde então, tive a grande vantagem de ter como colaborador próximo o meu amigo – Colin Murray Parkes. Isso significou que não só tive acesso privilegiado à sua valiosa coleção de dados sobre o luto dos adultos, como também a oportunidade constante de manter estreito contato com seu pensamento.

Muitos dos dados básicos dos quais parti foram apresentados nos capítulos iniciais dos volumes anteriores (ver especialmente o volume I, capítulo 2, e o volume II, capítulos 1 e 3) e têm se tornado bastante conhecidos. No capítulo 1 deste volume, portanto, apresentamos apenas um breve resumo. Contudo, para lembrar ao leitor a pungência das reações observadas e chamar sua atenção para dados que acredito serem especialmente importantes para o entendimento da gênese dos processos psicopatológicos, apresentamos um material ilustrativo adicional.

No corpo deste volume são apresentados vários casos extraídos de publicações de outros clínicos. Como a maior parte deles foi amplamente reescrita, é necessária uma explicação. As razões dessa revisão foram de três tipos. Em alguns casos, a descrição original era muito longa e exigia uma abreviação. Em muitos outros, está cheia de termos técnicos que não só obscurecem a descrição simples dos fatos e das reações que focalizo, como são incompatíveis com o paradigma que adoto. Finalmente, em vários casos pareceu-me útil apresentar a sequência de acontecimentos e as reações do paciente a eles de uma maneira mais coerentemente histórica do que no original. Fiz um registro especial da fonte de que cada parte da descrição é, ou parece ter sido, extraída. Naturalmente, ao reescrever fiz todo o possível para manter a essência do original. Uma dificuldade, porém, é inevitável. Quando uma descrição é resumida, omite-se algum material fatual e os critérios de seleção adotados podem ser diferentes dos critérios que seriam adotados pelo autor original. A todos os que acharem que na exposição de seus dados foram criadas algumas distorções, apresento meu sincero pedido de desculpas.

Parte I
Observações, conceitos e controvérsias

Capítulo 1
O trauma da perda

> A definição dos fenômenos científicos deve basear-se nos fenômenos tais como os vemos. Não nos compete basear nossa definição em ideias daquilo que, em nossa opinião, os fenômenos *deveriam* ser. A busca dessas pedras de toque parece nascer de uma convicção pessoal de que as leis simples e as distinções absolutas sublinham necessariamente qualquer série interligada de fenômenos.
>
> C. F. A. PANTIN, *The Relation between the Sciences*

Prelúdio

Vários psicanalistas e psiquiatras buscaram, em nosso século, os elos causais entre a enfermidade psiquiátrica, a perda de uma pessoa amada, o luto patológico e a experiência infantil.

Durante várias décadas o único ponto de partida desses estudos foi o próprio paciente enfermo. Em seguida, na década de 1940, os clínicos começaram a dedicar atenção à aflição intensa e à perturbação emocional que se segue imediatamente à experiência de perda. Em alguns desses estudos mais recentes, tratava-se da perda de um dos cônjuges; em outros, da perda da mãe pela criança pequena. Embora cada um desses três pontos de partida apresentasse resultados de grande interesse, transcorreram alguns anos até que a maneira pela qual cada grupo de dados podia ser relacionado com os outros começasse a ser apreciada. Uma dificuldade constante foi o fato de que as generalizações sobre um grupo anterior, retrospectivo, eram muitas vezes enganosas, enquanto as explicações teóricas a elas apresentadas eram inadequadas a ambos os grupos posteriores, prospectivos.

Neste volume, tento relacionar uns com os outros esses diversos grupos de dados e delinear uma teoria aplicável a todos. Como nos volumes anteriores, deu-se prioridade aos dados obtidos de estudos prospectivos.

Uma vez que a perda, como campo de investigação, é aflitiva, o estudioso enfrenta, além dos problemas intelectuais, também problemas emocionais.

A perda de uma pessoa amada é uma das experiências mais intensamente dolorosas que o ser humano pode sofrer. É penosa não só para quem a experimenta, como também para quem a observa, ainda que pelo simples fato de sermos tão impotentes para ajudar. Para a pessoa enlutada, apenas a volta da pessoa perdida pode proporcionar o verdadeiro conforto; se o que lhe oferecemos fica aquém disso, é recebido quase como um insulto. Isso talvez explique o viés existente em grande parte da literatura mais antiga sobre a maneira pela qual os seres humanos reagem à perda. Quer o autor examine os efeitos da perda em adultos ou em crianças, há uma tendência a subestimar quão aflitiva e desnorteante ela habitualmente é, e quanto tempo perduram a aflição e, muitas vezes, o desnorteamento. Inversamente, há uma tendência a supor que uma pessoa normal e sadia pode e deve superar o enlutamento, não só de maneira rápida, como também de maneira total.

Procuro, em todo este volume, opor-me a essas tendências. Ressalto, repetidamente, a longa duração do pesar, as dificuldades de se recuperar de seus efeitos e as consequências adversas, para o funcionamento da personalidade, que a perda com frequência acarreta. Só pelo estudo sério dos fatos, tal como realmente parecem ser, é provável que possamos mitigar o sofrimento e o desnorteamento, reduzindo a taxa de incidência.

Infelizmente, apesar da crescente atenção dedicada ao assunto nos últimos anos, os dados empíricos relacionados com a maneira pela qual pessoas de idades diferentes reagem a perdas de diferentes tipos e em diferentes circunstâncias ainda são escassos. Portanto, o melhor que podemos fazer é recorrer aos dados sistemáticos, na medida em que são válidos, e fazer uso prudente do número bastante maior de exposições não-sistemáticas. Algumas destas são autobiográficas, mas a maioria resulta da observação clínica de pessoas em tratamento. Por esse motivo, são ao mesmo tempo uma mina de ouro e uma armadilha – uma mina de ouro, porque proporcionam um *insight* valioso dos vários cursos desfavoráveis que as reações à perda podem tomar, e uma armadilha devido às falsas generalizações a que podem levar. Estas têm sido de dois tipos. De um lado, a suposição de que certos aspectos hoje conhecidos como especialmente característicos de cursos desfavoráveis de reação são aspectos ubíquos de importância geral. Do outro, que as reações que hoje sabemos serem comuns a todas as formas de reações são específicas da patologia. Um exemplo do primeiro tipo de erro é a suposição de que a culpa é intrínseca ao luto; do segundo, a suposição de que a incredulidade da pessoa quanto à realidade da perda (em geral chamada de "negação") é indicativa de patologia. O pesar sadio, como ressaltamos frequentemente, tem várias características que outrora foram consideradas patológicas, faltando-lhe outras que, no passado, foram consideradas típicas.

Como o caminho pelo qual penetrei esse campo foi o do estudo dos efeitos que a perda da mãe tem sobre as crianças pequenas, é para esses dados, e para algumas das controvérsias a que deram origem, que dirigimos a atenção do leitor neste capítulo, o primeiro de uma série de cinco capítulos introdutórios.

No segundo, examino as ideias que surgiram durante o tratamento de pacientes cujos problemas emocionais parecem relacionados com a perda, e também delineio os tipos de teoria a que tais estudos deram origem. São identificadas então várias questões-chave em torno das quais há controvérsia e para as quais busco respostas nos capítulos que se seguem.

No terceiro e quarto capítulos introdutórios delineio a estrutura conceitual que, tendo sido inicialmente desenvolvida em relação a este estudo, aplico então à apresentação e interpretação dos dados. Depois desses preparativos, inicio o corpo do trabalho.

O pesar na primeira e na segunda infâncias

Vejamos, primeiro, os dados que deram origem a este estudo, observações de como uma criança pequena, entre as idades de cerca de 12 meses e 3 anos, reage quando é separada da figura materna[1] à qual está apegada e colocada com estranhos, num lu-

---

1. Embora em toda esta obra o texto refira-se habitualmente à "mãe" e não à "figura materna", deve-se entender que em todos os casos a referência é à pessoa que desempenha o papel de mãe com relação a uma criança e a quem esta se torna apegada. Para a maioria das crianças, é claro, essa pessoa é também a sua mãe natural.

gar estranho. Sua reação inicial, como aqueles que leram os volumes anteriores devem se lembrar[2], é de protesto e de esforço premente para recuperar a mãe perdida. "Ela frequentemente chorará muito alto, sacudirá o berço, agitar-se-á e buscará avidamente qualquer imagem ou som que possa anunciar a mãe ausente." Isso pode continuar, com altos e baixos, por uma semana ou mais. Durante esse tempo, a criança parece ser estimulada, em seus esforços, pela esperança e expectativa de que sua mãe volte.

Mais cedo ou mais tarde, porém, o desespero surge. O anseio pela volta da mãe não diminui, mas a esperança de sua satisfação esmorece. Por fim, as incansáveis e barulhentas exigências cessam: a criança torna-se apática e retraída, seu desespero só é interrompido, talvez, por um lamento intermitente e monótono. Ela passa a um estado de sofrimento inexprimível.

Embora, provavelmente, esse quadro tenha sido conhecido há séculos, só nas últimas décadas foi descrito na literatura sobre psicologia como *grief* (pesar). É esse o termo usado por Dorothy Burlingham e Anna Freud (1942), por Spitz (1946*b*) no título de seu filme *Grief: A Peril in Infancy*, e por Robertson (1953), que durante 25 anos fez um estudo especial de suas implicações práticas. Sobre a criança de 18 a 24 meses, Robertson escreve:

> Se a criança é retirada dos cuidados maternos nessa idade, quando está apegada de forma tão possessiva e apaixonada à mãe, é na verdade como se o seu mundo desabasse. Sua intensa necessidade da mãe permanece insatisfeita e a frustração e saudade podem torná-la desesperada de dor. É necessário um exercício da imaginação para sentir a intensidade dessa aflição. A criança fica tão esmagada quanto qualquer adulto que tenha perdido, pela morte, uma pessoa amada. Para a criança de 2 anos, com sua falta de entendimento e total incapacidade para tolerar a frustração, é como se a mãe realmente tivesse morrido. Ela não conhece a morte, mas apenas a ausência, e, se a única pessoa que pode satisfazer sua necessidade imperativa está ausente, é como se estivesse morta, tão esmagador é o seu sentimento de perda.

---

2. Ver volume II, capítulo 2.

Acreditou-se, durante algum tempo, que a criança pequena logo esquecia a mãe e, portanto, superava seu sofrimento. Acreditava-se que o pesar na infância tinha vida curta. Hoje, porém, uma observação mais profunda mostrou que não é assim. O desejo ardente do retorno da mãe persiste. Isso se tornou evidente em muitos dos primeiros estudos de Robertson sobre crianças pequenas em creches residenciais e hospitais, e foi amplamente confirmado em dois estudos sistemáticos sobre crianças em creches residenciais realizados por Heinicke (Heinicke, 1956; Heinicke e Westheimer, 1966)[3]. O choro provocado pela ausência dos pais, principalmente da mãe, foi uma reação predominante, em especial durante os três primeiros dias da separação. Embora diminuísse depois, registrou-se esporadicamente em cada uma das crianças, pelo menos nos nove primeiros dias. Era particularmente comum na hora de dormir e durante a noite. A busca da mãe também ocorreu.

Embora a ideia de que o pesar da criança pequena tem vida curta tenha sido formada em grande parte em consequência do desejo dos observadores de que assim realmente fosse, certos aspectos do comportamento da criança também contribuíram para esse engano. Por exemplo, depois da fase crítica de protesto, ela se torna mais quieta e menos explícita em suas comunicações. A observação, porém, mostra que, longe de ter esquecido a mãe, a criança continua fortemente voltada para ela. Robertson registrou casos de crianças cujo anseio pela mãe ausente era evidente, embora por vezes tão controlado ou disfarçado que passava despercebido. Sobre Laura, tema do seu filme *A Two-year-old Goes to Hospital* (1952), ele escreve: "Ela interpolava, sem emoção e como se fossem irrelevantes, as palavras: 'Quero mamãe, para onde foi minha mãe?', em observações muito diferentes; e, quando ninguém dava importância à frase estranha, ela não repetia a *'irrelevância'*." A mesma criança às vezes deixava que sentimentos ocultos transparecessem em canções e, aparentemente sem consciência disso, colocava a palavra "mamãe" no lugar do per-

---

[3]. Detalhes dos estudos de Heinicke são fornecidos no capítulo 1 do volume II desta obra.

sonagem da cantiga de ninar. Certa ocasião, ela manifestou o desejo premente de ver o rolo compressor que acabava de ser removido da estrada ao lado da ala que estava internada. Ela gritava: "Quero ver o rolo, quero ver o rolo, quero ver minha *mãe*, quero ver o rolo."[4]

Outra criança, de 3 anos e meio, que estava há dez dias no hospital, fazia consigo mesma um jogo repetitivo, ao qual à primeira vista parecia ser bastante tranquilo. Ela se curvava, girava a cabeça para a esquerda e levantava o braço. A brincadeira parecia inofensiva e também sem sentido. Mas, quando alguém se aproximou, ouviu-a murmurar para si: "Minha mãe vem logo – minha mãe vem logo", e evidentemente apontava para a porta pela qual ela deveria entrar. Isso aconteceu pelo menos três horas antes do momento em que a mãe deveria chegar[5].

Para o observador perceptivo, essa orientação persistente no sentido da mãe perdida é evidente até mesmo em crianças muito menores. Robertson também registra o caso de Philip, que tinha apenas 13 meses quando foi colocado numa creche residencial. Embora fosse muito pequeno para verbalizar qualquer desejo por sua mãe, seus atendentes informaram que nos dias de impaciência e, mais tarde, sempre que frustrado ou perturbado, ele fazia movimentos associados com o verso "em volta do jardim", com o qual sua mãe costumava acalmá-lo quando ele estava irritado, em casa.

Nas Creches de Hampstead, Anna Freud e Dorothy Burlingham registraram muitos casos de anseio persistente, mas mudo, de uma mãe ausente (Freud e Burlingham, 1974)[6]. Um exemplo

....

4. Para melhor exame da maneira como Laura reagiu durante e após sua permanência no hospital, ver capítulos 23 e 25.

5. Essa observação, feita por James Robertson, é relatada em Bowlby, Robertson e Rosenbluth (1952).

6. As descrições de observações feitas nas Creches de Hampstead foram publicadas pela primeira vez durante a guerra, no Reino Unido (Burlingham e Freud, 1942, 1944) e nos Estados Unidos (Freud e Burlingham, 1943). Estão agora reproduzidas num volume das obras completas de Anna Freud (Freud e Burlingham, 1974), e as referências a páginas, feitas no texto, relacionam-se com essa publicação. Na descrição que fazemos a seguir, o pseudônimo Patrick, usado originalmente na edição de 1943 mas modificado para Billie em 1974, foi conservado, porque em publicações anteriores de trabalhos meus em que o caso é mencionado (por exemplo, Bowlby *et al.*, 1952) Patrick é o pseudônimo usado.

notável é o do menino de 3 anos e 2 meses que já havia passado por duas experiências de separação da mãe, a primeira ao ser mandado para uma creche, onde ficou irrequieto, e a segunda ao ser internado no hospital com sarampo. Ao ser deixado na creche, disseram-lhe que fosse bonzinho e não chorasse – pois, se assim não fizesse, sua mãe não o visitaria.

Patrick tentou manter a promessa, e não foi visto chorando. Em vez disso, baixava a cabeça quando alguém o estava olhando e assegurava-se, e a todos os que o quisessem ouvir... que sua mãe viria buscá-lo, vestir-lhe-ia o casaco e o levaria para casa novamente. Sempre que um ouvinte parecia acreditar nele, ficava satisfeito; sempre que alguém o desmentia, explodia em lágrimas violentas.

A mesma situação continuou nos dois ou três dias seguintes, com vários acréscimos. O ato de inclinar a cabeça tornou-se mais compulsivo e automático: "Minha mãe me vestirá o casaco e me levará para casa novamente."

Mais tarde, uma lista cada vez maior de roupas que sua mãe lhe deveria vestir foi acrescentada: "Ela me vestirá o casaco e as polainas, fechará o zíper e me colocará o gorro." Quando as repetições dessa fórmula tornaram-se monótonas, alguém lhe perguntou se ele não podia parar de repetir tudo aquilo. Patrick tentou, novamente, ser bonzinho, como queria a sua mãe. Deixou de repetir a fórmula em voz alta, mas seus lábios mostravam que o fazia constantemente, para si mesmo.

Ao mesmo tempo, substituiu as palavras faladas por gestos que mostravam a posição de seu gorro, o ato de vestir um capote imaginário, o fechamento do zíper, etc. O que num dia era um movimento expressivo reduzia-se, no dia seguinte, a um abortado mexer de dedos. Enquanto as outras crianças ocupavam-se principalmente de seus brinquedos, de jogos, de música, etc., Patrick, totalmente desinteressado, ficava num canto, mexendo as mãos e os lábios, tendo no rosto uma expressão absolutamente trágica.

Infelizmente, pouco depois da admissão de Patrick na creche, sua mãe ficou gripada e teve de passar mais de uma semana num hospital. Somente depois de ter alta, portanto, foi possível arranjar para que ela ficasse com Patrick na creche.

O estado de Patrick modificou-se imediatamente. Ele abandonou seus sintomas e agarrou-se fortemente à mãe. Durante vários dias e noites quase não saiu do seu lado. Sempre que ela ia ao andar superior, ou dele descia, Patrick a acompanhava. Toda vez que ela desaparecia por um minuto, podíamos ouvir suas perguntas angustiadas por toda a casa ou vê-lo abrir a porta de todos os aposentos e olhar ansiosamente para todos os cantos. Ninguém podia tocá-lo: sua mãe lhe dava banho, fazia-o dormir e mantinha sua cama junto à dele (Freud e Burlingham, 1974, pp. 10-20).

Esse caso é examinado mais detalhadamente no capítulo 23, pois ilustra muito bem um dos desenvolvimentos que o pesar infantil pode ter e esclarece certos aspectos que ocorrem, tipicamente, quando as reações de um adulto à perda têm uma evolução patológica. Os aspectos a serem notados são: primeiro, o persistente anseio de Patrick de se reunir com sua mãe; segundo, a pressão exercida sobre ele por adultos bem-intencionados, a fim de persuadi-lo a desistir do pesar e pensar em alguma outra coisa; terceiro, a tendência de seu anseio a persistir, apesar de tudo, passando porém a expressar-se de forma cada vez mais obscura e a dirigir-se a uma meta cada vez mais obscura; e, quarto, as circunstâncias nas quais ele passa a desempenhar o papel de sua mãe ausente. Esse último aspecto nos proporciona, ao que me parece, uma valiosa indicação para compreender o processo de identificação com a figura perdida, que Freud considerou a pedra fundamental de sua teoria do luto.

O anseio persistente de uma criança por sua mãe está frequentemente impregnado de uma hostilidade intensa, generalizada. Isso foi registrado por vários observadores, como, por exemplo, Robertson (1953) e Spitz (1953), e foi uma das constatações mais notáveis do primeiro estudo sistemático de Heinicke. Heinicke (1956) comparou o comportamento de dois grupos de crianças com idade entre 16 e 26 meses; um dos grupos estava numa creche residencial e o outro, numa creche diurna. As crianças na creche residencial não só choravam por suas mães mais do que as crianças na creche diurna, como também mostravam uma hostilidade muito mais violenta, dificilmente observada nas crianças na creche diurna. Os alvos dessa hostilidade eram tão variados que ficava difícil discernir qual o seu objeto principal.

Contudo, há boas razões para se acreditar que, em sua origem, grande parte da raiva da criança separada é dirigida para a figura materna ausente. Foi o que aconteceu, claramente, no caso de Reggie, um menino de 2 anos e 8 meses (descrito nas primeiras páginas do volume II), que se apegara intensamente a uma das amas, nas Creches de Hampstead, mas se recusou a falar-lhe quando ela visitou o estabelecimento, duas semanas depois de se ter afastado para se casar. Depois da visita, ele ficou olhando para a porta que se fechava e naquela noite, na cama, deixou claros os seus sentimentos ambivalentes: "Minha querida Mary-Ann!", exclamou. "Mas não gosto dela" (Freud e Burlingham, 1974).

Em capítulos posteriores há mais referências à raiva tão comumente eliciada pela partida de uma pessoa amada, qualquer que seja a razão dessa partida.

Como no caso do adulto enlutado, que sente falta e saudades de uma pessoa especial e por isso não consegue encontrar consolo na companhia de outras pessoas, também a criança num hospital, ou numa creche residencial, a princípio rejeita as atenções daqueles que cuidam dela. Embora seus apelos por ajuda sejam claros, seu comportamento com relação às pessoas que desejam consolá-la é muitas vezes tão contraditório e frustrante quanto o do adulto que sofreu uma perda recente. Por vezes, ela rejeita essas pessoas. Em outros momentos, combina o apego a uma ama com soluços pela mãe perdida. Anna Freud e Dorothy Burlingham registraram o caso de uma menina de 17 meses que, durante três dias, dizia apenas "mamãe, mamãe, mamãe" e, embora gostasse de sentar-se nos joelhos de uma das amas e ser abraçada por ela, insistia durante todo o tempo em voltar-lhe as costas, para não vê-la.

Contudo, a rejeição completa ou parcial do adulto estranho não persiste para sempre. Depois de uma fase de retraimento e apatia, já descrita, a criança começa a buscar novas relações. A maneira pela qual estas se desenvolvem depende da situação em que ela se encontra. Desde que exista uma determinada figura materna com a qual possa se relacionar e que desempenhe para ela o papel de mãe carinhosa, com o tempo acabará por aceitá-la e tratá-la quase como se fosse sua própria mãe. Nas situações em que, ao contrário, a criança não tem ninguém com quem se relacionar, ou em que há uma sucessão de pessoas com as quais se estabelece um breve relacionamento, o resultado é diferente. Em geral, a criança torna-se cada vez mais egocêntrica e inclinada a estabelecer relações passageiras e superficiais com todos, sem exceção. Essa condição é um mau presságio para seu desenvolvimento se se consolidar num padrão estável.

Sofrem luto as crianças pequenas? Uma controvérsia

No artigo "Grief and Mourning in Infancy and Early Childhood" ("Pesar e Luto na Primeira e Segunda Infâncias"), publicado em 1960, no qual primeiro chamei a atenção para essas observações, falei das notáveis reações de adultos que perderam pessoas amadas. O número e a extensão dessas semelhanças não haviam sido ressaltados antes. Isso ocorreu, em parte, porque as imagens tradicionais de como crianças e adultos, respectivamente, devem reagir à perda exageram muito as diferenças reais que existem, e em parte porque havia uma compreensão limitada da natureza do comportamento de apego e seu papel na vida humana. Como as semelhanças entre as reações das crianças e dos adultos à perda têm importância central para a minha tese, são examinadas detalhadamente na parte III. "Enquanto isso", concluía eu em 1960 que,

> como as evidências deixam claro que em nível descritivo as reações são semelhantes nos dois grupos etários, acredito ser metodologicamente mais sensato supor que os processos subjacentes também são semelhantes, e só postular diferenças quando houver indícios claros disso. Que existem certas diferenças entre os grupos de idade, não tenho dúvidas, já que nos bebês e nas crianças pequenas os resultados das experiências de perda parecem tomar, mais frequentemente, formas que levam a um resultado psicológico adverso. Na minha opinião, porém, essas diferenças são mais bem compreendidas como resultantes de variantes especiais do próprio processo de luto, e não de processos de um tipo qualitativamente diferente. Com essa concepção, acredito, estamos capacitados a ver como os dados relacionados com as reações das crianças pequenas à experiência de separação se relacionam com o corpo geral da teoria psicanalítica, e também a reformular essa teoria em termos mais simples.

Essa argumentação foi desenvolvida em dois artigos subsequentes[7], nos quais ressaltei especialmente que

as reações de luto observadas comumente na primeira e segunda infâncias têm muitas das características que constituem a marca do luto patológico no adulto (1963, p. 504).

Chamei a atenção, em particular, para quatro variantes patológicas do luto adulto já descritas na literatura clínica, e para a tendência em pessoas que apresentam tais reações a terem sofrido, na adolescência ou na infância, a perda de um dos pais. As quatro variantes, aqui descritas nos termos agora preferidos, são as seguintes:

– anseio inconsciente pela pessoa perdida;
– censura inconsciente à pessoa perdida, combinada com uma autoacusação consciente e muitas vezes constante;
– cuidado compulsivo para com outras pessoas;
– descrença persistente no caráter permanente da perda (chamada muitas vezes de negação).

Esses trabalhos iniciais provocaram uma grande controvérsia. Entre muitas questões debatidas, uma exige comentário imediato, ou seja, o uso da expressão "luto".

Como explicamos na série original de artigos, pareceu-nos útil usar a expressão "luto" num sentido amplo, para cobrir uma variedade de reações à perda, inclusive as que levam a um resultado patológico, porque se torna então possível relacionar vários processos e condições que as evidências demonstram estarem interligados – mais ou menos da mesma forma que o termo "inflamação" é usado na fisiologia e na patologia para relacionar vários processos, alguns dos quais levam a um resultado sadio, e outros que fracassam e resultam na patologia. A palavra "luto" foi escolhida por ter sido introduzida na psicanálise na tradução do embrionário artigo de Freud "Luto e Melancolia" (1917), e por estar sendo amplamente usada, há muitos anos, pelos clínicos.

....

7. "Processes of Mourning" ("Processo de Luto") e "Pathological Mourning and Childhood Mourning" ("Luto Patológico e Luto Infantil") (1963).

Mas minha tese encontrou forte oposição, especialmente por parte dos psicanalistas próximos de Freud e dos que seguem essa tradição[8]. As dificuldades que ela suscita são, em parte, de substância e, em parte, terminológicas. Para identificarmos os pontos de substância, vamos tratar imediatamente do problema dos termos.

As dificuldades terminológicas nascem do sentido restritivo no qual alguns dos meus críticos interpretam a afirmação de Freud, de que o "luto tem uma tarefa psíquica bem precisa a desempenhar: sua função é fazer com que as lembranças e esperanças do sobrevivente se desvinculem do morto" (*SE* 13, p. 65)[9]. A expressão "luto", insistem esses críticos, só deve ser aplicada a processos psicológicos que têm aquele único resultado: nenhuma outra utilização é permitida.

Essa rigidez terminológica é estranha ao espírito da ciência. Uma vez estabelecida, uma definição tende a colocar uma camisa de força no pensamento e a controlar aquilo que o observador se permite observar; de modo que, em vez de se permitir que a definição evolua para explicar fatos novos, os fatos não compreendidos pela definição original são negligenciados. Assim, se fôssemos aceitar a injunção para restringir o termo "luto" da maneira proposta, teríamos de limitá-lo aos processos psicológicos com um resultado que não só é predeterminado como ótimo, mas que, agora temos boas razões para saber, e como o próprio Freud com razão suspeitava, nunca é completamente atingido (ver capítulos 6 e 16). Os processos que levam a qualquer resultado diferente seriam, por definição, excluídos e teriam portanto de ser descritos em outros termos.

Esse uso restrito é inaceitável. Uma das principais realizações da psicanálise foi a de contribuir para integrar a psicopatologia à teoria geral da personalidade. Usar termos diferentes para um processo, ou processos, dependendo de ser o resultado favo-

....

8. Ver os três artigos feitos por Anna Freud, Max Schur e René Spitz, incluídos no volume 15 de *The Psychoanalytic Study of the Child* (1960), que se seguiram ao primeiro de meus três trabalhos; ver também Wolfenstein (1966).

9. A abreviação *SE* indica a *Standard Edition* de *The Complete Psychological Works of Sigmund Freud*, publicadas em 24 volumes pela Hogarth Press, Ltd., Londres, e distribuídas na América por W. W. Norton, Nova York. Todas as citações de Freud feitas aqui são extraídas dessa edição.

rável ou desfavorável, coloca em risco essa integração. Particularmente, surgiriam problemas insolúveis se se considerasse necessário definir, numa fase inicial, onde os processos sadios terminam e os patológicos começam – se mais tarde essa definição provasse estar errada, a confusão imperaria. Na verdade, é isso que tem acontecido em nosso campo.

Como tais considerações, na minha opinião, superam todas as outras, o uso adotado nos trabalhos anteriores é mantido aqui. Assim, a palavra "luto", com os adjetivos qualificativos adequados, é usada para indicar uma variedade bastante grande de processos psicológicos provocados pela perda de uma pessoa amada, qualquer que sejam os seus resultados. Mesmo assim, um termo alternativo já bastante usado é pesar (*grieving*), sendo possível argumentar-se em favor de sua utilização, em lugar de "luto". Além de evitar a controvérsia sobre o uso restrito de "luto" examinado acima, evitaria também outra tradição, bastante diferente, de uso especializado, oriunda da antropologia, que limita o luto ao ato público de expressão de pesar. Como o luto público, até certo ponto, é sempre culturalmente determinado, pode ser distinguido, pelo menos conceitualmente, das reações individuais espontâneas. (Esse uso é aconselhado pelo *Webster's Dictionary of the English Language* e adotado numa resenha por Averill, 1968.) Outra razão para empregarmos pesar num sentido amplo seria que, como já vimos, vem sendo usado por psicanalistas de destaque, não havendo portanto dúvidas de que crianças muito pequenas sentem pesar.

Há, porém, boas razões para conservar o termo "luto" e usá-lo com referência a todos os processos psicológicos, conscientes e inconscientes, provocados pela perda. Primeiro, tem sido usado há muito tempo na psicopatologia. Segundo, dessa maneira, o termo pesar fica liberado para ser aplicado à condição de uma pessoa que está experimentando aflição pela perda, e experimentando-a de maneira mais ou menos clara. Não só esse uso é comum, como também será particularmente conveniente quando tivermos de examinar a condição paradoxal conhecida como ausência de pesar (Deutsch, 1937). Para indicar a expressão pública de luto podemos usar "costumes relativos ao luto".

Reconhecidas as diferenças no uso da expressão "luto", grande parte da controvérsia desaparece. Por exemplo, como Miller (1971) observa, há hoje uma concordância generalizada entre os clínicos em que, quando a perda ocorre durante a infância, as reações a ela seguem, com frequência, um curso patológico. Contudo, restam ainda diferenças substanciais.

O mais importante é se a criança pré-adolescente é capaz, ou não, em quaisquer circunstâncias, de reagir à perda de um dos pais com um luto sadio, o qual podemos definir, adaptando a definição de Anna Freud[10], como o esforço bem-sucedido de um indivíduo para aceitar tanto a ocorrência de uma mudança em seu mundo exterior, como também a necessidade de realizar mudanças correspondentes em seu mundo interior e representativo, e de reorganizar – e talvez reorientar – seu comportamento de apego de maneira correspondente. De um lado da controvérsia estão vários analistas influentes que, impressionados pelos muitos pacientes dos quais trataram, cuja reação a uma perda na infância seguiu um curso patológico, concluíram ser inevitável uma forma patológica de reação e tentaram explicar essa suposta inevitabilidade postulando que o ego infantil é fraco demais e pouco desenvolvido para "suportar a tensão do trabalho de luto". Essa opinião, apresentada originalmente por Deutsch (1937), foi seguida, com pequenas variações de ênfase, por muitos outros, inclusive Mahler (1961), Fleming e Altschul (1963), Wolfenstein (1966) e Nagera (1970). De outro lado, estão estudiosos do problema, com formação psicanalítica, que, a partir dos resultados de suas observações, insistem em que, havendo apoio e informação honesta, é possível até mesmo a crianças muito novas enlutar-se por um dos pais perdidos de maneira tão sadia quanto um adulto. Essa opinião, apresentada por Robert e Erna Furman (R. A. Furman, 1964a; E. Furman, 1974) e também por Gilbert e Ann Kliman (G. Kliman, 1965), é baseada em descrições de várias crianças, com idades a partir de 2 anos, cujo luto por um dos pais perdido foi observado e registrado.

....
10. "O trabalho do luto (*Trauerarbeit*) tomado em seu sentido analítico significa o esforço do indivíduo para aceitar um fato no mundo exterior (a perda do objeto catexiado) e para efetuar mudanças correspondentes no mundo interior (retirada da libido do objeto perdido, identificação com o objeto perdido)" (A. Freud, 1960, p. 58).

O segundo ponto da controvérsia relaciona-se com a natureza das reações que ocorrem após a perda de um dos pais, durante o primeiro ano, ou os dois primeiros anos, de vida da criança. Gira, entre outras coisas, em torno da questão de quando, durante o desenvolvimento, a criança se torna capaz de manter uma imagem de sua mãe ausente. Isso suscita questões de desenvolvimento cognitivo e também de desenvolvimento socioemocional. São examinadas no capítulo 25, com relação aos conceitos de permanência da pessoa e de constância do objeto libidinal.

Em relação a esta controvérsia, e a outras, as opiniões expressas neste volume não são muito diferentes das expressas em meus trabalhos anteriores. As diferenças existentes nascem principalmente do exame dos dados, publicados desde que esses trabalhos foram escritos, relacionados com a influência sobre as reações das experiências que a criança tem com os pais e com substitutos dos pais, antes, durante e depois da perda. Essa questão e outras serão examinadas a partir do capítulo 15.

Enquanto isso, talvez seja inútil para o leitor voltar a atenção para os dois temas complementares deste volume. Um deles é o de que, como ressaltamos nos trabalhos anteriores, as reações à perda no início da vida têm muita coisa em comum com as reações observadas em fases posteriores da vida, e que as distinções muito precisas são infundadas e enganosas. O segundo é que, como é de aceitação geral, existem certas diferenças que pedem exame detalhado. Em diversos pontos da exposição, um ou outro desses temas é destacado; espero, porém, que o leitor nunca se esqueça da importância de ambos.

Desapego

Antes de encerrarmos este capítulo introdutório, desejo voltar à terceira das três fases em que Robertson e eu dividimos as reações de uma criança pequena à perda de sua figura materna, ou seja, a fase que denominamos "desapego". Essa fase, já descrita nos capítulos iniciais dos primeiros volumes (capítulo 2 do volume I e capítulo 1 do volume II), mas até agora não analisada, é observada regularmente sempre que uma criança entre as idades de cerca de 6 meses e 3 anos passou uma semana, ou mais, longe dos cuidados da mãe, sem ter sido entregue aos cuidados de um substituto especialmente designado. Caracteriza-se por uma ausência quase que total de comportamento de apego quando volta a encontrar sua mãe[11].

Esse fenômeno intrigante foi observado com especial cuidado por Heinicke e Westheimer (1966) em seu estudo de dez crianças pequenas, com idades de 13 a 32 meses, que passaram um mínimo de doze dias numa de três creches residenciais[12].

Ao encontrar sua mãe pela primeira vez, depois de dias ou semanas de separação, cada uma das dez crianças demonstrou certo grau de desapego. Duas delas pareceram não reconhecer a mãe. As outras oito voltaram o rosto para suas mães ou mesmo afastaram-se delas. A maior parte chorou, ou quase; várias delas alternaram entre um rosto lacrimoso e a falta de expressão.

Em contraste com esses recuos lacrimosos ou inexpressivos em relação à mãe, apenas uma das crianças reagiu afetivamente ao encontrar novamente o pai. Além disso, cinco mostraram-se também amáveis para com Ilse Westheimer.

Quanto ao desapego, duas constatações de estudos anteriores foram claramente confirmadas pelo estudo acima. A primeira é que o desapego é especialmente característico da maneira pela qual uma criança separada se comporta ao encontrar novamente a mãe, e é muito menos evidente com o pai. A segunda é que a duração do desapego da criança em relação à mãe tem elevada e significativa correlação com a extensão da separação.

Em nove casos o desapego em relação à mãe persistiu, em certo grau, quase que durante os três primeiros dias da reunião. Em cinco crianças foi tão acentuado que as mães se queixaram, caracteristicamente, de que seus filhos as tratavam como se fossem estranhas; nenhuma dessas crianças mostrou qualquer tendência de abraçar a mãe. Nas outras quatro, o desapego foi menos

....

11. Devemos notar que esse uso da palavra "desapego" difere radicalmente daquele dos autores que a empregam para referir-se seja à tendência da criança a fazer explorações distanciando-se da mãe, ou à crescente autoconfiança que mostra, à medida que fica mais velha (tema discutido no volume II, capítulo 21).

12. O sumário das constatações seguintes foi extraído do capítulo 1 de *Separação: angústia e raiva*.

acentuado; as fases em que se afastavam da mãe alternavam-se com as fases em que se agarravam a ela. Apenas uma criança, Elizabeth, que era a mais velha e cuja separação foi das mais curtas, demonstrou afeição por sua mãe, no fim do primeiro dia em que voltou para casa.

Quando a mãe não recebe as reações naturais que ela espera de seu filho, acha isso ao mesmo tempo intrigante e magoante. Mesmo quando ferida, ainda assim provavelmente a criança não fará qualquer esforço de buscar o consolo da mãe, e até mesmo repelirá suas tentativas nesse sentido. Para quem está familiarizado com crianças pequenas, esse comportamento parece muito extraordinário. Há alguns anos, Robertson observou-o num menino que fora admitido ao hospital com a idade de 3 meses e ali ficou por três anos. Durante o mês que se seguiu à sua volta para casa, e no qual permaneceu totalmente desapegado, queimou a mão no fogo. Em vez de gritar e buscar consolo como as crianças comuns, riu e ficou calado. (Relatado em Ainsworth e Boston, 1952.)

O mesmo comportamento foi observado numa criança da série Heinicke e Westheimer (pp. 12-58):

> Owen tinha 2 anos e 2 meses no início do que seria uma separação de onze semanas. Durante a viagem para casa, com o pai, e depois de ter entrado em casa e encontrado a mãe, permaneceu caracteristicamente retraído, silencioso e sem reagir; na verdade, foram necessários cinquenta minutos para que demonstrasse o primeiro sopro de animação. Então, e durante os dois dias seguintes, começou a voltar-se algumas vezes para o pai, continuando, porém, a ignorar a mãe. No segundo dia em casa, machucou o joelho e, quando parecia que ia chorar, a mãe imediatamente ofereceu-lhe consolo. Owen, porém, ignorou-a e voltou-se para o pai. Muito naturalmente, a mãe considerou essa atitude uma rejeição cruel.

É evidente que pode haver muitas opiniões diferentes sobre o fenômeno do desapego, e o assunto já foi objeto de algum debate (A. Freud, 1960; Bowlby, 1963). A opinião que adotei em trabalhos anteriores é de que o desapego é uma expressão daquilo que na tradição psicanalítica tem sido mencionado como defesa ou, o que é melhor, como resultado de um processo defensivo. Sugeri que os processos defensivos são elementos regulares do luto em qualquer idade, e o que caracteriza a patologia não é a sua ocorrência, mas as formas que tomam e, especialmente, seu grau de reversibilidade. Em bebês e crianças, ao que parece, os processos defensivos, uma vez iniciados, têm a tendência a estabilizar-se e persistir.

A tese que apresentei, portanto, é a de que numa criança pequena a experiência de separação, ou de perda, da figura materna é especialmente capaz de provocar processos psicológicos de tipos tão cruciais para a psicopatologia quanto o são para a fisiopatologia a inflamação e a cicatriz resultante. Isso não significa que uma mutilação da personalidade seja o resultado inevitável, mas sim que, como no caso, digamos, da febre reumática, forma-se com muita frequência uma cicatriz que, numa fase posterior da vida, leva a uma disfunção mais ou menos grave. Os processos em questão, como disse, são variantes patológicas de alguns dos processos característicos do luto sadio.

Embora essa posição teórica esteja próxima das posições tomadas por outros, parece, apesar disso, ser diferente delas. Sua força está em relacionar as reações patológicas encontradas nos pacientes mais velhos e as reações à perda e às ameaças de perda observadas na infância, oferecendo com isso um possível elo entre as condições psiquiátricas de fases posteriores da vida e da experiência na infância. Na segunda metade do capítulo seguinte, e mais detalhadamente em Bowlby (1960*b*), essa formulação é comparada com algumas de suas predecessoras. Se ela constitui ou não uma maneira útil de ordenar e compreender os dados, e, em caso positivo, que modificações ou elaborações podem ser evocadas, são questões examinadas neste volume.

Capítulo 2
O lugar da perda e do luto na psicopatologia

> Embora saibamos que depois de uma perda dessas o estado agudo de luto abrandará, sabemos também que continuaremos inconsoláveis e não encontraremos nunca um substituto. Não importa o que venha a preencher a lacuna, e, mesmo que esta seja totalmente preenchida, ainda assim alguma coisa permanecerá. E, na verdade, assim deve ser. É a única maneira de perpetuar aquele amor que não desejamos abandonar.
>
> SIGMUND FREUD[1]

Uma tradição clínica

Passaram-se oitenta anos desde que Freud levantou pela primeira vez a ideia de que a histeria e a melancolia são manifestações do luto patológico que se seguem a uma perda mais ou menos recente[2], e sessenta anos desde que em "Luto e melancolia" ele formulou essa hipótese mais explicitamente (1917). Desde então, foram numerosos os estudos que, de diferentes maneiras, a apoiaram. A experiência clínica e uma leitura das evidências deixam poucas dúvidas quanto à verdade da proposição básica – a de que grande parte das enfermidades psiquiátricas é uma expressão do luto patológico, ou que essas enfermidades incluem muitos casos de estado de ansiedade, enfermidade depressiva e histeria, e também mais de um tipo de distúrbios de caráter. Evidentemente, Freud havia descoberto um amplo e promissor campo de investigações. Contudo, só recentemente esse campo vem recebendo a atenção que merece.

Ainda hoje persiste a controvérsia que, aliás, nunca deixou de existir. Para compreendê-la, temos de voltar à história. Para isso é necessário acompanhar como se desenvolveram as ideias em relação a dois tipos diferentes de problemas:

....
1. Em uma carta a Ludwig Binswanger, que havia perdido um filho.
2. Segundo Strachey (1957), a primeira referência encontra-se num manuscrito datado de 31 de maio de 1897, do qual Freud mandou uma cópia a Fliess (Freud, 1954).

– as ideias relacionadas com a natureza dos próprios processos de luto e sobre as diferenças entre os processos sadios e patológicos;
– as ideias relacionadas com a razão pela qual algumas pessoas reagem à perda de maneira patológica, e outras não.

Em relação ao primeiro grupo de problemas, a bibliografia antiga ocupa-se quase que exclusivamente do luto dos adultos. Em relação ao segundo, dedica-se em grande parte a acontecimentos e reações de infância. Contudo, quanto à natureza dos acontecimentos da infância, as fases de desenvolvimento durante as quais as crianças podem ser especialmente sensíveis, e a maneira pela qual acontecimentos e reações evocadas são conceituadas, há profundas divergências entre as diferentes escolas de pensamento psicanalítico.

Ao acompanhar o desenvolvimento das ideias relativas a essas questões durante os anos até cerca de 1960, aproveitamos a oportunidade para indicar as direções para as quais as evidências hoje existentes parecem apontar.

Ideias relativas à natureza dos processos de luto sadio e luto patológico

Na história do pensamento psicanalítico o estudo do pesar e do luto tem sido geralmente abordado através do estudo da enfermidade depressiva nos adultos. Por isso, achamos que poucas tentativas foram feitas pelos psicanalistas para conceituar os processos de pesar e luto como tais. Até cerca de 1960, apenas Freud, Melanie Klein, Lindemann e Edith Jacobson haviam abordado o problema. E Lindemann parece ter sido o primeiro a ter feito do estudo o seu principal interesse. Na verdade, grande parte da bibliografia clínica trata exclusivamente das enfermidades depressivas, e uma parte dela faz pouca ou nenhuma referência à perda por falecimento ou a outra perda concreta. Além disso, mesmo quando os papéis da perda por falecimento e do luto são claramente reconhecidos, a maior parte da bibliografia clínica ocupa-se mais das variantes patológicas do luto do que como processo normal. Uma exposição do desenvolvimento das teorias psicanalíticas do luto é feita em Bowlby (1961*b*).

É uma pena que, durante meio século ou mais, a tradição clínica tenha permanecido tão unilateral, já que o equilíbrio bem poderia ter sido restabelecido, recorrendo-se a contribuições vindas de outras tradições do pensamento psicológico. Duas das mais notáveis são as de Darwin (1872) e Shand (1920). Devido à preocupação de Darwin com os estudos comparados, seu interesse pela expressão das emoções estava nas funções supridas e nos músculos empregados. De acordo com as conclusões a que se chegou em outros campos, sua análise identifica grande parte da expressão de um adulto em tempos de pesar com o choro de um bebê[3]. Shand, extraindo seus dados dos trabalhos de poetas ingleses e prosadores franceses, não só delineia a maior parte das principais características do pesar tal como as conhecemos hoje, como também examina, de maneira sistemática, sua relação com o medo e a raiva. Como um estudo sensível e perspicaz, seu livro se destaca e merece ser mais bem conhecido. Entre os sociólogos e os psicólogos sociais cujas publicações datam da década de 1930 e cujos trabalhos merecem a atenção dos clínicos, estão Eliot (1930, 1955), Waller (1951) e Marris (1958).

Como os processos psicológicos envolvidos no luto, tanto sadio como patológico, são múltiplos e estão intimamente relacionados uns com os outros, os pontos controversos foram, e ainda são, numerosos. É conveniente considerá-los sob oito epígrafes:

1) qual a natureza dos processos psicológicos envolvidos no luto sadio?
2) como explicar o sofrimento do luto?
3) qual a relação entre o luto e a ansiedade?
4) quais as motivações existentes no luto?

---

3. Nos capítulos 6 e 7 de *A expressão de emoções em animais e no homem*, Darwin analisa os movimentos musculares envolvidos e as expressões evidenciadas na ansiedade, no pesar e no desespero, e formula a opinião de que todos derivam de um grito infantil. "Em todos os casos de aflição, grande ou pequena, nossos cérebros tendem, pelo longo hábito, a enviar uma ordem a certos músculos para se contraírem, como se ainda fôssemos bebês na fase do choro; essa ordem, porém... podemos contra-atuar parcialmente" por meios dos quais não temos consciência.

5) qual o papel, no luto, da raiva e do ódio?
6) qual o papel, no luto, da identificação com a pessoa perdida?
7) em que aspectos o luto patológico difere do luto sadio?
8) em que fase de desenvolvimento, e por meio de que processos, um indivíduo atinge um estado que lhe permite, a partir de então, reagir à perda de maneira saudável?

(1) Todos os que examinaram *a natureza dos processos envolvidos no luto sadio* concordam que, entre outras coisas, esses processos provocam, pelo menos em parte, uma retirada do investimento emocional na pessoa perdida e podem preparar para uma relação com uma nova pessoa. A maneira pela qual concebemos a realização dessa mudança por esses processos depende, porém, de como conceituamos os laços afetivos. Como é nesse ponto que os conceitos aqui adotados diferem mais dos conceitos de Freud e de outros analistas, é em relação a tais processos que se torna mais necessário tentar novas formulações.

Os trabalhos psicanalíticos tradicionalmente ressaltam a identificação com o objeto perdido como o principal processo envolvido no luto, sendo essa identificação considerada como compensação pela perda sofrida. Além disso, seguindo Freud, a dinâmica do luto é habitualmente enquadrada numa forma de teoria que (*a*) considera o processo de identificação como tendo quase que exclusivamente um caráter oral, e (*b*) considera a libido como uma quantidade de energia que sofre a transformação. Há razões para rejeitarmos cada uma dessas formulações. Primeiro, as evidências indicam que a identificação não é o único processo, nem mesmo o principal, envolvido no luto. Segundo, a identificação é quase com certeza independente da oralidade, embora possa, algumas vezes, relacionar-se com ela. Terceiro, e como deixamos claro num volume anterior (Bowlby, 1969), o modelo hidrodinâmico do instinto, que descreve os instintos segundo o modelo de um líquido que varia em quantidade e pressão, tem sérias limitações. É necessária, portanto, uma explicação diferente dos processos do luto sadio, feita de acordo com o novo paradigma.

(2) Duas hipóteses principais foram apresentadas na tentativa de explicar o *caráter doloroso* do luto:
 – devido à persistente e insaciável natureza do anseio pela figura perdida, a dor é inevitável;
 – a dor que se segue à perda é o resultado de um sentimento de culpa e de um medo de retaliação.

Devemos observar que essas hipóteses não excluem umas às outras, e que há portanto três escolas possíveis de pensamento. No caso, porém, há apenas duas. A primeira, à qual pertence Freud, sustenta que a dor do anseio é de grande importância em si mesma; pode ou não ser exacerbada e complicada por um sentimento de culpa ou medo de retaliação. A segunda, representada especialmente por Melanie Klein, dá menos atenção à saudade como algo doloroso *per se* e sustenta que, como a culpa e o medo paranoide estão, ao que se acredita, sempre presentes no enlutamento e sempre causam aflição, o caráter doloroso, tomado em si mesmo, é de importância pouco mais do que secundária. A primeira dessas escolas parece ser favorecida pelas evidências.

(3) Nosso terceiro tema, *a relação entre luto e ansiedade*, já foi examinado no volume anterior. Ali adotei e desenvolvi a opinião expressa por Freud nas últimas páginas de *Inibições, sintomas e ansiedade*, segundo a qual, quando se acredita que a figura amada está temporariamente ausente, a reação é de ansiedade; quando se acredita que ela está permanentemente ausente, a reação é de dor e luto. Mostrei também como esse ponto de vista é diferente do de Klein, que considera o medo de aniquilação e a ansiedade persecutória como sendo primários. Na década anterior à formulação de Freud, Shand já havia apresentado uma opinião substancialmente semelhante. O medo, diz ele, pressupõe a esperança. Só quando lutamos e esperamos por coisas melhores é que ficamos ansiosos, por medo de não consegui-las. "Adeus portanto à esperança e, com a esperança, adeus ao medo", escreveu Milton[4]. Mas,

---

4. Outro inglês famoso que expressou sentimentos semelhantes foi Winston Churchill. Ao descrever seus sentimentos durante a fuga de uma prisão, ele diz: "quando a esperança desapareceu, o medo também se foi".

como a esperança pode estar presente em qualquer grau, não há interrupção de sentimento entre ansiedade e desespero. Durante o pesar, o sentimento muitas vezes oscila de um para o outro, estando ora mais perto da ansiedade, ora mais perto do desespero.

(4) Ao explorar essa linha de raciocínio, Shand também contribuiu para uma compreensão de nosso quarto tema, a complexa *motivação presente em situações que despertam* pesar. (Shand prefere o termo *sorrow* – dor, sofrimento.) A premência de recuperar a pessoa perdida, diz ele, é vigorosa e frequentemente persiste por muito tempo depois de ter sido considerada inútil pela razão. As expressões desta premência são o pranto e o apelo à assistência de outros, um apelo que inevitavelmente encerra um reconhecimento de fraqueza: "Assim, as expressões e os gestos de dor – o movimento dos olhos indicando a direção da expectativa, a vigilância e a espera, bem como os gritos patéticos – são evidências de que o fim essencial do seu sistema é conseguir a força e a ajuda de outros para remediar sua própria fraqueza confirmada" (p. 315). Shand considera esse apelo, e com razão ao que me parece, como oriundo de raízes primitivas e dotado de valor de sobrevivência: "o grito de dor... tende a preservar a vida da criança, trazendo-lhe a assistência daqueles que cuidam dela". Essa maneira de conceituar os dados é fortemente apoiada pelas constatações de Darwin (1872) sobre os movimentos expressivos que ocorrem quando se experimenta o pesar. Nos capítulos seguintes, as ideias de Shand e Darwin são endossadas e ocupam uma posição central. Os temas principais são os de que o enlutado é denominado muitas vezes, quer o saiba ou não, pela premência de chamar, procurar e recuperar a pessoa perdida, e de que muitas vezes ele age de acordo com essa premência.

Contudo, quando estudamos as várias tradições clínicas das teorias sobre o luto, constatamos que o reconhecimento da premência de recuperar a pessoa perdida e, especialmente, os atos a que dá origem são notáveis por sua ausência. De fato, não há poucas referências às emoções que acompanham a premência. Por exemplo, Freud refere-se repetidamente ao anseio do objeto perdido, que mais tarde foi tema retomado e desenvolvido por Jacobson (1957); Klein (1948) examina a defesa como sendo dirigida contra o abatimento, enquanto Bibring (1953) chama a atenção para o desejo do enlutado de reaver o objeto perdido, e para o resultante sentimento de impotência e desespero. O que nos falta é o reconhecimento inequívoco de que essas emoções e desejos são apenas a contrapartida subjetiva da premência de agir que tem a pessoa enlutada – de chamar e de buscar a pessoa perdida –, e de que muitas vezes ela se empenha nesses atos, por mais fragmentados e incompletos que sejam.

(5) O quinto tema, e um dos mais controversos, diz respeito aos papéis da raiva e do ódio no luto. Embora todos concordem em que a raiva pela figura perdida (muitas vezes inconsciente e dirigida para outros alvos) desempenha um papel importante no luto patológico, tem havido muitas dúvidas sobre a compatibilidade entre a sua presença e o luto sadio. A posição de Freud não é totalmente coerente. De um lado, há muitos trechos em que ele deixa claro que em sua opinião todas as relações se caracterizam pela ambivalência[5], e um corolário disso parece ser que a ambivalência também deve participar de todas as formas de luto. De outro lado, a opinião expressa por ele em "Luto e melancolia", e ao que parece nunca revista, é de que a ambivalência está ausente no luto normal e, quando presente, transforma aquilo que de outra forma teria sido normal em luto patológico: "A melancolia... é marcada por uma determinante que está ausente no luto normal ou que, se está presente, transforma este em luto patológico. A perda de um objeto de amor é uma oportunidade excelente para a ambivalência nas relações amorosas se efetivar". A melancolia contém algo mais do que o luto normal... a relação com o objeto não é simples; é complicada pelo conflito provocado pela ambivalência" (*SE* 14, pp. 250 e 256).

Mostramos, no capítulo 16, que as evidências obtidas de estudos do luto em adultos comuns não apoiam esse ponto de vista:

....

5. Por exemplo, "Até certo ponto esse tipo de ambivalência de sentimentos parece ser normal" ("A dinâmica da transferência", *SE* 12, p. 106). "Essa ambivalência está presente, em maior ou menor proporção, na disposição inata de todos" (*Totem e tabu*, *SE* 13, p. 60). "O inconsciente de todos os seres humanos está repleto desses desejos de morte, mesmo com relação àqueles a que amam" ("Um caso de homossexualidade numa mulher", *SE* 18, pp. 162-3).

a ambivalência com relação à pessoa perdida caracterizava muitos casos em que o luto segue um curso sadio, embora seja reconhecidamente mais intenso e mais persistente nas pessoas que o desenvolvem de maneira patológica. De fato, não pode haver dúvidas de que no luto normal a raiva expressa em direção a um alvo ou outro é a regra. Segundo o relato de sociólogos, como, por exemplo, Eliot (1955), Marris (1958) e Hobson (1964), as explosões durante o luto são frequentes, enquanto a bibliografia de antropologia apresenta evidências ou da expressão direta da ira, como, por exemplo, entre os aborígenes australianos (Durkheim, 1915), ou de sanções sociais especiais contra a sua expressão. Shand (1920), em seu quadro do pesar, dá um lugar central à raiva: "A tendência a que sofrimento provoque raiva sob certas condições parece ser parte da constituição fundamental da mente" (p. 347). Assim, a ocorrência e a frequência da raiva não podem mais ser consideradas como em questão.

Além disso, há boas razões para acreditar que mesmo no luto sadio a raiva de uma pessoa frequentemente se dirige à pessoa perdida, embora também possa ser dirigida para outras pessoas, inclusive para si mesmo. Entre os muitos problemas que exigem estudo, portanto, estão as causas dessas várias expressões de raiva, as funções a que podem servir (se houver), os alvos para os quais podem se dirigir e as vicissitudes, muitas delas patológicas, que os impulsos de raiva podem sofrer.

(6) Desde as primeiras contribuições de Freud para os problemas clínicos do luto, *o processo de identificação com o objeto perdido* tem sido uma pedra fundamental de toda teoria psicanalítica. Embora a princípio Freud acreditasse que o processo só ocorre no luto patológico, posteriormente (1923) passou a considerá-lo como um aspecto principal de todo o luto. Para chegar a essa conclusão ele foi muito influenciado pela teoria, que ele estava apresentando mais ou menos na mesma época (*Psicologia de grupo*, 1921), de que "a identificação é a forma original de ligação emocional com um objeto e que de maneira regressiva ela se torna um substituto de um laço libidinal" (*SE* 18, pp. 107-8). Um amplo edifício de teoria psicanalítica foi construído sobre essas proposições.

Questionar as bases em que a identificação recebeu esse papel-chave é, portanto, romper com uma longa e influente tradição. Contudo, isso é questionado por várias razões. Em primeiro lugar há pouco suporte, além do peso da tradição, para se supor que a identificação seja a forma original de laço emocional. Em segundo lugar, nunca se apresentaram dados sistemáticos para confirmar a ideia de que a identificação com a pessoa perdida é de importância central no processo de luto, e muitos dos dados hoje explicados nesses termos (por exemplo, Smith, 1971) podem, ao que se acredita, ser muito mais bem compreendidos em termos de um esforço persistente, embora disfarçado, para recuperar a pessoa perdida (ver capítulo 6). Finalmente, a superestrutura teórica construída por Freud e outros sobre o alicerce dessa suposição original é substituída, no paradigma aqui adotado, por outras formas de teoria. Assim, em consequência, o papel atribuído aos processos de identificação na teoria aqui desenvolvida é secundário: eles são considerados apenas como esporádicos e, quando destacados, como indicativos de patologia.

(7) Isso nos leva ao nosso sétimo tema, *as diferenças entre o luto sadio e o luto patológico*. Em "Luto e melancolia" Freud sugeriu três critérios que tiveram influência sobre a teorização clínica, mas que não foram adotados neste trabalho. O primeiro, de que a presença do ódio pelo objeto perdido (expresso direta ou indiretamente por meio da autoacusação) prenuncia a patologia, já foi mencionado e rejeitado como discordante das evidências. O segundo, de que a identificação com o objeto perdido só está presente no luto patológico, ele abandonou poucos anos depois de tê-lo sugerido (*O ego e o id*, 1923), talvez mais em virtude da nova ênfase na identificação em sua teoria das relações objetais do que em virtude das novas observações sobre a continuação do luto. Sua terceira sugestão é feita em termos da teoria da libido, não tendo portanto relação com o presente paradigma. (Isto é, o de que uma forma de luto patológico, ou seja, a melancolia, difere do luto sadio na disposição da libido; no luto sadio, a libido que é desviada do objeto perdido é considerada como transferida para um novo objeto, ao passo que na melancolia ela é transferida para o ego e dá origem ao narcisismo secundário.)

O enfoque aqui adotado é idêntico ao de Lindemann, que, ao relacionar com as suas contrapartidas sadias os vários processos mórbidos de luto que descreve, considera-os como exageros ou deformações dos processos normais. Quanto mais detalhado o quadro que temos do luto sadio, mais claramente podemos identificar as variantes patológicas como sendo o resultado de processos defensivos que interferiram em seu curso, e o desviaram.

(8) Isso suscita o nosso oitavo e último problema: *em que fase do desenvolvimento, e por meio de que processos, uma pessoa atinge um estado que lhe permite, a partir de então, reagir à perda de maneira favorável?*

Essa questão tem sido levantada, tradicionalmente, no contexto dos esforços para compreender o ponto de fixação a que os melancólicos regridem durante sua enfermidade. Muitas formulações psicanalíticas postulam a fase como ocorrendo na primeira infância, implicando o corolário de que a capacidade de reagir à perda de maneira favorável deve, se tudo correr bem com a evolução, ser atingida durante aquele período muito inicial. Klein e seus seguidores denominam essa fase crítica do desenvolvimento psíquico como a "posição depressiva". Na seção seguinte descrevemos como tais ideias, e outras correlatas, se desenvolveram.

Há, na verdade, muitas dúvidas quanto à localização dessa fase de desenvolvimento num período tão inicial. As evidências, analisadas em capítulos posteriores, mostram que a capacidade de reagir à perda de tal maneira que no curso do tempo possa ocorrer um restabelecimento de relações pessoais só se desenvolve muito lentamente na infância e adolescência, e talvez nunca venha a ser atingida de forma tão completa quanto gostaríamos de acreditar.

Completa-se, assim, nossa breve resenha de alguns dos principais temas que devem ser examinados em qualquer discussão sobre o luto. O impressionante, em relação a ele, não é apenas o número e a variedade dos sistemas de reação nele envolvidos, mas também a maneira pela qual tendem a entrar em choque uns com os outros. A perda de uma pessoa amada dá origem não só ao desejo intenso de reunião, mas também à raiva por sua partida e em geral, mais tarde, a um certo grau de desapego. Dá origem não só ao pedido de ajuda, mas às vezes também a uma rejeição daqueles que atendem a esse pedido. Não surpreende que constitua uma experiência dolorosa e difícil de entender. Como Shand conclui, com razão: "A natureza do sofrimento é tão complexa, seus efeitos em caracteres diferentes são tão variados, que é raro, se não impossível, que um autor revele conhecimento profundo de todos eles" (Shand, 1920, p. 361).

Ideias que explicam as diferenças individuais na reação à perda

Em suas tentativas de explicar as diferenças individuais nas reações de adultos à perda, a maioria dos clínicos adotou uma forma de teoria que atribui importância a fatos e reações da infância. Porém, suas opiniões dividiram-se profundamente: em relação à natureza dos acontecimentos relevantes, às fases de desenvolvimento durante as quais se acredita que esses acontecimentos têm maior impacto, e à maneira pela qual os acontecimentos e as reações são mais bem conceituados.

A escola clássica do pensamento psicanalítico atribui, ao que nos parece, grande significado etiológico às experiências infantis de um tipo que, aqui, podem ser vistas sem dificuldades em termos de perda ou ameaça de perda, mas que naquela tradição são concebidas em termos bastante diferentes. Assim sendo, ao conceituar os processos psicológicos desencadeados pelas experiências em questão, os membros da escola clássica não usaram conceitos relacionados com a perda e o luto, mas, em vez disso, desenvolveram um grupo diferente de conceitos. Como a tradição resultante vem de longa data e é influente, é útil começarmos com um exame do trabalho e dos conceitos desses pioneiros, para em seguida estudar, primeiro, os aspectos em que os dados clínicos para os quais chamaram a atenção são relevantes para os nossos interesses e, segundo, como esses mesmos dados podem ser compreendidos e reformulados dentro dos conceitos de separação, perda e luto defendidos aqui. Paralelamente, examinamos as ideias de uma escola de pensamento rival, a kleiniana. Enquanto os membros dessa escola consideram, como eu, as experiências de perda na primeira infância como agentes etiológicos e conceituam os processos psicológicos que elas desencadeiam em termos de luto, a natureza das perdas e também a fase da vida que implicam diferem daquilo que eu considero importante. Além disso, o paradigma teórico adotado por eles está bastante distante do que é adotado aqui.

Pouco depois da publicação de "Luto e melancolia", Abraham (1924*a*) apresentou uma hipótese que influenciou todas as obras posteriores de orientação psicanalítica. Depois de ter tratado vários pacientes com melancolia, ele chegou à conclusão de que, "em última análise, a depressão melancólica provém das experiências desagradáveis ocorridas na infância do paciente". Postulou, portanto, que durante a infância os melancólicos haviam sofrido do que ele chamou de "paratimia primitiva". Nesses trechos, porém, Abraham nunca emprega as palavras "pesar" e "luto", apesar de já ter adotado a opinião de que a melancolia deve ser entendida como uma variante patológica do luto. Nem é claro que tenha reconhecido que, para uma criança pequena, a experiência da perda da mãe, ou da perda de seu amor, constitui realmente um enlutamento.

A partir de então, vários outros psicanalistas, ao tentar buscar as raízes infantis da enfermidade depressiva e das personalidades inclinadas a desenvolvê-la, chamaram a atenção para as experiências infelizes dos primeiros anos de vida de seus pacientes. Com exceção de Melanie Klein e seus seguidores, porém, poucos foram os que conceituaram as experiências em termos de perda, ou ameaça de perda, e de luto infantil. Contudo, quando chegamos a estudar as experiências mencionadas à luz daquilo que hoje conhecemos sobre o desenvolvimento do apego de uma criança à sua figura materna, parece evidente que tal quadro de referência se adapta bem a elas. Vamos examinar, como exemplos, três pacientes descritos na literatura sobre o assunto.

Em 1936, Gerö descreveu dois pacientes que sofriam de depressão. Um deles, concluiu Gerö, havia sofrido "fome de amor" quando criança; o outro havia sido internado numa creche residencial e só voltara para casa aos 3 anos de idade. Ambos evidenciavam intensa ambivalência com relação a qualquer pessoa que amavam, condição essa que, no entender de Gerö, podia ser atribuída à experiência infantil. No segundo caso, ele fala de uma fixação na mãe e de uma incapacidade de perdoá-la pela separação.

Jacobson, em seus extensos trabalhos sobre a psicopatologia da depressão, cita regularmente uma paciente, Peggy, cuja análise ela descreve em dois artigos (1943, 1946). Ao ser examinada, Peggy, de 24 anos, estava em um estado de depressão grave, com impulsos suicidas e despersonalização; esses sintomas foram provocados por uma perda, a perda de seu amante. A experiência infantil a que Jacobson atribui maior significado ocorreu quando Peggy tinha 3 anos e meio. Sua mãe foi para a maternidade ter um bebê, e ela e o pai ficaram com a avó materna. Houve desentendimentos e o pai foi embora. "A criança ficou sozinha, decepcionada com o pai e esperando ansiosamente a volta da mãe. Mas, quando esta voltou, trazia um bebê novo." Peggy lembrava ter sentido "que aquela não era a minha mãe, era uma pessoa diferente" (experiência comum em crianças pequenas que estiveram separadas das mães durante algumas semanas). Foi pouco depois disso, segundo acredita Jacobson, que "a menina mergulhou na sua primeira depressão profunda".

Ora, pode-se perguntar se as experiências da primeira infância desses pacientes foram lembradas com exatidão, e também se os analistas estavam certos ao lhes atribuir significado etiológico. Mas, se aceitarmos, como estou inclinado a aceitar, tanto a validade das experiências como seu significado, o conceito de luto infantil se mostrará adequado não só para descrever como o paciente reagiu na época, mas também para relacionar a experiência infantil com a enfermidade psiquiátrica num período posterior de sua vida. Nenhum dos autores, porém, utiliza esse conceito. Em vez disso, usam palavras como "desapontamento" e "desilusão", que encerram significados bastante diferentes.

Vários outros analistas, embora atentos, em maior ou menor grau, para o papel patogênico dessas experiências de infância, também não conceituam uma reação infantil à perda em termos de pesar ou luto. Um deles é Fairbairn (1952). Outro é Strengel, que, em seus estudos sobre nomadismo compulsivo (1939, 1941, 1943), chama a atenção especialmente para a premência de recuperar a figura amada perdida. Também eu, em trabalhos anteriores, segui essa orientação (1944, 1951). Podemos mencionar ainda Anna Freud (1960) e René Spitz (1946*b*), os quais, rejeitando a ideia de que as crianças pequenas sofrem luto, excluem do exame a hipótese de que o caráter neurótico e psicótico pode, em alguns casos, resultar do curso desfavorável seguido por processos de luto provocados na infância, e que deixaram a pessoa inclinada a reagir patologicamente a novas perdas.

Uma das principais razões por que a reação da criança à perda não é, muitas vezes, considerada como uma forma de luto é, como já vimos, a tradição que limita o conceito aos processos que têm um resultado sadio. As dificuldades consequentes desse uso restrito são ilustradas num importante trabalho, "Absence of Grief", de Helene Deutsch (1937). Em seu estudo de quatro pacientes, ela reconhece com firmeza tanto o lugar central que a perda infantil tem na produção de sintomas de desvios de caráter, como também um mecanismo de defesa que, depois da perda, pode levar à ausência de afeto. Contudo, embora Deutsch relacione tal mecanismo com o luto, ele é mostrado mais como uma alternativa ao luto do que como uma variante patológica deste. Essa distinção não é trivial. Isso porque considerar o processo defensivo subsequente à perda infantil como uma alternativa ao luto é ignorar que processos defensivos de tipos semelhantes, mas de grau menor e início posterior, entram também no luto sadio, e ainda que o que é patológico não é tanto os processos defensivos em si mesmos, como sua extensão, intensidade e tendência a persistirem.

Da mesma forma, embora Freud, por um lado, se interessasse profundamente pelo papel patogênico do luto e, por outro, especialmente nos últimos anos de sua vida, também tivesse consciência do papel patogênico da perda infantil, parece, ainda assim, não ter tratado o luto infantil e sua disposição a tomar um curso patológico como conceitos que ligam esses dois grupos de ideias. Isso é bem ilustrado no seu estudo da "cisão do ego no processo defensivo", a que dedicou atenção especial no final de sua vida (1938).

Num de seus trabalhos (1927) Freud descreve dois pacientes em que uma cisão do ego seguiu-se à perda do pai.

> Na análise de dois jovens, fiquei sabendo que ambos – um aos 2 anos e o outro aos 10 – se haviam recusado a admitir a morte do

pai... sem que nenhum deles desenvolvesse uma psicose. Um segmento muito importante da realidade foi, assim, rejeitado pelo ego (...) [Mas] foi apenas uma corrente de seus processos mentais que não admitiu a morte do pai; havia outra que tinha plena consciência do fato; a que estava coerente com a realidade [ou seja, que o pai estava morto] coexistia com a que se regia por um desejo [ou seja, o de que o pai ainda estivesse vivo]. (*SE* 21, pp. 155-6)

Neste ensaio, e em outros correlatos, porém, Freud não estabelece relação entre sua descoberta dessas cisões e a patologia do luto em geral, nem com o luto infantil, em particular. Contudo, reconheceu-as como a sequela não rara de perdas no início da vida. "Suspeito", observa ao examinar suas descobertas, "que ocorrências semelhantes não sejam raras na infância." Estudos posteriores mostram que sua suspeita era bem fundamentada.

Assim, a leitura da bibliografia mostra que, apesar de atribuir grande significado patogênico à perda de um parente e à perda de um amor, na tradição principal da teorização psicanalítica as origens do luto patológico nos adultos (ou, como outros poderiam insistir, das alternativas patológicas ao luto), e da consequente enfermidade psiquiátrica a que levam, não estão ligadas nem ao luto infantil nem à tendência que têm os processos de luto, quando provocados na primeira e segunda infâncias, de seguir um curso patológico.

Uma das contribuições importantes de Melanie Klein (1935, 1940) foi ter estabelecido essa ligação. Afirma que bebês e crianças pequenas sofrem luto e atravessam fases de depressão, e suas maneiras de reagir, nessas ocasiões, são determinantes do modo como, mais tarde na vida, reagirão a novas perdas. Alguns mecanismos de defesa, acredita Klein, devem ser vistos como "voltados contra o abatimento pela perda do objeto". Sob esse aspecto meu enfoque não só se assemelha ao de Melanie Klein, como também foi influenciado por ele. Contudo, há muitas diferenças, e de grande alcance, entre nossas respectivas posições. Tais diferenças dizem respeito à natureza das experiências de perda consideradas como de significado etiológico, ao período etário durante o qual se acredita que as perdas que têm esse significado ocorrem, à natureza e à origem da ansiedade e da raiva, e também ao papel das condições contemporâneas e subsequentes que poderiam influenciar a maneira como uma criança reage à perda. Como veremos na parte III, embora haja evidências de que as reações da criança são em grande parte influenciadas pelas condições predominantes em sua família na época da perda e depois desta, Klein não só não suscita essa possibilidade como também, ressaltando outros aspectos, dá a impressão de que essas condições seriam de pouca importância.

As experiências de perda que Klein sugere serem patogênicas pertencem todas ao primeiro ano de vida e estão ligadas principalmente à alimentação e ao desmame. A agressão é tratada como uma expressão de uma pulsão de morte, e a ansiedade como um resultado de sua projeção. Nada disso é convincente. Em primeiro lugar, as provas que ela apresenta sobre a importância esmagadora do primeiro ano e do desmame estão longe de ser impressionantes, se bem examinadas (Bowlby, 1960*b*). Em segundo lugar, suas hipóteses que consideram a agressão e a ansiedade, juntamente com o paradigma geral por elas estabelecido, não podem ser conciliadas com o pensamento biológico. Como grande parte de sua teorização é pouco plausível, seria fácil rejeitar também suas ideias úteis. Seria lamentável se isso acontecesse.

A posição aqui adotada é que, embora o paradigma de Klein seja rejeitado, e também as suas hipóteses para explicar as diferenças individuais nas reações à perda, acredita-se que suas ideias encerram as sementes de uma maneira produtiva de ordenar os dados. As elaborações alternativas que, segundo se pretende, são favorecidas pelos dados são as de que o objeto mais significativo que pode ser perdido não é o seio, mas a própria mãe (e por vezes o pai), que o período vulnerável não está limitado ao primeiro ano, mas se estende por vários anos da infância (como Freud sempre afirmou) e até a adolescência, e que a perda de um dos pais dá origem não só à ansiedade da separação e ao pesar, como também a processos de luto nos quais a agressão, cuja função é realizar a reunião, desempenha um papel importante. Além de seguir os dados de perto, essa formulação tem o mérito adicional de enquadrar-se facilmente na teoria biológica.

Uma descrição mais completa de como as reações à perda na infância foram tratadas na bibliografia psicanalítica foi feita num trabalho anterior (Bowlby, 1960*b*).

Capítulo 3
Estrutura conceitual

> De acordo com nossa época e nossas experiências, representamos o mundo natural e o mundo humano por uma grande série de imagens. A essa série aplicamos, como um gabarito, um sistema de hipóteses que nos parece coerente. A dificuldade no progresso científico surge quando uma nova experiência exige uma reformulação do padrão de nossas imagens.
>
> C. F. A. PANTIN, *The Relation between the Sciences*

Teoria do apego: um esboço

Como a estrutura conceitual que trago para o estudo do luto é diferente das estruturas aplicadas tradicionalmente, talvez seja útil examinarmos alguns de seus aspectos principais, detendo-nos naqueles que têm relevância especial.

Quando comecei meus estudos dos efeitos que tem, sobre as crianças pequenas, o fato de serem afastadas da mãe e colocadas num lugar estranho, com pessoas estranhas, minha estrutura teórica era a da psicanálise. Contudo, considerando insatisfatória a sua superestrutura metapsicológica, comecei a desenvolver um paradigma que, ao mesmo tempo que incluía grande parte do pensamento psicanalítico, diferia do pensamento tradicional ao adotar vários princípios oriundos das disciplinas relativamente novas da etiologia e da teoria do controle. Com isso, o novo paradigma pode prescindir de muitos conceitos abstratos, inclusive os da energia psíquica e da pulsão, e criar laços com a psicologia cognitiva. Os méritos a ele atribuídos são os de que, ao mesmo tempo que seus conceitos são psicológicos e bem adequados aos dados clínicos de interesse para a psicanálise, também são compatíveis com os da neurofisiologia e psicologia do desenvolvimento, e também são capazes de atender às exigências normais de uma disciplina científica[1].

---

1. Para uma exposição mais completa do paradigma, ver capítulos 3 a 10 do volume I desta obra. Além disso, remetemos o leitor para a monografia de Emanuel

Uma vantagem especial atribuída ao paradigma é a de facilitar uma nova e esclarecedora maneira de conceituar a propensão dos seres humanos a estabelecer fortes laços de afeição com pessoas específicas, e de explicar as muitas formas de aflição emocional e distúrbios da personalidade, inclusive ansiedade, raiva, depressão e desapego emocional, aos quais a separação involuntária e a perda dão origem. A teoria resultante, que por conveniência denomino teoria do apego, trata dos mesmos fenômenos até agora tratados em termos de "necessidade de dependência" ou de "relações objetais" ou de "simbiose e individuação". Em contraste com essas teorias, porém, a teoria do apego faz as seguintes generalizações:

(a) O comportamento de apego é interpretado como qualquer forma de comportamento que resulta na consecução ou conservação, por uma pessoa, da proximidade de alguma outra diferenciada e preferida. Enquanto a figura de apego continua acessível e receptiva, o comportamento pode consistir em pouco mais do que uma verificação, visual ou auditiva, da localização da figura, e em troca de olhares e cumprimentos ocasionais. Em certas circunstâncias, porém, pode ocorrer o acompanhamento ou agarramento à figura de apego, e também os chamamentos e o choro, capazes de provocar a sua atenção.

(b) Como classe de comportamento dotada de dinâmica própria, o comportamento de apego é visto como distinto do comportamento de alimentação e do comportamento sexual, e como tendo, na vida humana, um significado pelo menos igual ao deles.

(c) No curso de um desenvolvimento sadio, o comportamento de apego leva ao desenvolvimento de laços afetivos ou apegos, inicialmente entre a criança e o progenitor e, mais tarde, entre adulto

....

Peterfreund (1971), mencionada no prefácio, especialmente suas críticas dos conceitos de energia psíquica e ego (capítulos 3 e 4) e sua lúcida exposição dos conceitos básicos de ordem biológica, organização, informação e controle (capítulos 7 a 12). Ver também seu recente artigo "On Information and System Models for Psychoanalysis" (Peterfreund).

e adulto. As formas de comportamento e os laços a que levam estão presentes e são ativos durante todo o ciclo vital (e não se limitam, de modo algum, à infância, como supõem outras teorias).

(d) O comportamento de apego, como outras formas de comportamento instintivo, é mediado pelos sistemas comportamentais que no início do desenvolvimento são corrigidos para a meta. Os sistemas homeostáticos desse tipo são estruturados de tal modo que, por meio de *feedback*, quaisquer discrepâncias que possa haver entre a instrução inicial e o desempenho corrente são continuamente captadas, de modo que o comportamento é modificado de maneira adequada. Ao planejar e orientar o comportamento corrigido para a meta, usam-se modelos representativos tanto das capacidades do eu como dos aspectos relevantes do ambiente. A meta do comportamento de apego é manter certos graus de proximidade, ou de comunicação, com a(s) figura(s) de apego discriminada(s).

(e) Enquanto dura um laço de apego, as várias formas de comportamento de apego que contribuem para ele só são ativadas quando isso se faz necessário. Assim, os sistemas mediadores do comportamento de apego só são ativados por certas condições, como, por exemplo, a estranheza, a fadiga, qualquer coisa atemorizante e a falta de receptividade ou disponibilidade da figura de apego, e só são finalizados por certas outras condições, como, por exemplo, um ambiente familiar e a fácil disponibilidade e receptividade de uma figura de apego. Porém, quando o comportamento de apego é fortemente provocado, a finalização pode exigir contato ou agarramento, ou um comportamento bastante tranquilizador por parte da figura de apego.

(f) Muitas das emoções mais intensas surgem durante a formação, manutenção, ruptura e renovação das relações de apego. A formação de um laço é descrita como apaixonar-se por alguém, a manutenção do laço como amar alguém e a perda de uma pessoa querida como sofrer por alguém. Da mesma forma, a ameaça de perda provoca ansiedade e a perda real dá origem à tristeza; todas essas situações podem provocar a raiva. A manutenção inquestionada de um laço é experienciada como uma fonte de segurança, e a sua renovação, como uma fonte de alegria. Como essas emoções são habitualmente um reflexo do estado dos laços afetivos da pessoa, a psicologia e a psicopatologia da emoção são em grande parte consideradas como a psicologia e a psicopatologia dos laços afetivos.

(g) O comportamento de apego tornou-se uma característica de muitas espécies no curso de sua evolução, porque contribui para a sobrevivência do indivíduo, mantendo-o em contato com aqueles que cuidam dele, reduzindo com isso o risco de que tenha, por exemplo, frio, fome, ou se afogue no meio ambiente de adaptabilidade evolutiva do homem, especialmente protegendo-o dos animais predadores.

(h) O comportamento complementar ao comportamento de apego que exerce função complementar, a de proteger o indivíduo apegado, é o comportamento de cuidar. É geralmente manifestado por um dos pais, ou outro adulto, com relação à criança ou adolescente, mas é também manifestado por um adulto com relação a outro, especialmente em momentos de doença, tensão ou velhice.

(i) Sendo o comportamento de apego potencialmente ativo durante toda a vida, e tendo também a função biológica vital proposta, considera-se um erro grave supor que, quando ativo num adulto, indica patologia ou regressão ao comportamento imaturo. Essa última opinião, característica de quase todas as outras versões da teoria psicanalítica, resulta de conceituações oriundas de teorias da oralidade e dependência, rejeitadas aqui como discordantes das evidências.

(j) A psicopatologia é considerada como consequência de o desenvolvimento psicológico de uma pessoa ter seguido um curso anormal, e não como consequência de uma fixação em, ou regressão a, alguma fase inicial de desenvolvimento.

(k) Os padrões perturbados de comportamento de apego podem existir em qualquer idade, quando o desenvolvimento segue um curso anormal. Uma das formas mais comuns de distúrbio é a eliciação extremamente fácil de um comportamento de apego, que resulta no apego ansioso. Outra, a que damos atenção especial neste volume, é uma desativação parcial ou completa do comportamento de apego.

(l) As determinantes principais do curso desenvolvido pelo comportamento de apego de uma pessoa, e o padrão pelo qual ele se organiza, são as experiências tidas com suas figuras de apego, nos anos de imaturidade – primeira e segunda infâncias e adolescência.

(m) Da maneira pela qual o comportamento de apego do indivíduo se organiza dentro de sua personalidade depende o padrão de laços afetivos que estabelece durante sua vida.

Dentro dessa estrutura, não é difícil indicar como os efeitos da perda e os estados de tensão e afeição a que levam podem ser concebidos.

Estressores e estados de tensão e aflição

Uma característica de qualquer sistema homeostático é que ele só é capaz de operar de maneira eficaz quando as condições ambientais relevantes à sua operação permanecem dentro de certos limites. Se isso não ocorre, o sistema torna-se superexigido e acaba falhando. Um exemplo, tomado à fisiologia, é o sistema responsável pela manutenção da temperatura do corpo próxima do normal. Enquanto a temperatura ambiente permanece dentro de certos limites máximos superiores e inferiores, ele opera eficazmente. Mas quando a temperatura ambiente se mantém acima ou abaixo desses limites, por um tempo suficientemente prolongado, o sistema é incapaz de realizar sua meta. Consequentemente, a temperatura do corpo aumenta ou diminui e o organismo sofre de hiper ou hipotermia. As condições ambientais que produzem esses estados fisiológicos são denominadas estressantes, e os estados em si, estados de tensão (*stress*). A experiência pessoal é de aflição (*distress*).

Como o objetivo do comportamento de apego é manter um laço afetivo, qualquer situação que parece colocar em risco esse laço provoca ação destinada a preservá-lo. E, quanto maior parecer o risco de perda, mais intensas e variadas serão as reações para evitá-la. Nessas circunstâncias, todas as formas mais poderosas de comportamento de apego são ativadas – agarramento, choro e talvez a coação raivosa. Essa é a fase de protesto e de tensão fisiológica aguda e de aflição emocional. Quando essas ações são bem-sucedidas, o laço é restabelecido, as atividades cessam e os estados de tensão e aflição são aliviados.

Quando, porém, o esforço para restabelecer o laço é malsucedido, mais cedo ou mais tarde o esforço esmorece. Habitualmente, porém, ele não cessa. Pelo contrário, as evidências mostram que, talvez a intervalos cada vez mais longos, o esforço para restabelecer o laço é renovado: o pesar e talvez a premência de buscar são novamente experimentados. Isso significa que o comportamento de apego da pessoa está sempre pronto a manifestar-se e que, em condições ainda a serem definidas, volta a ser ativado. A condição do organismo é, então, de tensão crônica, sendo experimentada como uma condição de aflição crônica. Além disso, a intervalos, tanto a tensão como a aflição provavelmente tornam-se agudas novamente.

Esse rápido esboço é muito ampliado nos capítulos seguintes. Por enquanto, é necessário indicar como os termos "sadio" e "patológico" estão sendo usados. Seguindo uma indicação de Freud (1926), Engel (1961) estabeleceu uma analogia proveitosa. A perda de uma pessoa amada, insiste ele, é tão traumática, psicologicamente falando, quanto o são um ferimento ou uma queimadura graves, fisiologicamente falando. Invocando princípios homeostáticos, ele continua: "A experiência do pesar não complicado representa um afastamento evidente e grosseiro do estado dinâmico considerado como representativo de saúde e de bem-estar... Implica o sofrimento e uma redução da capacidade de funcionar, que podem durar dias, semanas e até mesmo meses." Os processos de luto podem, assim, ser comparados aos processos de cura que se seguem a um ferimento ou uma queimadura graves. Esses processos de cura, como sabemos, podem seguir um curso que, com o tempo, leva ao restabelecimento completo, ou quase completo, da função; ou podem, pelo contrário, seguir um dos muitos cursos que têm como resultado um enfraquecimento da função, em maior ou menor grau. Da mesma maneira, os processos de luto podem seguir um curso que leva, com o tempo, ao restabelecimento mais ou menos completo da função, ou seja, à renovação da capacidade de estabelecer e manter relações de amor; ou podem seguir um curso que enfraquece essa função em maior ou menor grau. Assim como os termos sadio e patológico são aplicáveis aos diferentes cursos seguidos pelos processos fisiológicos de cura, também podem ser aplicados aos diferentes cursos seguidos pelos processos de luto. Contudo, devemos reconhecer que em questões de saúde e patologia não é possível estabelecer distinções claras, e aquilo que parece ser o restabelecimento da função pode, muitas vezes, ocultar uma sensibilidade aumentada a traumas futuros.

A maneira pela qual Engel abordou o problema foi produtiva. Uma vez que se considera a pessoa enlutada como experimentando um estado de desequilíbrio biológico provocado por uma súbita mudança no ambiente, os processos em ação e as condições que influenciam seu curso podem ser objeto de estudo sistemático, da mesma maneira que as feridas, queimaduras e infecções.

Para tratar da gama de reações, sadias e patológicas, que se seguem à perda, a estrutura conceitual até agora delineada terá de ser ampliada. Em nenhum aspecto isso se faz mais necessário do que em relação aos conceitos de defesa.

Capítulo 4
Um enfoque da defesa pelo processamento da informação

> Vemos apenas aquilo que sabemos.
>
> GOETHE

Um novo enfoque

Não é possível nenhum entendimento das reações à perda, sejam sadias ou patológicas, sem o uso constante de conceitos de processo defensivo, crença defensiva e atividade defensiva – na minha opinião, três categorias em que as defesas melhor se agrupam. Neste capítulo fazemos um esboço de como os fenômenos observados e os processos postulados podem ser compreendidos dentro da estrutura conceitual adotada. Embora aqui e ali se façam comparações entre a teoria aqui exposta e certos conceitos de Freud sobre a defesa e a estrutura mental, por razões de espaço nenhuma tentativa sistemática é feita no sentido de relacionar os dois modelos.

Os instrumentos conceituais que utilizei foram proporcionados pelos estudiosos do processamento humano de informação. Esses instrumentos nos possibilitam examinar os fenômenos defensivos de um novo ponto de vista, recolher os dados de maneira mais sistemática e formular hipóteses numa linguagem que é comum a outros cientistas do comportamento. São vantagens consideráveis. Contudo, evidentemente, há um longo caminho a percorrer antes que a teoria delineada possa fazer justiça à ampla gama de fenômenos defensivos encontrada clinicamente. Portanto, até que novos trabalhos sejam realizados, não poderá haver certeza quanto ao êxito do novo enfoque.

Exclusão da informação do processamento posterior

No primeiro volume desta obra, no final do capítulo 6 e no capítulo 7, chamei a atenção para o trabalho que se está realizando na neurofisiologia e na psicologia cognitiva, que indica o controle central do influxo sensorial. Quer o influxo venha do ambiente por meio de exteroceptores, ou do próprio organismo por meio de interoceptores, o influxo sensorial passa por muitas etapas de seleção, interpretação e avaliação até que possa ter qualquer influência sobre o comportamento, imediatamente ou depois. Esse processamento ocorre numa sucessão de etapas, que, com exceção das mais preliminares, exigem que o influxo esteja relacionado com informação correlata já armazenada na memória a longo prazo. Todo esse processamento é influenciado pelo controle central, realizando-se em velocidades extraordinárias; e tudo, exceto o que é mais complexo, é feito fora da consciência.

Na maioria dos casos, o influxo que tem interesse para os psicólogos e o homem comum é aquele que, tendo sido selecionado, interpretado e avaliado, passa a influenciar o estado de espírito e o comportamento, e/ou é armazenado na memória a longo prazo. O fato de que no curso do processamento uma vasta proporção do influxo inicial é rotineiramente excluída, qualquer que seja a razão, é ignorado. Para compreender as condições patológicas, ao contrário, o interesse volta-se para a direção oposta, ou seja, para o que está sendo excluído, por que meios é excluído, e talvez, acima de tudo, a razão pela qual é excluído.

No curso normal da vida de uma pessoa a maior parte da informação que ela recebe é excluída rotineiramente do processamento posterior, a fim de que suas capacidades não sejam sobrecarregadas e sua atenção não seja constantemente desviada. Portanto, a maior parte da exclusão seletiva é necessária e adaptativa. Como outros processos fisiológicos e psicológicos, porém, em certas circunstâncias a exclusão seletiva pode ter consequências de valor adaptativo duvidoso ou variável. Por exemplo, devido a certas circunstâncias adversas durante a infância, a exclusão seletiva de informações de certos tipos pode ser adaptativa. Contudo, quando durante a adolescência e a vida adulta a situação se modifica, a exclusão persistente dos mesmos tipos de informação pode tornar-se desadaptativa. Os processos defensivos postulados pelos psicanalistas pertencem, na minha opinião, a essa categoria. Para distinguir esses casos incomuns de exclusão seletiva, de valor adaptativo apenas temporário, da esmagadora maioria de casos adaptativos, é conveniente falarmos de "exclusão defensiva".

O conceito básico na teoria da defesa proposta é o da exclusão do processamento posterior de certos tipos específicos de informação por períodos relativamente longos, ou mesmo permanentemente. Algumas informações desse gênero já estão armazenadas na memória a longo prazo, e nesse caso a exclusão defensiva resulta num certo grau de amnésia. Outras informações chegam por meio dos órgãos sensoriais, e nesse caso a exclusão defensiva resulta em certo grau de bloqueio perceptual. Como deixamos claro mais adiante, os muitos outros fenômenos descritos pelos clínicos como defensivos, notadamente certos tipos de crença e certos padrões de atividade ou inatividade, juntamente com o sentimento a eles associado, podem ser compreendidos nessa estrutura como consequências profundas da exclusão de certas informações significativas. De modo correspondente, as terapias analíticas podem ser entendidas como procedimentos que visam permitir a uma pessoa aceitar, para processamento, informações que até então vinha excluindo, na esperança de que as consequências disso sejam igualmente profundas.

Ao apresentarmos a teoria, atentamos primeiro para as questões básicas de como qualquer tipo de informação pode ser primeiro selecionado e, depois, deliberadamente excluído. Em seguida, examinamos rapidamente a natureza da informação específica possível de ser selecionada para a exclusão prolongada e defensiva. Só depois é que abordamos duas outras questões: quais condições causais levam à exclusão de certas informações por períodos prolongados. E quais as vantagens e desvantagens disso. Ao procedermos assim, passamos das questões menos controversas para as mais controversas.

Quanto às constatações do trabalho experimental, ocorre que até agora tem-se lançado mais luz sobre a exclusão seletiva de informações durante o processamento do influxo sensorial do que sobre a exclusão seletiva de informação já armazenada. Por isso, damos atenção prévia aos estudos da percepção subliminar e de defesa perceptual. Mas, como nenhuma percepção é possível sem a interpretação do influxo sensorial em termos de informação correlata já armazenada, é plausível supor que os mecanismos empregados para impedir que certas informações sejam recuperadas do estoque da memória têm alguma semelhança com os mecanismos empregados para excluir, do processamento posterior, informações de importância semelhante ou correlata, que chegam através dos órgãos sensoriais. Tendo isso presente, aquilo que sabemos sobre a percepção subliminar e a defesa perceptual pode ser tomado como um paradigma[1].

Percepção subliminar e defesa perceptual

A noção de que informações com determinado significado podem ser excluídas seletivamente da percepção foi recebida com considerável ceticismo, ao ser sugerida pela primeira vez em torno de 1950. Perguntava-se: como pode uma pessoa excluir seletivamente um determinado estímulo, sem perceber primeiro o estímulo que deseja excluir? À primeira vista, esse argumento parecia definitivo, especialmente quando se levantava a suposição de que a percepção é uma espécie de acontecimento singular que ou acontece, ou deixa de acontecer. Mas, como Erdelyi observa, a objeção deixa de ter qualquer valor se a percepção for concebida como um processo de várias etapas. Isso porque durante o processamento através de uma sequência de etapas seria pelo menos impossível que certas informações fossem excluídas antes de chegar a uma etapa final, associada à consciência. Há hoje muitos indícios de que isso pode ocorrer.

Depois de algumas décadas de controvérsia e de técnicas experimentais que melhoravam constantemente, uma teoria da percepção em múltiplas etapas é hoje amplamente aceita. Alguns aspectos dessa teoria, relevantes para uma teoria da defesa, podem ser resumidos.

....

1. Baseei-me, nas observações seguintes, em *Subliminal Perception* de Dixon (1971), na introdução de Norman ao processamento humano da informação (1976) e num artigo de Erdelyi (1974) sobre a defesa perceptual e a vigilância perceptual.

O reconhecimento do padrão, tal como ocorre durante a percepção, faz-se simultaneamente em duas direções. Por um lado, a chegada de um estímulo sensorial provoca uma série automática de análises, que parte dos órgãos sensoriais e continua centralmente até o alto da cadeia de etapas de processamento. Por outro lado, e simultaneamente, a situação em que os eventos sensoriais ocorrem provoca expectativas baseadas na experiência passada e no conhecimento geral. Essas expectativas produzem um processamento conceitualmente impulsionado, no qual se fazem suposições sobre o que provavelmente significa o *input*. Quando as duas formas de processamento se fundem, as suposições são comparadas com os dados e a tarefa é concluída.

Ocorrendo simultaneamente em duas direções, o processo de reconhecimento é amplamente acelerado. Contudo, devido ao recurso tanto às expectativas resultantes da experiência passada como do conhecimento, a possibilidade de erro é muito aumentada. Por exemplo, porque está fora da experiência, uma carta de três de paus quando vista rapidamente é confundida com uma carta de três de espadas. Constatações desse tipo esclarecem várias características comuns nas reações à perda.

Um segundo aspecto da moderna teoria da percepção é que o influxo sensorial pode ser processado fora da consciência da pessoa, até uma fase em que seja possível determinar grande parte de seu significado. A partir disso, o influxo pode influenciar o comportamento subsequente da pessoa, inclusive suas reações verbais, sem que ela tenha consciência disso. Os experimentos na utilização da técnica da audição dicótica ilustram esses pontos.

Nesse tipo de experimento, duas mensagens diferentes são transmitidas a uma pessoa, sendo cada uma delas recebida por um ouvido. Pede-se então à pessoa que preste atenção apenas na primeira dessas mensagens, digamos, a que é recebida pelo ouvido direito. Para ter certeza de que a pessoa está o tempo todo atenta, pede-se a ela que repita a mensagem, palavra por palavra, à medida que a ouve. É bastante fácil manter as duas mensagens separadas, especialmente quando são faladas por vozes diferentes. No final da sessão, a pessoa geralmente não tem consciência do conteúdo da segunda mensagem. Há, porém, algumas exceções. Por exemplo, se seu nome, ou qualquer outra palavra pessoalmente significativa, ocorre na segunda mensagem, ela bem pode notá-la e recordá-la. Isso mostra imediatamente que a segunda mensagem, embora tenha sido deixada de lado, deve ter passado por um processamento bastante avançado.

Os resultados de duas experiências com essa técnica ilustram como a informação oriunda da segunda mensagem pode influenciar o pensamento e/ou as reações autonômicas, embora a mensagem nunca chegue à consciência[2].

Numa dessas experiências, pediu-se aos participantes que prestassem atenção e gravassem as mensagens ambíguas das quais a seguinte é um exemplo:

ontem eles atiraram pedras no banco.

Simultaneamente com essa mensagem, a palavra "rio" ou a palavra "dinheiro" eram ditas ao ouvido desatento. Mais tarde, apresentava-se aos participantes um teste de reconhecimento do significado da frase, no qual se pedia a eles que escolhessem entre as seguintes frases:

a) ontem eles atiraram pedras na margem do rio;
b) ontem eles atiraram pedras na associação de poupança e empréstimo.

Os participantes que tiveram a palavra "rio" apresentada ao ouvido desatento tendiam a escolher *a* como o significado, ao passo que os participantes que tiveram a palavra "dinheiro" tendiam a escolher *b*. Nenhum dos participantes lembrava que palavra fora dita no ouvido desatento e também não tinha consciência de que seu juízo subsequente quanto ao significado havia sido influenciado.

Evidentemente, para que a palavra apresentada ao ouvido desatento tivesse o efeito revelado nesse experimento, era necessário que tivesse sofrido um processamento suficiente para que seu significado fosse reconhecido. Conclusão semelhante surge de outro experimento que também usou a técnica da audição dicótica.

---

2. Os relatos feitos aqui baseiam-se nos apresentados por Norman (1976, pp. 31-2).

Antes do experimento propriamente dito, os participantes foram submetidos a algumas sessões de treinamento, durante as quais recebiam um choque elétrico cada vez que qualquer uma de um grupo de palavras selecionadas lhes era dita. Em consequência, ficaram condicionados à combinação da palavra com o choque, de modo que sempre que uma dessas palavras era ouvida provocava uma reação na sua GSR (medida de suor). No experimento propriamente dito, os participantes tinham de prestar atenção a uma mensagem num ouvido, enquanto uma lista de palavras era dita no outro ouvido, o desatento. As palavras eram de três tipos: neutras, algumas das palavras que haviam sido condicionadas ao choque, e os sinônimos e homônimos dessas palavras. Apesar de os choques não serem aplicados durante o experimento propriamente dito, houve uma elevação considerável no GSR sempre que uma palavra condicionada foi apresentada ao ouvido desatento. De interesse ainda maior é o fato de ter havido um aumento substancial, embora menor, quando os homônimos e sinônimos foram pronunciados. Mais uma vez, as constatações indicam que todas as palavras apresentadas ao ouvido desatento devem ter sofrido considerável processamento, e seus significados devem ter sido estabelecidos.

Apenas um curto passo separa essas constatações da dedução de que, tal como o julgamento de uma pessoa e suas reações autonômicas podem ser influenciados por um processamento cognitivo que ocorre fora da consciência, o mesmo pode ocorrer com seu estado de espírito. Feita essa suposição, passa a existir um mecanismo em cujos termos certas mudanças de estado de espírito, sem ele inexplicáveis, podem ser explicadas.

Com base em descobertas como as descritas acima, os psicólogos cognitivos propõem a existência de um mecanismo analítico que realiza uma série de testes fora da consciência, em todas as mensagens que entram. Em consequência desses testes, a informação pode ter um entre vários destinos, dos quais os seguintes são facilmente especificados:

– pode ser excluída sem deixar qualquer vestígio;
– pode ser retida o tempo suficiente fora da consciência, num armazenamento-tampão temporário, para influir no julgamento, nas reações autonômicas e, ao que acredito, no estado de espírito;

– pode atingir o estágio de processamento adiantado associado à consciência, e com isso influenciar os mais altos níveis de decisão, e também ser selecionada para armazenagem a longo prazo.

Os critérios pelos quais, durante a série de testes, a informação é julgada e sua sorte fixada são numerosos, e vão do amplo e simples ao específico e complexo. Além disso, muitos desses critérios, todos talvez, podem ser modificados pelo controle central. Algumas dessas modificações, bem sabemos, resultam do controle consciente e voluntário, como, por exemplo, quando, depois de receber uma instrução nova, a atenção é desviada de um ouvido para o outro, ou de uma voz para a outra. Outras modificações, como também sabemos, ocorrem involuntariamente e fora da consciência, como, por exemplo, quando a atenção da pessoa passa para a outra voz, ao ouvir seu nome mencionado por ela.

Uma vez aceita a possibilidade de percepção subliminar, as objeções teóricas à ideia da defesa perceptual e sua contrapartida, a vigilância perceptual, desaparecem. Isso porque as descobertas de muitas centenas de experiências realizadas nesse campo mostram que, além de ser capaz de influir no julgamento e nas reações autonômicas, o processamento do influxo sensorial em busca de significado, fora da consciência, também pode influenciar um novo influxo dessa mesma informação. O influxo pode ser reduzido, como na defesa perceptual, ou pode ser intensificado, como na vigilância perceptual. Exemplos dessas constatações são encontrados no exame detalhado que Dixon (1971) faz desses dados.

Muitos experimentos foram feitos usando-se um traquitoscópio, que permite mostrar palavras ou imagens em diferentes velocidades ou em diferentes níveis de luz. Como essas velocidades e níveis de luz incluem os que são rápidos demais ou leves demais para a percepção, o procedimento comum é começar mostrando uma palavra ou imagem à velocidade ou ao nível de luz que se sabe ser impossível, e em seguida reduzir gradualmente a velocidade ou aumentar a luz até que seja possível identificar o estímulo. Uma constatação bem comprovada nesses experimentos é que, quando as palavras ou imagens que sabemos ser emocionalmente estimulantes ou capazes de produzir ansiedade são apresentadas, o tempo necessário para sua identificação correta difere significativamente do tempo de identificação de palavras ou imagens neutras. Para demonstrar que tais resultados se devem a mudanças nos canais sensoriais e não nos canais de reação, foram realizados outros experimentos. Em alguns deles, verificou-se que ocorre uma mudança significativa na sensibilidade ao influxo sensorial recebido através de uma modalidade sensorial, digamos a visão, quando o estímulo apresentado através de outra modalidade, digamos a audição, é modificado, passando de um nível emocionalmente estimulante para outro neutro, ou vice-versa.

A direção em que uma mudança desse tipo ocorre difere de indivíduo para indivíduo. Em relação a certas palavras emocionalmente estimulantes, ela é normalmente aumentada, ao passo que em outras é normalmente diminuída.

Nos experimentos até agora descritos as mudanças ocorridas no influxo sensorial são efetuadas apenas por meios involuntários. Em outros experimentos, porém, verificou-se que seus participantes também podem estar regulando o influxo por meio de movimentos dos olhos ou fixando o olhar. Assim, estão empregando sua musculatura voluntária, embora sem ter consciência disso e, como em todos esses experimentos, sem ter consciência da natureza do estímulo apresentado a eles. Nessa utilização tanto dos efetores involuntários como dos voluntários, observa Dixon, os sistemas que regulam o influxo sensorial se assemelham aos sistemas de manutenção da temperatura do corpo, regulação essa que pode ser realizada tanto por meios involuntários – por exemplo, reduzindo a circulação periférica através da restrição capilar – como por meios voluntários – por exemplo, usando mais roupas.

Mecanismos fisiológicos

É significativo para a situação científica das teorias de percepção subliminar e defesa perceptual apresentadas pelos psicólogos cognitivos o fato de serem perfeitamente compatíveis com as teorias do processamento sensorial apresentadas pelos neurofisiologistas. Há, na verdade, muitos mecanismos fisiológicos que, em princípio, podem desempenhar o papel necessário.

Uma possibilidade, descrita por Horn (1965, 1976) e em favor da qual se acumulam evidências, é que podem ser efetuadas reduções temporárias na sensibilidade dos neurônios nas vias sensoriais. Os meios para fazer isso são considerados reduções no nível de um *input* estimulante especial que esses neurônios exigem. Outra possibilidade, diferente da primeira, embora compatível com ela, é descrita por Dixon (1971)[3], cuja resenha da bibliografia neurofisiológica foi orientada pelo dr. R. B. L. Livingston.

O fato de a defesa e a vigilância perceptuais serem mediadas ou por mecanismos desse tipo ou de outro não tem muita importância para nós. A questão é que temos agora boas razões experimentais para acreditar, como qualquer clínico, que o influxo sensorial pode ser processado fora da consciência e que, dependendo do significado atribuído a ele, o influxo posterior pode ser estimulado ou reduzido. Assim sendo, é lícito examinarmos a possibilidade de haver outras fases do processamento fora-da-consciência onde também operem processos análogos de exclusão defensiva.

Etapas em que os processos de exclusão defensiva podem operar

Numa tentativa de esclarecer os processos subjacentes à defesa e vigilância perceptuais, Erdelyi (1974) propôs um fluxograma que me parece atraente e compatível, pelo menos em princí-

---

3. As evidências sugerem que a percepção consciente pode exigir que os influxos de dois tipos diferentes, cada um com a intensidade adequada, sejam recebidos num centro superior. Um tipo encerra informação específica e é encaminhado através do sistema aferente clássico. O outro tipo encerra estímulos não-específicos e é encaminhado por meio do sistema ativador reticular. Como o índice de condução pelo sistema clássico é mais rápido do que pelo sistema reticular, haveria tempo suficiente para (*a*) que o influxo sensorial por meio do sistema clássico fosse processado para significados fora da consciência, e também para (*b*) que a mensagem, dependente desse significado, fosse enviada ao sistema reticular antes de ter sido determinada a intensidade do estímulo não-específico a ser provocado pelo sistema reticular. Dessa maneira, seria possível à intensidade do estímulo não-específico transmitido ser regulada de modo a ser fixada acima do nível necessário à percepção consciente, ou abaixo dele, dependendo do significado atribuído ao influxo durante sua avaliação preliminar fora da consciência.

pio, com as ideias defendidas por Norman (1976), MacKay (1972), Mandler (1975) e Hilgard (1974), a cujos trabalhos também recorro. Entre outros méritos, as propostas de Erdelyi sugerem uma maneira de compreender uma parte, pequena mas importante, do processamento de informação que ocorre na consciência. Podemos imaginar que o aparelho mental é constituído de um grande número de complexos sistemas de controle, organizados de maneira mais ou menos hierárquica e com uma enorme rede de comunicações nos dois sentidos entre eles. No alto dessa hierarquia postulamos um ou mais avaliadores e controladores principais, intimamente relacionados com a memória a longo prazo e compreendendo um número muito grande de escalas de avaliação, organizadas dentro de uma ordem de precedência. Esse sistema, ou possivelmente federação de sistemas, será chamado por nós de Sistema(s) Principal(is), deixando assim em aberto a questão se é melhor considerá-lo como singular ou plural.

No lado do influxo, a tarefa desse(s) Sistema(s) Principal(is) é esquadrinhar todos os dados brutos que se tornam disponíveis (em frações de segundo ou, no máximo, um segundo ou dois no "registro sensorial")[4], fazer uma análise e avaliação preliminares desse material em termos do conhecimento armazenado e das escalas relevantes, e em seguida enviar ordens a um codificador sobre o que deve ser selecionado para processamento posterior e o que deve ser rejeitado. Não só todo esse esquadrinhamento e seleção ocorrem fora da consciência, como também a informação rejeitada a essa altura será provavelmente perdida para sempre (embora, como o estudo experimental da hipnose, examinado mais adiante, mostra, isso talvez nem sempre ocorra). É nessa etapa que se postula a ocorrência da defesa, ou da vigilância, perceptual.

A razão desse esquadrinhamento preliminar, diz Erdelyi, é que os canais empregados no processamento mais avançado são de capacidade limitada e, portanto, incapazes de se ocupar de mais

....
4. A informação recebida pelos órgãos sensoriais é inicialmente mantida, ao que se acredita, em armazenagens extremamente breves, cada uma delas ligada a um modo sensorial único e capaz de manobrar grandes volumes de informação com um mínimo de processamento. As que aceitam os dados visuais e auditivos foram chamadas por Neisser (1967) de "icônica" e "ecoica", respectivamente.

do que uma pequena fração do influxo. Os principais congestionamentos parecem ocorrer nas etapas da codificação, primeiro para a armazenagem a curto prazo e, mais tarde, para a armazenagem a longo prazo.

A informação selecionada no exame preliminar para processamento posterior, já tendo sido codificada para armazenagem a curto prazo, está então numa forma capaz de dar origem à percepção consciente de objetos num contínuo espaço-tempo. Assim, nas palavras de Erdelyi, a percepção é "o término consciente de uma sequência de processos anteriores não conscientes" e ocorre provavelmente na região da armazenagem a curto prazo. "Embora o âmbito da consciência, ou percepção consciente, seja pequeno, o âmbito do processamento perceptual e da análise é provavelmente vasto."

Depois da etapa de armazenagem a curto prazo e do processamento consciente, parte da informação é selecionada para codificação posterior e armazenagem final numa memória a longo prazo; outras informações, tendo servido às suas finalidades, são rejeitadas.

Consciência

Na última década, os psicólogos experimentais deram muita atenção ao conceito de consciência que hoje é aceito como cientificamente "respeitável, útil e necessário", para citar Mandler (1975), a cujas ideias recorro[5].

A consciência pode ser considerada como um estado de estruturas mentais que facilita muito a ocorrência de certos tipos distintos de processamento. Entre estes estão os seguintes:

a) ordenação, classificação e codificação da informação (que já se encontra em fase adiantada de processamento) de maneiras novas, antes da armazenagem;

....
5. Todos os estudiosos reconhecem o problema imenso de relacionar o mundo fenomenal da consciência com os conceitos de processamento de informação. Shallice (1972) argumenta que o problema tem certa semelhança com o de relacionar dois campos vizinhos da ciência.

b) a recuperação da informação da armazenagem a longo prazo, criando endereços simples para extraí-la das complexas estruturas de memória;

c) a justaposição de informação de vários tipos, como, por exemplo, os modelos representacionais, os planos e o influxo sensorial, derivados de fontes diversas; isso possibilita o pensamento reflexivo;

d) derivada de *c*, a elaboração de planos a longo prazo, através da preparação de um conjunto de planos e subplanos alternativos, seguidos de sua avaliação, o que torna possível decisões de alto nível;

e) a inspeção de certos sistemas de ação automatizados e superinformados, juntamente com os modelos representacionais a eles ligados, que estejam mal adaptados. Em consequência dessa inspeção, os sistemas e modelos há muito fora da consciência tornam-se disponíveis para reavaliação à luz de informações novas e, se necessário, pode-se tentar reorganizá-los ou talvez substituí-los.

Inspeção, reavaliação e modificação dos sistemas automatizados

A relevância e o valor, para a prática da psicoterapia, dessa quinta e última função do processamento consciente são imediatamente evidentes; isso porque ela permite a reavaliação de certas estruturas (ou programas) básicas para a personalidade e, se necessário, a sua modificação até certo ponto. Vamos examinar duas dessas estruturas básicas: (*a*) a que medeia o comportamento de apego e (*b*) a que aplica todas essas regras para avaliar a ação, o pensamento e o sentimento e que juntas são habitualmente mencionadas como constituintes do superego. Esses dois programas são armazenados na memória a longo prazo e a eles se pode recorrer para que participem do processamento e planejamento da ação, como o influxo de exteroceptores e interoceptores parece indicar.

Tanto a natureza dos modelos representacionais edificados por uma pessoa em relação às suas figuras de apego como a forma pela qual seu comportamento de apego torna-se organizado são consideradas nesta obra como resultado de experiências de aprendizado que começam durante o primeiro ano de vida e são repetidas quase diariamente durante toda a infância e adolescência. Por analogia com a habilidade física adquirida da mesma maneira, considera-se que os componentes cognitivos e de ação do apego tornam-se tão arraigados (em termos técnicos, superaprendidos) que passam a operar automaticamente e fora da consciência. Da mesma forma, as regras para avaliar a ação, o pensamento e o sentimento – e a precedência dada a cada um destes –, associadas ao conceito de superego, também são superaprendidas durante a infância e a adolescência. Consequentemente, também chegam a ser aplicadas automaticamente e fora da consciência.

É evidente que tal disposição tem vantagens e desvantagens. De um lado, economiza esforços e, em particular, não faz exigências aos canais de limitada capacidade que medeiam o processamento avançado. Por outro, tem a desvantagem de que, uma vez automatizadas a cognição e a ação, não são facilmente acessíveis ao processamento consciente, e, portanto, é difícil a sua modificação. O estado psicológico pode, então, assemelhar-se ao de um computador que, uma vez programado, produz seus resultados automaticamente, sempre que ativado. Desde que o programa seja o exigido, tudo estará bem. Se houver um erro, porém, sua correção não só exigirá a atenção especializada, como também poderá ser difícil e de lenta execução.

O resultado é que, desde que esses modelos representacionais e programas sejam bem adaptados, o fato de serem utilizados automaticamente e sem a consciência tem grande vantagem. Quando, porém, não são bem adaptados, por qualquer razão, as suas desvantagens tornam-se sérias. Como se sabe muito bem, em qualquer pessoa que tenha desenvolvido um estilo defeituoso numa habilidade física, a revisão e a modificação dos componentes cognitivos e de ação de um sistema que há muito foi automatizado é uma tarefa árdua e, muitas vezes, frustrante. Além disso, nem sempre é bem-sucedida. Daí algumas das dificuldades encontradas na psicoterapia.

Este, porém, não é o único, nem o maior problema. A tarefa de mudar um programa de ação e/ou de avaliação superaprendido é muito dificultada quando regras há muito implementadas pelo sistema de avaliação proíbem sua revisão. Um exemplo disso, muito semelhante ao que se segue, ocorre quando uma pessoa se encontra incapaz de reexaminar o(s) modelo(s) representacional(is) que construiu de sua(s) figura(s) de apego, porque fazê-lo seria infringir uma regra há muito aprendida, segundo a qual é contra os desejos de um dos pais, ou de ambos, que ela estude a eles e o comportamento deles com relação a ela, objetivamente. Um estudo psicológico desse tipo, no qual uma proibição de revisão de modelos e sistemas de ação se efetua fora da consciência, é encontrado frequentemente durante a psicoterapia. Indica a existência de outra etapa de processamento na qual a exclusão defensiva também pode ocorrer, diferente da etapa na qual ocorre a defesa perceptual.

Processamento de informação sob hipnose[6]

Mas outras evidências do papel desempenhado pelo processamento da informação fora da consciência, e do poder da exclusão seletiva para mantê-lo assim, vêm dos estudos sobre a hipnose.

Em consequência de um demorado programa experimental, Hilgard (1973) conclui que durante a hipnose, e como resultado da sugestão do hipnotizador, o que ele chama de Ego Executivo, e que chamarei de Sistema Principal A, atribui o controle a um

....

6. Casey (1973) examinou os mecanismos neurais que medeiam a consciência da dor e os meios pelos quais a consciência pode ser suprimida, como ocorre nas condições de grande excitação – por exemplo, numa batalha, num esporte extenuante e sob hipnose. Como no caso da percepção visual e auditiva, há evidências de que a consciência da dor exige que os influxos mediados por dois sistemas diferentes sejam recebidos num centro superior. Um deles é o sistema de ação rápida que proporciona informação relacionada com a localização de uma perturbação; o outro, que age mais lentamente, proporciona os componentes aversivos e emocionais. Os dados sugerem que, como no caso da percepção visual e auditiva, pode haver um mecanismo pelo qual a excitação neural no sistema de ação mais lenta pode ser bloqueada para não chegar ao centro superior, de modo que os componentes aversivos e emocionais seriam excluídos e não haveria dor. Mesmo assim, frequentemente haveria a consciência limitada de que em alguma parte do corpo alguma coisa não está bem.

Sistema Subordinado, que chamarei de Sistema Principal B. Depois da atribuição de controle ao Sistema A, as ordens do hipnotizador são recebidas, processadas e cumpridas pelo Sistema B sem que o Sistema A tenha, de nenhuma maneira, consciência do que está sendo processado. Além disso, essas ordens são continuamente examinadas, ainda fora da consciência do Sistema A, por um sistema de avaliação. Isso se torna evidente sempre que o Sistema B recebe uma ordem que seria contra a ética obedecer, e se recusa a executá-la. Às críticas de que o Ego Executivo apenas finge não ter consciência das ordens que estão sendo recebidas, Hilgard responde de maneira eficaz, mencionando a surpresa autêntica expressa pelos seus pacientes quando, posteriormente, veem ou ouvem gravações de suas sessões.

Muitos dos experimentos de Hilgard tiveram como objeto a analgesia hipnótica. A dor era provocada colocando-se a mão e o antebraço do paciente numa água gelada durante 45 segundos. Habitualmente, isso pode provocar manifestações de desconforto, isto é, caretas e agitação, e a expressão de grande dor e aflição. Além disso, verificam-se alterações no ritmo cardíaco, na pressão sanguínea e outras medidas fisiológicas, da maioria das quais o paciente tem consciência. Em contraste, quando lhe é sugerido, sob hipnose, que sua mão estará anestesiada à dor provocada pela água gelada em circulação, a mesma situação não produz indícios visíveis de desconforto, enquanto o Sistema B não registra sensação de dor nem tem consciência de mudanças autônomas. Contudo, as mudanças estão ocorrendo, exatamente como ocorrem quando o paciente não está hipnotizado.

A partir dessas constatações, Hilgard conclui que na condição hipnótica o Sistema B pode excluir, seletivamente, o influxo sensorial de dois tipos de interoceptor, ou seja, os terminais de dor e os que registram a atividade autonômica. Assim, o mecanismo postulado por ele parece ser uma contrapartida do mecanismo responsável pela defesa perceptual, que exclui o influxo de exteroceptores.

....

Outro meio de supressão fisiológica da dor é sugerido pela descoberta de substâncias segregadas pela pituitária e pelo cérebro (endorfinas e encefalinas) que têm uma ação analgésica comparável à dos opiatos (Jeffcoate e outros, 1978).

É interessante saber como os próprios pacientes experienciam a sessão, o que pode ser feito se, antes de terminar a hipnose, lhes for dada a instrução de se recordarem das experiências sofridas. Alguns pacientes relatam que se concentraram em imaginar que seu braço estava dormente. Outros usam o que Hilgard chama de "técnica dissociativa", na qual, por exemplo, o paciente pode concentrar-se na separação entre seu braço e sua cabeça, ou em imaginar que está indo para o campo, onde tudo é tranquilo.

Ao examinar suas constatações, Hilgard (1974) observa que enquanto algumas delas são compatíveis com a teoria da repressão de Freud, mas não com a teoria da dissociação de Janet, outras são mais compatíveis com a teoria da dissociação do que com a teoria psicanalítica. Assim, as descobertas de Hilgard mostram que a exclusão da informação que normalmente seria aceita é um processo ativo que exige esforço, ponto integrante da teoria de Freud, mas inexistente na teoria de dissociação. Por outro lado, as constatações mostram que o processo dissociativo segrega os sistemas organizados entre si, tal como Janet e outros defensores das teorias de dissociação ressaltam e em contraste com a noção de Freud, de um id não organizado, caótico. Como a posição de Hilgard assemelha-se à teoria de dissociação, mas ainda assim difere dela em certos aspectos críticos, ele classifica sua posição como neodissociativa.

Outras informações sobre o que acontece nos estados hipnóticos são proporcionadas pelos poucos pacientes capazes de permitir, quando sob hipnose, que um terceiro sistema se comunique por meio da escrita automática e da fala automática[7]. Hilgard refere-se a esse terceiro sistema como o "observador oculto", e eu o chamarei de Sistema C.

....

7. Hilgard (1974) descreve o procedimento para provocar a escrita automática: enquanto a mão e o antebraço esquerdos eram mantidos na água gelada sem qualquer sensação desagradável, a mão direita era colocada numa caixa própria para escrita automática, ou para registrar a dor numa escala numérica por meio de um botão a ser apertado. Ao paciente hipnotizado dizia-se então que "a mão nos dirá o que devemos saber, mas o paciente não prestará atenção a essa mão e não saberá o que ela está comunicando, nem mesmo o que está fazendo". O procedimento para a fala automática é descrito detalhadamente em Knox *et al.* (1974).

Quando esses pacientes participaram de um experimento no qual a analgesia hipnótica foi induzida, de modo que o Sistema B não teve conhecimento seja da dor ou das mudanças autônomas, o Sistema C registrou, em contraposição, consciência de ambas (embora a dor possa ter sido menos intensa do que no estado normal não hipnótico) (Knox et al., 1974). Também aqui é de grande interesse saber como o próprio paciente experiencia a sessão.

O relato seguinte foi feito por um dos participantes de uma sessão durante a qual o Sistema C registrara, por meio da fala automática, todas as vezes que o paciente sentia a mão do experimentador sobre o seu ombro. (De acordo com as instruções, o paciente refere-se ao Sistema C como o "observador oculto".)

> Durante a hipnose, mantive a mente e o corpo separados, e a mente estava andando por outros lugares – sem tomar conhecimento da dor no meu braço. Quando o observador oculto foi chamado, a parte hipnotizada teve de recuar por um minuto e deixar que a parte oculta dissesse a verdade. O observador oculto está voltado principalmente para a maneira de o corpo sentir. Não tem uma mente para vaguear, e por isso doeu muito. Quando a mão foi retirada do meu ombro, voltei à separação, e deixou de doer, mas conseguir essa separação tornou-se cada vez mais difícil.

O experimentador comenta ter sido muito evidente, pelas caretas e pelos movimentos do paciente, que ele sentia uma dor intensa sempre que a mão era colocada em seu ombro. Quando, porém, a mão era retirada, o rosto do paciente relaxava aos poucos e ele parecia sentir-se bem novamente. Mas, quando a sessão terminou, o paciente deixou claro que a realização da dissociação exigia um esforço constante, e que ele achava difícil mantê-la.

Outro ponto ressaltado por Hilgard é que a interrupção da comunicação entre sistemas que ocorre no estado hipnótico raramente é completa. Com frequência, um sistema tem algum conhecimento do que está ocorrendo no outro, mesmo que este segundo não tenha conhecimento do que está ocorrendo no primeiro. A existência de barreiras parcialmente permeáveis pode proporcionar uma indicação para o entendimento dos fenômenos a que os clínicos se referem, paradoxalmente, como "sentimentos inconscientes".

Ao relatar esses experimentos, reconheço que só uma pequena minoria de pessoas é suscetível à hipnose e que uma proporção ainda menor é capaz de escrita automática. (Da população estudantil testada por Hilgard, apenas 1% ou 2% mostrou ser adequada.) Contudo, as constatações deixaram claro que, pelo menos em algumas pessoas, o aparelho mental é tal que não só é um sistema dominante capaz de excluir seletivamente grande parte do influxo sensorial que normalmente chegaria à consciência, mas também que o processamento desse influxo excluído pode atingir um estado de consciência dentro de outro sistema paralelo ao primeiro, mas dele segregado.

Eu ou eus

As constatações experimentais desse tipo, juntamente com verificações comparáveis feitas pelos clínicos, suscitam questões difíceis sobre a melhor maneira de conceber o eu. No caso dos experimentos de Hilgard, podemos perguntar se o Sistema Principal A deve ser considerado como o eu, e, se assim for, como considerar os Sistemas Principais B e C? Ou todos os três devem ser considerados como eus? E, no campo clínico, como podemos conceituar de maneira mais útil aquilo que Winnicott chama de fato eu, e como contrastá-lo com o que ele chama de eu autêntico?

Ao abordar esses problemas, é útil começarmos com a proposta de Hilgard de que o chamado Ego Executivo é o sistema que, sendo capaz de autopercepção, também se torna capaz de conceber o eu como agente. E mais, que a integridade desse sistema é assegurada pelo seu constante acesso a um armazenamento mais ou menos contínuo de memórias pessoais. As questões que então surgem são, primeiro, se podemos conceber que mais de um sistema se torne capaz de autopercepção, e, segundo, se há evidências de que o estoque da memória pode ser seccionado. E, se puder, se é plausível postular que em certas pessoas levantam-se barreiras à comunicação entre duas ou mais seções do estoque.

Dentro da estrutura conceitual apresentada, nenhuma dessas propostas suscita problemas de princípio.

Em relação à primeira, MacKay (1972), ao examinar as possíveis suposições de como o conflito deve ser regulado, postula uma hierarquia de sistemas de avaliação e organização, na qual os sistemas superiores podem ser descritos como metassistemas, metametassistemas e assim por diante, com uma extensão indefinida. Embora numa hierarquia desse tipo seja costume pensar numa disposição sempre ascendente, a partir de uma grande variedade de sistemas inferiores e no sentido de um sistema único no alto, são possíveis outras configurações. Por exemplo, é possível supor que dois ou mais sistemas trabalhem no alto em maior ou menor colaboração mútua. Embora essa estruturação possa ser menos eficiente do que a outra em que a cadeia de comando é unificada, ainda assim poderia ser mais flexível. O que quero dizer é simplesmente que uma estruturação plural desse tipo está perfeitamente dentro dos limites da possibilidade e não pode ser rejeitada por motivos *a priori*. É por isso que falei, anteriormente, de Sistema(s) Principal(is), deixando assim aberta a questão do singular ou plural.

A questão de saber se é lícito supor que o processamento da informação pode chegar à fase da consciência dentro de mais de um Sistema Principal também não pode ser rejeitada *a priori*, especialmente porque ainda ignoramos totalmente quais as condições que determinam se o processamento chega, ou não, a essa fase.

A segunda questão levantada anteriormente relaciona-se com a possibilidade de o estoque da memória pessoal ser seccionado e de a comunicação entre seções ser impedida ou bloqueada. Também quanto a isso não há dificuldades *a priori*, pois as evidências de que dispomos são perfeitamente compatíveis com essas noções.

Em seu estudo da memória a longo prazo, Norman (1976) ressalta que há mais de uma maneira pela qual a informação pode ser codificada para armazenagem e que a mesma informação pode codificar e coexistir no armazenamento, de várias formas diferentes, e também pode ser acessível através de muitas vias diferentes. Por exemplo, uma representação mental pode codificar informações sobre o mundo de uma forma análoga, que reflete certas propriedades selecionadas do mundo, como num mapa ou num modelo mecânico, ou pode codificar as informações de uma forma proposicional, que compreende uma série de afirmações abstratas interpretadas sobre eventos perceptuais, como numa descrição em prosa. O desenho do sistema cognitivo humano, na opinião de Norman, permite flexibilidade na maneira de representar a informação. Não só pode empregar qualquer sistema de codificação que seja mais adequado aos seus propósitos, como também parece ser capaz de transformar uma forma de representação em outra. Por exemplo, a representação analógica parece ser bem adequada ao armazenamento de operações e programas de ação, ao passo que a representação proposicional parece adequada ao armazenamento do significado e à interpretação de eventos. Um meiotermo, no qual diferentes formas de codificação são usadas em combinação para representar diferentes aspectos do mundo, provavelmente também existe. A informação transmitida em diagramas, observa Norman, com frequência tem forma parcialmente análoga e parcialmente proposicional.

Armazenagem episódica e semântica

Norman também chama a atenção para a distinção, introduzida por Tulving (1972)[8], entre o armazenamento de informação de acordo com experiências pessoais, autobiograficamente, e o armazenamento segundo seu significado, sua contribuição para o conhecimento pessoal. Como a distinção me parece ter implicações muito significativas para a psicopatologia, vale a pena examiná-la melhor.

Na armazenagem episódica, a informação é armazenada sequencialmente em termos de episódios ou eventos datados temporalmente, e de relações espaço-temporais entre os eventos. Conserva, normalmente, suas propriedades perceptuais e cada item tem seu lugar próprio característico na história da vida de uma pessoa. "Assim, uma parte integral da representação de uma experiência

....

8. Num artigo de revista, Tulving observa que o trabalho experimental sobre a memória enquadra-se naturalmente nessas duas classes e conclui, portanto, que a distinção pode ter um valor heurístico. Compara dois sistemas de memória em termos da natureza da informação selecionada para armazenagem, as redes dentro das quais é armazenada e os meios pelos quais é recuperada.

lembrada na memória episódica é a sua referência ao conhecimento que a pessoa que lembra tem de sua identidade pessoal" (Tulving, p. 389). Exemplo disso seriam as lembranças vivas de uma pessoa sobre eventos que ocorreram durante determinadas férias. No tipo semântico de armazenagem, em contraste, as informações existem como proposições generalizadas sobre o mundo, derivadas seja da própria experiência da pessoa ou daquilo que aprendeu com outras, ou de alguma combinação das duas. Influxos para o sistema de memória semântica têm, portanto, sempre uma referência a uma estrutura cognitiva existente. Exemplos disso seriam quaisquer opiniões que a pessoa possa ter sobre as férias em geral e sobre como determinadas férias poderiam ser comparadas a outras.

Um corolário da distinção entre armazenagem episódica e armazenagem semântica, e que provavelmente terá grande relevância clínica, é o de que a armazenagem das imagens dos pais e do eu será, quase que certamente, pelo menos de dois tipos característicos. Enquanto as memórias de comportamento adotado e das palavras ditas, em determinadas ocasiões, serão armazenadas episodicamente, as generalizações sobre mãe, pai e eu, encerradas naquilo que chamo de modelos funcionais ou modelos representacionais, serão armazenadas semanticamente (seja num formato analógico, semântico, proposicional ou algum outro formato combinado). Dados esses tipos diferentes de armazenagem, existe um terreno fértil para a gênese do conflito. Isso porque a informação armazenada semanticamente nem sempre precisa ser coerente com a que está armazenada episodicamente; e pode acontecer que em certas pessoas a informação armazenada de uma maneira varie muito em relação à informação armazenada de maneira diferente.

A razão pela qual chamo a atenção para os diferentes tipos de armazenagem, e a consequente oportunidade de conflito cognitivo e emocional, é que durante o trabalho terapêutico não é raro descobrirem-se incoerências grosseiras entre as generalizações feitas pelo paciente em relação a seus pais e o que está implícito em alguns dos episódios que ele recorda, sobre a maneira como seus pais realmente se comportaram e o que disseram em determinadas ocasiões. Às vezes, a generalização refere-se, em termos amplos e brilhantes, às admiráveis qualidades de um dos pais, algumas das quais, ou todas, são postas em questão de maneira evidente quando episódios da maneira como o pai ou a mãe realmente se comportaram, e/ou falaram, são lembrados e avaliados. Em outras ocasiões, a posição se inverte, sendo a generalização uniformemente adversa, e as recordações dos episódios avaliadas de maneira mais favorável. Da mesma forma, não é raro descobrirem-se incoerências grosseiras entre os juízos generalizados feitos pelo paciente sobre ele próprio e o quadro que constrói sobre a sua maneira habitual de pensar, sentir e comportar-se, em determinadas ocasiões. Por essas razões, é quase sempre muito útil ao paciente ser estimulado a lembrar fatos concretos o mais detalhadamente possível, para que então possa reavaliar, com todos os sentimentos adequados, quais podem ter sido os seus próprios desejos, sentimentos e comportamento em cada ocasião específica, e também qual pode ter sido o comportamento de seus pais. Com isso, ele tem a oportunidade de corrigir ou modificar imagens do armazenamento semântico que estão em desacordo com as evidências, históricas e correntes.

Uma razão para as discrepâncias entre a informação num tipo de armazenagem e a informação em outro tipo está, com toda probabilidade, na existência de uma diferença na fonte de onde cada um desses tipos deriva a parte dominante de sua informação. Enquanto na informação que vai para a armazenagem episódica a parte dominante parece derivar provavelmente daquilo que a própria pessoa percebe e uma parte subordinada apenas daquilo que lhe pode ser dito sobre o episódio, nas informações armazenadas semanticamente a ênfase pode ser inversa, e o que lhe é dito predomina sobre o que a própria pessoa pode pensar. Um exemplo cotidiano de uma grande discrepância entre a informação na armazenagem episódica e a informação na armazenagem semântica está nas imagens que temos sobre a terra em que vivemos. Em nosso cotidiano, experienciamos a terra como sendo plana, e na maior parte das vezes a consideramos assim. Contudo, a maioria dos ocidentais instruídos, tendo aprendido que ela é esférica, diria que o modelo que têm dela é realmente esférico. Nesse caso, é claro, embora exista, a discrepância não provoca nenhum conflito de consequências emocionais, hoje em dia. No caso das informações sobre os pais e o eu, porém, de que dependem tantas coisas de consequência emocional, discrepâncias acentuadas podem produzir um perturbador sentimento de intranquilidade.

Voltemos agora às questões levantadas no início desta seção, ou seja, como, dentro da estrutura proposta, podemos imaginar melhor o eu, e como é possível também imaginar que uma pessoa tenha mais de um eu. Na maioria das pessoas podemos supor a existência de um Sistema Principal unificado que não só é capaz de autorreflexão, como tem também um acesso mais ou menos fácil a toda informação na armazenagem a longo prazo, a despeito de sua fonte, da maneira pela qual é codificada e do tipo de armazenagem em que pode estar. Também podemos supor que há outras pessoas em que os Sistemas Principais não são unificados, de modo que, embora num desses sistemas possa haver acesso à informação contida num tipo de armazenagem, mas pouco ou nenhum acesso à informação existente em outro, a informação a que outro Sistema Principal tem ou não acesso poderia, em muitos aspectos, ser complementar. Os dois sistemas seriam então diferentes em relação ao que cada um deles percebe e a como cada um deles interpreta e avalia os acontecimentos, o que é exatamente aquilo que às vezes encontramos clinicamente. Na medida em que a comunicação entre sistemas é limitada, eles podem ser mais bem classificados como segregados.

Quando, durante a terapia, um paciente compara imagens discrepantes que tem tanto de seus pais como de si mesmo, colhidas em armazenagem de diferentes tipos, as imagens da armazenagem episódica são, ao que me parece, as que ele acredita, com mais frequência, terem maior validade e serem as imagens com as quais se identifica melhor. Assim sendo, o eu que ele experienciaria como seu eu verdadeiro seria o que tem acesso mais fácil àquelas imagens.

A esta altura, atingimos o ponto mais avançado a que podemos levar, com alguma utilidade, essas ideias bastante especulativas. Em capítulos posteriores, como, por exemplo, os capítulos 12, 13, 20 e 21, elas são reexaminadas, para oferecer maneiras possíveis de compreender certas reações não incomuns à perda.

Algumas consequências da exclusão defensiva

Sempre que a informação normalmente aceita para processamento posterior, devido ao seu significado para o indivíduo, é sujeita à exclusão defensiva por períodos prolongados, as consequências são de grande alcance. Entre elas estão, ao que me parece, a maioria ou talvez mesmo todos os diversos fenômenos que, num momento ou outro, foram descritos na bibliografia psicanalítica como defesas[9].

Das muitas consequências possíveis podemos mencionar as duas principais, cada uma delas com certas consequências contingentes, para as quais desejo chamar a atenção, agora:

a) Um ou mais sistemas de comportamento dentro de uma pessoa podem ser desativados, parcial ou totalmente. Quando isso ocorre, uma ou mais das outras atividades podem passar a monopolizar o tempo e a atenção da pessoa, agindo aparentemente como diversões.

b) Uma reação, ou uma série de reações, de uma pessoa pode desligar-se cognitivamente da situação interpessoal que a está provocando, deixando essa pessoa sem consciência da razão pela qual reage de determinada maneira. Quando isso acontece, ela pode fazer uma ou mais de várias coisas, todas provavelmente capazes de desviar sua atenção de quem, ou daquilo, que pode ser responsável por suas reações:

> O paciente pode identificar erroneamente alguma outra pessoa (ou situação) como a única que está provocando suas reações. Pode desviar suas reações de alguém que é, em certa medida, responsável por sua provocação, e dirigi-las para alguma figura irrelevante, inclusive ele próprio.

....

9. Numa lista abrangente de defesas compilada por Sperling (1958) estão incluídos: entidades de doença, caráter, complexos de sintomas, afetos, estados e processos fisiológicos, estados e processos psicológicos, formas de arte, comportamento social e antissocial. Entre esses itens, limito a atenção aos fenômenos que, juntos, parecem ser de importância central para o conceito, ou seja, processos defensivos, comportamento defensivo e crença defensiva. A posição adotada é, sob todos os aspectos importantes, igual à de Peterfreund (1971).

Pode deter-se com tanta insistência nos detalhes de suas próprias reações e sofrimentos que não tem tempo de examinar qual pode ser realmente a situação interpessoal responsável por suas reações.

A desativação[10] de um sistema: repressão

Um sistema comportamental só se torna ativo quando a combinação necessária de influxos, exteroceptores e/ou armazenagem de lembranças o atinge. Se esses influxos forem sistematicamente excluídos, segue-se que o sistema deve ser imobilizado, juntamente com os pensamentos – e sentimentos – aos quais eles dão origem, e que o sistema deve permanecer assim até o momento em que o influxo necessário seja recebido. Em termos tradicionais, o sistema assim desativado é considerado como reprimido. Ou, inversamente, os efeitos da repressão são considerados como resultantes da exclusão sistemática de processamento posterior de certas informações significativas para a pessoa. Como a repressão, a exclusão defensiva é considerada o centro da psicopatologia. Só em suas conotações teóricas é necessário estabelecer qualquer distinção entre os dois conceitos.

A exclusão de informação significativa, com a resultante desativação de um sistema comportamental, pode, é claro, ser menos do que completa. Quando isso ocorre, há momentos em que fragmentos da informação excluída defensivamente se infiltram, tornando visíveis os fragmentos do comportamento defensivamente desativado; ou, então, sentimentos e outros produtos do processamento relacionados com o comportamento atingem a consciência, por exemplo, na forma de estados de espírito, lembranças, devaneios e sonhos, e podem ser relatados. Esses fenômenos psicológicos deram origem, na teoria psicanalítica tradicional, a conceitos como o inconsciente dinâmico e o retorno do que é reprimido.

....

10. Embora o termo "inativação" fosse gramaticalmente correto, sigo Peterfreund (1971) usando "desativação". A vantagem desse segundo termo é manter a distinção entre essa condição e a de um sistema comportamental que está inativo apenas momentaneamente, mas que continua acessível, da maneira habitual, a qualquer influxo potencialmente ativante.

A amplitude do efeito que a desativação do sistema comportamental tem sobre o funcionamento da personalidade dependerá claramente da sua posição na personalidade. Se o sistema tiver importância apenas marginal, a ausência desse comportamento no repertório da pessoa pode não ter maiores consequências. Mas se o sistema comportamental, ou uma série de sistemas, for tão central para o funcionamento da personalidade quanto é, por exemplo, a série que controla o comportamento de apego, os efeitos serão provavelmente profundos. De um lado, algumas formas de comportamento, pensamento e contingente deixarão de ocorrer ou de ser experimentadas e, do outro, formas de comportamento, pensamento e sentimento de algum outro tipo tomarão seu lugar. Pois, como Peterfreund (1971) ressalta, numa rede de sistemas de controle uma modificação importante numa parte terá repercussões no todo.

O papel diversivo da atividade defensiva. Muitos dos padrões de comportamento, pensamento e sentimento considerados defensivos pelos clínicos podem ser compreendidos como alternativas do comportamento, pensamento e sentimento que desapareceram em consequência da desativação. Ao considerá-los defensivos, o que se tem geralmente presente é que dão a impressão, de um lado, de serem praticados sob pressão e de absorverem uma proporção indevida de atenção, tempo e energia de uma pessoa, talvez na forma de excesso de trabalho, e, do outro, de serem empreendidos pela pessoa às expensas da atenção, do tempo e da energia dedicados a alguma outra coisa. Assim, parecem não ser apenas alternativas, mas também desempenhar um papel diversivo; e é isso provavelmente o que fazem. Isso porque quanto mais completamente a atenção, o tempo e a energia de uma pessoa se concentram numa atividade e na informação relacionada com essa atividade, mais completamente a informação sobre outra atividade pode ser excluída.

A experiência sugere que não há atividade, mental ou física, que não possa ser empreendida como diversão. Quer se trate de trabalho ou jogo, de grande ou nenhum valor social, desde que a atividade seja absorvente, ela atende à exigência psicológica. Isso significa que os efeitos da atividade defensiva devem ser julgados por várias escalas distintas. Por exemplo, podemos indagar:

– quais os seus efeitos, benéficos ou não, sobre a personalidade em questão?
– quais os seus efeitos, benéficos ou não, sobre os membros da família da pessoa?
– quais os seus efeitos, benéficos ou não, sobre a comunidade em geral?

As respostas a essas perguntas podem diferir muito.

Desligamento cognitivo entre a reação e a situação

Estamos tão habituados a considerar nossos pensamentos, sentimentos e comportamento como ligados mais ou menos diretamente às circunstâncias em que nos encontramos, que pode parecer estranho que o elo esteja por vezes ausente, ou que se estabeleça o elo errado. Contudo, em nível trivial, isso ocorre com certa frequência. Um homem chega do trabalho e acha que o filho cometeu uma falta. Subsequentemente ele pode ou não ter consciência de que sua irritação foi provocada inicialmente por acontecimentos no trabalho, e que o comportamento do filho teve uma relevância apenas marginal. Outro homem acorda sentindo-se preocupado e deprimido, e só depois identifica a situação que provoca essas reações. Nos dois exemplos, certas informações relevantes para seu estado de espírito e comportamento estão sendo excluídas do processamento consciente. Quando a exclusão é apenas parcial ou temporária, não há maiores prejuízos. Quando, porém, é sistemática e persistente, os efeitos negativos podem ser graves.

Esse desligamento cognitivo entre uma reação e a situação interpessoal que a provocou tem, ao que me parece, um papel importante na psicopatologia. Às vezes o desligamento é completo, e nesse caso a reação parece totalmente inexplicável em termos de uma reação psicológica, sendo, por consequência, facilmente atribuída a alguma coisa bem diferente, como, por exemplo, má digestão ou distúrbios do metabolismo. Em outras ocasiões, o desligamento é apenas parcial, na medida em que a pessoa só não tem consciência de alguns aspectos da situação, embora tenha plena consciência de outros aspectos. Nesses casos, é a intensidade e a persistência da reação que criam problemas.

Como nos capítulos seguintes, notadamente os capítulos de 9 a 13 e de 19 a 24, muitos exemplos de reações patológicas à perda são atribuídos a um desligamento parcial ou total da reação em relação à situação, não há necessidade de nos estendermos mais sobre o processo aqui.

Identificação errônea da situação interpessoal que provoca uma reação. Assim como as atividades defensivas podem servir, em parte, para evitar que se dê atenção ao influxo que está sendo excluído defensivamente, também a atribuição de uma reação a alguma situação insignificante serve para desviar a atenção da situação realmente responsável. Vários exemplos disso são dados no volume II, ao examinarmos as fobias (capítulos 18 e 19). Uma criança que tem medo de sair de casa porque teme que sua mãe a abandone ou se suicide durante sua ausência acredita, ou disso é convencida, que o que ela teme realmente é ser criticada pelo professor; ou um adulto, igualmente receoso do que poderia acontecer em casa durante sua ausência, afirma que tem medo realmente é de andar sozinho em lugares públicos.

Redirecionamento de reações para distanciá-las das pessoas que as provocam. Desviar a raiva da pessoa que a provocou e dirigi-la para alguma outra pessoa mais ou menos irrelevante é um processo tão conhecido que não precisamos falar dele. Na teoria tradicional, é chamado de deslocamento. O termo "cisão" (*splitting*) também é usado nesse sentido quando uma reação ambivalente é provocada, sendo o componente amoroso dirigido para uma pessoa e o componente de raiva dirigido para outra.

Não raramente, a raiva é desviada da figura de apego que a provocou, voltando-se para o eu. Disso resultam autocríticas improcedentes.

Preocupação com reações e sofrimentos pessoais. Não é raro que, quando uma série de reações se tenha desligado da situação interpessoal que as provocou, a pessoa focalize sua atenção não sobre qualquer pessoa ou situação relevante, ou mesmo irrelevante para seu estado de espírito, mas exclusivamente sobre si mesma. Nesses casos, a pessoa pode deter-se longamente nos detalhes de suas reações, tanto psicológicas como fisiológicas, especialmente na extensão de seus sofrimentos. Pode ser então considerada como morbidamente introspectiva e/ou hipocondríaca. Exemplos de pacientes cujas preocupações introspectivas realmente desviam sua atenção de uma situação difícil e penosa são descritos por Wolff e outros (1946*b*) e por Sacher e outros (1968), e são novamente mencionados nos capítulos 9 e 13, a seguir.

Há, na verdade, muitas outras consequências da exclusão defensiva da informação relevante, além das que registramos acima, inclusive as condições descritas tradicionalmente como negação ou recusa. Porém, já que ocorrem frequentemente como reações à perda, e que, além de tudo, a sua classificação como defesa exige exame, a discussão sobre elas é adiada para capítulos posteriores.

Condições que promovem a exclusão defensiva

No início deste capítulo, observamos que no curso normal da vida de uma pessoa a maior parte das informações que lhe chegam é rotineiramente excluída do processamento consciente, a fim de que sua capacidade não seja sobrecarregada e sua atenção não seja desviada constantemente. E também que a diferença entre a exclusão defensiva e as formas habituais de exclusão está não nos mecanismos responsáveis por ela, mas na natureza da informação excluída. Ao examinar as condições que promovem a exclusão defensiva, portanto, o foco de atenção recai sobre a natureza da informação excluída.

Na minha opinião, a teoria que melhor se enquadra nos dados é a proposta por Peterfreund (1971), ou seja, de que a informação que provavelmente será excluída é de uma natureza que, quando aceita para processamento no passado, levou a pessoa em questão a sofrer de maneira mais ou menos grave. Se essa fórmula abrange ou não todos os casos, é impossível saber, até que tenha sido experimentada e testada. Enquanto isso, eu a adoto, já que parece suficiente para o entendimento das reações tratadas neste volume.

Há várias razões possíveis pelas quais certos tipos de informação que chegam poderiam, se aceitos, provocar sofrimento na pessoa em questão. Um exemplo, há muito mencionado na literatura clínica, ocorre quando a informação que chega poderia, se aceita, provocar sentimentos e/ou eliciar ações que seriam avaliadas adversamente pelos próprios sistemas de avaliação da pessoa em questão, criando com isso conflito e culpa. Outro, intimamente relacionado com o primeiro, ocorre quando a informação que chega poderia, se aceita, resultar em sério conflito com os pais e na aflição aguda que isso provavelmente acarretaria. Há duas situações desse tipo especialmente afins com a minha tese.

A primeira é quando o comportamento de apego da criança é fortemente despertado e, por qualquer motivo, não é correspondido e finalizado. Nessas circunstâncias, a criança protesta de maneira mais ou menos violenta e sofre grande aflição. Se a situação ocorrer com frequência e por longos períodos, não só a aflição se prolonga, como também parece que o sistema de controle do comportamento, em última análise, é desativado. Isso, pelo que as evidências indicam, ocorre mais provavelmente quando a falta de finalização é acompanhada pela rejeição ativa, e talvez especialmente quando a criança é punida ou ameaçada de punição por reagir, como provavelmente reagirá, por exemplo, chorando alto e persistentemente, exigindo a presença da mãe ou comportando-se de maneira geralmente hostil e difícil.

A desativação dos sistemas que medeiam o comportamento de apego, o pensamento e o sentimento parece ser realizada pela exclusão defensiva, mais ou menos completa, do influxo sensorial de qualquer tipo que possa ativar o comportamento e o sentimento de apego. O estado resultante disso é o desapego emocional, que pode ser parcial ou total.

A desativação do comportamento de apego é especialmente passível de ocorrer nos primeiros anos, embora possa, sem dúvida, ser intensificada e consolidada no fim da infância e na adolescência. Uma das razões por que a criança pequena é especialmente predisposta a reagir dessa maneira é que durante a segunda metade do primeiro ano de vida, e nos dois anos subsequentes, aproximadamente, o comportamento de apego é eliciado com mais facilidade, e continua a sê-lo, com alta intensidade e por prolongados períodos, causando grande sofrimento se não houver ninguém para reconfortar a criança. Consequentemente, é durante esses anos que ela é especialmente vulnerável a períodos de separação, e também à rejeição ou ameaça de rejeição. Outra razão, bem diferente, parece ser o fato de a exclusão seletiva ocorrer mais facilmente nas crianças do que nos adultos. Exemplo disso, e para o qual Hilgard (1964) chama a atenção, é a facilidade com que a amnésia pós-hipnótica é induzida nas crianças, em comparação com os adultos.

Como há evidências de que a desativação do comportamento de apego é um aspecto-chave de certas variantes comuns do luto patológico, e também de personalidades com tendências a reagir dessa maneira, a condição é mencionada repetidamente em capítulos posteriores.

Uma segunda classe de conflito com os pais, e que na minha opinião explica muitos casos de exclusão defensiva, surge quando a criança começa a observar aspectos do comportamento de um dos pais, que este deseja fortemente que passem despercebidos. A maior parte dos dados que podem ser explicados por essa hipótese é bem conhecida, embora as explicações adotadas tenham sido, habitualmente, muito diferentes.

No trabalho terapêutico não é raro encontrar uma pessoa (criança, adolescente, ou adulto) que mantém, conscientemente, uma imagem totalmente favorável de um dos pais, mas que num nível é representado como negligente, ou rejeitador, ou como tendo maltratado a criança. Nessas pessoas, as duas imagens são mantidas separadas, sem se comunicarem entre si. E qualquer informação que possa discordar da imagem estabelecida é excluída.

Várias opiniões foram apresentadas para explicar esse estado de coisas. Uma delas, destacada na teoria psicanalítica tradicional, postula que a criança pequena é incapaz de acomodar numa mesma imagem o tratamento bondoso dispensado pelo pai ou pela mãe com um tratamento menos favorável que possa receber deles ou, o que é muito enfatizado por certos teóricos, que imagina lhe estar sendo dado. Uma segunda opinião é que uma criança pequena, sendo totalmente dependente do cuidado dos pais, tem uma forte tendência a vê-los sob uma luz favorável e, dessa forma, a excluir informações contrárias. Uma terceira opinião, para a qual os clínicos interessados na interação familiar chamam a atenção, e já descrita, com referências, no volume II (capítulo 20), enfatiza a insistência de certos pais em que seus filhos os vejam sob uma luz favorável, e as pressões que nesse sentido exercem sobre eles. Sob a ameaça de não ser amada, e mesmo de ser abandonada, a criança é levada a compreender que não deve notar o tratamento adverso que lhe dão seus pais ou, se o fizer, deve considerar essa atitude apenas como a reação justificada de um pai ou de uma mãe ao mau comportamento de seu filho.

Como essas explicações não são mutuamente exclusivas, é possível que cada um dos fatores postulados traga uma certa contribuição. Ao avaliar o papel provável de cada um deles, porém, acredito que as evidências existentes são acentuadamente favoráveis ao último, ou seja, o papel da pressão dos pais, e apoiam menos a interpretação tradicional. Como exemplos dessas evidências são apresentados em muitos capítulos posteriores (por exemplo, capítulos 12, 18 ss.), é desnecessário levarmos a questão mais adiante, no momento.

Examinemos, finalmente, um problema correlato, ou seja, se a exclusão defensiva só se origina durante a primeira infância, como é suposição geral dos psicanalistas, ou se pode ter início também durante a segunda infância e, talvez, durante a adolescência e a vida adulta. É uma questão importante e difícil, já que as evidências estão longe de ser claras. Um problema importante é distinguir entre as condições que podem ser necessárias para o início da exclusão defensiva e as condições necessárias à sua manutenção ou intensificação. As seguintes proposições experimentais são, ao que me parece, interpretações razoáveis das evidências:

a) Há razões para suspeitar que a vulnerabilidade às condições que dão início à exclusão defensiva é maior nos primeiros anos de vida, especialmente talvez nos três primeiros (algumas das razões disso já foram mencionadas e outras são examinadas no capítulo 24).

b) Embora a vulnerabilidade diminua nas outras fases da infância e no início da adolescência, isso provavelmente só ocorre lentamente, e a vulnerabilidade permanece acentuada durante a maior parte desses anos.

c) Não há, provavelmente, nenhuma idade em que os seres humanos deixam de ser vulneráveis a fatores que mantêm, ou aumentam, qualquer exclusão defensiva já estabelecida.

Um corolário dessa posição é que, ao examinarmos as condições que dão início à exclusão defensiva, é necessário considerar tanto as condições que podem afetar crianças mais velhas e adolescentes jovens quanto as condições às quais as crianças na primeira e segunda infâncias podem estar vulneráveis.

Exclusão defensiva: adaptativa ou mal-adaptativa

Ao examinarmos se a exclusão defensiva é biologicamente adaptativa, o critério relevante é se ela contribui de alguma forma para a sobrevivência do indivíduo e para as suas possibilidades de procriação[11]. Como a aplicação desse critério não é fácil, é necessário pesar os argumentos.

Primeiro, não pode haver dúvida de que as pessoas em que a exclusão defensiva desempenha papel proeminente são deficientes em suas relações com outros seres humanos, se comparadas às pessoas em que essa exclusão desempenha apenas um papel menor. Além disso, são mais inclinadas a sofrer colapsos no funcionamento quando, por períodos que duram semanas, meses ou anos, podem ser incapazes de lidar de maneira eficaz com seu ambiente. Assim, quaisquer que sejam os benefícios proporcionados pela exclusão defensiva, a personalidade que a adota paga por isso, às vezes gravemente. Surge, portanto, a questão de haver ou não circunstâncias em que essas vantagens superam as penalidades

....

11. Trata-se, é claro, de um critério muito diferente dos adotados tradicionalmente pelos psicanalistas interessados ou na distribuição da energia psíquica ou no grau de dor mental experimentada.

certas. Isso nos leva de volta às condições que provocam o processo.

Na seção anterior propôs-se que grande parte da informação passível de ser excluída defensivamente, porque quando aceita antes provocou sofrimento, se enquadra em duas classes principais: (a) informação que provoca um intenso comportamento e sentimento de apego na criança, mas faz com que esse apego permaneça insatisfeito, e talvez até mesmo seja punido, e (b) informação que a criança sabe que seus pais não querem que ela conheça e que a castigariam, se aceitasse como verdadeira. Surge, portanto, a questão de se, nas condições que tornam inaceitáveis esses dois tipos de informação, o comportamento a que sua exclusão leva pode, pelo menos em certos casos, proporcionar benefícios que superam as penalidades.

Examinemos cada um desses casos.

Main (1977) descreve observações de crianças com idade entre 12 e 18 meses, com suas mães, e constata que as crianças que deixam de evidenciar comportamento de apego em circunstâncias em que este era esperado, como, por exemplo, depois de uma separação de alguns minutos num ambiente estranho, são muito provavelmente as que tiveram habitualmente rejeitadas pelas mães as suas tentativas de aproximação. Nas condições descritas, uma criança desse tipo, em vez de demonstrar comportamento de apego, como fazem os filhos de pais receptivos, afasta-se da mãe e ocupa-se com um brinquedo. Com isso, a criança está excluindo efetivamente qualquer influxo sensorial capaz de provocar seu comportamento de apego, evitando dessa forma o risco de ser rejeitada e de se tornar aflita e desorganizada. Além disso, evita qualquer risco de provocar um comportamento hostil por parte da mãe. Ainda assim, permanece próxima da mãe. Esse tipo de reação, como sugere Main, pode representar uma estratégia de sobrevivência alternativa em busca de uma estreita proximidade com a mãe. Suas vantagens são que a criança evita tornar-se desorganizada, mas ainda assim permanece mais ou menos próxima da mãe e em bons termos com ela, havendo possibilidade de que, se o risco de perigo tornar-se grande, esta venha a protegê-la.

Contudo, mesmo que essa sugestão fosse válida, ressalta Main, há muitos indícios de que a estratégia é apenas a segunda melhor possibilidade, a ser adotada apenas quando a atitude da mãe é adversa. Isso se evidencia pela facilidade com que a reação é substituída pelo comportamento de apego, quando a criança passa a confiar numa receptividade carinhosa por parte da mãe.

O mesmo argumento pode ser aplicado ao segundo caso, em que a informação que a criança sabe que seus pais não desejam que ela conheça é submetida à exclusão defensiva. Também aqui, as vantagens da conformação às exigências dos pais podem superar as desvantagens. Isso porque, como a criança sabe em seu íntimo, quando a mãe tem tendência a rejeitá-la, será melhor acalmá-la do que correr o risco de afastá-la totalmente.

Se esse raciocínio for correto, ainda assim deve haver um ponto em que as vantagens da conformação às exigências da mãe ou do pai podem ser superadas pelas desvantagens. É o que ocorre nos adolescentes e adultos que, tendo adotado por muito tempo a estratégia de apaziguar a mãe ou o pai, tornam-se incapazes de qualquer outra atitude.

Procurei, neste capítulo, indicar as linhas em que seria possível desenvolver uma teoria da defesa, usando conceitos oriundos de estudos recentes sobre o processamento humano da informação. Nos capítulos seguintes uso essas ideias para lançar luz sobre as reações à perda.

Capítulo 5
Plano da obra

Como um dos objetivos principais deste volume é comparar, e se necessário contrastar, as reações à perda apresentadas por uma criança pequena com as reações dos adultos, é necessário decidir em que extremo da classificação etária começar. Acho vantajoso começar com o que sabemos das reações dos adultos e, daí, ir descendo pela escala de idade, primeiro até as reações dos adolescentes e das crianças e, finalmente, das crianças nos primeiros anos de vida. O mérito desse procedimento é que podemos ter, antes de examinar as questões controversas das reações infantis à perda, um quadro exato e abrangente das reações dos adultos. Felizmente, isso é possível graças a vários estudos bem planejados e sistemáticos, concluídos nas duas últimas décadas.

Com uma ou duas exceções notáveis, esses estudos das reações de adultos focalizam perdas provocadas pela morte. Além disso, uma grande maioria de relatórios clínicos, tanto sobre adultos quanto sobre crianças, que se relacionam com a perda, também se ocupou de perdas resultantes de morte. Por isso, a causa das perdas, de que trata a maior parte deste volume, também é a morte. Paradoxalmente, é apenas em relação às crianças pequenas, cujas reações proporcionam o ponto de partida deste trabalho, que a perda devida a outras circunstâncias é considerada.

Pode parecer uma pena, a alguns leitores, limitar a maior parte da análise aos efeitos da perda provocada pela causa única da morte, já que um grande número, provavelmente a maioria, das perdas que ocorrem em nossa sociedade é devido a outras causas que não a morte. Os exemplos familiares são as perdas provocadas pelo divórcio ou abandono, e também as perdas de caráter temporário que podem ser causadas por numerosas circunstâncias diferentes e podem ser prolongadas ou breves. Porém, também há vantagens nessa restrição do estudo. Mesmo limitando-nos a essa causa única da perda, temos de examinar os efeitos de uma grande quantidade de variáveis que influenciam a reação à perda; e, se tivéssemos de examinar também outras causas, essa quantidade aumentaria ainda mais. Há certo mérito, portanto, em nos concentrarmos, de início, nas reações a perdas que têm uma mesma causa, e escolher para esse início a causa de perda em relação à qual as reações foram mais bem descritas. Quanto maior nosso êxito nessa investigação, mais bem preparados estaremos, ao que me parece, para examinarmos as reações a perdas de outros tipos. Não pode haver dúvida de que, qualquer que seja a causa de uma perda, certos padrões básicos de reação estão presentes, e de que as variações de reação que podem resultar de perdas que têm algumas outras das muitas causas diferentes serão mais bem examinadas como variações sobre um mesmo tema.

São necessários vários capítulos para apresentar um quadro das reações a perdas importantes, nos adultos. Nos três primeiros capítulos descrevemos as reações da maioria, ou pelo menos de uma minoria substancial, de pessoas casadas em diferentes culturas, à perda de um cônjuge ou filho, e a progressão normal do luto através de várias fases. No capítulo 9, e ainda em nível descritivo, examinamos as reações que só ocorrem numa minoria de pessoas enlutadas. Isso nos leva a uma discussão das variações individuais no curso do luto, com especial referência aos aspectos evidentes durante os primeiros meses e que se correlacionam com um resultado desfavorável, depois. Feito isso, passamos a examinar, nos capítulos 10 a 12, os muitos fatores que, ao que se acredita, influem no curso seguido pelo luto nas diferentes pessoas, especialmente os fatores que têm um papel na determinação de um resultado patológico ou sadio. Alguns deles, relativamente negligenciados no passado mas que estão recebendo uma atenção crescente em estudos recentes, relacionam-se com experiências sofridas por uma pessoa enlutada na época da perda e durante os meses e anos que se seguiram. Outros, sempre motivo de intenso debate na bibliografia psicanalítica, relacionam-se com uma série de variáveis interligadas e ativas antes da perda. Incluem (*a*) a personalidade do enlutado antes da perda, (*b*) o padrão de relação que teve com a pessoa perdida e (*c*) as muitas variáveis postuladas pelos teóricos da psicanálise para explicar o desenvolvimento de diferentes tipos de personalidade e diferentes padrões de relação e, portanto, também as diferenças nos cursos que o luto pode tomar. Isso leva ao tema central deste volume, ou seja, a influência que têm sobre as reações à perda as experiências sofridas pela pessoa enlutada com as figuras de apego durante todo o curso de sua vida e, especialmente, durante a primeira e a segunda infâncias e a adolescência. Essas experiências explicariam uma grande parte da variação observada no curso seguido pelo luto nos adultos.

A essa altura de nosso estudo será proveitoso examinar novamente o que se sabe sobre o curso seguido pelas reações à perda sofrida durante os anos de imaturidade, e também os fatores responsáveis pelas diferenças na maneira como cada criança reage. São esses os temas da parte III.

Parte II
O luto dos adultos

Capítulo 6
Perda do cônjuge

> Eva experimentava o pesar pela primeira vez. Quando Keir lhe deu a notícia da enfermidade de John, ela sentira um choque, mas fora diferente – quase o oposto. Havia sido uma incapacidade de sentir, ao passo que agora era uma incapacidade de não sentir – um feio e incontrolável excesso de emoção que a distendia a ponto de achar que podia explodir e transformar-se em salpicos de tripas pelo chão... Queria quebrar alguma coisa, urrar. Queria jogar-se no chão, rolar, dar pontapés, gritar.
>
> BRYAN MAGEE, *Facing Death*

Fontes

Há um bom volume de informações fidedignas sobre a maneira como os adultos reagem a uma perda importante. Além dos dados registrados pelos primeiros estudiosos do assunto, já mencionados nos capítulos anteriores e nos Apêndices I e II do volume II, há hoje observações proporcionadas por projetos mais recentes e mais cuidadosamente preparados. As observações mais úteis para os nossos objetivos são os estudos iniciados pouco depois de uma perda, e em alguns casos antes de sua ocorrência, e continuados depois, durante um ano, ou mais. Neste capítulo, e nos seguintes, usamos extensivamente as constatações desses projetos. Eles se enquadram em duas classes principais. A primeira, descrita neste capítulo, compreende estudos que visam a descrever os padrões típicos de reação à perda de um cônjuge durante o primeiro ano de seu desaparecimento e, ainda, identificar características que podem prever se o estado de saúde física e mental do enlutado, ao final do primeiro ano, será favorável ou desfavorável. O segundo grupo compreende estudos do curso do luto nos pais de crianças com doenças incuráveis, e são descritos no capítulo seguinte.

É evidente que, para serem éticos, todos esses estudos devem ser realizados com sensibilidade e empatia, e só com as pessoas que desejam participar. A experiência mostra que, quando os estudos são realizados dessa forma, a maioria dos pacientes coopera ativamente e, acima de tudo, geralmente se sente agradecida pela oportunidade de expressar seu pesar a uma pessoa compreensiva.

O Quadro 1 relaciona os principais estudos usados neste capítulo e nos capítulos de 9 a 12, proporcionando certas informações básicas sobre eles. Tais estudos procuraram ser, tanto quanto possível, representativos da população estudada; assim, os membros de todas as classes socioeconômicas foram abordados. O êxito em localizar e conseguir a cooperação dos abordados, porém, variou muito – de mais de 90% em alguns estudos a apenas 25% em outros.

Em quase todos os estudos foram realizadas entrevistas previamente marcadas, na casa da pessoa enlutada; estas duraram pelo menos uma hora, às vezes até mesmo três horas. Na maioria dos estudos, as entrevistas foram semiestruturadas, visando dar ao enlutado a oportunidade de falar livremente sobre sua experiência, e também fazer com que certos campos fossem adequadamente cobertos.

Os estudos a que recorri especialmente são os de meu colega Collin Murray Parkes, um dos quais realizado em Londres (Parkes, 1970a), e outro, em associação com Ira O. Glick e Robert S. Weiss, em Boston, Mass. (Glick, Weiss e Parkes, 1974).

Os leitores que desejarem ter maiores informações sobre as amostras dos pacientes estudados, os procedimentos empregados e a publicação dos resultados devem consultar a nota final deste capítulo.

Limitações das amostras estudadas

No conjunto, verificamos que o número de viúvos e viúvas incluídos nestas amostras totalizava várias centenas; verificamos também que, com poucas exceções, o grau de concordância entre as constatações é impressionante. Contudo, devemos indagar-nos qual a representatividade das amostras estudadas, em relação a todos os cônjuges enlutados.

QUADRO 1 *Perda do cônjuge: detalhes dos estudos utilizados*

Autor	INVESTIGADOS				Lugar	Método	Período transcorrido desde o luto
	Viúvas	Viúvos	Idades	% dos abordados			
Parkes	22	–	26-65	mais de 90	Londres	Entrevistas: repetidas	aos 1, 3, 6, 9 e 12 meses e meio
Glick, Weiss & Parkes	49	19	menos de 45 20-90	25 50	Londres Boston, EUA	Entrevistas: repetidas Entrevistas: repetidas	às 3 e 6 semanas, aos 13 meses e 2-4 anos
Clayeon *et al.*	70	35	(média 61)		St. Louis, Missouri	i Questionário	aos 1, 4 e 13 meses
Maddison	132	–	40-60	50	Boston, EUA	ii Entrevistas únicas de subamostras	aos 13 meses
Viola			menos de 60		Sydney, Austrália		depois de 13 meses
Walker	243	–	menos de 60		Sydney, Austrália	i Entrevista longa	
Raphael	194	–		desconhecido	Londres	ii Questionário	dentro de 8 semanas
Marris	72	–	25-56	70	Cidade-mercado inglesa	Entrevista: única	aos 13 meses
Hobson	40	–	25-58	mais de 90		Entrevista: única	1-3 anos
Rees	227	66	40-80	mais de 90	País de Gales rural	Entrevista: única	6 meses a 4 anos alguns anos
Gorer	20	9	45-80	desconhecido	Todo o Reino Unido	Entrevista: única	dentro de 5 anos

Notaremos, primeiro, que nos estudos descritos há muito mais viúvas do que viúvos. Isso não é de surpreender, pois, pelo fato de na época do casamento os homens em geral terem idade superior à das mulheres, e terem uma esperança de vida inferior, é mais frequente o marido morrer antes que a mulher. Assim, temos melhores informações do curso do luto nas mulheres do que nos homens, havendo por isso o perigo de que as generalizações reflitam esse desequilíbrio. Nos comentários seguintes, portanto, descrevemos primeiro o curso seguido pelo luto nas viúvas, e no final do capítulo discutimos o que se sabe sobre as diferenças no curso tomado pelo luto nos viúvos. Em geral, o padrão de reação emocional à perda de um cônjuge parece ser semelhante nos dois sexos. As diferenças existentes podem ser consideradas como variações das maneiras como homens e mulheres de culturas ocidentais lidam com as reações emocionais e com a consequente perturbação de seu modo de vida.

Em segundo lugar, a maioria das amostras tem uma tendência para grupos etários mais jovens. O estudo de Harvard exclui todos os pacientes com mais de 45 anos; Marris exclui quase todos com mais de 50; Hobson, e também Maddison e seus colegas, os que têm mais de 60 anos. Só no caso dos estudos de Clayton e seus colegas, de Rees e Gorer, são incluídos viúvas e viúvos com mais de 65 anos. Essa tendência foi deliberada, porque muitos pesquisadores não queriam estudar pacientes que eram considerados sujeitos ao risco de sofrer distúrbios emocionais sérios ou prolongados, e as evidências existentes sugeriam que a intensidade de reação, e talvez também a dificuldade de recuperação, tendem a ser maiores nos indivíduos mais jovens. A razão disso, como os dados recentes mostram, é que a idade em que a pessoa sofre a perda de um cônjuge ou de um filho está relacionada com o grau em que a morte é considerada como extemporânea, como tendo cortado precocemente uma vida antes de sua realização. É evidente que, quanto mais jovem a viúva ou o viúvo, mais jovem o marido ou a esposa terá morrido e mais provável, portanto, que a morte seja sentida como precoce pela pessoa enlutada.

Temos, em seguida, de examinar como as constatações podem ser afetadas pelo fato de que a maioria das amostras compreendia voluntários provenientes de grandes populações de pessoas enlutadas. Até que ponto as reações desses voluntários são típicas das que se observam na população em geral? Não há uma maneira fácil de responder, mas os dados existentes, especialmente os dos estudos abrangentes de Hobson (1964) e Rees (1971), não sugerem qualquer tendência sistemática nas reações dos voluntários. À mesma conclusão chega Marris (1958) em relação à sua amostra de Londres, e também Glick *et al.* (1974) em relação à sua amostra de Boston. Nos dois casos, os participantes pouco diferiam dos não participantes em relação às variáveis demográficas. Além disso, no estudo de Boston um telefonema para uma amostra de não participantes, cerca de dois anos depois do primeiro contato (abortado), sugeriu que suas experiências, emocionais e outras, depois do luto, não haviam sido diferentes das experiências daqueles que participaram do estudo.

Finalmente, devemos reconhecer que os pacientes desses estudos vêm exclusivamente do mundo ocidental. Seriam os mesmos, em outros lugares, os resultados? Embora os dados para uma resposta a essa pergunta sejam inadequados, os que existem sugerem que os padrões gerais são realmente idênticos. Alguns exemplos desses dados são apresentados no capítulo 8.

Quatro fases do luto

As observações sobre como as pessoas reagem à perda de um parente próximo mostram que no curso de semanas e meses suas reações geralmente atravessam fases sucessivas. Reconhecidamente, essas fases não são bem delineadas, e qualquer pessoa pode oscilar, durante algum tempo, entre duas delas. Contudo, é possível discernir uma sequência geral.

As quatro[1] fases são as seguintes:

1. Fase de entorpecimento que geralmente dura de algumas horas a uma semana e pode ser interrompida por explosões de aflição e/ou raiva extremamente intensas.

....
1. Sugeriu-se, num trabalho anterior (Bowlby, 1961*b*), que o curso do luto poderia ser dividido em três fases principais, mas esse número omitia uma importante primeira fase, que geralmente é muito breve. Portanto, as fases anteriormente numeradas 1, 2 e 3 foram renumeradas 2, 3 e 4.

2. Fase de anseio e busca da figura perdida, que dura alguns meses e por vezes anos.
3. Fase de desorganização e desespero.
4. Fase de maior ou menor grau de reorganização.

Vamos, a seguir, concentrar-nos principalmente nas reações patológicas à perda, com especial referência à maneira pela qual a relação original continua a desempenhar um papel central na vida emocional da pessoa enlutada, embora também, em geral, sofra uma lenta alteração de forma, à medida que passam os meses e os anos[2]. Essa relação continuada explica o anseio, a busca e também a raiva, predominantes na segunda fase, e o desespero e a subsequente aceitação da perda como irreversível, que ocorre quando as fases 3 e 4 são sucessivamente atravessadas. Também explica muitas características, talvez todas, dos resultados patológicos.

Nas descrições de reações típicas das duas primeiras fases recorremos especialmente ao estudo que Parkes fez das viúvas londrinas. Nas descrições das duas últimas fases utilizamos, com maior frequência, as constatações dos estudos de Harvard e outros.

Fase de entorpecimento

A reação imediata à notícia da morte do marido varia muito de pessoa para pessoa e também de época para época, em qualquer viúva. A maioria delas sente-se chocada e, em proporções diferentes, incapaz de aceitar a notícia. Observações como "Eu simplesmente não podia acreditar", "Não podia aceitar", "Parecia um sonho", "Não parecia ser real", são frequentes. Durante algum tempo a viúva pode continuar sua vida normal quase que automaticamente. Contudo, provavelmente se sentirá tensa e apreen-

....

2. Ao nos concentrarmos nesses aspectos do luto, só podemos dar uma atenção limitada às consequências sociais e econômicas de um enlutamento, que frequentemente são também muito importantes e talvez particularmente importantes no caso de viúvas, nas culturas ocidentais. Os leitores interessados nesses aspectos são remetidos para as descrições de Marris (1958) e Parkes (1972) sobre as experiências de viúvas em Londres, e para os estudos de Glick *et al.* (1974) sobre as viúvas de Boston.

siva; e essa calma incomum pode, a qualquer momento, ser quebrada por uma explosão intensa. Algumas pacientes descrevem ataques esmagadores de pânico durante os quais podem buscar refúgio em amigos. Outras têm crises de raiva. Ocasionalmente, uma viúva pode sentir uma súbita exaltação numa experiência de união com o marido morto.

Fase de anseio e busca da figura perdida: raiva

Dentro de algumas horas ou, talvez, de alguns dias após a perda, ocorre uma modificação e a viúva começa, embora apenas episodicamente, a registrar a realidade da perda: isso leva a crises de desânimo intenso e a espasmos de aflição e soluços lacrimosos. Contudo, quase ao mesmo tempo, há grande inquietação, insônia, preocupação com lembranças do marido perdido combinadas frequentemente com um sentimento de sua presença concreta e uma acentuada tendência a interpretar sinais ou sons como indício de que ele voltou. Por exemplo, ao ouvir o trinco da porta girar às cinco horas, ela imagina que é o marido voltando do trabalho, ou um homem na rua é erroneamente tomado pelo marido morto. Sonhos muito reais de que o marido está vivo e bem não são raros, com a correspondente desolação ao acordar.

Como sabemos agora que alguns desses aspectos, ou todos, ocorrem na maioria das viúvas, não pode haver mais dúvidas de que constituem uma característica normal do pesar, e nada têm de anormal.

Outra característica comum da segunda fase do luto é a raiva. Sua frequência como parte do luto normal, na nossa opinião, tem sido habitualmente subestimada, pelo menos pelos clínicos, que aparentemente a consideram fora de propósito e irracional. Contudo, como observamos no capítulo 2, ela foi registrada por todos os cientistas do comportamento, de todas as disciplinas, que fizeram do sofrimento o centro de sua pesquisa.

Quando os dados existentes foram examinados, há alguns anos (Bowlby, 1960*b*, 1961*b*), fui surpreendido pela semelhança entre essas reações e o protesto inicial da criança que perde a mãe, e seus esforços para recuperá-la, e também pela sugestão de Shand de que a busca da pessoa perdida é parte integral do luto do adulto. A opinião que expressei, portanto, foi que durante essa fase inicial do luto é comum a pessoa enlutada alternar dois estados de espírito. De um lado está a crença de que a morte ocorreu, com a dor e o anseio desesperado que isso acarreta. Do outro, está a descrença[3] de que ela tenha ocorrido, acompanhada da esperança de que tudo ainda venha a estar bem e da premência de buscar e recuperar a pessoa perdida. A raiva é provocada, ao que parece, tanto pelos que são considerados responsáveis pela perda, como pelas frustrações enfrentadas durante a busca infrutífera.

Explorando melhor essa interpretação, sugeri que nas pessoas enlutadas cujo luto tem um curso sadio a premência de buscar e recuperar, muitas vezes intensa nas primeiras semanas e meses, diminui gradualmente com o tempo, e a maneira como é experimentada varia muito de pessoa para pessoa. Enquanto algumas pessoas enlutadas têm consciência de sua premência de buscar, outras não. Enquanto algumas aceitam essa premência, outras procuram sufocá-la como irracional e absurda. Qualquer que seja a atitude tomada pela pessoa enlutada com relação a essa premência, parece-me que ainda assim ela se sente impelida para a busca e, se possível, para a recuperação da pessoa que se foi. Num trabalho subsequente (Bowlby, 1963), observei que muitos dos aspectos característicos das formas patológicas de luto podem ser compreendidos como resultantes da persistência ativa dessa premência, que tende a expressar-se de várias maneiras disfarçadas e distorcidas.

Eram essas as opiniões manifestadas no início da década de 1960. A partir de então foram endossadas e desenvolvidas por Parkes, que dedicou especial atenção a elas. Num de seus trabalhos (Parkes, 1970*b*), apresentou dados, colhidos em seus próprios estudos, que na opinião dele confirmam a hipótese da busca. Como essa hipótese tem importância central para tudo o que segue, as evidências relativas a ela são apresentadas a seguir.

....

3. Tradicionalmente, a expressão "negação" tem sido usada para indicar descrença na ocorrência da morte: mas "negação" encerra sempre um sentido de contradição ativa. Descrença é um termo mais neutro e talvez mais adequado ao uso geral, especialmente porque, com frequência, a causa da descrença é a informação inadequada.

Apresentando a tese, ele escreve: "Embora tenhamos a tendência de ver a busca em termos do ato motor de movimento incansável em direção a possíveis localizações do objeto perdido, [ela] também tem componentes perceptuais e ideacionais... Sinais do objeto só podem ser identificados pela referência às lembranças do objeto tal como era. A busca do mundo exterior à cata de sinais do objeto inclui, portanto, o estabelecimento de um 'dispositivo' perceptual interno derivado de experiências do objeto." Cita o exemplo de uma mulher que buscava o filho pequeno, desaparecido: ela se movimenta sem parar pela casa, examinando tudo com os olhos e pensando no menino; ouve um ruído e imediatamente identifica nele o som dos passos do filho na escada, e pergunta: "É você, John?" Os componentes dessa sequência são:

– movimentação incessante pela casa e exame do ambiente;
– lembrança intensa da pessoa perdida;
– desenvolvimento de um dispositivo perceptual para a pessoa, ou seja, uma disposição para perceber e atentar para qualquer estímulo que sugira a presença da pessoa para ignorar todos os que não são relevantes para esse objetivo;
– atenção voltada para as áreas do ambiente em que é possível encontrar a pessoa;
– chamar pela pessoa perdida.

"Cada um desses componentes", ressalta Parkes, "é encontrado nos homens e mulheres enlutados; além disso, alguns deles têm consciência de uma premência de buscar."

Ao apresentar suas constatações sobre a pesquisa realizada com 22 viúvas londrinas sob essas cinco categorias, Parkes relata que:

a) Todas as viúvas, com apenas duas exceções, disseram que se sentiram inquietas no primeiro mês do luto, inquietação também evidente durante a entrevista. Ao resumir suas constatações, Parkes cita a descrição clássica de Lindemann das primeiras semanas do luto: "Não há retardamento da ação e da fala; pelo contrário, há um apressamento da fala, especialmente ao conversar sobre o falecido. Há inquietação, incapacidade de ficar sentada, motivação inconsequente, busca constante de alguma coisa para fazer" (Lindemann, 1944). Contudo, Parkes acredita que a busca não é inconsequente. Ela só tem essa aparência porque é expressada de maneira fragmentária ou é inibida.

b) Durante o primeiro mês de luto, dezoito viúvas preocuparam-se com pensamentos sobre o marido falecido, e um ano depois doze delas continuavam a pensar muito nele. Era tão clara a imagem visual, que muitas vezes foi mencionada como se fosse uma percepção: "Posso vê-lo sentado na cadeira."

c) A probabilidade de que essa imagem visual clara seja parte de um aparelho perceptual geral que examina o *input* sensorial em busca de indícios da pessoa ausente é apoiada pela frequência com que as viúvas identificam erroneamente dados sensoriais. Nove das entrevistadas descreveram como, muitas vezes, durante o primeiro mês de luto, interpretaram sons e imagens como indicativos de seu marido. Uma delas supôs tê-lo ouvido tossir à noite, outra ouvi-o andar pela casa, uma terceira confundiu-o várias vezes com outros homens, na rua.

d) Não só o aparelho perceptual de uma viúva tende a dar precedência a dados sensoriais que podem constituir indícios de seu marido, como seu comportamento motor tem uma tendência comparável. Metade das viúvas entrevistadas por Parkes descreve como se sentiu atraída pelos lugares ou objetos que associava ao marido. Seis delas continuavam visitando lugares que haviam frequentado juntos; duas sentiram-se atraídas pelo hospital onde morreu o marido, num dos casos a ponto de realmente entrar no edifício; três eram incapazes de sair de casa sem sentir forte impulso de voltar para lá; outras se sentiam atraídas pelo cemitério onde ele estava enterrado. Todas, com apenas três exceções, guardavam objetos associados ao marido, e muitas delas voltavam frequentemente a esses objetos.

e) Sempre que uma viúva se recorda da pessoa perdida, ou fala sobre ela, as lágrimas são prováveis, e às vezes levam a soluços incontroláveis. Embora possa ser surpreendentemente que essas lágrimas e soluços sejam considerados como tentativas de recuperar a pessoa perdida, há boas razões para se pensar que assim é.

As expressões faciais típicas do pesar adulto, Darwin concluiu (1872), resultam, de um lado, de uma tendência a gritar como uma criança que se sente abandonada e, de outro, de uma inibição desse grito. Tanto o choro como o grito são, é claro, maneiras pelas quais a criança geralmente atrai e recupera a mãe ausente, ou alguma outra pessoa que possa ajudá-la a encontrar a mãe; e ocorrem no pesar, como acreditamos, com o mesmo objetivo em mente – seja consciente ou inconscientemente. De acordo com essa opinião, temos a constatação de que ocasionalmente uma pessoa enlutada concitará a pessoa perdida a voltar. "Oh, Fred, eu realmente preciso de você!", exclamou uma viúva durante uma entrevista, antes de desfazer-se em lágrimas.

Finalmente, pelo menos quatro dessas vinte e duas viúvas tinham consciência de que estavam buscando. "Eu ando à procura", disse uma delas, "vou ao túmulo... mas ele não está ali", disse outra. Uma delas pensou em procurar uma sessão espírita na esperança de comunicar-se com o marido; várias outras pensaram em se matar para juntar-se ao marido[4].

Passando agora à incidência da raiva entre essas viúvas, Parkes constatou que esta era evidente em todas, com exceção de quatro, e muito acentuada em sete, ou seja, um terço delas, à época da primeira entrevista. Para algumas, a raiva tomava a forma de uma irritabilidade geral, ou amargura. Para outras, tinha um alvo – em quatro casos, um parente, em cinco sacerdotes, médicos ou funcionários, e em quatro o próprio marido morto. Na maioria dos casos, a razão apresentada para a raiva era que a pes-

---

4. O comportamento influenciado por uma expectativa de reunião final é observado em muitas mulheres abandonadas pelo marido ou cujo casamento terminou em divórcio. Marsden (1969) estudou 80 dessas mulheres, todas com filhos e dependentes do Estado para a sua manutenção, grande número das quais não vivia com o marido nos últimos cinco anos, ou mais. Observando a notável semelhança entre as reações evidenciadas por algumas delas e as reações após um falecimento, Marsden escreve (p. 140): "Os laços emocionais da mãe com o pai não se rompem claramente com a separação. Quase metade das mães, muitas das quais haviam perdido totalmente o contato com o pai, tinha saudades dele... Era evidente que uma considerável minoria das mulheres insistisse, apesar de evidências em contrário e às vezes durante vários anos, em achar que de alguma maneira se reuniria novamente ao pai de seus filhos." Depois de ter mudado para uma nova casa três anos antes, uma delas ainda não havia desempacotado suas coisas, incapaz de acreditar que a mudança era permanente.

soa em questão teria sido parcialmente responsável pela morte, ou teria sido negligente em relação a ela, seja em relação ao morto ou à viúva. Da mesma forma, os maridos haviam incorrido na raiva das viúvas ou por não terem cuidado melhor de si mesmos, ou por terem contribuído para a própria morte[5]. Embora um certo grau de autocensura também fosse comum, esta nunca foi tão acentuada quanto a raiva. Na maioria dessas viúvas, a autocensura centralizava-se em algum ato menor de omissão ou comissão associado à última enfermidade ou à morte. Embora num dos dois casos, entre as viúvas londrinas, houvesse momentos em que essa autocensura fosse bastante severa, em nenhum deles foi tão intensa e premente quanto nos indivíduos cujo pesar marcado por autoacusação persiste até ser finalmente diagnosticado como uma doença depressiva (ver capítulo 9).

No contexto da hipótese de busca, o predomínio da raiva durante as primeiras semanas de luto é facilmente explicado. Em várias publicações anteriores (ver volume II, capítulo 17), ressaltamos que a raiva é tanto habitual quanto útil, quando a separação é apenas temporária. Contribui para superar obstáculos à reunião com a pessoa perdida; e, depois de realizada a reunião, a expressão de censura dirigida a quem parece ser o responsável pela separação torna menos provável que esta volte a ocorrer. Só quando a separação é permanente a raiva e a censura são deslocadas. "Há, portanto, boas razões biológicas para que toda separação encontre uma reação, automática e instintiva, no comportamento agressivo; a perda irrecuperável é estatisticamente tão rara que não é levada em conta. No curso de nossa evolução, ao que parece, nosso equipamento instintivo modelou-se de tal modo que todas as perdas são consideradas recuperáveis, e a reação a elas é de acordo com essa possibilidade" (Bowlby, 1961*b*). Assim, a raiva é vis-

....

5. Há indícios de que a incidência da raiva varia de acordo com o sexo da pessoa enlutada e também com a fase da vida em que a morte ocorre. Por exemplo, os resultados do estudo de Harvard, que mostram uma incidência entre os viúvos (ver p. 43); Gorer (1965) acredita que ocorra menos frequentemente após a morte de uma pessoa idosa – uma morte dentro do tempo esperado – do que depois da morte de alguém cuja vida ainda não está concluída. A baixa incidência de raiva registrada por Clayton *et al.* (1972) talvez possa resultar do fato de sua amostra ser constituída de pessoas mais idosas, e também de um terço de viúvos.

ta como um componente inteligível do esforço, premente mas infrutífero, realizado pela pessoa enlutada para restabelecer o elo que foi rompido. Enquanto a raiva continua, ao que parece, a perda não é aceita como permanente e a esperança ainda perdura. Como Marris (1958) comenta, a respeito de uma viúva que lhe descreveu como, depois da morte do marido, fizera severas críticas ao seu médico, foi "como se a raiva que ela sentia enquanto durou lhe tivesse dado coragem".

As súbitas explosões de raiva são bastante comuns logo após uma perda, especialmente as perdas súbitas e/ou consideradas precoces, e não encerram nenhum prognóstico adverso. Se a raiva e o ressentimento persistirem além das primeiras semanas, porém, há razões para preocupação, como veremos no capítulo 9.

A hostilidade com relação aos que tentam reconfortar deve ser compreendida da mesma maneira. Enquanto o reconfortador que não toma posição no conflito entre um anseio de reunião e uma aceitação da perda pode ser de grande valor para o enlutado, aquele que numa fase inicial parece favorecer a aceitação da perda é sentido como se tivesse sido o agente dessa perda. Com frequência, o que o paciente deseja, não é conforto em relação à perda, mas assistência para conseguir a reunião.

Na verdade, a raiva e a ingratidão com relação aos consoladores têm sido notórias desde os tempos de Jó. Esmagado pelo golpe recebido, um dos primeiros impulsos do enlutado é recorrer à ajuda de outros – ajuda para recuperar a pessoa perdida. Porém, o consolador em potencial que atende a esse apelo pode ver a situação de maneira diferente. Para ele, pode estar claro que a esperança de reunião é uma quimera e que estimulá-la seria pouco realista, talvez mesmo desonesto. E assim, em vez de se comportar como o enlutado deseja, parece fazer o oposto, provocando com isso ressentimento por parte do enlutado. Não é de surpreender que sua tarefa seja ingrata.

Vemos, assim, que a busca incessante, a esperança intermitente, o desapontamento repetido, o pranto, a raiva, a acusação e a ingratidão são características da segunda fase do luto e devem ser encaradas como expressões da forte premência de encontrar e recuperar a pessoa perdida. Contudo, subjacente a essas emoções fortes, que surgem episodicamente e parecem tão desorientadoras, há a probabilidade de coexistir uma tristeza profunda e generalizada, uma reação ao reconhecimento de que a reunião é, na melhor das hipóteses, improvável. Além disso, como a busca infrutífera é penosa, também pode haver momentos em que a pessoa enlutada tente livrar-se daquilo que lembra o morto. Pode, então, oscilar entre atribuir grande valor a essas lembranças e desfazer-se delas, entre receber bem a oportunidade de falar do morto e recear essas ocasiões, entre procurar os lugares onde estiveram juntos, e evitá-los. Uma das viúvas entrevistadas por Parkes contou que havia tentado dormir no quarto dos fundos para afastar as lembranças e que, ao fazer isso, sentiu tanta falta do marido que teve de voltar ao quarto do casal, para estar perto dele.

Encontrar uma maneira de conciliar esses dois desejos incompatíveis constitui, em nosso entender, a tarefa central da terceira e quarta fases do luto. O êxito na realização dessa tarefa pode ser medido, segundo Gorer (1965), pela maneira como a pessoa enlutada reage às condolências que lhe são manifestadas verbalmente: a aceitação agradecida é um dos indícios mais seguros de que o enlutado está atravessando seu luto satisfatoriamente. Ao contrário, como veremos no capítulo 9, o pedido de que não se faça referência à perda é um mau presságio.

Os costumes relacionados com o luto devem ser avaliados na medida em que ajudam o enlutado na sua tarefa de superar o luto. Em épocas recentes, tanto Gorer (1965) como Marris (1974) consideraram tais costumes sob esse enfoque. A princípio, como Marris observa, os atos de luto atenuam a separação. Permitem ao enlutado, durante algum tempo, atribuir à pessoa morta um lugar tão central em sua vida quanto o que ocupava quando era viva, ao mesmo tempo que ressaltam a morte como um acontecimento crucial, cujas implicações devem ser reconhecidas. Subsequentemente, esses costumes marcam as etapas de reintegração. Na frase de Gorer, os costumes relativos ao luto são "limitados no tempo", guiando e ao mesmo tempo sancionando as etapas da recuperação. Embora à primeira vista possa parecer falso impor costumes a uma emoção tão intensa e privada como o pesar, a própria solidão da crise e o intenso conflito de sentimento clamam por uma estrutura de apoio. No capítulo 8, os costumes de luto de outras culturas são examinados, chamando-se a atenção para certos aspectos que são comuns a uma grande maioria delas, inclusive as culturas ocidentais.

Fase de desorganização e desespero e fase de reorganização

Para que o luto tenha um resultado favorável, parece necessário que a pessoa suporte essas oscilações de emoção. Ela só conseguirá aceitar e reconhecer, gradualmente, que a perda é na verdade permanente e que sua vida deve ser reconstruída novamente se lhe for possível tolerar o abatimento, a busca mais ou menos consciente, o exame aparentemente interminável de como e por que a perda ocorreu e a raiva em relação a qualquer pessoa que possa ter sido responsável, sem poupar nem mesmo a pessoa morta. Dessa maneira, parece possível ao enlutado registrar perfeitamente que seus antigos padrões de comportamento tornaram-se redundantes e têm, portanto, de ser modificados. C. S. Lewis (1961) descreveu as frustrações não só dos sentimentos mas também dos pensamentos e atos implícitos no pesar. Num diário, após a perda de sua mulher, H., ele escreve: "Creio que estou começando a compreender por que o pesar parece uma suspensão. Ele vem da frustração de tantos impulsos que se haviam tornado habituais. Pensamento após pensamento, sentimento após sentimento, ato após ato, tinham por objeto H. Agora, seu alvo desapareceu. Continuo, devido ao hábito, colocando a seta no arco, para então me lembrar que tenho de baixá-lo. Tantas estradas levam a H. Tomei uma delas. Mas agora há um posto de fronteira intransponível, nessa estrada. Tantas estradas, antes; agora, tantos becos sem saída" (p. 59).

Como é necessário superar velhos padrões de pensamento, sentimento e ação antes de poder modelar outros, novos, é quase inevitável que a pessoa enlutada se sinta, em certos momentos, desesperada pelo fato de que nada pode ser salvo, e consequentemente torna-se deprimida e apática. No entanto, se tudo correr bem, essa fase poderá começar a alternar-se, em pouco tempo, com uma fase em que a pessoa começa a avaliar a nova situação em que se encontra e a examinar as maneiras de enfrentá-la. Isso implica uma redefinição de si mesma, bem como de sua situação. Ela já não é o marido, mas sim o viúvo. Já não é parte de um par, com papéis complementares, mas uma pessoa só. Essa redefinição do eu e da situação é tão dolorosa quanto crucial, ainda que pelo simples fato de que isso significa abrir mão, finalmente, de qualquer esperança de recuperar a pessoa perdida e restabelecer a situação anterior. Contudo, até que a redefinição aconteça, não é possível fazer planos para o futuro.

É importante notar, aqui, que por mais diluída que esteja pela emoção mais forte a redefinição do eu e da situação não é apenas uma liberação de afeto, mas sim um ato cognitivo sobre o qual gira tudo o mais. É um processo de "realização" (Parkes, 1972), de remodelação de modelos representacionais interiores, para alinhá-los com as mudanças ocorridas na situação de vida do enlutado. Nos capítulos posteriores, falamos muito sobre isso.

Uma vez vencida essa etapa, a pessoa enlutada reconhece que é necessária uma tentativa para adotar papéis aos quais não está habituada e adquirir habilidades novas. Pode ser que o viúvo tenha de se transformar em cozinheiro e dono de casa, a viúva em mantenedor e decorador da casa. Se houver filhos, o progenitor que fica tem, na medida do possível, de desempenhar o papel dos dois. Quanto mais bem-sucedido(a) for o(a) viúvo(a) em exercer esses novos papéis e habilidades, mais confiante e independente ele(a) começa a se sentir. Essa transformação é bem descrita por uma das viúvas londrinas, entrevistada um ano depois de seu enlutamento, que observou: "Acho que agora estou começando a acordar. Estou começando a viver, em vez de apenas existir... Sinto que devo planejar alguma coisa." Como a iniciativa e, com ela, a independência ressurgem, a viúva ou o viúvo pode tornar-se cioso dela e pode talvez romper abruptamente uma relação de apoio que antes era bem recebida. Contudo, por melhor que seja a aceitação de novos papéis ou o aprendizado de novas habilidades, a nova situação provavelmente será sentida como uma tensão constante, e está sujeita a ser de solidão. Um sentimento agudo de solidão, mais acentuado à noite, foi registrado por quase todas as viúvas entrevistadas Marris, por Hobson ou por Parkes, na Inglaterra, ou por Glick ou Clayton e suas respectivas equipes, nos Estados Unidos.

Com frequência, é muito difícil retomar a vida social, mesmo em nível superficial, pelo menos nas culturas ocidentais. Há para isso mais de uma razão. De um lado, a convenção determina, muitas vezes, a existência de um mesmo número de pessoas de cada sexo, de modo que muitas pessoas acabam sendo deixadas de lado. De outro, estão as pessoas que acham penosas demais as ocasiões sociais em que ambos os sexos estão presentes, porque lhes recordam, com excessiva força, a perda do companheiro. Consequentemente, vemos que tanto viúvos como viúvas preferem com frequência reuniões de pessoas do mesmo sexo. Para o homem isso é geralmente mais fácil, porque pode ser que ele tenha um grupo já constituído de companheiros de trabalho ou de esportes. Para a mulher, os grupos ligados à igreja ou a uma associação feminina podem ser valiosos.

Poucas viúvas casam-se novamente. Isso ocorre, em parte, por serem raros os pretendentes adequados, e igualmente também devido à relutância de muitas delas em sequer examinar a possibilidade de um novo casamento. É claro que a taxa de novos casamentos em cada amostra dependerá não só da idade das viúvas à época da perda, mas também do número de anos transcorridos entre a perda e a coleta da informação. Nos estudos aqui examinados, a maior taxa registrada foi de cerca de uma em quatro entre as viúvas de Boston; no final de cerca de três anos, 14 delas se haviam casado de novo, ou provavelmente o fariam. Todas elas, devemos lembrar, tinham menos de 45 anos ao enviuvar. No estudo de Marris, uma, em cada cinco das 33 que ficaram viúvas antes dos 40 anos, havia se casado novamente. Para as viúvas mais velhas a proporção é muito menor. Em contraste, a proporção de viúvos que se casam outra vez é relativamente elevada, diferença essa que examinamos melhor ao final deste capítulo.

Muitas viúvas recusam-se a examinar a possibilidade de se casarem novamente. Outras a consideram, mas decidem-se contra. O medo de atritos entre padrasto e filhos é a razão apresentada por muitas. Algumas consideram grande o risco de sofrerem uma segunda perda. Outras acreditam que nunca poderiam amar outro homem da mesma maneira que amaram seus maridos, e comparações desagradáveis surgiriam. Em resposta a perguntas, cerca de metade das viúvas de Boston expressou desinteresse por qualquer novo relacionamento sexual. Embora metade delas reconhecesse sentir certa falta de um relacionamento sexual, outras se sentiam tolhidas sexualmente. É provavelmente comum que os sentimentos sexuais continuem ligados ao marido; e podem ser manifestados nas fantasias masturbatórias ou realizados em sonhos.

Um ano após o falecimento, a persistência da fidelidade ao marido era considerada por Glick como o principal obstáculo ao novo casamento, no caso das viúvas de Boston. Parkes observa que muitas das viúvas de Londres "ainda pareciam considerar-se casadas com seus maridos mortos" (Parkes, 1972, p. 99). Isso suscita novamente a questão da continuação da relação do enlutado com a pessoa morta.

Persistência da relação

À medida que o primeiro ano de luto vai transcorrendo, a maioria dos enlutados verifica ser possível estabelecer uma distinção entre padrões de pensamento, sentimento e comportamento que evidentemente já não são adequados e outros que podem, com boas razões, ser conservados. Na primeira classe estão aqueles que, como o desempenho de certas tarefas domésticas, só têm sentido se a pessoa perdida estiver fisicamente presente; no segundo, a manutenção de valores e a perseguição de objetivos que, tendo sido desenvolvidos juntamente com a pessoa perdida, continuam a ela ligados e podem, sem falsificação, continuar a ser mantidos e perseguidos em referência à memória dela. Talvez seja por meio de processos como esse que metade ou mais das viúvas e viúvos chegam a um estado de espírito em que conservam um forte sentimento de continuação da presença de seu companheiro, sem as agitações de esperança e desapontamento, busca e frustração, raiva e culpa, que estão presentes no início.

Lembramos que um ano depois de perder seus maridos, 12 das 22 viúvas londrinas disseram que ainda passavam muito tempo pensando neles e às vezes tinham a sensação de que eles estavam realmente presentes. Isso lhes parecia reconfortante. Glick *et al.* (1974) registram declarações semelhantes entre as viúvas de Boston. Embora um sentimento da continuação da presença da pessoa morta possa exigir algumas semanas para estabelecer-se firmemente, elas constataram que, depois disso, persiste com a intensidade original, em vez de desaparecer lentamente como a maioria dos outros componentes das primeiras fases do luto. Doze meses depois da perda, duas em cada três viúvas de Boston continuavam passando muito tempo pensando em seus maridos, e uma em cada quatro das 40 viúvas descreveram como havia ocasiões em que esqueciam que ele estava morto. Acharam tão reconfortante a sensação da presença do marido morto, que algumas deliberadamente a evocavam, sempre que se sentiam inseguras ou deprimidas.

Constatações semelhantes às das viúvas londrinas e bostonianas são registradas também por Rees (1971), que investigou cerca de 300 viúvas e viúvos no País de Gales, metade dos quais estava viúva há dez anos, ou mais. Das 227 viúvas e 66 viúvos, 47% descreveram experiências semelhantes, e a maioria continuava a experimentar essa sensação. A incidência dessa ocorrência entre os viúvos foi quase a mesma que nas viúvas e variou pouco, de acordo com a classe social ou a formação cultural. A incidência tendeu a ser maior em função da duração do casamento, o que também pode explicar o fato de ter sido também maior nas pessoas que tinham mais de 40 anos ao enviuvar. Mais de um em cada dez viúvos e viúvas registraram ter mantido conversações com o cônjuge morto; e mais uma vez a incidência foi maior nos viúvos e viúvas mais velhos. Dois terços daqueles que registraram experiências de sensação da presença do cônjuge falecido, seja com ou sem alguma forma de ilusão sensorial ou, ocasionalmente, alucinação, descreveram suas experiências como reconfortantes e úteis. A maioria, entre os demais, manifestou-se neutra em relação a tais experiências, e apenas oito, de um total de 137 entrevistados que haviam tido essas experiências, não gostaram delas.

Sonhos em que o cônjuge ainda está vivo têm muito em comum com muitas das características da sensação de presença: ocorrem em cerca de metade das viúvas e viúvos, sendo extremamente vivos e realistas e, na maioria dos casos, proporcionando uma sensação de consolo. "Era como na vida cotidiana", disse uma das viúvas londrinas, "meu marido chegava e ia jantar. Tudo muito real, de modo que, ao despertar, fiquei muito triste." Vários dos informantes de Gorer descreveram como tentavam conservar a imagem na mente ao acordar, e como era triste vê-la desaparecer. Não era raro que uma viúva ou um viúvo chorasse depois de contar o sonho.

Gorer (1965) ressalta que nesses sonhos típicos e reconfortantes a pessoa morta é vista como jovem e saudável, e executando atividades cotidianas, tranquilas. Mas, como observa Parkes (1972), geralmente há alguma coisa no sonho que indica que nem tudo está bem. Como disse uma viúva, depois de descrever um sonho em que o marido tentava consolá-la, e ela se sentia muito feliz com isso: "Mesmo no sonho, sei que está morto."[6]

Nem todas as pessoas enlutadas que sonham acham isso reconfortante e consolador. Em alguns sonhos, aspectos traumáticos da última enfermidade, ou da morte, são repetidos; em outros, aspectos negativos da relação anterior. O fato de a pessoa enlutada experimentar, no conjunto, conforto ou não com esses sonhos parece um indício fidedigno do curso favorável que o luto está tomando.

Voltemos agora à sensação da presença do cônjuge morto, experimentada pelos viúvos e viúvas, quando acordados. Ao que parece, em muitos casos o cônjuge morto é visto como um companheiro que segue a pessoa enlutada por toda parte. Em muitos outros, ele parece estar num lugar específico e adequado. Exemplos comuns são determinada cadeira ou sala ocupadas por ele, ou talvez o jardim ou o túmulo. Como já dissemos, não há razão para considerar qualquer dessas experiências como excepcional ou desfavorável, mas o contrário. Por exemplo, em relação às viúvas de Boston, Glick *et al.* (1974) dizem: "Com frequência, o

....

6. Numa de suas primeiras obras, Freud (1916) fez observações sobre a maneira como um sonho pode expressar verdades incompatíveis: "Quando alguém perde uma pessoa que lhe estava próxima e era querida, tem sonhos de um tipo especial durante algum tempo após a perda, nos quais o conhecimento da morte leva aos mais estranhos acordos com a necessidade de trazer a pessoa morta novamente à vida. Em alguns desses sonhos, a pessoa que morreu está morta e, ao mesmo tempo, ainda está viva... Em outros, está semimorta e semiviva" (*SE* 15, p. 187).

progresso realizado pela viúva no sentido da recuperação foi facilitado pelas conversações interiores com a presença do marido... esse sentimento continuado de apego não era incompatível com a capacidade crescente de ação independente" (p. 154). Embora Glick considere essa constatação como paradoxal, os que estão familiarizados com as evidências sobre a relação entre um apego seguro e o crescimento da autoconfiança (volume II, capítulo 21) não serão da mesma opinião. Pelo contrário, parece provável que para muitas viúvas e viúvos é precisamente o fato de estarem dispostos a manter os sentimentos de apego em relação ao cônjuge morto que faz com que seus sensos de identidade sejam preservados e tornem-se capazes de reorganizar suas vidas dentro das linhas que lhes parecem significativas.

O fato de que para muitas pessoas enlutadas essa é a solução preferida para seu dilema permaneceu ignorado durante muito tempo.

Intimamente relacionadas com essa sensação da presença da pessoa morta estão certas experiências em que uma viúva pode sentir que se tornou mais parecida com o marido desde a morte deste, ou mesmo que ele está, de alguma forma, dentro dela. Por exemplo, uma das viúvas de Londres, quando lhe perguntaram se sentia que o marido estava próximo dela, respondeu: "Não é uma sensação de sua presença, ele está dentro de mim. É por isso que me sinto sempre feliz. É como se duas pessoas fossem uma só... – embora eu esteja só, é como se estivéssemos juntos, se é que me entende... – Não creio que tenha a força de vontade para seguir sozinha, por isso ele tem de estar comigo" (Parkes, 1972, p. 104).

De acordo com esses sentimentos, as pessoas enlutadas podem começar a fazer as coisas da mesma maneira que eram feitas pela pessoa perdida; e algumas podem empreender atividades típicas da pessoa morta, apesar de nunca as terem praticado antes. Quando as atividades são adequadas à capacidade e aos interesses da pessoa enlutada, não resulta disso nenhum conflito, e ela pode obter grande satisfação com isso. Talvez esse comportamento seja mais bem considerado como um exemplo, em circunstâncias especiais, da conhecida tendência de imitar aqueles que temos em alta conta. Contudo, Parkes (1972, p. 105) ressalta que na sua série de viúvas londrinas apenas uma minoria, durante todos os momentos do primeiro ano de luto, teve consciência de estar se tornando parecida com o marido, ou de "contê-lo" em si. Além disso, nessas viúvas o sentimento de ter o marido "dentro de si" tendia a alternar com períodos em que ele era sentido como um companheiro. Como elas não registravam uma evolução do luto nem mais nem menos favorável do que as outras, isso prova que tais experiências, quando de curta duração, são evidentemente compatíveis com o luto sadio.

Muitos sintomas de luto perturbado podem, porém, ser compreendidos como consequência de uma evolução desfavorável desses processos. Uma forma de evolução desfavorável ocorre quando a pessoa enlutada sente uma compulsão constante de imitar a pessoa morta, apesar de não ter a competência nem o desejo de o fazer. Outra é quando o constante sentimento que a pessoa enlutada experimenta de "ter dentro de si" a pessoa morta dá origem a um estado de exaltação (como parece ter ocorrido no exemplo citado), ou leva o enlutado a apresentar sintomas da enfermidade final do morto. E outra forma, ainda, de desenvolvimento desfavorável ocorre quando a pessoa enlutada, em vez de sentir a pessoa morta como companheira e/ou como situada num lugar adequado, como o túmulo ou a sua cadeira preferida, a localiza dentro de outra pessoa, ou mesmo dentro de um animal ou objeto físico. Essas localizações impróprias, como as chamo, que incluem localizações impróprias dentro do eu, se persistentes, podem levar facilmente a um comportamento que não condiz com os melhores interesses da pessoa enlutada e pode parecer estranho. Também pode ser prejudicial para outra pessoa; por exemplo, considerar uma criança como a encarnação do morto, e tratá-la dessa maneira, é provocar nela, provavelmente, um efeito muito adverso (ver capítulo 16). Por todas essas razões, inclino-me a considerar as localizações impróprias desse tipo, quando não transitórias, como sinais de patologia.

O não reconhecimento de que uma sensação constante da presença da pessoa morta, seja como companheira ou em algum lugar específico e adequado, é uma característica comum do luto sadio, que levou a muita confusão teórica. Com muita frequência, o conceito de identificação, em vez de ser limitado aos casos em que a pessoa morta é localizada no eu, estende-se para abranger também todos os casos em que há uma sensação constante da presença do morto, qualquer que seja a sua localização. Com isso, apaga-se uma distinção, que estudos empíricos recentes mostram ser vital para o entendimento da diferença entre o luto sadio e o luto patológico. Na verdade, as descobertas relacionadas tanto com o alto predomínio de uma sensação constante da presença da pessoa morta como com sua compatibilidade com um resultado favorável não confirmam a famosa passagem de Freud, já citada: "O luto tem uma tarefa psíquica bem precisa a desempenhar: sua função é fazer com que as lembranças e esperanças do sobrevivente se desvinculem do morto" (*SE* 13, p. 65).

Duração do sofrimento: má saúde

Todos os estudos existentes mostram que a maioria das mulheres leva muito tempo para superar a morte do marido e que, qualquer que seja o padrão psiquiátrico pelo qual forem avaliadas, menos da metade já se recuperou totalmente ao final do primeiro ano. Quase sempre a saúde é afetada. A insônia é quase universal; dores de cabeça, ansiedade, tensão e cansaço são extremamente comuns. Em qualquer pessoa enlutada há uma probabilidade maior de que qualquer um entre vários outros sintomas se desenvolva; até mesmo a enfermidade fatal é mais comum do que em pessoas não enlutadas da mesma idade e sexo (Ress e Lutkins, 1967; Parkes *et al.*, 1969; Ward, 1976). Para fazermos justiça à importante questão dos danos que sofre a saúde da pessoa enlutada, seria necessário um capítulo inteiro, e isso nos afastaria muito dos tópicos deste volume. O leitor é, portanto, remetido aos trabalhos acima, e também aos seguintes: Parkes (1970*c*), Parkes e Brown (1972), Maddison e Viola (1968).

Quanto à duração do luto, quando Parkes entrevistou as 22 viúvas londrinas no final de seu primeiro ano de luto, três ainda sofriam muito e outras nove tinham crises intermitentes de perturbação e depressão. Naquela época, só três pareciam estar em processo de boa adaptação.

As constatações do estudo de Harvard (Glick *et al.*, 1974) foram bem mais favoráveis. Embora a maioria das 49 viúvas bostonianas ainda não se tivessem recuperado totalmente ao final do primeiro ano, quatro em cada cinco pareciam estar progredindo razoavelmente bem. Várias descreveram como, num determinado momento durante aquele ano, se haviam afirmado de alguma maneira, e a partir de então se sentiram no caminho da recuperação. A decisão de examinar as roupas e os pertences do marido morto, em si mesma uma tarefa intensamente dolorosa, foi para algumas o ponto crucial. Para outras, foi decorrência de uma súbita e prolongada crise de choro. Embora o respeito aos desejos do marido continuasse a influenciar as decisões, no final do ano esses desejos tinham menos probabilidade de constituir a consideração predominante. No segundo e terceiro anos, o padrão tomado pela vida reorganizada de uma viúva, sobretudo no que dizia respeito à possibilidade de um novo casamento, parecia firmemente estabelecido. Porém, exceto no caso das viúvas que estavam prestes a se casar novamente, a solidão constituía um problema persistente.

Em contraste com a maioria das viúvas de Boston que faziam progresso, havia uma minoria em que isso não ocorria. Duas viúvas ficaram seriamente doentes e uma morreu; seis continuaram perturbadas e desorganizadas. Tinha-se a impressão de que, quando o processo de recuperação não começava no final do primeiro ano, os prognósticos não eram bons.

Essas constatações, e outras, levam à conclusão de que uma minoria substancial de viúvas nunca recupera totalmente seu estado original de saúde e bem-estar. A maioria das viúvas que se recuperam provavelmente leva dois ou três anos para isso, e não apenas um. Conforme disse uma viúva de 60 e poucos anos, cinco anos depois da morte do marido: "O luto nunca termina; ele apenas surge com menos frequência, com o passar do tempo." Na verdade, um retorno ocasional do sofrimento ativo, especialmente quando algum acontecimento lembra a pessoa enlutada de sua perda, é comum. Ressalto essas constatações, por mais desalentadoras que sejam, porque acredito que os clínicos têm às vezes expectativas pouco realistas, na medida em que esperam uma recuperação rápida e total de um paciente que sofreu uma perda séria.

Os dados das pesquisas, além do mais, podem ser muito enganosos, se não forem interpretados com cuidado. Numa entrevista, uma viúva pode dizer que finalmente está realizando progressos favoráveis, mas se fosse entrevistada alguns meses mais tarde, depois de ter sofrido alguma decepção, poderia apresentar um quadro muito diferente.

Solidão emocional

Fizemos referência, mais de uma vez, ao profundo e persistente sentimento de solidão que a pessoa enlutada geralmente sofre, e ao fato de que as amizades não contribuem muito para minorar. Embora essa solidão persistente tenha sido observada, por muito tempo, em nível empírico, como por exemplo por Marris (1958), tendeu a ser negligenciada em nível teórico, em grande parte, talvez, devido ao fato de que os cientistas sociais e do comportamento foram incapazes de enquadrá-la na sua teorização. Recentemente, porém, e graças em grande parte ao trabalho de Robert S. Weiss, de Harvard, o assunto está recebendo mais atenção.

Weiss, sociólogo que participou no estudo de Harvard sobre o enlutamento (com Glick e Parkes), realizou outro estudo, desta vez sobre as experiências de casais que se separaram ou divorciaram (Weiss, 1975*b*). Para compreender melhor os problemas dessas pessoas, trabalhou como pesquisador para uma associação, Parents without Partners (Pais sem Parceiros), que oferecia a elas um local de encontro. A interação cordial com outras pessoas na mesma situação, esperava-se, deveria compensar-lhes a perda, pelo menos até certo ponto. Mas a realidade mostrou que não: "... embora muitos membros, especialmente as mulheres, mencionassem especificamente a amizade como uma grande contribuição da organização para seu bem-estar, e embora essas amizades muitas vezes se tornassem intensas e importantes para os participantes, não reduziam de maneira significativa a sua solidão. Tornavam mais fácil lidar com a solidão, assegurando que ela não era culpa do indivíduo, mas algo comum a todos os que se encontravam naquela situação. E ofereciam o apoio de amigos que podiam compreender" (Weiss, 1975*a*, pp. 19-20).

Como resultado dessas constatações, e de outras semelhantes, Weiss estabelece uma nítida distinção entre a solidão do isolamento *social*, para cuja redução a organização foi útil, e a solidão do isolamento *emocional*, que não sofreu modificações. Qualquer forma de solidão é muito importante, acredita ele, mas o que funciona como remédio para uma não tem efeito no caso da outra. Formulando suas reflexões em termos da teoria do apego esboçado nestes volumes, ele define a solidão emocional como aquela que só pode ser remediada pelo envolvimento numa relação de dedicação mútua, sem a qual ele não acredita que haja sentimento de segurança. Essas relações potencialmente de longo prazo são distintas das amizades comuns e, nos adultos das sociedades ocidentais, tomam apenas algumas formas: "O apego é proporcionado pelo casamento, por outras relações em que há compromisso sexual; entre certas mulheres, pelas relações com uma amiga íntima, uma irmã ou a mãe; entre os homens, pelas relações com 'colegas'" (Weiss, 1975a, p. 23).

Uma vez compreendida a natureza da solidão emocional, sua predominância entre viúvas e viúvos que não se casam novamente, e também entre alguns que se casam, não é de surpreender. Para eles, sabemos agora, a solidão não desaparece com o tempo.

Diferenças entre viúvos e viúvas

Dos vários estudos a que recorremos neste capítulo, apenas um, o estudo de Harvard, oferece dados suficientes para conclusões experimentais sobre o curso do luto nas viúvas e nos viúvos (Glick *et al.*, 1974). Dois outros estudos, de Rees (1971) e Gorer (1965), oferecem dados adicionais que, até onde vão, confirmam tais conclusões.

As proporções iniciais da amostra de Harvard eram de 22 viúvos; destes, 19 estavam no final do primeiro ano de luto e 17, no final de cerca de três anos. Apesar do pequeno número, todos os níveis de vida socioeconômicos estavam representados, bem como os principais grupos religiosos e étnicos. Com as viúvas de Boston, todos os viúvos tinham menos de 45 anos na época do falecimento de suas esposas.

Comparando as respostas dos viúvos e das viúvas, os pesquisadores concluíram que, embora as reações emocionais e psicológicas à perda de um cônjuge sejam muito semelhantes, há diferenças na liberdade com que as emoções se expressam, e também na maneira pela qual são feitas tentativas para enfrentar uma vida social e de trabalho que sofreu uma ruptura. Muitas dessas diferenças não são grandes, mas parecem constantes.

Comecemos com as semelhanças. Não há diferenças importantes nas percentagens de viúvas e viúvos que, nas primeiras entrevistas, descreveram a dor e o anseio, e que derramaram lágrimas. O mesmo aconteceu com relação às fortes imagens visuais do cônjuge e à sensação de sua presença. No final do primeiro ano, embora um número menor de viúvos às vezes se considerasse muito infeliz ou deprimido, a diferença ainda era pequena, ou seja, 51% das viúvas e 42% dos viúvos. A proporção dos que afirmavam que, depois de um ano, começavam a sentir-se bem novamente também só ligeiramente oscilou em favor dos viúvos, ou seja, 58% das viúvas e 71% dos viúvos. Quando, depois de um ano, a condição dos viúvos foi comparada com a de um grupo de controle de homens casados, observou que uma proporção maior de viúvos do que de viúvas parecia ter sido afetada adversamente pela perda, sendo as viúvas avaliadas, da mesma forma, pela comparação entre a sua condição e a dos membros de um grupo de controle de mulheres casadas[7]. Os viúvos, naquela fase, pareciam sofrer especialmente de tensão e inquietação. O mesmo número de viúvos e viúvas queixou-se de solidão.

Ao expressar seu sentimento de perda, os viúvos geralmente diziam que haviam perdido uma parte de si mesmos; em contraste, as viúvas geralmente se referiam a elas como tendo sido abandonadas. Mas as duas formas de expressão foram usadas pelos membros de ambos os sexos, e continua incerto se as diferenças registradas têm significação psicológica.

Voltando agora às diferenças, verificou-se que, pelo menos a curto prazo e durante as entrevistas, os viúvos tendiam a ser mais práticos do que as viúvas. Por exemplo, oito semanas após o fale-

....

7. Esse resultado, porém, é difícil de ser interpretado, porque os controles de mulheres casadas revelaram-se consideravelmente mais deprimidos do que o de homens.

cimento, todos os viúvos, com exceção de dois, davam a impressão de ter aceito a realidade da perda, ao passo que apenas metade das viúvas dava essa impressão: a outra metade não só se comportava como se seus maridos ainda estivessem vivos, como também, às vezes, achava que eles poderiam realmente voltar. Além disso, uma proporção maior de viúvas do que de viúvos temia que pudesse sofrer um esgotamento nervoso (50% das viúvas e 20% dos viúvos), e parecia ainda estar revivendo os fatos que levaram à morte do cônjuge (53% das viúvas e 30% dos viúvos).

Ainda de acordo com a atitude mais prática, um número menor de viúvos admitiu ter sentido raiva. Durante as duas primeiras entrevistas, a proporção de viúvas que expressavam claramente sua raiva variou entre 38% e 52%, e a proporção de viúvos, entre 15% e 21%. Tomando o ano como um todo, 42% das viúvas foram classificadas como tendo demonstrado uma raiva moderada ou intensa, em comparação com 30% dos viúvos. Em relação ao sentimento de culpa, porém, o quadro foi ambíguo. Inicialmente, a autocensura era evidente numa proporção maior de viúvos do que de viúvas; subsequentemente, porém, as proporções se inverteram.

É provável que algumas dessas diferenças nasçam de uma relutância maior, por parte dos viúvos, em relatar seus sentimentos. De qualquer forma, não havia dúvidas de que muitos dos viúvos consideravam as lágrimas como pouco masculinas, e portanto a maioria deles procurou controlar a expressão de seus sentimentos. Em contraposição às viúvas, a maioria dos viúvos não gostava da ideia de que uma pessoa solidária os encorajasse a expressar seus sentimentos mais livremente. Da mesma forma, uma proporção maior de viúvos tentou deliberadamente determinar as ocasiões em que se permitiam sentir pesar. E o fizeram escolhendo as ocasiões em que olhavam cartas e fotografias antigas, e evitando, em outros momentos, objetos que pudessem trazer recordações. Talvez ainda de acordo com essa tendência de controlar o sentimento foi o receio expresso por alguns viúvos de que sua energia e competência no trabalho estivessem diminuindo, como frequentemente ocorreu.

A maioria dos viúvos aceitava bem qualquer assistência prestada por suas parentas no cuidado da casa e dos filhos, e se sentia aliviada com a possibilidade de continuar seu trabalho mais ou menos como antes.

A sensação de privação sexual era registrada numa proporção de viúvos maior do que de viúvas. E, em contraste com a acentuada relutância de cerca de um terço das viúvas em sequer pensar em um novo casamento, a maioria dos viúvos aceitava logo essa possibilidade. No final de um ano, metade deles já se havia casado novamente, ou parecia na iminência de fazê-lo (em comparação com apenas 18% das viúvas). Na época da entrevista final, metade havia, de fato, se casado novamente (em comparação com um quarto das viúvas). A maioria desses segundos casamentos parecia ser satisfatória. Em alguns, era um tributo à segunda mulher, que não só desejava que o marido pensasse frequentemente na primeira mulher, como também o levava, muitas vezes, a falar dela.

Embora depois de dois ou três anos a maioria dos viúvos já tivesse reconstruído suas vidas de maneira razoavelmente satisfatória, havia uma minoria que não o conseguira. Por exemplo, havia então nada menos que quatro viúvos que estavam acentuadamente deprimidos ou que se tornaram alcoólicos, ou as duas coisas. Um deles fizera um novo casamento impulsivo, que terminara tão depressa quanto começara. Outro, que tivera um colapso antes do casamento e perdera a esposa subitamente em consequência de um ataque cardíaco, continuava profundamente deprimido e incapaz de organizar sua vida. Nenhum dos quatro teve qualquer indício da morte de sua mulher.

Nota: detalhes sobre as fontes

O objetivo desta nota é descrever os vários estudos relacionados no Quadro 1 de maneira mais detalhada do que é conveniente no texto do capítulo. Em razão da dívida que tenho para com os estudos realizados em Londres e Boston pelo meu colega Colin Murray Parkes, começamos com os detalhes relacionados com seu trabalho.

No primeiro de seus dois estudos, Parkes procurou obter uma série de quadros descritivos de como uma amostra de mulheres comuns reagiu à morte do marido. Com esse objetivo, ele entrevistou, pessoalmente, uma amostra razoavelmente representativa de 22 viúvas londrinas, entre 26 e 65 anos, durante o ano que se seguiu ao falecimento de seus maridos. A amostra foi obtida por meio de médicos que apresentaram as entrevistadas ao pesquisador. Cada viúva foi entrevistada pelo menos em cinco ocasiões – a primeira um mês depois do falecimento, e as outras, três, seis, nove e, finalmente, doze meses e meio depois. As entrevistas, realizadas na própria casa das viúvas, com exceção de três casos, duraram de uma a quatro horas. No início de cada entrevista eram feitas perguntas de ordem geral para incentivar a entrevistada a descrever suas experiências. Só depois que ela havia terminado, o entrevistador fazia perguntas adicionais, para cobrir áreas que não haviam sido mencionadas ou para permitir a classificação segundo escalas elaboradas a partir de trabalhos anteriores. Dessa forma, estabeleceram-se boas relações, de modo que as informações eram prestadas com franqueza e sentimentos intensos eram frequentemente manifestados. A maioria das viúvas considerava a sua participação nessas entrevistas como úteis a elas mesmas, e algumas receberam bem a sugestão de entrevistas adicionais.

Detalhes da amostra, o campo coberto nas entrevistas e o provável valor das avaliações encontram-se em Parkes (1970a). As entrevistadas foram escolhidas de maneira bastante equilibrada entre as várias classes sociais, e tinham de 26 a 65 anos (média de idade, 49). Com exceção de apenas três, todas tinham filhos. As causas mais comuns da morte dos maridos foram câncer (dez casos) e doenças cardiovasculares (oito). A maioria dos maridos morreu em hospitais e sem a presença da esposa; oito haviam morrido em casa. Dezenove viúvas haviam sido informadas da gravidade do estado do marido, 13 delas pelo menos um mês antes da morte. O agravamento final e a morte haviam sido previstos pelo menos uma semana antes, em nove casos, algumas horas antes em três casos, e haviam ocorrido subitamente em nove casos.

O segundo estudo foi iniciado no Laboratório de Psiquiatria Comunitária de Harvard, em Boston, por Gerald Caplan. Posteriormente, Parkes foi convidado a participar da equipe e assumiu a responsabilidade pelo estudo, que passou a ser conhecido como o Projeto Harvard. Seu objetivo era encontrar métodos para identificar, logo depois da perda, as pessoas que provavelmente correriam um risco superior à média de reagir de alguma maneira desfavorável para a sua saúde física e mental.

Por se acreditar que as pessoas enlutadas com menos de 45 anos são mais sujeitas do que as pessoas mais velhas a um resultado adverso de seu luto, a amostra estudada tinha idade inferior àquela. Foram concluídas entrevistas com 49 viúvas e 19 viúvos, representando 25% dos 274 homens e mulheres de idade adequada, na comunidade selecionada, que haviam perdido o cônjuge durante o período relevante e que puderam ser contatados. 40% recusaram-se a participar e 16% foram inadequados devido a problemas de língua, distância, etc. Mais 15% abandonaram o estudo durante o primeiro ano de luto, e a principal razão disso foi a relutância em focalizar lembranças dolorosas[8].

Três semanas após o falecimento, e novamente seis semanas depois, viúvas e viúvos foram entrevistados em suas casas por assistentes sociais experientes. Cada entrevista durou entre uma e duas horas, e todas foram gravadas. As entrevistas seguintes só foram realizadas treze meses depois do falecimento, quando duas outras tiveram lugar. Na primeira, que se processou de maneira mais ou menos idêntica às anteriores, obteve-se um relato detalhado dos acontecimentos do ano anterior e da atual condição do entrevistado. Na segunda, um entrevistador novo, desconhecido

....

8. Em proporção a todos os que se enquadravam aos critérios da amostragem, a amostra foi assim composta:

			% dos contatados
de acordo com os critérios	—	379	
impossível contatar		75	
realmente contatados		274	
recusaram-se a participar		116	40
considerados inelegíveis	—	43 —	16
recusaram-se a outras entrevistas	—	42 —	15
completaram todas as entrevistas		68	26
Total contatado		269	97

As proporções dos viúvos e viúvas, respectivamente, afetados por essas reduções são semelhantes. (Esses números, extraídos do Quadro 1 em Glick *et al.* (1974), deixam cinco casos sem explicação.)

do entrevistado e que não tinha informações sobre o curso anterior dos acontecimentos, submeteu-o a um questionário; este, elaborado em termos de perguntas de escolha obrigatória, visava dar uma medida independente e clara do estado de saúde do entrevistado, naquele momento. Relacionando essas medidas de resultados aos treze meses com as informações obtidas às três e seis semanas, esperava-se descobrir quais as características apresentadas durante as primeiras semanas de luto que eram indicativas de um resultado posterior, favorável ou desfavorável. Como passo final, uma entrevista de acompanhamento foi feita por um assistente social cerca de um a três anos depois, ou seja, cerca de dois a quatro anos depois da morte. Com seis exceções, todas as viúvas e viúvos foram capazes de participar dessa etapa, fornecendo uma amostra de 43 viúvas e 17 viúvos.

Os detalhes da amostragem, dos métodos de codificação da entrevista e de medição dos resultados, e as estimativas da veracidade dessas medidas, foram publicados em dois volumes (Glick, Weiss e Parkes, 1974, segundo volume em preparo). Em cerca de metade dos casos, a morte havia sido súbita, devido a acidente ou coração, ou ocorrera sem prévia advertência. Na maioria dos outros casos, a morte seguiu-se a enfermidade de evidente gravidade, durando de várias semanas a anos. As advertências sobre possibilidade de morte feitas à pessoa enlutada estão relacionadas, em proporções consideráveis, com a sua capacidade de recuperação da perda, e também com a forma tomada por essa recuperação, problemas que no futuro terão de receber muito mais atenção do que têm recebido até agora.

Além desses estudos, usamos também os resultados de vários outros estudos sobre viúvas, alguns dos quais incluíam também viúvos. Todos eles diferem dos estudos de Londres e Harvard sob vários aspectos e, com isso, complementam os seus resultados. Por exemplo, dois deles, feitos por Hobson (1964) e por Rees (1971), foram realizados fora do meio urbano, e em ambos os casos o pesquisador conseguiu entrevistar quase todos os enlutados que faziam parte da amostra inicial. Com exceção de apenas um desses estudos adicionais, as entrevistas foram feitas pelo menos seis meses, e geralmente um ano ou mais, depois da perda, dando assim uma boa cobertura de fases posteriores do luto, ao preço de uma cobertura menor das fases iniciais.

O primeiro desses estudos adicionais é o estudo pioneiro de Marris (1958), um psicólogo social. Seu objetivo era entrevistar todas as mulheres que enviuvaram durante determinado período de um ano e três meses, que viviam com os maridos num bairro operário de Londres e cujos maridos tinham 50 anos ou menos na ocasião da morte. Do total de 104 dessas viúvas, duas haviam morrido, sete não foram encontradas, sete se haviam mudado e 16 recusaram-se a participar, deixando um total de 72 que foram entrevistadas. Seus enlutamentos ocorreram entre um e três anos antes, e em geral dois anos antes. As idades oscilavam de 26 a 56 anos, sendo a média de 42 anos, e a duração de seus casamentos ia de um a 30 anos, com a média de 16 anos. Com exceção de onze, todas tinham filhos vivos, em idade escolar ou menos no caso de 47 viúvas. As entrevistas cobriram não só as experiências emocionais das viúvas, mas também sua situação financeira e social naquele momento.

Um estudo bastante semelhante foi realizado por Hobson (1964), estudante de serviço social, que entrevistou todas as viúvas de uma pequena cidade inglesa, com apenas uma exceção. Essas viúvas tinham menos de 60 anos e haviam perdido o marido no mínimo seis meses antes, e no máximo quatro anos antes. Seu método de entrevista foi semelhante ao de Marris, embora mais rápido. O número de entrevistadas foi 40; as idades, entre 25 e 58 anos (a maioria com mais de 45 anos). Todas, com exceção de sete, haviam estado casadas por dez anos ou mais; e seus maridos, com exceção de cinco, eram operários, especializados ou não.

Numa tentativa de conhecer melhor os problemas de saúde das viúvas, Maddison e Viola (1968) estudaram 132 viúvas em Boston, nos Estados Unidos, e 243 em Sydney, Austrália. Os estudos principais foram realizados por meio de questionário. Em Boston, a idade dos maridos, na ocasião da morte, variava entre 45 e 60 anos; em Sydney, o limite inferior de idade foi abandonado. Como nas duas cidades os índices de recusa em participar foram de cerca de 25%, e como outros 20% não foram encontradas, as entrevistas representaram apenas cerca de 50% do total pretendido. O questionário foi elaborado para fornecer dados demográficos básicos e para colher as respostas das viúvas a 57 itens que abrangiam sua saúde física e mental nos 13 meses anteriores, com especial referência às queixas e aos sintomas que eram novos, ou substancialmente mais graves durante o período. Em cada cidade, estudou-se também um grupo de controle de mulheres que não haviam sofrido perdas. Os estudos de Maddison, tanto em Boston como em Sydney, têm uma segunda parte. Em cada cidade, uma subamostra de viúvas cujas informações mostravam que estavam mal de saúde e outra subamostra das que estavam bem, de variáveis socioeconômicas o mais idênticas possível, foram entrevistadas. Os objetivos eram, primeiro, verificar a validade do questionário, que foi satisfatória, e, segundo, lançar luz sobre fatores associados a um resultado favorável ou desfavorável. Os resultados, comentados no capítulo 10, estão incluídos em Maddison e Walker (1967) e Maddison (1968) para Boston, e em Maddison, Viola e Walker (1969) para Sydney. O trabalho nesta última cidade foi ampliado por Raphael (1974, 1975; Raphael e Maddison, 1976); os detalhes são fornecidos no capítulo 10.

Outro estudo, também comum no enfoque sobre a saúde, foi realizado por uma equipe em St. Louis, Missouri (Clayton *et al.*, 1972, 1973; Bornstein *et al.*, 1973). A amostra compreendeu 70 viúvas e 33 viúvos, que representavam pouco mais da metade dos abordados. As idades variavam entre 20 e 90 anos, com a média de 61 anos. As entrevistas foram realizadas cerca de 30 dias depois do falecimento e repetidas quatro meses e 13 meses depois. Numa quarta parte dos casos, a morte foi súbita, ou seja, com cinco dias ou menos de advertência. Em 46 casos, a advertência foi feita seis meses ou menos antes, e nos 35 restantes foi feita mais de seis meses antes. Sempre que o tempo após a advertência foi suficiente, realizaram-se entrevistas antes da morte. Uma limitação séria desse estudo foi a duração das entrevistas, de apenas uma hora.

Outro estudo que incluiu viúvos e viúvas, mas com um enfoque diferente, foi realizado por Rees (1971), um clínico geral, que entrevistou todos os homens e mulheres que haviam perdido o cônjuge e viviam numa área bem definida do País de Gales, omitindo apenas os que sofriam de doença incapacitante e uns poucos outros. Foi entrevistado um total de 227 viúvas e 66 viúvos, com idades que variavam muito, tendo a maioria entre 40 e 80 anos. Nesse estudo, as entrevistas visavam especialmente determinar se a pessoa viúva tinha sofrido ilusões (visuais, auditivas, ou táteis, ou uma sensação de presença) ou alucinações relacionadas com o companheiro morto[9]. Rees constatou que estas eram muito mais comuns do que ele poderia supor.

Há pelo menos um outro estudo sobre as reações à perda de um cônjuge, embora nele viúvas e viúvos constituam apenas uma minoria da amostra. É o estudo de Gorer (1965, 1973), antropólogo social que entrevistou 80 pessoas que sofreram perdas, escolhidas para abranger pessoas de todas as idades acima de 16 anos, de ambos os sexos, que haviam perdido um parente de primeiro grau nos cinco anos anteriores, e abranger também uma ampla gama de grupos sociais e religiosos, em todo o Reino Unido. Como alguns dos entrevistados haviam perdido mais de um parente, e os quadros são incompletos, os números exatos não existem. Foram incluídas cerca de 20 viúvas, cujas idades variavam entre 45 e mais de 80 anos, e nove viúvas, com idades entre 48 e 71 anos. Quanto aos outros entrevistados, 30 ou mais haviam perdido a mãe ou o pai durante a vida adulta, cerca de 12 haviam perdido um irmão, e outros perdido um filho ou filha. O interesse principal de Gorer é o contexto social em que a morte e o luto ocorrem, e os costumes sociais, ou a ausência de costumes, que predominam na Grã-Bretanha no século XX. Como as amostras são pequenas em relação a qualquer classe de pessoas enlutadas, não é possível saber qual a representatividade das constatações. Contudo, seu livro, que contém muitas transcrições vivas de como as pessoas enlutadas descrevem suas experiências, é de grande interesse psicológico.

....
9. Ao contrário da descrição de Rees, a grande maioria das experiências por ele relatadas parece ter sido ilusões, ou seja, interpretações errôneas de estímulos sensoriais, e não alucinações.

Capítulo 7
Perda de um filho

> Sonhei uma noite que o querido More estava vivo novamente e que, depois de enlaçar-lhe o pescoço com meus braços e comprovar, acima de qualquer dúvida, que abraçava meu filho vivo, discutimos detalhadamente o assunto e constatamos que a morte e o enterro em Abinger haviam sido fictícios. A alegria perdurou por um segundo depois que despertei – e veio então o dobre que me desperta a cada manhã: More está morto! More está morto!
>
> SAMUEL PALMER[1]

Introdução

A fim de ampliar a perspectiva, examino neste capítulo aquilo que se conhece das reações de pais e mães à perda de um filho. No capítulo seguinte examinarei rapidamente como a perda afeta os pais e também os cônjuges, em culturas diferentes da nossa. Apesar das variações, tanto nas relações com o morto como na cultura, encontramos essencialmente os mesmos padrões de reação que os já descritos.

Em relação à perda de um filho, a principal fonte a que recorremos foram os estudos dos pais de crianças com doenças fatais, principalmente com leucemia. Não só há vários estudos desse tipo, como também alguns deles apresentam dados geralmente sistemáticos e detalhados. Devemos, é claro, indagar qual a representatividade desses dados em função do luto de outros pais. Não só a morte ocorre vários meses depois de feito o diagnóstico, como a faixa etária das crianças cujos pais foram estudados é limitada, estando a grande maioria delas entre 18 meses e 10 anos. Contudo, na medida em que existem informações de outras fontes, e sobre outros grupos de idade, esses dados parecem bastante coerentes. As informações sobre crianças que nasceram mortas,

---
1. Em carta a um amigo (Cecil, 1969).

ou que morreram ainda muito pequenas, são mencionadas no final do capítulo.

Naturalmente, ao realizar esses estudos, são necessárias todas as mesmas salvaguardas da sensibilidade profissional e da ética mencionadas nos estudos relacionados com viúvas e viúvos.

Pais de crianças com doenças fatais

Fontes

No caso de pais de crianças com doenças fatais é possível começar o estudo imediatamente depois de feito o diagnóstico – portanto, alguns meses antes da morte – e continuá-lo depois. Há vários desses estudos publicados: o primeiro relaciona-se apenas com as reações da mãe antes da morte do filho; os outros registram reações das mães e dos pais, tanto antes como depois da morte.

No primeiro estudo, a amostra compreendeu 20 mães, entre 22 e 39 anos. Seus filhos, de 1 ano e meio a 6 anos e meio, estavam em hospitais submetendo-se a tratamento paliativo. As entrevistas foram realizadas por um assistente social psiquiátrico e variaram entre duas e cinco horas, dependendo do tempo transcorrido entre a comunicação do diagnóstico aos pais e a morte da criança, quando as observações foram suspensas. Além dos dados das entrevistas, registraram-se as observações ocasionais feitas pelas mães e também a maneira como se comportavam em relação aos filhos, médicos e enfermeiros. Nove mães também concordaram em participar do Teste de Apercepção Temática. (Os detalhes do estudo encontram-se em Bozeman, Orbach e Sutherland, 1955; e Orbach, Sutherland e Bozeman, 1955.)

Outros estudos de pais de crianças com doenças fatais foram iniciados por David A. Hamburg, do National Institute of Mental Health, dos Estados Unidos, Bethesda, Maryland, juntamente com John W. Mason, do Walter Reed Arnuy Medical Center, de Washington, D.C. Os resultados foram publicados numa série de trabalhos de vários autores, a partir de 1963. O principal objetivo desses estudos foi investigar os efeitos que uma prolongada experiência de estresse tem sobre as taxas de secreção endócrina de uma pessoa. Portanto, foram feitas duas séries de observações. Uma delas compreendeu informações sobre o comportamento dos pais e a experiência psicológica durante o período em que a criança esteve doente, e após sua morte; a segunda compreendeu informações sobre a função endócrina, medindo-se as taxas de excreção urinária de certos esteroides adrenocorticais.

Os pais que vinham de longe, e que eram a maioria, moravam no hospital, numa ala especial, com outros pais e com voluntários sadios que participavam de vários projetos de pesquisa correlatos. Os pais que moravam nas proximidades participavam de alguns dos estudos por ocasião das visitas a seus filhos, as quais tinham horário muito flexível.

No primeiro desses estudos do N.I.M.H. todos os casais de pais, com apenas uma exceção, dispuseram-se a cooperar, embora os pais de outras sete crianças nem sempre estivessem disponíveis, razão pela qual não puderam ser incluídos em todas as fases do estudo. Restavam 26 mães e 20 pais, de 23 a 49 anos, desejosos de participar e sempre disponíveis. Os pais que moravam no hospital foram entrevistados por um psiquiatra, pelo menos uma vez por semana, e também foram visitados por ele quase diariamente. Além disso, as enfermeiras registravam observações diariamente. Os pais que não moravam no hospital foram estudados de maneira menos intensiva, especialmente durante os períodos em que a criança estava suficientemente bem para ser transferida para casa; contudo, participaram a intervalos bastante regulares. As entrevistas focalizavam a maneira como os pais encaravam a doença do filho e enfrentavam a desalentadora perspectiva, e como viam os muitos problemas emocionais e práticos que surgem no cuidado de uma criança gravemente doente, sem esperanças de vida. As idades das crianças variavam de 1 ano e meio a 16 anos, sendo a média de 5 anos. Seis meses depois da morte da criança, quase metade dos pais estava disposta a participar de outras entrevistas e estimativas endócrinas. Os detalhes das amostras dos pais e dos métodos psicológicos e de comportamento usados encontram-se em Friedman, Chodoff, Mason e Hamburg (1963) e, mais resumidamente, em Chodoff, Friedman e Hamburg (1964). Um trabalho correlato de Friedman, Mason e Hamburg

(1963) proporciona informações sobre as investigações e os resultados endócrinos.

Um segundo estudo da série do N.I.M.H., destinado a testar algumas hipóteses surgidas do primeiro, seguiu linhas semelhantes. Outros grupos de pais de crianças com doenças fatais foram observados. Na primeira parte, que se concentrou nas observações psicológicas e fisiológicas anteriores à morte da criança, um total de 19 mães e 12 pais, com 20 a 49 anos, concorda em participar. Na segunda parte, que se concentrou nas reações após a morte da criança, 21 mães e 15 pais estiveram presentes. Enquanto o filho estava doente, todos eles moraram numa ala especial do hospital. Cerca de seis meses após a morte da criança (variando o intervalo entre 19 e 42 semanas) concordaram em voltar ali, por um período de quatro dias. Foram realizadas três outras entrevistas psiquiátricas, durante cada uma entre uma e duas horas, e foram feitos estudos fisiológicos. Depois de um novo intervalo, que variou de um mínimo de um ano a mais de dois anos, cerca de dois terços desses pais (20 mães e um pai) estavam dispostos a voltar ao hospital uma segunda vez, para participar do estudo.

Uma exposição dos resultados anteriores à morte da criança é feita em Wolff *et al.* (1964*a* & *b*), e uma exposição dos resultados subsequentes à morte encontra-se em Hofer *et al.* (1972). As constatações dessas duas partes da investigação lançam luz não só sobre os cursos habituais seguidos pelo luto de pais saudáveis, como também e mais especialmente sobre as reações defensivas, que diferem acentuadamente de uma pessoa para outra. Como muitos dos resultados desse segundo estudo do N.I.M.H. referem-se a variações individuais da reação, inclusive a correlação entre a reação psicológica e a reação endócrina, o seu exame detalhado é adiado para o capítulo 9.

Alguns outros estudos focalizaram o impacto, sobre a família como um todo, da morte de uma criança com leucemia. Num caso, relatado por Binger *et al.* (1969), as famílias das crianças que morreram foram convidadas a voltar ao hospital para relatar suas experiências, tanto antes como depois da morte de seu filho. Com essas informações, a equipe pediátrica esperava melhorar a maneira de lidar com essas famílias. Das 23 famílias convidadas, 20 compareceram a entrevistas que duraram duas ou três horas.

Em outro estudo, relatado por Kaplan *et al.* (1973), o objetivo foi identificar reações adaptativas e mal-adaptativas... o mais cedo possível depois do diagnóstico, com o objetivo de desenvolver métodos de intervenção terapêutica adequados às famílias com possibilidades de não suportar o choque. Das muitas famílias estudadas, 40 concordaram com uma entrevista de acompanhamento, três meses após a morte da criança doente.

Limitações das amostras

As limitações das amostras de pais a que recorremos principalmente (ou seja, as do estudo de Bonzeman e as dos dois estudos do N.I.M.H.) assemelham-se em três aspectos às limitações das amostras de cônjuges enlutados: todos os pais são relativamente jovens (menos de 50 anos); todos são de culturas ocidentais; e há preponderância de mulheres (o número de mães é aproximadamente duas vezes maior que o de pais). A razão desta última característica é que as mães estavam mais dispostas a participar do que os pais, e provavelmente também mais disponíveis.

Não se sabe quão representativos de todos os pais podem ser os pais de crianças mortalmente doentes com leucemia, em termos de suas personalidades. A cautela nas generalizações a partir desses resultados é, portanto, necessária.

Fases de luto

Para os pais de crianças com doenças fatais, o processo de luto começa no momento em que lhes comunicam o diagnóstico. Como no caso de viúvas e viúvos, começa com uma fase de torpor, muitas vezes interrompida por explosões de raiva. Porém, como a criança ainda está viva, a segunda fase é diferente. Em lugar da descrença na morte, como acontece no caso de viúvas e viúvos, o pai não acredita na exatidão do diagnóstico e especialmente dos prognósticos. E, diferentemente da viúva ou do viúvo, que buscam o companheiro perdido, o pai tenta conservar o filho provando que os médicos estão errados. Nos estudos a que recorremos, essas duas fases são graficamente descritas e plenamente documentadas. Em contraposição, as fases posteriores de luto, desespero e desorganização, e subsequente reorganização, em geral são resumidamente descritas.

Fase de torpor

No primeiro estudo do N.I.M.H. todos os pais descreveram mais tarde como se sentiram atordoados e como nada lhes pareceu real, quando foram informados de que a enfermidade do filho provavelmente seria fatal. Embora superficialmente a maioria pareça ter aceito o diagnóstico e suas implicações, admitiram posteriormente que foram necessários vários dias para assimilar realmente a notícia. Enquanto isso, o sentimento fica estancado, e o pai ou a mãe podem comportar-se de maneira desligada, como se "estivessem tratando da tragédia de outra família", dando mesmo a impressão de que estão tranquilos.

Contudo, a raiva pode romper essa aparência a qualquer momento. Ela provavelmente será dirigida contra o médico que transmite o diagnóstico. Uma das mães do estudo de Bozeman comparou a sua reação à dos gregos, que matavam os mensageiros portadores de más notícias: "Eu poderia tê-lo matado", disse ela.

Fase de descrença e tentativa de modificar o resultado

Durante essa fase, a mensagem do médico foi recebida, mas é contestada com veemência. A descrença pode ser dirigida para um ou dois pontos principais. Primeiro, o diagnóstico é questionado: "Sei que isso aconteceu a outros, mas não pode acontecer com meu filho." Segundo, a alta probabilidade de um resultado fatal é questionada, especialmente sua relevância para a criança afetada: "Sei, é claro, que a leucemia é fatal, mas não relaciono isso com meu filho."

Tanto o estudo de Bozeman, do qual foram extraídas as citações acima, como o do N.I.M.H. relatam que todos os pais entrevistados reagiram com uma ou outra versão da descrença. Em alguns pais, ao que parece, a alienação em relação à notícia dolorosa era consciente e deliberada; em outros, o esforço consciente não era evidente. Não era raro que amigos ou parentes estimulassem a descrença na opinião médica e prometessem esperanças pouco realistas. Quando a descrença é apenas parcial, ela mantém suspenso um efeito doloroso, e com frequência parece ser útil. Quando, porém, é afirmada de maneira vigorosa, o pai pode não perceber a natureza do programa terapêutico proposto e com isso deixar de participar dele de maneira proveitosa. Se a descrença é vantajosa ou não depende, assim, não da sua mera presença, mas de seu predomínio e persistência diante de evidências contrárias.

Intimamente ligada à descrença na exatidão do diagnóstico e do prognóstico está a irritação para com os responsáveis por ele, ou pela sua aceitação – notadamente os médicos e as enfermeiras. Na maioria dos pais, a irritação diminui à medida que a descrença dá lugar ao reconhecimento de que os médicos podem estar certos. Numa minoria de pais, uma descrença forte, e com ela a irritação, pode persistir por semanas ou meses. O luto está, então, tomando um curso desfavorável (ver capítulo 9).

Além da irritação, períodos de atividade intensa estão também estreitamente relacionados com a descrença, e podem tomar a forma de uma busca desordenada de informações médicas sobre a doença, destinada mais a encontrar elementos para provar que o filho é uma exceção, do que para qualquer outra finalidade. Ou podem tomar a forma de um pai que se mantém excessivamente ocupado, não só cuidando e distraindo a criança de uma maneira útil, mas também, por vezes, chegando ao ponto de prejudicar com isso seus outros interesses. O grupo de Bozeman fala de mães que, durante as visitas, insistiam num contato físico próximo e se apegavam desesperadamente ao filho "como se acreditassem que podiam impedir a perda temida por uma unidade intensificada". Uma variante do cuidado ansioso dirigido ao filho é o cuidado intenso com os outros filhos. Se essas atividades de cuidado são benéficas ou não depende, é claro, da extensão em que o pai ou a mãe consegue controlá-las, de maneira conveniente para a criança, ou as conduz compulsivamente, sem levar em conta os interesses da criança. Quanto mais compulsiva for essa atividade, mais provavelmente estará associada a um esforço decidido de excluir ideias e sentimentos aflitivos.

Ao lado da atividade intensa dirigida à criança enferma, vamos encontrar a tendência de negligenciar tudo o mais. O trabalho doméstico, o cuidado com os outros filhos, a recreação são esquecidos. A insônia e a perda de apetite são comuns. Bozeman fala especialmente da incapacidade da mãe em pensar no futuro: "A vida parava para muitas delas, e nenhum assunto novo podia ser examinado até que a enfermidade terminasse, de um modo ou de outro."

Além do sentimento de irritação para com os médicos e as enfermeiras, a grande maioria dos pais culpava-se por não ter prestado a devida atenção às primeiras manifestações da doença. Embora na maioria dos pais estudados essa autocensura não fosse intensa e eles pudessem ser tranquilizados, havia uma minoria, em cada estudo, que demonstrava uma autocensura persistente. Por exemplo, a enfermidade da criança poderia ser interpretada como castigo de Deus; ou a mãe, sentindo necessidade de responsabilizar alguém, e relutando em culpar o marido, culpa-se a si mesma.

É muito fácil surgirem conflitos entre os pais de uma criança com uma doença fatal. Kaplan *et al.* (1973) descrevem várias famílias em que um dos pais está mais inclinado do que o outro a examinar os prognósticos de maneira séria. Por exemplo, numa família, a mãe reconheceu a gravidade da doença e sentiu-se atemorizada e deprimida. Quando chorava e buscava consolo do marido, este, porém, se irritava: "Por que diabo estás chorando?", perguntava, recusando-se a aceitar o diagnóstico. Devido à incapacidade do marido de examinar o problema e lhe dar apoio, a mulher por sua vez se irritava, e as brigas eram frequentes.

O desentendimento entre os pais pode levar também à discussão sobre se, num momento adequado, deve-se dizer à criança que ela está seriamente doente e também a seus irmãos e irmãs. Consequentemente, em vez de as perspectivas reais serem comunicadas de maneira sincera e simpática, num momento adequado, o que promove a compreensão e a confiança, informações contraditórias e confusas são dadas, levando a um aumento de desconfiança entre todos os membros da família. Binger e seus colegas (1969) descrevem o trágico isolamento da criança agonizante, que sabe que está morrendo e também que seus pais não querem que ela tenha conhecimento disso.

A crença ou descrença na exatidão dos prognósticos varia não só entre o pai e a mãe, como também, com o tempo, em cada um deles. Bozeman e seus colegas descrevem como a descrença pode variar de acordo com o desenvolvimento da doença. A alta do hospital, num período de melhora, pode constituir-se numa ocasião de euforia incontrolada, como se isso fosse indício de recuperação. Nessas ocasiões, os pais podem falar da carreira estudantil e profissional que planejaram para o filho, "tão logo a doença se torne coisa do passado". Inversamente, quando a criança sofre uma recaída, ou outra criança morre, o pai ou a mãe podem, subitamente, reconhecer as verdadeiras perspectivas. Então, ele ou ela será consumido pela dor, suspirando e soluçando, e sofrendo toda a fraqueza e sintomas somáticos que tornam o pesar tão doloroso. Contudo, pouco depois, esse pai ou essa mãe pode voltar à descrença anterior e à atividade intensa que está associada a ela.

Depois de uma enfermidade de muitos meses, e de as esperanças terem sido repetidamente desfeitas, é possível que o pai ou a mãe faça algum progresso em relação ao reconhecimento da exatidão dos prognósticos médicos. Segue-se então certo grau de luto antecipado. No caso da perda de um dos cônjuges, há razões para acreditar que o luto antecipado raramente é completo, e que a morte real é sentida ainda como um choque. No caso de pais de crianças com doenças fatais, o luto antecipado pode ser mais completo. Por exemplo, num relatório sobre o primeiro estudo do N.I.M.H., Chodoff *et al.* (1964) afirmaram que "o desapego gradativo do investimento emocional no filho foi observado na maioria dos casos em que o curso da enfermidade foi superior a três ou quatro meses, e resultou numa diminuição da reação de pesar, de modo que a fase final e a morte do filho foram frequentemente recebidas com uma atitude de 'resignação filosófica'". Em contraposição, os pesquisadores notam que os pais que demonstram uma forte descrença nos prognósticos não vivem o luto antecipado.

Para muitos pais, é claro, uma certa descrença persiste durante muitos meses após a morte do filho. No primeiro estudo do N.I.M.H., 23 pais foram convidados a voltar ao hospital entre 3 e

8 meses depois da morte do filho. Dezoito deles, inclusive oito casais, aceitaram. E relataram que seus sentimentos foram variados. De um lado, estava o medo de voltar ao hospital; do outro, o sentimento de que teriam voltado, mesmo sem serem convidados. Os dois sentimentos surgiram, provavelmente, da crença persistente em que seu filho ainda era paciente do hospital. Isso foi descrito explicitamente por alguns deles, que disseram que o retorno havia sido menos doloroso do que esperavam, e que os ajudara a aceitar o fato de que seu filho já não estava vivo. De fato, com exceção de apenas dois dos 18 pais e mães que voltaram, todos descreveram a experiência como proveitosa. As exceções foram dois pais que, seis meses depois, ainda pareciam não ter aceito a perda, de maneira alguma. Havia, além disso, indícios de que pelo menos alguns dos que recusaram o convite o fizeram por temer o que teriam de enfrentar.

No segundo estudo do N.I.M.H. (Hofer *et al.*, 1972), que se concentrou nas diferenças individuais, dos 51 pais que haviam participado antes da morte de seus filhos, 36 (21 mães e 15 pais) mostraram-se dispostos a voltar para se submeter a entrevistas e observações fisiológicas cerca de seis meses depois da morte. Nessas entrevistas e nos relatos feitos pelos pais sobre a maneira como vinham vivendo durante o intervalo, as reações mostraram que variaram entre os dois polos. Num polo, estavam aqueles que durante a entrevista expressaram seu sofrimento livremente e mostraram-se ansiosos em comunicar seus pensamentos e sentimentos. Demonstraram intensa emoção, descreveram tanto a culpa quanto a raiva e, quando se sentiram livres para falar, ocuparam-se quase que exclusivamente do filho morto. Na parte de seu relato sobre como estavam se sentindo desde a morte do filho, ficou evidente que experienciaram a perda várias vezes e de maneira dolorosa, e haviam conservado, à sua volta, lembranças visíveis da criança. E confessaram que ocasionalmente se surpreendiam pensando no filho como se ainda estivesse vivo. Três deles tinham consciência de que haviam pensado que poderiam encontrá-lo ainda no hospital.

No outro polo estavam os pais que não expressaram tristeza durante as entrevistas. Alguns foram afáveis e alegres; outros frios e impessoais, ou talvez reservados e supercontrolados; alguns "pareciam dispostos a dar a impressão de grande força e autocontrole". As exposições que fizeram sobre suas reações desde a morte de seus filhos sugeriam que não haviam experimentado muito pesar ativo. As lembranças da criança foram afastadas, e as conversas e os pensamentos a respeito dela, evitados.

Uma análise mais detalhada desses diversos padrões de reação é deixada para o capítulo 9. Enquanto isso, vale a pena observar que os efeitos que essas duas classes de pais enlutados tiveram sobre o entrevistador foram muito diferentes. Ele achou que os pais que demonstraram pesar levaram-no a participar de suas vidas e despertaram-lhe a simpatia; mas os que não demonstraram pesar fizeram com que se sentisse excluído.

Fases de desorganização e reorganização

Com o avanço da doença e o agravamento do estado da criança, a esperança diminui. Contudo, são poucos os pais que se desesperam totalmente enquanto o filho ainda está vivo, e, como já vimos, é comum que a descrença na morte do filho esteja presente durante os meses que se seguem a ela. Os pais cujo luto se processa de maneira favorável aos poucos reconhecem e aceitam os verdadeiros fatos. Lenta, mas firmemente, os modelos representacionais do eu e do mundo são harmonizados com a nova situação.

Todos os estudos mostram que a boa ou a má evolução do luto depende, em grande parte, das relações dos pais. Quando eles podem partilhar o sofrimento, mantendo-se unidos a cada fase, transmitem conforto e apoio um ao outro, e o resultado de seu luto é favorável. Quando, ao contrário, os pais estão em conflito e não há apoio mútuo, a família pode desmoronar e/ou cada um de seus membros tornar-se um paciente psiquiátrico.

Nos estudos utilizados por nós, a taxa dos que adoeceram, seja referente a casais, indivíduos, ou ambos, foi muito elevada. Das 40 famílias estudadas por Kaplan e seus colegas (1973) três meses depois da morte do filho, a maioria apresentou problemas que não eram evidentes antes ou que foram exacerbados pela perda (David M. Kaplan, comunicação pessoal). Em 28 dessas famílias, havia problemas matrimoniais, inclusive dois divórcios e sete separações (que subsequentemente levaram ao divórcio). Em 30 das famílias, um dos pais, ou ambos, sofria sintomas psiquiátricos ou psicossomáticos, ou estava bebendo muito; e em 25 havia problemas com os filhos sobreviventes. Das 20 famílias estudadas pelo grupo Binger, onze registraram perturbações emocionais suficientemente intensas para exigir assistência psiquiátrica a membros que nunca haviam necessitado dela antes. Entre os pais e mães, houve vários casos de depressão grave ou de sintomas psicossomáticos, um caso de afonia histérica e outro de divórcio. Em cerca de metade das famílias, um ou mais irmãos e irmãs do paciente, que antes gozavam boa saúde, apresentaram sintomas que incluíam rejeição à escola, depressão e intensa ansiedade de separação. Assim, poucas famílias escaparam totalmente a qualquer dano.

Não pode haver dúvidas de que grande parte das perturbações registradas entre os filhos sobreviventes resulta mais das modificações no comportamento dos pais com relação a eles do que de qualquer efeito direto que a morte possa ter exercido sobre as próprias crianças. O fim do casamento, a depressão da mãe, as explicações de que Deus levou o filho que morreu podem provocar ansiedade sobre a separação, a recusa em se afastar de casa e o comportamento de raiva. Culpar um filho pela morte do outro não é incomum e é muito prejudicial, embora isso tenha mais probabilidade de acontecer quando a morte é repentina.

Entre as conclusões propiciadas por esses estudos está a de que o padrão de reação do pai à enfermidade fatal de um filho tende a ser modelado durante as primeiras semanas depois de feito o diagnóstico, e a partir de então sofre poucas modificações.

Quando os pais ainda são jovens, não é raro que resolvam substituir o filho perdido, tendo outro. No primeiro estudo do N.I.M.H. verificou-se que, de 24 casais, cinco mães ficaram grávidas outra vez, ou durante a enfermidade do filho, ou imediatamente depois; e em duas delas sabe-se que a concepção foi intencional. Poucos meses depois, uma sexta mãe tinha esperanças de ficar grávida, e um sétimo casal teria planejado adotar uma criança (Friedman *et al.*, 1963).

Há muitas razões para duvidar da prudência dessas substituições muito apressadas, já que existe o perigo de que o luto pela criança perdida não se complete e que o novo filho seja visto não apenas como a substituição que é, mas como o retorno daquele que morreu. Isso pode levar a uma relação deformada e patogênica entre os pais e o novo filho (ver capítulo 9). Melhor seria para os pais que esperassem um ano ou mais, antes de começar de novo, para que pudessem reorganizar a imagem da criança perdida e assim conservá-la como uma lembrança viva, distinta de qualquer novo filho que possam ter.

Pais de crianças que nascem mortas ou que morrem cedo

Nos últimos anos, uma atenção crescente tem sido dada aos pais de crianças que nascem mortas ou que morrem dias ou meses depois do nascimento. As principais verificações são que, apesar de o laço entre o pai e o filho ser ainda recente, os padrões gerais de reação não diferem muito dos que ocorrem nos casos de viuvez (Klaus e Kennell, 1976). O torpor, seguido de aflição somática, anseio, raiva e subsequente irritabilidade e depressão, é comum. O mesmo acontece com as preocupações com a imagem do bebê morto, e os sonhos com ele. Uma das mães descreveu o sonho que tinha com o bebê e o momento em que acordava: "Eu não sabia onde o bebê estava, mas queria pegá-lo no colo..."

Muitas mães expressam um forte desejo de pegar a criança morta, desejo frequentemente frustrado pelas práticas hospitalares. Lewis (1976) descreve como a mãe de um bebê muito prematuro, que morreu depois de dez dias na incubadora, foi estimulada a segurá-lo. Com grande nervosismo, ela tirou-lhe todas as roupas, beijou-o todo e passeou com ele. Pouco depois, acalmou-se e entregou o bebê morto de volta à enfermeira.

Klaus e Kennell, nos Estados Unidos, e Lewis, no Reino Unido, manifestaram suas preocupações quanto à maneira como esses nascimentos e a morte de bebês prematuros são tratados pelo pessoal dos hospitais. Acreditando que isso é o melhor a ser feito, o pessoal do hospital elimina rapidamente qualquer vestígio do bebê morto e coloca o corpo, sem funeral, numa sepultura comum. Com frequência, poucas informações são dadas aos pais e todo o episódio é envolvido pelo silêncio.

Todos os autores ressaltam como esse procedimento aumenta muito os problemas emocionais enfrentados pelos pais, e recomendam enfaticamente a sua mudança. Acham que os pais devem ter permissão de visitar o bebê doente, de participar dos cuidados dispensados a ele e estar junto dele quando morre. Depois de morto, devem ser estimulados a vê-lo, tocá-lo e segurá-lo. O bebê deve ter um enterro simples, um túmulo e, se possível, um nome. Sem isso, os pais enfrentam, como observa Lewis, um não acontecimento, e não têm a quem chorar.

Mesmo quando contam com cuidadosa assistência, os pais, especialmente as mães, podem ser consumidos por um sentimento de vergonha por não terem sido capazes de dar à luz um bebê sadio, e/ou de culpa por não terem sido bem-sucedidos nos cuidados com o bebê que morreu. Por essa razão, e outras, Klaus e Kennell recomendam que se devem realizar entrevistas de orientação com os pais, juntos; a primeira imediatamente depois da morte e a seguinte dois ou três dias depois, quando já estarão menos chocados e em melhores condições de expressar seus sentimentos, preocupações e dúvidas, e também de utilizar as informações que lhes são transmitidas. Além disso, os autores recomendam uma terceira entrevista alguns meses depois, para verificar se o luto está seguindo um curso normal e, caso contrário, proporcionar maior assistência. Ressaltam especialmente o valor da ajuda aos pais, para que suportem juntos o pesar.

Infelizmente, não faltam provas de que a perda de um bebê pode dar origem a problemas sérios, tanto para os pais, especialmente para as mães, como para os outros filhos. Das 65 mães suecas estudadas por Cullberg[2], um ou dois anos depois da morte de seus recém-nascidos, 19 evidenciaram graves distúrbios psiquiátricos (ataques de ansiedade, fobias, pensamentos obsessivos, depressões profundas).

Inevitavelmente, perturbações dessas proporções, numa mãe, podem ter efeitos contrários se ela tiver outros filhos. Registraram-se incapacidade de cuidar dos filhos sobreviventes e, por vezes, uma rejeição franca deles. Além disso, quando um bebê mor-

---

2. Citado por Klaus e Kennell (1976).

re de repente e de maneira inexplicável em casa, como na "morte-
-no-berço", uma mãe aflita pode acusar, impulsivamente, um filho
mais velho de ser responsável. Halpern (1972) e Tooley (1975)
relatam casos em que uma mãe enlutada não só acusou um filho
mais velho (na escala etária de 3 a 5) como também o castigou se-
veramente. Subsequentemente, essas crianças tiveram de receber
atenção psiquiátrica, por serem instáveis, despeitadas e destrui-
doras[3]. Não é de surpreender que a infância dessas mães tivesse
sido difícil, ou que casamentos tivessem sido infelizes.

Além do risco de que o nascimento de um natimorto, ou a
morte de um recém-nascido, possa afetar as relações entre a mãe
e os filhos mais velhos, há o risco de que possa afetar também
seus sentimentos quanto à possibilidade de ter um novo filho.
Wolff *et al.* (1970) registram que uma grande proporção de mulheres que deram à luz um natimorto não quis ter mais filhos.
Lewis e Page (1978) descrevem uma mãe que, deprimida depois
do nascimento de outro bebê, uma menina, voltou-se contra ela
com medo de que a criança a fizesse sofrer. Embora a princípio
os pais se mantivessem calados sobre o nascimento, anteriormente, de um natimorto, uma vez convencidos a falar sobre o assunto,
ambos expressaram sentimentos profundos de pesar pela perda e
de raiva com relação ao hospital. Essas entrevistas proporcionaram
alívio e melhoraram a condição da mãe e a sua relação com o novo
bebê. Mais uma vez, esses pais haviam conhecido experiências anteriores que os tornavam especialmente vulneráveis a uma perda.

Laços afetivos de diferentes tipos: uma nota

Ressaltei, neste capítulo, que o padrão de reação à morte de
um filho, ou ao nascimento de um natimorto, tem muito em comum com o padrão de reação à perda de um cônjuge. Em relação

....

3. No volume II desta obra, ao final do capítulo 18, faz-se um relato (extraído
de Moss, 1960) sobre uma mulher de 45 anos que desde a infância sofria de intenso
medo de cães. Durante a terapia, constatou-se que isso se devia ao fato de sua mãe ter
lançado sobre ela a culpa pela morte de uma irmã mais nova para a qual, ao que parece, o cão da família havia de fato contribuído.

às consequências, porém, há uma diferença importante. Enquanto a solidão é uma das principais características após a morte de um cônjuge, ela não parece ser predominante após a morte de um filho. De maneira correspondente, o sentimento de solidão após a morte de um cônjuge não é habitualmente minorado pela presença de um filho.

Essas observações são muito significativas para a teoria dos laços afetivos. Mostram que, embora os diferentes tipos de laços afetivos possam ter muito em comum, não podem ser considerados como idênticos[4]. Assim, para realizarmos progressos será necessário estudar não só as muitas características que os vários tipos de laços têm em comum, mas também as diferenças entre eles. Tendo em vista o número de tipos de laços – filho para o pai, pai para o filho, cônjuge para cônjuge e irmão para irmão, com os muitos subtipos resultantes das diferenças de sexo –, isso representa uma empresa formidável.

....
4. Agradeço a Robert Weiss por ter chamado minha atenção para esses resultados e suas implicações.

Capítulo 8
O luto em outras culturas

> Mesmo entre os povos mais primitivos a atitude com a morte é infinitamente mais complexa e, posso acrescentar, mais próxima da nossa atitude do que habitualmente se pensa... Os parentes e amigos mais próximos sofrem uma profunda perturbação na sua vida emocional.
>
> BRONISLAW MALINOWSKI, *Magic, Science and Religion*

Crenças e costumes comuns a muitas culturas

Em seus extensos escritos sobre os costumes de luto de outros povos, os antropólogos sociais interessaram-se mais pela variedade de rituais existentes do que pelas reações emocionais dos enlutados. Não obstante, certos dados mostram que as reações se assemelham em linhas gerais, e com frequência em detalhes, às que nos são familiares no Ocidente. Os costumes sociais diferem muito. A reação humana é mais ou menos a mesma[1].

Primeiro, uma palavra sobre os costumes sociais. "São poucos os traços ou práticas universais encontrados em todas as sociedades humanas", diz Gorer (1973, pp. 423-4). "Todas as sociedades humanas conhecidas falam uma língua, conservam o fogo e têm algum tipo de instrumento cortante; todas as sociedades conhecidas desenvolvem os laços biológicos de mãe, pai e filho em sistemas de parentesco; todas as sociedades têm alguma divisão de trabalho baseada na idade e no sexo; todas as sociedades têm

....

1. Nas generalizações que se seguem, recorri à obra de vários antropólogos que escreveram sobre o assunto nos últimos anos, Raymond Firth, Geoffrey Gorer, David Mandelbaum, Phyllis Palgi e Paul C. Rosenblatt, bem como aos textos clássicos de Durkheim, Frazer e Malinowski. Também utilizei uma resenha sobre estudos de culturas cruzadas empreendidos em conjunto por um psicanalista e um rabino, George Krupp e Bernard Kligfeld.

proibições de incesto e regras que regulam o comportamento sexual, designando os casais compatíveis e legitimando os descendentes; e todas as sociedades têm regras e rituais sobre a eliminação dos cadáveres e o comportamento adequado dos enlutados." Em certas sociedades, o funeral é a mais importante de todas as cerimônias sociais em termos do número de presentes e da duração (Mandelbaum, 1959; Palgi, 1973).

Os antropólogos discutiram por que os ritos fúnebres desempenham um papel tão grande na vida social dos povos. "Seu objeto ostensivo é a pessoa morta", escreve Firth (1961), "mas ele beneficia não o morto, mas os vivos... são para os que ficam... que o ritual é realmente realizado." Ele postula, então, que o funeral tem três funções principais.

A primeira é a ajuda que proporciona aos enlutados, por exemplo, auxiliando-os a lidar com sua incerteza, fazendo-os encarar que a perda de fato ocorreu, dando a oportunidade de expressar publicamente seu pesar e, definindo o período adequado de luto, de fixar um termo a ele. Além disso, e por meio desses rituais, os enlutados são introduzidos no novo papel social que passam a ter de desempenhar.

A segunda função é que o funeral permite a todos os outros membros da comunidade tomar conhecimento público de sua perda e, de uma maneira predeterminada, não só se despedir do morto como também expressar as fortes emoções de medo e raiva que frequentemente estão envolvidas. Desempenhando uma sequência social e dirigindo o comportamento emocional para canais aceitáveis, os ritos fúnebres servem para manter a integridade da sociedade que continua.

A terceira função postulada por Firth, que ele chama de econômica, é a de proporcionar a ocasião de uma complexa troca de bens e serviços entre famílias e grupos. Além dos benefícios materiais que podem resultar, essas trocas talvez possam ser consideradas também como uma demonstração de altruísmo recíproco (Trivers, 1971). Quando a calamidade atinge uma família ou um grupo, todas as outras famílias ou grupos expressam sua disposição de ajudar, ainda que de maneira simbólica. Com isso, tornam-se todos credores, por implicação e tradição, da assistência de todos os outros, se a adversidade vier a atingi-los também.

O estudo do estado de espírito com o qual os amigos e parentes próximos compareçam a um funeral mostra que ele funciona também de outras maneiras além das mencionadas por Firth. Uma delas é dar oportunidade aos vivos de expressar gratidão ao morto; outra é dar-lhes a oportunidade de praticar certos atos considerados benéficos para a pessoa que se foi. Esses motivos são expressos no cerimonial e no sepultamento, que se acredita estarem de acordo com os desejos da pessoa morta, e nas orações pelo seu bem-estar futuro.

Voltando agora à bibliografia antropológica, vemos que na maioria das sociedades aceita-se, sem discutir, que a pessoa enlutada sofra um choque pessoal e fique socialmente desorientada. Além disso, há certos tipos específicos de reação e crença que, mesmo não sendo universais, aproximam-se muito dessa condição. Três deles se destacam.

Ao que parece, quase todas as sociedades acreditam que, apesar de uma morte física, a pessoa não só vive como continua as suas relações com os vivos, pelo menos durante algum tempo. Em muitas culturas, essas relações são concebidas como totalmente superficiais; nesse caso, as regras e os rituais servem para preservá-las. Em outras culturas, especialmente as mais primitivas, as relações persistentes são, até certo ponto, consideradas como adversas. Nesse caso, existem regras e rituais para a proteção dos vivos e o destino a ser dado aos mortos (ver especialmente Frazer, 1943-4). Não obstante, segundo Malinowski (1925), toda sociedade concebe essas relações como mais benéficas do que prejudiciais: "os elementos negativos nunca surgem sozinhos, ou são dominantes", afirma ele.

O exame das razões pelas quais essas relações persistentes devem ser vistas de maneiras tão diversas nos afastaria demais de nosso tema. Um exame superficial nos sugere que cada cultura seleciona como estereótipo apenas uma entre uma ampla gama de experiências pessoais relatadas por pessoas que estão de luto pela perda de um parente. Essas experiências vão, como já vimos no capítulo 6, de uma sensação da presença do morto como um companheiro confortador, até a sensação de que ele é potencialmente hostil. O importante no presente contexto é que, não importa a maneira pela qual uma cultura possa conceber essa continuação de relações, em todas elas um senso da persistência da pessoa morta é sancionado socialmente, e o comportamento adequado é determinado.

Um segundo aspecto comum à grande maioria das culturas é a previsão de que qualquer pessoa enlutada poderá sentir raiva da pessoa que considere responsável pela morte. Essa ubiquidade da raiva torna-se compreensível se lembrarmos que na maioria das comunidades não ocidentais a morte ocorre com mais frequência entre crianças, adolescentes e adultos em pleno vigor da vida do que aos velhos. Em consequência, a maioria das mortes é precoce; e, quanto mais precoce a morte é considerada, mais provavelmente alguém será responsabilizado por ela, e odiado por isso.

Como já vimos em capítulos anteriores, entre os potencialmente responsáveis estão terceiras pessoas, o eu e a pessoa morta. Muitas culturas definem quem, entre esses, pode ser adequadamente responsabilizado e, por implicação, quem não pode. Como toda cultura tem suas crenças próprias e suas regras, as formas prescritas para o comportamento de raiva dos enlutados diferem muito de sociedade para sociedade. Em algumas, a expressão ativa da raiva é parte integrante dos ritos fúnebres; em outras, os costumes funerais estabelecem fortes sanções contra a expressão de violência e, em vez disso, dirigem os sentimentos hostis para pessoas que não estão presentes na cerimônia. As pessoas que vivem a uma pequena distância dali, por exemplo, membros de uma vila ou tribo vizinha, são particularmente comuns como alvos de culpa. De acordo com Durkheim (1915, p. 400), a vingança de sangue e a caça de cabeças bem podem ter começado dessa maneira[2].

Não obstante, embora seja comum dirigir a raiva pela perda para fora do grupo, há muitas sociedades nas quais se aceita que a culpa seja lançada sobre, e a raiva dirigida contra, o próprio eu, ou, o que é menos comum, sobre a pessoa que morreu. Queixas

....

2. Um estudo do desenvolvimento do antissemitismo fanático de Hitler sugere, fortemente, que começou aos 18 anos, depois da morte de sua mãe, de câncer, em 1907. Durante a enfermidade, a mãe foi tratada por um médico judeu. O tratamento, que bem pode ter sido errado, parece ter causado muita dor e talvez tenha agravado a sua enfermidade. De qualquer modo, Hitler o considerava culpado pela morte de sua mãe e a partir daí passou a considerar todos os judeus como inimigos (Binion, 1973).

contra o morto por ter abandonado os vivos são conhecidas e sancionadas em muitas sociedades. "Oh, por que nos deixaste?" é um lamento muito generalizado. Os ataques concretos contra o morto, sejam verbais ou físicos, talvez sejam menos raros do que se poderia supor. Mandelbaum (1959) relata que entre os índios Hopi do Arizona a tradição determina que se atribua aos funerais e à morte a menor importância possível. "Seus ritos fúnebres são pequenos assuntos privados, realizados com rapidez e logo esquecidos. Os que sofrem a perda podem sentir a dor tão profundamente quanto os enlutados de qualquer sociedade" (p. 201), mas as expressões claras de pesar são desestimuladas. Não obstante, durante um estudo de campo desse povo, Kennard (1937) comprovou que as reações privadas deixavam de conformar-se às prescrições públicas, especialmente quando morre uma pessoa jovem, ou de idade mediana. Na busca de uma possível causa dessa morte, pode-se estabelecer que a pessoa morreu deliberadamente a fim de irritar os vivos, e nesse caso merece com justiça a raiva destes. Kennard descreve uma mulher que "esbofeteava o rosto de um cadáver e gritava: 'Você é mesquinho por fazer isso comigo!'".

Num polo oposto estão inúmeras outras sociedades em que a expressão de raiva contra o morto é rigorosamente proibida. Em algumas dessas sociedades, talvez muitas, dirigir a raiva contra o próprio eu não só é permitido, como recomendado. Por exemplo, entre os judeus marroquinos é um costume antigo que as carpideiras rasguem as carnes com as unhas até que o sangue corra. Palgi (1973) descreve como esse ritual pode criar conflitos sociais quando praticado em Israel, por imigrantes marroquinos.

Um terceiro aspecto comum aos rituais do luto é a prescrição habitual de um período dentro do qual ele deve terminar. Embora a duração desse prazo varie muito de cultura para cultura, o ano civil do judaísmo tradicional, ao final do qual as pessoas enlutadas devem ter encontrado meios de retornar a uma vida social mais normal[3], não é atípico. Em várias sociedades, ritos especiais de luto e comemoração são realizados nesse período.

---

3. Examinando as várias fases do luto determinadas pela religião judaica, Pollock (1972) sugeriu que elas podem estar relacionadas com as fases psicológicas atravessadas pelo luto sadio.

Para ilustrar vários desses temas, recorremos a uma exposição de Mandelbaum (1959) sobre duas cerimônias fúnebres diferentes recomendadas pelos Kota, um dos povos tribais remanescentes que vivem numa remota área da Índia, e cujos ritos fúnebres (pelo menos até princípios da década de 1950) ainda mantinham muito das formas antigas.

Os Kota realizam duas cerimônias fúnebres, chamadas respectivamente de Verde e de Seca. A Verde ocorre logo depois da morte e nela o corpo é cremado. Só os parentes e amigos próximos do morto comparecem. A cerimônia Seca é uma solenidade comunal, realizada a intervalos de um ou dois anos para comemorar todas as mortes ocorridas desde o último funeral Seco. A essas cerimônias comparecem todos os Kota da área. Durante os muitos meses que transcorrem entre o funeral Verde e o funeral Seco, considera-se que o morto ainda desempenha um papel social. Em particular, a viúva é considerada ainda como a esposa do marido morto, de modo que, se ficar grávida, o filho é considerado como dele, com todos os direitos sociais que isso lhe confere. Só por ocasião do funeral Seco o espírito do morto vai embora, e desaparece a sua situação social.

O funeral Seco dura 11 dias e é altamente ritualizado. Durante a primeira semana, os mortos daquele ano são lembrados um por um, e os enlutados são novamente tomados pelo pesar. Ao primeiro som do lamento fúnebre com o qual a cerimônia tem início, todas as mulheres enlutadas param, tomadas de dor. Sentam-se, cobrem as cabeças, gemem e soluçam durante todo aquele dia e o dia seguinte. Os homens de uma família enlutada, ocupados nos preparativos da cerimônia, só param para chorar a certos intervalos. Os mais atingidos pelo pesar são as viúvas e os viúvos, os quais devem observar os mais rigorosos tabus de luto e ser submetidos ao mais extenso ritual de purificação. Os irmãos e filhos de uma pessoa morta têm papéis menos destacados, mas ainda assim importantes, a desempenhar. O curioso é que não há nenhuma disposição com relação ao luto a ser cumprido pelos pais em caso de morte de um filho ou filha, embora, relata Mandelbaum, "é possível que, pessoalmente, sejam tão atingidos pelo pesar quanto os pais enlutados em qualquer sociedade" (pp. 193-4).

No oitavo dia realiza-se uma segunda cremação, na qual um pedaço do crânio, tirado na época da primeira cremação e guardado com reverência desde então, é colocado numa pira juntamente com os bens e ornamentos pessoais da viúva ou do viúvo. Depois disso, a pessoa enlutada e outras passam toda a noite no local da cremação. No alvorecer do dia seguinte, o estado de espírito modifica-se subitamente. Há danças e festejos durante os quais viúvas e viúvos executam rituais destinados a conduzi-los progressivamente para a vida social normal. Ao anoitecer atinge-se o auge das solenidades. Quebra-se um pote, o qual indica que os espíritos dos mortos estão partindo deste mundo. Os vivos retornam à aldeia sem olhar para trás. Naquela noite, os viúvos e as viúvas mantêm relações sexuais, de preferência com um irmão ou irmã do cônjuge morto. Finalmente, há dois dias de cantos e danças.

Comentando as solenidades dos Kota, Mandelbaum endossa inteiramente as opiniões de Firth sobre as funções sociais dos costumes fúnebres. A coesão é demonstrada e as relações de parentesco, além da família, são reafirmadas. Todos os participantes saem com "um renovado sentimento de pertencer a um todo social, a toda a comunidade dos Kota". Ao mesmo tempo, as reações pessoais e emocionais dos enlutados são reconhecidas e sancionadas, e no devido momento recebem ajuda e encorajamento para retornar a uma vida social normal.

Rosenblatt (1975) observa que muitas sociedades adotam costumes que, qualquer que seja a sua lógica ostensiva, parecem ter o efeito de facilitar um novo casamento e a retomada de uma vida de casado aparentemente normal pelos viúvos. A maioria desses costumes implica a eliminação dos restos mortais. Inclui a prática de um tabu sobre o nome do falecido, a destruição ou distribuição de suas propriedades, e a mudança de residência. Via de regra, esses costumes são parte de uma série de crenças não relacionadas aos efeitos notados por Rosenblatt. Alguns deles, por exemplo, relacionam-se com o medo de fantasmas, de contaminação ou de feitiçaria contagiosa. Outros são recomendados para honrar os mortos. Não obstante, é provável que Rosenblatt esteja certo ao acreditar que uma das principais razões de sua existência é conduzir o viúvo na transição da viuvez para uma nova vida de casado. As proporções em que isso pode ajudar uma viúva serão provavelmente determinadas por muitos fatores, dos quais o momento do ritual não é o menos importante.

Assim, a consulta à bibliografia antropológica mostra que, embora os padrões culturais sejam muito diferentes naquilo que recomendam e naquilo que proíbem, e nas proporções em que a cerimônia é prolongada ou reduzida, praticamente em todos eles há regras e rituais de pelo menos três tipos: para determinar como a continuação das relações com o morto deve ser conduzida, para prescrever como a culpa deve ser atribuída e a raiva expressa, e para fixar o tempo de duração do luto. Dessa maneira, a cultura canaliza as reações psicológicas das pessoas e, até certo ponto, as ritualiza. As origens das próprias reações estão, porém, em nível mais profundo. Isso se torna evidente quando examinamos as experiências psicológicas de pessoas que participam das cerimônias.

As duas exposições ilustrativas que se seguem foram tomadas de culturas de tipos bastante contrastantes – uma pequena comunidade remota do Pacífico e outra do Japão moderno.

Luto por um filho adulto em Tikopia

Tikopia é uma pequena ilha do Pacífico, a 160 quilômetros a sudeste das Ilhas Salomão. Quando Firth[4] a estudou na década de 1920, a comunidade de cerca de 1300 pessoas ainda vivia extremamente isolada, sendo visitada por pessoas de fora em média apenas uma vez por ano. À parte algumas ferramentas levadas ou trocadas em navios europeus, as pessoas dependiam do material e da tecnologia locais. A alimentação era proporcionada pela pesca e agricultura, mas as margens eram tão pequenas que uma seca ou um furacão podiam significar a fome. Apesar de seu tamanho reduzido, a estrutura social da comunidade era complexa: impunha limites ao comportamento e também conferia vantagens aos que se conformavam. As relações formalizadas entre parentes,

---
4. O relato feito aqui é extraído de *Elements of Social Organization*, de Firth (1961), em que há referências aos vários livros e artigos escritos por ele, nos quais descreve e analisa a sociedade de Tikopia.

com ênfase que variava na liberdade e nas obrigações de proteger, assistir e apoiar, não só definiam os deveres e privilégios de uma pessoa, como também mitigavam as tensões e serviam, de maneira vigorosa, como fatores de integração social. Para ilustrar a maneira como a comunidade tratava a perda, Firth descreve os acontecimentos que se seguiram à morte, no mar, do filho mais velho do chefe (Firth, 1961, pp. 61-72).

O rapaz, quase homem feito, havia voltado para casa de mau humor e tivera um pequeno desentendimento com o pai, que o censurava por um comportamento inadequado. Com isso, o rapaz saiu de casa, levou sua canoa para o mar e nunca mais foi visto. À medida que os meses passavam, aumentava a certeza de que ele se afogara. Em circunstâncias semelhantes, que não são raras, a tradição determina um enterro simulado, em que tapetes e roupas de casca de árvores são enterrados numa sepultura vazia. A isso se chama "estender roupas na sepultura para secar o perdido".

Depois de cerca de um ano de luto pelo rapaz, o que implica a observação de tabus alimentares e abstenção de atividades públicas, seu pai resolveu que era tempo de realizar o funeral. Mas essa proposta entrava em choque com os planos já preparados de realizar um festival de dança ligado a outras atividades. O atrito entre o chefe e seu próprio pai e irmãos, com relação a que cerimônia se deveria realizar em primeiro lugar, levou a uma inesperada explosão de raiva por parte do chefe que, em lágrimas e de maneira incoerente, pôs-se a gritar observações violentas. Todos ficaram muito preocupados. Depois de algum tempo, e com a intervenção de intermediários, a paz familiar foi restabelecida. Houve um acordo tácito sobre o funeral.

No dia seguinte, Firth, que já conhecia bem o chefe, pôde conversar com ele. Logo o chefe tocou na questão do filho morto, Noakena, e disse, com bastante amargura: "Ele me abandonou e foi para o mar." Em seguida contou dois sonhos que tivera na noite anterior à briga com seu pai e seus irmãos. Em ambos, o espírito do filho lhe aparecera, pela primeira vez desde o seu desaparecimento[5].

....

5. As descrições dos sonhos são ligeiramente condensadas da exposição de Firth. As citações são declarações do pai, traduzidas para o inglês por Firth.

No primeiro sonho, pai e filho estavam colhendo cocos e houve certo desentendimento entre eles sobre se Noakena devia entregar o coco, como seu pai queria, ou simplesmente jogá-lo. Quando o rapaz afastou-se para outra árvore, o pai chamou-o pelo nome várias vezes, mas sem resposta. "Chamei novamente: 'Noakena, maldição! Por que não me respondes?' Em seguida ouvi--o resmungar qualquer coisa em voz alta, e ele desapareceu. Voltei então para casa."

No segundo sonho apareceram duas mulheres, uma das quais era a irmã do chefe que havia morrido, mas que tomou a forma de uma moça que morava numa casa próxima. Depois de dar alguns outros detalhes, o pai continuou, ilustrando seu relato com a ação dramática: "E então Noakena se aproximou de mim... – Ficou a meu lado e olhei seu rosto e seu corpo. Ele arrastou-se até onde eu estava deitado, inclinou-se sobre mim e disse: 'Você disse que eu devia me secar?' Tive um sobressalto. Estendi os braços para abraçá-lo, e exclamei: 'Finalmente! Meu filho!' E então minha mão bateu nesta caixa [que estava ao lado da esteira onde dormia]... Acordei, sentei-me e agarrei as roupas... – Desdobrei-as, dizendo: 'É com isso que vamos secar você...' Sentei-me em seguida e chorei por ele..." Firth registra que o pai, ao contar seu sonho, "tinha o rosto marcado pela emoção, sua voz estava velada e entrecortada, e ele estava prestes a chorar. Sua exclamação, ao abrir os braços para mostrar como havia tentado abraçar o filho e apenas batera com a mão na caixa de madeira, foi pungente...".

Na manhã seguinte, o pai estava num estado altamente emocional e reagiu violentamente à oposição demonstrada à ideia de realizar logo o funeral. "Era como se eu tivesse um fogo na barriga", observou ele durante uma explicação.

Só é necessário um pequeno comentário. Primeiro, o sentimento e o comportamento retratados no sonho – raiva de ser abandonado, desejo de reunião, remorso – em nada diferem dos sentimentos e comportamento retratados nos sonhos de luto dos povos ocidentais. Segundo, mesmo que não exista, como nesse caso, um corpo para ser enterrado, a sociedade exige que o funeral se cumpra. Na verdade, foi a reflexão sobre essa cerimônia dos Tikopias que levou Firth a insistir em que a principal função do rito fúnebre não é enterrar o corpo, mas os benefícios psicológicos que proporciona aos enlutados e à sociedade como um todo.

Luto pelo marido no Japão

No Japão, tanto no budismo como no xintoísmo, há um respeito profundo pelos antepassados. Eles são normalmente mencionados por termos usados também para designar seres divinos; acredita-se que seus espíritos podem ser chamados de volta a este mundo. Os rituais de luto estimulam a continuação da relação com qualquer pessoa que morre; assim sendo, toda família constrói um altar na sala de estar, no qual há uma fotografia do morto e uma urna de cinzas, flores, água, arroz e outras oferendas. Quando uma mulher perde o marido, portanto, seu primeiro dever é construir um altar para ele. Ela visita o altar pelo menos uma vez por dia, para oferecer incenso. Além disso, a tradição recomenda que o altar seja visitado outras vezes, talvez para consultar o morto sobre um problema qualquer, para partilhar com ele acontecimentos alegres, ou chorar em sua presença. Juntamente com outros membros da família, que compartilham de seu pesar, a esposa pode cultuar, alimentar e lamentar ou idealizar o morto. Dessa forma, a relação com ele mantém-se inalterada durante sua transformação de homem vivo em ancestral reverenciado.

Reconhecendo como essas crenças e costumes são diferentes para os ocidentais, um grupo de psiquiatras japoneses fez um estudo, pequeno mas sistemático, de viúvas em Tóquio, com o objetivo de compará-lo às experiências das viúvas londrinas descritas por Marris (1958) e Parkes (1965). O trabalho resultante de Yamamoto *et al.* (1969), e do qual foi extraída a descrição acima de crenças e costumes, é de grande interesse.

Vinte viúvas entre 24 e 52 anos foram entrevistadas em suas próprias casas, cerca de seis semanas após a morte de seus maridos num acidente rodoviário[6]. A maioria deles era da classe trabalhadora e estava a pé ou de bicicleta, a caminho de casa ou do trabalho. A duração do casamento oscilava entre um ano e 26 anos (média, 14 anos). Com uma única exceção, todas tinham filhos,

....
6. Foram contatadas inicialmente, por carta, 55 viúvas. Destas, 23 haviam concordado em ser entrevistadas, sete recusaram-se e as outras não foram localizadas ou não responderam. Das 23 que concordaram, três estavam doentes ou ausentes na ocasião das entrevistas.

na grande maioria dos casos um ou dois. Quatorze viúvas tinham crenças religiosas bem definidas (13 budistas e uma xintoísta); seis não as tinham. As experiências de luto descritas pelas viúvas de Tóquio são extremamente semelhantes às descritas pelas viúvas de Londres. Doze delas falaram da dificuldade de acreditar que o marido estivesse morto; por exemplo, uma delas ia até a parada do bonde na hora que o marido costumava voltar do trabalho, e outra ia até a porta quando ouvia uma bicicleta motorizada, supondo ser o marido. Das 20 viúvas, apenas duas não haviam seguido a tradição de erguer um altar. Sentiam uma forte sensação da presença do marido e, como entre as viúvas ocidentais, a maioria se consolava com isso. A ambiguidade da situação foi transmitida de maneira muito clara por uma delas: "Quando olho seu rosto sorridente sinto que ele está vivo, mas olho então a urna e sei que está morto."

Como todos os maridos morreram em acidentes rodoviários, não é de surpreender que 12 viúvas acusassem o outro motorista e sentissem raiva dele. Havia pouca autocensura. Em relação à raiva sentida contra o marido, o relatório é quase omisso e o leitor pode indagar se foram feitas as perguntas relativas. Uma viúva, porém, declarou voluntariamente que estava irritada com seu marido e pretendia censurá-lo quando voltasse. (O relatório não diz por que ela o censuraria mas, se nos pudermos orientar pela experiência ocidental, a censura deveria ser por não ter tomado as precauções devidas.)

A proporção de viúvas que registraram ansiedade, depressão ou insônia pouco difere, entre as de Tóquio e as de Londres. Há, porém, uma grande diferença nas proporções que descrevem tentativas de escapar às coisas que lembram a morte do marido; em Tóquio, essa proporção foi três vezes maior do que em Londres. Como possíveis explicações dessa alta incidência, Yamamoto e seus colegas chamam a atenção para o fato de que suas entrevistas foram realizadas durante o período de luto mais intenso das viúvas, que em todos os casos a morte fora repentina e que em alguns casos as viúvas haviam presenciado cenas de sangue e deprimentes. A possibilidade de esse último detalhe ser de importância especial nos resultados de Tóquio é indicada pelas verificações de Maddison e seus colegas, que são relatadas no capítulo

10. Também é possível que a presença constante, em suas salas de estar, do altar aos maridos mortos tenha contribuído em parte para provocar o seu desejo de fugir das lembranças.

É interessante o fato de que quatro das seis viúvas de Tóquio que não tinham religião ainda assim seguiram a tradição de erigir um altar, e que uma das outras duas planejasse fazer o mesmo. Trata-se de mais uma ilustração da forte necessidade dos enlutados de manter a relação com a pessoa morta, quer estejam conscientemente de acordo com as crenças, ou delas discordem. Um exemplo comparável é relatado por Palgi (1973) de Israel: "Pouco depois da Guerra dos Seis Dias houve uma súbita onda de interesse pelo espiritualismo entre alguns grupos mais jovens e cultos, de origem ocidental. Houve até mesmo incidentes em alguns dos kibutzim seculares de esquerda, constituídos de jovens soldados que participavam de sessões numa tentativa de estabelecer contato com seus camaradas mortos."

Capítulo 9
Variantes com distúrbios

> Sorrow concealed, like an oven stopp'd,
> Doth burn the heart to cinders where it is.*
>
> SHAKESPEARE, *Titus Andronicus*

Duas variantes principais

Grande parte da bibliografia sobre o luto perturbado vem da obra de psicanalistas, e outros psicoterapeutas, que localizaram as perturbações emocionais de alguns de seus pacientes numa perda sofrida algum tempo atrás. Não só se aprenderam muitas coisas a partir desses estudos sobre a psicopatologia do luto, como também foram as suas constatações que primeiro chamaram a atenção para o campo, e levaram a estudos mais sistemáticos nos últimos anos. Neste capítulo começamos utilizando os resultados desses estudos recentes porque, sendo baseados em amostras bastante representativas, apresentam uma perspectiva mais ampla e mais fidedigna para a interpretação dos problemas do que as verificações obtidas exclusivamente de casos psiquiátricos. Uma vez, porém, fixado o cenário, os resultados terapêuticos tornam-se uma fonte valiosa para o aprofundamento de nossa compreensão dos processos, cognitivos e emocionais, em ação.

As variantes de luto perturbado levam a muitas formas de enfermidades físicas[1]. Psicologicamente, resultam na redução mais ou menos séria da capacidade do enlutado de manter relações amo-

---

* A dor oculta, como o forno entupido,/Transforma o coração em cinzas, onde ele está. (N. do T.)

1. Para literatura sobre enfermidades físicas, ver Parkes (1970c).

rosas, ou, se já está reduzida, podem limitá-la ainda mais. Afetam também, muitas vezes, a capacidade que tem a pessoa enlutada de organizar o resto de sua vida. As variantes com distúrbios podem ter diferentes graus de gravidade, indo de muito leves a extremamente graves. Nos graus menores, elas não se distinguem facilmente do luto sadio. Para os objetivos de nossa exposição, porém, são descritas aqui principalmente em suas versões mais extremas.

Numa das duas variantes com distúrbios, as reações emocionais à perda são habitualmente intensas e prolongadas, em muitos casos com raiva ou autoacusação dominantes e persistentes, com notável ausência de pesar. Enquanto essas reações continuam, a pessoa enlutada é incapaz de planejar novamente sua vida, que com frequência se torna, e continua, tristemente desorganizada. A depressão é um sintoma importante, muitas vezes combinado ou alternado com ansiedade, "agorafobia" (ver volume II, capítulo 19), hipocondria ou alcoolismo. Essa variante pode ser chamada de *luto crônico*. À primeira vista, a outra variante parece ser exatamente o oposto, pois nela há uma *ausência mais ou menos prolongada de pesar consciente* e a vida da pessoa enlutada continua a ser organizada quase que como antes. Não obstante, ela está sujeita a ser acometida por várias enfermidades psicológicas ou fisiológicas; e pode, de súbito, e aparentemente de maneira inexplicável, tornar-se agudamente deprimida. Durante a psicoterapia com essas pessoas (às vezes motivada por sintomas mal definidos e/ou dificuldades interpessoais que se desenvolveram sem a ocorrência de nenhuma crise, e às vezes depois da crise) verifica-se que as perturbações são derivadas do luto sadio, embora estranhamente desligadas, cognitiva e emocionalmente, da perda que conduziu a elas.

Por mais diferentes que essas duas variantes possam parecer, elas têm, não obstante, muitos aspectos comuns. Em ambas, pode-se verificar que persiste a crença, consciente ou inconsciente, de que a perda ainda é reversível. A premência de busca pode, portanto, continuar a possuir o enlutado, seja de maneira constante ou episódica, a raiva e/ou a autoacusação podem ser facilmente despertadas, o pesar e a tristeza podem estar ausentes. Nas duas variantes, o curso do luto permanece incompleto. Como os modelos representacionais que a pessoa tem de si mesma e do mundo que a cerca continuam inalterados, sua vida é planejada sobre uma base falsa, ou então cai numa desorganização não planejada. Quando se compreende que as duas principais variantes do luto perturbado têm muito em comum, a existência de condições clínicas com aspectos presentes em ambos os casos, ou que representam uma oscilação entre eles, não constitui surpresa. Uma combinação comum é aquela em que, depois de uma perda, a pessoa mostra, durante algumas semanas ou meses, a ausência de pesar consciente e então, talvez abruptamente, é esmagada por emoções intensas e avança até um estado de luto crônico. Em termos das quatro fases de luto descritas no capítulo 6, a ausência de pesar consciente pode ser considerada como uma extensão, patologicamente prolongada, da fase de torpor, ao passo que as várias formas de luto crônico podem ser consideradas como versões ampliadas e deformadas das fases de anseio e busca, desorganização e desespero.

Como as duas variantes têm elementos em comum, nem todos os termos usados para descrevê-las são distintos. De fato, muitos termos são usados. Para a primeira variante, Lindemann (1944) introduziu o termo "deformada" e Anderson (1949), o termo "crônica"; para a segunda, termos como ausente (Deutsch, 1937), retardada, inibida e recalcada são usados.

Além dessas duas variantes principais do luto perturbado, há uma terceira, menos comum – a euforia. Em certas pessoas, ela pode ser tão grave que se apresenta como um episódio maníaco.

Antes de descrever melhor essas variantes, talvez seja útil examinar de novo o penoso dilema enfrentado por toda pessoa enlutada, para ver em que ponto, no curso do luto, as variantes patológicas divergem das variantes sadias. Enquanto não acredita que sua perda é irrecuperável, a pessoa enlutada sente esperanças e é impelida à ação; isso, porém, leva a todas as ansiedades e sofrimentos do esforço frustrado. A alternativa, ou seja, quando a pessoa acredita que a perda é permanente, pode ser mais realista; não obstante, a princípio é no todo demasiado penosa, e talvez até aterrorizadora, para nela permanecer por muito tempo. Talvez seja um bem, portanto, que o ser humano seja feito de tal modo que os processos mentais e as formas de comportamento que lhe proporcionam alívio sejam parte de sua natureza. Não obstante, esse alívio só pode ser limitado e a tarefa de resolver o dilema continua. Da maneira como esse dilema for solucionado depende o resultado de seu luto – avançará no sentido do reconhecimento de suas novas circunstâncias, para uma revisão de seus modelos representacionais e uma redefinição de suas metas na vida, ou então para um estado de suspensão do crescimento, no qual é prisioneiro de um dilema que não pode resolver.

Tradicionalmente, os processos mentais e também as formas de comportamento que aliviam o sofrimento do luto são conhecidos como defesas e mencionados por termos como repressão, cisão, negação, dissociação, projeção, deslocamento, identificação e formação de reação. Há uma ampla bibliografia, que procura distinguir diferentes processos e explicá-los em termos de um ou de outro modelo do mecanismo mental e de um ou outro ponto de fixação; mas não há uma concordância geral com relação ao uso de termos, e há muita sobreposição de sentido. Neste volume adotamos uma nova abordagem. Como já descrevemos no capítulo 4, o modelo do mecanismo mental utilizado baseia-se nos trabalhos existentes sobre o processamento humano da informação. De acordo com esse novo enfoque e para evitar as muitas implicações teóricas que todo termo tradicional tem, usamos expressões menos carregadas de teoria que se mantêm mais próximas dos fenômenos observados.

Minha tese é que os processos tradicionalmente denominados defensivos podem ser, todos, compreendidos como exemplo da exclusão defensiva ou da informação indesejada; e que a maioria deles só difere uns dos outros em relação às proporções e/ou persistência da exclusão. Muitos são encontrados tanto nas variantes sadias como nas variantes com distúrbios, mas uns poucos limitam-se às últimas. Como primeiro passo para a sua separação, examinemos primeiro os que, numa maioria de casos, são perfeitamente compatíveis com um resultado sadio.

Com base em seu estudo das viúvas londrinas, Parkes (1970a) relaciona vários desses processos. Um ou mais deles, deduziu Parkes, eram ativos em todos os participantes de sua série. Cada viúva, como constatou, apresentava seu padrão idiossincrático próprio e não havia nenhuma correlação entre um processo e outro. Sua relação é a seguinte:

a) processos que levam a pessoa enlutada a sentir-se entorpecida e incapaz de pensar sobre o que aconteceu;
b) processos que desviam a atenção e a atividade dos pensamentos e lembranças dolorosas dirigindo-os para outros, neutros ou agradáveis;
c) processos que mantêm uma crença de que a perda não é permanente e que a reunião ainda é possível;
d) processos que resultam no reconhecimento de que a perda de fato ocorreu, combinados com um sentimento de que, apesar disso, persistem os laços com o morto, manifestados com frequência numa sensação consoladora da presença constante da pessoa perdida.

Como há boas razões para acreditar que os processos do quarto tipo, longe de contribuir para a patologia, são parte integrante do luto sadio, são excluídos de maior exame neste capítulo. Os processos de cada um dos outros tipos podem, porém, assumir formas patológicas.

Os critérios que distinguem mais claramente as formas saudáveis de processos defensivos das formas patológicas são a extensão de tempo em que eles persistem e a extensão em que influem apenas sobre uma parte do funcionamento mental, ou chegam a dominá-lo completamente. Vejam-se, por exemplo, os processos que desviam a atenção e a atividade de pensamentos e lembranças dolorosas, e os dirigem para outros, neutros ou agradáveis. Quando esses processos assumem o controle apenas episodicamente, provavelmente são perfeitamente compatíveis com a normalidade. Quando, pelo contrário, fixam-se de maneira rígida, levam a uma inibição prolongada de todas as reações usuais à perda.

Em que medida os processos de exclusão defensiva estão sob controle voluntário é, com frequência, difícil de determinar. Há, na verdade, um contínuo que vai daquilo que parece ser claramente um processo involuntário, como o torpor que constitui uma reação imediata comum ao luto, ao ato de evitar pessoas e lugares que possam despertar crises penosas de saudade e pranto. Quanto à consciência da pessoa, os processos relacionados em (*c*) são particularmente variáveis. Numa dimensão, vão de uma crença clara e consciente de que a perda não é permanente a uma convicção de que é tão mal definida e distante da consciência que pode exigir grande trabalho terapêutico para torná-la manifesta, com exemplos de todas as gradações intermediárias de que a mente humana é capaz. Em outra dimensão, essas crenças vão de uma posição aberta a novas informações, e portanto à revisão, até uma posição totalmente fechada e resistente a qualquer informação que as possa questionar.

Além desses vários tipos e formas de processo defensivo, há pelo menos dois outros tipos que ocorrem durante o luto e que, exceto quando apenas ocasionalmente presentes, apenas não parecem ser nunca compatíveis com um resultado saudável. Compreendem:

e) processos que desviam a raiva da pessoa que a provocou para alguma outra pessoa, e que são geralmente chamados na literatura psicanalítica de deslocamento;

f) processos pelos quais as reações emocionais à perda tornam-se cognitivamente desligadas da situação que as provocou, e que na terminologia tradicional podem ser chamados de repressão, cisão ou dissociação.

Praticamente todas as combinações dos processos acima descritos podem estar presentes numa pessoa, simultânea ou sucessivamente. Isso constitui um problema para os teóricos e explica, provavelmente, muitas das discordâncias existentes.

Na descrição das seguintes variantes com distúrbios devo muito aos vários estudos já mencionados nos capítulos 6 e 7.

Luto crônico

Entre as oitenta pessoas enlutadas entrevistadas por Gorer (1965, para detalhes ver capítulo 6), nove estavam num estado de desespero crônico, apesar de já terem transcorrido no mínimo doze meses desde a sua perda. "O desespero é quase que palpável ao entrevistador leigo; a voz fraca, os músculos faciais flácidos, a fala insegura e em frases curtas. Três dessas nove pessoas... estavam sentadas sozinhas, no escuro." Das nove, cinco haviam perdido um cônjuge (três viúvas e dois viúvos), duas haviam perdido a mãe (ambos homens de meia-idade) e duas haviam perdido filhos crescidos (uma mulher casada e um viúvo). Assim, os dois sexos e vários tipos de perda estão representados na amostra.

Gorer manifesta surpresa diante da proporção de pessoas deprimidas em sua amostra (cerca de 10%), que lhe parece demasiado grande. Outros estudos de amostras mais ou menos representativas de pessoas enlutadas, porém, não registram uma incidência menor. Por exemplo, das 22 viúvas londrinas estudadas por Parkes (1970*a*) durante pelo menos um ano, três estavam, no final daquele período, num estado semelhante ao descrito por Gorer. Dos 68 viúvos e viúvas de Boston estudados por Glick *et al.* (1974), a maioria durante dois anos ou mais, duas viúvas tornaram-se alcoólatras com depressão e duas outras, gravemente deprimidas (uma delas tentou o suicídio várias vezes). E um dos viúvos restantes estava profundamente deprimido e desorganizado[2].

Embora ao expor seus resultados Gorer evite usar termos como depressão e melancolia (sob a alegação de que devem ser reservados a diagnósticos psiquiátricos), ele acredita que sejam aplicáveis às condições que descreve. Provavelmente a maioria dos psiquiatras concordaria com ele: uma das três viúvas que encontrou em estado de desespero suicidou-se poucos meses depois de entrevistada. Não obstante, há uma escola de psiquiatria que sustenta uma opinião oposta. Por exemplo, Clayton e seus colegas (1974), apesar de terem demonstrado que as 16 pessoas enlutadas por eles descritas como deprimidas evidenciavam características que, sob todos os aspectos, conformavam-se aos critérios já adotados para diagnosticar um distúrbio afetivo primário[3], ainda as-

....

2. Outros estudos registram uma incidência ainda maior de condições depressivas, aproximadamente um ano depois do falecimento. Assim, das 132 viúvas de Boston, EUA, e 243 em Sydney, Austrália, estudadas por Maddison e Viola (1968) por meio de um questionário distribuído 13 meses depois do falecimento do marido, 22% sofriam de depressão, sendo que mais da metade destes tinha necessidade de tratamento médico. Dos 92 viúvos e viúvas mais velhos, cuja média de idade era 61 anos, estudados em St. Louis, Missouri, e entrevistados 13 meses depois do falecimento do cônjuge, 16 demonstravam muitos sintomas depressivos, 12 deles estiveram continuamente deprimidos, durante todo o ano (Bornstein *et al.*, 1973).

3. No diagnóstico da depressão foram incluídos os entrevistados que, no momento da entrevista, admitiam um estado de espírito negativo caracterizado por senti-

sim afirmam que tais pessoas não devem receber esse diagnóstico. E isso porque tal condição é uma reação à perda e porque, em contraste com pacientes semelhantes sob cuidado psiquiátrico que experimentam a mesma condição como uma "mudança", a pessoa enlutada a considera como "normal". Como os estudos de Brown e Harris (1978a)[4] mostram que a maioria de todos os casos de distúrbio depressivo são reações a uma perda, acredito (com eles) que essa distinção é insustentável. A opinião adotada aqui é que a grande maioria das condições depressivas é mais bem classificada como uma série graduada, com as formas mais sérias tendo características mórbidas semelhantes às encontradas nas formas menos sérias, embora talvez mais intensas, e com certas outras características adicionais.

No caso do luto crônico parece claro que a depressão pode ter graus muito variados. O relato seguinte sobre uma mãe de 30 anos que participou no segundo dos estudos do N.I.M.H. sobre pais de crianças portadoras de doenças fatais (detalhes no capítulo 7) descreve uma condição próxima do extremo menos grave da escala.

Como outros pais que participaram desse estudo, a sra. Q.Q. foi entrevistada duas vezes por um psiquiatra, algum tempo depois de ter tomado conhecimento do diagnóstico de seu filho. Nas entrevistas, bastante espaçadas no tempo e que em conjunto duraram de duas a quatro horas, o entrevistado devia descrever, o mais detalhadamente possível, como era a experiência de ser pai ou mãe de uma criança com doença fatal. Além dessa descrição, tomava-se nota de seu modo de ser e de se comportar durante a entrevista. Embora o entrevistador pedisse aos entrevistados para repassar novamente toda a sua experiência, verificou-se que eles não só estavam dispostos a fazê-lo, como também que a maioria o

....

mento depressivo, tristeza, desespero, desânimo, etc., e mais quatro dos oito sintomas seguintes: (i) perda de apetite ou peso, (ii) dificuldade de dormir, (iii) fadiga, (iv) agitação (sentimento de inquietação) ou retardamento, (v) perda de interesse, (vi) dificuldade de concentração, (vii) sentimentos de culpa, (viii) desejo de estar morto ou ideias suicidas.

4. Brown e Harris referem-se ao erro de Clayton e seus colegas em classificar esses estados como distúrbio efetivo clínico como um exemplo surpreendente de confusão lógica que resulta sem que suposições etiológicas sejam transformadas em definições de diagnóstico, em lugar de serem examinadas independentemente.

fez com grande interesse, fornecendo informações que não eram nem estereotipadas nem superficiais. Isso porque as entrevistas lhes davam a oportunidade de, primeiro, confiar alguns de seus sentimentos mais profundos a alguém que não tinha participação pessoal na crise e, segundo, ao contribuir para o projeto de pesquisa, sentir que eram capazes de fazer alguma coisa útil numa situação que, de outro modo, fazia-os sentirem-se desamparados e inúteis[5].

Durante as seis últimas semanas de vida de seu filho, a sra. Q.Q. deu sempre a impressão de estar tensa e, frequentemente, ansiosa, agitada e chorosa. Preocupava-se constantemente com seus sentimentos e falava de ser "incapaz de resistir por mais tempo". Durante a entrevista, foi extremamente difícil fazer com que se concentrasse nos dados realistas de agravamento constante do estado do filho. A todas as tentativas neste sentido, ela reagia não só mostrando-se aborrecida, como concentrando-se em seus próprios sofrimentos, excluindo todas as outras coisas, inclusive o exame do estado de seu filho. Os médicos e as enfermeiras, bem como seu marido, começaram a se preocupar tanto com ela que passaram a não lhe revelar os fatos reais sobre o filho.

Durante os dois dias de agonia do filho, porém, a sra. Q.Q. teve uma súbita mudança de estado de espírito. Tornou-se muito menos emotiva e agitada e, em lugar disso, ficava tranquilamente com o filho, cuidando carinhosamente dele. Disse, pela primeira vez, que sabia que ele ia morrer, e, quando lhe perguntaram como se sentia, respondeu com calma que estava bem. Numa entrevista de acompanhamento, mais tarde, a sra. Q.Q. descreveu esses dois últimos dias. Interiormente, disse ela, sentia-se tão infeliz e perturbada quanto antes, mas suas preocupações anteriores pareciam agora pouco importantes. Compreendera que o filho estava morrendo e queria ajudá-lo a não ter medo; queria também desculpar-se junto dele por qualquer coisa que tivesse feito e que o tivesse tornado infeliz. E, principalmente, ela queria dizer adeus e acariciá-lo para expressar alguns de seus sentimentos ternos para os quais não podia encontrar palavras.

....
5. Este relato abreviado é extraído de Wolff *et al.* (1964*b*), que se refere a essa mãe como sra. Q. Aqui, ela é mencionada como sra. Q.Q. para distingui-la de outra mãe já citada anteriormente como sra. Q.

Em comentários sobre o caso, Wolff e seus colegas observam que o estado emocional da sra. Q.Q. modificou-se de acordo com a direção de suas preocupações. Inicialmente ela evitara pensar no filho e no destino que o aguardava, tendo concentrado toda a sua atenção no seu próprio sofrimento, mostrando-se tensa, ansiosa, agitada. Mais tarde, transferira sua atenção para o menino e começara a cuidar ternamente dele; ao mesmo tempo, deixara de se preocupar com seus próprios sofrimentos e tornara-se relativamente calma.

A partir de observações desse tipo, juntamente com medidas de certas variáveis psicológicas[6], Wolff e seus colegas chegaram a uma conclusão muito importante. O nível de expressão aberta de afeto é um indício muito enganoso da maneira como a pessoa reage a uma situação de tensão. Isso porque, como no caso da sra. Q.Q., um alto nível de afeição claramente demonstrada pode ser parte de uma reação que está em grande parte desligada da situação que a provocou. Na verdade, a própria intensidade do afeto pode desempenhar um papel importante, contribuindo para desviar a atenção, tanto do quase-enlutado como também de seus companheiros, da situação aflitiva. Inversamente, quando a situação é reconhecida e enfrentada, como acontece durante o luto sadio, a expressão clara de afeto pode reduzir-se. A mudança principal, porém, está na qualidade do afeto. Em lugar da ansiedade, da agitação e do desespero, sem causa, há uma tristeza e uma saudade, combinadas talvez com memórias queridas que, embora

....

6. Neste estudo, bem como em outros (por exemplo, Sachar *et al.*, 1967, 1968), considera-se que a taxa de excreção de certos esteroides varia de acordo com a extensão em que a pessoa se envolve na situação estressante ou, em lugar disso, desvia dela a sua atenção. Embora os níveis absolutos variem muito de pessoa para pessoa, quanto maior o esforço feito para enfrentar uma situação de aflição, mais provável é que sua taxa de excreção se eleve. Em contraposição, as taxas não revelam nenhuma relação com o nível de afeto declarado: assim, permanecem baixas *tanto* durante o luto crônico, quando o afeto declarado tende a ser elevado, *como* também durante a ausência prolongada de pesar, quando há pouca ou nenhuma expressão declarada de afeto. De acordo com esses resultados, a sra. Q.Q. tinha uma baixa taxa de excreção para esses esteroides, no período em que sua atenção se desviou de seu filho e voltou-se para seus próprios problemas, mas a taxa aumentou acentuadamente nos dois últimos dias, quando sua atitude se modificou e ela passou a se preocupar muito com ele.

tristes, são mesmo assim muito agradáveis. À distinção estabelecida por Wolff voltaremos constantemente neste livro.

Passemos agora ao exemplo da pessoa enlutada cujo sofrimento tornou-se muito mais forte e crônico do que o da sra. Q.Q. e que, em consequência, foi internada num hospital psiquiátrico[7].

O sr. M. tinha 68 anos quando sua mulher morreu. Estavam casados há 41 anos e segundo um parente ele "fora muito bom para ela" durante toda a vida de casados. Ela morreu inesperadamente, depois de uma rápida enfermidade. Ele ficou "entorpecido" por vários dias. Tomou todas as providências para o enterro e depois trancou-se em casa, sem querer ver ninguém. Dormia mal, comia pouco e perdeu interesse pelas coisas que fazia habitualmente. Preocupava-se com ideias de autoacusação e tinha crises de choro durante as quais se responsabilizava por ter falhado com a mulher. Culpava-se por tê-la internado num hospital (temendo que ela tivesse contraído alguma infecção hospitalar) e sentia remorsos por não ter sido um marido melhor e ter causado preocupações à esposa, ao ter adoecido ele próprio. Ao mesmo tempo, evidenciava uma irritabilidade geral, acusando os filhos de não terem tratado bem a mãe no passado, e culpando o hospital pela morte da mulher. Quando comparecia a reuniões de uma associação do lugar, perdia a calma e perturbava os outros participantes.

O filho levou-o a uma viagem pelo exterior, na esperança de tirá-lo da depressão, mas o sr. M. ficou ainda mais perturbado do que antes e interrompeu o passeio, voltando para casa, da qual se vinha ocupando com desinteresse desde a morte da esposa.

Dez meses depois do falecimento da esposa ele foi internado num hospital psiquiátrico onde, depois de passar algum tempo na psicoterapia, falando de sua perda, melhorou consideravelmente. Foi então que o conheci e fiquei surpreso com a maneira como falava dos defeitos de sua mulher, ao mesmo tempo que negava ter qualquer ressentimento. "Eu esperava tanta coisa da minha aposentadoria – essa foi uma das coisas que nos prejudicaram. Eu queria viajar de férias para o exterior, mas não consegui fazer com que ela concordasse. Ela fora criada no hábito de prescindir das coisas su-

....
7. Esse paciente foi observado durante um estudo anterior por Parkes (1965), em que ele entrevistou pacientes internados num hospital psiquiátrico devido a um estado, geralmente depressivo, desenvolvido durante os seis meses que se seguiram à perda. A exposição é extraída, sem modificações, de Parkes (1972, pp. 112-3).

pérfluas. Nunca consegui curá-la disso." Ele havia comprado uma casa, mas "ela a considerava como um empecilho" – embora se tivesse apegado à casa, "sentindo-se mais feliz ali do que em qualquer outro lugar". Sua atitude receosa evidenciava-se em numerosos medos. "Ela tinha medo do mar – nunca a forcei a viajar ao exterior. Os filhos lhe pediam para fazer coisas e ela automaticamente respondia não. Nenhum homem poderia ter desejado melhor esposa."

Além dos muitos aspectos típicos dessas condições, observamos a combinação de autoacusação com a culpa dirigida a terceiros (os filhos e o hospital), de um lado, a ausência total de críticas ou ressentimento para com a esposa, de outro. Apesar de falar das muitas maneiras em que ela o frustrara e decepcionara, ele insiste em considerá-la como uma esposa perfeita. O caso ilustra muito bem a afirmação de Freud, de que as críticas que a pessoa deprimida faz a si mesma muitas vezes aplicam-se mais à pessoa perdida. Ilustra também o fato de que, sempre que a raiva persistente ou a autoacusação ocorrem, elas se manifestam juntas – uma associação relatada também por Parkes (1965) como estatisticamente significativa em sua série de casos.

Embora grande parte da autoacusação seja provocada pela pessoa perdida e redirigida para o eu e a terceiros, há também condições em que ela é, pelo menos em parte, dirigida adequadamente para o eu, embora se apegue a alguma deficiência sem importância, em vez de se basear em fatos reais em relação aos quais a pessoa enlutada pudesse estar realmente em falta.

Embora a autoacusação, na maioria das vezes associada à raiva acusadora dirigida para terceiros, seja uma característica de todos os casos mais graves de luto crônico, há também casos em que nenhum desses dois aspectos é destacado. Por exemplo, entre 16 viúvas e viúvos com depressão crônica descritos por Clayton e seus colegas, o sentimento de culpa existia em apenas dois, o sentimento de falta de valor em apenas seis, e a tendência a responsabilizar alguém pela morte, em apenas oito (Bornstein *et al.*, 1973). Mas não é improvável que esses resultados sejam, em parte, consequência do fato de esses pesquisadores terem utilizado uma única entrevista de apenas uma hora, sendo possível que entrevistas mais longas ou repetidas tivessem mostrado uma incidência maior de casos de raiva, culpa ou sentimento de falta de valor.

Características da reação vaticinadora do luto crônico

Como já dissemos, Parkes (1970*a*) verificou que certas pessoas que subsequentemente evidenciaram um luto crônico mostram pouca ou nenhuma reação durante as semanas imediatamente posteriores à perda. Em algumas pessoas esse intervalo é uma extensão da fase de torpor para além de alguns dias; outras nem mesmo experimentam torpor. Quando o luto tem início, o que provavelmente acontece dentro de um ou dois meses pode ser abrupto. Também é provável que ele seja mais intenso e perturbador do que no luto sadio.

Um exemplo dessa sequência, dado por Parkes, é o de uma viúva londrina, a sra. X., que descreveu como, ao receber a notícia da morte do marido, permaneceu calma e "não sentiu nada" – e como, portanto, surpreendeu-se mais tarde ao chorar. Havia evitado conscientemente os sentimentos, disse ela, porque temia ser dominada por eles ou perder a razão. Durante três semanas, continuou a mostrar-se controlada e relativamente estável, até que finalmente teve uma crise na rua e chorou. Refletindo sobre essas três semanas, ela as descreveu, posteriormente, como tendo sido um "caminho à beira de um negro poço".

Verificou-se, no estudo de Harvard, que as viúvas e os viúvos que se saíram mal nas entrevistas de acompanhamento, dois ou três anos depois da perda, provavelmente já evidenciavam, durante as entrevistas de três e seis semanas, uma perturbação aguda, na forma de um ou mais dos seguintes sintomas: anseio excepcionalmente intenso e continuado, desespero excepcionalmente forte expresso no desejo de morte, raiva e amargura persistentes, culpa e autoacusação acentuadas (Parkes, 1975*b*). Além disso, em vez de melhorarem durante o curso do primeiro ano, como ocorreu com os que tiveram uma recuperação razoavelmente boa, essas viúvas e viúvos continuaram a mostrar-se deprimidos e desorganizados. Como resultado de seu estudo, Glick e seus colegas (1974) concluíram que, se a recuperação não começou no final do primeiro ano, as perspectivas não são boas. As constatações de Clayton sobre o desespero são mais ou menos as mesmas. Dos 16 viúvos considerados como deprimidos 13 meses depois da morte do cônjuge, 12 estavam entre os 38 que evidenciavam depressão acentuada um mês após a perda; e, além desses 12, outros três também foram considerados deprimidos, numa entrevista feita quatro meses depois da perda. Embora a depressão um mês após a perda fosse estatisticamente o indicador mais vigoroso da possibilidade de haver depressão aos 13 meses, não se deve esquecer que dois terços daqueles que foram considerados deprimidos um mês depois da perda estavam, apesar disso, saindo-se bem um ano mais tarde (Bornstein et al., 1973).

Outra constatação do estudo de St. Louis foi que uma proporção significativamente maior dos que foram considerados deprimidos 13 meses depois da perda registrou ter sofrido uma reação intensa no aniversário da morte do cônjuge, constatação feita também por Parkes (1972).

Outra característica vaticinadora do luto crônico é a persistência da raiva e do ressentimento muito tempo depois das primeiras semanas. Isso, segundo comprovou Parkes (1972), está correlacionado com a persistência da tensão, a inquietação e o anseio intenso. Esse último aspecto foi ilustrado pela sra. J., viúva de 60 anos a quem Parkes entrevistou nove meses depois da perda do marido, que morreu de câncer do pulmão aos 78 anos. Quando lhe lembravam que o marido estava realmente morto, ela tinha uma explosão de raiva: "Oh, Fred, por que você me deixou? Se você soubesse como seria, não me teria deixado." Posteriormente, negou que estivesse irritada e observou: "É pecado sentir raiva." Três meses depois, no aniversário da perda, lembrava-se de todos os momentos do infeliz dia em que seu marido morreu.

"Há um ano, acontecia nesta data o casamento da Princesa Alexandra. Disse ao meu marido: 'Não se esqueça do casamento.' Quando voltei, perguntei-lhe: 'Você assistiu ao casamento?', e ele respondeu: 'Não, esqueci.' Assistimos juntos, à noite, mas ele tinha os olhos fechados. Escreveu um cartão para sua irmã e posso vê-lo claramente. Posso dizer todas as coisas que fez naqueles dias. Eu lhe disse: 'Você não tem visto nada.' E ele: 'Não, não tenho.'"

A partir de então e durante vários anos, ela continuou manifestando luto crônico, preparada aparentemente para continuar a lamentar a morte do marido para sempre, expressando repetidas vezes sua angústia e decepção[8].

A análise da maneira como a persistência da raiva e do ressentimento após uma perda pode relacionar-se tanto com os padrões de personalidade das pessoas com tendência ao luto perturbado, como com as experiências infantis dessas pessoas, será feita nos capítulos 11 e 12.

A descrição seguinte, de uma viúva londrina de 42 anos[9], ilustra uma sequência bastante típica dos acontecimentos:

> Depois da morte de seu marido, a sra. Y. demonstrou pouca emoção, reação que explicou como consequência de ter sido criada de modo a não demonstrar seus sentimentos. Quando era criança, seu lar fora instável. Fez, posteriormente, o que chamou de "casamento de companheirismo", que evidentemente havia sido insatisfatório sob muitos aspectos. Não obstante, insistiu em que os quatro últimos anos haviam sido "muito felizes".
>
> Seu marido morreu inesperadamente no dia em que deveria sair do hospital, depois de ter sido considerado como recuperado de uma trombose coronária. Ela fora incapaz de chorar e durante três semanas "continuara vivendo como se nada tivesse acontecido". Durante a quarta semana, porém, foi tomada de "sentimentos terríveis de desolação", começou a dormir mal e a ter pesadelos nos quais tentava acordar o marido que dormia. Durante o dia tinha sentimentos de pânico; e a lembrança nítida do cadáver do marido continuava a povoar-lhe a mente. Dores de cabeça das quais sofria há anos agravaram-se; e brigou com a mãe e com os seus patrões. Continuou deprimida e inquieta.
>
> Nove meses depois do falecimento do marido emigrou para a Austrália. Quatro meses depois, em resposta a uma solicitação, escreveu detalhadamente dizendo-se "muito deprimida" e "sentindo muita falta de meu marido". Não tinha amigos na Austrália, sentia-se insegura e preocupada com o futuro.

....
8. Informações sobre a sra. J. são encontradas em Parkes (1972, pp. 48, 81, 89 e 125) e numa comunicação pessoal. Outras referências ao caso serão encontradas no capítulo 11.
9. Esse relato é uma versão reescrita do relato fornecido por Parkes (1970*a*).

Os aspectos descritos acima, que ocorrem repetidamente nos relatos de pessoas cujo luto progride de maneira desfavorável, são: no caso de morte súbita, reação retardada, pesadelos relacionados com a morte, brigas com parentes e outros, tentativa de fugir do cenário onde ocorreu a morte; e, antes da perda, uma história de infância intranquila e de uma educação que enfatiza a contenção das emoções.

Outra característica que leva a prever um resultado desfavorável para o luto é a informação, dada pela pessoa enlutada algumas semanas depois da ocorrência da morte, sobre a utilidade que, na sua opinião, têm para ela os parentes, amigos e outros, em seu luto. É uma variável para a qual Maddison chamou a atenção (Maddison e Walker, 1967; Maddison, Viola e Walker, 1969), e que é mais bem examinada no capítulo seguinte.

Mumificação

No curso de seu estudo, Gorer (1965) encontrou seis pessoas, quatro viúvos e duas viúvas, que se orgulharam em mostrar-lhe como haviam conservado suas casas exatamente como eram antes da morte do cônjuge. Um viúvo de 58 anos, cuja mulher morrera 15 meses antes, explicou (p. 80):

> Ela tinha lugares certos para diferentes coisas e eu não mexi em nada. Tudo está no mesmo lugar em que ela deixou... As coisas são feitas da mesma maneira que quando ela estava aqui... tudo parece, na verdade, normal...

Dois outros viúvos continuavam comprando flores para as esposas no Natal e nos dias de seus aniversários, nos últimos quatro e cinco anos, respectivamente. A Rainha Vitória, que perdeu o marido muito repentinamente, quando tinha apenas 42 anos, não só preservou todos os objetos do Príncipe Albert como ele os dispunha, como também continuou, durante toda a sua vida, a fazer com que preparassem suas roupas para uso diário e trouxessem água para que ele se barbeasse (Longford, 1964)[10].

----

10. Gardner e Pritchard (1977) descrevem seis casos em que a pessoa que sofreu uma perda guardou o corpo do morto na casa, por períodos que foram de uma sema-

Para descrever essa forma de reação a uma perda, Gorer introduz a expressão "mumificação". É uma boa metáfora porque, embalsamando o corpo e enterrando-o junto com vários objetos de uso pessoal e doméstico, os egípcios estavam fazendo provisões para a vida da pessoa após a morte. Da forma pela qual é vista nas culturas ocidentais de hoje, a mumificação pode representar a crença mais ou menos consciente da pessoa enlutada de que a pessoa morta voltará, e o desejo de assegurar que será bem recebida, quando isso acontecer. Essa hipótese nasce da informação que me foi dada por uma paciente, mãe de uma criança pequena, a quem eu estava tratando de uma ansiedade e depressão agudas. Ao perder muito subitamente seu velho pai (numa operação de catarata), ela insistiu durante um ano ou mais que seu apartamento e o de sua mãe não deviam ser decorados. Explicou-se dizendo que acreditava que o hospital havia cometido um erro na identidade do homem morto, e que tinha a certeza de que seu pai ainda estava vivo, sendo importante que ele encontrasse tudo inalterado, quando finalmente voltasse. Embora tivesse plena consciência, ela mantinha em segredo essa crença, porque a mãe e outras pessoas poderiam rir dela[11].

Assim, a mumificação é, pelo menos inicialmente, o corolário lógico da convicção de que a pessoa morta voltará. Pode, porém, sobreviver às suas origens e continuar, porque abandoná-la seria aceitar a perda, o que a pessoa enlutada não consegue fazer. O viúvo, cujo relato (citado acima) de como manteve tudo na casa exatamente como era quando sua mulher estava viva e que afirmava que "tudo parece... normal", acabou observando de forma patética: "É apenas o meu sentimento de que tudo parece vazio. Quando entro na sala e não há ninguém ali, é o pior de tudo."

....

na a dez anos. Dessas pessoas, duas eram evidentemente psicóticas e uma era uma viúva excêntrica e idosa que vivia como reclusa. As outras três, porém, eram homens solteiros cujas mães, com quem sempre viveram, haviam morrido. Um deles, que guardou o corpo durante dois anos até que foi descoberto por um limpador de janela, transformou o quarto da mãe num santuário e explicou: "Eu não podia aceitar que ela tivesse morrido, eu queria que as coisas continuassem como antes."
    11. Uma exposição mais detalhada é dada em Bowlby (1963). Outras constatações desse caso de mãe e filho, mencionados como sra. Q. e Stephen, são encontradas no segundo volume desta obra, capítulos 15 e 20.

Suicídio

As ideias de suicídio, concebidas especialmente como meio de unir-se à pessoa morta, são comuns nos primeiros meses de luto. Por exemplo, das viúvas de Boston, entrevistadas três semanas depois da perda, uma em cada cinco disse que desejaria morrer, se não fossem os filhos. Ideias semelhantes foram expressas por várias viúvas de Londres, uma das quais foi ao ponto de tentar o suicídio sem muita convicção.

Tentativas mais sérias, e suicídios levados a termo, porém, são menos comuns. Mesmo assim, entre os 60 entrevistados de Boston que tiveram acompanhamento, entre dois e quatro anos após a perda, uma viúva com depressão grave tentou o suicídio várias vezes; uma das viúvas entrevistadas por Gorer suicidou-se poucos meses depois da entrevista.

Muitas evidências internas, inclusive o desejo comumente expresso de unir-se à pessoa perdida, indicam na maioria dos casos a existência de uma ligação causal direta entre o suicídio concluído e uma perda anterior. Essa probabilidade encontra forte apoio num estudo epidemiológico realizado no sul da Inglaterra por Bunch (1972).

Bunch comparou a incidência de uma perda recente em 75 casos de suicídio – 40 dos quais cometidos por homens e 35 por mulheres, maiores de 21 anos – com a de um grupo de controle da mesma idade, sexo e estado civil. No grupo de suicídios, a incidência da perda de um dos pais ou cônjuge, pela morte, durante os dois anos anteriores, foi cinco vezes maior do que no grupo de controle (24% e 4,7%, respectivamente), diferença altamente significativa. As diferenças entre os grupos, examinados separadamente conforme se tratasse da mãe ou do cônjuge, também tiveram significação estatística. Um grupo de risco especialmente alto foi o de homens solteiros que perderam a mãe.

Ausência prolongada de pesar consciente

Helene Deutsch foi a primeira a chamar a atenção para essa condição. Num breve artigo publicado em 1937, ela descreveu quatro pacientes adultos que haviam sofrido, desde a infância, dificuldades sérias de personalidade e depressões episódicas. No curso do tratamento psicanalítico, verificou que esses problemas podiam ser atribuídos a uma perda sofrida pelos pacientes na infância, mas que nunca havia sido lamentada. Em cada caso, a vida emocional do paciente de alguma maneira se desliga do fato.

Desde então, essa condição foi sendo reconhecida, e um grande número de casos, referindo-se em sua maioria a perdas ocorridas na infância ou adolescência, pode ser encontrado na bibliografia, juntamente com muita teorização. Exemplos disso são os trabalhos de Root (1957), Krupp (1965), Fleming e Altschul (1963), Lipson (1963), Jacobson (1965) e Volkan (1970, 1972, 1975). Não obstante, essa condição pode seguir-se também a uma perda ocorrida durante a vida adulta. Por exemplo, Corney e Horton (1974) descreveram uma síndrome típica numa jovem mulher casada cujas crises de choro e irritabilidade mostraram, sob terapia, ter relação, mas não ligação, com um aborto (aos quatro meses e meio) ocorrido alguns meses antes. As referências a esses trabalhos, porém, são breves, pois todos se baseiam no método retrospectivo. Vale-mo-nos, aqui, de observações prospectivas da condição, registradas pelos que estudaram o curso do luto em grupos representativos de viúvas e viúvos ou de pais que perderam um filho.

Sabemos hoje que uma breve fase de torpor, depois de uma perda, é muito comum; esperamos, porém, que dure apenas alguns dias, ou talvez uma semana. Quando se prolonga por mais tempo, há razões para preocupação. Vimos, por exemplo, como um prolongamento de algumas semanas ou meses pode constituir-se num presságio de luto crônico. Amplas evidências mostram hoje que esse prolongamento, parcial ou completo, pode continuar por muito mais tempo, certamente durante anos ou décadas, e presumivelmente, em certos casos, para o resto da vida.

Um cético poderia indagar, a esta altura, como sabemos que o estado de espírito da pessoa é de luto perturbado e não simplesmente que essa pessoa não foi afetada pela perda e, portanto, não tem motivos de lamentar-se. A resposta é que em muitos casos há indícios de que a pessoa enlutada foi, de fato, afetada e que seu equilíbrio mental foi perturbado. Sem dúvida tais indícios são mais evidentes em algumas pessoas do que em outras; e, se estivessem totalmente ausentes, reconhecemos que teríamos apenas uma suposição. Mas os conhecemos o suficiente para descrever pelo menos alguns deles.

Os adultos que revelam prolongada ausência de sofrimento consciente, em geral, pessoas autossuficientes, orgulhosas de sua independência e autocontroladas, que desprezam o sentimentalismo, consideram as lágrimas como uma fraqueza. Depois da perda, orgulham-se em continuar como se nada tivesse acontecido, permanecem ocupados e eficientes, e demonstram estar enfrentando muito bem a situação. Mas o observador atento notará que estão tensos e, com frequência, são irritadiços. Não fazem referência à perda, evitam coisas que possam lembrar o desaparecido e não gostam de condolências nem que se fale do assunto. Podem ocorrer sintomas físicos: dores de cabeça, palpitações, dores. A insônia é comum e os sonhos, desagradáveis.

Há, naturalmente, muitas variantes dessa condição, sendo impossível fazer justiça a todas. Em algumas pessoas, a boa disposição parece um pouco forçada; em outras, dura e formal. Algumas pessoas ficam mais sociáveis do que antes, outras tornam-se retraídas; em ambos os casos, pode haver um excesso de bebida. Crises de choro ou de depressão podem ocorrer, aparentemente sem qualquer motivo. Certos assuntos são cuidadosamente evitados. O medo de um colapso emocional pode ser evidente, seja reconhecido, como por vezes ocorre, ou não. Os filhos crescidos tornam-se protetores de um pai viúvo, temendo que a menor referência à perda por um amigo descuidado ou um visitante possa perturbar um equilíbrio precário. O consolo não é desejado, nem bem recebido.

Para ilustrar alguns desses aspectos, descrevemos as reações registradas por uma mãe de 40 anos – que participou do segundo estudo do N.I.M.H. sobre pais com filhos portadores de doença fatal – durante a enfermidade de seu filho, e cujos detalhes estão no capítulo 7[12].

A sra. I. era uma mulher inteligente, sensível e carinhosa, teimosa e com tendências dominadoras. Como mãe, dedicava grande

....
12. A exposição que se segue, reescrita para evitar a teorização, é extraída do apêndice de Wolff *et al.* (1964*b*).

energia aos cuidados e à proteção dos filhos; mas fazia isso como se fosse um martírio e parecia ter muitas necessidades próprias que não eram atendidas. Durante a entrevista, parecia abatida e um pouco triste e preocupada. Não expressou sentimento de culpa. Às vezes parecia bastante franca com o entrevistador, outras vezes reservada e defensiva. Durante todo o tempo controlou o que dizia e, muito obviamente, evitava referências a qualquer coisa que pudesse ser dolorosa, como os pensamentos sobre o futuro. Quando foi perguntado como encarava o resultado provável da enfermidade do filho, achou que não havia necessidade de focalizar o assunto. Embora desse a impressão de achar a entrevista desagradável, também parecia que, por estar sendo útil, dispunha-se, "como sempre", a sacrificar seus próprios interesses.

Ao descrever suas experiências com o filho, durante a enfermidade deste, pareceu ao entrevistador que ela adotava uma atitude de Poliana. Dizia que devia estar otimista porque seu filho estava passando bem, mas para sua surpresa sentia-se triste e preocupada com o futuro. Na maior parte do tempo, mantinha-se febrilmente ocupada com os cuidados com o filho, atenta para todas as suas necessidades. Escondia do filho a verdade sobre a doença e contestava a possibilidade de que ele já soubesse dos fatos. Controlava sempre o seu comportamento para que o menino não percebesse que ela se sentia infeliz. Apesar de sua atividade constante e de seu otimismo aparente, admitia que muitas vezes se sentia preocupada com a possibilidade de que os remédios que o filho estava tomando de nada adiantassem. Não dormia bem e seu apetite diminuíra, embora ocasionalmente se alimentasse de maneira compulsiva. Pelas referências que fez à sua infância tornou-se evidente que fora consideravelmente infeliz e que sofrera privação emocional, embora negasse ter sentido qualquer hostilidade com relação aos pais. Desde muito cedo fora autossuficiente e assumira a responsabilidade por outros, e desenvolveu uma "concha protetora" para si mesma, como dizia.

Muitas pessoas que reagem dessa maneira a uma perda, ou a uma perda eminente, conseguem, como a sra. I., evitar a perda de controle. Outras são menos bem-sucedidas e por vezes, e contra a sua vontade, choram e ficam perturbadas. Por exemplo, Parkes (1972) descreve o caso da sra. F., uma viúva de 45 anos com três filhos adolescentes e cujo marido, dez anos mais velho do que ela, morreu de repente[13].

Durante três semanas após ter sofrido a perda, a sra. F. sentiu-se "chocada", mas não experimentou nenhuma outra emoção e, como a sra. I., manteve-se muito ocupada. Não obstante, tornou-se tensa e inquieta, tinha dores de cabeça e pouco apetite. Ao final de três semanas, tornou-se angustiada e deprimida e, para seu grande aborrecimento, teve acessos de choro em duas ocasiões. Mais tarde, porém, assumiu o controle dos negócios do marido e a partir de então empenhou-se no que parecia uma batalha incessante para manter a sua posição social e seus bens. Desde o início, foi incapaz de falar da morte do marido com seus filhos, nem pôde confiar na mãe. Em lugar disso, permaneceu tensa e angustiada, as dores de cabeça continuaram e apresentou sintomas de indigestão crônica. As relações com uma das filhas agravaram-se sensivelmente.

Ao comentar a incapacidade que tinha a sra. F. de demonstrar pesar, Parkes chamou a atenção para quatro aspectos inter-relacionados de sua personalidade: a imagem que tinha de si mesma como uma mulher sofisticada, segura, livre de sentimentos e capaz de controlar sua própria sorte; sua afirmação de que seu casamento fora mais por conveniência do que por amor, o que significava que a morte do marido não lhe trazia nenhum pesar; seu ateísmo reconhecido e seu desprezo pelos consolos e rituais da religião; e sua relutância em revelar seus pensamentos e sentimentos a alguém.

O caso mais extremo de ausência de pesar já registrado talvez seja o de um pai que participou do mesmo projeto de pesquisa que a sra. Q.Q. e a sra. I.[14]. Trata-se do sr. A.A., de 33 anos, pai de uma criança com leucemia.

Tendo a profissão de vendedor, o sr. A.A. era jovial, receptivo e gordo; tinha tendência a mostrar-se excessivamente cordial e empenhava-se em causar boa impressão. Com os pesquisadores, com os quais tentava entabular longas discussões intelectuais, procura-

---
13. Versão reescrita de um caso descrito por Parkes (1972, pp. 140-1).
14. Essa exposição, também reescrita, é de Wolff *et al.* (1964*b*).

va colaborar mais do que o necessário. Não obstante, embora visitasse o hospital todos os dias, evitava passar o tempo com o filho. Enquanto a mulher ficava junto da criança, o sr. A.A. conversava com outros pais ou via televisão na sala de recreação. Sua ausência da ala onde estava o filho era justificada por ele com a alegação de que se sentia deprimido ao ver todas as *outras* crianças doentes. Num fim de semana em que sua mulher não pôde ir visitar o filho, o sr. A.A. ficou sozinho com a criança, com quem passou muito mais tempo do que habitualmente. Durante esse fim de semana, teve uma entrevista de 90 minutos com o psiquiatra, que esperava que nessa ocasião ele revelasse pelo menos certa ansiedade ou aflição. Isso, porém, não aconteceu. O sr. A.A. parecia estar como sempre, e disse que preferia estar sozinho com o filho porque quando a esposa não estava presente o menino demonstrava maior interesse por ele. A lembrança que as enfermeiras têm desse fim de semana mostram que o sr. A.A. parecia bem disposto e, como sempre, agradável e conversador. Assim, aparentemente não havia nenhum indício de sofrimento profundo.

Lembramos, porém, que um dos objetivos do projeto era investigar os efeitos que uma experiência de tensão prolongada tinha sobre as taxas de secreção endócrina de uma pessoa. Assim sendo, durante todo o tempo da doença do filho, foram feitas leituras das taxas de excreção de alguns dos esteroides do sr. A.A. Os resultados foram dramáticos. No fim de semana em que esteve sozinho com o filho, a taxa subiu para mais do dobro do nível habitual. Essa comprovação mostra de maneira inequívoca que naquele período certos componentes fisiológicos do luto estavam sendo ativados, embora os componentes psicológicos e de comportamento habituais estivessem ausentes. Tendo em vista o comportamento anterior do sr. A.A., não constituiu surpresa que, quando finalmente se agravou o estado de seu filho e a morte tornou-se iminente, ele tenha encontrado boas razões para ausentar-se do hospital.

Cuidado compulsivo com outros

Embora as pessoas descritas relutassem em falar da perda que estavam na iminência de sofrer, ou tinham sofrido, e se sentissem gratas por não serem inclinadas a emoções aflitivas como outras pessoas, ainda assim não eram menos capazes de se preocupar profunda e às vezes excessivamente, como a sra. I., com o bem-estar de outras pessoas. Elas escolhem, muitas vezes, alguém que tenha uma vida triste ou difícil, em geral alguém que tenha sofrido uma perda. O cuidado que dedicam pode equivaler quase que a uma obsessão, e é prestado mesmo que não seja bem recebido. Esse cuidado também é prestado quer tenha havido alguma forma de perda real, quer a perda tenha sido apenas imaginada pela pessoa que presta assistência. Nas suas melhores manifestações, esse cuidado pode ter algum valor para o assistido, pelo menos durante algum tempo. Nas piores, pode resultar em relações intensamente possessivas que, embora supostamente em benefício do assistido, transformam-no, na realidade, num prisioneiro. Além disso, a pessoa que tem essa compulsão para cuidar pode-se tornar invejosa da boa vida que, supostamente, está proporcionado ao assistido.

Como a pessoa que presta assistência parece atribuir à pessoa assistida toda a tristeza e necessidade que ela é incapaz de reconhecer, ou não quer reconhecer, em si, podemos supor que o assistido é colocado no lugar daquele que assiste. Às vezes dá-se o nome de "identificação projetiva" ao processo psicológico que leva a esse tipo de relação; não a empregamos aqui porque, como muitas expressões semelhantes, é usada em mais de um sentido e vem de um paradigma teórico, que nela é implícito, diferente do adotado neste trabalho.

Como é comum que o cuidado compulsivo se desenvolva inicialmente durante a infância, em consequência de experiências sobre as quais hoje muito se conhece, a discussão mais detalhada do padrão e de sua psicopatologia é adiada para capítulos posteriores (ver capítulos 12, 19 e 21).

Tratamento de lembranças

Em acentuado contraste com a tendência que têm os enlutados crônicos de conservar todos os pertences do morto em condição modificada, prontos para serem imediatamente usados quando ele voltar, os que evitam o pesar provavelmente se desfazem de roupas e outros pertences que possam servir de lembrança da pessoa perdida. Numa limpeza precipitada e sem critério, coisas que outros considerariam valiosas são destinadas ao esquecimento. Há, porém, exceções. Volkan (1972, 1975) descreve vários pacientes que, apesar de não terem chorado a morte de um parente, mesmo assim conservaram secretamente alguns objetos que a ele haviam pertencido. Esses objetos, às vezes um anel, um relógio ou uma máquina fotográfica, ou também uma fotografia ou simplesmente alguma coisa que estava ao alcance da mão no momento da morte, eram cuidadosamente guardados, sem serem usados. Podiam não ser contemplados nunca, ou então eram contemplados ocasionalmente, e em particular. Um homem que tinha 38 anos quando o pai, já bastante idoso, morreu guardava o carro velho do pai e gastava grandes somas para mantê-lo em perfeito estado, apesar de nunca usá-lo. Uma mulher, Júlia, que tinha 30 e poucos anos quando a mãe morreu conservou sem usar um luxuoso vestido vermelho que comprara para si mesma, mas do qual a mãe, com quem ela vivia e de quem cuidava delicadamente durante muitos anos, se apossara.

Nesse último caso havia indícios claros de que Júlia esperava a volta da mãe. Durante a psicoterapia, iniciada oito meses após o falecimento, ela descreveu a maneira especial pela qual conservava o vestido e como imaginava que a mãe apareceria, de alguma maneira, de dentro dele. Descreveu também sonhos em que a mãe aparecia indisfarçada e viva, e dos quais Júlia despertava com um sentimento de pânico de que talvez sua mãe "não tivesse partido"[15]. No caso do homem, que também apresentou sintomas e que durante a psicoterapia falou da maneira pela qual conservava o carro do pai, Volkan não apresenta evidências desse tipo. Não obstante, se a teoria proposta é correta, devemos supor que ele também esperava que o pai voltasse e, então, quisesse usar o carro.

....

15. Informações sobre as relações que Júlia tinha com a mãe encontram-se no capítulo 12.

Precipitantes da crise

Mais cedo ou mais tarde, pelo menos alguns dos que evitam qualquer sentimento consciente entram em crise – habitualmente, alguma forma de depressão. Não é de surpreender que isso ocorra, mas pode-se indagar por que isso acontece em determinado momento. Sabe-se hoje que existem certas classes de acontecimentos que podem agir como precipitantes da crise. Entre elas estão:

– aniversário da morte que não foi lamentada;
– outra perda, de um tipo aparentemente menor;
– chegada à mesma idade que tinha o pai ou a mãe por ocasião de sua morte;
– perda sofrida por uma pessoa que recebe os cuidados compulsivos e com cuja experiência o enlutado malsucedido pode estar identificado.

Cada uma dessas quatro classes de acontecimentos, devemos notar, pode facilmente passar despercebida a qualquer pessoa, mesmo que esta tenha conhecimento desses precipitantes. Para quem desconhece essas possibilidades, e/ou cujas expectativas teóricas são dirigidas para outros pontos, não há qualquer possibilidade de que elas sejam notadas. Por essas razões, não temos informação sobre a frequência relativa com que fatos desses tipos atuam como precipitantes.

Para quase todas as pessoas que sofrem uma perda, cada aniversário pode provocar o reaparecimento dos mesmos pensamentos e sentimentos experimentados antes. Os que se tornam cronicamente deprimidos, como sabemos, estão mais inclinados a sofrer uma perturbação maior em tais ocasiões (Bornstein *et al.*, 1973). Assim sendo, não é de surpreender que algumas das pessoas que nunca lamentaram conscientemente o seu pesar apresentem de repente, e de maneira aparentemente inexplicável, uma forte reação emocional em tais ocasiões, apesar de a perda ter ocorrido, talvez, muitos anos antes. O exemplo seguinte é descrito por Raphael (1975):

Pouco depois do segundo aniversário da morte de seu marido, a sra. O. apresentou um estado de depressão psicótica. Antes disso, ela parecia, pelo menos para seus filhos, estar enfrentando bem a sua perda. Não havia chorado nem falado do marido em qualquer momento desde sua morte; mas todas as manhãs colocava suas roupas para serem usadas como de costume, e todas as noites preparava sua refeição na hora em que ele habitualmente voltava do trabalho. Os filhos descreviam como se orgulhavam da força da mãe e como nunca falavam do pai, porque achavam que os dois haviam sido tão unidos que faria mal à mãe lembrar-se dele. Depois do colapso ela confessou que, sem os filhos saberem, mantivera longas conversas com o marido, todas as noites.

Durante a terapia, a sra. O. foi estimulada a falar detalhadamente do marido e de sua relação com ele, ajudada por fotografias de família, e a expressar seus sentimentos numa atmosfera em que eram aceitos como naturais. Nesse ambiente, ela chorou pela primeira vez. Inicialmente, falou das boas qualidades do marido e insistiu em que este nunca deixara faltar nada a ela, amara-a e protegera-a. Só mais tarde pôde admitir o quanto sempre dependera dele e como se sentira irritada e impotente diante do que lhe parecia ter sido um ato de abandono por ele.

Embora exista hoje uma grande bibliografia sobre as reações de aniversário, é espantoso o número de casos em que a reação se relaciona com a perda de um dos pais durante a infância, ou a adolescência (ver, por exemplo, resenha de Pollock, 1972).

Todos os que procuram ajudar pessoas em dificuldades psicológicas após a perda recente sabem como é frequente que o pesar do momento provoque, por vezes pela primeira vez, pesar em relação a uma perda ocorrida muitos anos antes. Lindemann (1944) registra o caso de uma mulher de 38 anos cuja forte reação à morte recente de sua mãe foi profundamente agravada pelo pesar, até então não expresso, pelo irmão, morto em circunstâncias trágicas 20 anos antes.

Outro exemplo (colhido da experiência de uma pessoa conhecida) é o de uma mulher de cerca de 40 anos, que começou a chorar amargamente depois da morte de seu periquito, que pertencera antes à sua mãe. Espantada por ter sofrido tanto, ela compreendeu logo que a perda recente despertara o pesar por sua mãe, morta já bem idosa alguns anos antes e por quem ela não havia lamentado muito. Com a rápida identificação da conexão e a subsequente reação limitada no tempo, podemos supor que essa reação foi relativamente normal[16].

Uma provável explicação para a tendência que as perdas recentes têm de ativar ou reativar o pesar por uma perda sofrida antes é que, quando uma pessoa perde a figura a que está apegada naquele momento, é natural que busque consolo numa figura de apego anterior. Se, porém, esta última – por exemplo, um dos pais – está morta, o sofrimento da perda anterior voltará a ser experimentado (ou, possivelmente, será experimentado pela primeira vez). Segue-se, portanto, o luto pela perda anterior[17].

Como ocorre nas reações de aniversário, verificamos que grande parte da literatura sobre a maneira pela qual as perdas antigas refere-se à perda de um dos pais, talvez de um irmão, sofrida durante a infância ou a adolescência. O mesmo ocorre com a terceira e quarta classes de acontecimentos precipitantes. Por isso, a análise mais detalhada de todos eles é adiada para um capítulo posterior.

Dificuldades pessoais sem crise

Muitas pessoas que não conseguiram manifestar sofrimento pela perda de alguém que lhes era importante, embora não sofram nenhuma crise real, mesmo assim sentem-se profundamente descontentes com suas vidas. Aos poucos, chegam a compreender que suas relações pessoais são de certa forma vazias, especialmente as relações com membros do sexo oposto e com os filhos. A descrição seguinte, feita por uma viúva e citada por Lindemann

....

16. Nem todas as reações às mortes de animais de estimação são, porém, saudáveis. Tanto Keddie (1977) como também Rynearson (1978) relatam casos de luto perturbado crônico que se seguiram à morte de um desses animais. Nos três casos de mulheres adultas descritos por Rynearson, cada uma das pacientes parece ter-se voltado para um animal durante a infância como substituto de uma relação extremamente infeliz com a mãe. Em todas, a reação perturbada à perda do animal era um reflexo das experiências extremamente dolorosas que tiveram com a mãe, antes de finalmente se desesperarem dessas relações e de se voltarem para o animal.

17. Agradeço a Emmy Gut por sugerir essa explicação.

(1944), é típica: "Cumpro todos os atos exteriores de viver. Cuido dos filhos; faço minhas obrigações; compareço a reuniões sociais; mas é como se estivesse no teatro: aquilo na realidade não me diz respeito. Não sinto nada. Se sentisse, seria raiva de todos." Termos como "despersonalização" e "senso de irrealidade" são usados para descrever esses estados mentais. E, quando a perda ocorreu na infância e a ausência de sofrimento consciente está arraigada, esse estado pode ser mencionado pela expressão de Winnicott, "falso eu" (ver capítulo 12).

Devemos ressaltar que a observação final do paciente de Lindemann – de que, se tivesse quaisquer sentimentos, seriam de raiva de todos – é apenas uma meia verdade. A raiva certamente existiria, dirigida para a pessoa que perdeu. Mas além da raiva, e pelo menos tão importante quanto esta para que a pessoa voltasse a sentir-se ela mesma, seria a descoberta, dentro de si, também de saudade do marido e de tristeza por sua perda.

Como também aqui muitos desses estados são produtos mais da experiência infantil do que da experiência adulta, a análise mais detalhada será feita em outro capítulo.

Localização inadequada da presença da pessoa perdida

Ao falarmos, no capítulo 6, das reações comuns à perda, dedicamos grande atenção à sensação constante da presença da pessoa morta. Ressaltamos que, enquanto talvez metade de todas as pessoas localiza o morto de maneira mais ou menos adequada, como, por exemplo, no túmulo ou na sua cadeira favorita, e veem nele uma companhia, uma minoria o situa num lugar inadequado, como, por exemplo, dentro de um animal ou objeto físico, dentro de outra pessoa, ou dentro do próprio morto. Como só essas localizações inadequadas podem ser consideradas como patológicas, a distinção tem grande importância. Como o termo identificação foi usado de maneira bastante imprecisa para cobrir todos esses estados e outros além deles, e também deu origem a muita teoria complexa, ele é pouco usado aqui.

As localizações errôneas, quando ocorrem, parecem estar sempre associadas ao luto incompleto; com muita frequência, são parte do luto crônico. Quando a má localização se faz dentro do eu, um estado de hipocondria ou histeria pode ser ocasionalmente diagnosticado. Quando se faz dentro de outra pessoa, pode ser feito um diagnóstico de comportamento histérico ou psicopata. Esses termos não são de grande valor. O importante é que o estado seja reconhecido como de luto malsucedido, e em consequência de uma localização errônea da presença da pessoa perdida.

Localização indevida em outras pessoas

Considerar alguma pessoa nova como substituta, sob certos aspectos, de alguém que foi perdido é comum, e não deve provocar problemas especiais (embora exista sempre um certo perigo de que se façam comparações indesejadas). Atribuir a outra pessoa a identidade pessoal completa da pessoa perdida, porém, é uma questão muito diferente, porque se tornam inevitáveis deformações de grande alcance na relação. Isso é particularmente sério quando a pessoa afetada é uma criança; isso ocorre, ao que parece provável, com mais frequência do que dentro de um adulto, mesmo que seja apenas por ser mais fácil dotar uma criança de uma nova identidade delineada a partir de outra pessoa, do que fazê-lo com um adulto, que já dispõe de identidade estabelecida. A nova identidade atribuída à criança pelo pai ou mãe enlutados pode não só ser a de um irmão morto, como também de um dos avós ou do pai ou mãe mortos.

Um exemplo de uma viúva que localizou indevidamente o seu marido no filho pequeno é descrito rapidamente por Prugh e Harlov (1962, p. 38).

O marido dessa mulher, com quem se dizia que mantinha uma relação muito estreita, morreu seis meses depois de ela ter dado à luz um filho, que se parecia muito com ele. Depois disso, sua relação com o menino sofreu profunda influência da identificação que fez dele com o marido. Por exemplo, durante vários anos ela passou muito tempo vestindo-o de maneira que ele se parecesse com o pai. Não é de surpreender que tivessem surgido problemas entre o filho e a mãe; mais tarde, ele se tornou rebelde, fugiu e começou a participar de um grupo delinquente.

As dificuldades que essa mulher enfrentara no luto pelo marido foram consideradas como relacionadas com o fato de o seu próprio pai ter morrido quando ela era ainda muito moça.

Uma viúva de 35 anos, cuja relação com o filho começou de maneira semelhante, é descrita por Raphael (1976).

À época da morte de seu marido, depois de uma operação, a sra. M. estava no sétimo mês de gravidez de seu primeiro filho. Pouco depois, a criança, um menino, nasceu prematuramente. Depois que a sra. M. voltou do hospital com o bebê, foi procurada pelo entrevistador. Embora tivesse chorado pouco, e algumas vezes manifestasse tristeza, todos os seus pensamentos eram para a criança, e logo tornou-se evidente que ela a via como uma "reencarnação" do marido, palavra que ela própria usou. Insistiu em que a criança tinha "dedos compridos como os do pai e um rosto igualzinho ao dele, e que por isso o marido continuava com ela. Todas as vezes que o entrevistador tentou estimulá-la a expressar pesar, a sra. M. insistia em que o menino representava uma substituição de seu marido.

Em entrevistas subsequentes[18], a idealização que a sra. M. fazia tanto de seu marido como da criança deu lugar a imagens mais realistas de ambos, e também a uma apreciação mais realista de seus sentimentos. Sentia-se isolada e abandonada, disse ela, como "um navio sem leme", e tinha inveja dos cuidados e atenções que o bebê recebia. Posteriormente, seu luto progrediu de maneira bastante favorável.

Exemplos de crianças cujas perturbações psiquiátricas são atribuíveis ao fato de terem sido tratadas, desde a concepção, simplesmente como réplicas de irmãos mortos são apresentados por Cain e Cain (1964). Colhendo seus dados de um estudo de seis crianças, quatro meninos e duas meninas, entre 7 e 12 anos, esses autores apresentaram a seguinte história como bastante típica.

....
18. A sra. M., que também perdera um irmão mais velho alguns meses antes e um amigo íntimo alguns dias depois, fazia parte de um grupo de viúvas para as quais se previa um mal resultado e que estavam dispostas a receber entrevistas terapêuticas durante os primeiros meses do luto. O projeto de Raphael é descrito na segunda metade do capítulo seguinte. A exposição sobre a sra. M., dada acima, é uma versão reescrita da narrativa de Raphael.

Uma criança no período de latência ou princípio da adolescência, com quem um dos pais, ou ambos, tivera uma relação particularmente intensa, morre. Seus pais sofrem com essa perda trágica e um deles, ou ambos, apresenta um estado de luto crônico no qual o desespero, a autoacusação acerba e a saudade e a idealização persistentes do filho morto são proeminentes. Tomam, então, a decisão de ter outro filho (na metade dos casos, essa decisão é estimulada pelo médico, a fim de dar ao pai ou à mãe enlutados alguma coisa nova pela qual viver). Em cinco dos seis casos, os pais já tinham outros filhos e não abrigavam, antes, a intenção de ter mais.

Em nenhum dos casos descritos, porém, o nascimento de um novo filho contribuiu muito para aliviar os pais do luto crônico. Na verdade, a atmosfera do lar parece ter continuado fúnebre, com um ou ambos os pais ainda totalmente preocupados com o filho morto e ainda lutando incessantemente com questões como a razão pela qual a morte ocorrera e como teriam sido as coisas se ela não tivesse ocorrido. Como o papel atribuído ao novo filho foi o de réplica do irmão desaparecido, todas as suas expressões e todo o seu desempenho eram constantemente comparados com a imagem fortemente idealizada que os pais faziam do morto. As semelhanças eram vistas com satisfação, as diferenças eram ignoradas ou deploradas. A insistência dos pais em que o novo filho era uma réplica persistiu mesmo quando a criança era de sexo diferente.

Inevitavelmente, a criança substituta era cercada de restrição para que não ficasse doente ou sofresse um acidente e também morresse. Qualquer sintoma, por mais trivial, era tratado como perigoso, todos os riscos eram exagerados. Ocasionalmente, a mãe podia impor uma restrição ameaçando matar-se se alguma coisa acontecesse também a esse filho.

Os efeitos que tal tratamento teve sobre essas crianças foram calamitosos. Sem nunca lhes ser permitida uma identidade própria, cresceram sabendo que aos olhos dos pais eram apenas réplicas inadequadas de seus irmãos mortos. Além disso, como os originais haviam morrido, os filhos substitutos supunham, confiantemente, que também morreriam. E, enquanto isso não acontecia, mostravam-se perpetuamente angustiados, atemorizados, como os pais, de todas as doenças e riscos, e fortemente dependentes deles. Dois desses filhos apresentaram sintomas semelhantes aos do irmão morto: uma das crianças cujo irmão se havia sufocado com um pedaço de pão sofria constantemente de uma "obstrução" na garganta e de falta de ar; uma menina cujo irmão morrera de leucemia tendo sensações peculiares nos braços sentiu dores nos mesmos lugares. Essas crianças aproximavam-se das idades em que haviam morrido seus irmãos. Os estados clínicos dos seis oscilavam entre "neuroses moderadamente graves a (duas) psicoses".

Os pais, especialmente as mães, que haviam tratado os filhos de maneira altamente patogênica, evidenciaram, na opinião dos autores, várias características neuróticas antes de sofrer a perda traumática. Cain e Cain referem-se, primeiro, às "personalidades culposas, geralmente depressivas, fóbicas e/ou compulsivas" dessas mães e, segundo, ao "investimento narcísico" especialmente intenso que cada um fizera no filho morto. Foram surpreendidos também pelo número de perdas sofridas por essas mães durante suas infâncias. Como veremos nos capítulos 11 e 12, todos esses traços são característicos de pessoas com tendência a desenvolver o luto crônico[19].

....

19. James Barrie, autor de *Peter Pan*, conta como, desde a idade de 6 anos e meio, procurou preencher o lugar de um irmão mais velho que morrera, causando prostração à mãe. Esse irmão, David, morreu num acidente de patinação, aos 11 anos. Segundo filho de uma família de oito, David sempre fora o favorito da mãe, que tinha grandes ambições para ele. Tranquilo, estudioso e bem-sucedido na escola, estava destinado à carreira religiosa. Com a sua súbita morte, a mãe ficou acamada e tornou-se permanentemente inválida, deixando uma menina mais velha para cuidar dos filhos mais novos.

Barrie fala de suas tentativas de substituir David. Começaram pouco depois da morte deste. A mãe ficava na cama, segurando a camisola de batismo que fora usada para todos os filhos. James subia na cama e ouvia a mãe indagar, ansiosamente: "É você? É você?" Acreditando que ela se dirigia ao irmão morto, James respondia numa voz baixa e solitária: "Não, não é ele, sou apenas eu." Subsequentemente, sua irmã lhe pediu que fizesse com que a mãe falasse de David. E ela falou, a ponto de suas preocupações com o filho morto levarem James a sentir-se totalmente excluído. A partir de então, nas palavras de seu biógrafo Janet Dunbar (1970, p. 22), James ficou "obcecado pelo intenso desejo de tornar-se tão parecido com David que sua mãe não notasse a diferença".

Tanto a irmã, como a mãe e o próprio James tiveram, ao que parece, alguma participação no estabelecimento do papel de James como personificação de David. Evidentemente o papel permitiu a James um acesso à sua mãe que, de outra forma, ele

Ao fazer essas generalizações, Cain e Cain têm perfeita consciência de que elas estão baseadas em dados obtidos muito depois dos acontecimentos relevantes. Sabem também que a amostra das crianças, pelo fato de ter sido recolhida numa clínica psiquiátrica, é inevitavelmente tendenciosa e não esclarece a proporção de pais que, ao lamentarem a perda de um filho, adotam esse tipo de comportamento. Observam também que, devido aos problemas de personalidade dos pais, as perturbações nas suas relações com os filhos provavelmente teriam ocorrido de uma maneira ou de outra. Esse campo merece, evidentemente, maior pesquisa.

Localizações indevidas em animais ou objetos físicos

Pode-se considerar estranho localizar a presença de uma pessoa perdida num animal ou num objeto físico. Mas essa atitude pode ser mais comum do que imaginam: isso porque não só a maioria das pessoas do mundo acredita em alguma forma de reencarnação, frequentemente em forma animal, mas também, segundo Gorer (1965), porque atualmente crenças desse tipo são alimentadas por um em cada dez dos naturais da Grã-Bretanha.

Localizações indevidas desse tipo são ilustradas pelo caso da sra. P. que, aos 30 anos de idade, foi internada num hospital psiquiátrico devido a uma perturbação emocional crônica surgida

....

não teria. Além disso, como confidente da mãe, agia quase como um conselheiro para os problemas provocados pelo falecimento e ouvia com atenção os longos relatos da mãe sobre a sua própria infância perturbada. Quando tinha 8 anos, a mãe dela morreu e ela teve de assumir o papel de "mãezinha" com relação a seu pai e ao irmão mais novo, que também se chamava David. Devemos lembrar que, como a informação dada acima é retirada de um livro que o próprio Barrie escreveu sobre sua mãe, ela bem pode ser tendenciosa, seja voluntária ou involuntariamente.

Barrie cresceu e teve muitas dificuldades emocionais. Seu casamento permaneceu não-consumado. De um lado, desenvolveu fortes relações platônicas com mulheres casadas; de outro, tornou-se uma pessoa compulsivamente levada a prestar assistência aos outros, notadamente a cinco rapazes que ficaram órfãos e com relação aos quais se tornou acentuadamente possessivo. Um amigo que o conhecia bem escreveu: "... ele me parece mais do que velho, na verdade duvido que tenha sido jovem algum dia". Não é difícil identificar, em suas peças e histórias, os temas derivados seja da infância de sua mãe, seja de sua própria relação com ela.

logo depois da morte de sua mãe[20]. A sequência de acontecimentos foi a seguinte:

Quando sua mãe morreu, a sra. P. dirigiu conscientemente sua busca para os contatos com o espírito dela. Juntamente com a irmã, improvisou uma prancheta com a ajuda da qual "recebia" mensagens que acreditava serem de sua mãe.
Numa dessas sessões, ela observou um vaso em forma humana que se parecia com a mãe. Achou que o espírito desta havia entrado no jarro e convenceu a irmã a fazer-lhe presente dele. Durante algumas semanas teve o vaso sempre à mão e experimentava uma forte sensação da presença de sua mãe. Mas o vaso constituiu-se numa faca de dois gumes, pois ela se sentia ao mesmo tempo atraída e atemorizada diante dele. Seu marido ficou irritado com esse comportamento e finalmente, contra a vontade dela, quebrou o vaso. A mulher achou que os pedaços, que ela enterrou no jardim, "pareciam quentes" – presumivelmente, um sinal de vida.
A sra. P. não abandonou a busca. Pouco depois de quebrado o vaso, adquiriu um cachorro. A mãe sempre dissera que, se alguma vez reencarnasse, seria na forma de um cachorro. Quando entrevistei a sra. P. três anos depois, ela dizia, a respeito do animal: "Ela não é como as outras cachorras. Ela faz tudo. Só sai a passeio comigo ou com meu marido. Ela parece comer tudo o que minha mãe costumava comer. Ela não gosta de homens."

A sra. P. descreveu a mãe como tendo sido uma mulher segura de si e um tanto dominadora, e a si mesma como uma filha dedicada.

Localizações indevidas no eu: sintomas identificadores

As localizações indevidas da pessoa morta no eu tomam várias formas, todas elas capazes de levar aos sintomas que podem ser descritos, com exatidão, como identificadores. Uma forma é um sentimento consciente da presença do morto dentro de si. Uma das viúvas de Londres que teve essa experiência já foi menciona-

---
20. Esse relato é integralmente extraído de Parkes (1972, p. 60).

da rapidamente no capítulo 6. Outra, a Sra. D., assim descreveu suas experiências: "Ao amanhecer, quatro dias depois da morte de meu marido, alguma coisa mexeu-se subitamente dentro de mim – invadiu-me – uma presença, quase que me empurrou da cama – terrivelmente esmagadora." A partir de então, ela teve uma forte sensação da presença do marido perto dela, mas nem sempre "dentro" dela. No final do ano, ela alegava estar vendo muitas coisas "com os olhos dele". Era uma condição que bem lhe poderia ter parecido estranha e que era quase que certamente patológica, já que ao final de um ano ela ainda estava socialmente isolada e cheia de autoacusações. "Sinto-me uma criminosa", disse ela, "terrivelmente culpada." Soube-se que durante toda a sua vida de casados ela e o marido não se deram bem, sendo o marido acusado de sacrificar os interesses da família por seu comportamento irresponsável (Parkes, 1972, pp. 103, 137-8).

Ao examinar a reação de pilotos de caça às mortes, em ação, de seus camaradas, Bond (1953) descreve um estado que pode ser comparável ao da sra. D., se bem que menos consciente. Embora a reação habitual à morte de um amigo fosse a de vingança, houve casos em que o piloto convenceu-se de que teria a mesma sorte do amigo e, a partir de então, parecia querer provocar o mesmo fim. Ao descrever um caso típico, Bond continua: "Ele vê, agora, a sua ocupação de voar de uma maneira totalmente diferente. Já não é um aviador jovem e feliz, na iminência de conseguir uma grande vitória para seu país, mas um jovem que vai morrer exatamente da mesma maneira como o amigo morreu." Depois de tratar vários desses jovens pela psicoterapia, Bond concluiu que a relação entre o sobrevivente e o piloto morto fora ambivalente: "Em cada um desses rapazes não era difícil encontrar o pensamento de raiva ou pensamento de egoísmo que lhes dava satisfação pela morte do amigo." O reconhecimento desse fato e a expressão de pesar levaram à recuperação.

Outra forma de localização indevida no eu provoca o aparecimento de certos tipos de sintomas, muitas vezes mas nem sempre semelhantes aos da última enfermidade da pessoa enlutada. Nessa forma de luto perturbado, a localização indevida da presença da pessoa perdida no eu, se é assim que tal condição deve ser entendida, é completamente inconsciente.

Entre os que citam exemplos estão Murray (1937) e Krupp (1965); Parkes (1972, pp. 114-6) também descreve vários casos. De onze pacientes observados por ele num hospital psiquiátrico, com sintomas hipocondríacos e histéricos desenvolvidos seis meses depois de uma perda, quatro tinham dores que se assemelhavam às de trombose coronária, um tinha uma dor semelhante à do câncer pulmonar, outro uma dor semelhante à que teria sofrido o filho morto em acidente de automóvel, três mostravam os efeitos de um ataque, e houve um caso de vômitos repetidos. Em todos os casos os sintomas haviam aparecido depois da morte de um parente próximo, ocasionada por uma doença cujos sintomas eram imitados pelos pacientes.

Um exemplo dramático descrito por Parkes é o da mulher que já estava em psicoterapia na época em que seu pai morreu em consequência de um ataque que lhe paralisou o lado esquerdo do corpo. Ela cuidara dele durante várias semanas antes de sua morte. Na noite que se seguiu ao seu falecimento, ela teve um sonho (que descreveu ao analista no dia seguinte) no qual via o pai no caixão. Ele havia estendido a mão para ela e tocado o lado esquerdo de seu corpo; acordou, sentindo o seu lado esquerdo paralisado. Nesse caso a paralisia desapareceu logo e ela não teve outros sintomas desse tipo. Como em tantos outros casos de luto perturbado, também nesse exemplo as relações anteriores não haviam sido boas; durante a psicoterapia ela falou longamente do mal que, sob vários aspectos, seu pai lhe havia causado quando jovem.

O luto perturbado não se limitava às culturas ocidentais. Miller e Schoenfeld (1973), por exemplo, informam que entre os Navajos é relativamente comum o estado depressivo, por vezes com sintomas hipocondríacos, depois de uma perda. E pelas descrições que fazem, parece que tais condições não são diferentes do luto crônico no Ocidente. Para ilustrar, os autores dão detalhes de uma mulher casada, de 48 anos, levada a tratamento psiquiátrico porque sentia dores em duas partes de seu corpo. Primeiro, havia uma linha de dor que ia de orelha a orelha, através da parte anterior de sua cabeça; segundo, havia uma dor que lhe descia pelo abdômen. A paciente descrevia as dores como agudas. Haviam começado cerca de três meses após a morte de seu sobrinho, que ela criara e considerava como filho. Investigando-se o caso, soube-se que fora feita uma autópsia no rapaz e que, depois disso, a paciente vestira e preparara o corpo. A localização de sua dor abdominal coincidia com a localização da incisão da autópsia, e a dor na sua cabeça correspondia inversamente à incisão rotineira usada no exame do crânio e do cérebro. Devemos notar que os costumes de luto dos Navajos são semelhantes aos de seus vizinhos, os Hopi, descritos no capítulo 8, ou seja, extremamente breves, evitando-se na medida do possível a expressão de emoção. Além disso, há um tabu sobre o contato com o corpo, que essa paciente havia desobedecido. Embora exista uma cerimônia navajo destinada a tratar desses problemas, ela não a havia solicitado devido à sua ostensiva fé cristã. Não obstante, em seguida, consultou um feiticeiro e submeteu-se às cerimônias adequadas. A partir de então, os sintomas desapareceram.

Euforia

Embora a euforia seja bem reconhecida como uma reação atípica à perda, não ocorre comumente, não havendo estudos sistemáticos sobre ela. Os estudos existentes mostram que ela ocorre pelo menos em duas formas muito distintas.

Em alguns casos, uma reação eufórica à morte está associada a uma recusa enfática em acreditar que a morte ocorreu, em combinação com um sentimento vivo da presença continuada da pessoa morta. Em outros casos, parece que acontece o inverso: a perda não só é reconhecida, como também se pretende que seja extremamente vantajosa para a pessoa enlutada. Nenhuma teoria simples pode cobrir os dois casos.

Um exemplo do primeiro tipo de reação já foi dado no capítulo 6. Ao lhe perguntarem se sentia que seu marido estava perto dela, uma das viúvas londrinas entrevistadas por Parkes respondeu: "Não é uma sensação de sua presença – ele está aqui, dentro de mim. É por isso que me sinto sempre feliz. É como se duas pessoas fossem uma só... embora eu esteja sozinha, é como se estivéssemos juntos, se entende o que quero dizer... Não creio que tenha força de vontade para continuar sozinha, por isso ele precisa estar comigo." Nessa última observação, o desespero e a falta de esperanças latentes em sua reação se destacam acentuadamente. Uma reação eufórica desse tipo é claramente instável, sendo capaz de desaparecer e ser substituída pelo pesar intenso. Em contraposição, numa pequena minoria de casos, o estado de espírito pode persistir, ou repetir-se, e podem seguir-se episódios hipomaníacos. Embora nenhum caso desses tenha sido descrito em qualquer dos estudos até agora mencionados, um exemplo da sequência é oferecido por Rickarby (1977).

A sra. A. tinha 44 anos e dois filhos crescidos quando o marido, de quem estava separada, morreu num acidente de automóvel. Ao ser informada do fato, não demonstrou qualquer emoção e começou a tomar as medidas para o enterro, no qual, ao que se informou, ela estava "falsamente bem disposta". Seis dias depois do falecimento, tornou-se agitada e hiperativa, com necessidade de falar. Num estado eufórico, falou muito do marido, idealizando-o e suas relações e afirmando que ele a estava ouvindo.

Depois de três semanas num estado maníaco, durante o qual foi tratada com remédios, tornou-se triste e manifestou preocupação quanto ao futuro. Durante as sessões terapêuticas expressou muita raiva pelo marido pelo fato de ele a ter abandonado cerca de oito meses antes, bem como raiva e culpa pela sua morte.

Na verdade, o casamento fora extremamente infeliz durante muitos anos, caracterizado pela hostilidade e pelo retraimento de ambos os lados. Dizia-se que a sra. A. criticava todas as pessoas, que rejeitava o marido e os filhos e que tinha dirigido toda a sua afeição para um cachorro velho. Três anos depois, ela teve uma séria enfermidade depressiva.

Ao analisar esse paciente, e outros, em que havia uma conexão entre uma enfermidade maníaca e uma perda, Rickarby invoca a hipótese psicossomática, apresentada por Bunney e outros (1972), segundo a qual um episódio maníaco é uma reação a uma experiência de tensão numa pessoa geneticamente predisposta. Tendo em vista as relações pessoais da sra. A., não parece improvável que experiências adversas durante sua infância também tenham contribuído para a sua vulnerabilidade.

O fato de que a perda sofrida na infância pode aumentar a vulnerabilidade é comprovado pelo exame de uma série de adultos hipomaníacos descritos por MacCurdy (1925). Em vários deles, uma característica destacada era sua insistência na presença continuada de um dos pais, ou irmão, que havia morrido muitos anos antes, durante a sua (dos pacientes) infância. Não há exemplos, nos estudos mencionados, de uma viúva ou viúvo que pretenda euforicamente que a morte do cônjuge lhe tenha sido totalmente vantajosa, embora isso possa ser um recurso resultante da recusa da pessoa em participar. Mais informações úteis sobre tais reações nos são proporcionadas por Weiss (1975b) em seu estudo de casais separados, sendo útil mencionarmos rapidamente os seus resultados (pp. 53-6). Um exemplo é de uma mulher de 40 e poucos anos, separada do marido depois de quase 20 anos de casamento:

> Senti-me eufórica durante cerca de três meses. Fazia tudo o que queria. Não estava habituada a sair muito, por isso fui ao teatro. Não fazia essas coisas antes do casamento. Ficava sentada num bar, bebendo, conversando com qualquer pessoa. Encontrei muitos tipos diferentes de pessoas.
> Depois de três meses, e tendo conhecido apenas uma ou duas pessoas realmente interessantes, achei que era uma vida vazia. Compreendi que minha família representava muita coisa para mim e que eu já não tinha família. Havia apenas as crianças e eu. E as coisas que eu fizera com meu marido já não podia fazê-las mais.

Enquanto a euforia durou, observa Weiss, essas pessoas pareciam excepcionalmente ativas e também eficientes, embora a tensão latente e a ansiedade também pudessem ser evidentes. Por exemplo, a insistência em que tudo estava correndo bem podia ser desmentida por uma torrente de palavras ou um maneirismo nervoso.

Na experiência de Weiss, uma reação eufórica é extremamente frágil e pode ser destruída por algum revés menor ou mesmo, simplesmente, pela consciência de que ela não vai durar. Uma vez terminada, provavelmente será substituída pela consternação da separação e pela saudade do cônjuge.

As reflexões das pessoas que experimentaram a euforia estão de acordo em que ela, por mais eficiente que seja a atividade a que possa levar, é superficial. Uma mulher, que durante os primeiros meses de separação descreveu como se sentia dona do mundo, dois anos depois, referiu-se a esses mesmos primeiros meses como tendo sido difíceis.

Explicando suas descobertas, Weiss sugere que a euforia reflete uma "avaliação de que a figura de apego afinal de contas não é necessária, que se pode passar muito bem sozinho" (p. 54). Ele vê o seu desaparecimento como "o reconhecimento de que a vida sem apego é insatisfatória... – o mundo parece subitamente deserto e a pessoa, só. A consternação resultante disso pode ser ainda pior pelo fato de seguir tão perto um estado em que a pessoa se sentia perfeitamente autossuficiente" (p. 56)[21].

Se compararmos a condição descrita por Weiss e a condição descrita antes, em que há uma sensação viva de que a pessoa morta é um companheiro vivo, é evidente que, embora o estado de espírito pareça semelhante, as duas condições são bem diferentes na psicopatologia. Numa delas, os desejos de apego continuam a ser dirigidos para a figura original, que se pretende ainda corresponder a eles. Na outra, em contrapartida, o desejo de apego é negado e a pretensão à autossuficiência é mais importante. Sob esses aspectos, tal estado tem muita coisa em comum com a ausência prolongada de pesar e está relacionado com o estado de autoconfiança compulsiva.

Completa-se assim nossa descrição das variantes comuns do luto perturbado, tal como observadas em adultos enlutados. Examinaremos, em seguida, o que sabemos das condições que tendem a influenciar o luto a seguir um curso patológico.

....

21. Weiss é de opinião que nesse estado os sentimentos de apego voltam-se para o próprio eu, e propõe "apego narcísico" como possível descrição. Tenho dúvidas, porém, da utilidade dessa formulação. Ele não apresenta evidências claras de que os sentimentos de apego são, de fato, dirigidos para o eu – apenas que a pessoa em questão afirma estar completamente livre de apego aos outros e age como se assim fosse.

Capítulo 10
Condições que afetam o curso do luto

> Sempre encontra remédio quem de suas penas fala.
>
> SPENCER, *The Faerie Queene*

Cinco categorias de variáveis

Embora atualmente, graças às pesquisas dos últimos 20 anos, muito se saiba sobre as razões pelas quais o luto de certas pessoas segue um curso patológico, ao passo que o luto de outras segue um curso sadio, o problema continua sendo muito difícil e temos muito ainda a aprender sobre ele. As variáveis com probabilidade de relevância são numerosas; tendem a ocorrer em grupos, de modo que é difícil separar os elementos de cada grupo: eles interagem de maneiras complexas. E muitos dos que parecem ser mais influentes estão entre os mais controversos. Tudo o que se pode tentar é apresentar uma classificação das variáveis, dar breves indicações do provável papel de cada uma e dirigir a atenção para aquelas que provavelmente terão maior influência sobre o resultado.

As variáveis podem ser classificadas em cinco tipos:

– a identidade e o papel da pessoa perdida;
– a idade e o sexo da pessoa enlutada;
– as causas e circunstâncias da perda;
– as circunstâncias sociais e psicológicas que afetam a pessoa enlutada na época da perda e depois dela;
– a personalidade do enlutado, com especial referência à sua capacidade de estabelecer relações amorosas e de reagir a situações estressantes.

Na determinação do curso do luto, a variável mais influente parece ser a personalidade da pessoa enlutada, especialmente a maneira como se organizam seu comportamento de apego e os modos de reação que ela adota em situações estressantes. Assim, ao postular que certos tipos de organização da personalidade são mais vulneráveis à perda do que outros, sigo a tradição psicanalítica; a diferença está na maneira como as causas da vulnerabilidade são concebidas.

Os efeitos das muitas outras variáveis sobre o curso do luto são inevitavelmente mediados pelas suas interações com as estruturas de personalidade da pessoa enlutada. Muitas dessas outras variáveis, pelo que os dados sugerem, exercem grande influência, seja contribuindo muito para facilitar o luto sadio ou funcionando no sentido oposto. É possível que algumas delas, atuando em conjunto, possam levar até mesmo uma pessoa relativamente estável ao luto patológico; parece mais frequente, porém, que seu efeito sobre uma pessoa estável seja provocar um luto mais intenso e mais prolongado do que ocorreria sem essas variáveis. Em contraposição, seus efeitos sobre a personalidade vulnerável são muito mais sérios. É evidente que, nessas pessoas, elas não só influenciam a intensidade e duração do luto, para melhor ou para pior, como também influenciam, e muito, a forma que ele toma, seja no sentido de uma forma relativamente sadia, ou no sentido de qualquer uma de suas variantes patológicas.

Dessas variáveis, as três primeiras são as de definição mais fácil e podem ser examinadas rapidamente. Em seguida, examinaremos as condições sociais e psicológicas que afetam a pessoa enlutada na época em que sofre a perda e durante os meses ou anos que se seguem a ela. A existência de algumas dessas condições pode ser independente, no todo ou em grande parte, de qualquer influência que a própria pessoa enlutada esteja exercendo. Em contraposição, a pessoa enlutada pode estar desempenhando um certo papel, que com frequência parece ser importante, no sentido da produção de outras condições. Essa sequência de exposição deixa para o fim, e na verdade para o capítulo seguinte, o exame da personalidade da pessoa enlutada. As razões do adiamento são, primeiro, que as características da personalidade são menos fáceis de definir do que as outras variáveis e, segundo, que seu exame leva a questões de desenvolvimento da personalidade e ao papel desempenhado pela experiência familiar na determinação das diferenças individuais, que para nós é da maior relevância para o entendimento da psicopatologia do luto.

Identidade e papel da pessoa perdida

Alguns dos estudos sobre o luto perturbado encontrados na bibliografia ocupam-se de outras perdas além da perda de pessoas, como, por exemplo, de uma casa, de um animal de estimação, de um objeto amado, ou de algum bem puramente simbólico. Aqui, porém, limitamo-nos às perdas de pessoas, já que, por si mesmas, levantam um número de questões maior do que nos é possível examinar adequadamente. Além disso, quando a perda de um animal de estimação provoca o luto perturbado, há evidências de que a relação com esse animal tinha adquirido tal significação emocional intensa devido a relações humanas que terminaram numa rejeição persistente ou numa perda[1].

Quase todos os exemplos registrados de luto perturbado provocado pela morte de uma pessoa resultam da perda de um parente próximo – em geral, os pais (inclusive substitutos dos pais), o cônjuge ou filho; ocasionalmente, um irmão ou avô. Relatos sobre a perda de parentes mais distantes ou de um amigo são extremamente raros. Há várias razões para essa restrição a parentes próximos. Algumas são artificiais. Por exemplo, grande parte da pesquisa dos últimos anos selecionou para estudo, deliberadamente, apenas as pessoas que haviam perdido parentes próximos. Outra razão é que durante o trabalho clínico de rotina as perdas de parentes próximos, por serem de definição mais fácil, são iden-

....
1. Keddie (1977) e Rynearson (1979) relatam, cada um deles, três casos, todos de mulheres. Num deles a paciente, aos 3 anos de idade, apegou-se profundamente a um cãozinho que ganhara pouco depois da perda dos pais, devido à separação. Em três casos, a paciente sofrera repetidas rejeições pela mãe e voltara-se então para um cão ou um gato. Duas pacientes parecem ter considerado o animal de estimação como substituto de um filho, uma delas, de um filho que morreu ainda pequeno, e a outra, depois de uma histerectomia precoce.

tificadas mais depressa e com maior segurança como sendo de grande relevância para a condição clínica, do que os outros tipos de perda. Não obstante, mesmo depois de descontadas essas tendências artificiais, parece haver razões bastante sólidas para acreditar que uma esmagadora maioria dos casos de luto perturbado ocorre, na verdade, depois da perda de um parente próximo. Pelo fato de esse aspecto ser, muito frequentemente, ou aceito sem exame ou ignorado, vale a pena dar-lhe certa ênfase.

Não constitui surpresa, é claro, que, quando o luto perturbado ocorre na infância e na adolescência, a perda na esmagadora maioria dos casos é a de um dos pais, ou de um substituto deles. Talvez seja mais surpreendente o fato de que na vida adulta, também, essas perdas continuem a ter um certo significado. Quanto a isso, devemos notar, as estatísticas não são coerentes. Por exemplo, num estudo anterior, Parkes (1964a) examinou 94 pacientes adultos, 31 homens e 63 mulheres, internados em dois hospitais psiquiátricos de Londres nos anos de 1949 a 1951, e cuja enfermidade persistente ocorrera durante a última doença ou nos seis meses que antecederam à perda de um dos pais, do cônjuge, de um irmão ou de um filho. Embora em nada menos da metade dos casos os sintomas tenham se manifestado depois da doença ou morte de um dos pais (em 23 casos, perda do pai e, em 24, perda da mãe), a incidência dessa perda não foi maior do que seria de esperar na população de onde os pacientes provinham. Contudo, num estudo mais recente e muito mais amplo, realizado por Birtchnell (1975b), no nordeste da Escócia, e com critérios diferentes, registra-se uma maior incidência de perda de pais. Numa série de 846 pacientes com 20 anos ou mais, diagnosticados como depressivos (278 homens e 568 mulheres), a perda de um dos pais pela morte ocorreu em números significativamente maiores, durante um período de um a cinco anos antes do tratamento psiquiátrico, do que seria de esperar na população em questão[2]. Nos homens, a incidência da perda da mãe, e nas mulheres da perda do pai, aumen-

---

2. Sempre que se faz uma comparação entre a incidência de um patógeno potencial num grupo de pacientes e a incidência na totalidade da população de onde vêm os pacientes, é provável que a diferença entre as duas seja subestimada. Isso porque casos não declarados dessa condição podem existir no grupo de comparação.

tou em cada caso em cerca de 50%. Como os resultados aplicam-se tanto a pacientes casados como solteiros, Birtchnell conclui que o casamento não constitui proteção.

Poderíamos supor que os adultos que reagem à perda de um dos pais com um luto perturbado tiveram uma relação íntima com esse pai ou essa mãe, e que portanto a maioria deles vivia com o pai ou a mãe, ou perto deles, e os via com frequência. Os dados até agora divulgados, porém, dão detalhes insuficientes quanto a essa possibilidade: as informações existentes referem-se apenas aos que residiam na mesma casa com o pai ou a mãe e omitem os que poderiam estar morando perto e tendo contatos frequentes, como ocorre muitas vezes. Mesmo assim, dos pacientes do estudo de Parkes cujas enfermidades se haviam manifestado depois da perda de um dos pais, nada menos do que a metade morava com o pai ou a mãe no mínimo durante o ano imediatamente anterior ao falecimento. Como em nossa cultura apenas uma minoria dos filhos adultos vive com os pais, esse resultado, juntamente com outros registrados adiante, apoia a visão determinada pelo bom-senso de que o luto perturbado é mais provável em consequência da perda de alguém com quem se teve, até à ocorrência da perda, uma relação íntima, na qual as vidas estão profundamente interligadas, do que da perda de alguém com quem se teve uma relação menos íntima.

Notamos, quanto a isso, que todos os estudiosos do luto perturbado parecem concordar em que as relações que antecedem tal comportamento tendem a ser excepcionalmente próximas. Foi, porém, muito difícil especificar em que aspectos elas diferem de outras relações próximas. Muita confusão é provocada pela ambiguidade do termo "dependente". Ele é usado, com frequência, com relação à qualidade emocional de um apego em que a angústia quanto à possibilidade de separação ou perda, ou de ser considerado responsável por uma separação ou perda, são comumente a característica predominante, embora disfarçada. Refere-se, às vezes, apenas à dependência em relação a alguém, para o fornecimento de certos bens e serviços, ou para o preenchimento de certos papéis sociais, talvez sem que exista um apego de qualquer tipo à pessoa em questão. Em muitos casos em que a expressão é usada para uma relação, está se referindo a uma malha complexa, da qual participam ambos os componentes.

Naturalmente, quanto mais a pessoa enlutada dependeu do falecido para a obtenção de bens e serviços, inclusive relações sociais amplas, maior é o dano que a perda traz à sua vida, e maior o esforço que tem de realizar para reorganizar novamente sua vida. Não obstante, uma relação "dependente" nesse sentido provavelmente contribui muito pouco para determinar se o luto toma uma direção sadia ou patológica. Ela certamente não é necessária; por exemplo, o luto perturbado pode manifestar-se depois da perda de um filho, ou de um dos pais, ou esposo, velho e inválido, de quem a pessoa enlutada não depende de modo algum, nesse sentido da palavra.

Podemos concluir, portanto, que esse tipo de relação estreita que com frequência antecede o luto perturbado pouco tem a ver com a dependência em que a pessoa enlutada vivia em relação ao falecido, no sentido da obtenção de bens ou serviços, ou do cumprimento de papéis sociais. Como veremos nos próximos capítulos, muitos aspectos dessas relações são reflexos de padrões deformados de apego e prestação de cuidados há muito existentes em ambas as partes.

Embora, por motivos que discutiremos adiante, o número de casos relatados em que o luto perturbado se seguiu à perda de filho seja comparativamente menor, os estudiosos do problema impressionaram-se com a gravidade dos casos que encontraram. Lindemann (1944) observa que "parecem ocorrer reações muito graves nas mães que perderam filhos pequenos". Quase que as mesmas palavras são usadas por Wretmark (1959) em seu relatório sobre o estudo de 28 pacientes psiquiátricos enlutados, internados num hospital de doenças mentais na Suécia, dos quais sete eram mães e um, pai. Da mesma forma, Ablon (1971), cujo estudo da perda numa comunidade de Samoa é descrito adiante, neste capítulo, relata que as mais extremas reações de pesar (perturbadas) foram registradas em duas mulheres que haviam perdido filhos adotivos. Uma delas, que perdeu um filho crescido, desenvolvera uma depressão grave. A outra, que perdera uma filha em idade escolar, tratava o neto como se fosse a filha perdida.

Gorer (1965), em seu estudo de pessoas enlutadas no Reino Unido, entrevistou seis que haviam perdido um filho adolescente ou adulto; e, pelos seus resultados, somos levados a concluir que a perda de um filho crescido pode ser "o mais desalentador e duradouro de todos os pesares". Porém, suas amostras são muito pequenas para que se possa chegar a conclusões firmes. E, embora o pesar dos entrevistados fosse indubitavelmente intenso, não era necessariamente patológico.

Frequentemente, a perda de um irmão durante a vida adulta não é seguida de luto perturbado. Por exemplo, na série de 94 pacientes psiquiátricos adultos estudados por Parkes (1964a), embora 12 tivessem perdido um irmão, essa proporção não é maior do que se poderia esperar ao acaso. Em qualquer caso que possa acontecer, parece provável que os irmãos tivessem uma relação especial, como, por exemplo, que um deles exercesse o papel de pai ou mãe substituto. Pelo que sei, não há dados sistemáticos pelos quais se pudesse comprovar tal suposição.

Ao examinar a importância relativa da perda de um dos pais, de um cônjuge, de um filho ou irmão, como causas do luto perturbado nos adultos, devemos distinguir entre (*a*) o número total de pessoas afetadas e (*b*) a incidência do luto perturbado que se segue a um desses três tipos de perda. Isso porque as taxas de morte de pessoas com os papéis de pai, cônjuge, filho e irmão são diferentes. As taxas de morte no Ocidente são mais altas para os que têm o papel de pai, e declinam progressivamente para os que têm papel de mãe, marido, esposa e filho. (Não há dados sobre irmãos.) Assim, se a incidência do luto perturbado fosse a mesma, a despeito do parente perdido, o maior número de adultos que dele sofrem estaria inevitavelmente entre os que perderam um pai, e o menor número, entre os que perderam um filho.

De fato, ainda temos poucas informações sobre a incidência diferencial do luto nos adultos para perdas desses diferentes tipos, embora os dados de Parkes sugiram que aqueles que perderam o cônjuge correm o maior risco. Em consequência desses diferentes fatores, vemos que nas culturas ocidentais os adultos que sofrem de luto perturbado estão em grande parte entre aqueles que perderam um marido e, em menor escala, entre os que perderam a esposa, o pai ou mãe, um filho, sendo relativamente rara a perda de irmão.

Idade e sexo da pessoa enlutada

Idade na época da perda

Assim como há dificuldades para determinar a incidência diferencial do luto perturbado provocado por diferentes tipos de perda, também há dificuldades para determinar a incidência diferencial por idade (e também por sexo) dos enlutados. A maioria dos psicanalistas acredita que a incidência seja maior para as perdas sofridas durante a imaturidade do que para as sofridas na vida adulta. Mesmo para essa diferença, não há dados claros. Para as perdas sofridas na vida adulta, os dados são igualmente escassos: a maioria das informações existentes refere-se a viúvas.

Os resultados de pelo menos dois estudos sugeriram que, quanto mais jovem for a mulher ao enviuvar, mais intenso o luto e maior a probabilidade de que sua saúde seja perturbada. Assim Parkes (1964*b*), em seu estudo das visitas que 44 viúvas de Londres fizeram aos seus clínicos gerais nos primeiros 18 meses depois da perda, verificou que das 29 que tinham menos de 65 anos uma proporção maior exigia assistência aos problemas emocionais do que as 15 que tinham mais do que aquela idade. Da mesma forma Maddison e Walker (1967), em seu estudo de 132 viúvas de Boston de 45 a 60 anos, comprovaram a tendência, na metade mais jovem, a um resultado menos favorável nos 12 meses que se seguiram à perda.

Outros estudos, porém, não estabeleceram uma relação com a idade. Por exemplo, nem Maddison e Viola (1968), ao repetirem em Sydney, Austrália, seu estudo de Boston, nem Raphael (1977), em seu estudo posterior na mesma cidade, encontraram qualquer correlação entre a idade no momento da perda e os resultados. Uma possível explicação dessa discordância está no fato de que as idades das viúvas nos vários estudos difeream, e que a possível tendência das viúvas mais jovens a reagirem à perda de maneira mais adversa do que as mais velhas só atinge uma determinada parte da escala etária. Quer assim seja ou não, os dados indicam claramente que não há idade a partir da qual a pessoa não possa reagir a uma perda com um luto perturbado. Parkes (1964*a*) e também Kay, Roth e Hopkins (1955), em seus estudos de pacientes psiquiátricos, encontraram vários cuja doença estava evidentemente relacionada com uma perda sofrida já quando velhos. Dos 121 pacientes londrinos de ambos os sexos cujos sintomas apareceram logo depois da perda, Parkes relata que 21 tinham 65 anos ou mais.

Sexo da pessoa enlutada

Em termos de números absolutos, não há dúvida de que um número maior de mulheres do que de homens sucumbe ao luto perturbado. Mas, como a incidência da perda de cônjuge não é a mesma para os dois sexos, não podemos ter certeza de que as mulheres sejam mais vulneráveis. Além disso, bem pode ocorrer que as formas tomadas pelo luto nos dois sexos sejam diferentes, o que poderia levar a conclusões falsas. É necessário, portanto, ter cautela em relação aos resultados que se seguem.

Há certos indícios de que as viúvas sejam mais inclinadas do que os viúvos a apresentar estados de angústia e depressão que levam, inicialmente, ao tratamento com sedativos pesados (Clayton, Desmarais e Winokur, 1968) e, mais tarde, ao internamento em hospitais de doenças mentais (Parkes, 1964*a*). Mas os dados sobre isso, no estudo de Harvard, são equívocos (ver capítulo 6). Durante o primeiro ano, os viúvos desse estudo pareciam menos afetados do que as viúvas; depois de dois ou três anos, porém, uma mesma proporção de viúvos e de viúvas foi atingida. Dos 17 viúvos para os quais houve acompanhamento, quatro estavam acentuadamente deprimidos ou eram alcoólatras, ou ambos; das 43 viúvas com acompanhamento, duas estavam seriamente doentes e outras seis, perturbadas e desorganizadas.

As evidências quanto aos efeitos da perda de um filho são igualmente incertas. Embora existam indícios de que a perda de um filho pequeno tenha mais probabilidade de provocar efeitos severos na mãe do que no pai, em relação à perda de um filho maior, há razões para acreditar que os pais podem ser tão adversamente afetados quanto as mães (por exemplo, Purisman e Maoz, 1977).

A conclusão parece ser que, quaisquer que sejam as correlações entre a idade e o sexo da pessoa enlutada e a tendência do pesar a seguir um curso patológico, as correlações são pequenas, e provavelmente de pouca importância, se comparadas às variáveis ainda não examinadas. Isso talvez seja bom, já que, em nosso papel profissional de tentar compreender e ajudar as pessoas enlutadas que possam estar em dificuldades, é das suas personalidades e das suas circunstâncias sociais e psicológicas que estamos tratando; ao passo que a idade e o sexo dos enlutados são inalteráveis.

Causas e circunstâncias da perda

As causas de uma perda e as circunstâncias em que ela ocorre variam muito, não sendo de surpreender que algumas facilitem mais um luto sadio e outras o tornem muito mais difícil.

Em primeiro lugar, a perda pode ser consequência de morte ou abandono. Ambos podem resultar no luto perturbado, não sendo possível dizer atualmente qual tem maiores probabilidades de levar a isso. O que se segue, neste capítulo, refere-se à perda por morte. As reações à perda por abandono são examinadas por Marsden (1969) e Weiss (1975b).

Em seguida, a perda pode ser súbita ou, de alguma maneira, previsível. Parece não haver dúvida de que uma morte súbita e inesperada constitui um choque inicial muito maior do que a morte prevista (por exemplo, Parkes, 1970a); e o estudo de Harvard sobre viúvas e viúvos com menos de 45 anos mostra que, pelo menos nesse grupo etário, depois de uma morte súbita não só há um grau de perturbação emocional maior – angústia, autoacusação, depressão –, mas também que ela persiste durante todo o primeiro ano e até mesmo o segundo e terceiro ano e, ainda, que leva, com mais frequência, a um resultado patológico (Glick *et al.*, 1974; Parkes, 1975a). É uma sequência há muito suspeitada pelos clínicos, tais como Lindemann (1944), Lehrman (1956), Pollock (1961), Siggins (1966), Volkan (1970) e Levinson (1972). No estudo de Harvard, 21 viúvas foram claramente advertidas da morte do marido e 22 não receberam qualquer advertência[3]. Das advertidas, apenas uma apresentava um estado patológico; das que sofreram uma perda inesperada, cinco apresentavam tal estado. Os resultados em relação aos viúvos foram semelhantes.

Outra constatação do estudo de Harvard, e que não fora prevista, é que dois ou três anos depois da perda nenhuma das 22 viúvas que perderam o marido de repente mostrava qualquer inclinação a um novo casamento, em contraste com 13 das 20 que receberam acompanhamento e foram advertidas da iminência da morte. Os autores acham que essa grande diferença na taxa de novos casamentos deve-se ao fato de que as viúvas cujas perdas foram inesperadas aterrorizavam-se diante da possibilidade de viver novamente uma situação em que corriam o risco de um golpe semelhante. Seu estado de espírito pode ser comparado à reação fóbica que frequentemente surge em pessoas que sofreram outras catástrofes súbitas e devastadoras, como um furacão ou um incêndio.

Como o marido de uma viúva com menos de 45 anos, ou a esposa de um viúvo com menos de 45 anos, provavelmente teria menos de 50 na ocasião da morte, essa perda será provavelmente considerada pelos sobreviventes como precoce. Essa variável – para a qual Krupp e Kligfeld (1962), Gorer (1965) e Maddison (1968) chamaram todos a atenção – pode contribuir para uma forma perturbada de luto contínua e incerta, mas é evidente que ela aumenta a gravidade do golpe e a intensidade da raiva provocada.

Na verdade, há razões para suspeitar que as reações graves a um falecimento súbito, observadas com tanta frequência no estudo de Harvard, só podem ocorrer depois de mortes que são ao mesmo tempo súbitas e precoces. Parkes (1975*a*) chegou a essa conclusão depois de ter comparado os resultados claros, no estudo de Harvard, relativos a viúvas e viúvos jovens, com a incapacidade do grupo de St. Louis de estabelecer qualquer relação entre a morte súbita e o resultado adverso (medido aos 13 meses, e pela

....

3. Uma advertência feita pouco antes da morte foi definida como um aviso, menos de duas semanas antes, de que o estado do cônjuge provavelmente seria fatal, e/ou um aviso, menos de três dias antes, de que a morte era iminente.

presença de sintomas depressivos) no grupo de pessoas mais velhas estudado por eles (Bornstein *et al.*, 1973).

Há outras circunstâncias ligadas à morte que quase que certamente tornam o luto mais ou menos difícil de ser enfrentado, embora em nenhum caso sejam capazes de ter um efeito tão grande quanto o produzido por uma morte súbita e precoce. Essas outras circunstâncias incluem:

(1) se o tipo de morte exige um longo período de assistência por parte do enlutado;
(2) se o tipo de morte resulta na deformação ou mutilação do corpo;
(3) como a informação sobre a morte chega ao enlutado;
(4) qual a relação entre as duas partes durante as semanas e os dias imediatamente anteriores à morte;
(5) a quem, se for o caso, a responsabilidade pela morte pode ser atribuída.

Examinemos cada uma delas.

(1) Embora uma morte súbita possa ser um grande choque para o sobrevivente e possa contribuir para certos tipos de dificuldade psicológica, uma enfermidade incapacitante prolongada pode constituir um grande peso e contribuir para outros tipos de dificuldades psicológicas. Em consequência da comparação que fez entre 20 viúvas de Boston, cujo luto evoluíra de maneira desfavorável, e um grupo correspondente de viúvas que haviam progredido bem, Maddison (1968) concluiu que "um período prolongado de agonia... pode maximizar a ambivalência preexistente e levar a acentuados sentimentos de culpa e inadequação". A situação torna-se particularmente difícil quando o estado físico do paciente provoca dores intensas, mutilação séria ou outros aspectos deprimentes, e também quando o peso dos cuidados recai sobre um único membro da família. Nesse último caso, em que o sobrevivente dedicou por longo período seu tempo e sua atenção aos cuidados de um parente doente, pode acontecer que, depois de ocorrida a perda, ele se sinta sem papel ou função.

(2) Inevitavelmente, o estado do corpo quando visto pela última vez afetará as lembranças da pessoa enlutada, seja de maneira favorável ou desfavorável. Há muitos registros de pessoas enlutadas perseguidas pelas lembranças ou sonhos de uma pessoa perdida cujo corpo apresentava algum tipo de mutilação; ver por exemplo Yamamoto e outros (1969). No estudo de Harvard, verifica-se que as viúvas e os viúvos entrevistados viam com bons olhos os esforços cosméticos dos agentes funerários.

(3) A notícia da morte pode chegar à pessoa enlutada de várias maneiras diferentes. Ela pode estar presente quando a morte ocorre, ou pouco depois, ou pode ser informada dela por alguma outra pessoa, sem nunca chegar a ver o cadáver. Ou a notícia lhe pode ser ocultada. Não parece haver dúvidas de que, quanto mais diretamente o enlutado tomar conhecimento da morte, menor a tendência à persistência da descrença em que a morte realmente tenha ocorrido. A descrença torna-se muito mais fácil quando a morte ocorreu longe e também quando é comunicada por estranhos. Finalmente, é natural que, quando a notícia da morte foi ocultada, como ocorre com frequência em relação a crianças, a crença de que a pessoa morta ainda está viva e voltará, mais cedo ou mais tarde, seja vívida e persistente. Há amplas evidências de que a informação incorreta, ou menos falsa, na ocasião da morte, constitui uma determinante importante de uma ausência de pesar consciente.

(4) Durante as semanas e os dias imediatamente anteriores a uma morte, as relações entre a pessoa enlutada e a pessoa que morre podem ir de íntima e afetuosa a distante e hostil. As primeiras podem dar origem a lembranças consoladoras; as segundas, a recordações aflitivas. Naturalmente, o padrão assumido por uma relação nesse breve período reflete em grande parte o padrão de relacionamento existente antes, o qual, por sua vez, é produto da interação da personalidade do enlutado e do morto. Essas questões são complexas, e serão tratadas mais tarde; no momento, a ênfase recai sobre os acontecimentos ocorridos apenas durante um período muito limitado.

Por exemplo, é particularmente aflitivo quando a morte é antecedida, talvez apenas por horas ou dias, de uma briga em que foram ditas palavras duras. Raphael (1975) refere-se à culpa intensa sentida por uma mulher que, dois dias apenas antes da inesperada morte do marido, tivera com ele uma briga e considerava seriamente a possibilidade de deixá-lo – ela se sentia como se o tivesse matado. Da mesma forma, Parkes (1972, pp. 135-6) descreve o ressentimento, persistente e amargo, de uma viúva[4] cujo marido sofrera um ataque alguns anos antes de morrer que o deixara dependente dos cuidados dela. Cada um deles criticava o outro por não se esforçar bastante e, numa crise de raiva, ele manifestou o desejo de que ela também sofresse um ataque. Pouco depois, ele morreu subitamente. Um ano depois ela ainda justificava com raiva o seu comportamento em relação ao marido, e ocasionalmente queixava-se de sintomas semelhantes aos dele. Em escala muito menor, o luto do chefe tikopiano pelo filho com quem tivera uma briga, descrito por Firth e mencionado no capítulo 8, pode ser lembrado.

No extremo oposto do espectro estão as mortes das quais ambas as partes têm conhecimento prévio, sendo capazes de partilhar mutuamente seus sentimentos e reflexões sobre a iminente separação e despedir-se de maneira amorosa. É uma experiência que pode enriquecer a ambos e que, devemos lembrar, tanto pode ser muito facilitada pela atitude e pela ajuda profissional, como pode ser dificultada por essa mesma ajuda. As medidas que podem ajudar as pessoas agonizantes e seus parentes são examinadas no livro de Parkes.

(5) Às vezes, as circunstâncias de uma morte são tais que a tendência comum de responsabilizar alguém por ela aumenta de maneira significativa. Por exemplo, um esposo ou um pai pode ter demorado mais tempo do que seria prudente para chamar o médico; inversamente, a reação a esse chamado pode ter sido tardia ou extremamente inadequada. Em certos casos de acidente ou enfermidade, a pessoa que morreu pode ter sido um dos principais responsáveis pela sua própria morte; por exemplo, dirigindo sem

---

4. Parkes denomina essa viúva de sra. Q., mas, para evitar repetição de letras, adotei a designação de sra. Z. Uma descrição mais detalhada do casamento da sra. Z. é feita no capítulo 11.

cautela, fumando ou bebendo muito, ou recusando-se de maneira inflexível a procurar assistência médica. Em outros casos, é a pessoa enlutada que pode ter desempenhado um papel significativo, seja provocando o acidente ou talvez por ser a pessoa que o morto estava tentando salvar. Em todos esses casos, há o sentimento de que a morte não precisava ter acontecido, e a raiva contra a pessoa morta, ou contra o eu, ou contra terceiros, é muito exacerbada.

Morte por suicídio

A morte por suicídio é um caso especial, em que a morte é considerada desnecessária e a tendência a atribuir culpas é, consequentemente, muito maior. De um lado, a pessoa morta pode ser responsabilizada por ter abandonado deliberadamente os sobreviventes; de outro, algum dos parentes pode ser considerado responsável por ter provocado o ato. Frequentemente, a culpa é lançada sobre parentes próximos, particularmente o cônjuge sobrevivente. Outros implicados podem ser os pais, especialmente no caso de suicídio de uma criança ou adolescente; às vezes, também um filho é responsabilizado por um dos pais pela morte do outro. Entre os que fazem essa acusação incluem-se provavelmente parentes e vizinhos; não é raro que o cônjuge sobrevivente se acuse, talvez por não ter feito o bastante para impedir o suicídio ou mesmo por tê-lo encorajado. Essa autoacusação pode ser exacerbada pelas alegações feitas por uma pessoa antes de se suicidar de que está sendo levada a isso. Tal afirmação pode ser fantasiosa. Raphael e Maddison (1976) relatam o caso de uma mulher que, poucas semanas antes da morte do marido, se havia separado dele, mandando-o embora e dizendo-lhe que se matasse. Foi o que ele fez, usando o escapamento do carro para se matar com gás carbônico.

Com esse alto potencial de acusação e sentimento de culpa, não é de surpreender que a morte por suicídio possa deixar uma esteira tão impressionante de psicopatologia, que se estende não só aos sobreviventes imediatos, como também aos seus descendentes. Vários clínicos estão hoje alertas para essas sequências patogênicas, havendo sobre o assunto uma crescente bibliografia, em grande parte coligida por Cain (1972). Os artigos ilustram em detalhes vigorosos os riscos psicossociais que os sobreviventes de um suicídio podem enfrentar. Parentes e vizinhos, em vez de ajudar, podem desprezá-los e culpá-los, abertamente ou não. Por sua vez, os sobreviventes, que podem estar enfrentando há muito tempo dificuldades emocionais, são tentados a contestar o veredicto, eliminar ou falsificar os fatos, transformar outros em bodes expiatórios, ou se dedicarem fanaticamente a cruzadas sociais e políticas, numa tentativa de se desligar do que aconteceu e de reparar o dano. Alternativamente, podem ser perseguidos por uma incômoda autoacusação e tomados também eles por pensamentos suicidas. Na confusão que se segue, os filhos serão provavelmente mal informados, concitados ao silêncio, e culpados; além disso, podem ser vistos e tratados como herdeiros do desequilíbrio mental e, por isso, fadados a imitar o pai ou a mãe suicida. Um exame melhor dessas consequências trágicas é feito no capítulo 22.

Não obstante, como Cain é o primeiro a compreender, os casos observados nas clínicas representam apenas a fração dos sobreviventes perturbados e, para ter um quadro mais equilibrado, precisamos de informações proporcionadas por um acompanhamento de uma amostra representativa. Um começo foi feito, num recente estudo sobre a maneira como os cônjuges de 44 suicidas se comportaram durante os cinco anos seguintes à perda, empreendido por Shepherd e Barraclough (1974). Considerando-se o número de variáveis circunstanciais que afetam a direção e a intensidade da acusação, e outros fatores também, não é de surpreender que os enlutados por suicídios sejam afetados de maneiras extremamente diversas.

Trabalhando num condado ao sul da Inglaterra, Shepherd e Barraclough fizeram o acompanhamento de 17 viúvos e 27 viúvas e obtiveram informações sobre todos eles. As idades variaram entre 81 e 22 anos, o tempo de casamento de 49 anos a apenas nove meses. Quase todos já haviam sido entrevistados uma vez, logo depois da morte do cônjuge, como parte de um estudo dos precursores clínicos e sociais do suicídio. Quando o acompanhamento foi feito cinco anos depois, verificou-se que dez haviam morrido, dois estavam doentes (e em lugar deles foram entrevistados os parentes), e um recusou-se a participar de nova entrevista.

O número de mortes (10) foi maior do que se poderia esperar, não só em comparação com pessoas casadas (número previsto: 4,4), mas também com os que enviuvaram de outras maneiras (6,3). Essa última diferença (com a probabilidade de cerca de 10% de ocorrer por acaso) é tal que sugere que a taxa de morte dos que enviuvaram por suicídio pode ser maior do que a de viúvos por outras causas. Nenhuma das dez mortes fora causada por suicídio, mas muitos dos sobreviventes manifestaram preocupações suicidas.

Trinta e um sobreviventes foram entrevistados por assistentes sociais. Usando um questionário, as entrevistas duraram em média uma hora, mas variaram de 20 minutos a mais de três horas.

Quando o estado psicológico atual do cônjuge foi comparado com o que deveria ter sido antes do suicídio, verificou-se que metade deles estava melhor e que a outra metade estava pior (14 melhor, 14 pior e 3 indeterminados). Muitos dos que estavam melhor haviam enfrentado casamentos muito difíceis, atribuindo a causa às dificuldades de personalidade do cônjuge, que incluíam alcoolismo, violência e hipocondria. Uma vez superados os choques do suicídio e do inquérito, o fim desse casamento foi considerado um alívio. Dos que assim pensavam, sete haviam casado novamente, e todos, com apenas uma exceção, tinham menos de 38 anos à época do suicídio. Inversamente, entre aqueles que haviam piorado, alguns tiveram um casamento feliz e se sentiram profundamente consternados pelo inesperado suicídio do companheiro, presumivelmente resultado de uma depressão súbita e grave numa personalidade que, sob outros aspectos, era forte. Num caso desse tipo, a viúva sentia-se acusada pelos parentes do marido, e retirara-se para uma vida social limitada. Não obstante, é interessante notar que ela ainda podia sentir prazer em lembrar as atividades de que participara com o marido, em épocas passadas. É necessário distinguir, no caso, entre a vida mais pobre que pode resultar de uma perda e os efeitos perturbadores do luto, quando toma um curso patológico.

Homens e mulheres tiveram, nessa série, resultados semelhantes. Contrariamente a alguns outros resultados, cônjuges mais jovens (média de idade 40) saíram-se significativamente melhor do que outros, mais velhos (média de idade 53). Outra variável associada a um melhor resultado foi uma reação favorável à primeira entrevista de pesquisa realizada pouco depois do suicídio. Das 28 pessoas que participaram de ambas as entrevistas, as 15 que se consideraram ajudadas pela primeira entrevista também tiveram um resultado melhor. Há, pelo menos, três maneiras pelas quais essa constatação pode ser interpretada. Uma delas é que, como observam os autores, é possível que algumas pessoas, tendo passado melhor em épocas mais recentes, se sentissem inclinadas a ver o passado com óculos cor-de-rosa. Outra é que uma reação favorável a essa entrevista, embora bastante real, só ocorre nas pessoas que estão fadadas a um resultado razoavelmente bom, em qualquer caso. Uma terceira é que a entrevista de pesquisa constituiu, de fato, uma experiência útil, e de alguma forma influiu no curso do luto, para melhor. Os resultados dos estudos realizados na Austrália, incluídos na seção seguinte, tendem a confirmar a segunda e a terceira dessas interpretações.

Estressores múltiplos

Ocorre ocasionalmente que uma pessoa enlutada perca mais de um parente ou amigo próximo, seja na mesma catástrofe ou dentro do período de um ano aproximadamente. Outras enfrentam o elevado risco de outra perda semelhante, como, por exemplo, por uma enfermidade séria ou pela emigração de um filho crescido; outras, ainda, podem se defrontar com algum incidente considerado como estressante. Alguns pesquisadores, como Maddison por exemplo, tanto em seu estudo de Boston (Maddison, 1968) como de Sydney (Maddison, Viola e Walker, 1969), e Parkes, em Londres (Parkes, 1970*a*), tiveram a impressão de que as viúvas sujeitas a essas crises múltiplas saem-se melhor do que as outras. Não obstante, embora essa constatação dificilmente pudesse surpreender, só recentemente foi confirmada por dados concretos.

Há, na verdade, uma dificuldade metodológica séria para determinar o que deve ser considerado como estressante e o que não deve. A circularidade do argumento é fácil. Esse problema foi tratado por Brown e Harris (1978a), que adotaram um método pelo qual a tensão de cada acontecimento é avaliada independentemente da maneira como a pessoa a ela submetida possa ter reagido, ou possa pretender que reagiu. Os resultados de seu estudo sobre os acontecimentos biográficos que antecedem a deflagração de um distúrbio depressivo, no qual usaram esse método, confirmam a opinião de que as pessoas sujeitas a estressantes múltiplos têm maior tendência a desenvolver um distúrbio do que as outras pessoas (ver capítulo 14). Em novos estudos desse problema, seria de desejar que esse método de avaliação dos acontecimentos biográficos fosse adotado.

Circunstâncias sociais e psicológicas que afetam o enlutado

Há hoje evidências substanciais de que algumas das circunstâncias sociais e psicológicas que afetam a pessoa enlutada durante o ano, aproximadamente, que se segue à perda podem influenciar o curso do luto em proporções consideráveis. Embora algumas dessas circunstâncias não possam ser modificadas, é possível mudar algumas outras. Nesse fato reside a esperança de que, compreendendo melhor as questões, seja possível prestar ajuda efetiva às pessoas enlutadas.

É conveniente examinarmos esse grupo de variáveis sob os três títulos que se seguem, cada um deles com um par de subtítulos:

(1) *Disposições residenciais*

– se a pessoa enlutada mora com outros parentes adultos ou sozinha;
– se ela é responsável por crianças ou adolescentes.

(2) *Condições e oportunidades socioeconômicas*

– se as circunstâncias econômicas e as disposições da habitação tornam a vida mais fácil ou mais difícil;
– se há ou não oportunidades que facilitem a organização de um novo modo de vida social e econômica.

(3) *Crenças e práticas que facilitam ou impedem o luto sadio*

– se crenças e práticas culturalmente determinadas facilitam ou impedem o luto sadio;
– se parentes, amigos e outros facilitam ou impedem o luto sadio.

Disposições residenciais

Não é de surpreender a tendência demonstrada por viúvas e viúvos que vivem sozinhos depois de apresentar resultados piores do que os viúvos e viúvas que residem com outros. Clayton (1975), por exemplo, em seu estudo de pessoas idosas, verificou que um ano depois do falecimento 27% dos que viviam sozinhos revelaram sintomas de depressão, em comparação com 5% dos que viviam com outras pessoas. Uma proporção maior também continuava usando hipnóticos (39% e 14%, respectivamente). No caso das viúvas de Londres, Parkes registra tendências na mesma direção. Adverte, porém, que, embora o isolamento social possa contribuir para a depressão, a pessoa enlutada que está deprimida também pode rejeitar o intercâmbio social. Assim a corrente causal pode correr em qualquer uma das direções e facilmente tornar-se circular, seja numa direção pior ou melhor.

Embora o fato de residir com parentes próximos adultos esteja associado a um resultado melhor para viúvas e viúvos, o mesmo não ocorre quando se reside com filhos pequenos, cuja responsabilidade tem de ser enfrentada. Essa conclusão é tanto de Parkes (1972), em consequência de seu estudo de Londres, como de Glick *et al.* (1974), a partir de seus estudos de Boston. No último, havia 43 viúvas com filhos para cuidar, e sete sem filhos. Não se constataram diferenças de resultados entre os dois grupos, o que não é difícil de explicar.

Em ambos os estudos viu-se que a responsabilidade pelo cuidado dos filhos era ao mesmo tempo um consolo e um peso, de modo que as vantagens e desvantagens se podem equilibrar facilmente. As que eram mães acreditavam firmemente que o fato de ter filhos lhes dera uma razão de viver, as mantivera ocupadas e representara um benefício substancial para elas, no primeiro ano de luto. Não obstante, um exame melhor de suas vidas mostrou as dificuldades que tiveram para cuidar sozinhas dos filhos, e até que ponto tiveram de limitar as oportunidades de construir uma vida nova para si. Nada menos de metade das pessoas investigadas declarou que os filhos se haviam comportado de maneiras que constituíram motivos de preocupações sérias. Várias descreveram como a presença do marido dá à mulher uma sensação de segurança no trato dos filhos e lhe permite ser toleravelmente coerente, e como depois tornaram-se indevidamente autoritárias, outras demasiado tolerantes, e outras ainda inclinadas a oscilar entre dois extremos. Bem-sucedidas ou não, quase todas tinham dúvidas sobre o que seria melhor para os filhos e preocupavam-se constantemente com a responsabilidade de se desenvolverem de maneira negativa.

Ter filhos para cuidar teve o efeito de limitar também as oportunidades que a viúva tinha de criar uma nova vida para si. Como as viúvas com filhos queriam estar em casa antes de os filhos saírem para a escola e também quando voltassem, e como o trabalho em tempo parcial não era fácil de encontrar, a maioria delas foi adiando a procura de um emprego. Além disso, como não queriam deixar as crianças sozinhas em casa e como as babás custavam caro, recusaram convites para reuniões sociais e também não se sentiram em condições de frequentar cursos noturnos.

Não há necessidade de nos estendermos sobre os problemas enfrentados pelas viúvas com filhos pequenos. Evidentemente, há nessa situação um problema social e de saúde mental considerável, para cuja solução é necessária muita reflexão.

Condições e oportunidades socioeconômicas

O problema social está na melhor maneira de criar condições tanto para o bem-estar da viúva como dos filhos, sem sacrificar nenhum deles. Uma situação econômica adequada é, evidentemente, importante, e o mesmo ocorre com as acomodações. É necessário dedicar especial atenção às oportunidades de trabalho em tempo parcial, e também a esquemas de treinamento coerentes com o cuidado de crianças em idade pré-escolar e escolar[5]. Dando essas oportunidades a uma viúva, os problemas econômicos são, pelo menos, reduzidos, e as oportunidades que ela tem de reconstruir sua vida social melhoram. Não obstante, por mais desejáveis que sejam essas oportunidades e por mais úteis que possam ser para as viúvas capazes de responder a elas, em si e por si mesmas não influiriam muito na incidência de luto perturbado, já que os determinantes de maior peso estão, quase certamente, em outros pontos.

Crenças e práticas que facilitam ou impedem o luto sadio

Como já vimos no capítulo 8, quase toda sociedade tem suas convicções e práticas próprias, que regulam o comportamento das pessoas enlutadas. Como as crenças e práticas variam de muitas maneiras de cultura para cultura e de religião para religião, seria de esperar que tivessem influência no curso do luto, seja propiciando um resultado sadio ou, talvez, contribuindo para um resultado patológico. Um estudioso do problema, que expressou opiniões firmes sobre a sua importância, foi Gorer (1965), que se surpreendeu com a quase total ausência, na Grã-Bretanha contemporânea, de qualquer ritual e orientação aceitos por todos. Sem o apoio de costumes sancionados, as pessoas que sofreram perdas, e seus amigos, ficam desorientadas, e dificilmente sabem como comportar-se umas com as outras. Isso, na opinião de Gorer, só pode contribuir para a infelicidade e a patologia.

Outro antropólogo social que, nos últimos anos, expressou opiniões semelhantes, foi Ablon (1971), que estudou uma comunidade muito fechada, de Samoa, residente na Califórnia. Nessa comunidade quase todos vivem numa família ampliada, onde o valor fundamental é a reciprocidade, especialmente em épocas de crise. Assim, depois da morte, há uma afluência imediata de parentes e amigos que, com eficiência resultante de longa prática,

---

5. No Reino Unido, esses problemas foram examinados pela Royal Commission on One Parent Families, cujo relatório faz muitas recomendações (Finer Report, H.M.S.O., 1974).

assumem o peso das decisões e das providências, retirando-o dos ombros do cônjuge, dos pais ou dos filhos, consolando os enlutados e cuidando das crianças. Os rituais incluem tanto as cerimônias cristãs como as trocas tradicionais de bens e doações, nas quais a rede familiar e de apoio mútuo é enfatizada e destacada. Nesse tipo de comunidade, segundo acredita Ablon, as síndromes de pesar incapacitante dificilmente ocorrem. Não obstante, embora sua incidência possa ser reduzida, os dados apresentados mostram que em certas circunstâncias elas ainda ocorrem.

Em seu estudo, Ablon fez algumas visitas de acompanhamento a várias famílias cujos membros haviam sofrido perda, ou lesões sérias, num incêndio ocorrido durante uma dança samoana, cinco anos antes, e que provocou 17 mortes e muitos feridos. De cerca de 60 famílias afetadas, ele visitou 18. Pelas informações que pôde obter, Ablon teve a impressão de que os samoanos, tanto como indivíduos quanto como grupos familiares, haviam "absorvido o desastre de forma surpreendentemente boa". A autora cita exemplos de três jovens viúvas que se casaram novamente e estavam vivendo vidas plenas e ativas; e uma quarta, com cerca de 40 anos, e com seis filhos, que havia iniciado um negócio bem-sucedido. Não obstante, a amostra de Ablon era pequena e incluía, além das pessoas que se estavam saindo bem, as duas mulheres que haviam perdido filhos adotivos e cujas condições eram, indubitavelmente, as de um luto perturbado. Essas comprovações põem em questão a teoria de que as práticas culturais, por si sós, podem explicar o curso tomado pelo luto em diferentes pessoas.

Evidências proporcionadas por outros estudos suscitam a mesma questão. Por exemplo, nem nos estudos de Parkes em Londres, nem no estudo de Harvard, a crença religiosa das viúvas e viúvos teve qualquer reação clara com o padrão de resultado.

A reflexão sofre a ambiguidade desses resultados sugere que a variável cultural é demasiado grosseira para o entendimento da influência das crenças e práticas sobre o curso do luto. Por exemplo, embora as constatações negativas de Londres e Boston possam ter resultado do fato de as subamostras religiosas em cada estudo terem sido demasiado pequenas para apresentar diferenças significativas, também é possível que dentro de cada grupo religioso, e também dentro de grupos não religiosos, as variações de crença e prática fossem tão grandes quanto entre os grupos. Que essa pode ser a explicação, é uma hipótese que encontra apoio nas constatações de Ablon de que as duas mulheres samoanas cujo luto seguira um curso patológico eram culturalmente atípicas, em relação à vida familiar. Embora o divórcio não seja comum entre as samoanas de sua idade, ambas se haviam divorciado e estavam no segundo casamento. Ambas tinham apenas um outro filho e nenhuma delas vivia numa família ampliada. Essas exceções à tese de Ablon podem, portanto, servir como indicação de onde está a norma.

Quando passamos a examinar as influências que operam num nível pessoal íntimo dentro da cultura mais ampla, encontramos fortes evidências de que famílias, amigos e outros desempenham um papel destacado, seja ajudando no processo de luto, ou impedindo-o. É uma variável para a qual os clínicos há muito chamaram a atenção (por exemplo, Klein, 1940; Paul, 1966) e sobre a qual Maddison, que trabalhou durante algum tempo com Caplan em Harvard, mas cujo trabalho se fez principalmente na Austrália, focalizou sua atenção.

Sob a direção de Maddison, realizaram-se três estudos com o objetivo de elucidar a influência que tiveram parentes, amigos e outras pessoas sobre o curso do luto. O primeiro foi realizado em Boston (Maddison e Walker, 1967; Maddison, 1968), o segundo e o terceiro, em Sydney (Maddison, Viola e Walker, 1969; Raphael, 1976, 1977). Os primeiros foram retrospectivos e, portanto, têm deficiências; o terceiro, que foi prospectivo, supera essas deficiências.

Os dois estudos retrospectivos foram realizados da mesma maneira. O primeiro passo foi mandar questionários solicitando informações sobre a saúde física e mental a uma grande amostra de viúvas em Boston (132) e Sydney (243), 13 meses depois de sua perda (ver capítulo 6 para detalhes). As 57 perguntas relacionadas com a saúde foram estruturadas de modo que os únicos quesitos que contavam pontos eram os relativos às queixas registradas que eram novas, ou que se haviam tornado substancialmente mais graves desde a perda. Com base nas respostas, juntamente com uma verificação telefônica, as viúvas de cada estudo foram divididas em três grupos: aquelas cuja saúde parecia favorável, aquelas cuja saúde revelara acentuada deterioração, e um grupo intermediário que não mereceu maior exame. Os números e porcentagens de viúvas em cada grupo são mostrados no Quadro 2.

QUADRO 2 *Deterioração da saúde*

	Números		Porcentagens	
	Boston	Sydney	Boston	Sydney
Nenhum	57	77	43	32
Moderado	47	88	36	36
Acentuado	28	78	21	32
Total	132	243	100	100

A segunda fase de cada estudo começou pela seleção de subamostras de viúvas (*a*) com resultado favorável e (*b*) com resultado desfavorável, com o máximo possível de correspondência de todas as variáveis sociais e pessoais, tendo em vista os dados disponíveis. No estudo de Boston, 20 pares de viúvas foram identificados como dispostos a participar da continuação do inquérito; no estudo de Sydney, 22 viúvas de resultados positivos foram comparadas com 19 outras, de resultados negativos.

Todas as pesquisadas foram entrevistadas, geralmente em suas casas, numa longa entrevista semiestruturada que durou em média duas horas. Os objetivos eram verificar a validade do questionário (que se revelou um bom índice de como uma pessoa enfrenta seus problemas emocionais resultantes da perda) e, mais especificamente, investigar quem assistira a viúva durante a crise da perda, e se, na opinião dela, essas pessoas haviam sido úteis, inúteis, ou nenhuma das duas coisas. Outras questões visavam descobrir se ela tivera facilidade ou dificuldade em expressar seus sentimentos a cada uma das pessoas mencionadas, se estas a haviam encorajado a voltar-se para o passado, se haviam mostrado empenho em dirigir a atenção dela para os problemas do presente e do futuro, e se haviam proporcionado ajuda prática. Como o objetivo da pesquisa era apenas verificar como as próprias viúvas se recordavam de seus contatos com outras pessoas, não se procurou comparar seus relatos com o das pessoas com as quais haviam estado em contato.

Primeiro, constatou-se que nas duas cidades todas as viúvas, a despeito do resultado, tendiam a registrar uma boa margem de interação útil. Em cada cidade, houve uma acentuada diferença nas informações sobre interações inúteis, entre as viúvas com bons e as viúvas com maus resultados. Enquanto as primeiras diziam ter vivido poucas interações inúteis, ou nenhuma, as segundas queixavam-se de que, em lugar de lhes permitirem expressar seu pesar e sua raiva e falar sobre o marido morto e o passado, algumas pessoas haviam tornado mais difícil a manifestação do sentimento. Por exemplo, podiam insistir em que elas se recuperassem e se controlassem, em que não eram as únicas a sofrer, em que chorar não resolve e que seria melhor enfrentar os problemas do futuro, em lugar de insistir inutilmente no passado. Em contraposição, uma viúva com um bom resultado informaria que pelo menos uma pessoa com quem estivera em contato havia facilitado para ela chorar e exprimir a intensidade de seus sentimentos, e diria que foi um alívio ter podido falar livremente e muito sobre o passado com o marido e as circunstâncias de sua morte. Qualquer que tivesse sido o resultado, nenhuma viúva considerava útil a discussão de planos do futuro, nos primeiros meses[6].

As pessoas com as quais a viúva estivera em contato eram, habitualmente, parentes e profissionais, como, por exemplo, os médicos que haviam tratado de seu marido e o seu próprio médico, um religioso e um agente funerário. Em alguns casos, um vizinho ou um comerciante haviam desempenhado algum papel. Algumas viúvas relataram como haviam encontrado mais compreensão de seus sentimentos entre conhecidos locais do que en-

....

6. Uma diferença nos resultados das duas cidades foi que em Boston, mas não em Sydney, as viúvas com maus resultados achavam que muitas das suas necessidades emocionais que não haviam sido satisfeitas eram, especialmente, a necessidade de estímulo e compreensão para ajudá-las a exprimir o pesar e a raiva, e a necessidade de oportunidade para falar longa e detalhadamente de sua perda. Em contraposição, as que tiveram bom resultado não expressaram tais necessidades insatisfeitas. (Nota: no volume I desta obra, capítulo 8, observa-se que o termo "necessidade" é ambíguo e deve ser evitado. No contexto em que é usado por Maddison, ele é sinônimo de desejo.)

tre parentes ou profissionais que, em certos casos, disseram elas, haviam sido hostis a qualquer manifestação de pesar. Em certos casos, a mãe do marido criara grandes dificuldades, afirmando ou deixando implícito que a perda da viúva era menos importante que a dela, ou acusando-a de não ter cuidado bem do marido, ou de qualquer outra falha comparável.

Uma pessoa de importância óbvia no luto é a mãe da própria viúva, se ainda estiver viva e próxima. Alguns detalhes são dados em relação às viúvas de Boston. Como, em sua maioria, eram de meia-idade, apenas 12 das 40 viúvas ainda tinham a mãe viva. Nos casos em que a relação vinha sendo há muito tempo mutuamente satisfatória, o apoio materno parece ter sido muito valioso, e o progresso foi bom. Quando, em contraposição, as relações haviam sido difíceis, o luto foi prejudicado: todas as quatro viúvas que descreveram suas mães como tendo sido inúteis chegaram a um resultado negativo. Embora a amostra seja pequena, uma correlação direta entre a relação da viúva com sua mãe e o resultado de seu luto é notável, não sendo provável que se deva ao acaso. Sua relevância para o entendimento das pessoas inclinadas a uma reação sadia ou a uma reação patológica à perda não pode ser exagerada, e é examinada em outros capítulos.

Há, é claro, mais de uma maneira de interpretar os resultados de Maddison – como aconteceu no caso de viúvas e viúvos cujos cônjuges se haviam suicidado e que consideraram útil a primeira entrevista de pesquisa. Também nesse caso a viúva pode, retrospectivamente, ter distorcido suas experiências; ou pode ter atribuído a parentes e a outros as próprias dificuldades de expressar o sofrimento; ou o comportamento daqueles com quem estivera em contato pode, na verdade, ter contribuído de maneira significativa para os seus problemas. Em qualquer caso, dois ou mesmo todos os três desses processos poderiam ter agido. Não obstante, o próprio Maddison, embora reconheça a complexidade dos dados, tende a favorecer a terceira interpretação, ou seja, de que as experiências relatadas são ao mesmo tempo reais e influentes na determinação do resultado. Essa interpretação é vigorosamente apoiada pelas constatações de um estudo prospectivo realizado subsequentemente no departamento de Maddison, em Sydney, por Raphael.

Evidências proporcionadas pela intervenção terapêutica

Utilizando métodos semelhantes aos usados pelos estudos iniciais de Maddison, e valendo-se tanto de suas verificações como de uma pesquisa-piloto feita por ela mesma, Raphael (1977) procurou testar a eficácia da intervenção terapêutica quando prestada a viúvas cujo luto tendia a chegar a maus resultados. O procedimento foi o seguinte:

Os critérios de amostragem incluíam qualquer viúva com menos de 60 anos que tivesse vivido com o marido e pudesse ser contatada dentro de sete semanas depois do falecimento, e estivesse disposta a participar da pesquisa. Essas viúvas, contatadas quando requereram as suas pensões, foram convidadas pelo funcionário que as atendeu a participar de um estudo realizado pela Faculdade de Medicina da Universidade de Sydney, e receberam um cartão que deveria ser enviado àquela faculdade, caso concordassem. Ao todo, cerca de 200 voluntárias foram relacionadas. Por motivos administrativos, foi impossível, infelizmente, descobrir quantas viúvas convidadas recusaram-se a participar, e que diferenças poderia haver entre elas e as que aceitaram participar. Essas últimas foram visitadas em suas casas por um assistente social experiente, que primeiro explicou o projeto e o procedimento adotado, a fim de obter seu consentimento, e em seguida realizou uma longa entrevista.

Ao todo, 194 viúvas concordaram em participar. As idades variaram de 21 a 59 anos, com a média de 46 anos; 119 delas tinham filhos de 16 anos ou mais novos. Como só foram contatadas as que se consideravam habilitadas a uma pensão, três quartos ou mais vinham da metade inferior da escala socioeconômica.

O objetivo da longa entrevista era obter informações suficientes sobre a viúva, seu casamento, as circunstâncias de sua perda e as experiências que tivera desde então, a fim de possibilitar uma previsão quanto às probabilidades de que seu luto se desenvolvesse de maneira favorável ou desfavorável. O principal critério para prever um resultado desfavorável era o relato frequente, pela viúva, de intervenções inúteis por parte de parentes e outros de necessidades que continuaram insatisfeitas. Eis alguns exemplos das experiências relatadas por elas:

O luto dos adultos

"Quando eu queria falar do passado, diziam-me que esquecesse isso, que o tirasse da cabeça."
"Eu queria falar da raiva que sentia, mas eles diziam que eu não devia ter raiva."
"Quando tentei dizer como me sentia culpada, disseram-me que não tivesse esse sentimento, que havia feito tudo o que devia, mas na verdade eles não sabiam."

Uma viúva, cujos protestos e tristeza normais foram tratados com grandes quantidades de tranquilizantes, observou:

"Sentia-me mal por não poder chorar: era como se eu estivesse numa camisa-de-força."

Entre os critérios adicionais usados para prever um resultado desfavorável estavam as crises múltiplas e um casamento que teria tomado uma forma patológica. Os detalhes são dados numa nota[7].

....

7. As entrevistas de avaliação foram realizadas da maneira mais espontânea e aberta possível, e em geral duraram várias horas. O esquema da entrevista cobria seis tipos de informação: (*a*) demográfica, (*b*) descrição das causas e circunstâncias da morte, que levava a uma discussão dos sentimentos provocados por ela, (*c*) uma descrição do casamento, (*d*) a ocorrência de perdas concorrentes e outras mudanças importantes na vida, (*e*) se os parentes, profissionais e outras pessoas haviam sido, ou não, compreensivos e solidários, (*f*) conclusão de uma lista de intercâmbios que pudessem ser considerados como existentes ou inexistentes; se existentes, se foram considerados úteis, inúteis, ou nenhum dos dois; se inexistentes, se um contato desse tipo fora desejado ou não. Como a maioria das viúvas estava disposta a examinar suas experiências, a maior parte dessa informação foi obtida espontaneamente. Quando isso não acontecia, o entrevistador levantava pontos relevantes, observando que havia coisas que outras mulheres experimentaram depois da morte, e indagando se essas coisas também ocorreram com a viúva que estava sendo entrevistada.

O resultado desfavorável quando os dados da entrevista mostravam que um, ou mais, dos critérios seguintes haviam sido atendidos:

1. dez ou mais exemplos de que a viúva considerava os contatos como inúteis, ou que suas necessidades não haviam sido satisfeitas;
2. seis ou mais exemplos de que a viúva achava que os contatos haviam sido inúteis, combinados com a opinião de que o tipo de morte se havia constituído numa tensão para a pessoa enlutada;
3. a viúva havia sofrido um ou mais estressores adicionais três meses antes, ou três meses depois, de sua perda;

Com base nas informações obtidas, as viúvas foram distribuídas em dois grupos: no Grupo A as que tinham uma previsão de resultado favorável; e no Grupo B as que tinham previsão de resultado desfavorável. Não houve diferenças entre as viúvas dos dois grupos quanto a idade, número de filhos ou classe socioeconômica. As do Grupo B foram então distribuídas aleatoriamente por dois subgrupos: B1 das que receberam orientação, e B2 das que não receberam orientação. Os números dos três grupos foram os seguintes:

Grupo A	130
B1	31
B2	33
Total	194

Treze meses depois do falecimento, todas as viúvas foram convidadas a completar o mesmo questionário de saúde usado por Maddison em seus estudos anteriores. Sendo o escore obtido pelos mesmos métodos que antes, foi então possível determinar qual fora o resultado para as viúvas de cada um dos três grupos. Aquelas cujo estado de saúde se agravava acentuadamente foram comparadas com as outras. (Em 16 casos o acompanhamento não foi possível, de modo que os três grupos foram reduzidos a 122, 27 e 29, respectivamente.) Os resultados estão resumidos no Quadro 3.

....
4. houve uma combinação de um tipo de morte estressante, um casamento considerado patológico e do fato de a viúva ter sentido que pelo menos uma de suas necessidades não havia sido atendida.

O critério 1 foi deduzido das respostas marcadas na lista usada durante a entrevista de avaliação. A validade dos julgamentos feitos quando da aplicação dos critérios 2, 3 e 4 foi testada e mostrou-se satisfatória para os juízes sobre a ocorrência de estressores adicionais e também de uma forma patológica de casamento. (As correlações dos julgamentos de três juízes independentes, em relação a esses critérios, foram de 95%.) A validade dos julgamentos sobre o tipo de morte não foi, porém, satisfatória (correlação de 65%).

Bem mais da metade das que foram consideradas como inclinadas a um resultado negativo foi selecionada pela aplicação do critério 1.

QUADRO 3 *Resultado 13 meses após o falecimento*

Grupo	Previsão na avaliação	Orientação	Número de acompanhadas	Resultado % de bons	% de maus
A	Boa	Não	122	80	20
B1	Má	Sim	27	78	22
B2	Má	Não	29	41	59
Comparação entre Grupo A e Grupo B1				Não significativa	
" " " A e Grupo B2				P < 001	
" " " B1 e Grupo B2				P < 02	

Quando os resultados das pessoas dos dois grupos que não receberam orientação (Grupos A e B2) são comparados, vemos que as previsões foram razoavelmente exatas e muito melhores do que o acaso. Além disso, se os resultados dos participantes do Grupo B1 (com previsão inicial desfavorável, mas recebendo orientação) são comparados com os resultados dos dois outros grupos torna-se claro, primeiro, que os resultados do Grupo B1 são praticamente tão bons quanto os dos participantes do Grupo A (cujos resultados eram previstos, desde o início, como bons), e, segundo, que os resultados do Grupo B1 são significativamente melhores do que os do Grupo B2, cujos resultados também foram previstos como desfavoráveis, mas que não teve orientação. Um exame da possibilidade de que esse último resultado fosse consequência de diferenças significativas entre as viúvas do Grupo B1 e as do Grupo B2 mostrou que na verdade não havia diferenças relevantes entre os dois grupos.

No Grupo B1, que teve orientação, observou-se uma menor incidência de depressão, angústia, consumo excessivo de álcool e certos sintomas psicossomáticos do que no Grupo B, que não recebeu orientação.

A conclusão de que a orientação é, até certo ponto, eficaz, confirmada pelas evidências internas obtidas de um estudo detalhado das 27 viúvas do grupo que recebeu essa orientação, das quais 21 se saíram bem e seis se saíram mal. Verificou-se, primeiro, que as viúvas que melhor aproveitaram as sessões de orientação tiveram um resultado significativamente melhor do que as viúvas do grupo em que isso não aconteceu; assim, das seis que tiveram um mau resultado, quatro haviam abandonado logo as sessões. Segundo, houve uma elevada correlação entre as que foram julgadas por um avaliador independente como tendo caminhado com êxito no sentido de um luto sadio nas primeiras semanas de orientação, e um resultado favorável no final dos 13 meses.

Embora essas constatações indiquem claramente a eficácia das técnicas de orientação usadas, devemos ter presente que todos os participantes eram voluntários. Se as mesmas técnicas teriam ou não sido eficazes com participantes não-voluntários e quem, nesse caso, teria caminhado para um resultado negativo não se sabe.

Uma segunda conclusão é que os critérios usados no estudo para prever os resultados são válidos, pelo menos dentro de certos limites[8]. Não obstante, ainda uma vez são necessárias ressalvas. Entre as 122 voluntárias para as quais se previam bons resultados, uma em cinco teve uma evolução negativa. Além disso, é possível que algumas das outras cujas condições, 13 meses depois do falecimento, foram consideradas boas (tal como previsto) fossem pessoas que estavam inibindo o pesar e que por isso poderiam estar sujeitas a um colapso posterior. A essa possibilidade, porém, contrapõe-se a convicção de Raphael (em comunicação pessoal) de que era pouco provável a presença de tais pessoas entre as voluntárias, já é da natureza da condição que as pessoas evitem qualquer estudo que possa colocar em perigo as suas defesas.

Passemos agora às técnicas usadas por Raphael em seu projeto. Elas derivam das técnicas pioneiras de Caplan (1964) para uso em qualquer forma de intervenção na crise.

Uma semana depois de uma viúva ter sido entrevistada e avaliada como sendo sujeita a um resultado negativo, e depois de ter sido incluída num grupo de intervenção, o conselheiro ou orientador (dra. Raphael) a visitava ou entrava em contato telefônico

....

8. Dos quatro critérios usados, o que mais possibilitou a previsão de resultado negativo foi o critério 1 (10 ou mais exemplos de que a viúva considerava os contatos como inúteis ou de que as suas necessidades não haviam sido atendidas). O critério 1 também estava relacionado com a eficácia da orientação: as viúvas cujo resultado negativo fora previsto com base nesse critério foram as que receberam mais ajuda.

com ela. Relacionando a sua intervenção com os problemas descritos pela viúva na entrevista de avaliação, oferecia assistência. Se aceita, como aconteceu com a maioria, marcava-se nova visita. Todas as outras sessões ocorreram dentro dos três primeiros meses depois do falecimento e limitaram-se, portanto, a um período de cerca de seis semanas. Quase todas foram realizadas na casa da própria viúva e em geral duraram duas horas, ou mais. Quando indicado, foram incluídos filhos, outros membros da família e vizinhos. O número e a frequência das sessões variaram de acordo com as necessidades e a aceitabilidade, mas nunca foi mais do que semanal[9]. Em todos os casos, o objetivo de uma sessão foi facilitar a expressão de pesar ativo – tristeza, saudade, ansiedade, raiva e culpa.

A técnica adotada por Raphael é semelhante às que são amplamente usadas hoje na orientação da pessoa enlutada.

Como primeiro passo, é útil estimular a viúva a falar livre e demoradamente das circunstâncias que levaram à morte do marido e das experiências que teve desde então. Mais tarde, pode-se estimulá-la a falar do marido como pessoa, começando talvez da época em que se conheceram e passando por sua vida de casados, com todos os seus altos e baixos. A exibição de fotografias e outras lembranças, muito natural no ambiente doméstico, é bem recebida. O mesmo acontece com a expressão de sentimentos que têm sua origem em outras perdas anteriores. Durante essas sessões, a tendência a idealizar é geralmente substituída por uma avaliação mais realista, situações que provocaram raiva ou culpa podem ser examinadas e talvez reavaliadas, a dor e a angústia da perda são reconhecidas. Sempre que a saudade e a tristeza parecerem estar inibidas, ou a raiva e a culpa mal-dirigidas, podem-se fazer perguntas adequadas. Proporcionando assim ajuda profissional no início do processo de luto, espera-se facilitar seu pro-

---

9. Para as 31 viúvas às quais se ofereceu orientação, foram realizadas de uma a oito entrevistas, sendo quatro o número mais frequente. Das 27 que também tiveram acompanhamento, 10 foram entrevistadas pelo menos uma vez com a presença de filhos dependentes, e, em vários casos, também com a presença de outros parentes ou vizinhos. Com duas outras viúvas, parentes ou vizinhos estiveram presentes pelo menos numa ocasião (comunicação pessoal).

gresso na direção sadia e impedir que se instale uma inibição intensa ou um estado de luto crônico.

O primeiro ponto a ser notado no exame dos resultados de Raphael é que os intercâmbios sociais estimulados pela técnica adotada e que se mostraram eficientes foram exatamente aqueles que, segundo protestos das viúvas, não lhes haviam sido oferecidos ou permitidos pelos parentes e outras pessoas que haviam encontrado. Tal verificação confirma plenamente a opinião de que uma variante importante na determinação do resultado é a reação que a viúva recebe de parentes, profissionais e outros, quando começa a expressar seus sentimentos.

O segundo ponto é mais geral. Quando expressa em termos da teoria de defesa delineada no capítulo 4, uma característica importante da técnica empregada é proporcionar condições em que a pessoa enlutada possa, e até seja estimulada, processar repetida e exaustivamente um grande volume de informações extremamente importantes e que até então estavam sendo excluídas. Dando ênfase, dessa forma, ao processamento da informação, estou chamando a atenção para um aspecto da técnica que tende a ser esquecido pelos teóricos. Só quando as circunstâncias detalhadas da perda e os detalhes íntimos da relação anterior, e das relações passadas, são tratados no nível da consciência é que as emoções correlatas são não só despertadas e experimentadas, como também dirigidas para as pessoas e relacionadas com as situações que lhes deram origem[10].

Tendo em mente esses resultados, é possível examinar novamente a questão dos tipos de personalidades inclinados a desenvolver uma forma perturbada de luto. Torna-se possível, também, propor hipóteses relativas às experiências familiares que possam ter ocorrido na infância e adolescência e, daí, desenvolver uma teoria dos processos subjacentes ao luto perturbado.

....

10. Uma técnica semelhante, embora mais ativa, derivada do trabalho pioneiro de Paul e Grosser (1966) e que aplica os mesmos princípios, foi considerada eficaz para ajudar pacientes internados numa clínica psiquiátrica, os quais apresentavam síndromes clínicas variadas e cuja enfermidade se desenvolvera depois de uma perda (Lieberman, 1978). Nesta série, como em muitos outros casos semelhantes, os sintomas não haviam sido habitualmente relacionados com a perda, seja pela pessoa responsável pelo internamento ou pelo entrevistador psiquiátrico inicial. Ver também a técnica terapêutica usada por Sachar et al. (1968) com um pequeno grupo de pacientes deprimidos.

Capítulo 11
Personalidades predispostas ao luto perturbado

Limitações dos dados

Até agora, em nossa exposição, as conclusões foram sustentadas por um considerável volume de dados colhidos diretamente, frutos de estudos sistemáticos iniciados pouco depois de uma morte. Neste capítulo, em contraposição, não dispomos de dados de primeira mão e dependemos, em lugar deles, de relatos de segunda mão, que se referem a ocorrências do passado. Além disso, tais relatos tratam não só de interações extremamente complexas de uma pessoa que, subsequentemente sofreu uma perda, e membros de sua família imediata, como também foram feitos principalmente pelas próprias pessoas. Como sabemos, tais exposições (ver volume II, capítulo 20) estão notoriamente sujeitas a omissões, supressões e falsificações, devendo ser tratadas com reservas. Apesar dessas dificuldades, parece-nos possível discernir certos padrões que, se examinados e interpretados segundo os termos da teoria esboçada nos volumes anteriores, podem propiciar uma série de hipóteses plausíveis, interligadas e testáveis.

As evidências existentes sugerem, vigorosamente, que os adultos cujo luto segue um curso patológico provavelmente eram, antes de seu luto, predispostos a estabelecer relações afetivas de certos tipos especiais, embora contrastantes. Num desses grupos as relações tendem a ser marcadas por um elevado grau de apego angustioso, combinado com uma ambivalência clara ou disfarçada. Num segundo, há uma acentuada disposição para prestar cuidado compulsivo. As pessoas desses grupos podem ser descritas como nervosas, superdependentes, agarradas ou temperamentais, ou ainda como neuróticas. Algumas informam ter sofrido colapsos anteriores, nos quais os sintomas de angústia ou depressão se destacavam. Num terceiro grupo contrastante, há esforços exaustivos para reivindicar a autossuficiência emocional e a independência de todas as ligações afetivas, embora a própria intensidade dessas alegações revele, com frequência, sua base precária.

Descrevemos neste capítulo as personalidades desses três tipos, observando, antes de começarmos, que as características para as quais chamamos a atenção são diferentes daquelas que são medidas pela maioria dos instrumentos clínicos (por exemplo, introversão-extroversão, obsessivas, depressivas, histéricas) e não estão necessariamente correlacionadas com elas. Observamos também como são limitados os dados sobre os quais repousam as nossas generalizações e as muitas qualificações que têm de ser feitas. O exame das hipóteses apresentadas por psicanalistas e outros para explicar o desenvolvimento de personalidades com essas características, assim como das experiências de infância que, como os dados existentes e a teoria atual sugerem, podem desempenhar um papel importante nesse desenvolvimento, é adiado para o capítulo seguinte.

Predisposição a estabelecer relações angustiosas e ambivalentes

Desde Freud, os psicanalistas têm ressaltado a tendência das pessoas que desenvolveram um distúrbio depressivo depois de uma perda a estabelecer, desde a infância, relações angustiosas e ambivalentes com as pessoas de quem gostam. Freud as descreve como personalidades que combinam "uma forte fixação ao objeto de amor" com reduzida capacidade de resistência à frustração e ao desapontamento (*SE* 14, p. 249). Abraham (1924*a*) ressalta o potencial de raiva: numa pessoa predisposta à melancolia "uma 'frustração', um desapontamento por parte do objeto amado, pode em qualquer momento provocar uma forte onda de raiva, que varrerá seus sentimentos de amor, de raízes demasiado fracas" (p. 442). "Mesmo durante os intervalos livres", observa Abraham, o melancólico em potencial está pronto a se sentir "decepcionado, traído ou abandonado pelos seus objetos de amor" (pp. 469--70). Rado (1928*ab*), Fenichel (1945), Anderson (1949) e Jacobson (1943) estão entre os muitos que escreveram nessa mesma linha.

Os estudos de Parkes, tanto em Londres (Parkes, 1972) como em Boston (Parkes *et al.*), e também de Maddison (1968) confirmam essas opiniões, embora ambos ressaltem as inadequações sérias de seus dados, obtidos de segunda mão e retrospectivamente.

No segundo encontro (aos três meses) com as viúvas londrinas que entrevistou, Parkes pediu-lhes que calculassem a frequência com que ocorriam brigas entre elas e os maridos, usando uma escala de quatro pontos (nunca, ocasionalmente, frequentemente e habitualmente). As que relataram maior número de brigas foram consideradas como tendo maior probabilidade de, no primeiro ano de luto, estar mais tensas na entrevista, mais propensas ao sentimento de culpa e à autoacusação, a evidenciar mais sintomas físicos e, no final do ano, a estar mais isoladas, do que as que brigavam pouco, ou nada. Era menos provável, também, que elas tivessem experimentado, nas semanas que se seguiram à perda, uma sensação confortadora da presença do marido. Além disso Parkes verificou, o que não é de surpreender, que havia, entre as que ficaram mais perturbadas após a morte do marido, a tendência a se considerar profundamente perturbadas pelas perdas sofridas antes em suas vidas.

Os resultados do estudo de Harvard são comparáveis. Numa tentativa de avaliar as proporções da presença da ambivalência em seus casamentos, as viúvas e os viúvos responderam a várias perguntas em relação às quais o marido e a mulher podem se desentender. Tanto no final do primeiro ano como também no acompanhamento, de dois a quatro anos após a perda, as pessoas que relataram muitos desentendimentos estavam em condições significativamente piores do que as pessoas que relataram poucos, ou nenhum. Os problemas descritos ou avaliados depois do intervalo mais prolongado incluíam, numa proporção significativamente maior de pessoas que relataram mais desentendimentos: anseio persistente, depressão, angústia, culpa e má saúde física[1].

Maddison (1968) registra resultados semelhantes. Entre as 20 viúvas de sua amostra de Boston cujo luto seguira um curso desfavorável e que estavam dispostas a participar de entrevistas intensivas, havia várias cujo "casamento mostrava aspectos sadomasoquistas inequívocos". Além disso, "havia várias outras mulheres que tinham uma longa história, às vezes atravessando toda a sua vida, de comportamento ou de sintomas neuróticos claros, e que pareciam estar evidentemente relacionados com sua deterioração subsequente". (Devido à discutível credibilidade dos seus dados, Maddison não fornece números.)

Exemplo de viúva que, durante muitos anos, teve brigas frequentes com o marido, e cujo luto seguiu um curso marcado pela amargura e pela raiva, é a sra. Z., que participou do estudo de Harvard[2].

A sra. Z. tinha 45 anos quando o marido morreu. Foram casados durante 26 anos, mas sua relação jamais fora boa. A sra. Z. disse que sempre gostara muito do marido, mas achava que ele nunca lhe dera o justo valor, nem demonstrara muita afeição real. Isso pode ter sido consequência do ciúme que ele tinha de sua relação estreita com os filhos, mas, segundo um amigo que conhecia bem o casal, o "gênio terrível" da mulher também pode ter contribuído

....
1. O quadro seguinte mostra as proporções, em cada grupo, dos que evidenciaram tais características, no acompanhamento de dois a quatro anos:

	Muito desentendimento	Pouco ou nenhum desentendimento	Valor de P
	%	%	
Saudade	63	29	< 0,05
Depressão	45	14	< 0,05
Angústia	82	52	< 0,05
Culpa	63	33	< 0,05
Saúde física, de boa a má	39	10	< 0,05
N	38	21	

2. Esse relato é extraído, sem alterações, de Parkes (1972, pp. 135-7). Para evitar a duplicação de letras, indico essa viúva como sra. Z. (em lugar de sra. Q., como no original). No capítulo 10 há uma breve referência ao caso.

para isso. De qualquer modo, as brigas eram frequentes. Como disse a sra. Z.: "Éramos um casal irascível."
Vários anos antes de sua morte, o sr. Z. teve um derrame. Era um homem enérgico, meticuloso e prático e foi particularmente frustrante para ele ficar parcialmente paralisado e tornar-se dependente da mulher. Tornou-se rabugento, resmungão, ressentido, muito exigente em relação a ela, criticando-a injustamente. Ela o "pressionava" para esforçar-se mais e fazia planos para seu futuro juntos, mas "tudo o que ele me dava eram críticas e ofensas". E, o que lhe era mais doloroso, ele frequentemente expressava a esperança de que ela também tivesse um derrame. A sra. Z. preocupou-se muito com isso e queixava-se de dores de cabeça, as quais temia que fossem uma indicação de que teria um derrame. O marido morreu inesperadamente, uma noite. Quando lhe disseram que era inútil continuar tentando a respiração artificial boca a boca, porque ele estava morto, a sra. Z. não pôde acreditar. "Eu simplesmente não podia acreditar." Teve então uma crise e chorou profusamente, permanecendo muito agitada durante dois dias.

Nas semanas que se seguiram continuou aflita e agitada, situação que piorou muito quando o testamento foi lido e ela descobriu que a maior parte dos bens do marido havia sido deixada em fideicomisso. Ficou amargurada e ressentida, dizendo: "O que fiz para merecer isso?", e passou muito tempo tentando convencer os médicos e advogados a contestar o testamento sob a alegação de incapacidade mental do marido. Como eles se recusaram, ela sentiu raiva deles e, ao ser entrevistada, citou uma longa lista de pessoas que, na sua opinião, a haviam rejeitado.

Juntamente com essa raiva profunda havia fortes sentimentos de culpa, mas ela era incapaz de explicá-los e passava muito tempo justificando todos os aspectos de seu comportamento em relação ao marido. Estava inquieta e receosa, passando de uma ocupação para outra e incapaz de concentrar-se em nenhuma delas.

Durante o ano que se seguiu ela continuou agitada e propensa a crises de pânico. Queixou-se, em várias ocasiões, de sintomas semelhantes aos sofridos pelo marido. Com sua atitude agressiva e exigência de ajuda, afastou amigos e qualquer outro tipo de ajuda especializada.

Um psiquiatra receitou-lhe vários remédios, e isso a ajudou um pouco; mas três meses depois da morte do marido ela declarou que não estava melhor do que um ano antes. "Se eu pelo menos fosse uma viúva comum! Amargura e testamento é que são as palavras terríveis. Fico pensando e pensando, achando que deve haver uma saída." Não obstante, "se ele pudesse voltar amanhã, eu gostaria dele do mesmo jeito".

Esse relato parece deixar claro que seria injusto considerar a sra. Z. como totalmente responsável pelas brigas crônicas durante todo o seu longo casamento: o marido evidentemente agravou o seu estado. É claro que a contribuição dela foi grande e sentia que, se não se defendesse constantemente, não teria aguentado. Com relação à sua batalha quanto ao testamento, ela observou: "Sinto que se aceitasse o que ele me fez eu estaria destruída – pisoteada." Como observa Parkes, "sua atitude para com o mundo revelava seu medo exatamente disso, e como a hostilidade provoca a hostilidade ela criou uma situação em que foi realmente várias vezes rejeitada por outros". Parkes suspeita que essa atitude tenha existido durante toda a sua vida.

Compulsão à prestação de cuidado

Já observamos antes, neste volume (capítulo 9), que certas pessoas reagem à perda, ou à ameaça de perda, ocupando-se intensivamente, e de maneira excessiva, do bem-estar dos outros. Em lugar de sentir tristeza e ser receptivas ao apoio oferecido a si próprias, afirmam que outra pessoa é que está em situação aflitiva e necessitando do cuidado que insistem em prestar. Se tal padrão emergir durante a infância ou adolescência, como sabemos que pode ocorrer (ver capítulos 12 e 21), essa pessoa se tornará predisposta, por toda a sua vida, a estabelecer relações afetivas segundo esse modelo. Ela tende, desse modo, a escolher alguém que esteja em dificuldade, ou que tenha algum outro tipo de problema, e, a partir de então, assume o papel exclusivo de cuidar dessa pessoa um dia. Se vier a ter filhos, há perigo de que se torne extremamente possessiva e protetora também com relação a eles, especialmente à medida que forem crescendo, e ainda de inverter a relação (ver volume II, capítulo 18).

Os relatórios clínicos deixam claro que algumas das pessoas que, na vida adulta, desenvolvem um luto crônico exibiram, durante muitos anos anteriores, uma compulsão a cuidar de alguém, geralmente um cônjuge ou filho. Descrições de pessoas enlutadas que se conformam a esse padrão (feitas por Cain e Cain, 1964, e mencionadas no capítulo 9) mostram pais que, depois da perda de um filho com o qual tinham relações particularmente estreitas, insistiram em que o filho "substituto" crescesse como uma réplica exata do filho morto.

Pelo menos três exemplos de cônjuges enlutados que parecem ter-se conformado a esse padrão são dados por Parkes (1972) – embora ele não os categorize como tal. Um deles é o caso do sr. M. (ver capítulo 9), que um membro da família disse ter "mimado" uma esposa angustiada e neurótica durante 41 anos de casamento e que reagira à morte dela com violentas acusações a si mesmo, aos membros de sua família e a outros, ao mesmo tempo que idealizava a mulher morta. O segundo caso é o da sra. J. (ver capítulo 3), que se casou com um homem 18 anos mais velho; nove meses depois da morte do marido, de câncer do pulmão, ela exclamava, com irritação: "Oh Fred, por que você me deixou?" Cerca de dez anos antes, ele se havia aposentado, e o casal parecia ter vivido exclusivamente um para o outro. Ele, por sua vez, envolvera-se totalmente com a casa, o jardim e a mulher; ficou com raiva quando ela foi trabalhar fora. A sra. J. assim descreveu o seu próprio papel: "Há dez anos ele adoeceu... tive de cuidar dele... sentia que podia protegê-lo... cedi a todos os seus caprichos e fiz tudo para ele... eu lhe dei toda a assistência." Nos últimos três anos, durante a sua enfermidade fatal, ela dedicara todo o tempo aos cuidados com o marido em casa.

Um terceiro exemplo é o caso da sra. S.[3].

A sra. S. tinha quase 50 anos quando foi entrevistada num hospital psiquiátrico. Seu marido de fato, com quem vivera durante 11 anos, morrera subitamente dez anos antes e, desde então, ela vinha sofrendo de luto crônico. Todas as informações foram dadas por ela mesma.

Durante a entrevista, ela descreveu que havia sido criada no exterior, fora uma criança doente, infeliz na escola, e que tivera como

....

3. Esse relato é uma versão reescrita do que se encontra em Parkes (1972, pp. 109-10 e 125-7).

preceptor o pai, durante grande parte do tempo. A mãe, ao que parece, dominara-a e importunara-a; e ela cresceu nervosa, tímida e com a convicção de ser incompetente para todas as tarefas práticas. Ao deixar o colégio aos 17 anos, continuou em casa durante três anos com sua mãe, indo depois morar sozinha, mas ainda sustentada pela mãe. Antes de sair de casa, sentira grande satisfação em cuidar de uma criança doente, e mais tarde sua principal ocupação passou a ser de *baby sitter* e de cuidar profissionalmente de crianças.

Aos 28 anos conheceu um homem 20 anos mais velho, separado da mulher. Reformado na Marinha como inválido, tinha dificuldades em estabelecer-se na vida civil. Foram viver juntos e ela adotou o nome do companheiro, em decisão unilateral registrada em cartório. Para grande pesar seu, não teve filhos, mas apesar disso e de sua extrema pobreza a sra. S. descreve esse período como o melhor de sua vida.

O quadro que pinta de suas relações com o marido parece muito idealizado: "Desde o princípio nossa relação foi absolutamente ideal – tudo era tão perfeito –, ele era tão bom." Verificou, segundo relata, que podia fazer coisas que nunca fizera antes: "Com ele, eu não tinha medo de nada... Podia cozinhar pratos novos... Não experimentava sentimento de incompetência... Eu realmente havia me encontrado." Mas, apesar de todos esses aspectos positivos, ela descreveu que, durante todo o casamento, se sentira muito preocupada ante a perspectiva de separar-se algum dia de seu marido.

Alguns anos antes de sua morte, o sr. S. tivera uma "tosse de fumante" que preocupou sua mulher, a qual ficou seriamente alarmada quando ele teve uma súbita hemorragia do pulmão que o levou a passar seis semanas no hospital. Pouco depois de voltar para casa, ele entrou em coma e logo morreu.

Ao relatar seu sofrimento, a sra. S. insistiu em que "chorou sem cessar durante meses". "Passei anos sem acreditar, e ainda hoje custo muito a acreditar. Eu não podia aceitar nem acreditar na sua morte, durante todos os minutos do dia e da noite." Ficara no quarto, com as cortinas fechadas: "Durante semanas e semanas não podia suportar a claridade." Tentara evitar as coisas e os lugares que lhe faziam lembrar a sua perda: "Em toda parte, andando pela rua, eu não podia ver os lugares onde havíamos sido felizes juntos... Nunca mais entrei em lugares onde havíamos sido felizes juntos... Nunca mais entrei em nosso quarto... Não podia ver animais, porque nós dois gostávamos muito deles. Não podia ouvir o rádio." Não obstante, mesmo depois de nove anos, ela ainda guardava na lembrança uma imagem muito clara de seu marido, que não conseguia apagar: "Ela penetra em tudo, na vida tudo me faz lembrá-lo." Durante muito tempo, como declarou, costumava passar em revista, mentalmente, todos os acontecimentos que levaram à sua morte. Sofria com pequenas omissões e coisas em que lhe parecia ter falhado. Aos poucos, porém, essas preocupações foram diminuindo e ela tentou criar uma nova vida para si. Tinha, porém, dificuldades em se concentrar e em conviver com outras pessoas: "Elas têm suas casas, seus maridos, seus filhos. Eu estou só, e elas, não." Procurou fugir ouvindo música e lendo, mas isso apenas aumentou seu isolamento.

Um dia, um capelão amigo aconselhou-a a procurar uma orientação psiquiátrica, mas ela não o fez; e embora tivesse sido tratada por problemas intestinais (cólon espático), pelo seu clínico geral, ele não lhe revelara seu verdadeiro problema. Por fim, procurou ajuda de uma organização de voluntários, os quais finalmente conseguiram convencê-la a deixar-se examinar por um psiquiatra.

Vemos, nesse relato, muitos dos mesmos aspectos destacados nos casos do sr. M. e da sra. J. Como eles, a sra. S. parece ter-se dedicado exclusivamente aos cuidados com o marido que, como vários indícios sugerem, pode ter sido um homem bastante problemático. Como aquelas outras pessoas, ela também reagiu à morte do cônjuge dirigindo contra si mesma todas as acusações, ao mesmo tempo que preservava dele, e do relacionamento que com ele tivera, uma imagem idealizada.

Nos casos do sr. M. e da sra. J. não há dados que lancem luz sobre as maneiras, ou razões, que os levaram à compulsão para prestar cuidados. No caso da sra. S., há um indício claro da possível existência de um padrão familiar típico de recusa à escola na infância, mas não podemos garantir a legitimidade dessa suposição. De qualquer modo, temos informações de outras fontes sobre os tipos de experiência familiar que levam a esse tipo de desenvolvimento, e que são examinadas no capítulo seguinte, bem como no capítulo 21.

No momento, observamos que o padrão de casamento conforma-se, de perto, ao descrito por Lindemann (em Tanner, 1960, pp. 15-6), que é anterior a alguns dos exemplos mais graves de doença psicossomática observados por ele em pessoas que sofreram perdas. Essas condições ocorreram, segundo diz, "em pessoas para as quais o falecido havia sido a única pessoa significativa na órbita social, pessoa que havia mediado a maioria das satisfações e proporcionado oportunidades de vários papéis", nenhum dos quais seria possível sem ela.

Padrões de casamento presentes antes do luto perturbado

Examinados de um ponto de vista, os padrões de casamento da sra. S. (e também do sr. M. e da sra. J.), no qual a relação é idealizada, e o da sra. Z., no qual há brigas constantes, parecem ser polos opostos. Não obstante, como Mattinson e Sinclair (1979) observam, eles têm mais coisas em comum do que parece à primeira vista.

Depois de estudar a forma de interação em vários casamentos problemáticos, Mattinson e Sinclair concluíram que muitos deles podem ser dispostos num contínuo que vai entre dois padrões extremos, a que chamam respectivamente de casamento "Cão e Gato" e casamento "Crianças Inexperientes". No primeiro, o casal briga constantemente, mas não se separa. Há uma desconfiança mútua. Embora cada um deles faça grandes exigências de amor e apoio com relação ao outro, e se irrite quando elas não são atendidas, ambos também se ressentem dessas exigências e, com frequência, as rejeitam com raiva. Não obstante, o casal permanece junto por longos períodos, devido a um sentimento intenso e comum de medo da solidão. Num casamento de Crianças Inexperientes, em contraposição, tudo é paz. Cada uma das partes acha que conhece a outra, que servem idealmente um para o outro e talvez até mesmo que tenham alcançado uma unidade perfeita. Cada um deles apega-se intensamente ao outro.

Embora aparentemente esses dois padrões sejam muito diferentes, não é difícil perceber-lhes as características comuns. Em ambos, cada uma das partes está extremamente preocupada em não perder a outra e por isso insiste, ou faz com que a outra abra mão dos amigos, dos passatempos e de outros interesses. Num determinado padrão, o conflito está presente desde o início e leva a uma sucessão de brigas e reconciliações apaixonadas. No outro, a possibilidade de conflito é resolutamente negada e as duas partes procuram encontrar todas as suas satisfações numa relação exclusiva, seja prestando cuidados ao outro, ou recebendo esses cuidados dele, ou combinando os dois papéis.

Em ambos os padrões, o casal pode permanecer junto por longos períodos. Não obstante, cada padrão é inerentemente instável, o que é muito evidente no casamento Cão e Gato. Num casamento de agarramento mútuo, o nascimento de um filho pode constituir uma ameaça séria; ou uma das partes pode, aparentemente de repente, achar que a relação é sufocante e afastar-se. Se a separação ocorrer, seja por abandono ou morte, a parte que ficar estará, como já vimos, altamente vulnerável e correndo um sério risco de luto crônico.

Corre também o risco de tentar o suicídio e mesmo de suicidar-se. Isso se evidencia num estudo preliminar de Parkes sobre os parentes de pacientes falecidos no Hospício St. Christopher[4]. Durante um período de cinco anos, ocorreram cinco suicídios, todos de viúvas, quatro deles dentro de um período de cinco meses do falecimento do marido e o quinto, dois anos mais tarde. O quadro típico apresentado em cada uma das suicidas foi de "imaturidade" ou agarramento, de terem experimentado uma relação muito estreita com os maridos, mas de estarem em maus termos com os outros membros da família. Em três casos, havia antecedentes de distúrbios depressivos e/ou de tratamento psiquiátrico. Como tais informações podem identificar as pessoas com alto risco, é possível adotar medidas preventivas. Estas incluem a cautela na prescrição de sedativos e tranquilizantes, e um acordo, entre as pessoas que assistem o paciente, sobre quem fará as visitas regulares.

Predisposição a afirmar independência dos laços afetivos

Embora seja certo que várias das pessoas cujo luto se desenvolve desfavoravelmente tenham insistido, antes de sua perda, na sua independência em relação a todos os laços afetivos, nossa informação sobre elas é ainda menos adequada do que sobre os ti-

---
4. O Hospício St. Christopher, no sul de Londres, destina-se a fornecer uma assistência humanitária terminal, bem como apoio às pessoas enlutadas.

pos de personalidade já examinados. Há várias razões para isso. Primeiro, é da natureza da condição que, ao observador externo, o luto dessas pessoas pareça com frequência progredir tranquilamente. Consequentemente, em todos os estudos, com exceção dos que usam os métodos mais sofisticados, é fácil que tais pessoas passem despercebidas e sejam agrupadas com aquelas cujo luto está progredindo de maneira realmente favorável. Segundo, e uma fonte de erro potencial provavelmente da maior importância, é o fato de que pessoas predispostas a afirmar sua autossuficiência emocional são precisamente as menos capazes de se oferecer para participar em estudos do problema. Uma terceira dificuldade é que certas pessoas com essa disposição estabelecem laços tão frágeis com seus pais, ou cônjuge, ou filho, que quando sofrem uma perda são realmente pouco afetadas por ela. Entre os pesquisadores cujas constatações utilizamos, Parkes, Maddison e Raphael têm, todos, perfeita consciência desses problemas, razão pela qual hesitam tanto em expressar opiniões.

Apesar disso, alguns dos resultados do estudo bostoniano de Maddison são de grande interesse. Das 20 viúvas entrevistadas, cujo luto havia seguido um curso inequivocamente desfavorável, nada menos de nove tinham uma estrutura de caráter que se julgou ser do tipo que estamos examinando. Isso sugere que elas podem constituir uma proporção bastante substancial de personalidades propensas ao luto patológico. Não obstante, devemos notar também que entre as 20 viúvas do grupo de comparação, cujo luto pareceu a todos ter progredido de maneira favorável, estavam sete dessas mulheres – proporção quase tão alta quanto a do grupo com resultados negativos (Maddison, 1968).

A reflexão sobre esses resultados, e outros semelhantes, sugere que certas pessoas dispostas a afirmar vigorosamente a sua autossuficiência enquadram-se numa escala que vai desde aquelas cuja proclamada autossuficiência tem base precária, até aquelas em que ela está firmemente organizada. Exemplos de vários padrões já foram dados no capítulo 9. No extremo mais precário da escala está a sra. F.; no mais organizado, o sr. A.A. Os outros casos descritos podem ser classificados em vários pontos intermediários.

Conclusões experimentais

Antes de delinearmos algumas das conclusões experimentais, é necessário observar uma dificuldade para a qual Maddison (1968) e Wear (1963), entre outros, chamaram a atenção. Ocasionalmente, encontra-se uma viúva ou um viúvo que descreve como vários sintomas neuróticos ou psicossomáticos que experimentava foram aliviados, desde a morte da cônjuge. Essa constatação está de acordo com as constatações dos psiquiatras da família que mostram como certos padrões de interação podem ter sérios efeitos negativos sobre a saúde mental de um ou mais membros da família. Algumas das pessoas que viveram o suicídio de um cônjuge e que posteriormente apresentaram melhoras de saúde (ver capítulo 10) são outros prováveis exemplos.

Essa constatação, quando tomada em conjunto com outras constatações registradas neste capítulo e nos anteriores, indica um princípio básico. Para compreender a reação de uma pessoa a uma perda é necessário levar em conta não só a estrutura da sua personalidade, como também os padrões de interação com a pessoa perdida. Para a grande maioria, a perda representa uma mudança para pior – seja num grau menor ou, o que é mais frequente, num grau maior. Para uma minoria, porém, é uma mudança para melhor. Não se pode, portanto, esperar uma correlação simples entre o padrão de personalidade e a forma de reação.

As conclusões experimentais são as seguintes:

a) A maioria, provavelmente a grande maioria, dos que reagem a uma perda importante com o luto perturbado são pessoas que foram, durante toda a sua vida, propensas a estabelecer relações afetivas dotadas de certos aspectos particulares. Entre tais pessoas estão aquelas cujo apego é inseguro e angustioso, e também as que têm compulsão para prestar cuidados. E também as pessoas que, embora afirmem sua autossuficiência emocional, mostram claramente que sua base é precária. Em todas essas pessoas, as relações estarão provavelmente impregnadas de uma acentuada ambivalência, seja declarada ou latente.

b) Nem todos os que têm tendência a estabelecer relações afetivas desse tipo reagem a uma perda com um luto perturbado.

Alguns do que proclamam a sua autossuficiência são, de fato, relativamente imunes à perda; mas o curso do luto daqueles que estabelecem apegos angustiosos, ou dos que têm compulsão para prestar cuidados, será, provavelmente, influenciado de maneira bastante substancial pelas várias condições descritas nas partes finais do capítulo 10.

c) Se há ou não pessoas predispostas a formas perturbadas de luto, cujas personalidades são organizadas em linhas diferentes das descritas até aqui, é uma questão que temos de deixar em aberto.

Capítulo 12
Experiências infantis das pessoas predispostas ao luto perturbado

> Nenhum de nós pode evitar as coisas que a vida nos faz. Elas são feitas antes que possamos percebê-las, e, depois que acontecem, nos levam a fazer outras coisas até que, finalmente, tudo se interpõe entre nós e aquilo que gostaríamos de ser, e o nosso verdadeiro eu está perdido para sempre.
>
> EUGENE O'NEILL, *Long Day's Journey Into Night*

Teorias tradicionais

No capítulo 2, numa análise do desenvolvimento das teorias psicanalíticas do luto, chamamos a atenção para oito áreas em relação às quais tem havido controvérsias. A oitava e última delas relaciona-se com a fase de desenvolvimento e os processos pelos quais a pessoa atinge um estado que lhe permite, a partir de então, reagir à perda de uma maneira sadia. Tradicionalmente, devido à teoria de Freud das fases libidinais e ao seu trabalho clássico ligando o luto à melancolia, ou distúrbio depressivo, como seria chamado hoje, essa questão foi sempre examinada no contexto de tentar compreender o ponto de fixação a que os pacientes depressivos regridem. Ao tentar encontrar uma resposta, notamos que a maior parte, embora nem todas, das formulações psicanalíticas postula a fase como ocorrendo na mais tenra infância, e encerra portanto o pressuposto de que a capacidade de reagir à perda de maneira favorável deve, se o desenvolvimento for adequado, ser alcançada nesse período bastante inicial da vida. Dessa posição teórica segue-se necessariamente a dedução de que, se a criança se desenvolveu favoravelmente durante aquele período, sua reação a uma separação que venha a ocorrer mais tarde será sadia. Assim, como todas essas hipóteses sustentam que o período em questão (seja definido como uma fase de oralidade, simbiose, narcisismo primário ou identificação primária, ou como a fase durante a qual a posição depressiva é normalmente atingida) ocorre ou antes do primeiro aniversário, ou pouco depois, todas, na verdade, preveem que a criança que se desenvolveu favoravelmente durante aquele período reagirá normalmente a uma perda sofrida no segundo, terceiro, ou último ano de vida. Isso significa que, em princípio, essas hipóteses são passíveis de prova empírica.

Embora os dados dos quais partimos (ver capítulo 1) não tenham sido todos coligidos com o objetivo de testar hipóteses desse tipo, foram utilizados com essa finalidade e não confirmaram essas hipóteses. As crianças cujo desenvolvimento prévio parece ter sido razoavelmente favorável podem, apesar disso, reagir a uma separação da mãe, ocorrida no segundo, terceiro e quarto anos de vida, com processos de luto que têm aspectos típicos da patologia; e, se a reação é patológica ou não, esta é uma possibilidade determinada, em alto grau, pela maneira como a criança é tratada durante o período de separação, e depois dele (ver capítulos 23 e 24). Em condições adversas, tanto o anseio da mãe desertora como a censura a ela passam a ser redirigidos e são cognitivamente desligados da situação que os aliciou e, consequentemente, continuam ativos, embora mais ou menos inconscientes[1]. Seria um fato extraordinário se os acontecimentos anteriores não tivessem qualquer influência no curso do luto nessas idades, mas apesar disso não há evidências de que esses fatos tenham uma importância tão crucial quanto a atribuída pelas hipóteses em questão. Além disso, em capítulos posteriores, apresentamos evidências segundo as quais os acontecimentos de anos posteriores, notadamente a perda da mãe antes do décimo ou décimo primeiro aniversários, quando combinados com certas outras condições, podem desempenhar um papel causal no desenvolvimento dos distúrbios depressivos.

Quer essas conclusões sejam ou não confirmadas, a teoria continua aberta ao questionamento pelo menos por dois outros motivos. O primeiro é a suposição de que uma hipótese válida em relação ao distúrbio depressivo é necessariamente válida para o luto anormal. O segundo ponto, mais sério, em que a teoria tradi-

---

1. Na terminologia tradicional, diz-se que o anseio e a censura não deslocados e reprimidos.

cional é vulnerável relaciona-se tanto com as evidências como com o raciocínio que levaram à crença de que o distúrbio depressivo deve-se sempre a uma fixação ocorrida no primeiro ano. Quando se examinam essas proposições, verifica-se que os dados comprobatórios são insuficientes (Bowlby, 1960*b*). Consequentemente, a convicção que deles resulta, de que os principais determinantes do luto doentio operam durante o início do desenvolvimento, não tem base sólida.

É de grande interesse, portanto, que na tradição central do pensamento psicanalítico já estejam implícitas ou explícitas várias teorias alternativas sobre as raízes do desenvolvimento do distúrbio depressivo, como, por exemplo, em trabalhos de Abraham (1924*a*), Gero (1936), Deutsch (1937) e Jacobson (1943)[2]. Esses estudos envolviam a perda da mãe, ou do amor materno, durante a infância. Além disso, estudos posteriores das experiências infantis daqueles que, durante a vida adulta, são inclinados à depressão chamam a atenção para várias outras formas de perturbações sérias na relação entre a criança e seus pais (geralmente, mas nem sempre, sua mãe).

Posição adotada

É chegado o momento de tornarmos clara a posição adotada neste livro. Ela nasce do exame de várias séries mais ou menos independentes de dados, a maioria dos quais já resenhados neste volume, ou no volume II. São os seguintes:

a) dados relacionados com os padrões de relações afetivas que as pessoas predispostas ao luto perturbado tendem a estabelecer (capítulo II);

b) dados obtidos em estudos mais amplos (resenhados no volume II, capítulos 15-19) relativos às experiências infantis de pessoas cujas relações afetivas tendem a tomar as formas mencionadas em (*a*);

....
2. Para um exame abrangente do pensamento psicanalítico sobre os distúrbios depressivos, ver Mendelson (1974).

c) dados sobre os tipos de condições psicológicas que agem à época da perda, ou depois dela, e que influem no curso do luto, seja para melhor ou para pior (neste volume, capítulo 10);

d) dados sobre os aspectos psicológicos que se acredita caracterizarem o próprio luto perturbado (neste volume, capítulo 9);

e) e, finalmente, dados fragmentários relacionados com as experiências infantis de pessoas cujo luto seguiu um curso patológico (as quais têm pontos em comum, mas não são idênticas, às pessoas que desenvolveram um distúrbio depressivo). Repetidamente, os relatos dos que sofrem de um luto perturbado referem-se a essas experiências como as de uma criança indesejada, vítima da separação ou perda do pai ou da mãe, ou de uma criança infeliz ou estressada por alguma outra razão[3]. Não é raro que faltem detalhes dessas experiências; não obstante, utilizando as informações de que dispomos e vendo-as à luz de informações de outras fontes, não é difícil deduzir qual possa ter sido a sua natureza.

As hipóteses apresentadas aqui sobre as experiências de infância que predispõem a pessoa a uma reação patológica à perda são, segundo se afirma, coerentes e também passíveis de prova empírica.

Antes, porém, de detalharmos as hipóteses, talvez seja útil lembrar ao leitor a posição teórica geral adotada nesta obra (exposta nos volumes anteriores, notadamente no capítulo final do volume II, "Caminhos para o Desenvolvimento da Personalidade") e indicar como ela se aplica ao nosso problema:

a) Distúrbios de personalidade, que incluem uma tendência a reagir à perda com um luto perturbado, são considerados como o resultado de um ou mais desvios no desenvolvimento, que podem ter origem, ou agravar-se, durante qualquer período da primeira e da segunda infâncias e da adolescência.

....

3. Um estudo recente das reações de analisandos à morte de seus analistas, realizado por Lord, Ritvo e Solnit (1978), mostra uma forte associação entre uma história de perda e privação na primeira infância e o luto perturbado. De 27 pais estudados, dez reagiram com "luto complicado e prolongado" e onze, com luto "normal". Todas as dez pessoas do primeiro grupo "haviam sofrido uma significativa privação emocional que incluiu o abandono real psicológico, ou ambos". Isso contrastou com uma incidência muito menor dessa privação entre as pessoas que reagiram com um luto normal.

b) Os desvios resultam de experiências adversas sofridas pela criança em sua família de origem (ou durante o tempo em que esteve sob o cuidado de outros), notadamente as interrupções nas suas relações e determinadas maneiras como a figura paterna ou materna podem reagir, ou deixar de reagir, ao seu desejo de amor e cuidado.

c) Os desvios consistem em perturbações no modo como o comportamento de apego da pessoa em questão é organizado, geralmente no sentido ou de um apego angustioso e inseguro, ou então de uma veemente afirmação de autossuficiência.

d) Embora os desvios, uma vez estabelecidos, tendam a persistir, continuam sensíveis, até certo ponto, à experiência posterior e, consequentemente, podem sofrer modificações, seja numa direção mais favorável, ou mesmo numa menos favorável.

e) Entre os tipos de experiência posterior que podem afetar o desenvolvimento favoravelmente, estão quaisquer oportunidades que deem ao indivíduo – criança, adolescente ou adulto – a possibilidade de estabelecer um apego relativamente seguro, embora sua capacidade de aproveitar-se dessas oportunidades dependa da maneira como o seu comportamento de apego já está organizado e da natureza da relação que lhe é oferecida.

Passemos agora às experiências infantis relevantes que constituem antecedentes dos três padrões de personalidade vulnerável descritos no capítulo anterior: personalidades com apegos angustiosos e ambivalentes; personalidades com compulsão à prestação de cuidados; e personalidades que pretendem a independência de todos os laços afetivos.

Experiências que predispõem ao apego angustioso e ambivalente

As experiências infantis de pessoas predispostas a estabelecer apegos angustiosos e ambivalentes são examinadas detalhadamente nos capítulos 15 a 19 do volume II. Apresentamos evidências de que essas pessoas apresentam muito maior probabilidade do que as pessoas que cresceram em segurança de terem tido pais que, por motivos relacionados às suas próprias infâncias e/ou dificuldades no casamento, consideram um peso o desejo de amor e de cuidados de seus filhos, e reagiram a isso com irritação – ignorando-os, censurando-os, ou pregando moral. Além disso, as pessoas angustiadas apresentam maior probabilidade do que outras de terem sofrido também experiências desequilibrantes. Por exemplo, algumas terão recebido os cuidados cotidianos de uma sucessão de pessoas diferentes; outras terão passado períodos limitados em creches residenciais, onde receberam pouca, ou nenhuma, assistência substitutiva dos cuidados maternos; e outras ainda terão pais separados ou divorciados[4]. Outras, finalmente, terão sofrido alguma perda durante a infância (ver capítulo 17).

Não obstante, embora as pessoas que estabelecem apegos angustiosos e ambivalentes tenham, provavelmente, sofrido interrupções da assistência paterna ou materna e/ou muitas vezes tenham sido rejeitadas pelos pais, é mais provável que essa rejeição tenha sido intermitente e parcial do que total. Consequentemente, as crianças, ainda na esperança de obter amor e cuidado e ao mesmo tempo profundamente angustiadas com a possibilidade de serem esquecidas ou abandonadas, aumentam suas exigências de atenção e afeto, recusando-se a ficar sozinhas e protestando com raiva quando isso acontece.

Esse quadro da experiência e do desenvolvimento infantis constitui o oposto do quadro de excessiva tolerância e de mimos que não só tem sido generalizado como crença popular, mas também, infelizmente, incorporou-se cedo à teoria psicanalítica. Entre os muitos resultados indesejáveis disso está o de que as experiências infantis que, hoje é claro, desempenham um papel influente na determinação da predisposição de uma pessoa a reagir à perda com luto perturbado foram postas de lado ou receberam pouca atenção.

....

4. No estudo de Harvard, Parkes *et al.* relatam que as pessoas com um alto escore de ambivalência (ver capítulo 11) demonstravam uma probabilidade significativamente maior de terem tido pais separados ou divorciados do que as pessoas com um baixo escore; a incidência foi de 27% e 0%, respectivamente. Houve também uma diferença significativa em relação à perda da mãe por morte, cuja incidência foi de 33% e 17%, respectivamente. Em contraposição, a incidência da perda do pai por morte foi inversa: ou seja, 7% e 30%, respectivamente.

Um paciente adulto que sofria de luto perturbado e que descreveu uma relação com a mãe que não me parece ser atípica é Júlia (capítulo 9), que depois da morte da mãe conservou, sem usar, um vestido vermelho do qual imaginava que a mãe surgiria[5].

Júlia, uma secretária instruída, negra, foi examinada pela primeira vez oito meses depois da morte de sua mãe. Entre os sintomas estavam perda de interesse, preocupação extrema com a imagem da mãe, insônia e sonhos perturbadores com a mãe, dos quais acordava em pânico, achando que a mãe "podia não ter morrido". Embora Júlia tivesse mantido uma aparência alegre para os outros, é provável que seu estado já tivesse atingido a fase de luto crônico.

Durante a terapia, Júlia fez o seguinte relato de sua vida: era a filha mais nova de uma família que parece ter enfrentado muitas dificuldades. Por exemplo, quando ela tinha seis meses sua mãe ficou de cama durante um ano devido a queimaduras graves, e seu pai começou a beber; Júlia ficou aos cuidados de irmãos mais velhos. Ao deixar a escola, continuou em casa cuidando da mãe, que então era uma viúva inválida, com diabete. Para isso, Júlia teve de abrir mão de uma bolsa para a faculdade e de propostas de casamento, tornando-se uma espécie de mártir. Sempre preocupada com a saúde da mãe, dormia ao pé de sua cama, para que durante a noite pudesse verificar se ela ainda continuava viva. Durante o dia, fazia verificações semelhantes, pelo telefone.

Júlia parece ter sido "perseguida" pela mãe, que foi descrita como tendo sido "extremamente crítica, dominadora, exigente e, com frequência, insultante e humilhante", e para quem os filhos mais velhos tinham pouco tempo. Não é de surpreender que Júlia, como confessou mais tarde, várias vezes tivesse desejado a morte da mãe; entre os sonhos que tinha e contava havia um em que empurrava a mãe, na cadeira de rodas, do alto de um penhasco.

Nesse relato, como ocorre com tanta frequência na literatura clínica, embora se tenha falado dos modos tirânicos da mãe de Júlia, não há nenhuma referência ao que ela realmente disse. Quais foram as palavras e frases em que a mãe expressou suas exigências e críticas? Em que termos e tons ela insultou e humilhou Júlia? Usando como guia a experiência clínica, deveríamos esperar que, pelo menos, a mãe tivesse subestimado os esforços de Jú-

---

5. Esse relato, reescrito, foi extraído de Volkan (1975, pp. 340-4).

lia para ajudá-la, fazendo queixas de que estava sendo negligenciada e culpando a filha por qualquer agravamento de seu estado. Se minhas hipóteses forem válidas, uma indagação informada provavelmente teria revelado outras coisas semelhantes.

Nos estudos mais antigos das experiências infantis que levaram a uma ansiedade muito intensa, dá-se ênfase especial às ameaças dos pais de abandonarem o filho ou de se suicidarem. Diante dessas ameaças, feitas muitas vezes deliberadamente por uma mãe exasperada numa tentativa de controlar o filho, a criança fica muito ansiosa com a possibilidade de perdê-la para sempre. Há também a possibilidade de que a criança sinta raiva dela, embora até a adolescência não expresse essa raiva aberta e diretamente. Se o comportamento resultante é de conformismo angustiado ou rebeldia com raiva, com um verniz de indiferença, isto depende, em parte, da existência de uma afeição maternal autêntica, além das ameaças, e, em parte, do sexo, da idade e do temperamento da criança. De qualquer modo, a pessoa é levada a acreditar, de maneira inquestionável, que, se a mãe desaparecer, a culpa será totalmente sua. Não é de espantar, portanto, que quando a mãe morre, ou mais tarde a esposa ou esposo, a pessoa se culpe por isso.

Além das crianças que sofrem essas ameaças diretas e aterrorizantes, há outras cujos pais usam uma pressão mais sutil. A ameaça de deixar de gostar da criança se ela não obedecer é um exemplo disso, ao qual podemos acrescentar a insistência em que ela é indigna de qualquer amor, e apenas a dedicação e o sacrifício da mãe podem tolerar a sua presença.

Um caso especial de uma relação intensamente "dependente" é aquele em que o pai ou a mãe usam técnicas desse tipo para forçar o filho a cuidar dele ou dela (por motivos que são fáceis de entender, se conhecermos as experiências infantis desse pai ou dessa mãe; ver volume II, capítulo 18). O relato seguinte, de um solteirão de 45 anos que entrou em depressão profunda depois da morte da mãe, ilustra como esse tipo de relação pode desenvolver-se e também como leva a uma reação patológica à perda. Nesse exemplo, as informações foram dadas pelo próprio paciente durante a terapia, que começou dois anos após a perda[6].

....
6. Este relato, reescrito, foi extraído de Bemporad (1971).

Como filho único cujo pai partiu quando ele ainda era um bebê, o sr. D. foi criado só pela mãe, com quem viveu até a morte desta. Inicialmente, durante a terapia, falou dela como se fosse um ser do outro mundo, superior. Mais tarde, porém, tornou-se evidente que atrás dessa imagem idealizada estava uma mulher que, de modo tirânico, havia exigido a sua obediência absoluta, ao mesmo tempo que ridicularizava qualquer tentativa que ele fizesse de ser independente. O sr. D. fora levado a acreditar que constituía um peso para sua mãe, que era indigno de seu amor e de sua atenção, e que só podia ser aceito por ela se se esforçasse muito. Ao chegar à idade adulta, ainda morava com a mãe "numa situação quase que de empregado", e apoiou-a financeiramente até a morte dela.

Quando ela morreu, o sr. D. ficou desesperado em relação ao futuro, deixou o emprego e só saía para comprar comida ou para visitar os médicos, devido a uma série de sintomas somáticos. Quando seu dinheiro acabou, vendeu seus pertences e mudou-se para um quarto mal mobiliado.

Comentando o caso, Bemporad observa como o sr. D. aceitou o juízo que sua mãe fazia dele e o papel que ela exigira que desempenhasse. Na perspectiva aqui adotada notamos ainda como ele também aceitou o juízo que a mãe fazia de si mesma e como ela o prendeu com várias técnicas combinadas. De um lado, fez com que o seu amor e aprovação dependessem da conformidade do filho a todas as suas exigências, especialmente a de assistência permanente a ela; de outro lado, levou-o a acreditar que era intrinsecamente indigno de amor e portanto nunca conseguiria conquistar o amor de outra pessoa.

Nos casos do sr. D. ou de Júlia, o terapeuta não examinou a possibilidade de que a mãe do paciente pudesse ter feito ameaças de abandoná-lo para conseguir seus objetivos. Acredito, porém, que a menos que essa possibilidade seja especificamente explorada, e que nenhuma evidência dela seja encontrada, seria imprudente supor que tais ameaças não foram feitas alguma vez.

Além das pressões ilustradas ou examinadas nesses casos, há outras ainda que podem ser usadas pelos pais para conseguir a obediência do filho. Por exemplo, é muito fácil provocar um sentimento de culpa insistindo com a criança, desde tenra idade, que seu mau comportamento está fazendo com que sua mãe (ou pai) fique doente, e que ela (ou ele) poderá até morrer se isso continuar. Isso leva ao exame das experiências infantis das pessoas que cresceram evidenciando uma compulsão a cuidar de outros.

Experiências que predispõem à compulsão para cuidar

Nenhum estudo sistemático parece ter sido feito sobre as experiências infantis que contribuem para essa predisposição. Não obstante, a experiência clínica e o estudo das pessoas diagnosticadas como casos de recusa à escolha ou agorafobia (volume II, capítulos 18 e 19) indicam inequivocamente uma certa correlação. Pelo menos dois tipos, bastante diferentes, de experiência infantil são encontrados nas histórias de pessoas que registraram compulsão a cuidar de outros.

Um deles é a assistência materna intermitente e inadequada durante a primeira infância, que pode culminar na perda total. Como essa questão é examinada mais adiante (capítulos 21 e 23), não será necessário comentá-la mais detalhadamente agora.

Outro tipo de experiência é quando se pressiona a criança para cuidar de um dos pais que está doente, angustiado ou hipocondríaco. Em alguns desses casos, a criança passa a sentir-se responsável pela enfermidade do genitor e, portanto, com a obrigação de cuidar dele. Em outros, embora não seja responsabilizada pela doença, ainda assim ela é levada a se sentir responsável pela assistência aos pais. Como na maioria dos casos esse genitor é a mãe, o que se segue é escrito como se isso sempre fosse verdade.

Em alguns casos a mãe está fisicamente doente. Num desses casos, uma mulher de 40 e poucos anos ficou inesperadamente grávida e, depois de uma gestação e um parto difíceis, começou a sofrer cronicamente de pressão alta. A criança, um menino (que obviamente não fora desejado), passou sua infância acreditando, sem a menor dúvida, que ele provocara a doença da mãe e que, portanto, tinha a responsabilidade de cuidar dela. Foi o que fez dedicadamente até a morte da mãe, quando já era adolescente. Quando deixou o colégio e começou a trabalhar, sentiu-se fortemente atraído por uma mulher muito mais velha, que tivera uma vida muito agitada. Assumiu então a responsabilidade de cuidar dela.

Em outro caso, a mãe de um menino de cinco anos tinha diabete grave. Certa noite, entrou em coma diabética e foi levada de ambulância para o hospital, onde se recuperou. Posteriormente, passou a depender do filho para ajudá-la nas injeções de insulina e em outras tarefas. Ele cuidava da mãe, perseguido constantemente pela recordação do dia em que ela fora levada de casa, aparentemente agonizante. Temendo muito que algo semelhante viesse a acontecer quando estivesse dormindo, ou na rua, passava as noites acordado e recusava-se a ir à escola; aos 10 anos, foi levado à Clínica Tavistock como tendo uma "fobia escolar".

Esse caso ilustra a semelhança existente entre as experiências familiares de pessoas diagnosticadas como sofrendo de fobia escolar ou de agorafobia[7]. Na formação dessas pessoas é provável que tenha havido um pai ou uma mãe que costumava exercer, e que talvez ainda exerça, forte pressão para inverter a relação, exigindo receber cuidados do filho ou da filha. Em ambos os casos, quanto maior a pressão moral, ou qualquer outra, sobre o filho mais ligado ao genitor, mais ele se sentirá angustiado e culpado por deixar o lar, e mais cheio de ressentimento estará o seu coração por ser tratado assim. Além disso, se o pai ou a mãe ficam de fato seriamente doentes, é quase inevitável que a criança que está prestando cuidados se torne ainda mais atemorizada e cheia de culpa. Finalmente, se um dos pais morre, facilmente a criança pode assumir toda a culpa e, dirigindo contra si mesma o ressentimento, desenvolver um luto crônico.

As evidências relativas às experiências familiares (descritas nos capítulos 18 e 19 do volume II) e aos padrões de relações afe-

....

7. Depois de ter escrito o capítulo 19, volume II, em que os laços estreitos entre as condições fóbicas da infância e da vida adulta são examinados, foram publicados novos dados. Num estudo de acompanhamento de cem adolescentes tratados de fobia escolar, verificou-se que, depois de um intervalo médio de três anos, cerca de um terço sofria de sérias perturbações emocionais, inclusive seis (cinco do sexo feminino e um do sexo masculino) que haviam desenvolvido sintomas sérios e persistentes de agorafobia (Berg *et al.*, 1976). Outro estudo comprovou que, de filhos de 11 a 15 anos de um grupo de mulheres agorafóbicas, nada menos de 14% sofriam de fobia escolar. As mães dessas crianças tinham maior probabilidade do que as outras mães de terem tido uma história de fobia escolar quando crianças (Berg, 1976). Essas constatações dão forte apoio à opinião de que as duas condições participam muito da mesma psicopatologia.

tivas de pacientes que foram diagnosticados como tendo agorafobia ou fobia escolar, e os fatos atuais que provocaram crises emocionais, são coerentes, em todos os pontos, com as opiniões expressas neste capítulo. É, portanto, de grande interesse o fato de que, numa proporção significativa de crianças e de adultos diagnosticados como fóbicos, a condição aguda tenha sido precedida da súbita enfermidade ou morte de um dos pais, ou de um parente próximo, geralmente, como diz Roth (1959), de "um dos pais de quem o paciente era muito dependente".

Experiências que predispõem à afirmação de independência dos laços afetivos

Como não há estudos sistemáticos sobre as experiências infantis de pessoas inclinadas a afirmar sua autossuficiência emocional, dependemos novamente, para nossas informações, de uma coleção heterogênea de relatórios clínicos. Deles surgem, porém, e com bastante clareza, certos padrões.

Como no caso das pessoas com compulsão para prestar cuidados, dois tipos bastante diferentes de experiências infantis parecem predominar. Um deles é a perda de um dos pais na infância, ficando a criança, a partir de então, entregue a si mesma. O outro é a atitude hostil e crítica de um dos pais em relação aos desejos naturais que a criança tem de amor, atenção e apoio. Não é raro que pessoas que afirmam sua independência em relação aos laços afetivos tenham sofrido uma combinação de experiências desses dois tipos.

As proporções em que as famílias levam em conta o papel dos laços afetivos e do comportamento de apego na vida de seus membros diferem muito. Numa família pode haver profundo respeito por esses laços, reação imediata às expressões de comportamento de apego e compreensão da angústia, raiva e consternação provocadas pela separação temporária, ou pela perda permanente, de uma figura amada. A manifestação clara de sentimentos é estimulada e um apoio afetuoso é dado, quando solicitado. Em outra família, em contraposição, pode-se dar pouco valor aos laços afetivos, o comportamento de apego pode ser considerado como infantil e como prova de fraqueza, sendo rejeitado, todas as expressões de sentimento podem ser vistas com desagrado, e manifesta-se desprezo em relação aos que choram. Sendo censurada e desprezada, a criança acaba por inibir seu comportamento de apego e sufocar seus sentimentos. Além disso, passa a considerar, como os pais, o seu anseio de amor como uma fraqueza, sua raiva como um pecado e seu pesar como infantil.

Algumas pessoas, que vivem esse último tipo de experiência familiar na infância, tornam-se duras e intransigentes, quando adultas. Podem aparentar competência e autossuficiência, e nunca evidenciar indícios abertos de crise. Não obstante, provavelmente será difícil conviver e trabalhar com elas, pois não compreendem bem os outros, nem a si mesmas, e deixam-se levar facilmente por um ciúme e ressentimento excessivos. Além disso, se chegarem a desenvolver uma confiança suficiente para admitir isso ao terapeuta, seus sentimentos de isolamento e falta de amor podem ser extremamente tristes; especialmente nos anos de maturidade, correm o risco de depressão, alcoolismo e suicídio. Mesmo quando não são vítimas de doenças psiquiátricas, frequentemente podem ser os responsáveis pelas crises de outras pessoas – cônjuge, filhos, empregados. Winnicott (1960) usou a expressão "falso eu" para descrever o eu que essas pessoas julgam ter e que, conscientemente ou não, apresentam ao mundo. Esta expressão é preferível a "narcisista" ou "narcísico", por vezes usadas pelos psicanalistas para classificar essas pessoas.

Nem todos os que tiveram esse tipo de experiência infantil desenvolvem uma personalidade altamente organizada. Em muitos, a dureza e a autoconfiança são mais frágeis e, ao que parece, é entre essas pessoas que se recruta uma proporção substancial de todos aqueles que, em algum momento da vida, desenvolvem uma reação patológica à perda. Uma ausência prolongada de pesar consciente é a forma que essa reação provavelmente tomará. No capítulo 9 há alguns exemplos – ver os relatos da sra. F. e do sr. A.A.

O relato seguinte, feito por um jovem de 23 anos cujos esforços de autossuficiência estavam desmoronando rapidamente, descreve muitas das características que acreditamos serem típicas dessas pessoas. Este relato não trata do luto doentio, mas dá detalhes de como esse jovem se lembra de ter sido tratado quando criança e de como reagia[8].

Ao ser recebido pelo psiquiatra, antes de seu internamento no hospital, o sr. G. apresentava depressão grave e falava sem emoção da possibilidade de suicidar-se. Um ano antes, fizera uma fracassada tentativa nesse sentido; mas dizia que da próxima vez teria êxito. Quando seu internamento foi aceito, recebeu-o de uma maneira passiva, afirmando além disso que seu estado mental era menos uma enfermidade do que "uma filosofia de vida". Àquele momento parecia haver uma séria possibilidade de esquizofrenia.

Era um jovem alto e bonito que, no hospital, nunca demonstrava características psicóticas, porém logo tornou-se notado, ao combinar uma atitude de cooperação com um comportamento não-convencional.

Em duas entrevistas com a sua psicoterapeuta, antes do início do tratamento, o sr. G. descreveu o que a ela pareceu ter sido uma "vida em que fingiu angustiadamente ser uma pessoa independente". Embora na escola tivesse tido um bom desempenho tanto nos estudos como nos esportes, sentira muitas dificuldades em competir e abstivera-se deliberadamente de vencer; não obstante, ingressara na universidade e se formara. Embora não conseguisse tolerar a solidão, a companhia de outras pessoas criava-lhe um conflito. De um lado, estava ansioso por ser reconhecido; de outro, aterrorizava-se com a possibilidade de falhar. Ao que disse, tornava-se com frequência cínico e sarcástico.

Esteve noivo durante algum tempo, mas também isso provocou conflitos, pois não só tinha um medo intenso de que a noiva o deixasse, como também tinha medo de tornar-se demasiado dependente dela. Quando ela olhava para alguma outra pessoa, ficava cheio de ciúmes; tentou curar-se do ciúme insistindo com ela para que lhe fosse infiel. Quando percebeu que a noiva havia seguido

....

8. Essa exposição é uma versão muito abreviada de um relato de caso bastante detalhado feito por Lind (1973), em que ela recorre, como material, à carta do médico que encaminhou o paciente, a breves notas tomadas depois de cada uma das 19 sessões terapêuticas realizadas duas vezes por semana, e a um relato, escrito pelo paciente depois do tratamento, em que ele descreve sua condição antes e depois da terapia. O material histórico, observa ela, "só foi transmitido em fragmentos até depois de ele ter mudado". Do ponto de vista científico, uma deficiência séria é que todas as informações sobre a infância do paciente foram prestadas por ele mesmo e permaneceram, portanto, sem confirmação.

suas sugestões, sentiu-se muito angustiado; "não era raiva", disse, "mas alguma coisa que saiu de mim".

O sr. G. era o filho mais velho de uma família católica grande, e aos três anos de idade já tinha dois irmãos menores. Seus pais, disse ele, brigavam muito e de maneira violenta. Quando a família era jovem, o pai trabalhava longas horas fora de casa, treinando para uma profissão; a mãe era sempre imprevisível. Muitas vezes ficava tão aborrecida com as brigas das crianças que se fechava no quarto durante dias inteiros. Deixou o lar várias vezes, levando consigo as filhas, mas deixando os filhos com o pai.

Disseram ao sr. G. que ele fora uma criança infeliz, que se alimentava e dormia mal, que frequentemente era deixada sozinha, chorando por longos períodos. Disseram-lhe que seu choro havia sido uma tentativa de dominar os pais e de ser mimado. Certa ocasião, teve apendicite, e lembrava-se de ter passado a noite toda acordado, gemendo; mas seus pais nada fizeram e na manhã seguinte seu estado era grave. Mais tarde, durante a terapia, lembrou-se de como ficava perturbado quando seus irmãos e irmãs mais novos ficavam chorando sozinhos e como odiava os pais por isso, tendo vontade de matá-los.

Sentira-se sempre uma criança perdida e procurava compreender por que fora rejeitado, ou pelo menos por que devia sentir-se rejeitado. Seu primeiro dia na escola foi, disse ele, o pior de sua vida. Parecia-lhe a rejeição final pela mãe; durante todo o dia sentiu-se desesperado e não parou de chorar. Depois disso, aos poucos passou a ocultar todos os desejos de amor e apoio; recusou-se mesmo a pedir ajuda, ou a aceitar que fizessem alguma coisa por ele.

Durante a terapia, teve medo de ter uma crise, de chorar e de desejar que lhe dessem cuidados maternais. Tinha a certeza de que isso faria com que a terapeuta o considerasse um incômodo, e seu comportamento simplesmente como uma tentativa de chamar a atenção; e, se dissesse alguma coisa pessoal à terapeuta, ela se ofenderia e talvez se fechasse em seu quarto.

O tratamento progrediu com uma rapidez inesperada, em parte talvez pelo fato de o "falso eu" não estar organizado de maneira muito firme, e em parte porque sua terapeuta, segundo Winnicott, teve um entendimento claro de quais eram os desejos e sentimentos do paciente. Posteriormente, numa descrição que fez de si mesmo antes do tratamento, ele contou que, durante muitos anos, tivera uma vaga consciência de ser "dois eus, o eu real... com medo de revelar--se... [que] odiava o outro eu... que concordava com as exigências sociais". O verdadeiro eu, disse ele, aparecia às vezes rapidamente, por exemplo quando sentia empatia com alguém na mesma situação que ele. Houve ocasiões, escreveu, em que sentiu que poderia ser inspirado "a realizar alguma grande missão para reformar a humanidade de um mundo miserável e sem amor". Não se revela, no relato do caso publicado, o que levou o sr. G. à crise. Mas as evidências sugerem ter sido o fim de seu noivado, mesmo que ele tenha, como parece provável, desempenhado um importante papel nesse rompimento[9].

Voltando agora ao nosso tema, observamos que, já no capítulo 9, há relatos de pessoas cujo luto avançava desfavoravelmente e que descreveram como, graças à experiência infantil, haviam desenvolvido uma concha protetora para si mesmas, por exemplo a sra. I., ou como haviam aprendido a conter seus sentimentos, por exemplo a sra. Y. Além disso, no final do capítulo 10 há relatos feitos por pessoas enlutadas sobre os obstáculos criados ao pesar pelas exortações de parentes e amigos para que se contivessem e parassem de chorar. Inversamente, vimos como foi útil para a pessoa enlutada ter oportunidade de falar longamente de todos os detalhes do passado, manifestar saudade, raiva e sofrimento, e chorar.

À luz dessas considerações, e também das descrições dos efeitos que tem sobre a criança a insistência dos pais para que não chorem (ver capítulos 1 e 23), formulamos a hipótese de que uma determinante importante do modo como a pessoa reage à perda é a maneira pela qual seu comportamento de apego, e todos os sentimentos a ele associados, foi recebido pelos pais, e as reações que neles despertou, durante a primeira e segunda infâncias, e a adolescência. Efeitos especialmente adversos são atribuídos às observações humilhantes e sarcásticas dos pais, ou substitutos dos pais, sempre que a criança está aflita e procura consolo. As ordens "Não chore", "Não seja chorão", "Não gosto mais de você se chorar", ao que postulamos, provocam um dano indizível, especialmente quando dadas em tom de desprezo. Em lugar de ter condições de partilhar seu medo, sua infelicidade e seu pesar, a

---

9. O exame da psicopatologia desse paciente, em termos da teoria delineada no capítulo 4, encontra-se no final do próximo capítulo.

pessoa assim tratada é levada a fechar-se em si mesma para suportar sozinha os seus sofrimentos. Além disso, quanto mais cedo isso começa, e quanto mais insistente é a pressão, maior o dano feito, na minha opinião.

Foi conveniente examinar, neste capítulo, sob títulos diferentes, os vários tipos de experiências infantis que as evidências mostram serem responsáveis, em grande parte, pelas várias formas de personalidade identificadas como propensas a desenvolver um luto perturbado. Na vida real, naturalmente, qualquer combinação dessas experiências pode ocorrer, e, consequentemente, podem surgir várias formas de distúrbios de personalidade. No capítulo seguinte, os principais aspectos do luto e os processos psicológicos responsáveis por ele são examinados à luz da posição teórica delineada no capítulo 4.

Capítulo 13
Processos cognitivos que contribuem para variações na reação à perda

> É impossível pensar que eu nunca mais me sentarei com você e ouvirei seu riso. *Que todos os dias pelo resto de minha vida você estará distante.* Não terei ninguém para falar de meus prazeres. Ninguém para me convidar a caminhar, para ir "ao terraço". Escrevo num livro vazio. Choro num quarto vazio. E jamais poderá haver qualquer consolo.
>
> CARRINGTON[1]

Uma estrutura para a conceituação dos processos cognitivos

Examinei, nos capítulos anteriores, as muitas variáveis que influem no curso do luto, inclusive certas características de personalidade do enlutado e os tipos de experiência infantil que, segundo os dados, contribuem para seu desenvolvimento. Aqui e ali, os processos psicológicos pelos quais as variáveis parecem agir foram indicados, mas até agora nenhuma atenção sistemática lhes foi dada. Tentarei, agora, sanar essa deficiência.

Toda situação que encontramos na vida é construída em termos de modelos representacionais que temos do mundo que nos cerca e de nós mesmos. As informações que nos chegam por meio de nossos órgãos sensoriais são selecionadas e interpretadas em termos desses modelos, sua significação para nós e para os que amamos é avaliada em seus termos, e os planos de ação são concebidos e executados tendo em mente esses modelos. Além do mais, da interpretação e avaliação que fazemos de cada situação depende também aquilo que sentimos.

Quando surge uma situação que avaliamos como prejudicial para nossos interesses ou para os interesses das pessoas que ama-

---
1. Extraído de um diário, após a morte de Lytton Strachey (D. Garnett, org., 1970).

mos, nosso primeiro impulso é tentar retificá-la. Para isso analisamos o que nos parece ser a sua causa e, de acordo com isso, planejamos o que fazer. Naturalmente, a nossa análise da causação obedece aos termos dos modelos representacionais que possamos ter dos objetos e das pessoas que desempenham um papel na situação; e nossos planos de ação são estabelecidos sem termos do repertório de ações que mais facilmente estão ao nosso alcance.

Nos capítulos 14 e 20 do volume II, mostramos como a criança, durante o curso do seu desenvolvimento, constrói para si modelos funcionais de seu mundo e de si mesma como agente nesse mundo. Devemos notar particularmente que, como os dados da construção de modelos vêm de múltiplas fontes, há sempre a possibilidade de que os dados sejam incompatíveis e, além disso, de que para uma minoria de crianças essa incompatibilidade possa ser regular e persistente. É citado o exemplo de um pai que insiste em que ama seu filho, quando a experiência em primeira mão que a criança teve dos atos do pai sugere o inverso. Nesse caso, a criança enfrenta um dilema. Deve ela aceitar o quadro tal como o vê? Ou deve aceitar o quadro que seu pai insiste em apresentar como sendo o verdadeiro? Vários resultados possíveis são delineados, dos quais talvez o mais comum seja um meio-termo difícil, pelo qual a criança dá certo crédito a ambas as séries de dados e oscila, com dificuldade, entre dois pares de modelos incompatíveis, consistindo cada par em um modelo de seu pai e um modelo complementar de si mesma.

Esse quadro da teoria cognitiva, que é consideravelmente ampliado no capítulo 4 deste volume, oferece alguns dos componentes básicos da teoria do luto que apresentaremos.

Quando as informações sobre uma nova situação chegam até nós, podem ser processadas com maior ou menor rapidez, de maneira mais ou menos adequada, ou mais ou menos completa. Por exemplo, quanto mais prejudicial uma situação parece ser aos nossos interesses, ou tem probabilidades de vir a ser, mais depressa procedemos. A avaliação rápida da situação e a ação imediata podem minimizar ou evitar totalmente os danos. Mas há um preço a ser pago pela rapidez. A percepção pode ser inexata, a avaliação inadequada e o planejamento, errôneo. Consequentemente, como bem sabemos, maior pressa pode significar menos rapidez.

Além disso, há certas informações que nos parecem difíceis de processar. Um exemplo disso é a informação incompatível com nossos modelos existentes, tal como é ilustrada pela maneira como as evidências contrárias a uma teoria que adotamos tendem a ser negligenciadas ou ignoradas. Em geral, quando informações novas entram em choque com modelos estabelecidos, são os últimos que vencem – sempre, a curto prazo e, muitas vezes, a longo prazo. Embora a curto prazo o modelo existente, se arraigado, tenda a excluir novas informações incompatíveis com ele, a longo prazo, porém, ele pode ser substituído por um novo. Não obstante, há amplas evidências de que só com muita relutância fazemos essa substituição. Inicialmente, precisamos de tempo para nos convencermos de que as novas informações têm uma validade e um peso que tornam realmente necessária uma revisão de modelos. E mais tarde, quando envolvidos na tarefa, agimos sem continuidade e muitas vezes voltamos ao antigo e conhecido modelo, mesmo sabendo que está obsoleto. Em suma, parece-nos que desmontar um modelo que desempenhou, e ainda desempenha, um papel importante em nossa vida cotidiana, e substituí-lo por um novo, é uma tarefa árdua e lenta, mesmo quando a nova situação nos é, em princípio, agradável. Quando, em contraposição, ela não é agradável, a revisão não só é árdua como também penosa e, talvez, também assustadora.

Certas situações que são ao mesmo tempo agradáveis e desagradáveis podem, na verdade, parecer à primeira vista tão assustadoras que temamos até mesmo reconhecer a sua existência. Consequentemente, adiamos a avaliação de suas verdadeiras proporções e deixamos de fazer planos para enfrentá-las. Esse adiamento é especialmente provável sempre que a avaliação preliminar sugere que a situação é irreversível. Pois, se assim realmente for, teremos pela frente a tarefa de substituir modelos existentes por outros novos, em circunstâncias em que a mudança é totalmente desagradável. Não é de surpreender, portanto, que a perda de uma pessoa amada crie grandes dificuldades psicológicas, além de profunda consternação.

Vamos descrever alguns dos processos do luto usando esse quadro referencial.

Quando um laço afetivo é rompido, há geralmente um registro preliminar das informações relevantes, combinado com a incapacidade de avaliá-las de qualquer outra maneira que não seja a mais superficial possível – a fase do torpor. A partir de então, uma avaliação melhor se processa, aos saltos, com intervalos de moratória. Durante um desses saltos, algumas das implicações das informações já recebidas são examinadas ou reexaminadas, enquanto outras continuam sendo evitadas, e informações adicionais podem ser procuradas. Estas últimas podem relacionar-se com o questionamento, a verificação ou a ampliação de informações anteriores; com o questionamento ou a confirmação de implicações já aceitas experimentalmente; ou com a exploração dos limites e das oportunidades existentes na situação tal como então parece ser. Em cada moratória, em contraposição, parte ou totalidade das novas informações relativas à mudança, já recebidas, provavelmente será excluída e os velhos modelos e velhas crenças serão restabelecidos, em parte ou no todo. Daí a oscilação de sentimentos já documentada.

Nos processos de receber e avaliar as informações oriundas de qualquer tipo de mudança importante, uma pessoa segura busca a ajuda de um companheiro. Pede-lhe para negar ou verificar a informação, confirmar ou refutar sua avaliação inicial, para ajudá-la a examinar como e por que o fato deve ter ocorrido, quais as suas implicações, o que pode haver no futuro e quais os planos de ação, se houver, mais adequados. De todas essas maneiras um companheiro prestativo pode ser de grande ajuda. Não obstante, agindo também como uma figura de apego e prestando cuidados, o companheiro pode prestar um serviço ainda maior. Isso porque, pela sua simples presença, a ansiedade da pessoa enlutada se reduz, seu moral se fortifica, suas avaliações podem ser menos apressadas, e as ações necessárias para enfrentar a situação podem ser selecionadas e planejadas de maneira mais judiciosa.

Não é raro que o enlutado tenha de enfrentar uma situação única, pois a morte implica a perda da pessoa em quem estava acostumado a confiar. Assim, não só a morte em si constitui um golpe terrível, como a própria pessoa para a qual seria natural voltar-se em momentos de calamidade já não existe. Por essa razão, para que o luto tenha um curso favorável, é essencial que a pessoa enlutada possa voltar-se para outras, em busca de consolo.

A capacidade da pessoa enlutada de receber e aceitar ajuda é determinada por três variáveis interligadas:

- se existe qualquer confortador em potencial;
- se houver, se sua aproximação é útil ou não;
- se, quando o confortador existe e é potencialmente útil, a pessoa enlutada pode confiar nele.

No capítulo 10, voltamos a atenção para o papel das duas primeiras variáveis. Vamos examinar agora o papel da terceira.

Tendências cognitivas que afetam as reações à perda

Cada pessoa processa as informações referentes à perda de sua maneira própria e característica – mais ou menos lentamente, mais ou menos completamente, mais ou menos acuradamente – dependendo das estruturas cognitivas pelas quais passa a informação. Os efeitos gerais que essas estruturas têm sobre o processamento podem ser chamados de tendências cognitivas do indivíduo.

Evidentemente, as direções para as quais a pessoa está cognitivamente voltada são uma função dos modelos representacionais das figuras de apego e do eu, construídos durante sua infância e adolescência, e, se as opiniões apresentadas nesta obra forem válidas, estes, por sua vez, são uma função das experiências que a pessoa teve em sua família, durante aqueles anos. O que são suas reações concretas depende, portanto, da interação das condições que cercam e acompanham a perda com suas tendências cognitivas a reagir de determinado modo (e talvez também das interações com outras variáveis). Particularmente, argumento que o papel desempenhado pelos tipos de experiência infantil de uma pessoa é crítico. Isso porque, através desses modelos representacionais, essas experiências são em grande parte responsáveis, primeiro, pelos padrões de relação afetiva que a pessoa estabelece durante sua vida e, segundo, pelas tendências cognitivas que ela traz em qualquer perda que possa sofrer.

Em consequência dessas reflexões, podemos relacionar várias áreas em que as tendências cognitivas específicas de cada indivíduo podem exercer uma influência de profundo alcance sobre a maneira como ele reage a uma perda, e sobre as várias circunstâncias que a cercam, determinando com isso, em grande parte, o curso tomado pelo luto. Várias dessas tendências relacionam-se com a maneira como as informações processadas são interpretadas; outras relacionam-se com a medida em que a informação é aceita e processada adequadamente, ou então é submetida a algum grau de exclusão defensiva. As tendências facilmente identificáveis são as seguintes:

a) como a pessoa enlutada vê o papel desempenhado na perda pelo próprio morto;
b) como vê seu próprio papel na perda, e a maneira como a pessoa morta poderia considerá-lo;
c) que expectativas tem da maneira que o trataria qualquer pessoa que lhe pudesse oferecer assistência;
d) que consciência tem das construções que faz dos acontecimentos passados e de sua influência geral sobre as expectativas que ela tem no presente;
e) em que medida as construções e expectativas que possa ter estão abertas a novas informações e, assim, à revisão, ou estão fechadas.

Grande parte do que é dito neste capítulo, em termos de tendências cognitivas, recebe na literatura psicanalítica mais convencional um tratamento em termos de fantasia. Há várias razões para não empregarmos essa expressão. Uma delas é que o termo fantasia é hoje empregado de maneira muito ampla para designar quase todo o processo cognitivo. Outra é que quase não há um esforço sistemático para descobrir como uma pessoa começou a pensar de maneira idiossincrásica. Finalmente, ao se explicar as origens, há muito tempo tem havido uma forte preferência pelas hipóteses que postulam uma origem quase que totalmente autônoma para qualquer forma que possam tomar as fantasias de uma pessoa, e uma tendência, igualmente forte, contra a aceitação de hipóteses, como as apresentadas aqui, que invocam experiências infantis na família como determinantes principais.

Dentro dessa ampla estrutura teórica, fazemos agora uma tentativa de explicar algumas das principais variações no curso do luto e também algumas das suas características patológicas mais destacadas. Embora possa parecer lógico começar com a descrição de reações consideradas como típicas das pessoas cujo luto segue um curso favorável, começamos com a patologia. Isso porque as reações saudáveis destacam-se mais claramente, quando contrapostas às patológicas.

Tendências que contribuem para o luto crônico

De acordo com os dados (reconhecidamente fragmentários) sobre as personalidades e experiências infantis das pessoas com risco de desenvolver o luto crônico, podemos deduzir que elas têm, dentro de si, modelos representacionais das figuras de apego e do eu que têm certas características especificáveis, embora muitas vezes incompatíveis entre si.

Quase sempre, ao que nos parece, essa pessoa terá um modelo de seus pais como estando acima de qualquer crítica e um modelo complementar de si mesma como sendo uma pessoa mais ou menos indigna. Acreditará que é uma pessoa dada à ingratidão e a raivas injustificadas, que tem sorte de contar com pais dedicados os quais tem o dever de reverenciar. Coexistente com esse par de modelos, mas a ele subordinado, haverá outro par, em que os pais são vistos como mesquinhos em sua afeição e atenção e, muitas vezes, inacessíveis, e a própria pessoa como tendo, em suas exigências e na sua raiva em relação aos pais, mais razão do que estes reconhecem, e também como dotada de melhores sentimentos e intenções com relação a eles do que eles jamais admitiram.

O primeiro par de modelos, ao que se deduz, vem daquilo que seus pais sempre lhe disseram[2], e o segundo par, o subordina-

---

2. A opinião apresentada tem elementos em comum com a de Sullivan, tal como comentada por Mullahy (ver Sullivan, 1953), ou seja, que a avaliação que a criança faz de si mesma é um reflexo da maneira pela qual os adultos importantes em sua vida a avaliam. Há, porém, uma diferença. Enquanto Sullivan sustenta que a criança aceita essas opiniões passivamente, em parte por lhe faltar experiência para agir de outra forma e em parte por medo das consequências de pensar por si mesma, na interpretação

do, de sua própria experiência em primeira mão. Embora incompatíveis, os dois pares persistem, armazenados talvez em formas distintas (ver capítulo 4). Além disso, um dos pares, ou ambos, quase certamente será aplicado, sem modificação, toda vez que a pessoa iniciar uma nova relação efetiva, como, por exemplo, o casamento.

Para ilustrar essa maneira de ver a pessoa que sofre de luto crônico, examinemos o caso do sr. M. (capítulo 9), que aos 68 anos de idade, depois da morte de sua mulher, tornou-se uma pessoa deprimida, que se autoacusava e que insistia em considerar a mulher como perfeita, apesar de suas muitas e reconhecidas falhas. Com base na teoria, deduzo que ele estava operando com um par de modelos, um dos quais o predispunha sempre a considerar qualquer figura de apego (primeiro, a mãe, depois a esposa) como alguém acima das críticas e o outro, que igualmente o predispunha a ver-se como necessariamente responsável por tudo o que pudesse dar errado no relacionamento. Além disso, a teoria postula que as influências que levaram o sr. M. a construir tais modelos e, consequentemente, ao controle de suas percepções e ações por eles, vinham de seus pais, sendo provável que a influência maior fosse a da mãe. Devemos supor que, durante toda a sua infância, a mãe tenha insistido em que ele a considerasse sempre como acima de qualquer crítica, e considerasse a si mesmo como responsável por qualquer mal que pudesse ocorrer à família. De acordo com essas deduções, era de esperar que, quando sua esposa morresse, ele se sentisse culpado por ter falhado com ela e insistisse sempre em suas inadequações como marido e em seus pecados de omissão e comissão.

Ao explicar, dessa forma, a forte tendência das pessoas deprimidas a idealizar sua figura de apego, afasto-me da tradição. Quase toda teoria, até agora, baseou-se em explicações que invocam os conceitos de regressão e/ou de agressão inata. Assim, uma explicação é que a pessoa deprimida não só deseja ver o outro como perfeito, como também, ao fazer isso, está regredindo a uma

....

aqui apresentada a criança não só aceita passivamente uma avaliação própria, talvez totalmente diferente, tanto de si mesma como dos outros.

condição infantil na qual, ao que se afirma, a criança é capaz de ver seus pais sob qualquer outra luz que não seja essa. Outra explicação é que a pessoa deprimida tem de afastar todas as críticas de sua figura de apego, transferindo-as talvez para si mesma, porque suas tendências agressivas são excessivas. Quando chamamos a explicar a presença dessas tendências em certas pessoas, e sua ausência em outras, os defensores dessas hipóteses geralmente recorrem às diferenças constitucionais.

Em contraposição, postulamos a experiência infantil diferencial: um adulto tem acentuada tendência a ver sua figura de apego como acima de qualquer crítica porque um dos pais, ou ambos, insistiu nisso. Além disso, não é raro que os pais tenham reforçado sua insistência com ameaças de sanções, brandas, severas ou até mesmo aterrorizadoras, caso a criança não agisse de acordo com seus desejos. Embora seja ainda reconhecidamente uma conjetura, que exige muitas pesquisas educacionais, essa hipótese explica grande parte das evidências clínicas e tem o mérito de ser testável (por meio de estudos prospectivos).

No caso do sr. M., o par de modelos que o levou a considerar sua figura de apego como acima de qualquer crítica e a lançar sobre si mesmo toda a culpa parece ter sido o par dominante por longos períodos de tempo, talvez mesmo durante toda a sua vida. Mas podemos estar errados nessa suposição, pois sempre que uma pessoa possui dois pares de modelos incompatíveis a situação é instável e o par que domina uma fase da vida pode tornar-se subordinado em outra. Por exemplo, uma pessoa cujas percepções e atos foram, por longo tempo, controlados pelo par de modelos em que os pais estão acima de críticas e o eu é sempre culpado pode sofrer uma mudança de equilíbrio cognitivo tal que o par subordinado passe a ser o par dominante. Nesse caso, o ressentimento latente da pessoa se manifesta e, em lugar de permanecer adormecido, rebela-se. Porém, se essa mudança de predomínio de modelo continuará, é incerto, pois, enquanto pares de modelos profundamente incompatíveis estiverem presentes na mente da pessoa, a situação mental será instável.

Mesmo quando um par de modelos ocupa uma posição subordinada, devemos notar que é provável que mesmo assim exerça considerável efeito sobre as percepções de uma pessoa, seus sentimentos e ações. No caso do sr. M., por exemplo, parece provável que sua irritabilidade e sua tendência a culpar os filhos pelo sofrimento da mãe, e o hospital pela sua morte, podem ser atribuídas a esse "outro lado dele". A esse "outro lado" também pode ser atribuída outra característica bem conhecida das pessoas deprimidas, ou seja, a sua frequente tendência a um comportamento que provoca preocupações ansiosas naqueles que as cercam, mas fazem isso de maneira tão indireta e disfarçada que seu propósito permanece obscuro. No estudo que fez do tratamento de pacientes deprimidos, Cohen e seus colegas (1954) deram uma descrição fiel desse comportamento e dos efeitos perturbadores que teve sobre os que tentavam ajudar.

Aspectos adicionais que tornam tendenciosos a percepção, o sentimento e o comportamento

Descrevemos alguns aspectos básicos dos modelos funcionais da figura de apego e do eu que, ao que me parece, controlam as percepções, os sentimentos e atos de uma grande maioria das pessoas que correm o risco de desenvolver um luto crônico. A esses aspectos básicos podemos acrescentar um outro, ou vários, que, como os básicos, são potencialmente patogênicos. A caracterização dos modelos de uma pessoa por um desses aspectos depende, se a nossa teoria for correta, das experiências infantis da pessoa em questão.

Uma dessas características ocorre quando o modelo do eu é retratado como tendo a obrigação total de sempre proporcionar cuidados à figura de apego. Um exemplo de uma pessoa cujas percepções e ações, ao que se pode deduzir, foram controladas por esse modelo é o do sr. D. (ver capítulo 12), o solteirão de 45 anos que passou a vida considerando a mãe como uma figura excepcional, fora desse mundo, e a si mesmo como uma pessoa indigna – cujo dever era servi-la – e incapaz de despertar amor em qualquer outra pessoa. As evidências clínicas sugerem enfaticamente que o modelo de si mesmo e o modelo complementar da mãe, na verdade, foram produzidos pelas afirmações nas quais ela sempre insistiu em que o filho acreditasse. Além disso, devido à persistente natureza desses modelos precocemente construídos, o comportamento desse homem, como o do sr. M., continuou a ser controlado por eles muito depois da morte da mãe.

De maneira análoga, uma pessoa criada de modo a considerar suas ações como sendo sempre prejudiciais à saúde, à vida mesmo de seus pais, sofrerá uma forte tendência a considerar a morte de um deles precisamente como sendo a catástrofe que seu suposto egoísmo, descuido e deficiências nos cuidados com relação a eles fatalmente provocariam. De acordo com essa maneira de construir a morte, é impossível pensar que o morto possa, em certas ocasiões, ter estado errado. Em lugar disso, ele é idealizado, todos os seus traços bons são exagerados, todas as falhas, expurgadas.

Outro aspecto que pode estar presente em alguém com o risco de desenvolver um luto crônico é um modelo da figura de apego como alguém que reagirá, mais ou menos certamente, a qualquer falha do eu com a ameaça de abandoná-lo ou de suicidar-se. Qualquer pessoa cujas percepções sejam controladas por esse modelo terá, inevitavelmente, uma forte tendência a considerar a morte de um dos pais ou do cônjuge como a realização, há muito esperada, dessas ameaças. Em resposta, a pessoa enlutada provavelmente sentirá uma raiva profunda pelo que considera ser um abandono; se expressará essa raiva diretamente, ou se a dirigirá para outro lugar, isso variará de pessoa para pessoa. Além disso, o enlutado bem poderá suspeitar que, por meio da coerção ou da súplica, a pessoa desaparecida ainda pode ser recuperada – como deve ter acontecido no passado. Dessa maneira, ao que me parece, pode ser possível explicar muitos casos em que uma pessoa enlutada permanece, com o passar dos anos, empenhada num protesto raivoso e numa busca inútil.

Quer a pessoa enlutada considere a morte de sua figura de apego como resultado de uma deserção punitiva, ou de sua negligência quase criminosa, não poderá deixar de estar convencida de que a morte foi provocada por ela mesma e de que, consequentemente, é a única culpada. Além disso, na medida em que tiver uma sensação da presença continuada da pessoa morta, considerará essa presença como uma vingança; daí a sua angústia aguda e seus sonhos alarmantes.

Quanto a isso, mais uma vez a teoria proposta rompe com a tradição. Há muito tempo, uma teoria preferida por muitos psicanalistas para explicar a angústia e as autoacusações do luto crônico é a de que ambos são consequência de a pessoa enlutada ter alimentado, em geral de maneira inconsciente, pensamentos de morte contra a pessoa falecida. Em certos casos, realmente, há fortes indícios de que a pessoa foi tomada de desejos assassinos; e, sempre que isso acontece, a angústia e a culpa provavelmente aumentarão muito. Essa sequência é claramente ilustrada pelo caso de Júlia, descrito no capítulo 12. Ainda assim, acredito que a teoria se aplica apenas a uma minoria de casos e que a sua insistência na exclusão de todas as outras explicações possíveis constitui um erro grave.

Além disso, o que os partidários de uma versão generalizada dessa teoria geralmente não reconhecem é que uma pessoa não alimenta sentimentos assassinos sem causa. Repetidas vezes vemos que esses sentimentos foram provocados em muitas ocasiões, a princípio durante a infância mas numa proporção significativa de casos eles se estenderam até o presente. Rejeições, separações, exigências descabidas, ameaças alarmantes feitas de várias maneiras pelos pais da criança (ou substitutos dos pais) foram a sorte, acredito, de todas as pessoas, ou pelo menos da grande maioria, perseguidas por fortes impulsos de ferir os que lhe estão próximos. Mais uma vez, o caso de Júlia constitui uma ilustração. (Ver também volume II, capítulo 17.)

Influência de modelos subordinados

Em todos os casos mais sérios de luto crônico a pessoa enlutada dificilmente tem consciência de que, além de todas as reações que parecem dominá-la totalmente (e que atribuo à influência do par de modelos que considera a sua figura de apego como acima da crítica e ela própria como responsável por todos os erros), está dominada também por outras reações latentes, de tipo muito diferente. Compreendem elas, primeiro, um desejo de amor que nunca foi satisfeito e, segundo, um amargo ressentimento contra aqueles que, por qualquer razão, não lhe deram amor.

A presença dessas outras reações, que em geral permanecem de certo modo inibidas e segregadas na personalidade, deve ser atribuída à influência do par subordinado de modelos construído a partir não daquilo que a figura original insistia ser verdade, mas daquilo que a pessoa enlutada realmente sentiu. Só a um companheiro que não faça julgamentos e que se mostre compreensivo estas últimas reações provavelmente se expressarão, a princípio experimentalmente, e talvez mais tarde com todo o vigor. Durante essa expressão, em lugar de a figura de apego ser considerada como acima da crítica, suas deficiências tornam-se assustadoramente claras. Em lugar de o eu ser considerado como difícil de ser amado e ingrato, é visto como tendo sido frequentemente enganado e excessivamente grato por pequenas bondades recebidas.

Tendências que contribuem para a ausência prolongada de pesar

Já dissemos o suficiente, nos capítulos anteriores, e especialmente nas páginas finais do capítulo 11, para indicar quais, na nossa opinião, são as tendências cognitivas que contribuem para a ausência prolongada de pesar. Observações insultuosas, talvez sarcásticas, feitas pelos pais sempre que o filho está aflito e procura consolo, provocam na criança a consciência de que chorar e buscar consolo é obter censura e desprezo. Cultivar a autossuficiência e uma concha autoprotetora, com o máximo possível de negação de todo desejo de amor e apoio, são as sequelas naturais. Além disso, quanto mais frequentemente a criança é rejeitada ou sofre uma separação, e quanto mais angustiada e aflita ela se torna, mais frequentes e dolorosas são as censuras que provavelmente recebe e, portanto, mais espessa se torna a concha protetora. Realmente, em algumas pessoas essa concha se torna tão dura que as relações afetivas ficam atenuadas a tal ponto que as perdas deixam de ter qualquer significação. Elas podem ser imunes ao luto, mas a que preço!

Uma pessoa criada dessa maneira pode tornar-se orgulhosa de sua autossuficiência; pode lamentar a sua falta de sentimento; ou, e talvez seja o mais comum, pode oscilar entre as duas reações.

Uma pessoa que se dizia orgulhosa de sua autossuficiência é o sr. G., o paciente com um "falso eu", descrito no último capítulo, e sobre cuja infância temos bastantes informações (desde que aceitemos como válido o seu relato, o que me inclino a fazer). Tendo sofrido incontáveis rejeições por sua mãe na primeira infância, interpretou sua matrícula na escola (provavelmente aos 5 ou 6 anos) como uma rejeição final, e a partir de então recusou-se a pedir ajuda ou a aceitar que fizessem alguma coisa por ele. Consequentemente, grande parte de sua vida baseou-se numa desativação dos sistemas que medeiam o seu comportamento de apego. Não obstante, a desativação não foi completa e, em consequência, ele se viu em conflitos terríveis. Por exemplo, tão logo se comprometeu a ficar noivo de sua namorada, aterrorizou-se com a possibilidade de tornar-se demasiado dependente dela, e então a estimulou a deixá-lo. Não se pode ter certeza se àquela época ele tinha consciência de que o medo de tornar-se dependente demais refletia um medo de correr o risco de mais uma rejeição, o que era claro.

Percepções tendenciosas de confortadores potenciais

Quer uma pessoa reaja à perda com luto crônico, ou com ausência prolongada de pesar, provavelmente terá dificuldade em encontrar conforto nos amigos. Algumas pessoas evitam deliberadamente aqueles que possam solidarizar-se com seu sofrimento. Outras procuram conforto, mas, por motivos que estão nelas mesmas, não encontram. Sempre que se estabelecerem no íntimo da pessoa modelos representacionais dos tipos descritos nas seções anteriores, ela não terá confiança no consolo recebido de parentes ou outros. Não só isso, como também poderá achar que, em lugar do consolo, está recebendo acusações e castigos; ou que o preço do consolo será uma nova vida de servidão. Tendo essas convicções, essa pessoa hesitará muito em aceitar as ofertas de ajuda, e poderá interpretar mal a aproximação de alguém que queira consolá-la. Crítica e rejeição, ou uma intenção predatória, serão vistas onde não existem. Por mais falsa que seja essa visão, porém, e por mais que, vez ou outra, a pessoa veja claramente que ela é falsa, ainda assim continuará a sofrer sua profunda influência. Uma vez estabelecidos os modelos, é muito difícil modificá-los. Numa breve narrativa, *A Grief Observed* (1961), o conhecido escritor C. S. Lewis descreveu suas experiências pessoais nos meses que se seguiram à morte de sua mulher. O relato sugere, fortemente, um homem cuja vida sentimental fora em grande parte inibida e sufocada durante a infância e que, em consequência disso, crescera bastante introspectivo. Os trechos seguintes são notáveis.

Sendo um homem profundamente religioso, Lewis buscava consolo em Deus, mas em lugar de sentir uma presença consoladora, sentia que uma porta lhe estava sendo fechada na cara:

> E, enquanto isso, onde está Deus? Este é um dos sintomas mais inquietantes. Quando estamos felizes... somos – ou assim parece – recebidos com braços abertos. Mas se O procuramos quando nossa necessidade é desesperada, quando qualquer outra ajuda é inútil, o que encontramos? Uma porta nos é fechada na cara, e ouvimos o barulho dos ferrolhos e das fechaduras do lado de dentro. Depois disso, o silêncio. Bem podemos nos afastar... (p. 9).
>
> É... a própria intensidade do anseio que cerra as cortinas de ferro, que nos faz sentir que estamos olhando para o vazio...? "Aqueles que pedem" (pelo menos, que "pedem com demasiada insistência") não recebem. Talvez não possam (p. 58).

Para quem focalizar os problemas do luto do ponto de vista defendido aqui, certas deduções sobre a maneira como os pais de Lewis responderam a ele quando, ainda criança, estava aflito e buscava conforto serão óbvias; e sua biografia permite uma certa confirmação dessas deduções[3]. Sua mãe morreu de câncer quando ele tinha 9 anos e meio e seu pai, sempre temperamental, ficou tão perturbado que não tinha condições de confortar seus dois filhos amargurados. Pelo contrário, afastou-os: "ele falava raivosamente e agia injustamente... Com a morte de minha mãe, toda a felicidade, toda a tranquilidade e segurança desapareceram de minha vida" (pp. 25 e 27).

....

3. Lewis, *Surprised by Joy*, 1955. Ver também as recordações de seu irmão mais velho, no prefácio às *Letters* (W. H. Lewis, org., 1966).

Se essa interpretação da reação de C. S. Lewis à morte de sua mulher for válida, sua frustração poderá ser entendida em termos da teoria proposta no capítulo 4, como consequência do fato de terem sido desativados, com a morte da mãe, os sistemas que mediavam o seu comportamento de apego.

A natureza dessas expectativas profundamente arraigadas quanto ao comportamento de confortadores potenciais contribui muito, ao que me parece, para determinar se uma pessoa enlutada está triste, talvez terrivelmente triste, ou se está desesperada e deprimida.

Elas desempenham também um grande papel na explicação das razões pelas quais outras pessoas enlutadas rejeitam qualquer pensamento de conforto e até mesmo negam a necessidade dele.

Tendências que contribuem para um resultado saudável

A esta altura de nossa exposição talvez não seja necessário dizer muito sobre as tendências cognitivas que ajudam uma pessoa enlutada a enfrentar a perda e conduzir seu luto a um resultado favorável.

Essa pessoa, pelo que se pode deduzir, provavelmente possui um modelo representacional da(s) figura(s) de apego como sendo disponíveis, receptivas e úteis, e um modelo complementar de si mesma como sendo pelo menos digna de amor e dotada de valor. Tais modelos terão sido construídos em consequência de experiências felizes durante sua infância, quando seus desejos de amor, conforto e apoio terão sido respeitados e satisfeitos. Subsequentemente, influenciada por esse modelo, ela provavelmente terá sido capaz de estabelecer outras relações afetivas e dignas de confiança, em sua adolescência e vida adulta.

Ao enfrentar a perda de alguém que lhe é querido, essa pessoa não será poupada de pesar; pelo contrário, poderá sentir um pesar profundo e talvez mesmo, ocasionalmente, experimentar uma grande raiva. Mas, desde que as causas e circunstâncias da morte não sejam particularmente adversas, ela provavelmente não passará pelas experiências que levam o luto a se tornar insuperável, improdutivo ou ambas as coisas. É quase certo que terá apenas um leve sentimento de ter sido rejeitada ou abandonada; é improvável que se entregue a uma autoacusação inadequada.

Como não terá medo de desejos intensos e insatisfeitos de amor com relação à pessoa perdida, deixar-se-á dominar por crises de pesar, e a expressão do anseio e da consternação se fará naturalmente por meio de lágrimas. Se tiver amigos compreensivos, sentir-se-á confortada em lembrar os dias mais felizes e em refletir sobre as satisfações proporcionadas pela sua relação perdida, sem ter de apagar todas as lembranças de suas limitações. Nos meses e anos que se seguirem, provavelmente será capaz de reorganizar sua vida, talvez fortalecida por uma sensação da presença constante e benévola da pessoa perdida.

Se o leitor estiver achando que a ênfase na experiência infantil como determinante da forma tomada pelo luto na vida adulta é excessiva, lembramos-lhe as descobertas de Maddison, reconhecidamente obtidas a partir de uma amostra pequena, segundo as quais há uma correlação direta entre a relação da viúva com sua mãe e o resultado de seu luto (capítulo 10).

Interação de tendências cognitivas com outras condições que afetam as reações à perda

A despeito das tendências cognitivas específicas que influenciam as relações afetivas pessoais, as reações que se seguem à perda são, inevitavelmente, uma resultante da interação dessas tendências, de um lado, com as condições predominantes à época da perda e, do outro, durante as semanas e meses que se seguem a ela. Consequentemente, certas pessoas, cujas tendências parecem augurar maus resultados, podem chegar a um resultado bastante favorável, ao passo que a presença de tendências favoráveis não constitui garantia absoluta contra o luto intenso e difícil.

Por mais fundamental que seja o entendimento dessas interações sempre que abordamos uma pessoa recentemente enlutada, talvez seja desnecessário nos estendermos aqui sobre o assunto. Todos os leitores que nos acompanharam até agora dificilmente terão problemas em aplicar a teoria delineada e em perceber como as condições descritas no capítulo 10 podem ter as influências variadas no curso do luto que os dados mostram que têm. Na verdade, podemos afirmar que um dos méritos desta teoria é apresentar uma conexão simples entre, de um lado, as influências que as condições externas à pessoa enlutada têm sobre o curso do luto e, do outro lado, as influências que têm sobre o curso do luto e as tendências que a pessoa traz consigo.

Evidentemente, os dados que mencionamos aqui em apoio das opiniões expressas são insuficientes, havendo necessidade de uma pesquisa muito maior. Será especialmente necessário realizar estudos prospectivos que se iniciem bem antes da época prevista para a perda, e fazer previsões sobre o provável curso do luto de cada uma das pessoas investigadas, em diferentes condições, no caso de ela vir a sofrer uma perda. Os dados necessários seriam de pelo menos dois tipos. Primeiro, um material histórico relevante seria conseguido por meio de entrevistas, inclusive entrevistas com parentes e também entrevistas conjuntas. Por exemplo, se as amostras fossem de casais, o que seria sensato, as informações sobre a relação e sua história seriam obtidas com vantagens em entrevistas conjuntas, bem como individuais. Segundo, seria feita uma avaliação, independentemente de qualquer material histórico, do padrão de reações que cada pessoa investigada está habitualmente propensa a adotar quando confrontada, seja com uma separação temporária, ou com uma perda permanente. Com essa finalidade, o Teste da Angústia de Separação de Hansburg, devidamente ampliado e desenvolvido, constitui um instrumento promissor (Hansburg, 1972)[4].

Enquanto não se obtêm dados adicionais, a teoria aqui apresentada pretende ser coerente com as evidências fragmentárias já existentes, ter coerência interna e, acima de tudo, levar a hipóteses passíveis de teste sistemático.

....

4. Uma descrição desse teste é apresentada no volume II, capítulo 17. O princípio sobre o qual é construído é o de apresentar ao paciente uma série de quadros que ilustram várias situações em que uma pessoa do mesmo sexo e idade que ele sofre uma separação, uma perda ou um risco de perda. Pergunta-se então ao paciente se já atravessou uma situação daquele tipo e, em caso afirmativo, como se sentiu e agiu. Se a experiência não ocorreu, pede-se que ele a imagine e descreva como acha que se sentiria e agiria. Uma versão do teste adaptada a crianças de cinco anos foi preparada, e os resultados preliminares foram registrados por Klagsbrun e Bowlby (1976).

Capítulo 14
Tristeza, depressão e distúrbio depressivo

> O afeto correspondente à melancolia é o luto ou pesar – isto é, o anseio por alguma coisa que se perdeu.
>
> SIGMUND FREUD[1]

Tristeza e depressão

Neste capítulo, no qual indicamos a maneira pela qual abordamos o amplo e controverso campo dos distúrbios depressivos[2], ampliamos temporariamente o quadro para examinar as perdas provocadas por outras causas que não a morte.

Examinemos primeiro os aspectos em que a pessoa que está triste, e talvez temporariamente deprimida, difere psicologicamente de alguém que está cronicamente deprimido ou talvez sofra de um distúrbio depressivo.

A tristeza é uma reação normal e saudável a qualquer infortúnio. A maioria, se não todos, dos episódios mais intensos de tristeza é provocada pela perda, ou previsão de perda, seja de uma pessoa amada, de lugares familiares e queridos, ou de papéis so-

---

1. Do Esboço G, aproximadamente janeiro de 1895 (S. Freud, 1954).
2. Para refletir minha convicção de que existem diferenças autênticas entre a depressão clínica e um estado depressivo normal, as condições clínicas habitualmente chamadas de "depressões clínicas", "estados depressivos clínicos" ou "enfermidades depressivas" são por mim chamadas, aqui, de "distúrbios depressivos". As razões para a adoção dessa terminologia são, primeiro, que acredito serem as condições clínicas mais bem compreendidas como versões perturbadas daquilo que, sob outros aspectos, constitui uma reação normal, e, segundo, que, embora o termo "distúrbio" seja compatível com o pensamento médico, não está ligado especificamente ao modelo médico, como ocorre com os termos "clínico" e "enfermidade".

ciais. Uma pessoa triste sabe quem (ou o que) perdeu e anseia pelo seu retorno. Além disso, provavelmente buscará ajuda e consolo em algum companheiro em quem confia e, em alguma parte de sua mente, acreditará que com o tempo e assistência conseguirá recuperar-se, ainda que apenas em parte. Apesar da grande tristeza, a esperança ainda pode estar presente. Se a pessoa triste não encontrar ninguém a quem recorrer, sua esperança certamente diminuirá, mas não desaparecerá necessariamente. Recuperar-se exclusivamente pelos seus próprios esforços será muito mais difícil, mas não impossível. Seu senso de competência e valor pessoal permanece intacto.

Mesmo assim, poderá haver ocasiões em que se sinta deprimida. Num trabalho anterior (Bowlby, 1961b) sugeri que a depressão, como um estado de espírito ocasionalmente experimentado pela maioria das pessoas, é uma consequência inevitável de qualquer estado em que o comportamento se desorganiza, como provavelmente ocorre depois de uma perda: "Enquanto houver um intercâmbio ativo entre nós e o mundo exterior, seja em pensamento ou ação, nossa experiência subjetiva não é de depressão: medo, raiva, satisfação, frustração, ou qualquer combinação delas, podem ser experimentados. É quando o intercâmbio cessa que a depressão ocorre (e continua) até o momento em que novos padrões de intercâmbio se organizam em direção a um novo objeto ou meta..."

Essa desorganização, e o estado de depressão que dela faz parte, embora dolorosa e talvez desorientadora, é ainda assim potencialmente adaptativa. Isso porque, até que sejam desfeitos os padrões de comportamento organizados para interações que deixaram de ser possíveis, novos padrões organizados para novas interações não podem ser construídos. É característica da pessoa mentalmente sadia a capacidade de atravessar essa fase de depressão e desorganização, dela saindo, depois de um período não excessivamente longo, com o comportamento, pensamento e sentimento já em vias de reorganização para interações de um novo tipo. Mais uma vez, seu senso de competência e valor pessoal permanece intacto.

Distúrbio depressivo e experiência infantil

O que explica, então, os graus mais ou menos intensos de desespero e desamparo que, como Bibring (1953) observou há muitos anos, são característicos dos distúrbios depressivos, e o sentimento de abandono, de rejeição e de desamor experimentados com tanta frequência pelos pacientes, como Beck (1967), entre outros, ressaltou? Em consequência deste estudo, sugiro vários fatores que, isolados ou combinados com outros, podem estar presentes.

Seligman (1973) chama a atenção para as razões pelas quais uma pessoa, tendo sido frequentemente malsucedida na solução de certos problemas, sente-se desamparada e, mesmo quando enfrenta um problema que tem capacidade de resolver, tende a não fazer qualquer tentativa nesse sentido. Se tentar, e tiver êxito, ainda assim pode considerar esse êxito como simples sorte. Esse estado de espírito, que Seligman designa como "desamparo aprendido", é responsável, segundo ele, pelo desamparo presente nos distúrbios depressivos. A teoria por ele proposta é perfeitamente compatível com a apresentada aqui.

Na maioria das formas de distúrbios depressivos, inclusive o luto crônico, a principal questão em relação à qual uma pessoa se sente desamparada é a sua capacidade de estabelecer e manter relações afetivas. O sentimento de desamparo pode, nesse caso, ser atribuído, ao que acredito, às experiências vividas pela pessoa em sua família de origem. Essas experiências, que provavelmente continuam até uma fase adiantada da adolescência, são de três tipos correlatos, ou uma combinação deles:

a) É provável que a pessoa tenha passado pela experiência amarga de nunca ter estabelecido uma relação estável e segura com seus pais, apesar de ter feito repetidos esforços para isso, inclusive de se ter esforçado ao máximo para atender as exigências deles e talvez também as expectativas pouco realistas que tenham formulado a seu respeito. Essas experiências infantis fazem com que ela desenvolva uma acentuada tendência a interpretar qualquer perda que possa sofrer mais tarde como mais um de seus fracassos em estabelecer e manter uma relação afetiva estável.

b) É provável que, muitas vezes, tenham dito à pessoa que ela era indigna de ser amada, ou inconveniente, ou incompetente[3]. Se passou por essas experiências, estas provavelmente resultaram no desenvolvimento de um modelo de si mesma como uma pessoa indigna de ser amada, indesejada, e de um modelo de figuras de apego como sendo inacessíveis, ou rejeitadoras e punitivas. Sempre que uma pessoa assim sofre uma adversidade, portanto, longe de achar que os outros podem ajudá-la, espera deles hostilidade e rejeição.

c) Para esta pessoa é maior do que para as outras a probalidade de ter sofrido a perda real de um dos pais durante a infância (ver mais adiante, neste mesmo capítulo), acarretando-lhe consequências que, por mais desagradáveis que tenham sido, ela foi importante para modificar. Essas experiências confirmariam a sua crença de que qualquer esforço que pudesse fazer para remediar sua situação estaria destinado ao fracasso.

Segundo essa interpretação, prevê-se que o padrão específico de distúrbio depressivo desenvolvido por uma pessoa depende do padrão específico das experiências infantis que teve, e também da natureza e das circunstâncias do acontecimento adverso experimentado recentemente.

Essas opiniões baseiam-se, reconhecidamente, em dados fragmentários, e ainda são conjecturais. Não obstante, oferecem uma explicação plausível e testável das razões pelas quais uma pessoa com depressão grave se sente, além de triste e solitária, como acontece com outras pessoas nas mesmas circunstâncias, também in-

---

3. Um motivo comum para que um dos pais, em geral a mãe, fale com a criança ou adolescente dessa maneira é para que fique em casa para tomar conta dela (como se descreve na seção "Experiências que predispõem à compulsão para cuidar", no capítulo 12). Esse tipo de pressão é frequentemente tomado, de maneira bastante errada, como "superproteção".

Quando esse erro de denominação é levado em conta, as conclusões a que chega Parker (1979) parecem coerentes com os três tipos de experiência infantil acima postulados. Em consequência de um questionário-estudo feito com 50 mulheres pacientes deprimidas e 50 controles, ele concluiu que as pacientes deprimidas têm uma tendência significativamente maior do que as controles de achar que foram tratadas pelas mães com uma *combinação* de "pouco cuidado" e "extrema superproteção". Os números são 60% e 24%, respectivamente.

desejada, sem amor e desamparada. Constituem uma explicação plausível também para as razões pelas quais essas pessoas se mostram, tantas vezes, constrangidas, ou pouco receptivas, diante de ofertas de ajuda.

O contato com experiências do tipo postulado aqui, durante a infância, também contribuirá para explicar por que, em pessoas com predisposição à depressão, há uma tendência tão forte a que a tristeza, o anseio e talvez a raiva provocados por uma perda se desliguem da situação que os provocou. Enquanto, por exemplo, no luto sadio a pessoa enlutada se ocupa muito em pensar no morto e talvez no sofrimento que ele experimentou, na frustração de suas esperanças e também nas razões que teriam levado à perda, e como esta poderia ter sido evitada, a pessoa propensa aos distúrbios depressivos pode voltar rapidamente sua atenção para outros pontos – não como um alívio temporário, mas como uma distração permanente. A preocupação com os sofrimentos do eu, com exclusão de tudo o mais, é uma dessas distrações e, quando ocorre, pode arraigar-se profundamente. O caso da sra. Q.Q., uma mulher de 30 anos, mãe de uma criança leucêmica, descrito por Wolff *et al.* (1964*b*) e já citado no capítulo 9, constitui um exemplo disso. Embora ela estivesse frequentemente angustiada, agitada e lacrimosa, conseguia evitar a discussão do agravamento do estado do filho falando interminavelmente sobre sua própria perturbação e incapacidade de continuar suportando *seus* sentimentos. Outros autores, como Sachar *et al.* (1968) e Smith (1971), chamam a atenção para a função diversionária, ou defensiva, das reflexões centradas em si mesmas em pacientes que sofrem de distúrbios depressivos.

Como dissemos no capítulo 4, um desligamento da reação em relação à situação pode ter vários graus e assim formas diferentes. Uma das formas mais difíceis de solucionar, ao que me parece, resulta da proibição implícita ou explícita, pelos pais, talvez sob a ameaça de sanções, de que a criança tenha deles e de si mesma outra visão que não a estabelecida por eles. A criança e, mais tarde, o adolescente e o adulto não só ficam incapacitados de reavaliar ou modificar seus modelos representacionais dos pais ou de si mesmos, como também são proibidos de comunicar aos outros qualquer informação ou ideia que possa apresentar os pais sob uma luz menos favorável, e a si própria sob uma luz mais favorável.

Parece provável, em geral, que, quanto mais persistente for o distúrbio de que sofre o paciente, maior o grau de desligamento existente e mais completa a proibição que sente contra qualquer reavaliação de seus modelos. Fazemos breve referência a alguns dos resultados empíricos apresentados por Aaron Beck depois de estudo amplo e sistemático de pacientes que sofrem de depressão (Beck, 1967; Beck e Rush, 1978; Kovacs e Beck, 1977). Talvez seja útil, portanto, uma palavra sobre a teoria formulada por ele para explicar seus resultados e de que forma ela se relaciona com a teoria aqui apresentada.

Em lugar de adotar uma das interpretações tradicionais, segundo a qual o distúrbio depressivo é "um distúrbio primário sério do estado de espírito, com a resultante perturbação do pensamento e do comportamento" (citando a definição dada nas edições de 1952 e 1968 do manual de diagnóstico da Associação Psiquiátrica Americana), ou consequência da agressão voltada contra si mesmo, sugerida por Freud, Beck apresenta evidências de que o estado de espírito deprimido do paciente é a consequência natural da maneira como ele vê a si mesmo, o mundo e seu futuro. Isso leva Beck a formular uma teoria cognitiva das perturbações depressivas, concebida nos mesmos moldes da teoria das tendências cognitivas aqui proposta. Ambas as formulações postulam que os indivíduos propensos à depressão possuem esquemas cognitivos que têm certas características excepcionais que os levam a interpretar os acontecimentos de suas vidas da maneira idiossincrática como fazem.

As duas formulações diferem pelo fato de que uma delas procura explicar o aparecimento desses esquemas postulando que as pessoas que os apresentam tiveram certos tipos de experiência em sua infância, e a outra não oferece qualquer explicação. Embora Beck, como muitos outros clínicos, suponha que as experiências infantis desempenhem um certo papel no desenvolvimento desses esquemas, não leva adiante a questão, observando com justiça que a pesquisa nesse campo está cheia de dificuldades.

Pode-se dizer, em suma, que os dados de Beck são explicáveis pela teoria aqui apresentada, e também que, dentro dos limites que ela se impõe, sua teoria é compatível com a minha. A única divergência entre elas é que a de Beck tem um âmbito menor. Não é raro que o estado mental de uma pessoa gravemente deprimida seja descrito e explicado em termos da perda de autoestima. É um conceito que me parece inadequado ao peso que sustenta, pois não esclarece que a baixa autoavaliação a que se refere resulta de um ou mais juízos de si mesmo francamente adversos, tais como o de que se é uma pessoa incapaz de mudar a situação para melhor, e/ou responsável pela situação em questão, e/ou intrinsecamente incapaz de ser amada e, portanto, permanentemente incapaz de estabelecer ou manter quaisquer laços afetivos. Como a expressão "baixa autoestima" não encerra nenhum desses significados, não é usada aqui.

Distúrbios depressivos e sua relação com a perda: o estudo de George Brown

Desde que Freud publicou seu "Luto e melancolia", as questões da medida em que os distúrbios depressivos se relacionam com a perda e da proporção de casos que podem ser considerados como versões distorcidas do luto continuam sem resposta. Nem podem ser solucionadas pelos procedimentos que usamos até agora. Sua solução exige uma abordagem diferente da adotada. Em lugar de proceder prospectivamente, como estamos fazendo, partindo de uma perda e então examinando suas consequências, é necessário começar com grupos representativos de pessoas que sofrem de distúrbios depressivos para, em seguida, determinar, retrospectivamente, o que sabemos de suas causas.

Os resultados de um importante estudo desse tipo, feito por George Brown, sociólogo britânico, foram publicados na última década e aproximam-se um pouco das respostas que buscamos. Seu recente livro com Tirril Harris, *The Social Origins of Depression* (1978a), faz uma descrição abrangente da investigação e de seus resultados, bem como de detalhes de publicações anteriores.

Brown e seus colegas dispuseram-se a estudar os papéis desempenhados por acontecimentos sociais de tipos emocionalmente significativos na etiologia dos distúrbios depressivos. Ao fazê-lo, levaram em conta não só os acontecimentos recentes e as condições existentes, como também certas classes de acontecimentos anteriores. Examinamos, a seguir, a influência de apenas duas das muitas variáveis consideradas por Brown. São elas, primeiro, o papel dos acontecimentos recentes na vida do paciente e, segundo, o papel da perda infantil. Perfeitamente consciente de que esses campos há muito estão confundidos por difíceis problemas de metodologia, Brown preparou seu projeto com excepcional cuidado.

Entre os problemas que ele e seus colegas procuraram resolver estavam os da amostragem. Asseguraram-se de que sua amostra de pessoas com distúrbios depressivos era razoavelmente representativa de todos os atingidos, e não se limitava apenas aos que estavam sob cuidados psiquiátricos, e também que o grupo de comparação de pessoas saudáveis estava livre de pacientes não declarados.

Outro problema a que deram grande atenção foi o de decidir o que deveria ser considerado como acontecimento de significação emocional para a pessoa em questão. Se a decisão ficasse totalmente a cargo da própria pessoa, havia o perigo de uma argumentação circular, pois qualquer acontecimento que na opinião dela lhe tivesse provocado tensão seria considerado como estressante. E, quanto mais uma pessoa é propensa à aflição, mais numerosos os acontecimentos que ela considera estressantes. Inversamente, por motivos já examinados, uma pessoa perturbada pode deixar de mencionar fatos que, mais tarde, podem ser considerados como de grande relevância para a sua aflição, ou pode afirmar que não tinha ideia do que poderia tê-la perturbado e então atribuir seus problemas a acontecimentos que, mais tarde, podem ser considerados de pouca importância. Mesmo assim, temos de reconhecer que, embora o paciente não possa ser considerado como o árbitro final na questão, se não se der atenção para as circunstâncias detalhadas nas quais ele vive, não se perceberá o significado que um acontecimento tem para ele. Por exemplo, se o nascimento de um bebê é uma ocasião de grande alegria, de grande angústia ou de grande sofrimento, depende das circunstâncias dos pais.

Amostra. Durante sua investigação, realizada num bairro da região sul de Londres, Brown e Harris estudaram dois grupos principais de mulheres, um grupo de pacientes e um grupo comunitário. O grupo de pacientes compreendia 114 mulheres, entre 18 e 65 anos, que foram diagnosticadas como sofrendo de alguma forma e grau de distúrbio depressivo de início recente, e que estavam recebendo tratamento psiquiátrico, seja como pacientes internos ou externos. O grupo comunitário compreendia uma amostra aleatória de 458 mulheres na mesma faixa etária das pacientes, residentes no mesmo bairro londrino. Entre seus membros foram selecionadas várias subamostras.

Na investigação da amostra comunitária a primeira tarefa foi identificar as mulheres que, embora não estivessem recebendo assistência psiquiátrica, mesmo assim sofriam perturbações desse gênero. Isso foi feito por um sociólogo, auxiliado por um psiquiatra de pesquisa, que entrevistou todas as mulheres utilizando-se de uma versão um pouco abreviada da forma de exame clínico usada pelo psiquiatra ao entrevistar os membros do grupo de pacientes (ou seja, o Exame do Estado Presente, criado por Wing *et al.*, 1974). Valendo-se dos resultados desse exame e de todas as outras informações existentes, fez uma avaliação da saúde mental de cada uma das mulheres da amostra. As que tinham sintomas bastante sérios para merecer atenção psiquiátrica, de acordo com os padrões geralmente aceitos no Reino Unido, foram classificadas como "casos". As que tinham sintomas cuja gravidade estava abaixo do critério foram classificadas como "casos limítrofes". De importância decisiva para as avaliações foi o uso de exemplos de referência, ou de ancoragem, tanto para os casos limítrofes como para os casos propriamente ditos.

Das 458 mulheres da amostra comunitária, 76 foram classificadas como casos e 87 como casos limítrofes, restando 295 como relativamente livres de sintomas. Para os resultados descritos aqui, os casos limítrofes foram incluídos entre os livres de sintomas, constituindo uma subamostra de 382 mulheres que servia de grupo de comparação.

A tarefa seguinte foi identificar a data do início dos sintomas nas 76 mulheres definidas como casos. Em cerca da metade (39), os sintomas se vinham apresentando há 12 meses, ou mais. Foram classificadas como casos crônicos. Nas restantes 37, o início teria ocorrido no período de um ano anterior à entrevista: foram classificadas como casos iniciais[4].

O resultado desse trabalho preliminar foi a identificação de quatro grupos de mulheres, as 114 do grupo de pacientes, as 39 do grupo crônico, as 37 do grupo de casos iniciais e as 382 mulheres do grupo comunitário classificadas como normais, ou limítrofes.

Papel dos acontecimentos recentes

Para a parte da investigação destinada a determinar o papel dos acontecimentos recentes na vida do paciente, o grupo de casos crônicos foi excluído, e a investigação limitou-se aos três outros.

Os fatos a serem examinados foram predefinidos e escolhidos como os que mais provavelmente teriam significado emocional para uma mulher comum. Foram feitas então indagações sistemáticas a todas as mulheres das amostras sobre a ocorrência desse fato em suas vidas, no ano anterior à entrevista. Para cada fato assinalado eram atribuídos, por pesquisadores que não participavam da entrevista, pontos relativos à probabilidade de o fato afetar uma mulher colocada nas circunstâncias descritas. Uma condição crucial foi a de que, embora esses pontos levassem em conta todas as informações sobre as circunstâncias do informante, eram atribuídos sem o conhecimento da sua reação real. Devido à importância dos resultados, uma descrição mais detalhada do processo adotado é feita no final desta seção.

Na análise dos resultados, a mais importante escala de pontos com totais positivos foi a que tratou do grau de ameaça ou de insatisfação, por mais de uma semana, que o acontecimento provavelmente teria para uma mulher nas circunstâncias descritas.

....

4. Como, para os objetivos da pesquisa, era essencial o registro preciso da data do aparecimento dos primeiros sintomas, os investigadores adotaram um procedimento especial na entrevista, usado também para o grupo de pacientes. Um teste de sua validade, em que a data fornecida por um paciente foi comparada com a data fornecida independentemente por um parente, foi satisfatório.

Essa escala, denominada por Brown e Harris escala da ameaça contextual a longo prazo, mostrou, na opinião deles, ser "a medida de importância crucial para entender a etiologia da depressão", já que a utilização de outras escalas que cobriam outras dimensões dos acontecimentos nada acrescentou. Ao apresentar seus resultados, os autores referem-se a qualquer acontecimento classificado como uma provável ameaça moderada ou séria, a longo prazo, para uma mulher colocada nas circunstâncias descritas como um acontecimento grave.

Quando as proporções das mulheres que passaram por pelo menos um acontecimento grave durante o período anterior relevante são comparadas entre os três grupos, verificam-se diferenças amplas e significativas. Entre as pacientes, a proporção das que passaram por pelo menos um acontecimento grave é de 61%, entre os casos iniciais, de 68%, e, entre o grupo de comparação, 20%. Além disso, entre o grupo de pacientes e o grupo de casos iniciais uma proporção muito maior do que no grupo de comparação passara por pelo menos dois acontecimentos sérios durante o período: ali, as porcentagens são de 27%, 36% e 9%, respectivamente.

Como descrevemos mais detalhadamente no capítulo 17, entre as pacientes houve uma proporção de mulheres diagnosticadas como sofrendo de uma depressão psicótica, ou a chamada depressão endógena, quase tão alta quanto a das mulheres diagnosticadas como sofrendo de depressão neurótica, ou a chamada depressão reativa – os números são 58% e 65%, respectivamente.

Depois de examinar o intervalo entre as ocorrências de um acontecimento grave e o início de um distúrbio depressivo, Brown e Harris concluem que em personalidades sensíveis "os acontecimentos graves geralmente levam, com muita rapidez, a uma depressão". Em dois terços dos casos o período foi de nove semanas ou menos, e em quase todos o início ocorreu dentro de seis meses.

Como uma em cada cinco das 382 mulheres no grupo de comparação havia passado por um acontecimento grave durante as 38 semanas anteriores sem apresentar distúrbio depressivo, permanece a possibilidade de que um fato grave possa ter ocorrido por acaso na vida de um futuro paciente no período em questão, sem ter desempenhado qualquer papel na sua depressão. Para levar em conta essa contingência, Brown e Harris aplicam uma correção estatística e concluem que em nada menos de 49% das pacientes o fato grave foi de importância verdadeiramente causal, e não apenas resultado do acaso. Isso significa que, se o futuro paciente não tivesse conhecido o fato grave, não teria desenvolvido qualquer distúrbio depressivo pelo menos por longo tempo e talvez, o que é mais provável, nunca o tivesse desenvolvido. É uma conclusão de extrema importância.

Até agora nada dissemos sobre a natureza dos acontecimentos considerados como graves pela definição usada. Quando esta é examinada, verifica-se que a maioria dos acontecimentos implicava uma perda, ou previsão de perda. Nas palavras de Brown e Harris, "a perda e a decepção são as características centrais da maioria dos acontecimentos que provocam a depressão clínica". De fato, de todos os acontecimentos considerados, nas circunstâncias em que ocorreram, capazes de constituir uma ameaça séria, ou moderadamente séria, quer para as mulheres deprimidas quer para as mulheres do grupo de comparação, quase que exatamente a metade implicava uma perda, ou previsão de perda, de uma relação estreita, ou seja, marido, namorado ou confidente íntimo, ou filho. As causas dessas perdas, ou previsão de perda, foram a morte, uma enfermidade fatal, a partida de um filho para lugares distantes, uma separação ocasionada por abandono, a intenção ou ameaça de abandono, ou a inesperada descoberta de uma ligação secreta.

Outros 20% de todos os fatos graves ocorridos compreendiam uma perda, ou previsão de perda, de algum outro tipo. Em uns poucos casos, o fato fez com que a mulher percebesse a realidade, ou a irreversibilidade, de uma situação aflitiva na qual já se encontrava. Os exemplos são os de um casal em desavenças que finalmente resolveu legalizar sua separação e o nascimento de um filho de uma mulher cujo casamento ela sabia não ter futuro. Outros acontecimentos implicavam a perda de alguma outra coisa que não uma relação pessoal. Entre eles estavam a perda de emprego e a saída forçada de casa[5].

....

5. Num estudo comparável de Paykel (1974), dois terços dos acontecimentos anteriores ao início da enfermidade depressiva foram classificados como "saídas", o que é mais ou menos o equivalente do que Brown e Harris classificam como perdas, ou perdas previstas.

Quando todas essas perdas são levadas em conta, verifica-se que quase exatamente a metade das mulheres que sofrem de depressão sofreu perda (48% das pacientes e 59% dos casos iniciais), em contraposição a 14% das mulheres do grupo de comparação. Na proporção de mulheres para quem a perda em questão foi uma morte, a mesma razão entre grupos é válida: entre os pacientes, 11%; entre os casos iniciais, 14%; entre o grupo de comparação, 4%.

Embora não fosse possível, com base nessas verificações, pretender uma equação simples entre os distúrbios depressivos de todos os tipos e os estados de luto crônico, elas deixam claro, não obstante, a existência de uma grande margem de coincidência. Além disso, a coincidência é quase certamente maior do que os números mencionados levam a supor. Um exame das mulheres com depressão, mas cujas experiências de vida recentes *não* incluíam uma perda, ou mesmo um acontecimento grave, mostra que várias delas haviam sido claramente mal classificadas. Por exemplo, em relação a uma paciente, descobriu-se mais tarde que material relevante foi omitido aos avaliadores: o marido dela estava chegando tarde em casa sob pretextos frágeis e ela havia descoberto batom em seu lenço, descoberta não revelada ao entrevistador. E, em outro caso, um acontecimento não havia sido classificado como sério porque o objeto perdido, um cachorro de estimação, não estava incluído nas definições originais. Essa mulher, uma viúva que morava com a mãe, tinha o cachorro há dez anos, e duas semanas antes do início da depressão fora obrigada a abandoná-lo pelo seu senhorio. A significação que o cachorro tinha para ela era evidente: "ele era nosso filho – toda a nossa vida era dedicada a ele".

....

Em outro estudo realizado por um grupo chefiado por William Bunney (Leff, Roatch e Bunney, 1970), porém, os acontecimentos que ocorrem com mais frequência antes do aparecimento dos primeiros sintomas são classificados como "ameaças à identidade sexual", seguidos em ordem de frequência por "mudanças na relação matrimonial". Exceto em sete pacientes que passaram pela morte de uma pessoa próxima (17%), a categoria de perda não foi usada. Não obstante, o exame de seus dados mostra que em vários casos – por exemplo, o divórcio, a separação ou o abandono pelo namorado – o fato em questão poderia ter sido igualmente ou ainda mais bem classificado como perda.

Dificuldades na obtenção de dados relevantes

O trabalho de Brown e Harris está sendo descrito com algum detalhe não só pelo fato de seus resultados serem de grande importância para o entendimento dos distúrbios depressivos, mas também porque mostra que cuidados devem ser tomados para a obtenção dos dados necessários à tarefa em questão.

Há várias razões pelas quais a ocorrência de um fato de grande significação emocional para a pessoa investigada pode passar despercebido a um pesquisador ou a um clínico; em consequência disso, o distúrbio dele resultante pode ser classificado erroneamente como endógeno. Uma dessas razões é a natureza pessoal dos próprios acontecimentos e as dificuldades que alguns deles criam para o investigador. O batom no lenço, tomado no contexto do comportamento geral do marido, é um exemplo. Outros exemplos são os aniversários[6] e acontecimentos análogos que subitamente trazem para a pessoa em questão o impacto total de um fato passado.

Uma segunda razão, ou conjunto de razões, pela qual os acontecimentos de grande significação podem passar sem registro é a propensão da pessoa que sofre de distúrbio depressivo a relutar em confiar a informação relevante ao entrevistador, ou então a sua incapacidade de fazê-lo, seja devido à pressão familiar, ou por ignorar realmente as razões de sua depressão. A relutância em contar ao profissional que lhe presta assistência um fato extremamente doloroso e talvez humilhante é relativamente fácil de compreender. Há, porém, a tendência a esquecer que o paciente pode estar sob forte pressão familiar para não divulgar a ocorrência de certos fatos. Não obstante, é fora de dúvida que tal pressão tem um papel considerável. Goodwin[7], por exemplo, refere-se a ela como o principal problema do estudo de Bunney, especialmente em pacientes retardados e psicóticos. Como ilustração, ele

....

6. Os aniversários não estavam na lista de fatos predefinidos usada por Brown e Harris. As razões dessa omissão foram as dificuldades metodológicas de obter informações sobre eles, sistematicamente, e não por terem sido considerados como sem importância (comunicação pessoal).

7. Relatado em Friedman e Katz (1974, p. 151).

descreve o caso de uma mulher que dera à luz um natimorto quatro meses antes de ser internada, mas que só mencionou o fato muitos meses depois de iniciado o tratamento. Na sua família, qualquer referência ao fato era tabu. E talvez seja ainda mais difícil de lembrar a possibilidade de que o paciente realmente ignore a causa de suas perturbações. Mas, como já descrevemos, essa ignorância certamente ocorre.

A conclusão, observada antes, de que há uma coincidência considerável entre os distúrbios depressivos e os estados de luto crônico é reforçada por um outra descoberta do projeto Brown e Harris. As mulheres que apresentam distúrbios depressivos quando adultas têm maior probabilidade do que as outras de terem sofrido a perda da mãe na infância.

Incidência da perda ou de separação prolongada dos pais durante a infância

Nesta parte da investigação, os três grupos seguintes foram estudados: o grupo de pacientes, com 114 membros; os grupos combinados de casos comunitários (crônicos e iniciais), com 76; e o grupo de comparação, com 382.

A incidência da perda da mãe, por morte, abandono ou separação por um período de 12 meses ou mais[8], antes do 11º aniversário, para cada um dos três grupos, é mostrada no Quadro 4, com os dados relativos à perda do pai. Tanto no grupo de pacientes como no grupo de casos comunitários, a incidência da perda da mãe é maior do que no grupo de comparação, e o mesmo ocorre, embora em menores proporções, no caso da perda do pai. A única dessas diferenças a ter significação estatística é a perda da mãe no grupo de casos comunitários em relação ao grupo de comparação: 22,4% e 6,0%, respectivamente.

....
8. Os períodos de evacuação durante a guerra não foram levados em conta, porque não se obtiveram informações sobre todos os investigados. Para detalhes, ver Brown *et al.* (1977).

QUADRO 4 *Incidência da perda da mãe e do pai, por qualquer causa, antes do 11.º aniversário*

	Pacientes	Casos		"Normais"
	%	%		%
Perda da mãe	10,5	22,4	*	6,0
Perda do pai	15,8	17,1		11,5
N	114	76		382

(*) P = <0,01

A associação entre a perda da mãe durante a infância e o distúrbio depressivo entre mulheres na amostra comunitária pode ser expressa de outra maneira. Entre toda a amostra de 458 mulheres abordadas inicialmente na comunidade, 40 tinham perdido a mãe antes do 11.º aniversário e 418, não. Entre as 40 que perderam a mãe, nada menos de 17, ou 42,5%, desenvolveram distúrbios depressivos, ao passo que entre as 418 que viveram com a mãe por mais tempo apenas 59, ou 14,1%, apresentaram tais sintomas. Assim, entre toda a amostra comunitária a incidência de distúrbios depressivos foi três vezes maior na subamostra que sofrera perda da mãe, do que na subamostra em que a mãe estivera presente por mais tempo.

Esses resultados suscitam uma pergunta: por que a incidência da perda ou separação prolongada da mãe antes do 11.º aniversário no grupo das mulheres deprimidas que não estavam recebendo assistência psiquiátrica, isto é, nos casos do grupo comunitário, é tão mais elevada (22,4%) do que entre as mulheres que recebiam essa assistência, isto é, o grupo de pacientes (10,5%)? Uma possibilidade sugerida pelos dados recolhidos por Brown e Harris é que as circunstâncias familiares das mulheres que perderam a mãe, ou dela se separaram, na infância, são diferentes das predominantes entre as outras mulheres, e que tais circunstâncias, como, por exemplo, um casamento jovem e muitos filhos pequenos para cuidar, sem ninguém para ajudar, contribuem para dificultar a procura de assistência médica ou psiquiátrica.

Qualquer que seja a explicação dessa descoberta, é claro que os futuros estudos já não poderão supor que uma amostra de pessoas que sofrem de um distúrbio, selecionada numa clínica psiquiátrica, seja representativa de todas as pessoas que sofrem desse distúrbio.

O papel da perda nos distúrbios depressivos: sumário

A conclusão a que chegaram Brown e Harris pode, agora, ser resumida. A experiência da perda pode contribuir de maneira causal para os distúrbios depressivos de três formas:

a) como agente *provocador* que aumenta o risco de o distúrbio se desenvolver e determina a época em que isso ocorre: a maioria das mulheres, tanto no grupo de pacientes como no grupo de casos iniciais, havia sofrido uma perda importante, por morte ou outra razão, os nove meses anteriores ao início do distúrbio;

b) como um fator de *vulnerabilidade* que aumenta a sensibilidade individual a esses acontecimentos: no estudo de Brown, e também outros estudos (ver capítulo 17), a perda da mãe antes dos 11 anos é significativa;

c) como um fator que influencia tanto a *gravidade* como a *forma* de qualquer distúrbio depressivo que possa se desenvolver: as constatações de Brown e Harris, relevantes para esses efeitos, encontram-se no capítulo 17.

A perda e os tipos correlatos de acontecimentos graves, porém, não foram as únicas formas de experiência pessoal que Brown e Harris identificaram como fatores que contribuem causalmente para distúrbios depressivos. Como as perdas, esses outros agentes causais podem ser divididos entre os que agem como determinantes do aparecimento dos primeiros sintomas e os que aumentam a vulnerabilidade. Entre os primeiros estavam certos tipos de acontecimentos familiares que, embora não cobertos pela sua definição de acontecimento grave, eram mesmo assim muito preocupantes e aflitivos e haviam persistido por dois anos ou mais. Entre os fatores que pareciam ter aumentado a vulnerabilidade da mulher estavam a ausência, em sua vida, de quaisquer relações pessoais íntimas, a existência de três ou mais filhos menores de 14 anos e dos quais tinha que cuidar e o fato de não trabalhar fora. Devemos notar que as constatações de Brown e Harris não foram isentas de críticas. Tennant e Bebbington (1978), por exemplo, questionam tanto o procedimento para diagnosticar os casos de distúrbios depressivos na amostra comunitária como alguns dos métodos estatísticos usados na análise de seus dados. Isso levantou dúvidas sobre a distinção estabelecida entre agentes provocadores e fatores de vulnerabilidade. A tais críticas, porém, Brown e Harris (1978b) responderam de maneira detalhada e convincente.

Método usado por Brown e Harris para identificar acontecimentos biográficos: novos detalhes

A fim de tratar dos problemas metodológicos da identificação dos fatos emocionalmente significativos de uma maneira que permitisse comparações válidas entre os grupos, adotou-se um procedimento de três fases.

A primeira fase era a identificação de fatos possivelmente importantes, ocorridos no período em questão. Para isso, 38 acontecimentos capazes de provocar uma reação emocional na maioria das pessoas foram definidos antecipada e detalhadamente, e foram especificadas as pessoas da vida do investigado que deveriam ser cobertas. Os entrevistadores passaram então a examinar, com cada entrevistado, quais desses acontecimentos haviam ocorrido durante o período relevante e a registrar os fatos tal como relatados, sem fazer perguntas sobre como o entrevistado poderia ter realmente reagido.

O período escolhido para essa pesquisa foi o ano anterior à entrevista. Para as mulheres no grupo de pacientes e no grupo de casos iniciais, isso cobria um período de 38 semanas em média antes do aparecimento de sintomas.

Embora esse primeiro passo constituísse um método seguro de identificar a ocorrência de certos tipos de acontecimentos, não levava em conta (deliberadamente) as circunstâncias pessoais e o significado que o acontecimento provavelmente teria para alguém nessas circunstâncias. Isso foi feito na segunda e terceira fases.

Tendo identificado a ocorrência de um acontecimento que se conforma aos critérios usados, os entrevistadores cobriam em seguida, da maneira mais informal possível, uma extensa lista de perguntas sobre o que havia levado e o que se havia seguido a cada um dos acontecimentos, e os sentimentos e atitudes que o cercaram. Além das perguntas, o entrevistador estimulava a entrevistada a falar detalhadamente e, com indagações adequadas, procurava ainda obter amplo material biográfico. Todas as entrevistas foram gravadas.

Como o registro dos acontecimentos e seu significado deveria ser feito para todos os membros das três amostras em bases rigorosamente comparáveis, era necessário avaliar o significado que cada fato registrado poderia ter tido para uma mulher nas circunstâncias específicas descritas, e fazê-lo de acordo com uma medida que fosse aplicável a todos e sem referência à maneira particular como a entrevistada havia reagido. Foi essa a terceira fase.

Foram feitas numerosas avaliações de cada acontecimento registrado, por pesquisadores que não participaram da entrevista. Uma das avaliações relacionava-se com a "independência" do acontecimento, isto é, com o grau em que poderia ser considerado como independente do comportamento consciente do entrevistado. As outras medidas consideravam como o acontecimento poderia ter afetado uma mulher nas circunstâncias descritas. Essas classificações, feitas dentro de uma escala de quatro pontos, levavam em conta todas as informações relacionadas com as circunstâncias da informante, mas sem o conhecimento da maneira como realmente reagira. Inicialmente, cada avaliador, trabalhando isoladamente, fez uma avaliação dentro de cada uma das escalas. Em seguida, os avaliadores discutiram as discrepâncias e chegaram a um acordo sobre a classificação final. A concordância entre eles foi elevada, e foram ajudados em sua tarefa não só pelas discussões regulares, mas também por uma série de exemplos de ancoragem ilustrativos dos quatro pontos em cada escala, e por certas convenções bastante padronizadas.

Com esses processos bastante extensos, os pesquisadores pretenderam preencher a lacuna científica deixada pelos dois métodos empregados tradicionalmente, ou seja, o relato dos casos clínicos com seus numerosos detalhes, mas ao qual faltam grupos de comparação, ou salvaguardas contra o raciocínio circular, e a abordagem epidemiológica que, embora dotada de salvaguardas, até agora tem sido carente de significados pessoais.

O papel dos processos neurofisiológicos

É importante compreender que a atribuição de um papel relevante na etiologia dos distúrbios depressivos aos fatos psicossociais e, em particular, à separação e perda não impede que se atribua também um papel significativo aos processos neurofisiológicos.

A existência de uma relação entre níveis anormais de certos neuroendócrinos e neurotransmissores, de um lado, e estados e distúrbios efetivos, de outro, é hoje tida como certa. A controvérsia começa quando são suscitadas questões sobre a sua relação causal. Uma corrente de pensamento estabeleceu a simples suposição de que a sequência causal se faz sempre numa direção, ou seja, partindo das mudanças nos processos neurofisiológicos para as mudanças no afeto e na cognição. Não obstante, hoje é claro que a sequência causal pode correr igualmente bem na direção oposta. A pesquisa mostra que os estados cognitivos e aflitivos de angústia e depressão, provocados em adultos por acontecimentos como separação e perda, não só podem estar acompanhados de mudanças significativas nos níveis de certos neuroendócrinos, como também que essas mudanças são semelhantes às que sabemos ocorrer muitas vezes em adultos que sofrem de depressão. Parece provável que mudanças comparáveis possam ocorrer também em crianças sujeitas à separação e perda[9]. Uma vez provocadas, essas mudanças neuroendocrinológicas podem prolongar ou

....

9. Essas mudanças certamente ocorrem em macacos pequenos. Por exemplo, McKinney (1997), num comentário sobre estudos de modelos animais de distúrbios depressivos, informa que, em macacos rhesus de quatro meses de idade, separados de suas mães por seis dias, ocorreram alterações importantes nos sistemas amínicos do cérebro periférico e central dos animais.

intensificar a reação depressiva. Os leitores interessados podem consultar uma resenha detalhada de Hamburg, Hamburg e Barchas (1975).

Os estudos mostram, o que não é de surpreender, que o tamanho e o padrão das reações neurofisiológicas aos acontecimentos psicológicos diferem muito de pessoa para pessoa. Essas diferenças provavelmente serão responsáveis, pelo menos em parte, pelas diferenças individuais no grau de vulnerabilidade a esses eventos. Algumas das diferenças provavelmente serão de origem genética, mas há também outras possibilidades. Uma fonte alternativa de diferenças poderiam ser as diferenças nas experiências infantis. Assim, é possível que o estado do sistema neuroendócrino das pessoas sujeitas a condições gravemente estressantes na infância possa sofrer modificações constantes, de modo a tornar-se, a partir de então, mais ou menos sensível. De qualquer modo, as influências genéticas nunca operam num vazio. Durante o desenvolvimento, a norma são as interações complexas das influências genéticas e ambientais. É especialmente quando os organismos estão sob tensão que as diferenças genéticas entre eles se tornam, provavelmente, mais importantes.

Parte III
O luto das crianças

Capítulo 15
Morte de um dos pais na infância e adolescência

> ... Dick... falou-lhe da morte do pai, que ocorreu em Dublin, quando Dick era pequeno, ainda não tinha cinco anos. "Foi a primeira sensação de pesar", disse Dick, "que conheci. Lembro-me de ter entrado na sala onde estava seu corpo, e minha mãe estava sentada, ao lado dele. Eu tinha na mão uma raquete e comecei a bater no caixão, chamando por meu pai. Então minha mãe tomou-me nos braços e disse-me, em meio às lágrimas, que papai não me podia ouvir e não brincaria mais comigo... E isso", disse Dick bondosamente, "me fez ter pena de todas as crianças, desde então; e levou-me a amá-lo, meu pobre garoto sem pai nem mãe."
>
> THACKERAY, *Henry Esmond*

Fontes e plano de trabalho

Já fizemos referência, no capítulo inicial, às controvérsias que ainda envolvem a questão de se as crianças e adolescentes são capazes de reagir à perda de um dos pais como uma forma saudável de luto e, se assim for, em que idade se tornam capazes disso. Ao examinar essas questões, nosso plano será deixar para mais tarde o exame dos problemas especiais relacionados com as perdas sofridas durante os primeiros dois ou três anos e começar revendo os dados sobre as reações à perda por morte sofrida entre o terceiro aniversário, aproximadamente, e o final da adolescência.

Como os atuais estudos sistemáticos das reações de amostras razoavelmente representativas de crianças e adolescentes que perderam um dos pais pela morte só tiveram início recentemente[1], temos de nos valer de dados de um tipo menos representativo. Existem três fontes:

....

1. Um estudo desse tipo foi iniciado em 1976 pelo dr. Beverley Raphael em Sydney, Austrália. Os resultados da fase piloto são descritos em Raphael *et al.* (1978), e são coerentes com as generalizações feitas neste capítulo e em outros capítulos posteriores.

– dados de dois estudos piloto, um de Kliman (1965) e outro de Becker e Margolin (1967);
– dados de um importante estudo clínico realizado em Cleveland, Ohio, por um grupo chefiado por Erna Furman (1974);
– dados recolhidos sobre as reações de filhos de viúvas durante os vários estudos de adultos enlutados, mencionados nos capítulos anteriores.

Embora nenhum desses estudos proporcione dados tão sistemáticos quanto aqueles sobre o luto adulto, já examinado, seus resultados são coerentes o bastante para nos dar confiança. Uma deficiência importante é que, como o número de crianças mencionado em cada estudo é limitado e compreende todas as faixas etárias da infância, o número relativo a cada nível de desenvolvimento da criança é pequeno.

O estudo de Gilbert e Ann Kliman, empreendido num bairro abastado de Nova York, focalizou 18 crianças de sete famílias de classe média, contratadas através de uma instituição de assistência voluntária, logo depois da morte de um dos pais. Em três famílias tratava-se da morte da mãe e, em quatro, da morte do pai. As crianças estavam igualmente divididas em grupos de idades de 3 anos e 9 meses e de 11 anos e 1 mês, com exceção de um bebê de 1 ano e de um rapaz de 14 anos e 3 meses. Grande parte dos dados sobre as crianças foi obtida durante longas entrevistas semiestruturadas com o pai sobrevivente, mas, posteriormente, as crianças também foram ouvidas. Uma limitação importante desse estudo, à parte o pequeno tamanho da amostra, é que em todas as famílias, com apenas uma ou duas exceções, o contato foi retardado por muitos meses, em média oito. A seleção das famílias pretendia evitar qualquer tendência para a patologia, e nenhuma das crianças havia sido levada a uma clínica por problemas emocionais.

O estudo de Becker e Margolin (1967) foi realizado em Boston e ocupou-se de nove crianças, todas com menos de 7 anos, e vindas de sete famílias de classe média. Em seis casos, tratava-se da morte do pai e, num caso, da morte da mãe. Em todos os casos o sobrevivente do casal se havia oferecido para participar do estudo, o contato foi feito nos seis meses que se seguiram à morte (com frequência menos) e, depois de uma avaliação, nenhuma das crianças demonstrou necessidade de psicoterapia. Os dados foram registrados principalmente em entrevistas semanais, num período de um ano ou mais, destinadas a ajudar o pai ou a mãe sobrevivente a lidar com sua própria perda e também ajudar seus filhos a lidar com ela. (Os dados das entrevistas psiquiátricas semanais com as crianças não são mencionados.)

O estudo de Erna Furman e seus colegas focalizou 23 crianças, as quais haviam perdido um dos pais por morte. Suas idades variavam entre 10 semanas e 13 anos e "entre elas estavam pretos e brancos, ricos e pobres, várias crenças religiosas e origens culturais". Quatorze crianças recebiam tratamento psicanalítico individual consistindo em cinco sessões semanais, por períodos que variavam de dois a seis anos. As outras nove, todas com menos de 5 anos, frequentavam uma creche terapêutica, enquanto um analista de crianças, em sessões semanais, por períodos que variavam de um a três anos, prestava assistência ao pai ou à mãe sobrevivente, ou ao substituto destes, para que trabalhasse terapeuticamente com o filho. Com isso, dados de primeira mão, bastante amplos, foram coligidos e em alguns casos imediatamente a partir da morte do genitor, constituindo-se numa oportunidade sem par de estudar em que medida as reações de cada criança foram influenciadas, numa ou noutra direção, pelas reações do progenitor sobrevivente e pelo tipo de informações que recebeu. Até o ponto em que os clínicos influíram sobre o curso dos acontecimentos, o que sem dúvida ocorreu, as direções de sua influência e as técnicas que eles usaram são claramente mencionadas: isso permite ao leitor avaliar por si mesmo a classe e a relevância dos dados obtidos.

As limitações do estudo surgem da maneira como a amostra principal de crianças foi incluída. Com exceção de uma criança, nenhuma delas foi incluída simplesmente por ter perdido um dos pais. Oito já estavam em psicoterapia, ou um dos genitores estava recebendo orientação quando, inesperadamente, o outro morreu. Várias, entre as outras, haviam sido encaminhadas à clínica para orientação, devido a dificuldades emocionais que, só depois de iniciado o tratamento, foram consideradas pelos clínicos como precipitadas ou exacerbadas pela perda sofrida antes. Não obstante, embora a amostra seja tendenciosa no sentido da patologia, em várias das crianças menores as dificuldades existentes antes da morte do pai eram mínimas, e de ocorrência comum. Além disso, em sua análise Furman refere-se a uma ampla variedade de outras observações feitas por ela e pelos membros de seu grupo, durante o estudo intensivo que fizeram do problema. Aqui recorremos extensivamente aos seus resultados.

Tendo em vista as limitações de amostragem de todos esses estudos, temos sorte em dispor de informações adicionais sobre as reações infantis, proporcionadas pelos que estudaram as viúvas. Entre eles estão Marris (1958), que reproduz informações de 47 viúvas londrinas sobre 93 crianças com menos de 15 anos que estavam aos cuidados delas; e Glick e seus colegas (1974), cuja amostra de viúvas com filhos na mesma faixa etária é de tamanho comparável (embora não dê detalhes). Outros relatórios de relevância são os de Raphael (1973) sobre as reações dos filhos das viúvas que estavam recebendo assistência porque a avaliação inicial havia previsto um resultado desfavorável para seu luto, e a descrição de Gorer (1965), que, no que se relaciona com crianças e adolescentes, trata principalmente de reações à morte de avós.

Pelo que foi dito acima é evidente que temos mais informações sobre as reações das crianças à morte do pai que à morte da mãe. Isso por motivos familiares. Primeiro, na faixa etária de que nos ocupamos há muito mais crianças que perderam o pai do que a mãe. Segundo, vários dos estudos de que nos estamos valendo limitaram-se a viúvas e seus filhos. Só o estudo de Furman apresenta mais do que dados marginais sobre a perda da mãe.

Além dos estudos mencionados, há numerosos relatos de pacientes de todas as idades que estavam recebendo tratamento psicoterápico em virtude de condições, às vezes graves, que pareciam atribuíveis, pelo menos em parte, à perda de um dos pais durante a infância. No caso dos pacientes adultos, essas perdas geralmente haviam ocorrido muitos anos antes, sendo difícil ter certeza das ligações entre o fato e os sintomas subsequentes. No caso de pacientes infantis, em contraposição, a perda podia ter sido relativamente recente, sendo portanto muito mais fácil estabelecer as ligações. Todos os casos que incluem alguns exemplos descritos por Furman e seus colegas constituem a base empírica de nosso estudo da patologia, nos capítulos posteriores[2]. No momento, vamos examinar a validade dos relatos sobre as reações das crianças, que estamos em vias de analisar.

Validade dos dados

Além das dificuldades conhecidas de verificar a validade das observações feitas de seres humanos que reagem a qualquer situação da vida real, especialmente as aflitivas, há dificuldades especiais no caso de crianças enlutadas. Quase inevitavelmente, muitas das observações das reações de crianças registradas nos trabalhos sobre o assunto são deduzidas de relatos feitos pelo genitor sobrevivente, geralmente a mãe. Embora esses relatos sejam por vezes reveladores, há vários perigos sérios. O primeiro é que o sobrevivente, atravessando um estado de perturbação emocional, provavelmente será um observador inseguro, sensível num momento e cego no momento seguinte. Segundo, sua recordação dos fatos será, mais do que habitualmente, seletiva. Terceiro, poderá atribuir à criança sentimentos e reações que na realidade são dele próprio. E, finalmente, pode haver dúvidas quanto às proporções em que a criança está reagindo à perda em si, e às proporções em que está reagindo ao fato de um de seus genitores, tendo enviuvado, a estar tratando de maneira estranha e talvez difícil.

Esses problemas são bem descritos por Harrison e seus colegas (1967), que estudaram as reações de crianças que eram pacientes de um hospital psiquiátrico infantil na época do assassinato do presidente Kennedy, e também por integrantes do pessoal do hospital. Posteriormente, dois tipos de registro sobre essas crianças puderam ser consultados. Primeiro, relatórios rotineiros diários pelo pessoal do hospital; segundo, material reunido retrospectivamente, em grande parte durante discussões de grupos do

....

2. Pouco depois de preparado este volume, tive conhecimento da publicação de outro estudo importante realizado por um clínico, Lora Heims Tessman (1978), sobre as reações de crianças e adolescentes que perderam um dos pais. Embora o trabalho trate principalmente da perda em consequência de divórcio, há um longo capítulo também sobre a perda resultante da morte de um dos pais.

pessoal do hospital. Depois de observar a existência de numerosas e sérias discrepâncias entre as observações registradas num determinado momento e as registradas depois, e também à medida que o pessoal foi influenciado pela ideia que tinham de qual deveria ser a reação da criança, os autores concluem: "Foi impossível distinguir, em nossos dados, entre as interpretações errôneas e as confusões dos adultos, a reação das crianças à tragédia e a reação das crianças às mudanças ocorridas nos adultos." Com essa advertência, devemos proceder cautelosamente.

Plano de trabalho

Ao examinarmos as reações dos adultos foi conveniente, primeiro, apresentar um quadro das reações comuns à perda, em seguida examinar as variantes patológicas e só depois examinar as condições que têm um papel na determinação dos vários cursos que o luto pode seguir. Agora, vamos proceder de maneira diferente. Todos os que estudaram recentemente o problema, inclusive Nagera (1970), cuja opinião sobre a capacidade de luto das crianças diverge da defendida aqui, ficaram profundamente impressionados, ao que nos parece, pela enorme influência que têm sobre as reações da criança à perda, variáveis como aquilo que lhe é dito, quando é dito, como o genitor sobrevivente reage e como quer e espera que a criança reaja. Como seria pouco realista falar das reações das crianças sem referência constante a essas condições, em todos os capítulos desta série ocupamo-nos não só da criança em si, mas também de como as pessoas do ambiente imediato da criança se comportam em relação a ela. Trata-se, é claro, apenas da aplicação aos problemas especiais da infância de uma das principais lições aprendidas sobre o luto de adultos, ou seja, que mesmo num adulto o curso do luto é profundamente influenciado pelo tratamento que lhe é dispensado por parentes e amigos nas semanas e meses que se seguem à perda.

Portanto, nosso plano é começar examinando as reações das crianças à perda de um dos pais, em condições favoráveis, e em seguida examinar a grande variedade de reações que elas podem ter sob condições desfavoráveis. Antes, porém, será útil comentarmos a natureza de algumas dessas condições que são muito influentes.

O que é dito à criança, e quando

Quando morre um parente próximo, os adultos geralmente estão presentes; se não estiverem, é provável que logo recebam a notícia. Em contraposição, as crianças das sociedades ocidentais provavelmente não estarão presentes no momento da morte; e não é raro que dela só tomem conhecimento muito depois, e mesmo assim muitas vezes de maneira enganosa. Tendo isso em vista, não é de surpreender que as reações da criança sejam muitas vezes desproporcionais ao que aconteceu.

Quando o pai ou a mãe de uma criança morre, cabe quase sempre ao sobrevivente do casal transmitir-lhe a notícia. É uma tarefa extremamente dolorosa. A maior parte das pessoas a executa prontamente, mas, quanto mais nova a criança, maior a tendência a adiar esse momento. Numa minoria significativa de casos esse adiamento é de semanas e mesmo de meses. Como solução temporária, a criança é informada de que o pai ou a mãe foi viajar, ou talvez de que foi transferido para outro hospital. Das viúvas de Boston estudadas por Glick *et al.* (1947), cerca de 70% imediatamente deram aos filhos a notícia da morte, mas cerca de uma em cada três adiou-a. Duas delas pediram a um parente que o fizesse.

Os relatórios mostram que, nas culturas estudadas, o genitor sobrevivente muito provavelmente dirá ao filho que o outro foi para o céu, ou foi levado para o céu. Para os que são religiosos, essa informação está de acordo com a crença dos pais. Para muitos outros, porém, não é assim, de modo que desde o início há uma discrepância entre aquilo que é dito à criança e aquilo em que os pais acreditam. A menos que isso seja dito de outra maneira, a criança pequena pensará naturalmente que o céu não é diferente de outros lugares distantes e que a volta é apenas uma questão de tempo. Uma menina de quatro anos, que como outras crianças recebeu a informação de que o pai havia ido para o céu, ficou com raiva alguns meses depois, e chorou amargamente porque o pai não veio para a sua festa de aniversário (Nagera, 1970). Outras crianças continuam perguntando à mãe onde é o céu, o que as pessoas fazem ali, o que vestem ou comem, perguntas embaraçosas para quem não é religioso.

Outra explicação comum, utilizada especialmente com relação à morte de uma pessoa idosa, como um avô, é dizer que ela foi dormir. Reconhecemos que se trata de uma figura de linguagem. Mas uma criança pequena tem pouco conhecimento de figuras de linguagem e inevitavelmente as entende de maneira literal. Não é de surpreender, portanto, que adormecer passe a ser, para ela, uma atividade perigosa.

As duas informações cruciais que, mais cedo ou mais tarde, a criança precisará saber são: primeiro, que o morto não voltará nunca; e, segundo, que seu corpo está enterrado no chão, ou foi incinerado. É extremamente difícil ao sobrevivente do casal dar essa informação, devido à profunda preocupação que todo pai tem, nessa situação, de proteger a criança contra a consciência da morte e a dor do luto, e também, sem dúvida, porque falar dessas coisas é sentir a sua realidade com demasiada clareza. As informações sobre o destino do corpo são habitualmente adiadas por mais tempo ainda, por vezes durante um ou dois anos (Becker e Margolin, 1967). Entre as famílias estudadas, apenas uma reduzida minoria de filhos estava presente ao funeral, como, por exemplo, no estudo que Marris fez em Londres: apenas 11 crianças em 94. Posteriormente, as crianças não foram levadas até o túmulo ou, se foram, não tiveram informações sobre a razão disso. Numa família descrita por Becker e Margolin, os filhos visitaram o cemitério com o pai, colocaram flores no túmulo e viram parentes chorando, sem que ninguém lhes falasse da morte e do enterro da mãe. Além disso, as crianças se abstiveram de perguntar por que motivo elas, e outras pessoas, estavam ali.

Frequentemente, a informação dada às crianças não só está atrasada e falsa, como também todo pesquisador nota a preocupação de muitos pais sobreviventes em não mostrar ao filho a sua consternação. Becker e Margolin mencionam uma mãe que evitava falar aos filhos sobre os seus sentimentos, com medo de chorar sem poder parar. E, na opinião dela, isso seria muito perturbador para as crianças. Por outro lado, chorou muito durante as entrevistas e disse também que chorava durante horas, quando as crianças estavam dormindo, à noite. Durante as entrevistas, reconheceu que um problema sério era não poder enfrentar a intensidade dos sentimentos de seus filhos. Assim, longe de ajudar os filhos a dar expressão a esses sentimentos, muitos pais tornam isso quase impossível. A dificuldade criada é bem ilustrada num relato de Palgi (1973) sobre um menino que foi censurado pela mãe por não ter derramado nenhuma lágrima pela morte do pai. "Como posso chorar, se nunca vi você chorando?", foi a sua resposta.

As crianças percebem facilmente quaisquer sinais. Quando o pai tem medo de sentimentos, os filhos escondem suas emoções. Quando o pai prefere o silêncio, os filhos, mais cedo ou mais tarde, deixarão de fazer perguntas. Vários observadores notam o interesse das crianças em saber mais sobre como e por que seus pais morreram, sobre o que havia acontecido depois, e como suas perguntas eram respondidas com evasivas ou silêncio. Dois exemplos de pais que tornaram explícita a sua relutância nos são dados por Kliman (1965). No primeiro, dois meninos, de 7 e 9 anos, que haviam perdido o pai, queriam saber mais sobre ele e insistiram com a mãe para que lhes mostrasse filmes antigos sobre o pai. Como isso fosse muito penoso para ela, os próprios meninos aprenderam a operar a máquina e passaram os filmes muitas vezes, por sua própria iniciativa. No segundo exemplo, o pai havia perdido a esposa e o filho num incêndio, e se sentia culpado por não ter feito mais para salvá-los. Não podendo falar sobre o fato, fez com que suas duas filhas pequenas lhe prometessem nunca mais mencionar a mãe na presença dele.

No momento, não dispomos de meios para saber qual a proporção de pais que, em nossa cultura, se mostram relutantes em compartilhar informações e sentimentos com seus filhos. A leitura de vários relatos, porém, mostra que isso é comum na Grã--Bretanha e nos Estados Unidos. Essa constatação não só contribui muito para explicar a frequência com que se diz às crianças para negarem a realidade da morte dos pais, como também pode explicar por que a teoria de que o ego infantil é demasiado fraco e mal desenvolvido para suportar o sofrimento do luto teve uma aceitação tão ampla. Na verdade, os dados apresentados até agora sugerem que, a despeito da capacidade das crianças, não é raro que os adultos que as cercam sejam, eles próprios, incapazes de suportar a dor do luto – talvez a de seu próprio luto, sem dúvida a do luto de seus filhos, e especialmente a dor de um luto partilhado.

Ajudando o genitor sobrevivente a ajudar os filhos

Aqueles que trabalharam nesse campo, especialmente os clínicos, sabem que apenas confusão e patologia resultam quando a notícia da morte de um pai é subtraída à criança, ou disfarçada, e quando a expressão do sentimento é desestimulada, seja implícita ou explicitamente. Portanto, muito esforço tem sido feito para encontrar meios de ajudar o genitor sobrevivente a ajudar seus filhos.

A primeira tarefa é, sem dúvida, oferecer ao genitor sobrevivente uma relação de apoio, em que ele se sinta livre para refletir sobre o golpe sofrido e sobre como e por que isso ocorreu, bem como expressar todos aqueles impulsos e sentimentos tempestuosos tão necessários para que o luto siga um curso sadio. Quando o pai supera essa dificuldade, tem menos dificuldades em incluir os filhos no processo de luto. Modelando seu comportamento, talvez involuntariamente, a partir do comportamento do seu conselheiro psiquiátrico, pode partilhar com os filhos os fatos conhecidos e responder às perguntas deles com a maior sinceridade possível. Juntos, podem expressar seu pesar e consternação comuns, e também partilhar sua raiva e sua saudade. Nessas circunstâncias, muitas vezes o pai verifica que uma criança em idade escolar, ou um adolescente, tem muito maior capacidade de enfrentar a verdade, tanto sobre o passado como sobre as tristes mudanças do futuro, do que supunha até então, talvez enganado por parentes ou amigos. Na verdade, só quando lhe damos informações exatas, simpatia e apoio, é que podemos esperar que uma criança ou adolescente reaja à perda com algum realismo. Isso suscita a questão da capacidade que têm as crianças de diferentes idades de ser realistas em relação à morte.

As ideias infantis sobre a morte

Tem havido muita controvérsia com relação ao que crianças de diferentes idades pensam sobre a morte. Entre as questões debatidas estão suas ideias sobre a natureza da morte, suas causas, e o que acontece depois. Como há resenhas gerais da bibliografia em Anthony (1971) e Furman (1974), juntamente com seus próprios registros empíricos, não é necessário que nos detenhamos sobre essa controvérsia.

O estudo dos trabalhos existentes mostra que muitas divergências de opinião surgiram porque os pesquisadores limitaram sua atenção ao caso específico da morte humana, ou mesmo ao caso ainda mais específico da morte de um dos pais. Outras discordâncias podem ser atribuídas a alguns dos primeiros pesquisadores (por exemplo, Nagy, 1948), que não compreenderam em que medida as ideias das crianças sobre a morte são resultado das tradições culturais de suas famílias e seus companheiros de escola. Consequentemente, ideias como as de que a criança deve ter pelo menos seis anos, ou mesmo ser adolescente, antes de poder imaginar a morte como irreversível, ou que as crianças pequenas inevitavelmente atribuem toda morte a uma ação humana, ou quase humana, tiveram ampla circulação. Mas uma vez reconhecidas as tendências culturais, e levando-se em conta os problemas muito especiais relacionados com a morte de um dos pais, surge um quadro radicalmente modificado.

No curso normal da vida, mesmo as crianças muito pequenas encontram exemplos de morte – um besouro morto, um camundongo morto, um pássaro morto. O fenômeno é intrigante. Ao contrário de todas as experiências anteriores com o animal, a criatura morta está imóvel e não reage a nada do que lhe é feito. Em geral, isso provoca curiosidade. O que aconteceu? Será que está dormindo? Como colocá-lo em atividade? Nenhuma criança fica muito tempo nessas circunstâncias sem alguma explicação, que lhe é dada por um adulto ou por outra criança. A partir dessas explicações, ela desenvolve suas próprias ideias.

Em diferentes famílias, e diferentes ambientes culturais, as explicações dadas a uma criança sofrem enorme variação. Num extremo, temos as ideias de reencarnação universal e de intenções divinas; no outro, ideias de irreversibilidade da morte e o papel das causas naturais. Entre esses extremos está uma grande variedade de crenças, inclusive muitas que estabelecem distinção entre a morte do que consideramos formas superiores e formas inferiores de vida. Em consequência das distinções e ressalvas de tipos diferentes, as crenças dos adultos das sociedades ocidentais sobre a vida e a morte encerram muitas áreas de incertezas, ambiguidade e incoerência. Não é de surpreender, portanto, que as crenças das crianças também sejam muito variadas. Em geral, diferem das crenças dos adultos que as cercam apenas por serem expostas mais diretamente, pelo fato de as metáforas serem construídas muito literalmente, e de as ambiguidades e incoerências serem repisadas, em vez de contornadas.

Em seus vários trabalhos, Robert e Erna Furman apresentam dados que mostram que até mesmo crianças pequenas não têm maior dificuldade em conceber a morte como irreversível e como consequência de causas naturais do que o adulto, e, se a criança percebe isso ou não, depende daquilo que lhe é dito. Se disserem a uma criança de menos de 2 anos que o besouro morto ou o pássaro morto não voltarão a viver, e que mais cedo ou mais tarde a morte acontece a todas as criaturas vivas, ela pode não acreditar a princípio, mas provavelmente aceitará a palavra dos pais. Se lhe disserem também que, quando um animal ou uma pessoa muito conhecida morre, é natural sentir tristeza e desejar que ela possa viver novamente, isso não causará surpresa à criança, pois está de acordo com sua experiência e mostra que seus sofrimentos são compreendidos. Quando os pais adotam tais práticas, observam os Furman, preparam de certo modo o caminho para ajudar uma criança a sentir pesar pela morte de um parente próximo, até mesmo de um dos pais, se esse trágico golpe ocorrer. Só quando o genitor sobrevivente acredita sinceramente em ideias religiosas ou filosóficas sobre a morte, e sobre uma vida depois da morte – é o que sugerem os dados –, é que se torna útil transmitir tais ideias aos filhos: com a ajuda sincera do genitor sobrevivente, a criança será capaz de entendê-las e de participar do luto da família. Em outras circunstâncias, a complexidade dessas ideias e a dificuldade de distinguir entre morte física e morte espiritual deixam a criança intrigada e confusa, podendo abrir-se entre ela e o genitor sobrevivente um abismo de desentendimento.

Capítulo 16
Reações das crianças em condições favoráveis

> And while that face renews my filial grief,
> Fancy shall weave a charm for my relief
> Shall steep me in Elysian reverie,
> A momentary dream, that thou art she.[1]*
>
> WILLIAM COWPER

O luto em duas crianças de 4 anos

Quando lemos os dados apresentados por Furman (1974) e outros pesquisadores já mencionados, parece claro que em condições favoráveis até mesmo uma criança pequena pode enlutar-se pela perda de um genitor, de uma maneira que se assemelha muito ao luto sadio dos adultos. As condições necessárias não são diferentes, em princípio, das condições favoráveis ao luto adulto. As mais significativas, para a criança, são: primeiro, que tenha mantido um relacionamento razoavelmente seguro com seus pais, antes da perda; segundo, que, como já vimos, receba informações imediatas e seguras sobre o que aconteceu, que possa fazer qualquer pergunta e receber respostas tão sinceras quanto possível, e que participe do pesar familiar, inclusive dos ritos fúnebres praticados; e, terceiro, que tenha a presença confortadora do genitor sobrevivente ou, se isso não for possível, de um substituto conhecido no qual tenha confiança, e uma certeza de que essa relação continuará. São condições reconhecidamente difíceis, mas, antes

------

1. Ao receber um retrato de sua mãe, que morreu quando ele tinha apenas 6 anos.

* E embora essa face renove minha dor filial,/A imaginação criará um encantamento para meu alívio/Envolvendo-me num sonho elisiano,/Um sonho momentâneo, de que tu és ele. (N. do T.)

de nos determos nas muitas dificuldades no seu atendimento, vamos descrever a maneira como as crianças e os adolescentes comumente reagem quando estas condições estão presentes.

As evidências mostram que depois da morte de um dos pais a criança ou o adolescente tem saudades, em geral com a mesma persistência do adulto, e está pronta a expressar essa saudade abertamente, sempre que encontrar um ouvinte compreensivo. Por vezes, alimenta a esperança de que o genitor morto volte; em outras, reconhece, com relutância, que isso não pode acontecer, e fica triste. Ocasionalmente, poderemos vê-la buscando o genitor morto (embora esse aspecto não esteja bem registrado nos trabalhos existentes), ou descrevendo a sensação viva que tem da presença dele. Em certas circunstâncias experimentará raiva pela perda e, em outras, culpa. Não é raro que tenha medo de perder o genitor sobrevivente, e/ou o seu substituto, ou de que a morte venha buscá-la também. Em consequência da perda e do medo de outras perdas, a criança se tornará, muitas vezes, angustiada e agarrada, algumas vezes adotando, obstinadamente, um comportamento difícil de compreender, até que se conheça a sua explicação.

Passando da generalização para o caso individual, apresentamos a seguir os relatos de duas crianças, ambos detalhadamente registrados por Marion J. Barnes, membro do grupo chefiado por Robert e Erna Furman, em Cleveland. Esses depoimentos foram escolhidos por serem os mais completos, feitos por crianças pequenas, pertencentes a lares estáveis, que se desenvolviam razoavelmente e que, subitamente, perderam um dos pais[2]. Uma delas, Wendy, perdeu a mãe quando acabava de completar 4 anos. A outra, Kathy, perdeu o pai quando faltavam dois meses para completar a mesma idade. A razão para examinarmos primeiro as reações de crianças no extremo inferior da escala etária é que, quanto mais nova a criança, menos provável, como já se supôs, que seu luto se assemelhe ao do adulto.

---

2. O caso de Wendy é uma versão resumida de uma exposição feita num trabalho de Barnes (1964). O caso de Kathy é uma versão também resumida de um relato, ainda de Barnes, no livro de Furman (1974, pp. 154-62).

Wendy e o luto pela mãe

Wendy tinha 4 anos quando sua mãe morreu devido a uma crise aguda de uma doença crônica. A partir de então, passou a viver com o pai e a irmã, Winnie, 18 meses mais nova. Além disso, a avó materna assumiu a responsabilidade pelo cuidado das crianças enquanto o pai trabalhava, e uma empregada, que vinha trabalhando durante o dia com a família desde que as crianças eram bem pequenas, passou a dormir no emprego cinco dias por semana. Nos fins de semana, a avó paterna e outra empregada também ajudavam.

Há muitas informações sobre o desenvolvimento de Wendy antes da morte de sua mãe, porque durante 18 meses a mãe recebera assistência profissional semanal devido ao que pareciam ser problemas menores em uma criança de 2 anos e meio. Wendy urinava na cama, apegara-se a um cobertor, revelara "certas fantasias típicas em torno da inveja do pênis", e era incapaz de expressar sua hostilidade em palavras, particularmente em relação à sua irmã mais nova. Seis meses depois, sua mãe ainda se preocupava com o apego de Wendy ao cobertor, com o fato de chupar o polegar e com sua relutância em separar-se dela. Sob outros aspectos, porém, a menina parecia estar fazendo bons progressos e começou a frequentar o jardim de infância.

Soube-se que a mãe de Wendy, então com 25 anos, tivera uma crise de esclerose múltipla, a qual vinha desaparecendo nos sete últimos anos. Mas à parte o período de descanso diário de duas horas observado por ela, a enfermidade não trazia nenhuma diferença evidente para a família, e o casal se empenhava em ser discreto sobre o fato, embora Wendy, como era de esperar, muitas vezes se ressentisse de ter de ficar quieta durante os longos repousos maternos. Quando finalmente a notícia da enfermidade veio à tona, a terapeuta achou aconselhável, como medida de precaução, que Wendy fosse transferida para o jardim de infância terapêutico da clínica, mas ninguém podia prever que a tragédia fosse tão iminente. Quatro meses depois dessa transferência, a mãe de Wendy teve uma recaída fulminante, foi subitamente hospitalizada e morreu duas semanas depois.

Durante uma ou duas semanas antes da crise aguda, a mãe sentiu-se cansada e teve uma dor no ombro. Wendy ficou preocupada e relutou em ir à escola, principalmente porque isso significava que seria levada pelo pai, e não pela mãe. Estava evidentemente preocupada com a doença da mãe, e sua ansiedade foi aumentada pelo fato de que o avô paterno, a quem visitavam quase diariamente, também estar seriamente enfermo, e sem esperança de vida. Quando o estado da mãe agravou-se de repente e ela foi internada no hospital, a terapeuta passou a ter sessões diárias com o pai, para ajudá-lo a decidir o que dizer às filhas. A conselho dela, a enfermidade lhes foi explicada como sendo muito séria, tão séria que a mãe não podia levantar a cabeça, os braços, nem mesmo falar, o que ajudou Wendy a compreender por que sua mãe não podia falar com ela pelo telefone. As crianças também foram informadas de que os médicos estavam fazendo todo o possível. Além disso, durante os últimos dias críticos, a terapeuta sugeriu ao pai que não escondesse totalmente das filhas a sua tristeza, preocupação e angústia, como ele inicialmente achava que devia fazer.

Durante as semanas anteriores ao agravamento da enfermidade, Wendy manifestou uma certa hostilidade e rivalidade com relação à mãe, e também expressou, em duas ocasiões, o receio de que ela pudesse morrer. Baseando suas intervenções na teoria de que o medo que a criança tem da morte da mãe é comumente resultado de um desejo inconsciente de que ela morra, a terapeuta estimulou os pais a assegurar a Wendy que seus ocasionais pensamentos de raiva não afetariam o bem-estar da mãe. Durante a fase aguda da enfermidade da mãe, o pai foi encorajado a continuar dando essa certeza[3].

No dia em que a mãe morreu, o pai resolveu contar às filhas o que acontecera, e também que a mãe seria enterrada no chão e que isso era o fim. Foi o que fez, enquanto andavam de carro. A mãe deixara de respirar, disse ele, e não podia sentir mais nada: fora-se para sempre e jamais voltaria. Seria então enterrada no chão, protegida por uma caixa de madeira, e nada a incomodaria – nem a chuva, nem a neve (que estava caindo), nem o frio. Wendy perguntou: "Como vai respirar, e quem lhe dará comida?" O pai explicou que, quando uma pessoa morre, deixa de respirar e não precisa de comida. Havia uma concordância geral em que as crianças eram muito pequenas para comparecer ao enterro, mas o pai mostrou-lhes o cemitério, com uma caixa d'água suspensa que se via da janela de casa.

....

3. Tendo em vista a precariedade da saúde da mãe, parece mais provável que a fonte principal do medo de Wendy fosse as indicações que recebera do pai ou da avó, ou da própria mãe, de que estavam preocupados com o estado da mãe (ver volume II, capítulo 18).

Naquela noite, as crianças pareciam relativamente tranquilas e durante algum tempo ocuparam-se brincando de "a ponte de Londres está caindo". Parentes que discordavam da sinceridade do pai e preferiam contar às crianças histórias do céu e dos anjos procuraram sufocar seu sofrimento e participar alegremente dos jogos infantis.

Nos dias que se seguiram, Wendy inventou dois jogos para brincar com o pai, e em ambos ela guiava, em torno dele, deitando-se em seguida no chão. Numa das brincadeiras, levantava-se rapidamente e dizia: "Você pensou que eu estava morta, não?" Na outra, em que deveria levantar-se quando o pai lhe fizesse um sinal (que era o primeiro nome da mãe), ela continuava deitada. Havia também ocasiões em que Wendy desempenhava alegremente o papel da mãe, dizendo coisas como "Papai, essa gravata é tão bonita. Onde você a comprou?", ou "Aconteceu alguma coisa interessante no escritório, hoje?".

Mas o sofrimento não estava muito longe. Uma semana depois da morte da mãe, a avó de outra criança emocionou-se muito ao falar disso no carro, com a avó de Wendy. A criança empalideceu e deixou-se cair no banco do carro. A avó consolou-a, pegou-a no colo e as duas choraram. Quase na mesma ocasião, numa visita a parentes, os primos garantiram a Wendy que sua mãe era um anjo no céu e mostraram-lhe um retrato dela. Wendy chorou histericamente e disse que sua mãe estava enterrada no chão.

Na terceira semana depois da morte da mãe, Wendy mostrou sinais de que ainda tinha esperanças de que a mãe voltasse. Sentada no chão com a irmã mais nova, ela cantava: "Minha mãe está voltando, minha mãe está voltando, eu sei que ela está voltando." Ao que Winnie respondia num tom de adulto: "Mamãe está morta e não vai voltar. Ela está no chão perto da caixa d'água." E Wendy: "Psiu, não diga isso."

A preocupação de Wendy com a mãe evidenciou-se também numa canção sobre os "flocos de neve" que inventou no dia seguinte ao enterro. Dizia, a princípio (provavelmente influenciada pelas interpretações que recebera): "Os flocos de neve chegam e desaparecem. Gosto da minha mãe e ela está morta. Odeio minha mãe e espero que ela não volte. Gosto da minha mãe e quero ela." Poucos dias depois, ela omitia o verso "Odeio minha mãe". No sexto dia, estava no passado, "Eu gostava da minha mãe e quero que ela volte". Duas semanas depois, a caminho da escola, era "Minha mãe está voltando", mas murmurado tão baixinho que a avó quase não ouviu.

As mesmas preocupações evidenciavam-se numa nova atitude de Wendy. Quase que diariamente, a caminho da escola, ela conversava com a avó sobre os patos no lago: "Eles sentem frio? Eles vão congelar? Quem dá comida a eles?" Por vezes essa conversa se fundia com perguntas mais diretas: "As pessoas mortas precisam comer? Elas têm sentimentos?" Para refutar a informação dada pela avó de que quanto mais baixa a temperatura de congelamento maior a espessura do gelo, Wendy apontava, esperançosa, para uma pequena área junto a uma fonte: "Mas, vovó, vejo um pedacinho que não está congelado, embora faça tanto frio." A terapeuta sugeriu à avó que discutisse com Wendy como era difícil acreditar que uma pessoa está morta para sempre e nunca mais voltará.

Depois de uma dessas conversas, Wendy resolveu fingir que a avó era a mãe – iria chamá-la de mamãe, e a avó tinha de fingir que Wendy era sua filha. No jardim de infância ela disse a outra criança que tinha uma mãe de mentira – a sua avó. Ao que a outra criança respondeu: "Mas não é a mesma coisa, não?", e Wendy concordou tristemente: "Não, não é."

Em outra ocasião, cerca de quatro semanas após a morte da mãe, Wendy queixou-se de que ninguém gostava dela. Numa tentativa de tranquilizá-la, o pai citou uma longa lista de pessoas que lhe queriam bem (mencionando as que cuidavam dela). E Wendy observou, com muita pertinência: "Mas quando mamãe não estava morta eu não precisava de tantas pessoas – eu precisava apenas de uma."

Quatro meses após a morte da mãe, quando a família foi passar férias de primavera na Flórida, ficou evidente que as esperanças vãs de Wendy, de que a mãe retornasse, ainda persistiam. Sendo aquelas férias a repetição de uma temporada excepcionalmente boa que ali haviam passado com a mãe na primavera anterior, Wendy entusiasmou-se com elas e durante toda a viagem lembrou, com precisão fotográfica, todos os incidentes da viagem anterior. Depois da chegada, porém, mostrou-se chorona, queixosa e petulante. O pai conversou com ela sobre as lembranças tristes e felizes que a viagem evocara e como era trágico para todos que a mãe nunca mais pudesse voltar; ao que Wendy respondeu melancolicamente: "Será que mamãe não pode mexer-se na cova, nem um pouquinho?"

A crescente capacidade de Wendy de compreender a situação das pessoas mortas expressou-se, um ano após a morte da mãe, quando morreu um parente distante. Contando o fato a Wendy, seu pai, procurando não perturbá-la, acrescentou que o parente estaria confortável na cova porque seria protegido por uma caixa. Wendy perguntou então: "Mas, se ele está mesmo morto, por que precisa estar confortável?" Ao mesmo tempo que persistia sua preocupação com a mãe desaparecida, e aos poucos diminuía suas esperanças de que ela voltasse, Wendy começou a manifestar temor de que ela mesma pudesse morrer.

Os primeiros indícios foram sua tristeza e relutância em dormir, durante a hora de descanso no jardim de infância. A professora, sentindo que havia um problema, pegou-a no colo e fez com que falasse. Alguns dias depois, Wendy explicou-lhe que, quando estamos dormindo, "Não podemos levantar quando queremos". Seis meses depois ela ainda estava preocupada com a distinção entre sono e morte, como evidenciou-se quando um pássaro morto foi encontrado e as crianças começaram a falar sobre isso.

O medo que Wendy tinha de ter a mesma sorte da mãe manifestou-se também quando, na quarta semana depois da morte, ela insistiu em que não queria crescer e ser uma senhora e que, se tivesse de crescer, queria ser um menino e um papai. Também queria saber que idade se tem ao morrer e como as pessoas ficam doentes. A conselho da terapeuta, o pai conversou com Wendy sobre o medo que ela tinha de que, quando crescesse, morresse da mesma maneira que a mãe, e assegurou-lhe também que a doença da mãe era muito rara. Poucos dias depois Wendy perguntou à avó: "Vovó, você é forte?" Quando esta lhe respondeu que sim, Wendy continuou: "Eu sou apenas uma criança." Isso deu à avó a oportunidade de discutir novamente com ela o seu medo dos perigos de crescer.

Em outra ocasião, quando Wendy estava igualmente receosa, os indícios eram à primeira vista tão disfarçados que seu comportamento parecia totalmente inexplicável. Certa manhã, na terceira semana após a morte da mãe, Wendy, de maneira pouco característica, recusou-se a vestir determinada roupa para ir à escola e, quando a empregada insistiu, teve uma explosão de raiva. A família ficou intrigada, mas encontrou a explicação ao discutir o incidente com a terapeuta. Antes do Natal, a mãe havia levado as filhas para olhar as vitrinas, e numa delas viram o Papai Noel cercado de anjos. As roupas dos anjos estavam à venda, e a mãe comprou uma para cada uma das filhas, que ficaram contentes. Era o vestido de anjo que Wendy não queria usar naquela manhã.

Quinze dias após esse episódio, o avô paterno morreu. Quando a notícia lhe foi transmitida, Wendy foi muito natural quanto ao funeral e pareceu compreender bem que a morte era um fim. No jardim de infância mostrou-se triste, e sentada no colo da professora falou-lhe da morte e chorou um pouco, mas disse que estava apenas bocejando. Um pouco depois, porém, comentou: "Podemos chorar, se morre nossa mãe e nosso avô." E recordou nostalgicamente que, ao ir à escola pela primeira vez, a mãe não estava doente e ia levá-la e buscá-la.

Pouco depois, ao ouvir alguém dizer que a casa do avô seria vendida, Wendy ficou apreensiva. Recusou-se a ir à escola e, em lugar disso, ficou em casa, vigiando os pratos e as cadeiras. Só depois que lhe explicaram que sua casa não seria vendida também é que seus temores desapareceram e ela quis voltar para a escola.

Foram muitas as ocasiões em que Wendy teve medo de perder outros membros de sua família. Por exemplo, nas manhãs de segunda-feira, ela frequentemente ficava perturbada e irritada no jardim de infância. Quando lhe perguntaram qual o motivo de sua preocupação, respondeu que estava com raiva porque a avó materna e a empregada não haviam passado o fim de semana com ela. Não queria que fossem embora, nunca. Da mesma forma, ficou irritada com a avó quando esta, nove meses após a morte da mãe, finalmente tirou alguns dias para descansar.

Em duas ocasiões o pai passou a noite fora, em viagem de negócios. Na escola, Wendy parecia triste e, quando lhe perguntaram o que gostaria de escrever, respondeu: "Sinto falta de minha mãe." Na segunda ocasião, não quis que a avó a deixasse na escola, tirou o seu cobertor velho e sentou-se perto da professora. Mais tarde chorou e reconheceu que sentia falta do pai e estava preocupada, com medo de que ele não voltasse. Do mesmo modo, ficou preocupada quando a empregada se ausentou por cinco semanas, devido a um ferimento na perna. Quando ela finalmente voltou, Wendy quis ficar em casa em sua companhia, em vez de ir à escola.

Muitos outros detalhes registrados mostram o anseio persistente que Wendy tinha de sua mãe, e a preocupação constante em não sofrer alguma outra desgraça. Quando chegava à escola alguma criança nova, Wendy ficava triste ao vê-la em companhia da mãe. Numa dessas ocasiões, ela disse que a mãe ia lavar-lhe o rosto porque a empregada se esquecera de fazê-lo. Qualquer mudança de rotina, como a ausência da professora, era recebida com angústia. Certa vez, em vez de brincar, ficou sentada com outra professora, olhando com um ar triste.

Barnes relata que no final de 12 meses Wendy fazia bons progressos, mas previa que, como no ano que passara, separações, enfermidades, brigas e mortes de animais ou pessoas continuariam a despertar nela um "excesso" de angústia e sofrimento.

No capítulo 23 apresentamos um relato de como Winnie, de 2 anos e meio, reagiu à morte da mãe.

Kathy e o luto pelo pai

Kathy tinha três anos e 10 meses quando seu pai morreu de repente, de uma infecção virótica. A partir de então, passou a viver na casa dos avós maternos, com a mãe e dois irmãos – Ted, de 5 anos, e Danny, que ainda não completara 1 ano.

Dezoito meses antes da tragédia a família tornara-se conhecida da terapeuta porque os pais, "um casal jovem e feliz, totalmente dedicado um ao outro e aos filhos", procuraram orientação tendo em vista a atividade excessiva de Ted. Depois de algumas sessões, que levaram a mudanças na maneira como os pais o tratavam, o comportamento do menino melhorou. Mas algumas semanas depois da morte do pai, a mãe voltou a preocupar-se com ele, e procurou nova orientação.

Na época da doença e da morte do pai, todos os membros da família haviam estado enfermos e o bebê, Danny, fora hospitalizado na mesma ocasião do internamento do pai. Depois da morte deste, a mãe, perturbada e desorientada, transmitiu a notícia imediatamente a Ted e Kathy e levou-os para ficar com os seus pais. Depois do enterro, ao qual as crianças não compareceram, ela vendeu a casa e foi morar com os pais, ficando em casa para cuidar dos filhos.

O desenvolvimento de Kathy havia sido favorável desde bebê. Falou logo, aos 2 anos vestia-se com grande orgulho e tinha satisfação em ajudar a mãe nos trabalhos da casa. Chupou o dedo até os 2 anos e meio, e também se apegou a um cobertor, mas acabou perdendo o interesse. Agora, aos quatro anos, gostava de ajudar a mãe a cozinhar e de fazer as camas. Era muito hábil com a cola e a tesoura, podia concentrar-se por longo tempo e tinha grande prazer em fazer coisas. Assim que nasceu tornou-se "a favorita reconhecida do pai" que, quando voltava do trabalho, sempre a pegava ao colo em primeiro lugar[4].

....
4. Parece provável que o favoritismo claro do pai por Kathy explique alguns dos problemas de Ted (J. B.).

Com a morte do pai, a vida de Kathy modificou-se bruscamente. Não só deixara de ter pai, como a mãe estava preocupada e seus irmãos também estavam perturbados. Além disso, era uma casa nova, o avô preferia os meninos e a avó não era muito paciente com crianças pequenas. Kathy chorava com frequência e estava triste; perdeu o apetite, chupava o dedo e voltou a apegar-se ao cobertor. Em outros momentos, porém, afirmava que "eu não quero ficar triste", e parecia até mesmo um pouco eufórica.

Embora a mãe sentisse muito o luto, tinha dificuldade em expressar seus sentimentos, e havia motivos para acreditar que a sua reserva interagia com a própria tendência de Kathy de se supercontrolar. Quando a mãe pôde, graças a uma certa ajuda, partilhar de seus sentimentos com os filhos, conversar com eles sobre o pai e assegurar a Kathy que era normal estar triste, a euforia da menina diminuiu. Não obstante, tendo em vista a sua tendência ao supercontrole, a terapeuta achou aconselhável que ela fosse transferida para o jardim de infância da clínica. Isso aconteceu cinco meses após a morte do pai, quando Kathy tinha 4 anos e 3 meses. A mãe continuou a ter encontros semanais com a terapeuta.

Nas primeiras semanas na escola, Kathy parecia perfeitamente controlada. Adaptou-se rapidamente às novas rotinas, queria ficar sempre mais tempo na escola e expressava poucos sentimentos de saudades da mãe. Contudo, não estabeleceu relações próximas com outras crianças ou professores, e inclinava-se a pedir ajuda aos professores desnecessariamente, em lugar de resolver seus próprios problemas.

Desde o princípio Kathy falou sobre o pai e contou a todos, imediatamente, que ele havia morrido. Quando, no terceiro dia na escola, um jaboti morreu, ela insistiu em retirá-lo do tanque (em que fora colocado por outra criança) e exigiu que fosse enterrado. Ao que parece, ela tinha uma boa compreensão dos aspectos concretos da morte, embora não demonstrasse sentimentos. Mas, o que foi muito significativo, ficou muito preocupada com o bem-estar de outra criança que também havia perdido o pai. Consolando-a e distraindo-a, ela procurou afastar a sua atenção do sofrimento.

Três meses depois de começar a frequentar a escola, Kathy visitou pela primeira vez o túmulo do pai. Mostrou-se hesitante em ir. Queria ir, e ao mesmo tempo chorava porque estava indo. Depois de colocar flores no túmulo, começou a perguntar várias coisas que a mãe teve dificuldades em responder: "Há cobras no chão? A caixa em que ele foi enterrado abriu-se?" A mãe esforçava-se, corajosamente, para ajudar Kathy a compreender e expressar seus sentimentos, mas por vezes isso lhe parecia difícil demais.

Nos quatro meses que se seguiram Kathy, já com 4 anos e meio, teve um período difícil. Danny estava muito ativo e exigia a atenção constante da mãe. Ted, com quem Kathy vinha brincando regularmente, passou a preferir outros meninos. A preferência do avô pelos meninos era inequívoca. E finalmente Kathy, que tivera um problema ortopédico menor, agora precisava engessar a perna. Deixou de ser a menina controlada e feliz. Sentindo-se evidentemente abandonada, tornou-se exigente em relação aos professores e irritável e petulante com a mãe. Suas brincadeiras pioraram, ela se recusava a emprestar brinquedos e tornou-se, em todos os aspectos, difícil e infeliz. Por vezes mostrava-se exibida, vestindo-se com roupas luxuosas e joias, ou então se retraía. A masturbação aumentou e também a procura do cobertor. À noite, insistia em que a mãe a consolasse repetindo que gostava dela.

Durante esses meses Kathy expressou muitas vezes uma grande saudade do pai. Tanto em casa como na escola falava sobre ele e descrevia tudo o que faziam juntos; contava histórias em que o pai a salvava quando estava com medo e sozinha. No Natal, quando a família visitou o túmulo, Kathy ficou muito triste e expressou desejo de que o pai voltasse. Quando lhe perguntaram o que queria como presente de Natal, respondeu, desanimada: "Nada."

Durante esse período Kathy mostrou-se frequentemente irritada e intolerante para com a mãe, especialmente em relação a pequenas decepções. Por exemplo, certa vez, a mãe prometeu levá-la para passear de trenó depois da escola, mas teve de cancelar o passeio porque a neve se derretera. Kathy, inconsolável, acusou a mãe violentamente como fizera em outras ocasiões semelhantes. "Não posso tolerar pessoas que não cumprem o que prometem." Soube-se posteriormente que, na véspera de seu internamento no hospital, o pai de Kathy havia prometido levá-la à confeitaria no dia seguinte e, inevitavelmente, não pôde cumprir a promessa. Isso provocou uma discussão com a mãe sobre as frustrações provocadas pela morte dele e sobre a raiva que sentira. Kathy descreveu tristemente o quanto sentia a falta do pai, em casa e na escola. "Só quero duas coisas", disse, "meu pai e outro balão." (Havia perdido um balão recentemente.)

Durante essas conversas Kathy falou também de suas ideias sobre as causas da morte. Antes de ser levado para o hospital o pai ficara muito abatido, e ela se recordava disso. Também demonstrara tristeza e, mais tarde, Kathy disse ter estabelecido uma relação entre essa tristeza e a morte: "Eu sempre achei que quem está muito feliz não morre." Por isso ela tentou ser feliz, depois da morte do pai.

Na verdade, foram muitas as ocasiões, depois da morte do pai, em que Kathy manifestou medo de que alguma pessoa da família também morresse, especialmente quando havia uma enfermidade. Quando a própria Kathy adoeceu, perguntou à mãe se todos os papais morriam, se a mãe ia morrer, se ela mesma morreria, acrescentando, com muito sentimento: "Não quero morrer, porque não quero ficar sem você."

Meses depois, a mãe resolveu mudar-se, para morar sozinha com as crianças. Isso, em parte, para evitar atritos com os avós – por exemplo, a avó vinha implicando muito com Kathy, especialmente quando esta se irritava com a mãe, ou entristecia com saudades do pai –, e em parte para ser mais independente. Cerca de cinco anos depois, quando Kathy estava com quase dez anos, a mãe casou-se novamente e a menina parecia aceitar o padrasto sem dificuldades. Mas já então as coisas iam bem para ela. Era bem-sucedida na escola, em suas relações e outras atividades.

Resumindo, escreve a terapeuta: "As dificuldades iniciais de Kathy com o controle excessivo dos sentimentos e a manifestação de raiva e tristeza já existiam antes da morte do pai, mas foram intensificadas por ela. Kathy tinha razões próprias para não querer ficar triste, mas a atitude de sua mãe para com a manifestação e a aceitação de sentimentos parece ter desempenhado um papel muito importante. O reconhecimento disso pela mãe e as tentativas que fez para colaborar com Kathy nesse sentido foram muito úteis, como foi útil também o apoio dos professores."

Os leitores poderão suspeitar também, pelo que foi dito da avó, que as dificuldades demonstradas pela mãe na manifestação de sentimentos tiveram origem na infância, em reação às exigências da própria mãe.

Algumas conclusões experimentais

Esses dois relatos falam por si mesmos e, quando examinados em conjunto com outras observações de crianças cujas relações são seguras e afetuosas, nos permitem várias conclusões experimentais.

Quando os adultos são respeitosos e tolerantes, e as outras condições são favoráveis, até as crianças de apenas 4 anos podem ter saudades de um dos pais desaparecido, podem ter esperanças e, em certos momentos, acreditar mesmo em sua volta e sentir-se tristes e irritadas quando se torna claro que essa volta não ocorrerá nunca. Muitas crianças, como se sabe, insistem em conservar uma peça de roupa ou algum outro objeto do genitor morto, tendo grande preferência pelas fotos. Assim, longe de esquecer, as crianças que recebem estímulo e ajuda não têm dificuldades em recordar o genitor morto e, à medida que crescem, querem saber mais sobre ele, para confirmar e ampliar a imagem que formaram, embora talvez relutem em reexaminá-la negativamente, se souberem de coisas desfavoráveis. Das 17 crianças de 3 anos e 9 meses a 14 anos e 3 meses, estudadas por Kliman (1965), dez manifestaram uma saudade declarada e prolongada do genitor perdido.

Como ocorre com um adulto que sente saudades do cônjuge morto, a saudade que a criança sente do pai desaparecido é especialmente intensa e dolorosa nos momentos em que a vida se mostra mais difícil do que o habitual. Isso foi descrito de maneira muito clara por uma adolescente que poucos meses antes perdera o pai repentinamente, num acidente: "Lembro-me de que, quando era pequena, costumava chorar para que papai e mamãe viessem, mas eu sempre tinha esperanças de que isso acontecesse. Hoje, quando quero chorar por meu pai, sei que não há esperanças."

Como reação inicial à notícia de sua perda, algumas crianças choram copiosamente, outras, muito pouco. A julgar pelas constatações de Kliman, parece haver uma tendência clara para que o pranto inicial seja tanto mais prolongado quanto mais velha for a criança. Em crianças de menos de 5 anos foi pouco evidente, em crianças de mais de 10 anos, foi frequentemente prolongado. Examinando os relatos de mães viúvas sobre as reações iniciais de seus filhos, Marris (1958) ficou impressionado com sua extrema variedade. Houve crianças que choravam histericamente durante semanas, outras, especialmente as mais novas, quase não demonstraram reação. Outras ainda ficaram retraídas e pouco sociáveis. Furman registra um soluçar repetido e prolongado em algumas crianças que ficaram inconsoláveis, ao passo que para outras crianças as lágrimas representaram um alívio. Sem estudos muito mais detalhados do que os existentes, porém, não temos condições de avaliar esses resultados. Não só é necessário um número razoável de registros de crianças em cada nível de idade, como também detalhes exatos, tanto das relações familiares da criança como das circunstâncias da morte, inclusive as informações que recebeu e qual a reação do genitor sobrevivente. A coleta desses dados exigiria, provavelmente, muitos anos de trabalho.

Como no caso dos adultos, algumas crianças enlutadas têm ocasionalmente imagens claras do genitor morto, evidentemente relacionadas com esperanças e expectativas de um retorno. Kliman (1965, p. 87), por exemplo, relata o caso de uma menina de seis anos que, juntamente com a irmã, dois anos mais velha que ela, testemunhou a morte repentina da mãe, de hemorragia intracraniana. Antes de levantar-se pela manhã essa menina tinha, com frequência, a impressão de que a mãe estava sentada na sua cama, conversando tranquilamente com ela, exatamente como fazia quando viva. Outros episódios descritos, e habitualmente considerados como exemplos de crianças que negam a realidade da morte, também podem ser explicáveis em termos dessa experiência infantil. Furman (1974), por exemplo, descreve como Bess, de 3 anos e meio, que segundo se acreditava "compreendia bem que a morte da mãe representava um fim", anunciou certa noite ao pai: "Mamãe telefonou e disse que vinha jantar conosco", evidentemente acreditando que isso era verdade[5]. Em certa ocasião, um primo de 22 anos, de quem tanto a avó quanto Wendy gostavam, fez-lhes uma visita. Sem pensar, a avó exclamou: "Wendy, veja quem está aqui!" Wendy foi ver, e empalideceu; no mesmo instante, a avó compreendeu o que ela estava pensando[6].

....

5. Felizmente, o pai de Bess soube como responder. Delicadamente, disse: "Quando sentimos tanta falta da mamãe, gostaríamos de achar que ela não está realmente morta. Acho que será um jantar triste para nós dois" (pp. 24-5).
6. A interpretação errônea de Wendy, fruto de esperanças e expectativas, encontra um paralelo quase exato na experiência de uma viúva de meia-idade, cujo marido morreu subitamente de um ataque do coração, em plena rua. Sete meses após sua morte, um policial procurou-a em casa para dizer-lhe que seu marido sofrera um acidente sem importância e fora levado para o hospital. Ela pensou imediatamente que tivera razão em achar sempre que o marido ainda estava vivo e que apenas havia sonhado com a sua morte. Um momento depois, porém, suas dúvidas aumentaram e ela perguntou ao policial a quem procurava – era a vizinha ao lado.

As evidências existentes sugerem, portanto, que em condições favoráveis o luto das crianças, tal como o dos adultos, é habitualmente caracterizado por recordações persistentes e por imagens da pessoa morta, e pela ocorrência frequente de saudade e tristeza, especialmente em reuniões de família e aniversários, ou quando um relacionamento parece não estar dando certo.

Essa conclusão é de grande importância prática, especialmente quando se espera que a criança enlutada estabeleça uma nova relação. O desaparecimento das lembranças de uma relação anterior não constitui condição preliminar para o êxito de uma relação nova. Pelo contrário, as evidências mostram que, quanto mais distintas se mantiverem as duas relações, maior a probabilidade de que a nova se processe bem. Isso pode ser cansativo para uma nova figura de pai, pois as comparações inevitáveis podem ser dolorosas. Não obstante, só quando o genitor sobrevivente e/ou a nova figura paterna ou materna forem sensíveis à fidelidade da criança e à sua tendência de resistir a qualquer mudança que parece ameaçar sua relação antiga é que ela provavelmente se adaptará, de maneira estável, aos rostos novos e às novas situações[7].

Outros aspectos do luto infantil que têm grandes implicações práticas são a angústia e a raiva que uma perda habitualmente provoca.

Em relação à angústia, não é surpreendente que uma criança que tenha sofrido uma perda grave sinta medo de vir a sofrer outra. Isso a torna particularmente sensível a qualquer separação de qualquer pessoa que dela possa estar cuidando, e também a qualquer acontecimento ou observação que lhe pareça constituir indício de outra perda. Consequentemente, a criança muitas vezes se torna angustiada e agarrada em situações que a um adulto parecem inócuas, e mais propensa do que seria de esperar, na sua idade, a buscar consolo num brinquedo ou cobertor velho e bem conhecido.

Considerações semelhantes aplicam-se à raiva, pois não pode haver dúvidas de que algumas crianças pequenas que perdem um genitor se irritam muito com isso. Um exemplo disso, colhido na literatura inglesa, é o de Richard Steele, do *Spectator*, que per-

---
7. Esses problemas práticos são bem examinados por Furman (1974, pp. 26 e 68).

deu o pai aos 4 anos e lembrava-se de que havia batido no caixão, numa raiva cega. Da mesma maneira, uma estudante normalista descreveu como reagiu, aos 5 anos, quando lhe disseram que o pai havia morrido na guerra: "Gritei contra Deus a noite toda. Não podia acreditar que tivessem deixado matarem meu pai. Odiei Deus por isso."[8] Não podemos saber qual a frequência dessas explosões. Muitas vezes, é certo, elas passam despercebidas e não são registradas, especialmente quando a raiva provocada se manifesta de maneira indireta. Exemplo disso é o ressentimento resmungão demonstrado por Kathy muitos meses depois da morte de seu pai, e que se canalizou em suas repetidas queixas contra as pessoas que não cumprem promessas. Evidentemente, se Kathy não tivesse uma mãe que, orientada pela terapeuta, estivesse atenta para a situação e pudesse descobrir a origem das queixas da filha, teria sido fácil considerar a criança apenas como naturalmente intolerante e dotada simplesmente de mau gênio.

É difícil saber qual a propensão das crianças a se culparem por uma perda. O certo, porém, é que a criança é um bode expiatório cômodo, sendo muito fácil para uma viúva ou viúvo perturbado lançar a culpa sobre ela. Em alguns casos, talvez um dos pais faça isso, numa súbita e rápida explosão; em outros casos, isso pode ser feito de maneira muito mais sistemática e persistente. De qualquer modo, é provável que a criança assim acusada leve a questão a sério e se torne propensa à autoacusação e à depressão[9]. Parece provável que essas influências sejam responsáveis por uma grande maioria de casos em que a criança enlutada desenvolve um sentimento mórbido de culpa; tais influências receberam, sem dúvida, um peso demasiado pequeno na teoria tradicional.

Há, não obstante, certas circunstâncias que cercam a morte de um dos pais que podem levar facilmente a criança à conclusão de que ela é culpada, pelo menos em parte. Exemplos disso ocor-

---

8. Este exemplo, bem como a referência a Richard Steele, é tomado de Mitchell (1966).

9. Para exemplos, ver capítulos 21 e 22. Ver também o caso de uma mulher que sofria de fobia de cães, relatado por Moss (1960) e descrito no fim do capítulo 18, volume II.

rem quando uma criança que sofre de moléstia contagiosa a transmite a um dos pais, e quando a criança está correndo um risco e o pai, ao tentar salvá-la, perde a vida. Nesses casos, só a discussão clara entre a criança e o genitor sobrevivente, ou um substituto adequado, lhe permitirá ver o acontecimento e a sua participação nele, dentro de uma perspectiva adequada.

Em capítulos anteriores (2 e 6) questionamos a existência de indícios firmes de que a identificação com a pessoa perdida tenha o papel-chave no luto sadio que lhe foi atribuído pela teoria tradicional. Grande parte das evidências explicadas hoje nesses termos pode ser muito mais bem interpretada, ao que me parece, em termos de uma luta persistente, embora talvez disfarçada, de recuperar a pessoa perdida. Outros fenômenos até então apresentados como prova de identificação também podem ser explicados de outras maneiras. Por exemplo, o medo que a criança enlutada tem de morrer também é, frequentemente, consequência da incerteza em que se encontra quanto às causas da morte, e de supor, por isso, que as causas da morte de seu pai poderão provocar também a sua morte, ou que, como seu pai (ou mãe) morreu jovem, a mesma coisa lhe acontecerá.

Há, é certo, muitos casos registrados em que a criança se identifica claramente com o genitor morto. Às vezes Wendy tratava o pai da mesma maneira que a mãe o tratava, fazendo observações como "Aconteceu alguma coisa interessante no escritório, hoje?" Outras crianças brincam de professor, ou se esforçam por pintar, evidentemente influenciadas pelo fato de o pai morto ter sido professor, ou a mãe morta, pintora. Mas esses exemplos apenas mostram que a criança que perdeu um genitor continua tão disposta a imitá-lo quanto antes de sua morte. Enquanto os exemplos demonstram claramente como a relação com o genitor continua sendo real e importante mesmo depois da morte, não oferecem evidências substanciais de que depois da perda a identificação desempenhe, na vida da criança, um papel maior, ou mais profundo, do que quando o genitor está vivo.

Acredito, portanto, que em relação aos processos de identificação, como em tantos outros aspectos, o que ocorre durante o luto infantil não é diferente, em princípio, do que acontece no luto adulto. Além disso, como veremos no capítulo 21, o papel desempenhado pela identificação no luto perturbado de crianças também parece não ser diferente, em princípio, do papel que desempenha no luto perturbado dos adultos.

Luto em crianças maiores e adolescentes

Se for válida a nossa conclusão de que as crianças pequenas, em seu quarto ou quinto ano, vivem o luto de maneira muito semelhante aos adultos, podemos então esperar com razoável certeza que crianças maiores e adolescentes reajam da mesma maneira. As opiniões em contrário só surgiram, ao que me parece, porque a experiência dos clínicos limita-se muitas vezes a crianças cuja perda e luto ocorreram em circunstâncias desfavoráveis.

Há, porém, razões para acreditar que existem também diferenças reais entre o luto das crianças e o luto dos adultos, e é oportuno examinarmos agora em que consistem tais diferenças.

Diferenças entre o luto das crianças e o luto dos adultos

O curso seguido pelo luto dos adultos é, como já vimos, profundamente influenciado pelas condições predominantes à época da morte e durante os meses e anos que se seguem. Na infância, o poder que essas condições têm de influenciar o curso do luto é provavelmente ainda maior do que nos adultos. Começaremos examinando os seus efeitos.

Nos capítulos anteriores notamos repetidamente o enorme valor que tem para o adulto enlutado a presença de uma pessoa em quem se possa apoiar e que esteja disposta a oferecer-lhe consolo e ajuda. Nesse caso, como nos outros, o que é importante para o adulto é ainda mais importante para uma criança. Isso porque, enquanto a maioria dos adultos sabe que pode sobreviver sem a presença mais ou menos constante de uma figura de apego, as crianças não têm essa experiência. Por isso, é evidentemente muito mais devastador para a criança do que para o adulto ver-se sozinha num mundo estranho, situação que pode ocorrer facilmente se a criança tiver a infelicidade de perder os dois pais ou se o genitor sobrevivente resolver transferir a outras pessoas o cuidado do filho.

Muitas diferenças surgem do fato de a criança ser ainda menos senhora de si do que o adulto. Por exemplo, enquanto um adulto provavelmente estará presente no momento da morte, ou dela será prontamente informado, e de maneira detalhada, na maioria dos casos a criança é totalmente dependente, para essas informações, da decisão dos parentes; e ela não tem condições de fazer perguntas, como faz um adulto quando não é bem informado.

Da mesma forma, a criança ainda sofre mais desvantagens do que o adulto quando seus parentes, ou outros companheiros, não são tolerantes para com sua saudade, seu sofrimento e sua angústia. Enquanto o adulto pode, se quiser, procurar melhor entendimento e consolo se suas primeiras tentativas nesse sentido não forem boas, a criança raramente tem condições para isso. Assim, pelo menos algumas das diferenças entre o luto das crianças e o luto dos adultos devem-se ao fato de as primeiras controlarem muito menos as suas vidas do que os segundos.

Outros problemas são provocados pelo fato de a criança ter um conhecimento e um entendimento menores das questões relacionadas com a vida e a morte do que um adulto. Consequentemente, estará mais sujeita a tirar deduções falsas das informações que recebe e também a entender mal o significado dos acontecimentos que presencia e das observações que ouve. As figuras de linguagem podem ser particularmente desorientadoras para a criança. Consequentemente, é necessário que os adultos encarregados de uma criança enlutada lhe ofereçam oportunidades de falar do que aconteceu e do seu alcance, maior do que no caso de adultos. Na grande maioria dos casos em que as crianças deixaram de reagir totalmente à notícia da morte de um dos pais, é mais do que provável que a informação dada e a oportunidade de discutir sua significação tenham sido tão inadequadas que a criança não compreendeu a natureza do acontecimento.

Mas nem todas as diferenças entre o luto infantil e o luto adulto são fruto das circunstâncias. Algumas nascem da tendência da criança a viver mais no presente do que o adulto, e da dificuldade relativa que uma criança pequena tem em lembrar o passado. Poucas pessoas sofrem continuadamente. Até mesmo um adulto cujo luto progride normalmente esquece seu sofrimento por momentos, quando algum interesse mais imediato lhe chama a atenção. Para as crianças, essas ocasiões provavelmente serão mais frequentes do que para o adulto, e os períodos em que se ocupará conscientemente de sua perda serão, por isso, mais transitórios. Seus estados de espírito são, portanto, mais inconstantes e mais passíveis de ser mal interpretados. Além disso, devido a essas características, uma criança pequena é facilmente distraída, pelo menos no momento, o que pode levar as pessoas que cuidam dela a achar, erroneamente, que não sente falta dos pais.

Se for sólida esta análise das circunstâncias e da psicologia da criança e do adulto enlutados, não será difícil ver como se desenvolveu a ideia de que um ego infantil é demasiado fraco para suportar a dor do luto.

Comportamento do genitor sobrevivente para com os filhos enlutados

É inevitável que, com a morte de um dos pais, o tratamento dado aos filhos pelo genitor sobrevivente se modifique. Não só o sobrevivente provavelmente estará em condições emocionais aflitivas, como também passará a ter a responsabilidade exclusiva pelos filhos, em lugar de dividi-la; terá de desempenhar dois papéis que, na maioria das famílias, são claramente diferenciados, em lugar do papel único com o qual estava familiarizado.

A morte do pai de uma criança é sempre prematura e muitas vezes repentina. Não só é mais provável que ele seja jovem, ou de que esteja no início da idade madura, como também de que a causa seja mais provavelmente um acidente ou suicídio[10]. Uma enfer-

---

10. No Reino Unido, a proporção de mortes por acidentes ou suicídio nos grupos etários mais jovens é muito maior do que nos grupos mais idosos. O quadro abaixo mostra as porcentagens para homens e mulheres que morreram antes dos 45 anos e para os que morreram entre 45 e 64, no ano de 1973:

| Grupo etário | % de mortes por | |
	Acidentes	Suicídios
15-44	20,6	6,5
45-64	1,9	1,3

Dados extraídos da *Statistical Review of England and Wales for 1973*, Registrar-General (H. M. S., 1975).

midade súbita também não é rara. Assim, para todos os sobreviventes, seja da geração do filho, do pai ou do avô, a morte representará quase sempre um choque, desarticulando todos os planos e esperanças para o futuro. Em consequência, exatamente quando a criança mais precisa da paciência e da compreensão dos adultos que a cercam, estes estarão em piores condições para oferecê-las.

Já examinamos, no capítulo 10, alguns dos problemas enfrentados pelas viúvas e viúvos com filhos pequenos e as soluções, quase sempre insatisfatórias e muito limitadas, entre as quais têm de optar – uma delas é colocar as crianças sob os cuidados de outra pessoa. Vamos ocupar-nos aqui apenas do comportamento do genitor sobrevivente que continua a cuidar dos filhos em sua própria casa. Como o comportamento das viúvas e dos viúvos para com os filhos pode variar, e de qualquer modo conhecemos muito melhor o comportamento das primeiras, será útil examinarmos separadamente as duas situações.

A viúva que cuida dos filhos provavelmente estará ao mesmo tempo triste e angustiada. Preocupada com suas mágoas e os problemas práticos que enfrenta, não lhe será fácil dedicar aos filhos o mesmo tempo que lhes reservava antes, e facilmente se tornará impaciente e nervosa quando eles exigirem sua atenção e chorarem por não a conseguir. Uma tendência acentuada de irritar-se com os filhos foi registrada em cerca de uma em cada cinco das viúvas entrevistadas por Glick e seus colegas (1974). Necker e Margolin (1967) descrevem a mãe de duas meninas pequenas, de 3 e 6 anos, que não podia suportar o choro frequente da mais velha, e por isso a espancava.

Um tipo oposto de reação, que é também comum, é a mãe viúva buscar consolo nos filhos. No estudo de Kliman (1965), nada menos de sete das 18 crianças "adquiriram o hábito sem precedentes de partilhar com frequência da cama do genitor sobrevivente. Em geral, isso começou logo depois da morte e teve tendência a persistir" (p. 78). Também é fácil a uma viúva solitária sobrecarregar uma criança maior, ou um adolescente, com confidências e responsabilidades difíceis de suportar. Em outros casos, ela pode querer que a criança, em geral pequena, se torne uma réplica do pai morto ou, se o morto era um filho mais velho, desse irmão (ver capítulo 9). A preocupação constante com a saúde dos filhos e as frequentes visitas ao médico, tanto para obter o apoio deste como para tratar das crianças, são muito comuns.

Não só é provável que a mãe viúva se preocupe com a saúde dos filhos, como também que se preocupe com a própria saúde, particularmente com o que aconteceria aos filhos se adoecesse ou viesse a morrer. Por vezes, como Glick *et al.* (1974) relatam, a mãe manifestará essas preocupações em voz alta e na presença dos filhos. À luz dessas constatações, não é difícil ver por que algumas das crianças enlutadas ficam apreensivas, recusam-se a ir à escola e são diagnosticadas como sofrendo de "fobia escolar" (ver volume II, capítulo 18).

Angustiada e emocionalmente perturbada, sem a influência moderadora de uma segunda opinião, a mãe viúva provavelmente adotará uma disciplina ou extremamente rigorosa ou extremamente tolerante, ou frequentemente oscilará entre esses dois extremos. Metade das viúvas com filhos que foram estudadas por Glick em Boston considera os problemas com os filhos como uma das suas preocupações mais sérias.

Nosso conhecimento das mudanças no comportamento dos pais viúvos para com os filhos enlutados é muito reduzido. Sem dúvida, os pais que cuidam das crianças sozinhos têm tendência a registrar mudanças de comportamento semelhantes às observadas nas viúvas. Os pais viúvos são especialmente propensos a exigências excessivas de companhia e consolo quando os filhos são meninas e/ou adolescentes.

Se, porém, os filhos forem pequenos, é provável que fiquem aos cuidados de outras pessoas, e nesse caso o pai viúvo os verá com muito menos frequência do que antes. Por isso, poderá não ter conhecimento dos sentimentos e dos problemas dos filhos. Bedel (1973)[11], por exemplo, indagou de 34 viúvos como achavam que os filhos estavam, desde a perda da mãe, e que mudanças haviam observado neles. Poucos pais haviam notado qualquer mudança, e, mesmo assim, apenas mudanças pequenas. À luz do que sabemos sobre as reações infantis à perda da mãe, tais respostas sugerem fortemente que os pais não conheciam bem os filhos e estavam mal informados.

....

11. Citado por Raphael (1973).

Podemos concluir, depois desse breve exame, que uma proporção substancial das dificuldades especiais que as crianças enfrentam depois da perda de um genitor é consequência direta do efeito que a perda teve sobre o comportamento do genitor sobrevivente com relação a elas. Não obstante, felizmente, há muitos outros pais sobreviventes que, apesar de suas responsabilidades, são capazes de manter intatas as relações com os filhos e ajudá--los no luto pelo genitor morto, de tal modo que eles atravessem a crise sem sofrer danos. Não nos podemos surpreender, porém, com o fato de que alguns pais fracassaram.

Capítulo 17
Luto infantil e distúrbio psiquiátrico

> Ora, estou longe de dizer que as crianças sejam universalmente capazes de sofrimento como o meu. Mas há muito mais crianças do que se sabe, que morreram de pesar nesta nossa ilha... Crianças arrancadas de suas mães e irmãs, nessa idade, frequentemente morrem. Falo, porque sei.
>
> THOMAS DE QUINCEY, *Levana and Our Ladies of Sorrow*

Aumento do risco de distúrbio psiquiátrico

Antes de descrevermos a grande variedade de formas que o luto infantil pode tomar em condições desfavoráveis, faremos uma pausa para examinar algumas das evidências de que as crianças que perderam um dos pais por morte têm maior probabilidade do que as outras de apresentar distúrbios psiquiátricos. Essa opinião, que há muito está implícita em grande parte do que se escreve sobre psicanálise, foi apresentada explicitamente por vários pesquisadores há pelo menos três décadas. Embora tenha sido motivo de grande controvérsia, os estudos mais rigorosos dos últimos anos mostraram que pelo menos parte das alegações originais eram válidas.

As evidências vêm de várias fontes:

– estudos mostrando que as pessoas que, quando crianças, têm maior propensão do que outras a sofrer períodos de extrema aflição emocional durante o início de sua vida adulta;
– estudos mostrando uma maior incidência de perda na infância entre crianças e adolescentes encaminhados a uma clínica psiquiátrica;
– estudos mostrando uma maior incidência de perda na infância entre adultos encaminhados ao serviço psiquiátrico.

Verificou-se, além disso, que a perda de um dos pais por morte, na infância, influencia a sintomatologia de qualquer distúrbio psiquiátrico que a pessoa possa sofrer posteriormente. Como os estudos publicados são numerosos e as armadilhas estatísticas são muitas, a discussão é limitada apenas a uns poucos dos exemplos mais planejados. Devemos ter presente que, além dos estudos examinados neste capítulo que tratam da incidência diferencial da *morte* de pais durante a infância nos casos psiquiátricos e controles, há muitos outros que têm o objetivo mais correlato, embora mais amplo, de estudar a incidência diferencial da perda de pais durante a infância *qualquer que seja a causa*. Como os resultados desses outros estudos têm a mesma importância (por uma questão de coerência), é, sob muitos aspectos, lamentável.

*Acompanhamento até a vida adulta
de crianças que sofreram perda*

Pelo que se sabe, houve apenas um estudo que procurou acompanhar, até os 30 anos aproximadamente, um grupo de crianças que sofreram perda, e compará-las com crianças não enlutadas. Foi o estudo realizado por Fulton (Bendiksen e Fulton, 1975), que parte de uma amostra de todos os estudantes do nono grau nas escolas do Estado de Minnesota, em 1954. Àquela época, certos dados básicos foram obtidos em relação a 11.329 estudantes de 15 anos, em conexão com a pesquisa no Minnesota Multiphasic Personality Inventory (MMPI). Dezoito anos depois, em 1972, quando esses estudantes tinham 33 anos, três subamostras num total de pouco mais de 800 pessoas foram selecionadas para acompanhamento.

As três subamostras foram escolhidas de acordo com o estado da família da criança em 1954, ou seja, se intata, ou rompida devido à morte de um dos pais ou à separação ou divórcio. Homens e mulheres estavam presentes mais ou menos na mesma proporção. O plano era contatar todas essas pessoas e pedir-lhes que respondessem um questionário que cobria uma gama bastante ampla de informações sociais e psicológicas, inclusive estado civil, relações familiares, experiência de morte, problemas pessoais e saúde. Apesar da elevada taxa geral de refugo, examinada adiante, e das limitações de um questionário postal, certas diferenças significativas em relação às experiências emocionais e de saúde foram comprovadas.

Os três grupos não apresentavam diferenças significativas de sexo, nível educacional, tamanho da comunidade e variáveis semelhantes, embora houvesse uma ligeira tendência, entre os que vinham de famílias intatas, de estarem casados, de terem um diploma e um melhor desempenho profissional. A principal diferença entre os grupos, porém, estava em suas informações quanto a problemas emocionais sérios e enfermidades graves, em relação às quais os investigados de famílias intatas se haviam saído melhor do que os de outros grupos. O Quadro 5 mostra alguns dos resultados.

QUADRO 5 *Incidência de problemas, relatada 18 anos depois, em três grupos cujas estruturas familiares diferiam quando tinham 15 anos*

Problemas relatados 18 anos depois	Estrutura familiar aos 15 anos			P Para a diferença entre intatas e enlutadas
	Intatas %	Enlutadas %	Div/Sep %	
Enfermidades graves	8,8	17,1	19,6	<0,08
Aflição emocional intensa	19,9	33,5	34,8	<0,05
Prisão/condenações	2,2	5,6	2,2	NS
Experiência de divórcio	8,8	7,1	10,9	NS
Tamanho da subamostra	138	72	46	

Ao interpretarmos esses dados é conveniente lembrar não só que a taxa geral de refugo foi elevada, mas também que foi acentuadamente diferente entre as subamostras, o que é interessante em si. Dessa forma, do total de 809 da amostra original apenas 401 puderam ser localizados e deles apenas 256 completaram o questionário. A cada fase, as perdas eram significativamente maiores para os que vinham de famílias desfeitas do que para os de famílias intatas. O quadro seguinte dá detalhes:

QUADRO 6 *Reação do acompanhamento ao questionário*

Subamostra	Número selecionado para acompanhamento	Número dos que completaram o questionário	Refugo
Família intata	324	138	57
Enlutados	264	72	73
Pais separados ou divorciados	221	46	79
	809	256	—

O fato de as pessoas cujas famílias foram desfeitas durante a infância serem mais difíceis de localizar do que as pessoas de famílias intatas mostra que, como grupo, têm maior mobilidade; e o fato de que, quando localizadas, menor número delas se dispusesse a completar um questionário, é sugestivo em si. Em conjunto, parece provável que as diferenças encontradas entre os grupos em relação a enfermidades graves e aflição emocional e intensa subestimam a posição verdadeira.

Novos estudos, com uma cobertura muito mais completa, são obviamente desejáveis.

Incidência da perda na infância entre pacientes psiquiátricos infantis

Num estudo de mais de 700 crianças que frequentavam uma clínica do Hospital Maudsley, no sul de Londres, Rutter (1966) verificou que 11,6% haviam perdido um dos pais por morte. Essa proporção foi duas vezes e meia maior do que a esperada entre crianças da mesma faixa de idade na população da qual foram selecionadas. As perdas foram proporcionalmente predominantes, particularmente, durante o terceiro e o quarto anos da infância.

As taxas de morte para pais e para mães elevaram-se aproximadamente na mesma razão; e as idades em que as perdas ocorreram foram semelhantes nos casos dos que perderam a mãe e dos que perderam o pai. Houve uma correlação significativa entre o sexo da criança investigada e o sexo do genitor morto, ou seja, a perda da mãe ocorrera mais frequentemente entre as meninas, e a perda do pai, entre os meninos. Os sintomas e problemas apresentados pelas crianças tiveram a mesma probabilidade de se apresentar sob a forma de doenças neuróticas, ou distúrbios neuróticos, ou comportamento antissocial ou delinquente. A data do início desses sintomas e problemas, em relação à morte dos pais, também variou muito. Em certos casos, o início precedeu a morte, e talvez tenha sido uma reação à enfermidade fatal do pai ou da mãe. Em outros casos, os sintomas surgiram logo depois da morte. Em cerca de um terço, porém, o intervalo chegou a ser de cinco anos ou mais.

Essa prolongada demora no início dos sintomas leva Rutter a concluir que fatores consequentes da morte talvez tenham sido tão importantes, ou mais, do que a própria morte. Quanto a isso, ele indica certos riscos como a dissolução do lar, mudanças frequentes de pessoa responsável pela criança, mudanças nos papéis familiares, os efeitos da perda sobre o genitor que sobrevive e a chegada de um padrasto ou uma madrasta (o que ocorreu em dois quintos dos casos). Como veremos nos capítulos seguintes, há boas evidências de que esses fatores são realmente muito importantes na explicação das reações infantis. Não obstante, há razão para questionar outra conclusão de Rutter, reconhecimento experimental, ou seja, a de que as formas patológicas do luto só desempenham um papel menor. Isso porque em sua análise do problema (Rutter, 1966, 1976) ele não examina a possibilidade de haver pessoas que, embora consigam continuar vivendo sem demonstrar perturbação clara durante a infância e adolescência, mesmo assim tornam-se mais vulneráveis devido a uma perda na infância e, portanto, mais propensas do que outras a reagir a novas perdas com um distúrbio depressivo. A conclusão mais provável, ao que me parece, e que as evidências a serem apresentadas confirmam, é que a maioria dos resultados patológicos é produto da interação de condições adversas, depois da perda, com os processos de luto iniciados por esta.

Incidência de perda na infância entre pacientes psiquiátricos adultos

Entre 1955 e 1965 foram publicados vários estudos mostrando uma maior incidência de perda na infância nas histórias de pacientes psiquiátricos, quando comparados à população geral. Um desses estudos, de Felix Brown (1961), relacionando a perda na infância e o distúrbio depressivo, foi particularmente influente. Mais tarde, porém, embora alguns dos novos estudos confirmassem os resultados, outros não os comprovavam. A controvérsia que se seguiu ainda não havia sido resolvida no final década de 1960 – por exemplo, Granville-Grossman (1968). Não obstante, estudos mais recentes, notadamente o do psiquiatra John Birtchnell (Birtchnell, 1972) e o do sociólogo George Brown (Brown et al., 1977, 1978), não só confirmaram alguns – não todos – dos resultados originais, como também lançaram luz sobre a maneira como a controvérsia começou.

Medir a incidência da perda de um genitor num grupo de doentes psiquiátricos e compará-la com a incidência dessa mesma perda num grupo adequado de indivíduos mentalmente sadios é uma tarefa muito mais complexa do que se poderia supor. O maior problema isolado tem sido especificar e encontrar um grupo de comparação válido. Não só as idades dos que participam do grupo de pacientes e do grupo de comparação devem ser iguais, porque as taxas de morte na maioria dos países diminuíram com o tempo (exceto durante guerras), como grupos mais fáceis de contatar, como por exemplo pacientes de outros departamentos do hospital, podem ter muitos indivíduos que sofrem de distúrbios psiquiátricos disfarçados. Sabe-se hoje que a mesma coisa pode ocorrer também numa amostra representativa (levando-se em conta idade e sexo) selecionada entre a população geral de onde o grupo de pacientes provém. A incapacidade de levar em consideração estes fatores, e outros, explica – hoje é claro – por que vários estudos não registraram diferenças significativas entre os grupos.

Um estudo que, embora não tenha verificado se o grupo de controle estava livre de doentes psiquiátricos, ainda assim registra diferenças estatisticamente significativas, embora pequenas, é o estudo realizado no nordeste da Escócia por Birtchnell (1972). Nesse projeto de consideráveis proporções a incidência da perda na infância foi medida em mais de 500 pacientes encaminhados aos serviços psiquiátricos, que tinham 20 anos ou mais e sofriam de neuroses, psicoses não-orgânicas e vícios, e também num grupo de controle de mais de 3 000 pessoas, escolhidas entre as listas dos clínicos gerais, na mesma área. Como as idades dos pacientes nas diversas categorias diagnosticadas eram diferentes, usou-se em cada comparação um grupo de controle distinto, devidamente compatível em idade e sexo. Os principais resultados foram os seguintes:

(i) só para as mortes de pais ocorridas antes do 10º aniversário do paciente é que se registraram diferenças significativas entre os grupos de pacientes e o grupo de controle;
(ii) uma maior incidência de perda durante a infância foi registrada com mais frequência entre as mulheres do que entre os homens;
(iii) uma maior incidência foi especialmente evidente nas condições depressivas e no alcoolismo;
(iv) quando a perda do pai ou da mãe foi examinada separadamente, verificou-se que (*a*) a incidência da perda da mãe antes do 10º aniversário é significativamente maior entre os pacientes deprimidos, tanto homens como mulheres, e também entre as mulheres alcoólatras; (*b*) a perda do pai antes do 10º aniversário é significativamente maior entre as mulheres, tanto deprimidas como alcoólatras, mas não entre os homens.

Em nenhum dos grupos de pacientes nesse estudo a incidência da perda na infância é superior ao dobro do que é nos grupos de controle, e na maioria dos grupos ela é muito menor. É certo que, na seleção de seus grupos de controle, Birtchnell não procurou excluir pessoas que, embora não encaminhadas a serviços psiquiátricos, ainda assim tinham saúde mental precária e que, se o tivesse feito, as diferenças teriam sido muito maiores. Mesmo assim, os dados existentes mostram que uma perda na infância tem um papel causal apenas numa pequena minoria de casos de enfermidade mental. O valor do trabalho feito está, ao que me parece, no fato de ter constituído um ponto de partida para a pesquisa das relações entre pais e filhos e sua influência sobre a sanidade mental, a qual pode ser levada adiante no futuro, em nível muito mais aperfeiçoado.

Alguns distúrbios para os quais contribui o luto infantil

Tornou-se claro, nos últimos anos, que as pessoas que sofreram uma perda na infância não são apenas mais propensas do que as outras a apresentar distúrbios psiquiátricos, como também que tanto a forma como a gravidade de qualquer distúrbio que venham a apresentar serão provavelmente mais influenciadas em certas direções especiais.

Aqueles que sofreram uma perda na infância e, quando adultos, evidenciam distúrbios psiquiátricos têm mais probabilidades do que os outros de:

– manifestar ideias sérias de suicídio;
– mostrar alto grau de apego angustiado (ou superdependência);
– desenvolver condições depressivas graves, classificáveis como psicóticas.

Como apenas são descritos resultados bem comprovados, a lista acima não deve ser considerada como exaustiva.

Ideação e comportamento suicida em estudantes

Existe hoje uma ampla bibliografia (por exemplo, Greer *et al.*, 1966; Koller e Castanos, 1968) sobre a relação entre a perda de um genitor ocorrida na infância – perda de qualquer tipo e não apenas a perda por morte – e tentativas de suicídio mais tarde.

Depois de examinar essa bibliografia, em parte clínica e em parte estatística, Adam (1973) conclui: "Parece haver concordância geral... em que, de todas as seqüelas atribuídas à perda na primeira infância, as evidências relativas ao comportamento suicida estão entre as mais fortes." Na maior parte desses estudos, porém, as perdas em questão são consequência de abandono, separação ou divórcio, bem como morte. Por isso, o exame limita-se, aqui, a um único estudo que distingue as duas principais causas de perda. Além disso, tal estudo, ao contrário da maioria dos outros, concentra-se na presença ou ausência de ideação suicida séria, bem como de tentativas de suicídio, em lugar de focalizar apenas estas. Isso encerra vantagens, primeiro porque as ideias de suicídio ocorrem mais comumente do que as tentativas e segundo porque, sem as circunstâncias dramáticas das tentativas, elas estão abertas a uma pesquisa mais rigorosamente controlada.

Num projeto realizado no Serviço de Saúde da Universidade McGill, Adam (1973) comparou a incidência e o tipo de ideação suicida presentes em três grupos de alunos, todos entre 17 e 27 anos e que foram encaminhados ao serviço devido a problemas psicológicos. Os de um grupo (35) haviam perdido um genitor por morte antes do 16º aniversário; os de um segundo grupo (29) haviam perdido um genitor por outra razão que não a morte (geralmente separação ou divórcio); e os do terceiro grupo, escolhidos como controle (50), vinham de famílias intatas. O número de homens era ligeiramente maior do que o número de mulheres nas amostras.

Uma vez escolhidos, os estudantes foram distribuídos aleatoriamente a um entrevistador, que realizou uma entrevista clínica semiestruturada, cobrindo várias áreas, ou seja, adaptação geral, história médica, propensão a acidentes, tendências depressivas, ideias e comportamentos suicidas e atitudes com relação à morte e aos agonizantes. Aos itens-chave eram atribuídos pontos durante a entrevista, de acordo com critérios preestabelecidos referendados em estudos piloto e confirmados por um segundo avaliador independente, usando uma gravação da entrevista. Somente depois de completada a classificação foram feitas investigações detalhadas sobre o passado dos estudantes e as circunstâncias que cercaram a morte, o divórcio ou a separação dos genitores. Embora se tentasse ignorar o ambiente familiar do pesquisado até a conclusão da sua classificação, isso foi impossível em certos casos. Testes estatísticos subsequentes mostraram, porém, que o conhecimento da situação familiar não influenciou a classificação.

Durante a primeira parte da entrevista procurou-se especialmente explorar a presença de ideias suicidas, e, quando eram constatadas, pedia-se ao investigado os mais completos detalhes possíveis sobre seu início, frequência, intensidade, duração e conteúdo. As ideias suicidas foram então classificadas numa escala de três pontos, quanto à sua frequência, intensidade e duração. Qualquer paciente cujas ideias fossem classificadas como moderadas ou altas em alguns desses dois parâmetros era considerado como seriamente suicida. Os pesquisados que registraram uma tentativa de suicídio de qualquer tipo também eram classificados na categoria de sérios. Quando havia dúvidas quanto à categoria da ideação, esta era cautelosamente classificada como não-séria.

Os resultados, apresentados no Quadro 7, mostram que cerca da metade dos estudantes sob assistência psiquiátrica que haviam perdido um dos pais antes dos 16 anos, por qualquer motivo, mostrava séria ideação suicida, ao passo que apenas 10% dos que vinham de famílias intatas tinham a mesma classificação. Essa diferença é de grande significação estatística. O fato de a perda do

QUADRO 7 *Incidência de ideação suicida séria em estudantes de 17 a 27 anos com problemas psiquiátricos provocados pela perda de um dos pais antes do 16.º aniversário*

Situação da família do estudante		Perda do genitor	
Ideação suicida	*Por morte*	*Por separação/ divórcio*	*Intata*
	%	%	%
Séria	48,6	41,4	10,0
Não-séria	51,4	58,4	90,0
N	35	29	50

(Para a diferença entre os dois grupos dos que perderam um genitor e o grupo dos que vieram de família intata P <0,001.)

genitor ter sido consequência de morte, separação ou divórcio não fez nenhuma diferença: a incidência de uma ideação suicida séria foi elevada em ambos os grupos.

A incidência de tentativas de suicídio nos três grupos segue um padrão semelhante. Entre os que haviam perdido um dos pais pela morte, seis haviam tentado suicídio; entre os que haviam perdido um dos pais por outras razões, quatro tentaram; e entre os que vieram de famílias intatas, dois. Isso nos dá uma incidência de 17%, 14% e 4%, respectivamente. Embora a tendência seja sugestiva, as diferenças não são significativas (muito possivelmente, devido ao pequeno número).

Adam descreve alguns aspectos em que as ideias dos estudantes classificados como manifestando ideação suicida séria difeririam das ideias dos considerados como menos sérios. Nos primeiros, as ideias suicidas eram relativamente mais desenvolvidas, mais persistentes e de maior duração. Apresentavam-se muitas vezes como desejos ou impulsos fortes, por vezes atemorizadores e difíceis de controlar, razão pela qual os investigados tiveram de procurar meios de se proteger. Os temas expressos foram, com frequência, os do isolamento profundo, desespero e ódio de si mesmo; e o tema da morte como paz, libertação ou liberação foi por vezes registrado. Esses estudantes frequentemente referiam-se ao suicídio como "ato dotado de sentido", e muitos o consideravam como uma possibilidade real para eles no futuro, inevitável mesmo. Muitos, na verdade, haviam examinado seriamente a possibilidade de se matarem e haviam feito planos para isso. Vários haviam-se aproximado da tentativa e, do total de 34 estudantes cujas ideias foram consideradas sérias, nada menos de 12 haviam chegado a uma tentativa concreta. Dez desses 12 haviam sofrido, imediatamente antes, a perda real ou a ameaça de perda de uma pessoa importante.

No caso de sete estudantes, todos do grupo dos que haviam perdido os pais, as tentativas que fizeram foram consideradas menos perigosas; e, desses, quatro também tinham um comportamento extremamente descuidado e/ou participavam de esportes excepcionalmente perigosos.

Não é de surpreender que jovens adultos que sofreram a perda de um dos pais na infância sejam mais inclinados do que os outros a examinar a possibilidade de suicídio, já que muitos dos motivos para tentá-lo, ou chegar a concluí-lo, podem ser mais bem interpretados como reações à perda, ou ameaça de perda, de uma figura de apego. Entre os motivos que levam a um suicídio estão os seguintes, como mostram as evidências clínicas:

– o desejo de reunião com uma pessoa morta;
– desejo de vingança contra uma pessoa morta, pelo fato de ela ter partido, e que pode tomar a forma de um redirecionamento dos desejos homicidas contra a própria pessoa, ou do abandono de outra, em retaliação;
– o desejo de destruir o eu a fim de amenizar um esmagador sentimento de culpa por ter contribuído para uma morte;
– um sentimento de que não vale a pena viver sem perspectivas para o futuro de uma relação amorosa com outra pessoa.

Entre os motivos para o gesto suicida estão:

– o desejo de provocar uma reação de cuidado em uma figura de apego considerada como indiferente – o conhecido pedido de socorro;
– o desejo de punir uma figura de apego e, assim, forçá-la a ser mais atenciosa.

É certo que em qualquer caso mais de um desses motivos pode ter um papel. Esses motivos, além do mais, podem combinar-se de qualquer maneira com outros tipos de motivos.

Adam descreve algumas tentativas preliminares de encontrar diferenças nas histórias de estudantes que evidenciaram séria ideação suicida, as quais poderiam distingui-los dos estudantes sem essa ideação séria. Entre os fatores que *não* se mostraram relevantes estava a idade, nos 16 primeiros anos de um estudante, à época em que sofreu a perda de um dos pais. Em contraposição, Adam concluiu que "a presença de uma figura nutriente estável de algum tipo parecia ser de grande importância para proteger contra o desenvolvimento de ideação suicida significativa...". Como se verá nos próximos capítulos, essa conclusão encontra apoio em muitas outras evidências.

Apego angustiado (superdependência)

Há evidências de que, qualquer que seja o diagnóstico, os pacientes do sexo feminino que perderam a mãe por morte durante seus primeiros dez anos de vida têm mais probabilidade do que os outros de apresentar um grau acentuado de apego angustiado, por vezes chamado de superdependência. Essa associação, para a qual Barry e Lindemann (1965) foram os primeiros a chamar a atenção, foi explorada de maneira mais minuciosa por Birtchnell (1975a), como parte de seu amplo estudo no nordeste da Escócia.

Durante o curso da investigação de Birtchnell verificou-se que 576 pacientes da amostra original haviam, em alguns momentos, preenchido o MMPI. Das muitas classificações que podem ser deduzidas desse fato, decidiu-se selecionar quatro como as mais adequadas para discriminar entre pacientes que haviam sofrido a morte de um genitor na infância, e os que não haviam passado por essa experiência. Havia classificações para Dependência, Dominação, Força do Ego e Autossuficiência.

Para comparações, separaram-se homens e mulheres e selecionaram-se subamostras para cada comparação, primeiro dos que haviam perdido o pai durante os primeiros nove anos de vida, mas cuja mãe vivera por pelo menos mais 11 anos, e segundo dos que haviam perdido a mãe e cujo pai continuara vivo. Uma terceira subamostra compreendia pacientes cujos pais e mães haviam vivido pelo menos até o seu 20º aniversário. Para os pacientes de cada subamostra calculou-se uma classificação média em cada uma das quatro escalas do MMPI, e fizeram-se comparações entre elas. Os números em algumas das subamostras foram pequenos[1].

Das comparações resultantes (16 ao todo), apenas uma revelou uma diferença estatisticamente significativa. As 17 pacientes

....
1. O número de pacientes em cada subamostra foi o seguinte:

Sexo do paciente	Número de pacientes que perderam			
	Pai	Mãe	Nenhum	Total
masculino	9	6	157	172
feminino	20	17	257	294
	29	23	414	466

do sexo feminino que haviam perdido a mãe durante seus primeiros nove anos de vida registraram uma classificação média para a dependência significativamente maior (P < 0,01) do que a classificação média das 257 pacientes que não haviam perdido nenhum dos pais. Com apenas duas exceções, todas se classificaram como acima da média desse último grupo. O exame dos casos mostrou que todas elas tinham uma sintomatologia depressiva e que a maioria tinha sofrido de preocupação crônica em toda a sua vida. Cinco foram especialmente descritas como consideravelmente dependentes[2].

A maioria dessas 17 mulheres – isso evidenciou-se a partir dos registros dos casos – havia sofrido experiências aflitivas após a morte da mãe. O cuidado materno substitutivo fora inadequado e passou por numerosas modificações. A qualidade do cuidado evidentemente deixara muito a desejar e a maioria das meninas teve, desde tenra idade, de assumir um papel maternal. A maior parte delas registrou indícios de terem sido crianças nervosas, que roíam unhas, molhavam a cama e tinham medo do escuro.

Forma e gravidade do distúrbio depressivo

Fizemos no capítulo 14 uma descrição do estudo de George Brown e seus colegas sobre distúrbios depressivos em mulheres num bairro do sul de Londres (Brown e Harris, 1978*a*). Na parte do estudo que nos interessa aqui, apenas uma de suas amostras foi utilizada. Trata-se da amostra constituída de 114 mulheres, com idades entre 18 e 65 anos, diagnosticadas como sofrendo de alguma forma, e de diferentes graus, de distúrbios depressivos de início recente, e que estavam recebendo tratamento psiquiátrico (seja como pacientes internas ou externas).

....

2. Embora nenhuma das outras diferenças entre as classificações médias tivesse significação estatística, vale a pena notar que seis pacientes masculinos que haviam perdido a mãe tiveram uma classificação relativamente baixa em dependência, e elevada em autossuficiência. Isso sugere uma reação na direção da autoconfiança compulsiva. Assim, os pacientes masculinos apresentaram um quadro inverso ao dos pacientes femininos.

Uma vez identificada a paciente de acordo com os critérios de pesquisa estabelecidos, era entrevistada de maneira sistemática, primeiro por um psiquiatra pesquisador e, em segundo lugar e independentemente, por um sociólogo. Com isso, eram obtidos dados padronizados, tanto clínicos como sociais.

Uma parte do inquérito de Brown pretendia verificar se há diferenças nas experiências de vida de mulheres com formas e graus diferentes de distúrbio depressivo. Com esse objetivo, o grupo de pacientes foi dividido em dois grupos de diagnóstico, os psicoticamente deprimidos e os neuroticamente deprimidos. Isso foi feito por um segundo psiquiatra que, orientado pelos critérios tradicionais, baseou seu julgamento apenas nos sintomas evidenciados pelo paciente e identificados durante a entrevista pessoal em que verificou a presença ou ausência de 57 sintomas, e sem conhecer acontecimentos da vida do entrevistado que pudessem ter antecedido, e mesmo provocado, o aparecimento desses sintomas. Essa restrição permitiu ao grupo de pesquisa testar a convicção tradicional de que as depressões psicóticas surgem sem serem precedidas de acontecimentos importantes na vida do paciente, em contraposição às depressões neuróticas, em que a incidência desses acontecimentos é considerada como elevada.

Dos 114 pacientes estudados, 63 foram diagnosticados como psicoticamente deprimidos e 49 como neuroticamente deprimidos. (Dois pacientes foram excluídos da análise por terem evidenciado também sintomas maníacos.) Em geral, os pacientes classificados como psicóticos eram mais lentos nos movimentos, pensamentos e emoções, ao passo que os classificados como neuróticos eram mais ativos e mostravam uma emoção mais variada. Uma vez classificados, os pacientes de cada grupo de diagnóstico foram divididos em três subgrupos pela gravidade de seu distúrbio – alta, média e baixa.

Os resultados de interesse imediato são que na maioria de todos os casos um acontecimento provocador – geralmente a perda, por separação ou morte, de um parente próximo – ocorrera durante os nove meses anteriores ao início dos sintomas, e que a incidência desses fatos foi quase tão elevada no grupo psicótico (5%) quanto no grupo neurótico (65%). Assim, os resultados de Brown, como os de Paykel *et al.* (1971), cujo trabalho ele menciona, questionam seriamente as suposições tradicionais de que uma depressão psicótica é equivalente a uma depressão endógena e que apenas as depressões neuróticas são reativas.

Outros resultados do grupo de Brown relacionam-se com a incidência daquilo que ele chama de uma perda *passada*, categoria que inclui as perdas de tipos específicos ocorridas principalmente, mas nem sempre, durante a infância e a adolescência, e que exclui qualquer perda ocorrida durante os dois anos anteriores ao início dos sintomas. As perdas passadas foram divididas por ele em duas categorias: as perdas por morte e as perdas resultantes de outras causas. Embora a maioria dessas perdas seja de mãe ou de pai antes do 17º aniversário do paciente, para a grande maioria de suas análises os critérios adotados por Brown são mais inclusivos. Como os resultados são de grande interesse, vamos descrever primeiro os seus critérios.

Para que uma mulher fosse classificada como tendo sofrido uma perda passada por morte, os critérios de Brown são:

– a morte da mãe ou do pai antes do 17º aniversário;
– a morte de um irmão, ocorrida entre o primeiro e o 17º aniversário;
– a morte de um filho (desde que não tenha ocorrido dentro de dois anos antes do início dos sintomas);
– a morte do marido (desde que não tenha ocorrido dentro de dois anos antes do início dos sintomas).

Para que a paciente fosse classificada como tendo sofrido uma perda passada em consequência de outras causas que não a morte, os critérios foram:

– abandono pela mãe ou pelo pai antes do 17º aniversário;
– separação da mãe ou do pai durante um ano ou mais, antes do 17º aniversário.

Quando esses critérios são aplicados aos dois principais grupos de diagnósticos e aos três subgrupos sem cada um deles, verifica-se que:

a) nas mulheres que se tornaram psicoticamente deprimidas a incidência de uma perda passada por *morte* é consideravelmente elevada, aumentando com a gravidade do estado; e, inversamente, nesse grupo a incidência de perda passada resultante de outras causas, que não a morte, é baixa;

b) em mulheres que se tornaram neuroticamente deprimidas a incidência de perda passada por *outras causas que não a morte* é moderadamente elevada, diminuindo com a gravidade da condição; e, inversamente, nesse grupo a incidência de uma perda passada por morte é relativamente baixa.

Os números e porcentagens são dados no Quadro 8.

QUADRO 8 *Incidência de perda passada por tipo de perda e por forma e gravidade da depressão*

	Incidência da perda passada devido a	
	Morte %	Separação %
63 psicoticamente deprimidas		
12 mais graves	84 ⎫	0 ⎫
41 médios	55 ⎬ 57%	2 ⎬ 5%
10 menos graves	20 ⎭	20 ⎭
49 neuroticamente deprimidas		
6 mais graves	0 ⎫	50 ⎫
23 médios	14 ⎬ 14%	22 ⎬ 22%
20 menos graves	20 ⎭	16 ⎭

As diferenças entre os dois principais grupos em relação à incidência de perda passada devido a morte e perda passada devido a separações são altamente significativas. Em ambos os casos P é menos de 0,01.

Assim, na série de pacientes de Brown, verificaram-se correlações altamente significativas entre o tipo de perda sofrida por uma mulher anteriormente e a forma e gravidade de seu distúrbio depressivo. Em contraposição, não houve correlação semelhante com o tipo ou a gravidade de qualquer perda que a paciente pudesse ter sofrido no ano anterior ao início dos sintomas. A forma e a gravidade do distúrbio parecem, portanto, ser determinadas em grande parte pelos acontecimentos dos anos anteriores.

Outra constatação de Brown apoia essa conclusão. O exame de seus dados mostrou que a perda de um genitor ou um irmão depois do 17º aniversário do paciente não havia contribuído em nada para determinar a sua sintomatologia.

Surpreso com esses resultados claros e inesperados, Brown procurou confirmá-los. Felizmente, havia no Hospital Maudsley os registros de uma série de pacientes internos do sexo feminino, sofrendo de depressão, que haviam sido investigados antes por um colega, Robert Kendell, e sobre os quais havia as informações necessárias. Quando esses registros foram analisados, os resultados encontrados foram semelhantes aos da série de Brown. Assim, não só os resultados originais foram confirmados, como também se constatou serem independentes do julgamento possivelmente idiossincrático do psiquiatra pesquisador.

Observou-se desde o início que a maioria das perdas passadas que Brown incluíra em suas análises foi experimentada pelas pacientes antes do 17º aniversário. Os números constam do Quadro 9.

QUADRO 9 *Número de pacientes que registraram uma perda passada, por tipo de perda, idade na ocasião em que ocorreu e forma de depressão*

Forma de depressão	Perda por morte		Perda por separação	
	antes dos 17	17 e após	antes dos 17	17 e após
62 pacientes psicóticos	24	13	3	1
49 pacientes neuróticos	6	2	10	1
Todos os pacientes	30	15	13	2

Para os propósitos do presente estudo, o principal ponto a notar é a proporção relativamente elevada de mulheres, na série de Brown, diagnosticadas como psicoticamente deprimidas, e que sofreram a morte de um dos pais ou de um irmão antes do 17º aniversário, ou seja, 24 em 62, ou 39%. A perda do marido ou de um filho depois do 17º aniversário (mas mais de dois anos antes do início dos sintomas) foi registrada em mais 13 delas, ou 21%. A elevada incidência de perda passada por morte em pacientes cujo diagnóstico era depressão psicótica reflete-se na acentuada associação entre uma perda passada por morte. Destes, 34 (31 psicóticos e 3 neuróticos) eram retardados. Buscando uma explicação para essa associação, Brown e Harris recorreram a ideias apresentadas nos volumes anteriores desta obra e a uma teoria cognitiva dos distúrbios depressivos. Uma perda passada provocada por morte, disseram eles, predispõe a pessoa a reagir a qualquer perda presente como se fosse outra morte, com um consequente desespero sem alívio, que por sua vez leva ao retardamento. Em contraposição, uma perda passada provocada por separação parece predispor a pessoa a reagir a qualquer outra perda como se fosse reversível. Consequentemente, o desespero resultante mistura-se com a raiva, talvez violenta, o protesto, e leva a um estado que será mais provavelmente diagnosticado como depressão neurótica do que como depressão psicótica.

Examinamos neste capítulo as evidências que sugerem que as pessoas que perderam um dos pais por morte, durante a infância ou adolescência, correm um risco maior do que outras de apresentarem distúrbios psiquiátricos e, mais especialmente, de sofrerem uma depressão suicida e/ou psicótica mais grave, se estas se manifestarem. As evidências dos efeitos comparáveis, embora diferentes, das perdas sofridas durante o mesmo período de vida e provocadas por outras causas que não a morte foram apenas mencionadas, mas são na realidade consideráveis. A perda na infância, ao que parece, pode marcar uma pessoa, tornando-a mais vulnerável aos reveses sofridos mais tarde, especialmente à perda, ou ameaça de perda. Não obstante, nem toda criança ou adolescente que perde um dos pais fica marcado dessa maneira, sendo portanto necessário determinar por que isso ocorre em alguns casos e em outros não. Passamos agora a essa investigação.

Capítulo 18
Condições responsáveis pelas diferenças de resultados

> The beauty of love has not found me
> Its hands have not gripped me so tight
> For the darkness of hate is upon me
> I see day, not as day, but as night.
>
> I yearn for the dear love to find me
> With my heart and my soul and my might
> For darkness has closed in upon me
> I see day, not as day, but as night.
>
> The children are playing and laughing
> But I cannot find love in delight
> There is an iron fence around me
> I see day, not as day, but as night.[1]*

Fontes dos dados

Por tudo o que foi dito nos capítulos anteriores, é evidente que na minha opinião as variáveis que influenciam o curso seguido pelo luto na infância e adolescência são semelhantes às que o influenciam na vida adulta. Essas variáveis se enquadram em três classes:

a) as causas e circunstâncias da perda, com especial referência àquilo que se diz à criança, e onde, e que oportunidades lhe são dadas, posteriormente, para indagar sobre o que aconteceu;

b) as relações de família após a perda, com especial referência à permanência da criança com o genitor sobrevivente e, caso

---

1. De uma menina de 11 anos cujos pais passaram muitos anos no exterior.

* A beleza do amor não me encontrou/Não me aperta com força a sua mão/Pois me envolve do ódio a escuridão/E eu vejo o dia como se fosse noite.//Anseio por ter o encontro do amor/Com minha alma, minha ânsia e o meu coração/Pois sobre mim desceu a escuridão/E eu vejo o dia como se fosse noite.//As crianças brincando e rindo estão/Mas eu não encontro amor na alegria/Uma grade de ferro cerca meu coração/E eu vejo o dia como se fosse noite. (N. do T.)

isso ocorra, como se modificaram os padrões de relação em consequência da perda;

c) os padrões de relação dentro da família antes da perda, com especial referência aos padrões predominantes entre os pais e entre cada um deles e a criança enlutada.

Alguns dos dados que apoiam essa posição teórica já foram mencionados, e outros ainda são apresentados neste capítulo e nos capítulos subsequentes. Eles são provenientes de dois principais tipos de estudos:

1) estudos que comparam as experiências de um grupo de pessoas que se desenvolveram bem, apesar de uma perda na infância, com as de um grupo que não se desenvolveu bem; as informações são geralmente obtidas durante uma entrevista especial de pesquisa, ou uma entrevista clínica de rotina;

2) estudos que descrevem as experiências de uma ou de algumas crianças ou adolescentes, cujos problemas são considerados como resultantes da perda de um dos pais; a informação é obtida principalmente durante a terapia, embora parte dela venha também dos pais e de outros.

Os pontos positivos e negativos desses dois tipos de estudos tendem a se contrapor.

Os estudos do primeiro tipo, que tomam a forma de levantamentos, incluem amostras bastante grandes de pacientes e nos proporcionam informações úteis, a maioria das quais de tipo bastante geral, sobre a experiência da pessoa após a perda, mas são geralmente fracos nos detalhes psicopatológicos. Os estudos do segundo tipo, o terapêutico, contribuem muito para suplementar essa deficiência, mas podem ser seriamente enganosos quando tratados isoladamente. No caso dos levantamentos, a informação é comumente obtida muitos anos após os acontecimentos, ao passo que no caso dos estudos terapêuticos de crianças e adolescentes o intervalo é em geral muito menor. Os dois tipos de estudos têm a desvantagem de depender muito de informações de uma única fonte, a própria pessoa enlutada.

Dados de levantamentos

Entre todos os que fizeram levantamentos de diferentes grupos de pessoas que perderam um dos pais na infância há, hoje, concordância considerável em relação à enorme importância das experiências da criança depois da perda. As pessoas que posteriormente apresentam distúrbios psiquiátricos são aquelas que, pelo que se verificou, provavelmente receberam uma atenção paterna ou materna deficiente depois da perda. As interrupções no cuidado, inclusive a prestação de cuidado sem carinho nos lares temporários de adoção ou em asilos, e as transferências de um "lar" para outro foram o destino de muitas dessas crianças. Alternativamente, se a criança permaneceu em sua casa, é provável que tenha sido obrigada a assumir um papel maternal ou paternal, em lugar de receber cuidados. Em contraposição, as que se desenvolveram bem, apesar de terem perdido um dos pais durante a infância, provavelmente terão recebido uma atenção constante e estável do genitor sobrevivente nos anos seguintes à perda. Entre os resultados que confirmam essas conclusões estão alguns já citados no capítulo anterior, como os de Rutter (1966), Adam (1973) e de Birtchnell (1971[2], 1975). Entre outros estudos que registram resultados muito semelhantes está o de Hilgard *et al.* (1960), muito bem planejado.

Hilgard, que durante muitos anos interessou-se pelo papel que tem a perda de um dos pais durante a infância de pacientes psiquiátricos, com referência especial às reações de aniversário, resolveu comparar as experiências conhecidas por seus pacientes depois de sua perda, com a de adultos que também haviam perdido um dos pais na infância, mas que não eram pacientes. Tendo isso em mente, realizou um levantamento da comunidade e a partir dele identificou cem pessoas entre 19 e 49 anos que haviam perdido um dos pais antes dos 19 anos e que não estavam, na épo-

---

2. Nesse estudo Birtchnell mostrou que, quando uma amostra de pacientes psiquiátricos que sofreram perdas na infância era comparada com uma amostra da população geral dos grupos de controle, apresentava uma representação excessiva de irmãos mais velhos do mesmo sexo do genitor perdido, e que também tinham irmãos mais novos para cuidar.

ca, sob cuidados psiquiátricos. Dessa amostra inicial, 65 se colocaram à disposição para entrevistas estruturadas que duraram uma ou duas horas. O número de mulheres foi maior do que o número de homens em quase três por um (em parte porque eram em maior número nos cem iniciais e em parte porque estavam mais disponíveis para a entrevista). Das mulheres, 29 haviam perdido o pai e 19, a mãe; dos homens, 13 haviam perdido o pai e 4, a mãe.

Depois da entrevista, identificou-se uma subamostra constituída de todos os que foram considerados como "razoavelmente bem ajustados" em termos dos seguintes critérios: viviam num lar intato, seu casamento parecia ser satisfatório, as relações com os filhos pareciam adequadas e sua classificação num rápido teste de adaptação social confirmou esses pontos. Entre as 29 mulheres que perderam o pai, 14 atendiam a esses critérios.

O quadro de uma vida familiar, antes e depois da morte do pai, que surgiu desses relatos foi o seguinte: antes da perda, os pais haviam oferecido um lar estável no qual cada um tinha um papel bem definido. Depois da perda, a mãe manteve o lar intato, mas em geral teve de trabalhar muito para isso. A família teve o apoio de sua rede social, e a mãe mostrou-se capaz de utilizá-lo da melhor maneira possível. "Forte", "responsável", "trabalhadora" foram os adjetivos mais usados para descrevê-la; "carinhosa", o menos frequente.

Quando um dos pais morreu depois de uma enfermidade, é provável que os filhos tenham sido informados da situação e preparados antecipadamente para o que estava por acontecer. Com isso, escreve Hilgard, "o pai ou a mãe agonizante pode transmitir ao filho a sua própria aceitação dessa separação definitiva e, assim, ajudá-lo a aceitá-la também". Além disso, depois da morte do pai, as mães geralmente partilhavam seu sofrimento com os filhos, e isso parece ter sido especialmente útil também para as filhas. Esses padrões familiares, em que os pais são sinceros com os filhos, contribuíram, na opinião de Hilgard, para a notável ausência de culpa em relação à morte do genitor, que caracterizou essas pessoas, e que contrastou acentuadamente com o que ela observou em seu grupo de pacientes psiquiátricos, que também haviam perdido um dos pais na infância.

Além da subamostra de Hilgard, de pessoas consideradas como "razoavelmente bem ajustadas", houve uma subamostra complementar de pessoas que não haviam atendido aos seus critérios (um grupo análogo aos "casos comunitários" no estudo de George Brown, mas que não apresentava necessariamente uma enfermidade diagnosticável). Para os membros da segunda subamostra, o comportamento do genitor sobrevivente foi muito diferente do que havia sido para os membros da outra amostra bem ajustada. Na maioria dos casos, o sobrevivente fizera pesadas exigências aos filhos, em busca de apoio emocional; ou, na terminologia usada neste livro, o sobrevivente invertera a relação pai-filho, tentando fazer com que o filho prestasse os cuidados. Esse padrão foi particularmente comum entre crianças que perderam o pai.

Na amostra total de 65 pessoas entrevistadas, 13 homens haviam perdido o pai. Em três casos, a mãe se casara novamente, restando assim dez famílias em que o filho continuou morando com a mãe viúva. Em nada menos de nove desses casos, as mães tinham "manifestado uma dependência emocional dos filhos, particularmente os do sexo masculino". Alguns desses filhos acharam que haviam sido transformados em maridos substitutos. Permaneceram solteiros até a morte da mãe ou então se casaram e depois se divorciaram, voltando a morar com a mãe. Num caso, a mãe ameaçou suicidar-se quando o filho lhe anunciou que planejava se casar. Apesar dessas pressões que tornaram extremamente difíceis os casamentos satisfatórios, e possivelmente até mesmo devido a elas, alguns desses filhos tiveram muito êxito em seu trabalho. Algumas das moças que continuaram vivendo com as mães viúvas também sofreram forte pressão emocional para permanecer em casa, cuidando da mãe.

Uma das mulheres descreveu que, devido ao fato de sua mãe ter morrido aos 25 anos, esperara morrer também com essa idade. Por isso, adiara o seu casamento até que a data fatídica passasse, mas apesar disso escolheu para a data do seu casamento o dia do aniversário de casamento da mãe. À época da entrevista ela tinha cerca de 45 anos e estava casada há 20 anos, aparentemente feliz.

Ao rever seus resultados, Hilgard expressa preocupação com os membros da sua amostra que se mostraram menos adaptados.

Embora vivendo na comunidade e passando por mentalmente sadios, era evidente que para vários deles a vida havia sido limitada e sua saúde mental fora prejudicada pelas pressões patogênicas às quais haviam sido submetidos. Evidentemente, alguns sofreram muito mais do que outros, e sem dúvida alguns dos filhos que haviam adiado o casamento chegaram, apesar disso, a realizar um casamento bem-sucedido. Não obstante, o estudo de Hilgard apoia vigorosamente a opinião de que o efeito da morte de um genitor sobre o filho sofre poderosa influência do padrão de relações familiares a que a criança fica sujeita, depois dessa morte.

É fora de dúvida que todos os estudos que focalizaram as experiências infantis de pessoas que subsequentemente vieram a necessitar de assistência psiquiátrica levam à mesma conclusão. Exemplo disso é um estudo de Arthur e Kemme (1964) de 83 crianças e adolescentes, de 4 anos e meio a 17 anos, encaminhados a um hospital psiquiátrico infantil em Ann Arbor, Michigan, com vários problemas emocionais e de comportamento que surgiram, ou se agravaram, depois da morte de um dos pais, e que podiam ser atribuídos, pelo menos em parte, à perda. Sessenta eram meninos, dos quais 40 haviam perdido o pai e 20, a mãe; 23 eram meninas, das quais 14 haviam perdido o pai e 9, a mãe.

Embora os detalhes fornecidos por Arthur e Kemme sejam esparsos, é evidente que as condições que afetaram essas crianças e adolescentes antes, no momento ou depois da perda foram extremamente adversas, numa grande porcentagem de casos; e em muitos deles podia-se ver, pelo menos em suas linhas essenciais, como as condições a que a criança estivera, ou ainda estava, sujeita ainda contribuíam para os problemas de que se queixava. Entre as condições adversas destacadas na série de casos, estavam pais que haviam brigado ou estavam separados, pais que haviam ameaçado abandonar os filhos, filhos que haviam sofrido várias separações anteriores, e filhos que haviam sido levados a se sentirem responsáveis pela doença do genitor. Muitas crianças receberam pouca ou nenhuma informação sobre a morte, quando esta ocorreu; e, posteriormente, muitas também estiveram sujeitas a relações extremamente instáveis. Das 83 mortes de pais, 10 foram devidas a suicídio, incidência discutida rapidamente na abertura do capítulo 22.

Na grande maioria dos casos relatados, o distúrbio psicológico existia antes da morte, com frequência muito antes dela. Não obstante, na maioria deles era evidente que a perda aumentara os distúrbios existentes. Como no caso de adultos, portanto, constata-se que a experiência da perda interage com as consequências psicológicas de experiências adversas posteriores e anteriores, para produzir o quadro clínico específico registrado.

Como era de esperar, algumas das maneiras mais comuns pelas quais crianças e adolescentes reagem à perda de um genitor incluem as manifestações crônicas de tristeza ou ansiedade, ou uma combinação das duas. Muitas apresentam também sintomas somáticos difíceis de precisar. Na série de Michigan, mais de um quarto dos pesquisados pareciam tristes na época em que foram encaminhados à assistência psiquiátrica; 16 dos 83 pacientes evidenciavam intensa angústia de separação e 19 sofriam de terrores noturnos agudos. Cerca de um quarto deles mostrava-se excessivamente agarrado durante o dia e/ou insistiam, à noite, em dormir com o genitor sobrevivente, ou com um irmão.

Embora muitos parecessem evidentemente tristes e preocupados, muitos outros não demonstravam esses sintomas. Pelo contrário, 29 crianças – cerca de um terço do total – eram hiperativas e agressivas, em maior ou menor grau. Algumas delas cometiam atos de violência gratuita contra seus companheiros ou contra adultos, ou destruíam coisas sem explicação.

Em muitos casos a explicação da tristeza, angústia ou raiva da criança podia ser facilmente encontrada na maneira como ela interpretava a causa da morte do pai e/ou a situação em que se encontrava agora. Dezessete crianças construíam a morte do pai em termos de terem sido abandonadas. Como disse um menino: "Meu pai me deixou e estou com muita raiva dele." Duas vezes esse número, ou seja, 40%, atribuíam a causa da morte a si mesmos, ou ao genitor sobrevivente. Vários deixaram claro por que o faziam. Um dos meninos, por exemplo, fora advertido pela mãe de que acabaria provocando a morte dela. Outro supunha que sua mãe se suicidara porque ele era muito levado. A maioria dos que culpavam o genitor sobrevivente havia testemunhado brigas violentas entre os pais, nas quais um agredia o outro fisicamente.

Muitas das crianças menores não acreditavam que a morte fosse o final e esperavam dentro em pouco unir-se novamente com o genitor perdido aqui na terra ou "lá no céu"; algumas das crianças mais velhas pensavam em suicidar-se com a intenção explícita de encontrar o genitor desaparecido. Treze delas haviam ameaçado ou mesmo tentado o suicídio.

Nos relatos individuais de crianças incluídos nos capítulos 19 e 21, algumas dessas sequências são apresentadas em detalhes.

Dados de estudos terapêuticos

Nos últimos 50 anos foram publicados relatórios em revistas psicanalíticas sobre o tratamento de pacientes adultos cujas dificuldades atuais foram consideradas como resultantes, pelo menos em parte, da perda de um dos pais, por morte ou outra causa, durante a infância. Como em todos esses casos a perda ocorrera muitos anos antes, não é de surpreender que os relatórios apresentem pouca ou nenhuma informação sobre as condições que antecederam ou sucederam à perda. Durante as duas últimas décadas, porém, multiplicaram-se os relatos de tratamento de adolescentes e crianças cuja perda ocorreu em período relativamente recente, e em muitos desses casos são fornecidos detalhes tanto das circunstâncias da perda em si como também dos padrões de interação familiar que predominavam antes e depois dela. Nos capítulos que se seguem apresentamos vários desses relatos. Foram reescritos para proporcionar uma narrativa contínua, livre de teorias não pertinentes, e com alguns comentários meus.

Os que se sentem céticos em relação à condição científica do material obtido durante a terapia devem notar que em praticamente todos os casos as tendências teóricas dos autores são diferentes das minhas. A maioria deles aceita, de maneira mais ou menos explícita, o ponto de vista teórico que há muito predomina entre os psicanalistas que, até recentemente, davam pouca importância à influência dos fatores ambientais, explicando quase todas as diferenças de desenvolvimento da personalidade referindo-se a alguma fase da evolução individual em que a pessoa se teria fixado. Quando aplicado às diferenças de resultados consequentes da perda, esse ponto de vista resulta em afirmações muito diversificadas:

– que, devido à sua imaturidade psicológica, as crianças e até mesmo os adolescentes não podem viver luto, e

– que os problemas emocionais que se seguem à perda de um genitor podem ser interpretados como consequência de uma paralisação no desenvolvimento, seja na fase considerada como atingida à época da perda, como, por exemplo, Fleming e Altschul (1963), ou em alguma fase anterior, por exemplo Klein (1948).

Há uma ampla bibliografia baseada nessas premissas, parte da qual é mencionada nos capítulos 1, 2 e 12 (ver também Bowlby, 1960*b*). Os leitores interessados em maiores detalhes devem consultar uma resenha da bibliografia, feita por Miller (1971), e outra, mais abrangente, feita por Furman no capítulo final de seu livro (Furman, 1974, especialmente pp. 267-93).

Acredito que as evidências existentes não apoiam as teorias tradicionais. Uma das principais dificuldades de algumas dessas teorias é que, se fossem corretas, deveríamos esperar que o desenvolvimento de todas as crianças ou adolescentes que perderam um genitor fosse prejudicado, o que, sabemos, não é o caso. Além disso, que quanto mais próximo da época da perda o paciente – adolescente ou criança – tenha sido estudado, e quanto maior o número de casos observados pelo clínico, mais provável é que este não só descreva os fatores ambientais, como também os utilize para explicar o resultado. Entre os muitos autores que hoje dão ênfase aos fatores ambientais, especialmente à influência do genitor sobrevivente, estão os clínicos R. A. Furman (1964), E. Furman (1974), Kliman (1965), Becker e Margolin (1967) e Anthony (1973), e também os cientistas sociais Gorer (1965), Glick *et al.* (1974) e Palgi (1973). A posição de outros clínicos parece incoerente com as evidências que apresentam. Exemplo disso é Wolfenstein (1966, 1969), que, apesar de se manter muito fiel à teoria tradicional, descreve dados que parecem dar muita ênfase às relações familiares[3]. Nagera (1970) evita tomar posição, abra-

---

3. Por exemplo, num longo trabalho Wolfenstein (1969) descreve o caso de Mary, que se submeteu a tratamento aos 19 anos por estar deprimida, com sentimentos de der-

çando imparcialmente ambos os pontos de vista. Assim, ao falar da origem das convicções da criança de que o pai morto voltará, ele escreve: "Em alguns casos isso ocorre sob a influência direta das mães que escondem a verdade dos filhos, para evitar que eles sofram; *em outros casos, as fantasias de natureza idêntica são produzidas pela própria criança*" (em grifo no original).

Nos capítulos que se seguem chamarei, com frequência, a atenção para o papel das variáveis ambientais, tanto aquelas que os clínicos em questão consideram como tendo sido importantes, como também outras que a leitura dos históricos dos casos me levou a acreditar que poderiam ter sido igualmente influentes. O ponto de vista adotado é, naturalmente, coerente com a teoria dos caminhos de desenvolvimento delineada no capítulo final do volume II e adotada em toda esta obra.

Ao julgar a validade dos relatos que se seguem, devemos lembrar que, embora os seus autores apresentem dados que apoiam minhas ideias, isso não se deve às suas expectativas teóricas. Pelo contrário, acreditam que assim agiram porque no curso de seu trabalho clínico, e às vezes apesar de sua posição teórica, ficaram impressionados com a significação que têm, para a compreensão dos problemas das crianças, os acontecimentos que descrevem.

....

realização e achando que a melhor solução para todos seria ela suicidar-se. O pai morrera cinco anos antes. A relação de Mary com a mãe nunca fora boa, e a mãe foi descrita como tendo "tendências depressivas" e propensão a "castigar a criança com prolongados silêncios" (p. 444). Em seus comentários, Wolfenstein expressa a convicção de que os problemas de Mary com a mãe, juntamente com duas breves hospitalizações antes dos quatro anos, haviam abalado sua confiança na mãe antes da morte do pai. Apesar disso, porém, ela conclui seu trabalho com a generalização de que "o luto, como processo doloroso de adaptação de decatescia gradual do objeto perdido, só é um recurso disponível depois que a adolescente passou por ele" (p. 457). No capítulo 21 deste volume fazemos a descrição do caso de outra adolescente, tratada por Wolfenstein, no qual os fatores ambientais também parecem ter desempenhado grande papel na determinação do resultado.

Capítulo 19
Reações das crianças em condições desfavoráveis

> Something it is which thou hast lost,
> Some pleasure from thine early years.
> Break, thou deep vase of chilling tears
> That grief hath shaken into frost!*
>
> ALFRED, LORD TENNYSON,
> *In Memoriam*

Quatro crianças cujo luto foi malsucedido

No parágrafo inicial do capítulo 16 observamos as condições que, segundo mostram as evidências, são necessárias para que o luto infantil siga um curso favorável: primeiro, que a criança tenha desfrutado de uma relação razoavelmente segura com os pais antes da perda; segundo, que receba informações prontas e exatas e possa fazer perguntas e participar do sofrimento da família; terceiro, que tenha a presença confortadora do genitor sobrevivente, ou de um substituto conhecido, em quem ela confie. Embora essas condições, como já vimos, possam ser atendidas, não é de surpreender o fato de que muito frequentemente não o sejam. Às vezes há insuficiência de apenas uma condição, outras de duas, e não raramente das três. Do tipo, número e, talvez especialmente, da combinação de condições inexistentes depende a forma tomada pelas reações da criança à perda. Como podem resultar várias formas de patologia, e cada forma pode ocorrer em vários graus, o campo de investigação é enorme.

Como ainda não há estudos de um grupo representativo de crianças enlutadas, não há como medir a incidência de cada uma

---

* Foram coisas talvez que se perderam,/Algum prazer dos anos juvenis./Rompete, vaso de lágrimas frias,/que pelo pesar congeladas foram/ (N. do T.)

dessas diferentes formas de reação patológica. O melhor que podemos fazer, nessas condições, é descrever certos padrões de reação frequentemente encontrados na prática clínica, e indicar as condições, presentes antes e/ou depois da perda, que estão influindo, e às vezes de maneira acentuada, no aparecimento dessas reações.

Começamos apresentando com alguns detalhes os relatos de casos de quatro crianças que não só demonstram uma gama bastante representativa de reações patológicas, mas também cujas experiências ilustram com detalhes adequados as principais condições que parecem ter sido responsáveis pela forma e pelo grau das reações descritas. Em alguns casos, os elos causais entre as experiências da criança e as reações observadas parecem claros; em outros, são mais conjeturais. Das quatro crianças, duas eram meninos e duas, meninas. Um menino e uma menina haviam perdido o pai, os outros dois, a mãe.

Os casos foram escolhidos entre os relatórios de clínicos que trabalhavam nos Estados Unidos e na Grã-Bretanha. Embora todos eles tenham a mesma abordagem analítica, dentro dela há diferenças consideráveis tanto na perspectiva teórica como nas técnicas terapêuticas adotadas nos casos selecionados.

Peter[1], 11 anos quando o pai morreu

O primeiro relato, sobre um menino que tinha 11 anos na época da morte do pai, é extraído de um relatório clínico muito mais extenso de Donald Winnicott (1965, pp. 212-42), conhecido pediatra e psicanalista inglês. Além do quadro do menino e sua mãe, o relato ilustra algumas práticas terapêuticas de Winnicott.

> Peter tinha 11 anos e 8 meses quando foi entrevistado pela primeira vez por Winnicott. Oito meses antes, um dia depois do seu aniversário, seu pai afogou-se num acidente de navegação. Peter também estava envolvido no acidente, mas conseguiu se salvar. Durante alguns meses, a partir de então, o menino não deu mostras de

―――――――
1. No relato original, esse menino é chamado de Patrick. Modificamos para Peter, para evitar a confusão com o menino de 3 anos, mencionado nos capítulos 1 e 23.

ter sido afetado pelo acontecimento; posteriormente, porém, desenvolveu vários distúrbios mal definidos e, para usar a expressão de sua mãe, tornou-se "emotivo". Ela começou a se preocupar com o filho e um amigo aconselhou-a a procurar Winnicott. Estando bastante ocupado, Winnicott foi realizando as entrevistas na medida do possível, esforçando-se para economizar tempo. Num período de cerca de dois meses, teve seis entrevistas com Peter, a primeira de duas horas. O contato com a mãe limitou-se, a princípio, a várias conversas prolongadas pelo telefone, e a primeira entrevista com ela só aconteceu cerca de três meses depois do primeiro telefonema. Não houve entrevistas conjuntas.

As informações sobre as relações familiares foram obtidas durante as entrevistas terapêuticas com Peter e com a mãe. No histórico publicado, não há informações sobre o irmão mais velho e muito poucas sobre o pai.

O pai fora um profissional liberal bem-sucedido e o casal tivera um grande círculo de relações. Tiveram dois filhos, um mais velho, que estava na universidade, e Peter, que era interno de uma escola preparatória. A família morava em Londres e tinha também uma casa de férias na praia, onde ocorreu a tragédia.

No histórico publicado não há muitos detalhes sobre o acidente. Peter e seu pai estavam velejando e o barco presumivelmente virou. Permaneceram na água por muito tempo. Peter tinha um cinturão salva-vidas. O pai, que não tinha salva-vidas, acabou afundando, e Peter foi salvo, quase que por acaso, quando já estava escurecendo. Embora o pai já estivesse morto, disseram a Peter apenas que estava no hospital. Não é claro quando ou como o menino ficou sabendo da verdade.

A única outra informação dada é que durante a primeira conversa pelo telefone a mãe disse que, de certa forma, Peter fora responsável pelo acidente; o relato publicado, porém, nada diz sobre isso.

Exceto quanto ao último aspecto, todos os detalhes acima mencionados foram contados por Peter durante a primeira entrevista com Winnicott. Ao início do que seria uma longa entrevista, Winnicott mostrou a Peter o jogo das garatujas (*squiggle game*) no qual, cada um na sua vez, faz uma garatuja que o outro tem de usar como base para um desenho. Depois de praticarem o jogo por algum tempo, Peter começou a falar. Dentro em pouco estava descrevendo um sonho onde uma pessoa estava ausente, embora ninguém soubesse disso; havia também uma igreja com uma sombra em lugar do altar. Quando Winnicott perguntou-lhe como seria um sonho bonito,

Peter respondeu: "Paz, alguém que cuide de mim. Sei que quero isso." Quando lhe perguntou se sabia o que era depressão, o menino disse que sim, especialmente desde a morte do pai. Amava-o, mas não o via constantemente. Começou então a falar de seus pais e da impressão que tinha da relação entre eles: "Meu pai era muito bondoso. Mas a verdade é que minha mãe e ele estavam sempre sob tensão... Eu era o laço de união entre eles; procurei ajudar... Eles eram realmente feitos um para o outro, mas brigavam por coisas pequenas, a tensão ia crescendo, e a única solução era eu reaproximá-los. Meu pai trabalhava demais... Era muito sacrifício para ele chegar em casa cansado e não ter compreensão da mulher." Em tudo isso, observa Winnicott, Peter mostrou uma excepcional capacidade de entendimento.

O menino passou então a descrever com detalhes, mas de maneira bastante indiferente, o acidente em que o pai morrera, e o que achava disso. Na sua opinião, o pai poderia ter-se suicidado, ou talvez ele, Peter, tivesse culpa – era impossível saber. "Depois de passar muito tempo na água, a gente começa a lutar por si mesmo." Em seguida, confidenciou que, se o pai tivesse vivido, a mãe provavelmente teria se suicidado. "A tensão entre os dois era tão grande que não era possível imaginá-los prosseguindo sem que um deles morresse." Portanto, Peter sentiu-se aliviado e mostrou também que se sentia muito culpado por isso.

No final da entrevista Peter descreveu vários medos que tinha desde a primeira infância, e insistiu em que eram anteriores à tragédia.

Depois dessa entrevista, Peter voltou para o colégio interno. Quinze dias depois, porém, a mãe telefonou dizendo que ele havia fugido e voltara para casa de trem, carregando livros de latim. Achava que estava decepcionando o colégio e tinha de fazer um grande esforço para aprender latim. Na entrevista seguinte com Winnicott o menino contou que um colega tivera problemas com o latim e lhe disseram que não merecia estar no colégio. Isso fez com que Peter se sentisse mal e fugisse. Transpareceu então que Peter havia experimentado desejos de fugir no período letivo anterior. Depois dessa entrevista, ele se recusou terminantemente a voltar para a escola, e foi preciso muita persuasão para que voltasse a ver Winnicott.

Na entrevista seguinte, Winnicott achou que Peter não tinha condições de voltar ao colégio e que, em vez disso, deveria ficar em casa com a mãe. Foi o que se fez. Segundo Winnicott, "Peter transformou-se num menino de 4 anos que ia a toda parte com a mãe, segurando-a pela mão". Passavam grande parte do tempo na casa de férias. Esse regime continuou durante cerca de nove meses, ao fim dos quais Peter voltou a ser ele mesmo e Winnicott considerou-o apto a retornar à escola. Embora ainda não se sentisse à vontade perto do mar, ele progredia bem.

Durante os nove meses em que esteve afastado da escola, Peter teve outras seis entrevistas com Winnicott, numa das quais contou um sonho longo e complicado. Havia uma igreja e nela estavam três caixões que deviam conter corpos. Um dos cadáveres transformou-se num fantasma e sentou-se. Tinha um rosto de cera e parecia ter-se afogado. Em outro episódio, os edifícios do colégio estavam sendo corroídos pela água e 300 meninos se afogaram. Peter e a mãe conseguiram escapar no carro esporte do irmão. Ao contar o sonho, "Peter aproximou-se muito da agonia real da situação de afogamento", na opinião de Winnicott. Em expressão afetiva, essa entrevista foi muito diferente da primeira, na qual Peter descreveu a tragédia detalhadamente, mas de maneira muito indiferente.

Durante as entrevistas, evidenciou-se também que Peter tinha consciência de que os distúrbios indefinidos que o levaram, nos primeiros meses depois da tragédia, a procurar a assistência da enfermeira na escola eram na realidade uma expressão de seu forte desejo de receber cuidados, quando se supunha que estivesse bem, sem ter sido afetado pela morte do pai.

Durante os meses em que cuidou de Peter, sua mãe manteve conversas telefônicas com Winnicott e, mais tarde, teve uma entrevista com ele. Numa dessas conversas, ela queria falar especificamente sobre como deveria passar com Peter o primeiro aniversário da morte do pai. Uma das ideias que tinha era convidar muita gente para uma festa. Achando que isso não era bom, Winnicott convenceu-a a passar a tarde tranquilamente, sozinha, com Peter. Posteriormente, ela lhe contou que passaram juntos toda a tarde em casa, e que no fim Peter exclamara: "Graças a Deus, acabou, não foi tão ruim quanto pensei." Imediatamente depois, ele parecia mais contente e seu rosto modificou-se.

Winnicott teve a primeira entrevista com a mãe alguns meses antes do aniversário, e uma segunda entrevista oito meses depois, aproximadamente na época em que o menino voltou para a escola.

Como Winnicott acreditava que Peter precisava passar um período recebendo cuidados intensivos da mãe (na terminologia tradicional por ele usada, um período durante o qual pudesse "regredir"), recomendou o regime seguido, mesmo conhecendo as dificuldades emocionais da mãe que, na opinião do pessoal do colégio, estava perturbada demais para poder ser útil ao menino. Apesar disso, ela provou ser digna de confiança e colaborou muito para o êxito do plano. Mais tarde, declarou que cuidar de Peter também fizera bem a ela.

Comentário

Essa descrição mostra todos os aspectos destacados do caso, desde a época do acidente até cerca de dois anos depois. Antes de se nos referirmos a vários pontos da história familiar que são claramente relevantes para o entendimento da reação de Peter, talvez seja útil comentarmos algumas das circunstâncias que cercaram a própria perda e influenciaram Peter de maneira adversa nos meses que se seguiram.

Primeiro, a morte do pai foi ao mesmo tempo repentina e prematura.

Segundo, o próprio Peter foi o único sobrevivente. Não havia nenhuma outra pessoa que tivesse presenciado o acidente e com a qual pudesse discutir como e por que ele ocorrera, como poderia ter sido evitado e como o pai se afogara enquanto ele, graças ao salva-vidas, escapara. Nessas circunstâncias, o sobrevivente pode preocupar-se com a sua parcela de responsabilidade pelo acidente, ou pela sua sobrevivência às expensas do outro. Quanto a isso, o fato de a mãe, na primeira conversa telefônica com Winnicott, ter dito que "Peter fora de certa forma responsável pela tragédia" mostra qual a impressão dela.

Terceiro, não disseram imediatamente a Peter a verdade sobre a morte do pai, embora ele provavelmente já tivesse uma ideia do que acontecera. Não se sabe ao certo que informações, e quando, lhe foram dadas posteriormente. A impressão que se tem é que ele nunca teve a oportunidade de conversar livremente sobre o que acontecera.

Quarto, a ideia inicial da mãe de que deviam convidar amigos para uma festa no primeiro aniversário mostra, de maneira clara, sua relutância em aceitar o próprio pesar, ou em partilhá-lo com Peter.

Há, portanto, razões para acreditar que as condições que cercaram a perda e também as que afligiram Peter posteriormente foram tais que inibiram seu pesar ativo. É evidente também que havia dificuldades na família antes da morte do pai e que o padrão do apego de Peter aos seus pais poderia ter contribuído muito para os seus problemas. Outras informações sobre as experiências de Peter e as relações familiares da mãe, que confirmam essa interpretação e que foram obtidas nas entrevistas terapêuticas, são prestadas por Winnicott.

Um episódio da história da família, mencionado por Peter e mais tarde confirmado pela mãe, ocorreu quando ele tinha 18 meses. Naquela época a mãe teve de se ausentar por seis semanas, para uma operação; Peter ficou aos cuidados de amigos; o pai visitava-o todos os dias. Durante esse período, "Peter ficou muito agitado, parecia feliz, sempre rindo e pulando... Quando a mãe voltou... toda a agitação desapareceu subitamente e ele deitou-se no seu colo, adormecendo imediatamente. Contam que dormiu por 24 horas e que a mãe permaneceu ao seu lado durante todo esse tempo"[2].

Ao contar esse caso a Winnicott, Peter disse lembrar-se do episódio e de como se sentiu, depois. Explicou com profunda emoção: "Nunca pude ter muita confiança em minha mãe, desde então, e isso fez com que me apegasse a ela; isso significava que eu a afastava do pai, e nem eu mesmo tinha muito interesse por ele."

Os detalhes desse episódio foram confirmados pela mãe numa de suas entrevistas com Winnicott. Ao relatá-lo, porém, lembrou-se de uma ocasião ainda mais anterior, em que Peter fora separado dela. Quando tinha apenas cinco dias, ele foi internado no hospital porque estava com vômitos. Permaneceu ali seis semanas, mas seu peso continuou diminuindo. A mãe acabou levando-o de volta para casa, onde ele se recuperou rapidamente.

Em sua primeira conversa telefônica, a mãe descrevera Peter como sendo um menino que sempre lhe fora dedicado, e em certa

....

2. Essa informação, reproduzida acima nas palavras de Winnicott, foi prestada por Peter durante sua segunda entrevista com ele. Grande parte dela havia sido dada a Peter durante a conversa mantida com a mãe, depois da primeira entrevista. A mãe, surpresa com a mudança de Peter depois do primeiro contato com Winnicott, começou a pensar nos acontecimentos da infância do menino e também procurou informações com uma amiga. Disse-lhe, então, o que havia acontecido e ele evidentemente ficou muito interessado.

ocasião manifestou a impressão de que ele poderia ter uma "fixação materna". Era evidente, portanto, que os dois sempre haviam sido muito ligados. Em contraposição, as relações da mãe de Peter com a sua própria mãe eram difíceis, havendo também dificuldades em sua relação com o marido.

Na primeira entrevista com Winnicott a mãe de Peter falou muito das dificuldades de relacionamento que teve com a própria mãe, desde a infância. Ela era muito exigente, disse, e ficara ainda mais exigente com a idade e a doença. Winnicott já sabia alguma coisa disso através de Peter que, numa das entrevistas, queixara-se da intolerância da avó para com a mãe, e pedira ao médico que lhe dissesse como poderia modificá-la. Na opinião de Peter, o comportamento da avó explicava a maior parte das dificuldades da mãe. E também as suas exigências provocavam muitas vezes o afastamento da mãe, e isso sempre o deixava deprimido.

Winnicott descreve como tentou apoiar a maneira intuitiva que a mãe de Peter tinha de fazer as coisas. E o fez especialmente porque ela achava que tivera muito pouco apoio do marido na assistência aos filhos. Posteriormente, Winnicott ocupou-se também do ressentimento muito natural que a mãe tinha por ter sido deixada "no limbo" pelo marido, durante o tempo em que ele dava atenção a Peter, e a ela não.

Comentários adicionais

Em sua avaliação das dificuldades de Peter, depois da morte do pai, Winnicott enfatiza muito a separação de seis semanas em relação à mãe, ocorrida quando ele tinha 18 meses, e sua insegurança posterior quanto à confiabilidade materna. Parece-me, porém, que ele não dá a devida atenção às circunstâncias da perda e às condições que se seguiram a ela, e também ao papel que a mãe de Peter vinha desempenhando durante todo o desenvolvimento dele.

A leitura do histórico mostra que Peter e sua mãe apresentam muitos aspectos conhecidos como típicos de casos de recusa à escola (ver volume II, capítulo 18). Um menino angustiado, emocionalmente próximo da mãe, desenvolve vários sintomas somáticos e começa a recusar-se a ir à escola, depois de uma perda familiar. O padrão de relações dentro da família de três gerações, além do mais, também é típico. Isso me leva a acreditar que, embora a separação aos 18 meses possa ter desempenhado algum papel em tornar Peter mais angustiado do que o normal, e também possa ter afetado os sentimentos de sua mãe em relação a ele, uma influência mais importante foi o fato de sua mãe ter esperado que Peter a apoiasse e cuidasse dela, e de provavelmente, sem ter consciência disso, ter estabelecido com ele um tipo de ligação que ela própria lamentava. De modo característico, ela tinha uma relação próxima, mas perturbada, com a própria mãe, que, segundo se disse, era extremamente exigente e, pelo que se pode deduzir, dava pouca assistência e pouco apoio em troca.

Um tópico sobre o qual Winnicott fala pouco é a referência feita por Peter à possibilidade de um de seus pais suicidar-se. Embora afirme (numa nota) que "há bons indícios de que nenhum dos pais tinha na verdade tendências suicidas", minha experiência me ensinou a duvidar de tais conclusões. Peter, ao que me parece, não teria pensado nisso se um de seus pais não tivesse falado em suicídio. As evidências mostram, em minha opinião, que sua mãe bem pode ter manifestado ideias desse tipo na presença do menino, especialmente talvez ao se sentir exasperada pelas crescentes exigências de sua mãe. Quanto a isso, a preocupação de Peter em receber uma orientação de Winnicott sobre o que fazer para mudar o tratamento que a avó dava à mãe é sugestiva.

Henry, 8 anos quando a mãe morreu

O relato seguinte, sobre um menino de 8 anos que perdeu a mãe, foi extraído de um histórico clínico de Benjamin Shambaugh (1961), psiquiatra e psicanalista infantil de Boston, nos Estados Unidos. Como se sabia que a mãe do menino ia morrer, procurou-se ajudá-lo a enfrentar esse transe. Isso possibilitou aos clínicos obterem informações em primeira mão tanto sobre ela como sobre suas relações com o filho.

Henry tinha 8 anos e meio quando sua mãe morreu de câncer. A morte foi prevista com pelo menos um ano de antecedência e, por isso, desde cedo. Henry foi colocado sob assistência psiquiátrica. Embora soubesse da enfermidade da mãe e da operação que sofrera no seio, o menino não sabia da gravidade dos prognósticos. Um ano antes da morte da mãe, Henry começou a ser entrevistado semanalmente. Era um menino de sete anos, que parecia ser ativo, franco, inteligente e cordial, e que brincava livremente com brinquedos, caminhões e soldados. Depois de cerca de cinco meses, porém, as entrevistas tiveram de ser interrompidas por sete meses, porque a mãe não queria que Henry, e também sua irmã mais nova, frequentasse a clínica, achando que em lugar disso deveriam estar fazendo os deveres escolares. Conhecendo as objeções, Henry recusou-se a vir. Depois da morte da mãe, porém, voltou a ser entrevistado regularmente a cada semana, regime que continuou por mais dois anos.

Henry tinha uma irmã, Dorothy, quatro anos mais nova, de quem frequentemente tinha ciúmes, especialmente das atenções paternas. A mãe dava a impressão, nas palavras de Shambaugh, de ser "um pouco fria, uma mulher rígida, que exigia bom comportamento e bom desempenho". Estava constantemente insistindo com Henry para melhorar seus resultados na escola que, na opinião dela, eram fracos. O pai, um vendedor de quase 40 anos, era mais tolerante. Em relação a Henry, porém, era incoerente; emotivo e indulgente num momento, irritado e intolerante no momento seguinte, em relação às atividades infantis do menino. Durante a enfermidade da mulher, e depois de sua morte, o pai ficou, segundo informações, desorientado quanto à maneira de controlar os filhos.

Nas primeiras sessões, enquanto a mãe estava doente, Henry em geral evitou referir-se ao estado dela e, sempre que o fazia, assegurava ao terapeuta que "ela está quase bem agora", ou "ela ficará boa dentro em pouco". Seus sentimentos em relação à mãe eram claramente ambivalentes. Embora reconhecesse que ela tinha de ser obedecida, muitas vezes sentia raiva dela, por causa das suas exigências constantes de que se saísse melhor em seu trabalho escolar. Quando o estado de sua mãe piorou, porém, ele deixou de sentir raiva dela.

Depois da morte da mãe, Henry e Dorothy continuaram em casa com o pai. Houve uma sucessão de governantas, e Henry falava de todas elas de maneira impiedosamente crítica e insultante.

Imediatamente após a perda, Henry apegou-se ao pai e teve frequentes crises de ciúmes de Dorothy. "No final de cada entrevista ele se agarrava ao pai, que lhe falava como se fosse uma criancinha." Mais ou menos nessa época o pai parece ter falado em ir morar com os filhos na Flórida. Na imaginação de Henry, ele e o pai iriam para lá passar o dia inteiro deitados ao sol: ele não iria à escola e o pai não trabalharia. Nem se preocuparia com nada daquilo que a mãe insistia para que fizesse. Um jogo que ele às vezes fazia nas suas sessões era o do menino, seu pai e a governanta. O menino e o pai jogavam a governanta para fora de casa, ou a trancavam. O menino ficava então sozinho com o pai e dormiam na mesma cama.

Na época em que as sessões foram reiniciadas, depois da morte da mãe, Henry não demonstrava ter sofrido uma perda. Pelo contrário, chegou cheio de energia e bem disposto. Disse que estava contente de voltar, contou anedotas e trocadilhos que tinha aprendido na escola, e mostrou ao terapeuta truques que inventara. Contou-lhe também suas explorações na escola, as quais, segundo afirmou, lhe granjeavam a admiração dos amigos. Ao mesmo tempo, porém, mostrava-se muito inquieto e distraído, passando constantemente de uma atividade a outra. Durante esse período, Henry não mencionou sua perda e reagiu com raiva a qualquer referência ao assunto. Numa ocasião, quando seu médico mencionou a mãe, ele protestou com raiva e saiu da sala correndo. Mais tarde, descreveu sua atitude: "Quando ela morreu no hospital, acenei-lhe e disse adeus, e esqueci o assunto." Mais tarde insistiu em que sua mãe fora perfeita: levava-o aos circos e comprava-lhe doces. Ninguém poderia compensar a sua perda.

As brincadeiras com os brinquedos oferecidos pelo médico tendiam a terminar em violência e destruição. Numa dessas brincadeiras, uma família estava mudando de uma casa para outra. Primeiro, o caminhão da mudança foi destruído; depois a casa foi explodida e todos morreram. Em outro jogo, alguém da família estava doente; veio uma ambulância, mas a casa pegou fogo e a ambulância explodiu. Nesses momentos, Henry ficava extremamente angustiado, interrompia a brincadeira e queria passar a outro jogo. Em outra sequência, o boneco tornava-se destruidor e, em seguida, num esforço para controlar-se, transformava-se no Super-homem. Este, por sua vez, tornava-se violento e incontrolado, e vários esforços eram feitos para dominá-lo, mas nenhum tinha êxito.

Durante esses meses, Henry teve muitas ideias de ser totalmente autossuficiente. Segundo Shambaugh, ele "falava de planos de tomar conta de si mesmo, de preparar suas próprias refeições, sua própria roupa. Falava de conseguir um emprego e ganhar seu dinheiro, para não precisar que seu pai o sustentasse. Por vezes suas fantasias eram grandiosas e ele pensava em transformar-se num astro de televisão, mundialmente famoso e rico. Procurava reduzir a importância do pai como provedor e dizia que não precisava dele. Negava ter necessidade de mim, ou que eu pudesse fazer qualquer coisa por ele. Não obstante, ao mesmo tempo que dizia, com frequência cada vez maior, que não precisava de mim, fazia numerosos pedidos de coisas e de alimento. Desenvolveu fantasias de onipotência e invulnerabilidade. Certa ocasião, sua irmã adoeceu e ele disse que jamais ficaria doente. Outras pessoas podiam ter resfriados ou pneumonia e talvez morrer, mas ele era imune".

O comportamento de Henry para com a irmã revelava alguns de seus próprios conflitos e sentimentos. Às vezes, adotava uma atitude protetora. Por exemplo, falava muitas vezes da tristeza que Dorothy sentia e da saudade que tinha da mãe. Também contou que ela ficara zangada quando as crianças da escola mencionaram a morte da mãe e que, por isso, brigara com elas. Nessas ocasiões, ele andava de um lado para outro no saguão da clínica, com o braço em volta dos ombros da irmã, consolando-a como faria o pai. Não obstante, havia também ocasiões em que zombava dela por ser infantil e a ridicularizava quando ela chorava. Esse comportamento estava de acordo com suas pretensões à autossuficiência.

Depois de sete meses de governantas, Henry ouviu dizer que teria uma nova mãe. Adotou imediatamente uma atitude depreciativa para com o pai e ria dele por fazer planos de ir para a Flórida, os quais ele, Henry, agora considerava tolos. Quatro meses depois, o pai casou-se novamente.

Tendo em vista as críticas e os insultos constantes de Henry às governantas, foi surpreendente que ele a princípio aceitasse a madrasta com entusiasmo. Disse ao médico que ela era bonita, que seria uma mãe perfeita e que gostaria muito dele. Afirmou ter sido ele quem a pedira em casamento em nome do pai e que ela aceitara a sua proposta. Referiu-se logo a ela como sua mãe e não como sua nova mãe. Dizia que a ela poderia contar segredos que não contaria ao pai, ou ao médico.

Esse período de lua de mel durou todo o noivado, e pouco tempo depois do casamento. A nova esposa do pai, porém, desiludiu-se logo com seu papel e sentiu-se incapaz de lidar com as crianças. Ressentia-se intensamente de qualquer referência à primeira esposa do pai. "Começou a queixar-se, a ter explosões de raiva e, de tempos em tempos, expressava abertamente a ideia de abandonar a família. Outras vezes, ficava na cama, alegando doença. Nessas ocasiões Henry logo ficava angustiado. Começou a culpar a irmã, e depois a si mesmo, dizendo-me que fora mau em casa, falara muito alto, ou batera a porta. O sentimento de culpa aparecia intermitentemente, mas ainda assim levou-o a tentar ser bonzinho, como fizera antes, quando sua mãe estava morrendo. Disse-me certa vez que não poderia amar realmente a madrasta enquanto não tivesse certeza de que ela não iria embora. Quando sua angústia aumentou diante da ameaça que ela fizera de abandonar o lar, ele sentiu novamente a tentação de renunciar a ela e desejou ter ficado sozinho com o pai." A tensão na família aumentou. Henry ficava furioso com Dorothy porque, segundo dizia, ela fizera a madrasta adoecer. Também estava preocupado com a possibilidade de que a madrasta fosse embora e a culpa recaísse sobre ele.

"Numa entrevista durante esse período, Henry mostrou-se hiperativo, distraído e inquieto, da mesma forma que havia estado depois da morte da mãe. Disse-me então que a madrasta estava novamente muito doente e de cama. De repente, colocou a mão no peito e disse que sentia uma dor terrível, que estava tendo um ataque do coração. Fiquei imaginando o que ele estaria pensando, mas Henry disse que tinha acabado de se lembrar da operação no peito sofrida pela mãe. Ficou triste e sério e disse que não devia mais vir à clínica e conversar e brincar; em vez disso, ficaria em casa fazendo seus deveres escolares, porque suas notas eram más." Foi a primeira vez, em muitos meses, que mencionou a preocupação com os deveres escolares. É evidente que se lembrara, de súbito, das ordens de sua mãe morta.

Nas entrevistas seguintes Henry começou, também pela primeira vez, a comparar abertamente a sua verdadeira mãe com a madrasta. Descreveu os aspectos em que eram diferentes. Por exemplo, vestiam-se de maneira diferente, e, enquanto sua verdadeira mãe gostava de móveis antigos, a madrasta gostava de móveis modernos.

Um pouco depois a madrasta, querendo "apagar todos os traços, em casa, da mulher que ela substituía, resolveu jogar fora todos os móveis antigos e redecorar o apartamento. Henry ficou muito contente. Tornou-se novamente hiperativo, eufórico, e voltou a brincar. Disse que era bom livrar-se dos móveis antigos. Tudo devia ser novo, e o velho devia ser esquecido". Mas na entrevista seguinte estava angustiado e triste. Mencionou alguns animais de vidro que, segundo disse, valiam duzentos dólares. Eram presente de sua mãe de verdade, e gostava muito deles. Tinha medo que a madrasta os jogasse fora junto com os móveis velhos e por isso escon-

dera-os para que ela não os achasse. De repente ficou triste e sério e, referindo-se novamente aos deveres escolares, explicou que estavam malfeitos e que tinha de esforçar-se mais. Também devia ficar em casa fazendo os deveres em vez de ir à clínica brincar.
Acabou fazendo um trato com a madrasta. Concordaria com a troca dos móveis se ela concordasse em deixá-lo ter os animais de vidro "para sempre".

Comentário

A dificuldade que Henry tinha com o luto de sua mãe era evidente antes mesmo da chegada da madrasta, que multiplicou os problemas. Antes de examinarmos algumas das circunstâncias que provavelmente explicam as suas dificuldades, vamos falar rapidamente da forma de suas reações.

Ao contrário de Peter, que aproveitou imediatamente a oportunidade para falar de sua perda e do acidente que a provocara, Henry recusava-se a ouvir quando seu médico se referia à morte da mãe, e saía correndo da sala, com raiva. Quando, porém, ficava na sala, mostrava-se mais disposto às brincadeiras e à atividade incessante do que a falar de sua perda. Também gostava de devanear, imaginando que passava momentos felizes de lazer, sozinho com o pai. Esse estado de espírito e esse comportamento, às vezes chamados de defesa maníaca, evidentemente condizem com o comportamento eufórico de certos adultos após uma perda, aspecto esse examinado no final do capítulo 9. Em ambos os níveis de idade, o estado de efeito e o comportamento parecem nascer, em parte, do alívio das restrições e pressões irritantes que antes haviam emanado da pessoa perdida, e em parte de um esforço intensivo para desviar a atenção, tanto a sua como a dos outros, do penoso reconhecimento de que grande parte daquilo que valorizavam está perdido.

Como no caso dos adultos descritos por Weiss, porém, há boas razões para acreditar que esse estado de espírito é superficial. As brincadeiras de Henry com os brinquedos, longe de levar a finais felizes, acabavam em destruição, angústia e tentativas infrutíferas de controlar uma destruição maior.

Contrastando, mais uma vez, Henry com Peter, observamos que enquanto Peter tinha satisfação em ficar com a mãe depois da morte do pai Henry sofria um conflito agudo em relação a isso. De um lado, procurava ter o pai totalmente para si; de outro, menosprezava-o e pretendia não ter necessidade dele. Sua pretensão de ser capaz de tomar conta de si mesmo, de sentir-se imune às doenças e de estar destinado a riquezas e fama é típico da pessoa que sofre de uma autoconfiança compulsiva. E harmoniza-se com isso o fato de que, em outras ocasiões, ridicularizava sua irmã mais nova, porque ela chorava e porque era, como ele dizia, "infantil".

Ao tentar explicar as reações de Henry, vamos partir do padrão de relação entre ele e a mãe, antes da morte. Ela é descrita como uma mulher um tanto fria e rígida, que se teria preocupado constantemente com o desempenho dos filhos na escola, apesar de terem apenas oito e quatro anos. Dessas indicações, deduzo que era provavelmente pouco inclinada a tolerar os desejos naturais dos filhos, de amor e apoio, e que, quando Henry zombava de Dorothy por ser infantil, estava apenas fazendo com ela o que a mãe fazia com ele. Consequentemente, crescera sem esperanças de algum dia receber amor e apoio quando os desejasse e afirmava, em vez disso, que não tinha necessidade nem desejo de coisas tão infantis. Segundo, deduzo que Henry recebeu de sua mãe muito mais críticas do que elogios e estímulo, e que ouviu as críticas com seriedade e passou a considerar-se um mau menino, ou que sentiu amargura em relação a ela. Sua imagem de passar o tempo deitado ao sol em companhia do pai, depois da morte da mãe, deixa claro que numa parte de si mesmo ele se sentia satisfeito de estar livre da pressão e da crítica da mãe.

A culpa que esses acontecimentos provavelmente provocaram em Henry deve ter sido aumentada, ao que me parece, pelo fato de seu pai ou sua mãe, ou talvez ambos, terem dito a ele que o barulho que fazia estava deixando a mãe doente. As razões que tenho para suspeitar disso são, em parte, a atmosfera geral da família, inclusive a intolerância irritada do pai pelas atividades do filho, e, em parte, as acusações que, mais tarde, Henry fez à irmã. Segundo ele afirmava com raiva, Dorothy estava deixando a madrasta doente.

A culpa provocada em Henry por experiências desse tipo explica, acredito, a sua rejeição em discutir a morte da mãe, quando o médico a mencionou pela primeira vez. A culpa também está, provavelmente, atrás da dor terrível no peito, de que se queixou rapidamente antes de lembrar a operação sofrida pela mãe. Só depois disso, ao que parece, pôde ficar triste e renovar a sua relação com a mãe: para isso, foi necessário esconder os animais "valiosos" que ela lhe dera como também recordar-se de suas ordens para que estudasse mais.

Não é improvável que as reações de Henry também tivessem sido negativamente influenciadas pelas experiências que tivera mais ou menos à época da morte da mãe, e nos meses que a ela se seguiram. Qualquer tentativa de avaliar tais influências, porém, é frustrada pela total falta de informações relevantes no histórico publicado. Assim, não há informações sobre o que disseram a Henry quanto às causas da enfermidade da mãe, as circunstâncias em que ele a viu pela última vez, como ou quando foi informado da morte dela e se compareceu ao enterro ou visitou o túmulo. Também não sabemos como o pai de Henry reagiu à morte da esposa, nem se estava disposto a, ou era capaz de, falar aos filhos sobre isso. A ausência dessas informações, porém, parece indicar que o pai não estimulou esse tipo de conversa, nem recebeu bem as perguntas de Henry. Ao fazer essas observações, porém, devemos lembrar que à época em que foi publicado o relato de Shambaugh (1961), a significação desses aspectos ainda não havia sido percebida.

Visha, 10 anos quando o pai morreu

O relato que se segue, sobre uma menina que tinha 10 anos quando o pai morreu em virtude de um ataque do coração, foi extraído de um histórico de Elizabeth Tuters (1974), assistente social do quadro da Clínica Tavistock, de Londres. O caso ilustra bem algumas das vantagens de trabalhar com uma criança e o genitor sobrevivente, em sessões conjuntas.

A mãe de Visha telefonou para a clínica pedindo assistência para sua filha de 10 anos, que se recusava a ir à escola. O pai morrera de repente, de um ataque do coração, dez semanas antes, e a mãe se sentia perturbada demais para poder cuidar de Visha. Alguns dias depois um psiquiatra infantil, Christopher Holland, e uma assistente social, Elizabeth Tuters, se encontraram com a menina e a mãe, para chegar a uma decisão conjunta quanto à melhor maneira de proceder. O plano era que a mãe e a filha teriam, cada uma, quatro sessões com um especialista: Visha com Holland e a mãe com Tuters; depois disso, os quatro se reuniriam novamente, para reexaminar a situação.

Durante essas entrevistas paralelas, realizadas semanalmente, Visha e sua mãe apresentavam imagens contrastantes. Embora o conteúdo dos desenhos e das histórias da menina sugerisse que ela se sentia desolada e só, sem ninguém para ajudá-la, para Holland ela insistia em que o mundo estava cheio de pássaros felizes, de jardins e de quantidades intermináveis de sorvete. Grande parte de sua conversa foi uma crítica acerba à mãe, por suas lamentações lacrimejantes. Visha também observou que sentia falta de sua melhor amiga na escola e preocupava-se com as aranhas negras que havia em casa.

Em suas entrevistas com Tuters, a mãe mostrou-se realmente chorosa e desalentada. Descreveu o dia que Visha chegou da escola e encontrou o pai deitado na cama, morto. Ele se queixara antes de uma dor no peito, e estava sendo tratado de reumatismo. A causa da morte foi um ataque cardíaco. A mãe sentia-se culpada por não ter insistido com o marido para que voltasse ao médico. Depois da morte, ela e Visha tomaram sozinhas todas as providências para o enterro, com muita eficiência. Agora, porém, a mãe sentia-se incapaz de enfrentar a situação: chorava constantemente, não dormia, sonhava com o cadáver do marido estendido na cama, bebia muito e brigava com Visha. Sentia não ter comunicação com a filha, que a criticava por ser fraca e tola, e não conseguir dominar-se.

A mãe falou, com dificuldade, de um casamento infeliz. Ela e o marido tinham cerca de 40 anos, eram músicos e estavam casados há dez anos – ela pela primeira vez, e ele pela segunda. Casaram-se porque partilhavam das mesmas ideias sobre a música clássica, mas com o nascimento de Visha tudo se modificou. A mãe teve de ficar em casa com a criança e não pôde continuar sua carreira, ao passo que o pai foi entrando em contato com todos os tipos de música e de técnicas modernas. Aos poucos ampliou-se a distância entre eles. Nos últimos cinco anos, na verdade, levaram vidas totalmente separadas, a mãe na sua parte da casa, o pai na dele. Nem mesmo se falavam. Visha era intermediária entre eles.

Nas entrevistas subsequentes, a mãe descreveu a sua família de origem. Era filha única de uma família intelectual ceilonesa. Seus pais casaram-se já idosos, quando já haviam estabelecido uma carreira, o pai administrador e a mãe como diretora de escola. Quando ela tinha quatro anos, seu pai morreu, de um ataque do coração; como a mãe trabalhava, foi criada por empregadas. Tinha medo da mãe, a quem considerava rigorosa, rígida e vitoriana. Nunca se entenderam bem. Depois da universidade, começou a lecionar música, e então se transferiu para a Inglaterra, onde conheceu o marido. Ele já havia passado por um casamento, que terminara em divórcio, com muita amargura, por não ter conseguido a custódia dos dois filhos.

Antes da morte dele, haviam planejado levar Visha a uma visita ao Ceilão. Agora, a mãe pretendia ir com ela, dentro de dois meses.

Depois dessas quatro entrevistas paralelas Holland e Tuters achavam que a melhor maneira de ajudar Visha e a mãe, no tempo de que dispunham, era através de uma série de reuniões conjuntas dos quatro. Nas palavras de Tuters, seu raciocínio foi o seguinte: "... nosso enfoque principal seria o fortalecimento das relações entre mãe e filha, pois ambas estavam sós... Ajudando-as a partilhar conosco o sofrimento pela morte do pai, tínhamos a esperança de tornar possível que as duas partilhassem entre si esse sofrimento, restabelecendo assim o contato que pareciam ter perdido com o passar dos anos." Quando os quatro se reuniram no encontro de revisão previsto, Holland e Tuters propuseram esse plano, que foi prontamente aceito pela mãe e pela filha.

Quinze minutos antes da primeira sessão conjunta, a mãe de Visha telefonou cancelando a reunião. Visha tivera um ataque de asma. Suspeitando de que se tratava de uma reação à perspectiva de uma sessão conjunta, Holland e Tuters se propuseram a realizar duas sessões semanais durante o resto do tempo disponível. Foram aceitas com satisfação.

Na primeira dessas sessões a mãe parecia preocupada e deprimida, e Visha emocionalmente indiferente. Depois de observar que tinha medo de que a mãe começasse a gritar e chorar, Visha fez uma descrição dolorosamente fria de seu papel como intermediária no casamento dos pais, e da responsabilidade que sempre sentira pela felicidade deles e, agora, pela saúde mental da mãe. "Eu era como um pêndulo oscilante entre os dois", disse ela. Ao que a mãe acrescentou com tristeza: "Ela vivia com medo de perturbar esse estranho equilíbrio."

Imediatamente antes da sessão seguinte, a mãe voltou a telefonar: Visha estava com outro ataque sério de asma. Considerando isso como uma crise, Holland e Tuters visitaram-nas em sua casa. A mãe já identificava a asma da filha como uma forma de enfrentar sentimentos dolorosos. Visha, disse ela, começou a ter asma na mesma época em que o casamento dos pais começou a desmoronar. Era claro que, embora a mãe sempre se dissesse uma inútil, na verdade sabia lidar muito bem com o ataque de Visha.

Nessa primeira visita, Holland e Tuters puderam ver o papel que o pai ainda desempenhava na vida da mãe e da filha. "Suas fotos, músicas, fitas e discos estavam por toda parte. Era como se fosse um santuário, com um pequeno vaso de flores junto a um grande retrato. Tivemos consciência de lembranças do passado, de sua relação com o presente, e do fantasma do pai, que parecia mantê-las juntas. O impacto disso nos levou a sugerir que continuássemos as reuniões na casa delas."

A partir de então, Holland e Tuters passaram a visitá-las duas vezes por semana, durante três semanas.

Depois desses primeiros encontros, Visha disse que seus piores medos estavam agora se concretizando, que ela e a mãe haviam tido uma briga horrível e que ela, não podendo suportar os gritos e o choro da mãe, correra a pedir ajuda aos novos inquilinos, que passaram a ocupar o quarto do pai. Visha achava a mãe muito fraca. A mãe apelava para ela, reconhecendo não ser forte. "Se você realmente soubesse como sou, então seríamos mais amigas." O apelo da mãe parecia permitir a Visha revelar como ela também tinha medo, e como se sentia na obrigação de resistir, caso a mãe tivesse um esgotamento nervoso. "Até minha avó, forte como uma rocha, está abalada!" Os terapeutas sugeriram que a força demonstrada por Visha deve ter tido um preço, e provavelmente deve ter provocado sua asma. "Eu sou forte, apenas adoeço – não posso chorar", respondeu ela. Sugeriram que em conjunto talvez pudessem explorar seus pensamentos e desejos sobre a morte do pai. Ao que ela respondeu: "Nunca pensei nisso – e não poderia acreditar se fosse verdade – nunca pensei nisso como se fosse um romance policial [pausa] alguma coisa tinha que acontecer, eu acho." Foi o fim da sessão e a mãe entregou a Holland e Tuters um poema que Visha escrevera para que lessem fora da casa. Era sobre Jimmy, uma aranha inofensiva que vivia atrás do seu aparelho de televisão, e que cuidava muito bem de si e não perturbava ninguém. Mas, dizia o poema, se Jimmy se perdesse e nunca mais voltasse, toda a família "choraria" por ela.

Na entrevista seguinte, Visha estava com crise de asma. Aproveitando a indicação do poema, Holland e Tuters procuraram relacionar os sentimentos de perda de Visha com a sua incapacidade de sentir dor e com a asma – sugerindo que seus sentimentos pareciam estar sufocados dentro dela. Visha respondeu-lhe que não dissessem tolices. A mãe começou então a falar sobre a morte por leucemia, e como era dolorosa, e estimulou Visha a dar suas opiniões sobre o câncer. Isso desencadeou uma discussão sobre a morte do pai. Na opinião de Visha, era melhor ser morto por uma bomba, porque assim não se saberia o que estava acontecendo. Ela refletiu: "uma bomba teria sido melhor; ele estava todo inteiro, como um ser humano". A mãe acrescentou, pensativa: "adormecido, totalmente adormecido", repetindo as palavras ditas por Visha ao encontrar o pai morto. A menina continuou: "Acho um ataque do coração melhor do que um câncer."

Houve um longo silêncio. E a mãe disse: "Houve coisas que ficaram por terminar – tudo o que ele queria fazer –; se fosse possível comunicar-se com os mortos, gostaria de perguntar-lhe se gostaria de terminar as coisas, e a resposta óbvia seria que sim." E, com uma voz mal perceptível, acrescentou: "Por que tudo terminou assim?"

A respiração de Visha tornou-se mais difícil. A mãe continuou olhando para ela. "Papai gostaria de continuar, e foi impedido – isso me deixa com raiva!" Quando se pediu à mãe que se explicasse melhor, Visha interrompeu incisivamente: "Não sinto raiva por isso." A mãe descreveu tudo o que o marido vinha fazendo, e acrescentou: "Talvez tivesse sido mais simples se eu tivesse morrido." Visha interpôs energicamente: "Não teria sido mais simples – não teria sido nada bom –, teria sido a mesma coisa." A respiração tornava-se difícil e ela disse: "Nós duas sentimos muito a falta de papai. Se mamãe tivesse morrido, eu teria sentido muito a falta dela." Depois de outras frases no mesmo tom, a asma de Visha diminuiu. Quando a sessão terminou, todos se dirigiram para a porta em silêncio.

Na sessão seguinte Visha parecia feliz e animada, ansiosa para falar sobre uns testes psicológicos que vinha fazendo e dos quais estava gostando. A mãe observou que nunca ouvira Visha rir ou mostrar-se tão solta. Falou então com tristeza do marido e de seus problemas conjugais. Visha falou sobre os bons momentos que teve com o pai, ela como a menininha do papai, quando iam aos concertos e ao cinema, deixando a mãe em casa. Visha admitiu que não se sentia bem em deixar a mãe em casa e que se preocupava com ela.

Mais tarde, a mãe descreveu o interesse de Visha pelo cinema e esta acrescentou os nomes de seus artistas favoritos. A mãe disse que em sua opinião Visha usava os filmes para fugir à infelicidade de sua vida em casa. Ela concordou e disse que sua canção favorita era "Estou sempre perseguindo o arco-íris". Começou então um vigoroso ataque à irrealidade da vida de seus pais – como via a ambos, sempre tentando fugir de suas vidas correndo atrás de arco-íris –, que nada faziam para transformar em realidade os seus sonhos. Fez um exame retrospectivo da relação entre seus pais, até o ponto em que lhe pareceu ter sido possível tomar uma posição. Revelou que, quando ela tinha 5 anos, a mãe deixou o lar, abandonando-a, porque o pai levara uma outra mulher para dentro de casa. Visha culpava os pais por isso e disse, com raiva, que se sentira perdida ao acordar certa manhã e ver que a mãe havia partido.

Os temas que surgiram em seguida e de que eles se ocuparam estavam relacionados com a raiva e a responsabilidade. Ambas se recordavam vivamente do dia da morte do pai, e a mãe falou de seus gritos histéricos e de suas tentativas de fazer com que o marido voltasse à vida. Visha descreveu a raiva que sentiu de seu meio-irmão e sua meia-irmã, por não terem ficado tristes durante o enterro. Depois disso, as duas pareciam mais capazes de tolerar os sentimentos dolorosos e de sentir raiva e tristeza. A mãe explicou que agora podia sentir-se triste e ter raiva. Agora, podia ficar triste sem ficar histérica e podia enfrentar a realidade da morte do marido. Visha queixou-se de que se sentia doente, e disse que queria ir para o Ceilão, para uma nova vida, longe da existência monótona e tediosa que tinha sem o pai. Ficou irritada com a mãe, que estava tentando ajudá-la a compreender seus sentimentos. Nessa sessão, "a mãe parecia muito doce e sensível, e vimos que começava a aceitar a si mesma, e a sua tristeza".

Visha registrou, em seguida, uma mudança. Contou que, na escola, era capaz de cuidar de si e responder às crianças que mexiam com ela. Essa mudança foi confirmada pelos professores. Também já não se preocupava com a mãe em casa – essas preocupações, antes, eram de que a casa pudesse pegar fogo ou sua mãe fugisse. Visha disse que gostava de ser tratada como uma pessoa e não como uma coisa, e os terapeutas a estavam tratando como pessoa, ouvindo o que tinha a dizer.

Nas sessões posteriores houve outra discussão sobre quem devia assumir a responsabilidade. A mãe sentia-se culpada por não ter sido uma boa mãe: sabia que Visha desejava uma mãe mais forte. Visha confirmou isso, mas fez outra observação: se a mãe fosse mais forte, talvez não fosse capaz de conversar com ela. "Gosto de minha mãe do jeito que ela é." Em lágrimas, a mãe confirmou que Visha nunca dissera aquilo antes.

As últimas sessões foram realizadas na clínica, porque a mãe e Visha queriam mostrar o valor que atribuíam à ajuda recebida. A mãe disse que havia adiado a modificação do quarto do pai até o último instante. Agora, sentia-se pronta a dizer adeus a ele e a Holland e Tuters. Disse o quanto ela e Visha haviam esperado as sessões em sua casa e como haviam tentado torná-las íntimas e confortáveis. Houve outros episódios de atrito entre mãe e filha, e algumas discussões sobre as tendências de Visha a idealizar Holland às expensas de Tuters. No último encontro, Visha presenteou aos dois. "Disseram que jamais se esqueceriam de nós e esperavam que não as esquecêssemos."

Comentário

Tendo em vista o que foi dito antes, qualquer comentário é quase supérfluo. Mais uma vez, a morte do pai foi repentina e prematura. Devido às más relações entre Visha e a mãe, a menina não tinha ninguém em quem confiar. Além disso, devido aos problemas pessoais da mãe e ao seu casamento infeliz, Visha se sentia na obrigação de cuidar dela. Sua vida era evidentemente baseada na suposição de que não havia ninguém no mundo que lhe pudesse prestar assistência ou consolo. Consequentemente, evidenciava todos os indícios de uma autoconfiança compulsiva e talvez, também, uma compulsão a prestar cuidados.

Muitos outros aspectos das relações familiares são característicos de casos que apresentam uma recusa à escola juntamente com o luto malsucedido. Aos 5 anos, Visha passou pela experiência de ser abandonada pela mãe e, depois da morte do pai, teve medo de que a mãe a abandonasse novamente. A mãe, por sua vez, parece ter recebido poucos cuidados durante sua infância, e quase que certamente queria ser cuidada pela filha. Como diz Tuters, em seu relato: "Uma das coisas mais importantes que fizemos foi restabelecer os papéis adequados da mãe e da filha, pois, quando começamos, esses papéis pareciam completamente invertidos."

O luto das crianças _____ **391**

Geraldine, 8 anos quando a mãe morreu

O relato que se segue, o de uma menina que tinha quase 8 anos quando a mãe morreu, foi extraído de um histórico de Marie E. McCann, terapeuta de crianças que trabalhava com o grupo de Erna Furman em Cleveland, Ohio, e foi publicado em Furman (1974, pp. 69-87). Embora tivessem se passado mais de três anos até que a menina e seus parentes fossem entrevistados por McCann, de modo que muitas informações foram obtidas com bastante atraso, o interesse das constatações clínicas compensa essa desvantagem. Entre outras coisas, o relato ilustra bem tanto as relações da paciente aos aniversários da morte da mãe como as interrupções das sessões e o uso terapêutico dado a esses acontecimentos.

A mãe de Geraldine morreu de câncer aos 48 anos, uma semana antes do oitavo aniversário da menina. Pouco depois, Geraldine ficou aos cuidados de uma vizinha, que muitas vezes tinha tomado conta dela, enquanto a mãe estava trabalhando, ou doente. Depois de passar um ano ali, e um verão com parentes, Geraldine foi morar com uma tia e um tio maternos, com os quais ficou dos 9 anos e meio até iniciar o tratamento analítico, aos 11 anos e 8 meses.

Quase um ano antes disso, aos 10 anos e nove meses, Geraldine foi encontrada vagando num estado de estupefação. Não sabia quem era, nem onde vivia; compreendia que estava no ônibus errado e que sua mãe não estava com ela. Disse que tinha uma forte dor de cabeça e pediu a um estranho que a levasse a um hospital. Com a ajuda da polícia, foi devolvida à tia e posteriormente foi a um hospital para um exame neurológico cujos resultados foram negativos. Dali foi encaminhada a uma clínica psiquiátrica infantil. Isso levou, onze meses depois, ao tratamento psicanalítico e, simultaneamente, ao seu internamento num centro residencial para crianças perturbadas.

Desde o momento em que foi encontrada vagando, Geraldine perdeu toda a memória para a enfermidade e a morte da mãe, bem como para o período de dois anos e nove meses após essa perda e antes do momento em que passou a vagar. A tia podia fazer um relato lúcido dos acontecimentos, mas apenas, é claro, do que sabia. As lembranças do pai eram nebulosas e as informações dele não tinham continuidade. À medida que o tratamento progrediu, porém,

Geraldine recuperou a memória e pôde fornecer muitos detalhes que faltavam.

Geraldine era parda, e ao ser iniciado o tratamento estava nas primeiras fases da adolescência. A mãe fora casada três vezes e ela era a sua única filha do terceiro casamento. Tinha um meio-irmão e uma meia-irmã muito mais velhos, ambos filhos do primeiro casamento.

Segundo a tia, a mãe de Geraldine era muito inteligente e trabalhava em contabilidade, numa repartição pública. "Foi descrita como uma mulher difícil, exigente, dominadora e teimosa... com um gênio inconstante e às vezes incontrolável." O pai, então com quase 70 anos, trabalhava esporadicamente como garçom, era alcoólatra e devia muito. A gravidez de Geraldine fora difícil, devido a fibroides uterinos, e o nascimento fora por cesariana. A princípio, a mãe cuidava ela mesma de Geraldine, mas para ganhar dinheiro tinha de cuidar também de outros bebês. Quando a menina foi considerada bastante grande para entrar num jardim de infância, a mãe voltou ao seu emprego normal. Os pais brigavam muito, às vezes violentamente, e também já se haviam separado várias vezes. O meio-irmão de Geraldine deixara a casa cedo, mas a meia-irmã continuava.

O câncer da mãe foi diagnosticado quando Geraldine tinha quase 7 anos. Ela já havia sofrido duas operações, e fora internada no hospital para tratamento por raios X. A enfermidade progrediu rapidamente e, no final, ela foi internada numa enfermaria de emergência, um dia apenas antes de morrer.

A tia descreveu Geraldine como sendo "decidida e disposta, cheia de energia". Antes de ter sido encontrada vagando e antes da amnésia, ela se mostrava retraída e distante da tia, e nunca chorava; mas depois, enquanto esteve afastada algum tempo da escola, Geraldine e a tia se reaproximaram. Quando provocada, Geraldine manifestava sua raiva em "olhares de raiva fria" e nunca abertamente. Não tinha amigas íntimas e só se aproximava de crianças que podia dominar. Frequentemente tinha ciúmes. Era muito inteligente e lia muito; mas, desde a amnésia, parecia ter perdido quase todos os conhecimentos de matemática.

Não ficou claro, a princípio, o que exatamente aconteceu antes do momento em que foi encontrada vagando. Sem dúvida, ela tinha problemas na escola. Ela mesma alterou suas notas em música, porque eram más, e foi censurada pela falsificação. Fugiu então durante várias horas e, quando voltou para casa, o pai ameaçou mandá-la para uma escola de meninas levadas. No dia seguinte foi para a escola e não voltou para casa, tendo sido encontrada, mais tarde, vagando.

Quando foi levada a tratamento, onze meses depois, Geraldine apresentou-se calma, segura de si e no controle da situação. Falava muito, frequentemente com um vocabulário muito superior à sua idade e com referências literárias pertinentes, evitando gírias: era evidente que queria impressionar. Embora aparentemente cooperativa, continuou cautelosa e bastante fechada. Em relação à mãe, observou objetivamente, sem qualquer emoção: "Sei que minha mãe morreu, mas não posso me lembrar disso."

O tratamento de Geraldine continuou durante seis anos e meio. Grande parte desse tempo, especialmente no início, ela se comportou da melhor maneira e não revelou quase nada. Mas houve exceções, relacionadas quase sempre com as ausências da terapeuta ou com um dos sucessivos aniversários da morte da mãe.

Nos quatro primeiros meses de tratamento, antes do quarto aniversário, a terapeuta teve de ausentar-se em duas ocasiões. Na primeira, Geraldine agrediu o pai verbalmente e de maneira violenta, acusando-o de não cuidar dela. Como a menina nunca lhe falara assim, ele ficou estarrecido: era como se a esposa tivesse voltado do túmulo. Durante a segunda ausência, poucos meses depois, Geraldine ficou deprimida, chorou muitas vezes e teve brigas violentas com outras meninas com quem morava. Quando a terapeuta voltou, tudo retornou à calma. Sem emoção, Geraldine descreveu o que acontecera e acrescentou, com uma nota de acusação: "Não compreendo... mas tenho certeza de que nada disso teria acontecido se você estivesse aqui." A terapeuta perguntou-lhe se alguma coisa semelhante havia acontecido nos anos anteriores, por ocasião da ausência da mãe. Geraldine riu da pergunta, mas pouco depois começou a descrever o que havia acontecido na semana seguinte à morte da mãe. A sua meia-irmã, Joanne, havia-se esforçado para animá-la, procurando realizar os planos da mãe para o seu oitavo aniversário. E então, sem manifestar nenhuma emoção, Geraldine contou que a mãe sempre estivera ausente: "Ela pouco fez por mim, pois estava sempre trabalhando, ou doente." Subsequentemente, nos poemas e nas peças que escreveu, a solidão e a necessidade de defender-se sozinha eram temas constantemente repetidos.

Ao se aproximar o quarto aniversário da morte da mãe, Geraldine começou a falar dela com frequência cada vez maior, de como invejava os chocolates que a mãe sempre comia sem deixar nenhum para ela, e como tocava bem o piano, em contraste com o que ela tinha de fazer para tocar. No dia do aniversário, Geraldine caiu e machucou o joelho.

Antes das férias de verão da terapeuta, Geraldine negou que estivesse preocupada. Durante as férias, porém, ficou muito perturbada e teve medo de um esgotamento. Escreveu-lhe uma carta acusativa, que não chegou a mandar. Quando as sessões foram reiniciadas, Geraldine descreveu os acontecimentos mas, como sempre, sem qualquer emoção. Mas uma nova qualidade passou a fazer parte da relação. Geraldine lia contos de fada para a terapeuta e cantava canções de ninar. Quando a terapeuta sugeriu que a mãe talvez tivesse feito o mesmo com ela, Geraldine discordou totalmente – sua mãe estava sempre muito ocupada.

Houve uma conversa semelhante, em relação ao enterro do presidente Kennedy. A única reação afetiva de Geraldine ocorreu quando ela viu o caixão ser colocado na sepultura. Quando a terapeuta disse que talvez ela tivesse visto alguma coisa semelhante num enterro anterior, a menina respondeu com veemência: "Eu era muito pequena, não sei nada do enterro de minha mãe, eu nem mesmo estava presente." Na semana seguinte, Geraldine caiu no ginásio e quebrou a perna esquerda.

Posteriormente, quando a terapeuta se referiu à maneira como Geraldine deve ter-se sentido depois da morte da mãe, ela novamente teve uma reação brusca. A perda que ela sofrera não tivera importância, insistiu, a mãe nunca pôde fazer muito por ela, de qualquer modo. Naquela noite, soluçou inconsolavelmente durante horas.

No quinto aniversário da morte da mãe, Geraldine faltou à aula, passou o dia numa igreja e, segundo se disse, tomou 40 aspirinas, razão pela qual foi levada para uma enfermaria de emergência[3]. Não quis discutir esses acontecimentos. Pouco depois, queixou-se amargamente das outras meninas do centro onde estava vivendo: tinham raiva dela e queriam magoá-la ou matá-la. Acabou recusando-se a voltar ao centro depois da escola e teve de ser levada de volta por uma das funcionárias. Chegou à sessão com uma aparência "cansada, tensa, preocupada". Como um robô, disse: "Aguentei tudo o que pude. Agora não posso mais." A terapeuta disse que ela devia ter-se sentido exatamente assim, antes, em sua vida. Começou a soluçar. "Sim, mas cinco anos se

---

3. Parece que as aspirinas foram tomadas durante um período de três dias.

passaram desde que mamãe morreu. Eu já devia ter superado isso, mas ainda não superei. Quero, mais do que qualquer outra coisa, que alguém me abrace com força, e sinceramente." Contou então, com detalhes e intensa emoção, a viagem final da mãe para o hospital, e que recebeu de Joanne a notícia da morte dela. Joanne disse que a mãe tinha ido juntar-se a Jesus e que Geraldine também se juntaria a ela, algum dia. A menina respondeu: "Sim, mamãe está morta." Não chorou até a noite, na casa de um vizinho, porque tinha medo de que pudesse chorar durante 12 horas ou mais, sozinha e sem conforto.

Geraldine descreveu em seguida o enterro, os hinos cantados, a viagem ao cemitério, os adultos discutindo se ela deveria ir até o túmulo e decidindo que ela era muito pequena. Por isso, ficou sentada sozinha no carro. A terapeuta mencionou o anseio dela de juntar-se à mãe morta, e como isso estava ligado ao fato de ela ter tomado aspirinas.

Depois disso, Geraldine teve mais condições de reconhecer como se sentia em relação à terapeuta e expressou o desejo de ser o seu gato, de ser fiel e de ser amada. Quando chegaram as férias de verão, Geraldine ficou com raiva e comparou a viagem da terapeuta com as "viagens" da mãe ao hospital. Sua mãe sempre a enganara; nunca lhe falara do câncer, apenas dissera que ia ser examinada e, mais tarde, que voltara de uma operação. Geraldine parecia ter duas teorias sobre as causas do câncer da mãe. Uma era de que fora causado pelas preocupações com o alcoolismo do marido; ela, ao contrário, sempre evitava trazer preocupações para a mãe, ajudava-a no trabalho doméstico e tirava boas notas na escola. A outra era de que foram as dificuldades de seu próprio nascimento que provocaram a enfermidade.

Pouco depois, a tia de Geraldine adoeceu gravemente. Embora a princípio a menina tentasse não tomar conhecimento, mais tarde admitiu que estava aterrorizada. "Vai começar de novo", pensou. "Para onde irei, para onde me mandarão?" Pensou em fugir, mas para onde? Esses pensamentos fizeram com que se recordasse dos acontecimentos anteriores à sua primeira fuga e à amnésia. Naquela época, sua tia sofrera um ataque de angina e Geraldine teve certeza de que ela morreria. Além disso, seu pai estava planejando levá-la para morar com ele, em outro Estado. Também revelou que Geraldine nascera três anos antes que ele e a mulher pudessem se casar, porque a mãe ainda estava casada com o segundo marido. Geraldine sentiu, de súbito, que não se importava com coisa alguma, que sua cabeça estava "segura apenas por fios", e perdeu a noção das coisas. Só depois de contar isso é que ela conseguiu lembrar-se das pessoas com as quais vivera no primeiro ano após a morte da mãe.

Com o progresso do tratamento, Geraldine passou a confiar cada vez mais detalhes de suas relações com a mãe, e de seus sentimentos. "Com mamãe eu tinha um medo terrível de fazer as coisas errado. Eu via com meus próprios olhos como ela atacava, com palavras e atos, meu pai e minha irmã, e, afinal de contas, eu era apenas uma criança, muito indefesa." E ainda: "Minha mãe também não tratava papai muito bem, às vezes. Lembro-me de certa vez, quando eu tinha 3 anos, em que ele foi hospitalizado com pneumonia. Nós nos mudamos, e mamãe nem sequer avisou a ele, porque estava com raiva dele." E em outra descrição do seu dilema: "Como podia ter raiva de mamãe – ela era realmente a única segurança que eu tinha. Você tem realmente de ficar do lado da pessoa que cuida de você."

No final do tratamento, Geraldine tinha 18 anos. Refletindo sobre suas experiências, disse: "Acho que meu tratamento, ou, na realidade, minha vida, dividiu-se em três fases. A princípio, apaguei todos os sentimentos – aconteciam coisas que não podia suportar, e eu tinha que continuar viva. Se tivesse deixado as coisas me atingirem, não estaria aqui. Estaria morta, ou no hospício. Não deixei que os sentimentos me dominassem e meus pensamentos voltaram-se todos para fantasias, contos de fada, ficção científica. Na segunda fase, meus sentidos me dominaram. Fiz coisas extremas. E na terceira fase, que é esta, meus sentimentos existem. Sinto-os e os controlo. Uma das coisas mais positivas em mim é que eu posso sentir as coisas com emoções autênticas. Isso às vezes dói, mas as vantagens, a felicidade, ultrapassam em muito o sofrimento."

É fora de dúvida que esse resumo claro, feito por Geraldine, foi muito influenciado pelo que a terapeuta disse a ela, mas ainda assim parece autêntico e, na minha opinião, indica um progresso verdadeiro.

Comentário

Ao apresentar a descrição do tratamento de Geraldine, Marie E. McCann escreve: "Geraldine tinha um desenvolvimento que possibilitava o luto... mas não pôde realizá-lo por causa das dificuldades de caráter que antecederam a sua perda e da falta de ajuda. Nunca recebeu qualquer ajuda para compreender as realidades de uma doença fatal, faltava-lhe a segurança de ter suas necessidades satisfeitas depois da morte da mãe, e seu meio ambiente deixou de oferecer-lhe o apoio de que a criança precisa para realizar o trabalho do luto." Não é necessário acrescentar muita coisa mais.

Em seus primeiros anos Geraldine parece não ter tido escolha senão banir, ao máximo possível, qualquer esperança ou desejo de amor e apoio, e desenvolver, em lugar deles, uma autoconfiança prematura e afirmativa. No capítulo 21 damos outros exemplos de crianças que se desenvolveram de maneira semelhante.

Aspectos notáveis do caso de Geraldine são o episódio em que foi encontrada vagando e a perda de memória a ele associada, sintomas típicos de uma fuga. Embora aparentemente esse estado só ocorra raramente depois de uma perda na infância, há razões para acreditar que a perda de um dos pais na infância, provocada por morte ou qualquer outra causa, é comum, como antecedente, no caso dos adultos que atingem esse estado. Ao examinar 36 desses casos, Stengel (1941, 1943) observa, primeiro, que o ato compulsivo de vagar e a amnésia estão geralmente associados à pseudologia, à depressão episódica e ao impulso suicida. Em seguida, chama a atenção para dois aspectos intimamente relacionados na história desses pacientes. O primeiro é a elevada frequência de distúrbios sérios nas relações com os pais, durante a infância, em particular perdas provocadas por morte ou separação. O segundo é o desejo de buscar o genitor perdido, presente com muita frequência durante o ato de vagar. "Quase todos esses pacientes sofriam conscientemente com o fracasso da relação normal entre pais e filhos. Muitos sentiam, mesmo na infância, que lhes faltava alguma coisa que nunca poderia ser substituída. Em muitos, esse sentimento tornou-se particularmente agudo em suas depressões periódicas, isto é, no momento em que o ato compulsivo de vagar se manifestou. Uns poucos tornaram-se conscientes do desejo de buscar o genitor morto ou ausente. Outros imaginaram imediatamente antes desse estado, ou durante ele, que o genitor morto não estava realmente morto, mas vivo, e talvez pudesse ser encontrado durante o ato de vagar (1939)."

Notamos, quanto a isso, que quando Geraldine foi encontrada vagando num estado de torpor, quase três anos depois da morte da mãe, uma das poucas coisas registradas é que "ela compreendia que estava no ônibus errado e sabia que sua mãe não estava com ela". Isso indica claramente, pelo menos, que estava preocupada com o paradeiro da mãe; e pode sugerir também que tenha pensado que perdera a mãe por ter tomado o ônibus errado.

Os quatro relatos de casos apresentados neste capítulo deram ao leitor, esperamos, uma introdução tanto aos aspectos a serem observados quando o luto de uma criança toma um curso patológico, como também a algumas das condições que as evidências mostram serem responsáveis por isso. Nos outros capítulos, apresentamos outras evidências, tanto em relação aos aspectos patológicos a serem observados, como às condições consideradas responsáveis por eles. No próximo capítulo veremos como o estado psicológico de Geraldine e as mudanças que ocorreram nele durante o tratamento podem ser descritos e entendidos em termos da teoria da defesa esboçada no capítulo 4.

Capítulo 20
A desativação e o conceito de sistemas segregados

> ... aquele que permanece passivo quando esmagado pelo pesar perde sua melhor oportunidade de recuperar a elasticidade de espírito.
>
> CHARLES DARWIN, *The Expression of the Emotions in Man and Animals*

Ao examinar as implicações teóricas do caso de Geraldine, o principal aspecto a ser notado é o acentuado contraste entre a Geraldine aparentemente controlada e segura de si dos primeiros anos de tratamento, uma menina que manifestava pouca emoção e se mostrava pouco, e a Geraldine dos últimos anos, que, depois de um colapso emocional, descreveu em lágrimas todos os dolorosos sentimentos que experimentara na época da morte da mãe, e depois dela, sua intensa solidão e como, mais do que qualquer outra coisa, agora queria alguém que a abraçasse com força, e "sinceramente". A partir de então, em vez de permanecer distante, apegou-se intensamente à terapeuta, buscou o amor e a companhia dela, ficando irritada sempre que ela se ausentava.

Das muitas maneiras pelas quais o estado original de Geraldine poderia ser conceituado, a mais próxima dos dados, ao que me parece, é considerá-la como semelhante ao sr. G. (capítulo 12), ou seja, dotada de dois "eus", ou Sistemas Principais, como os chamo. Durante os dois primeiros anos de tratamento, o sistema governante e o que tinha livre acesso à consciência era um sistema do qual estavam excluídos quase todos os elementos de comportamento de apego. Estavam ausentes não só todas as formas de comportamento em si, como também todo o desejo e anseio de amor e cuidado, toda a lembrança de seus laços com a mãe e todas as decepções, sofrimentos e raiva que qualquer ser humano comum sente quando esses desejos permanecem muito tempo sem satisfação. Não obstante, há amplos indícios de que, coexistindo com esse Sistema Principal governante, havia outro Sistema Principal, segregado dele e inconsciente, ao qual pertenciam todos os elementos ausentes, inclusive todas as suas lembranças pessoais e autobiográficas[1]. Embora esse sistema segregado estivesse desativado a maior parte do tempo, ocasionalmente ele encontrava expressão.

Quase sempre, quando Geraldine visitava a sua terapeuta, durante os dois primeiros anos, esse sistema segregado permanecia inerte. Houve, porém, umas poucas ocasiões em que se perceberam indícios de sua atividade. Por exemplo, houve duas ocasiões, nos primeiros meses de tratamento, quando a terapeuta se ausentou e Geraldine ficou irritada. Na primeira vez, ela dirigiu a sua raiva contra o pai, a quem acusou de não cuidar dela, e na segunda contra as companheiras de escola. Além disso, na segunda ocasião ficou deprimida e chorou. Indícios da atividade do sistema segregado foram perceptíveis também no quarto aniversário da morte da mãe, e no momento do enterro do presidente Kennedy. Finalmente, no quinto aniversário da morte de sua mãe, Geraldine faltou à aula, teve um gesto suicida e, finalmente, durante a sessão terapêutica, teve uma crise de choro. A partir de então, o sistema antes desativado e segregado aos poucos voltou a viver.

Sempre que um sistema antes desativado volta a ter qualquer grau de atividade, esse comportamento pode mostrar-se desorganizado e disfuncional. Exemplos disso são as explosões de comportamento de raiva evidenciadas por Geraldine quando sua terapeuta se ausentou, as quais, em vez de terem sido dirigidas contra a terapeuta, foram dirigidas contra terceiros. Outro exemplo, mais dramático, pode ser visto, provavelmente, no episódio em que ela foi encontrada vagando e que, de acordo com os estudos de Stengel sobre os estados de fuga, interpreto tentativamente como expressão de seu desejo de encontrar a mãe morta.

O relato seguinte sobre a srta. B. (uma das pacientes de Stengel), feito principalmente nas próprias palavras dele e extraído de seu trabalho de 1941, ilustra a tese.

....
1. No capítulo 4 dissemos que essas lembranças são armazenadas sequencialmente, sob forma característica, denominado por Tulving (1927) como armazenagem episódica.

A srta. B. tinha 17 anos quando "sentiu pela primeira vez uma necessidade irresistível de sair de casa e ficar ao ar livre. Era sempre obrigada a ceder a esse impulso, a menos que estivesse trancada em casa. A sensação repetiu-se quatro ou cinco vezes por ano, nos dois anos seguintes. Em geral, ela não ia longe, mas deitava-se num jardim, nos arredores da cidade, e dormia por oito ou 12 horas, voltando depois para casa, aparentemente bem. Obedecia a esse impulso a despeito do tempo, dormindo a céu aberto com neve ou chuva. Em várias ocasiões, entrava num determinado jardim, onde sabia que encontraria uma calha de madeira vazia, deitava-se e dormia nessa calha durante os ataques compulsivos, que geralmente ocorriam à tarde, voltando para casa pouco antes do amanhecer... A paciente era de inteligência normal e não revelava sintomas de nenhum distúrbio orgânico".

Como muitas evidências mostravam, nesses atos aparentemente irracionais a srta. B. ainda buscava a mãe, morta 14 anos antes, quando ela tinha 3 anos[2]. "Sua mãe sempre lhe apareceu em sonhos estereotípicos, no início de sua menstruação. Nesses sonhos, ela vê a mãe deitada, morta. Os sonhos ocorrem mais frequentemente, mas não invariavelmente, quando ela não pode sair de casa para atender à sua compulsão, e normalmente acompanham o sono a céu aberto. Quando dorme a céu aberto, ela geralmente sente como se estivesse deitada no túmulo da mãe. Ao vagar pelo descampado, anseia por estar morta, como a mãe. É propensa a devaneios nos quais imagina que a mãe talvez não esteja morta, e que um dia poderá encontrá-la."

Em termos dos conceitos que estou empregando, pode-se dizer que nessa moça, como em Geraldine, estão presentes, mas separados, dois Sistemas Principais de comportamento, pensamento, sentimento e memória. De um lado está um sistema, o que governa a sua vida cotidiana, que aceita o fato de ela não ter mãe nem, talvez, qualquer outra figura de apego, e que portanto não tem escolha senão cuidar de si mesma. Do outro, há um sistema, em grande parte desativado e com acesso apenas marginal à consciência, organizado na suposição de que sua mãe ainda é acessível e que, de alguma maneira, pode ser recuperada neste mundo,

....
2. Ela não conheceu o pai, morto pouco depois de seu nascimento. Depois da morte da mãe, teria sido criada por "vários contraparentes".

ou encontrada no outro. Esse segundo sistema, ao qual parece provável que pertençam todos os seus desejos de apego, sentimentos e lembranças pessoais, fornecia apenas indícios fragmentários da própria existência dele. Não obstante, não estava totalmente inerte. Não só influenciava todos os sonhos diurnos e noturnos da srta. B. como, de tempos em tempos, também o seu comportamento; e o fazia de maneira que dava aos observadores que desconheciam as suas premissas a impressão de que ela era doida.

Em cada um desses pacientes, devemos notar, o sistema que é segregado e inconsciente é um sistema organizado, e não menos autocoerente do que o sistema que tem livre acesso à ação e à consciência. Além disso, o sistema segregado caracteriza-se por todos esses elementos cognitivos e afetivos que o qualificam para ser considerado como mental, ou seja, desejo, pensamento, sentimento e memória. Também de tempos em tempos, quando assume o controle do comportamento, o sistema segregado mostra-se tão organizado com referência a pessoas e objetos no meio ambiente que é capaz de fazer e executar planos, embora de maneira imperfeita e pouco eficiente. A principal razão dessa ineficiência, pelo que se postula, é que o sistema, estando em grande parte desativado (por meio da exclusão defensiva de praticamente todo influxo sensorial que o possa ativar), não tem acesso à consciência com os muitos benefícios que isso traz.

Um aspecto do Sistema Principal que foi segregado em Geraldine (e provavelmente também do sistema segregado na srta. B.), e da maior importância para os clínicos, é a intensidade de sentimento despertado quando o sistema voltou a ser plenamente ativado, conseguindo acesso à consciência. Quando isso aconteceu, no quinto aniversário da morte de sua mãe, Geraldine teve uma crise de choro e manifestou o mais forte desejo de uma relação estreita com sua terapeuta, na qual seria abraçada com força e com sinceridade. Para a terapeuta, durante muito tempo mantida a distância, deve ter sido como a explosão de uma represa, que inundou Geraldine de emoções.

Por mais expressivo que seja esse tipo de metáfora quando usado numa discussão clínica, e também valioso quando usado para ressaltar a intensidade do sentimento despertado, é extremamente enganoso se usado como base para a construção de uma teoria. De um lado, a metáfora estimulou teorias que postulam quantidades de energia psíquica e quantidades de afeto como agentes causais na vida mental, e que se mostraram, ao que me parece, cientificamente improdutivas. Do outro, concentrando-se exclusivamente nas emoções (ou nos afetos), a metáfora desviou a atenção de todos os outros aspectos do sistema mantido segregado, ou seja, os padrões específicos de comportamento que contribuem para o comportamento de apego, juntamente com os desejos, pensamentos, modelos funcionais e memórias pessoais que são parte integral deles. Na teoria que apresentamos, portanto, não há lugar para quantidades de afeto não estruturado, que são represadas.

Observamos que, tanto em Geraldine como na srta. B., um aspecto especial do sistema segregado é não ter praticamente nenhum acesso à consciência. Nos outros casos de luto perturbado, porém, isso não ocorre. Nessas pessoas, o sistema que continua a ser orientado para a pessoa perdida e tenta recuperá-la pode ser totalmente consciente e encontrar-se num estado normal de ativação, embora mantenha-se secreto. Exemplo disso é a sra. Q., que, após a morte do pai no hospital, organizou seus pensamentos, sentimentos e comportamento de duas maneiras distintas. De um lado, ela acreditava que o pai estava morto e organizou sua vida de acordo com essa convicção. De outro, acreditava que o hospital havia cometido um erro e que o pai ainda estava vivo; e preparou planos secretos para recebê-lo novamente em casa, no devido tempo (ver capítulo 9). Assim, dentro de uma única personalidade, havia dois Sistemas Principais, organizados sob premissas opostas, e, não obstante, ambos ativos e conscientes. (Como já observamos, foi a esse estado que Freud, 1927, aplicou a expressão "cisão do ego".) Consequentemente, na sra. Q., como em Geraldine e na srta. B., qualquer comportamento que fosse uma expressão adequada de um Sistema Principal ou era irrelevante, ou estava em conflito com o que era adequado ao outro sistema.

A essa altura, o leitor poderá talvez objetar que para ilustrar o conceito de sistemas mentais segregados escolhi exemplos especiais e bastante raros de doenças mentais e, portanto, que o conceito tem aplicação apenas restrita. Não me parece que seja assim. Pelo contrário, acredito que o conceito é útil para o entendimento de muitos, e talvez de todos, exemplos de ausência prolongada de luto, retratados neste volume, bem como de casos de autoconfiança compulsiva e compulsão para cuidar, dos quais outros exemplos serão encontrados no capítulo seguinte.

Capítulo 21
Variantes perturbadas e algumas condições que contribuem para elas

> Quando lábios jovens beberem profundamente das águas amargas do Ódio, da Suspeita e do Desespero, nem todo o Amor do mundo apagará esse conhecimento.
>
> RUDYARD KIPLING, *Baa Baa Black Sheep*

Os quatro longos relatos sobre crianças cujo luto foi malsucedido, apresentados no capítulo 19, pretendem dar uma ideia de alguns dos diversos padrões de luto patológico observados em crianças, e também de como certas condições podem influir nas formas assumidas pelas reações. O objetivo deste capítulo é examinar estas variantes, e outras, mais detalhadamente, e as condições que tendem a promover cada uma delas, apresentando também outros exemplos ilustrativos. Mais uma vez, estes são colhidos entre os relatórios de clínicos tanto dos Estados Unidos como da Inglaterra: eles representam quase todos os enfoques teóricos existentes na psicanálise. O fato de seus resultados empíricos, quando livres da teoria divergente e muitas vezes obscurecedora, serem mutuamente compatíveis nos dá confiança na sua validade.

Parece claro que algumas das variantes descritas, especialmente aquelas em que a autoacusação é proeminente, relacionam-se estreitamente com o luto crônico nos adultos. Muitas outras caracterizam-se pela ausência prolongada de pesar consciente. Em algumas dessas últimas, o problema psiquiátrico pode vir a manifestar-se somente muitos anos depois. Em outras, problemas de um ou outro tipo podem surgir logo, durante a infância ou adolescência, e é destes que nos ocupamos principalmente neste capítulo.

Para fins de exposição, examinamos os problemas apresentados sob diferentes classificações. Eles refletem a grande variedade de sintomas e distúrbios de comportamento que as crianças enlutadas apresentam. A ordem em que são apresentados começa com os problemas que são facilmente interpretados como reações à perda, passando àqueles que, por se combinarem com a ausência prolongada de luto, podem não evidenciar, até melhor exame, qualquer relação com a perda.

Qual pode ser a incidência de cada um desses tipos de problemas, numa amostra representativa de crianças enlutadas de diferentes idades numa cultura ocidental, não temos meios para saber, no momento. Também não conhecemos a incidência de cada um em relação aos outros, já que crianças com diferentes sintomas e problemas provavelmente serão encaminhadas a diferentes tipos de agência – por exemplo, as que apresentam sintomas somáticos serão encaminhadas a um departamento de pediatria, e as que apresentam problemas de comportamento, a um serviço de exames psicotécnicos. O que se segue baseia-se em estudos relativos a pequenas amostras ou casos isolados.

Angústia persistente

Medo de outra perda

Todos os estudiosos de enlutamento infantil observaram como é comum entre as crianças que perderam um dos pais o medo de perder também o outro – seja por morte ou abandono. Também não é difícil ver como esse medo, bastante natural nessas circunstâncias, pode aumentar, e às vezes em proporções consideráveis.

O medo de que o genitor sobrevivente morra será provavelmente exacerbado por acontecimentos inevitáveis, como a ocorrência de duas ou mais mortes ao mesmo tempo, na família, ou a doença do genitor sobrevivente. Entre as condições evitáveis estão a de deixar a morte do genitor envolta em mistério e a de desestimular as perguntas da criança sobre isso, bem como fazer observações que lançam, direta ou indiretamente, a responsabilidade da morte do genitor, ou do estado de saúde do genitor sobrevivente, sobre a criança. Outra circunstância que facilmente pode passar despercebida é o efeito que tem sobre a criança o fato de ela ouvir o genitor sobrevivente expressar a opinião de que já não vale a pena viver, de que preferia estar morto, ou que o suicídio seria a melhor solução.

O medo de que o genitor sobrevivente desapareça é evidentemente inevitável numa criança que já sofreu experiência semelhante, como no caso de Visha, ou numa criança que tenha sofrido esse tipo de ameaça. Será despertado também se o genitor sobrevivente deixar a criança com parentes, ou mesmo estranhos, e transferir-se para outro lugar por algum tempo.

Não há, é claro, nada de inerentemente patológico com relação à existência desses receios numa criança, nem no fato de ela reagir de acordo com eles. A patologia ocorre quando se ignora que a criança tem medo de que essas coisas aconteçam, ou, o que é mais grave ainda, quando as circunstâncias que exacerbam tal medo são suprimidas ou negadas pelo genitor sobrevivente; é dessa forma que uma reação compreensível se transforma num sintoma misterioso.

Medo de morrer também

É bastante natural numa criança acreditar que, se um de seus pais morreu cedo, ela também morrerá cedo. Wendy é exemplo disso (capítulo 16). Muitos outros são apresentados nas fontes citadas no capítulo 15. Como é provável que a criança se identifique com o genitor do mesmo sexo, parece também provável que nos meninos o medo de uma morte precoce seja mais comumente despertado pela morte do pai, e nas meninas, pela morte da mãe.

Furman (1974, p. 101) descreve uma menina, Jenny, que mal havia chegado aos 3 anos quando a mãe morreu de hemorragia aguda. Embora o pai tenha feito o possível para informar Jenny da morte da mãe e do que significava, transpareceu vários meses depois que ela continuava preocupada com a possibilidade de que o pai, os irmãos e ela própria também morressem logo. Isso se tornou evidente quando, depois da devida preparação, ela foi levada para visitar o túmulo da mãe.

Essa visita, junto com o pai, deu a Jenny a oportunidade de formular perguntas, e ao pai, a oportunidade de respondê-las e com isso esclarecer a questão. Muito frequentemente, talvez, essas oportunidades não se apresentam, e o medo muito natural da criança persiste desnecessariamente. O relato seguinte sobre uma criança de 10 anos e meio, cuja mãe morreu cinco anos antes, foi extraído de Kliman *et al.* 1973.

Norma tinha 10 anos e meio quando foi levada a um exame psiquiátrico por causa de vários sintomas somáticos, inclusive tremores e sensação de formigamento, angústia de não ser amada, comportamento inibido na escola, tanto nos estudos como nas relações sociais. Não desejava casar-se e pensava em ser freira. Nessa época, seu pai enfrentava muitos problemas de negócios.

A mãe de Norma morreu de câncer quando a menina tinha 5 anos. Ao morrer, a mãe estava no primeiro trimestre da sua quinta gravidez. A doença progredira depressa e a morte ocorreu apenas um mês depois de o câncer ter sido diagnosticado. O pai, chocado e desorientado pelo sofrimento, afastou-se dos filhos, e Norma ficou aos cuidados de uma tia e um tio, descritos como duros e incoerentes. (O relato não explica quem tomou conta dos três irmãos de Norma.) Catorze meses depois o pai casou-se com uma viúva que tinha seis filhos, e Norma voltou a morar com ele, a madrasta, seus três irmãos e os seis irmãos afins – dez crianças, no total. Cerca de um ano depois da reunião da família, outra tragédia aconteceu a Norma: um de seus tios preferidos morreu num desastre de automóvel.

Depois de uma fase de introdução e apoio que durou três meses, o trabalho terapêutico com Norma e seus pais começou a focalizar a perda ocorrida cinco anos antes. A própria Norma, que era entrevistada semanalmente por uma terapeuta, começou a fazer perguntas sobre a mãe e o tio, e a descrever a falta que sentia deles. Ela parecia triste.

Durante o tratamento, a terapeuta de Norma aproveitou a oportunidade de relacionar as reações de Norma às interrupções causadas por férias, e também suas reações ao aniversário da morte da mãe, para ver como a menina poderia ter se sentido logo após a perda da mãe.

As sessões finais foram particularmente úteis. Embora Norma tivesse sido informada sete meses antes que o tratamento terminasse, a princípio não se lembrou disso. Mais tarde, começou a ter medo de dizer adeus, um medo que a terapeuta relacionou com um adeus prévio e doloroso, quando a mãe morreu. Norma também descreveu uma curiosa dificuldade de olhar para o alto, do edifício onde ficava o consultório da terapeuta. Isso estava relacionado com o aceno de adeus feito para a mãe agonizante, que estava num dos andares superiores do hospital. Finalmente, na última sessão Norma perguntou: "Minha mãe morreu porque estava tendo um filho?" Só então ficou claro por que Norma não queria ter filhos e resolvera ser freira.

Comentário

As experiências adversas de Norma, depois da morte da mãe, provavelmente foram suficientes para causar os problemas de que veio a sofrer, cinco anos depois. A descrição sugere que ela recebeu pouca ajuda do pai, e que suas experiências durante os 14 meses com a tia e o tio foram infelizes. Além disso, ao voltar para casa, era apenas uma entre dez crianças, sendo muito difícil que sua madrasta lhe pudesse dar a afeição e a ajuda de que precisava. Outros acontecimentos adversos foram a súbita morte de um tio e a preocupação do pai com os negócios.

Durante todos aqueles anos, como é evidente, Norma vinha-se preocupando com a causa da morte da mãe. O fato de atribuí-la ao nascimento de um bebê não é ilógico. Embora não saibamos a idade dos irmãos de Norma, parece bastante provável que pelo menos um deles fosse mais novo do que ela e que, portanto, o fato de a mãe estar no hospital equivalia, na mente de Norma, ao nascimento de outro irmão. É possível também que ela tenha ficado sabendo que a mãe estava grávida. Tudo isso mostra como é necessário dar à criança enlutada amplas oportunidades de fazer perguntas sobre as causas da morte do genitor.

Faltam muitas informações no relato publicado, inclusive sobre a relação de Norma com a mãe. Mas nada nos detalhes fornecidos sugere que houvesse alguma coisa particularmente desfavorável.

Esperanças de reunião: desejo de morrer

Como as crianças têm ainda maior dificuldade do que os adultos em acreditar na irreversibilidade da morte, as esperanças de reunião com o genitor morto são comuns. Elas tomam uma de duas formas: ou o genitor voltará para casa neste mundo, ou a criança deseja morrer para ir juntar-se a ele no outro. Não há dúvidas de que tais esperanças e desejos são muito fortalecidos por determinadas circunstâncias. As promessas feitas a uma criança pouco antes da morte repentina de um dos pais, e que ficam sem atendimento, podem constituir a fonte de esperanças pungentes. O pai de Kathy, como o leitor se lembrará (capítulo 16), havia prometido levá-la à confeitaria, mas foi internado no hospital, e nunca cumpriu a promessa. Muitos pais que, ao serem internados no hospital numa emergência, prometem aos filhos ficar logo bons e voltar para a casa não retornam nunca.

Outras circunstâncias que fortalecem essas esperanças e desejos surgem quando as relações da criança com o genitor morto eram boas e as condições em que ela passa a ser cuidada depois de sua morte são particularmente infelizes.

A descrição seguinte, de um menino que perdeu a mãe aos 4 anos, feita por Marilyn R. Machlup, foi extraída de Furman (1974, pp. 149-53).

> Durante toda a primeira infância de Seth, sua mãe sofrera de cansaço e seu estado agravou-se com o nascimento de uma irmã menor, Sally, quando ele tinha 3 anos e meio. Poucos meses depois, a mãe caiu de cama e não pôde levantar-se. Só então a sua enfermidade foi levada a sério, e providenciaram o seu internamento no hospital para observação. Duas semanas depois, a mãe fez a mala, disse adeus aos filhos e foi levada de carro para o hospital. Morreu no dia seguinte. A última vez que Seth a viu foi quando ela entrou no carro.
> A morte da mãe foi um grande choque para o pai de Seth. Mesmo assim, ele procurou informar ao menino corretamente do que acontecera. Sua mãe, disse-lhe, havia morrido: "Ela deixou de comer, de respirar e de mover-se e sentir, e seu corpo será enterrado no chão." Seth ficou triste e chorou um pouco. Não fez comentários nem perguntas. Não foi ao enterro, e só visitou o túmulo da mãe um

ano depois. Quando finalmente o pai ficou sabendo qual havia sido a doença (leucemia), parece que não houve oportunidade de dizer isso ao menino, e não voltaram a conversar sobre o assunto.

Com a morte da mãe, o pai e os dois filhos mudaram-se para a casa dos avós, pessoas boas e carinhosas que fizeram tudo o que podiam pelas crianças. Chegaram até mesmo a procurar assistência profissional para Seth, para ajudá-lo a falar de seus sentimentos e de suas lembranças da mãe, mas não tiveram êxito. O pai não colaborava nisso, porque tudo o que lhe lembrava a esposa o deixava desesperado, e não podia ouvir falar dela, ou do passado.

No jardim de infância Seth era considerado como um bom menino, mas sem espontaneidade. Às vezes perguntava onde estava a mãe; porém, não fazia qualquer outra menção dela.

Quando Seth tinha 6 anos, dois anos após a morte da mãe, o pai casou-se novamente e a família transferiu-se para um apartamento. Os contatos com os avós cessaram parcialmente, com o objetivo de fortalecer os elos entre Seth e sua madrasta. Essa relação, porém, foi muito infeliz, em grande parte devido aos problemas emocionais da própria madrasta. Ela era extremamente agressiva para com o menino, e poucos meses depois de casada apresentou uma depressão neurótica aguda, que a obrigou a permanecer um mês no hospital.

Com a mudança de casa, Seth ficou perturbado e difícil. Tornou-se hiperativo, corria pela rua e pulava de lugares altos, sem qualquer medo. Além disso, teve crises de raiva, destruía suas roupas e urinava e defecava nelas. Por causa desses problemas, foi aceito para psicoterapia.

Logo ficou evidente que Seth estava muito preocupado com a mãe e as razões de sua morte. Também tinha muito medo de ter sido o causador dessa morte. Entre muitas outras coisas, ele se lembrava da ocasião em que a mãe caiu da cama e ele não teve condições de ajudá-la. Seu pai, ao saber dessas preocupações, explicou--lhe detalhadamente a doença da mãe e, mais tarde, visitaram juntos o túmulo.

A madrasta de Seth ressentia-se das relações do menino com o terapeuta e, por isso, decidiu-se suspender prematuramente o tratamento. Isso perturbou o menino, que voltou a ser hiperativo e a comportar-se de maneira perigosa... Ele queria ser ferido, disse, porque então seria levado ao hospital e morreria. Também expressou um grande desejo de estar em contato com a mãe morta. Mantinha longas "conversas" com ela e estendia fitas como "fios" pela sala de terapia para telefonar-lhe. Frequentemente, a terapeuta tinha de limitar suas "escaladas", mas certo dia ele subiu num peitoril de janela, caiu e quebrou o cotovelo.

Comentário

Visto do ângulo de Seth, o cansaço crescente da mãe, a queda alarmante e o súbito desaparecimento no hospital devem ter sido um mistério total. Embora o pai tivesse evidentemente feito o possível para contar-lhe a morte da mãe, é claro que o menino de 4 anos não havia percebido a situação, tanto em relação ao que acontecera como à razão dos acontecimentos. Parece provável que o pai, na época, tivesse implicitamente desestimulado perguntas, e sabemos que posteriormente ele não podia nem ouvir falar da esposa ou das circunstâncias de sua morte. Inevitavelmente, Seth ficou em meio a um mar de incertezas.

Devemos notar que, quando a mãe de Seth foi para o hospital, era para ser examinada: ninguém esperava sua morte. Antes de partir, ao que se sabe, ela disse adeus para os filhos. Nessas circunstâncias, não é improvável que tivesse dito que voltaria logo. Se assim foi, tal promessa teria estimulado Seth a continuar esperando a volta dela. Também não surpreende que, depois do novo casamento do pai e da perda de seus avós, e novamente antes da perda iminente da terapeuta, o desejo de Seth de encontrar a mãe se tornasse ainda mais premente.

Na última seção deste capítulo voltamos a falar do acidente sofrido por Seth pouco antes do fim da terapia.

Há, sem dúvida, muitos outros motivos para que uma criança deseje estar em contato com o genitor morto, a ponto de desejar morrer para estar com ele. Um desses motivos poderia ser o desejo de salvar uma relação que estava em perigo, talvez devido a uma briga, pouco antes de o genitor morrer. A seguinte descrição de uma sessão terapêutica com um menino de 6 anos que perdera o pai três meses antes ilustra esse ponto. A descrição foi extraída de um relatório de Martha Harris (1973), analista infantil da Clínica Tavistock.

O pai de James morreu no hospital depois de uma rápida enfermidade. Na época, James estava na casa de amigos e passaram-se algumas semanas antes que lhe dissessem o que acontecera. Ele não compareceu ao enterro e não visitou o túmulo.

James tinha um irmão mais velho, Julian, de oito anos. Dos dois, Julian sempre fora o mais obediente e tivera uma "relação emocional mais tranquila com o pai". James, em contraste, é descrito como tendo um temperamento difícil, exigente, agressivo, inteligente e apaixonado, e como sendo muito apegado à mãe. Nem sempre se dava bem com o pai; a mãe achava que eram muito parecidos. Quando o pai gritava com ele, James gritava também.

Quando lhes disseram que o pai tinha morrido, os dois meninos reagiram de maneiras muito diferentes. Enquanto Julian chorou muito e aproximou-se da mãe, James ficou irritado e passou a ser "um tormento". Não podia suportar ver a mãe e o irmão mostrando-se tão tristes. Costumava dizer para a mãe, de maneira acusadora: "Você não é boa! Você não pode manter as pessoas vivas!" Julian perguntou à mãe, espantado: "O que está acontecendo com James? Por que ele sempre procura me fazer chorar?" Na escola, da qual James gostava, tornou-se grosseiro e desatento, brigando sempre com as outras crianças. Certa vez, depois de uma briga com a mãe, ele teve uma crise e exclamou: "Estou sendo horrível, mas não sei por quê." Isso a levou a buscar orientação para o filho. Ao levá-lo à terapeuta, disse-lhe que iria ver uma senhora que tentaria ajudá-lo a compreender por que vinha se sentindo tão mal depois da morte do pai.

James chegou sem problemas ao consultório e mergulhou imediatamente numa gaveta aberta, cheia de brinquedos, que havia sido preparada para ele. Vasculhou-a, como se procurasse alguma coisa especificamente. A terapeuta observou isso e perguntou-lhe se sabia o que era. "Sim", respondeu, mas não acrescentou mais nada e continuou procurando. Depois parou e pareceu intrigado, o que levou a terapeuta a perguntar se ele talvez estaria procurando pelo pai. "Sim", respondeu imediatamente. A partir de então, falou precipitadamente de seus pensamentos e sentimentos, de um modo que nem sempre era fácil acompanhar.

Começou: "Sim, meu pai está morto e eu gostaria de vê-lo. Não sei para onde ele foi. Sim. Eu sei onde ele está, ele está no céu... Sei que está no céu e não no inferno." Ficava pensando em como seria o céu. Sua terapeuta observou que ele queria acreditar que o pai estava num bom lugar e era feliz. Concordou veementemente com isso. Quando, depois de uma conversa, a terapeuta referiu-se à sua incerteza quanto à localização do pai, ele respondeu: "Mas eu sei onde ele está... mas eu gostaria de vê-lo novamente... às vezes acho que devo me suicidar para ir ver meu pai." Quando a terapeuta lhe perguntou como pretendia fazer isso, respondeu: "Com uma faca afiada, ou ficar muito doente e morrer..."

À terapeuta pareceu que o menino estava inseguro quanto ao que sentia pelo pai, que não queria pensar que o pai estava zangado, ou num lugar incômodo... Finalmente, James olhou para cima e disse enfaticamente: "Uma coisa eu sei... apenas três palavras, gostaria de dizer... Eu–gosto–dele." A terapeuta concordou, mas acrescentou que talvez também houvesse momentos em que ele não gostasse do pai. Ao que James respondeu: "Eu gostaria que ele não tivesse gritado comigo... Eu gritei com ele, também." Quando ela perguntou se achava que os gritos poderiam ter feito o pai adoecer, olhou-a firmemente e disse: "Quando a gente é pequeno, é muito, muito forte, e quando fica velho, mesmo quando pode gritar alto, fica cada vez mais fraco, e depois morre."

Mais tarde, acrescentou com tristeza: "Às vezes me esqueço como ele era... Procuro pensar nele mas não o vejo." A terapeuta mencionou o fato de ele estar preocupado com a impossibilidade de manter uma imagem mental exata do pai que amava. "Tenho dois retratos dele no meu quarto... num deles, não está rindo... não gosto desse retrato... gosto daquele em que está sorrindo." No final de uma longa sessão, durante a qual sua terapeuta fez várias interpretações (principalmente de origem kleiniana), James voltou ao tema de suicídio: "Não quero me suicidar... não, eu vou me suicidar com toda a minha família, e então poderemos estar todos com papai."

Outro tema surgiu quando a sessão estava terminando e examinava-se a questão da próxima sessão. James levantou-se do chão e sentou-se numa cadeira. Isso levou a terapeuta a observar que talvez ele estivesse querendo ser o pai, que tomava as decisões; talvez isso tivesse provocado os problemas entre ele e o pai e os gritos de um e de outro. "Sim, e esse é o problema com Julian agora, porque ele também quer ser o pai", respondeu James.

Depois dessa primeira sessão, James começou a falar com a mãe sobre o pai. Pediu detalhes da enfermidade e expressou o desejo de visitar o túmulo. As relações em casa tornaram-se mais fáceis. Embora a princípio ele não desejasse voltar à clínica, mais tarde voltou a seis outras sessões, a intervalos semanais regulares.

Comentário

Não pode haver dúvidas quanto ao desejo premente de James de ver o pai novamente, mesmo que isso representasse a morte também para ele, nem quanto à sua principal preocupação, a de assegurar ao pai que o amava. Isso mostra, de maneira bastante enfática, que pouco antes de o pai ir para o hospital os dois devem ter brigado, que talvez o pai tenha gritado com James e que não tenha surgido posteriormente nenhuma oportunidade de se reconciliarem. A leitura desse relato deixa a impressão de que, apesar dos atritos que poderiam ter ocorrido no passado, pai e filho viviam bem e que em circunstâncias normais os desentendimentos eram logo superados.

Como e por que as relações entre eles se tornaram tensas, não é claro. As possibilidades óbvias são que o pai tivesse demonstrado preferência pelo filho mais velho às expensas de James, e/ou que se tivesse ressentido das relações muito estreitas entre este e a mãe.

Como seria difícil esperar que um menino de seis anos falasse em suicidar-se para ver o pai morto, sem ter ouvido alguém falar da mesma maneira, somos levados a especular sobre quem teria dito isso. Pelas informações existentes, a pessoa mais provável parece ter sido a mãe.

Acusação e culpa persistentes

Nada é mais fácil para uma criança do que acusar erroneamente alguém, inclusive a si mesma, como causadora da morte de um genitor. Há duas razões para isso. Primeiro, a criança em geral não sabe exatamente como as mortes são causadas; segundo, as crianças dão grande peso, naturalmente, àquilo que veem, ouvem e que lhes dizem.

No estudo de Arthur e Keme (1964), nada menos de 40% das crianças e adolescentes atribuíam a causa da morte de um dos pais a si mesmos, ou ao genitor sobrevivente e, como já tivemos a oportunidade de ver, o faziam por motivos bastante explícitos. Uma criança se culpa sempre que o genitor que depois vem a falecer, ou o genitor sobrevivente, tentar controlá-la afirmando que o fato de fazer barulho, sujeira, perturbar, etc. está deixando seu pai (ou mãe) doente, ou "acabará causando a morte" dele (ou dela). A criança culpará o genitor sobrevivente quando o tiver visto agredir o outro, ou tiver ouvido ameaças nesse sentido.

O seguinte relato sobre uma criança que tinha seis anos quando a mãe morreu, dois anos antes, feito por Myron W. Goldman e extraído de Furman (1974, pp. 140-8), ilustra esse ponto e também vários outros.

Addie tinha 5 anos quando foi levada ao psiquiatra por causa de um torcicolo, sem causas orgânicas identificáveis. Além disso, a avó materna queixava-se de que Addie era geniosa e desobediente, e tinha dificuldades para dormir. Embora o torcicolo persistisse depois da conversa que teve com o psiquiatra sobre a morte da mãe e a raiva que sentira do pai quando ele foi embora, era evidente que Addie ainda tinha muitas dificuldades. Por isso, foi admitida na creche terapêutica e, quando tinha quase seis anos, começou a ser entrevistada por um terapeuta infantil, cinco vezes por semana.

A mãe de Addie morrera de leucemia dois anos antes, tendo sido internada no hospital várias vezes. Nessas ocasiões, a menina e suas irmãs, um ano e dois anos e meio mais novas, ficavam com os avós maternos. E, desde a morte da mãe, era com eles que moravam. Esses avós, que também tinham dois filhos adolescentes (tios de Addie), levavam "uma vida familiar sólida e decente, com relações carinhosas e muito próximas". Moravam na área residencial dos negros da cidade.

A mãe tinha 20 e poucos anos ao morrer, e casara-se jovem. O marido era um homem bonito e sedutor, dois anos mais velho do que ela, que passara a beber muito e a ter um comportamento irregular. Nunca sustentou a família e passou um ano num reformatório, quando Addie ainda era de colo. Durante o quarto ano de vida da menina, o pai frequentemente não estava em casa, mas forçava a sua volta para desaparecer novamente dentro em pouco e de maneira imprevisível. Quando a esposa morreu, deixou a cidade dizendo à avó da criança que cabia a ela tomar conta dos netos.

Praticamente nenhuma informação foi dada a Addie e suas irmãs sobre a doença e a morte da mãe, nem sobre a partida do pai. A menina ouviu falar da morte da mãe quando, duas semanas depois, o filho de um vizinho lhe disse que havia estado no enterro; e só então a avó admitiu o fato para as crianças. Na realidade, a avó sempre tivera aversão a falar sobre a morte da filha, ou lamentá-la. Mais tarde tornou-se evidente que uma das razões disso eram os seus persistentes sentimentos de culpa por não ter feito nada em relação à doença da filha, mais cedo.

Tendo em vista o silêncio da avó, não é de surpreender que Addie estivesse muito confusa sobre a doença e a morte da mãe. Uma das ideias que expressou ao terapeuta foi que a mãe ainda estava viva e voltaria. Outra foi que o pai havia matado a mãe, embora se tivesse corrigido rapidamente, dizendo que a mãe estava doente e morreu. Não obstante, ante a perspectiva das férias de verão do terapeuta, Addie manifestou preocupações de que ele fosse morto pelo pai. Posteriormente, durante o tratamento, Addie começou a lembrar que o pai batia na mãe e muitos outros detalhes sombrios da vida familiar – o pai se embebedava, comia tudo e não deixava nada para os outros, e a mãe tinha de chamar a polícia. Ainda mais tarde, contou que a mãe de uma amiga morrera num incêndio sem que a amiga conseguisse salvá-la. Isso fez com que Addie se lembrasse, com remorso, que em certa ocasião convencera a mãe a deixar o pai entrar em casa e que este, então, a espancara.

Cerca de dois anos depois de iniciado o tratamento, Addie teve uma recaída do torcicolo. Uma tia, que se parecia muito com a mãe de Addie, apareceu imprevistamente na casa dela, o que levou a menina a pensar, a princípio, que a mãe voltara; e, durante os dois meses de permanência dessa tia, Addie apegou-se intensamente a ela. Não obstante, quando a tia foi embora todos na família sentiam falta dela, com exceção de Addie. Foi então que apareceu com o torcicolo. O exame dessa sequência levou Addie a lembrar as muitas visitas da mãe ao médico, e como isso a deixava perplexa. Entre as interpretações feitas pelo terapeuta sobre o torcicolo de Addie, estava a de que se assemelhava com o corpo duro da mãe, descrito pela filha do vizinho, que o teria visto na capela mortuária.

Isso levou Addie a visitar o túmulo da mãe pela primeira vez. Permitindo-lhe enfrentar o conceito de morte, essa visita foi um ponto decisivo no tratamento[1]. As tentativas de fazer com que Addie experimentasse tristeza e saudade pela mãe foram, porém, difíceis. Uma das razões disso era a incapacidade da avó de chorar a morte da filha – sempre que lhe eram lembrados fatos tristes, tinha uma

....

1. O histórico do caso não diz quem levou Addie ao túmulo. Como a avó era contrária a esta ideia, parece provável que tenha sido o terapeuta.

explosão de raiva. Outra causa eram as relações familiares existentes antes da morte da mãe. Esta sofrera de depressão crônica, enquanto o marido a rejeitara frequentemente. Consequentemente, Addie concluiu que, "se demonstrarmos amor, estaremos sujeitos a ser feridos", e portanto desenvolveu o que o terapeuta chama de "uma atitude dura, seca".

Comentário

Se tivermos presentes as circunstâncias da vida familiar de Addie, será fácil ver por que conservava a ideia de que talvez o pai tivesse matado a mãe e pudesse também vir a matar o terapeuta. Também é fácil compreender por que se sentia culpada de ter desempenhado um certo papel. Quando os pais brigam, os filhos frequentemente procuram proteger aquele que é atacado e se sentem culpados se, não intencionalmente, fazem alguma coisa que possa colocar em risco um dos pais.

Além disso, não é difícil ver por que Addie havia desenvolvido uma autoconfiança compulsiva. Sua mãe não só estivera doente e deprimida, como também tinha duas outras filhas para cuidar, uma delas apenas um ano mais nova do que Addie. E as voltas erráticas e rápidas do pai à família só representavam novas ocasiões para que a menina se sentisse rejeitada por ele. Sob esses aspectos, o quadro clínico geral de Addie assemelha-se ao de Geraldine (capítulos 19 e 20).

Os comentários sobre o torcicolo de Addie são adiados para a seção que trata de sintomas somáticos.

Hiperatividade: explosões agressivas e destrutivas

Quando a criança está triste, o genitor sobrevivente não tem dificuldade em reconhecer isso como uma reação à perda. Quando, em contraste, ela se torna distraída e hiperativa, ou passa a ter explosões agressivas ou destrutivas, reconhecer essas atitudes como sendo também uma reação à perda é muito mais difícil.

Há nisso, porém, um círculo vicioso. As crianças que reagem das maneiras descritas, como as evidências mostram, geralmente são filhos de pais que têm pouca compreensão ou simpatia pelos desejos de amor e cuidado, tanto os próprios, como os dos filhos. Depois de uma perda, portanto, esses pais muito provavelmente sufocarão o próprio pesar e serão particularmente insensíveis aos sentimentos dos filhos. Esse processo de interação é bem ilustrado no caso de Arnold, um menino de cinco anos descrito por Furman (1974, p. 58).

> O pai de Arnold morreu subitamente quando o menino tinha 5 anos e meio. Pouco depois, Arnold tornou-se muito ativo e não tolerava qualquer menção da morte; nem queria ficar em casa quando alguém da família chorava. Isso o levou a ausentar-se de casa por longos períodos e em ocasiões inesperadas. Suas explicações eram extensas e complicadas, mas nunca objetivas.
>
> Os pais de Arnold, e especialmente a mãe, ao que tudo indica, sempre ignoraram os sentimentos dos filhos; e a própria mãe tinha a tendência de evitar a manifestação de suas emoções. Em vez disso, dava explicações e racionalizava. Depois da morte do marido, ela, como Arnold, não o lamentou. Inevitavelmente, portanto, não pôde compreender as razões do comportamento do filho.

Em muitos casos, como é evidente, a explosão de raiva e/ou o afastamento de uma situação não são as maneiras pelas quais a criança que é incapaz de luto reage sempre que a morte é mencionada. Henry, como os leitores se lembrarão do capítulo 19, reagiu à morte de seu pai mais ou menos como Arnold. Não só não chorou por ele, como também se tornou inquieto e distraído, reagindo com raiva sempre que o terapeuta abordava o assunto, e pelo menos numa ocasião fugiu da sala. Os adultos que não conseguem lamentar a morte costumam reagir da mesma maneira. Não só evitam qualquer menção da perda, como são capazes de reagir com raiva quando outros o fazem (ver capítulo 9).

Um exemplo de um menino cuja reação à morte do pai não foi diferente da reação de Arnold, e cujas experiências familiares eram evidentemente parecidas, embora provavelmente ainda mais negativas, é descrito por William Halton (1973), psicoterapeuta infantil da Clínica Tavistock.

> Howard tinha 11 anos quando o pai morreu de repente, de um ataque do coração. Resolveu que não queria ir ao enterro e, depois

de chorar um pouco, anunciou que não voltaria a fazê-lo: "A gente só chora uma vez." A mãe ficou preocupada com a sua ausência de pesar.

Na época da morte do pai, porém, Howard já vinha sendo tratado há dois anos por causa de um comportamento que os pais consideravam "rebelde e incontrolável". Depois da perda, que ocorreu apenas duas semanas antes das férias do terapeuta, Howard ficou particularmente hostil e ameaçador em relação a ele.

A primeira vez que ele compareceu a uma sessão depois da morte do pai, estava muito pálido e parecia estranhamente alegre. Não obstante, estava com um humor irritável, e logo procurou uma briga. Nas sessões subsequentes, entre as muitas outras observações hostis, fez as seguintes ameaças ao terapeuta: "Eu quebro alguma coisa na sala. Esmagar você seria realmente bom, porque então ninguém haveria de querer conhecer você." Apesar desses sentimentos enfaticamente expressos, o terapeuta pôde reconhecer indícios de que Howard também estava desejando ser consolado por ele, mas não tinha esperanças de que isso acontecesse.

Nesse caso, como em muitos outros descritos neste capítulo e no capítulo anterior, a incapacidade de lamentar a perda e a irritação com que o assunto era evitado refletiam uma relação muito precária entre Howard e seus pais, durante muitos anos. Em suma, parece que ele havia sido adotado com quatro semanas, mas só soubera disso aos nove anos de idade. Seus pais alimentavam grandes esperanças em relação a ele, mas estas acabaram se transformando numa "desilusão ressentida". A mãe (que parece ter sofrido sérias dificuldades emocionais) "achava constrangedora qualquer manifestação física de afeto" e por isso sentiu-se aliviada quando Howard, a certa altura de seu desenvolvimento, deixou de solicitar tais demonstrações. Havia ocasiões, quando ela estava deprimida e ele aborrecido, em que "gritavam um com o outro". A relação de Howard com seu pai foi melhor durante os primeiros cinco anos de vida do menino, mas o pai adoeceu e ficou internado no hospital vários meses, durante os quarto e quinto anos de Howard. Depois disso, o pai achou que jamais conseguiria restabelecer o contato com o filho.

Comentário

Em muitos, talvez todos, dos que reagem a uma perda com a hiperatividade e/ou raiva, sejam crianças ou adultos, o sentimento de culpa por ter sido de alguma forma responsável por ela desempenha um certo papel. Embora Halton não comente este aspecto, acredito que ele também tivesse um papel no caso de Howard. Em primeiro lugar, o pai tinha sérios problemas cardíacos, desde a primeira infância do menino; segundo, o comportamento de Howard é descrito como "rebelde e incontrolável". Parece provável que implícita ou explicitamente Howard tenha sido levado a acreditar que seu comportamento era responsável pelo agravamento do estado de saúde do pai. Se assim foi, e se ele estava se culpando pela morte do pai, não é de surpreender que não quisesse manifestar seus sentimentos a um adulto que, a julgar por sua experiência passada, provavelmente não os compreenderia ou mesmo seria hostil a eles. Muitas crianças agressivas e difíceis agem segundo o princípio de que o ataque é a melhor defesa.

A importância de um sentimento de culpa oculto na explicação do comportamento difícil de uma pessoa é bem ilustrada no caso de um menino de 10 anos, Walter, descrito por Wolfenstein (1966). Ao contrário de Arnold e Howard, descritos acima, Walter não estava seriamente perturbado.

> Walter tinha 8 anos quando a mãe apresentou um câncer no seio e foi operada. A partir de então, ficou cada vez mais aos cuidados de sua avó materna, a quem já conhecia bem; essa situação continuou depois da morte da mãe, dois anos depois. Apesar do cuidado diligente da avó, Walter tornou-se cronicamente irritado em relação a ela, e certa ocasião, depois de ter sido repreendido por alguma coisa, respondeu com raiva que ia embora, e saiu de casa. Felizmente, a avó compreendeu que ele ainda estava perturbado pela perda da mãe e, quando ele voltou, começou a conversar sobre isso, observando como ambos estavam tristes. Depois que a avó lhe contou todos os esforços que fizera para salvar a vida de sua mãe, Walter revelou-lhe que talvez tivesse um pouco de culpa na morte. Quando a mãe voltou para casa depois da operação, estava muito fraca. Apesar disso, porém, levantava-se todas as manhãs para prepará-lhe o café, antes da escola. Ele achava que, se a mãe não tivesse feito isso, talvez não tivesse morrido. A conversa, que se prolongou noite adentro, clareou a atmosfera.

Walter teve sorte em ter uma avó compreensiva e sensível, que deu a ele o cuidado parental substituto tão necessário à criança enlutada. Dentro dessa relação de confiança, e tendo uma abertura, ele pôde confessar suas dúvidas.

Origens de um sentimento de culpa opressivo

Ao apresentar a opinião de que um sentimento de culpa muito forte está, com frequência, por trás de um comportamento hostil e agressivo, estou concordando com as opiniões expressas, durante anos, por um grande número de psicanalistas. Minha opinião diverge, porém, quanto à maneira de explicar o desenvolvimento de um sentimento de culpa opressivo. Enquanto a teoria tradicional ressalta muito, com exclusão de quase todos os outros aspectos, o papel dos desejos hostis abrigados pelo sobrevivente culpado contra a pessoa morta, na minha interpretação as evidências indicam mais claramente o papel influente desempenhado pela maneira como a criança é tratada dentro de sua família. Vejam-se, por exemplo, os efeitos que tem sobre o modo como a criança constrói os acontecimentos, o fato de ela desconhecer as verdadeiras causas dos infortúnios da família, inclusive enfermidade e morte; e isso especialmente quando, além de tudo, é influenciada pelo que seus pais, e outros, lhe dizem. Assim, observações críticas, feitas em momentos imprevistos, podem facilmente levar a criança a acreditar que todos os infortúnios nascem de suas "exigências egoístas", ou de seus "modos imitantes". Além disso, quando ocorre uma calamidade, o genitor perturbado pode, muito facilmente, fazer acusações impensadas a quem estiver mais perto – e com frequência é uma criança. E se acrescentarmos à culpa provocada por esses episódios a culpa sistematicamente provocada nos filhos por alguns pais, a fim de controlá-los, veremos que não faltam pressões externas que expliquem o desenvolvimento do sentimento mórbido de culpa numa criança, depois da morte de um genitor.

Além disso, a análise do problema dentro dessas linhas mostra que qualquer pessoa tratada dessa forma por um dos pais não só se sentirá culpada, mas provavelmente também ressentida, talvez amargamente, com esse genitor. Assim também se explica a fermentação de desejos hostis em relação à pessoa morta. Isso significa que a teoria apresentada aqui não só respeita os dados em que se baseia a teoria tradicional, como também lhes dá um lugar expressivo dentro de uma estrutura mais abrangente.

Compulsão para cuidar e autoconfiança compulsiva

Intensificação da compulsão para cuidar

A descrição de Visha, no capítulo 19, ilustra como uma criança de 10 anos pode sentir-se constrangida a cuidar da mãe, em vez de esperar que esta cuide dela. Antes mesmo da morte do pai, Visha tinha de agir como intermediária na relação dos pais, e isso fez com que passasse a se sentir responsável pela felicidade do casal. Depois da súbita morte do pai, teve medo de que a mãe sofresse um colapso, sentindo por isso a necessidade de "aguentar firme" e assumir a responsabilidade pela saúde mental da mãe. Como pano de fundo de tudo isso estava, é claro, a infância infeliz da mãe: o pai que morreu quando ela tinha 4 anos e a mãe que vivia muito ocupada para dedicar-lhe tempo ou afeto. Embora se reconheça que Visha se ressentia de ter de interpretar o papel de responsável pela mãe, parece provável que se não fosse a intervenção terapêutica ela se teria deixado envolver irrecuperavelmente nesse papel.

Já observamos, no capítulo 12, que nas histórias de pessoas com compulsão para cuidar podem-se encontrar dois tipos bastante diferentes de experiências infantis. Num deles, a criança é levada a se sentir responsável pelo cuidado do genitor; foi claramente o que aconteceu no caso de Visha e no caso de Júlia (capítulo 12). No outro tipo, a disposição segue-se ao cuidado materno intermitente e inadequado, que culmina numa perda total. As pessoas para as quais o cuidado é dirigido são em geral diferentes nos dois tipos de caso. No primeiro tipo de experiência é provável que o cuidado seja dirigido para um dos pais ou, numa fase posterior da vida, para um cônjuge. Depois da experiência de um cuidado intermitente e inadequado, ele se pode dirigir de maneira menos específica, por exemplo para outras crianças, inclusive estranhos. É especialmente nesses casos que a criança, depois de ter perdido a afeição dos pais, desenvolve um padrão em que, em vez de ficar triste e anseiar por amor e apoio para si mesma, torna-se intensamente preocupada com a tristeza dos outros e se sente impelida a fazer tudo ao seu alcance para ajudá-los e apoiá-los. Dessa maneira, a pessoa que é cuidada passa a substituir aquele que presta o cuidado (ver capítulo 9). Isso parece ter ocorrido rapidamente com Kathy, uma menina de 4 anos que, logo depois da morte do pai, preocupou-se muito com o bem-estar de uma outra criança que também perdera o pai (capítulo 16).

Outro exemplo disso é o caso de Patrícia[2], uma moça de 19 anos, descrita por Root (1957), que se submeteu à terapia por causa de repetidos ataques de enjoo, com angústia e depressão gerais. Os sintomas se manifestaram pouco depois de seu casamento, dois anos antes.

Patrícia tinha 10 anos e meio quando sua mãe morreu instantaneamente num acidente rodoviário. O pai dirigia o carro. A princípio, Patrícia e o irmão, dois anos mais velho, foram informados de que a mãe estava no hospital. No dia seguinte, ficaram sabendo que estava morta.

Pelo que sabemos, Patrícia já tinha "muita experiência" da ausência da mãe, que sempre continuou com seu trabalho de professora e dando muitas aulas particulares. Patrícia passou a maior parte do tempo aos cuidados de uma empregada. A mãe, que era o sustentáculo financeiro da família, foi descrita como sendo ambiciosa, conscienciosa e sempre preocupada com o comportamento e a saúde dos filhos. Eméticos e enemas eram usados com frequência, e só quando Patrícia adoecia é que a mãe se mostrava preocupada com ela. Como a mãe, o pai também exigia padrões elevados e, mesmo quando Patrícia se saía bem, criticava as deficiências existentes. Ambos, pai e mãe, pareciam preferir o irmão mais velho.

Com a morte da mãe, Patrícia assumiu a responsabilidade pela administração da casa. O pai e o irmão não a ajudavam, por isso seu trabalho tornou-se escravizante, causando-lhe um profundo ressentimento, embora ela continuasse a realizá-lo conscienciosamente. Lembrou-se, mais tarde, de ocasiões em que sentia falta da mãe, por

....
2. Na descrição de Root a paciente não tem um pseudônimo; usamos este para facilitar a exposição e a referência.

exemplo, quando começaram suas regras e também nas ocasiões em que seu pai se mostrava particularmente insensível e crítico.

Nessas circunstâncias, não é de surpreender que durante a adolescência Patrícia estivesse ansiosa para se afastar de casa. Tendo realizado bom trabalho escolar, foi para a universidade quando tinha apenas 16 anos. Estava impaciente para se tornar adulta e ter sua própria família; e, dentro de nove meses, casou-se com um colega estudante.

A infância do marido não foi mais feliz do que a dela. A mãe tinha uma doença crônica e morreu quando ele tinha 10 anos, a mesma idade com que Patrícia perdeu a mãe. O marido tinha a fama de ser uma pessoa amarga, e Patrícia assumiu o encargo de ajudá-lo a superar isso. Consequentemente, ficou com todas as responsabilidades, e em pouco tempo começou a se sentir incomodada pela dependência em que o marido se encontrava com relação a ela. As relações sexuais não eram boas. Pouco depois do casamento, tornou-se deprimida, incapaz de concentrar-se, deixou o colégio e passava muito tempo na cama.

Durante o tratamento, a primeira declaração que Patrícia fez sobre sua mãe foi que era "uma mulher maravilhosa". Como a observação foi feita enfaticamente, mas sem emoção, o analista suspeitou de que os sentimentos de Patrícia com relação à mãe não eram claros, o que mais tarde se tornou evidente. Observou também que a paciente "não podia a princípio compreender, nem mesmo intelectualmente, que sentia falta da mãe". Não obstante, estava muito preocupada com a infelicidade dos outros e, nas palavras de Root, "frequentemente desviava sua tristeza para alguma outra coisa, ou se sentia triste por alguma outra pessoa". Por exemplo, podia chorar por uma pequena mendiga órfã. Mais tarde, na análise, evidenciou-se que ela não acreditava que a mãe estivesse morta e jamais expressara sofrimento, nem na época, nem depois. Não obstante, era claro que estava muito preocupada com pensamentos sobre a mãe. Por exemplo, a mãe estava sempre presente em seus sonhos e fantasias. Em alguns, havia uma reunião feliz. Em outros, ela via a mãe num sanatório ou testemunhava uma cena terrível, em que a mãe aparecia com a cabeça e o rosto machucados. Com o tempo, tornou-se mais capaz de sentir a perda da mãe e contou que isso lhe dava a sensação de que "a mãe se estava indo". Lembrou-se também de como se sentira quando, aos 7 anos, uma empregada de quem gostava foi embora. Houve uma despedida com lágrimas que, na análise, foi lembrada com muita emoção e choro.

Comentário

Há muitas características nesse caso que já foram encontradas antes, razão por que não há necessidade de maiores comentários. A infância de Patrícia é muito parecida com a da mãe de Visha; suas mães eram mulheres capazes, que andavam tão ocupadas com sua carreira magisterial que não tinham muito tempo para as filhas, as quais ficavam aos cuidados de empregadas. Pelo menos em relação a uma das empregadas, Patrícia desenvolveu um forte apego e sofreu muito quando ela foi embora. Parece claro, portanto, que já antes da morte da mãe Patrícia sofria com as suas frequentes ausências e com a perda de pelo menos uma substituta, a quem já se havia apegado.

Quando a mãe morreu, não conseguiu sentir nada e sufocou, na medida em que pôde, sua tristeza e seu anseio de cuidados. Em vez disso, procurou esforçadamente ser bem comportada e prestimosa, como a mãe queria. Esforçou-se, assim, para ser independente, com um elemento de autoconfiança compulsiva. Não obstante, sentia-se atraída por aqueles que, como ela própria, haviam sofrido alguma perda, e viu-se sofrendo por eles e cuidando deles. O homem que escolheu para se casar estava, na sua opinião, precisando de seus cuidados, e parecia pouco provável que ela recebesse cuidados dele.

Não é bem claro por que Patrícia teve uma crise depois do casamento, embora seja evidente que havia assumido responsabilidades grandes demais para a sua condição mental anterior. Quanto aos seus sintomas somáticos, não é improvável que, como sugere Root, estivessem relacionados ao fato de que só quando estava doente, em criança, é que a mãe lhe dedicava atenção e tempo. Suas dificuldades sexuais provavelmente seriam, ao que me parece, secundárias às suas dificuldades interpessoais.

Intensificação da autoconfiança compulsiva

Dois dos casos descritos no capítulo 19, os de Henry e Geraldine, ilustram bem como um enlutamento intensifica muito qualquer tendência que a criança possa ter de renegar seu desejo de amor e em lugar dele proclamar a sua autossuficiência total. Nessas duas histórias de relações infelizes com a mãe, há indicações claras de como cada criança se desenvolveu por esse caminho. No caso de Patrícia, o pano de fundo é o mesmo, embora a sua autossuficiência fosse menos destacada do que sua compulsão para cuidar.

Em sua descrição do tratamento de uma mulher casada de 27 anos, com sérias dificuldades emocionais, Mintz (1976) cita algumas observações da paciente que revelam, de maneira dramática, o sofrimento de uma criança de quatro anos, privada de qualquer figura de apego.

A sra. G. apresentou-se à análise porque se sentia irritada, deprimida e cheia de ódio e "mal". Além disso, era fria com o marido, sentia-se emocionalmente desligada e tinha dúvidas quanto à sua capacidade de amar.

Quando ela tinha 3 anos, seus pais se divorciaram. O pai abandonou o lar e a mãe, que passou a trabalhar muito, tinha pouco tempo para ela. Um ano depois, quando a sra. G. tinha 4 anos, foi colocada num orfanato, onde ficou 18 meses. Depois disso, embora tivesse voltado a viver com a mãe, as relações familiares continuaram perturbadas e infelizes. A sra. G. saiu de casa cedo; antes dos 21 anos já se havia casado e divorciado duas vezes. O atual marido era o terceiro.

Nas primeiras fases da análise a sra. G. relutou muito em lembrar os acontecimentos dolorosos de sua infância e, quando o fez, foi com lágrimas e soluços. Mesmo assim, o analista a estimulou a continuar e de maneira detalhada, pois acreditava que isso a ajudaria. Ao mesmo tempo dedicou uma atenção pelo menos igual às relações dela com ele mesmo, nas quais, como seria de esperar, se repetiam todas as dificuldades interpessoais que ela experimentara em outras relações estreitas.

Entre muitas outras coisas dolorosas de sua infância, a sra. G. lembrava-se da tristeza que sentira quando se separara de seus animais de estimação, ao ser mandada para o orfanato. Às vezes, sonhava com o período que passara ali com sentimentos de estar sendo esmagada. Lembrava-se de se ter sentido muito pequena entre muitas crianças, de que não havia brinquedos, do tratamento rígido, de como às vezes, deliberadamente, se comportava mal, para ser castigada.

Inevitavelmente, os conflitos emocionais na relação da sra. G. com seu analista tornaram-se mais agudos quando, depois de quatro anos, decidiu-se encerrar o tratamento dali a meses, por motivos financeiros. Agora a sra. G. sonhava e tinha devaneios mais claramente relacionados com o analista. Entendera desde o início que a separação seria dolorosa. As separações sempre a irritaram e, como dizia, "a raiva me deixa triste porque significa o fim... Tenho medo de que me deixe, ou me mande embora ou me afaste". O analista recordou-lhe seus sentimentos quando foi mandada para o orfanato. Lutando para considerar-se autossuficiente, a sra. G. exclamou: "Eu estou me agarrando a mim... Estou cuidando de mim sozinha."

Poucos meses depois, ao se aproximar o término do tratamento, fez uma ligação entre a maneira como se sentia em relação ao analista e como se sentira antes em relação à mãe: "Eu não quero libertar a minha mãe – não quero deixar que se vá –, ela não vai se livrar de mim." Um anseio forte de amor e cuidado e a raiva contra os que lhe negaram isso haviam voltado.

Outros episódios mostraram como, dentro da relação analítica de apoio, ela se tornou capaz de suportar o sofrimento da saudade e do pesar. Por exemplo, durante os primeiros dias da análise, o gato da sra. G. morreu, mas ela se sentiu indiferente. E explicou: "Se me deixasse ferir, ficaria triste com tudo. Uma coisa provoca a outra." No final da análise, porém, quando outro gato morreu, ela chorou.

Embora a terapia tivesse restabelecido a vida sentimental da paciente e melhorado sua capacidade de estabelecer relações melhores, inclusive com a mãe, um acompanhamento, cinco anos depois, mostrou que, como seria de esperar, ela continuava vulnerável a situações que provocavam angústia e tristeza, como separação e perda.

Há, é claro, muitos casos semelhantes de autoconfiança compulsiva desenvolvida depois de um enlutamento na infância registrados, por exemplo, nos trabalhos de Deutsch (1937) e de Fleming e Altschul (1963). Em poucos, porém, encontram-se informações adequadas sobre o desenvolvimento da personalidade e as relações familiares antes da perda, sobre as circunstâncias da perda, ou sobre o que aconteceu depois dela, inclusive que informações foram dadas à criança, e quando. As razões dessas omissões estão, em parte, no fato de que a maioria dos pacientes começou a ser tratada muitos anos depois da ocorrência da perda, e em parte porque na época em que foram tratados os clínicos não tinham consciência da relevância desses aspectos.

Não obstante, alguns desses casos têm um interesse que vai além do histórico. Alguns deles documentam com grande clareza que, sob a carapaça dura da autossuficiência proclamada de um adulto, existe adormecido um forte anseio de ser amado e cuidado. O relato seguinte foi extraído de um trabalho embrionário sobre a ausência de sofrimento, publicado por Helene Deutsch em 1937.

O paciente tinha 30 e poucos anos quando, sem sofrer de problemas neuróticos evidentes, submeteu-se à analise por motivos não terapêuticos. O quadro clínico era de um caráter duro e nada afetuoso. Deutsch descreve como "ele mostrou um total bloqueio de afeto, sem a menor percepção. Em seu narcisismo ilimitado, via a sua falta de emoção como 'um controle extraordinário'". Não tinha relações amorosas, amizades, interesses reais de qualquer tipo. A todos os tipos de experiência tinha a mesma reação embotada e apática. Não havia interesse nem decepção... Não havia reações de pesar ante a perda de pessoas próximas, nem sentimentos hostis, nem impulsos agressivos.

Quanto à sua história, sabemos que a mãe morreu quando ele tinha cinco anos e que ele não manifestou quaisquer sentimentos nessa ocasião. Mais tarde, recalcou não só a lembrança da mãe, como também tudo o que acontecera à morte dela.

"A partir do precário material infantil arrancado num lento e difícil trabalho analítico", continua Helene Deutsch, "só era possível descobrir atitudes negativas e agressivas em relação à mãe, especialmente durante o período esquecido, que estava obviamente relacionado com o nascimento de um irmão mais novo. A única reação de anseio pela mãe morta revelou-se numa fantasia, que persistiu durante os vários anos de sua infância. Nessa fantasia, ele deixava a porta do quarto aberta na esperança de que um grande cachorro chegasse até ele, fosse muito bonzinho e realizasse todos os seus desejos. A essa fantasia estava associada uma lembrança infantil muito clara de uma cadela que deixara os filhotes sozinhos e desamparados, por ter morrido pouco depois do parto."

Euforia e despersonalização

Uma certa euforia não é rara entre crianças e adolescentes que não expressam pesar quando do luto. Kathy (capítulo 16), Henry (capítulo 19) e Howard (este capítulo) são exemplos disso. Explicar essa reação não é fácil. Vários motivos parecem ter o seu papel.

Em alguns casos é provável que a euforia seja uma expressão de alívio pela suspensão das restrições irritantes impostas pelo genitor morto. Esse motivo pode ter tido um certo papel no caso de Henry, que era contra a sua mãe disciplinadora, e talvez também no caso de Howard. Isso também parece ter tido influência no caso da mulher de 40 e poucos anos que se separou do marido depois de quase vinte anos de casamento, e cuja experiência (descrita por Weiss, 1975) é mencionada no capítulo 9.

Ao buscar outros motivos para uma reação eufórica, podemos aproveitar a indicação de Kathy, quatro anos, cujo luto pelo pai e sua progressão normal são descritos no capítulo 16. Nas primeiras semanas, quando os sentimentos de Kathy alternavam entre a tristeza e uma pequena euforia, ela afirmou sinceramente: "Não quero ficar triste." Alguns meses depois, porém, quando tentava compreender por que o pai havia morrido, deixou claro que havia relacionado a tristeza dele com a morte: "Sempre achei que quem está contente não morre." Estar muito contente, portanto, ou melhor, convencer a si mesmo e aos outros de que se está contente, é uma garantia contra a própria morte.

Parece provável que alguns casos de hiperatividade podem ser explicados, pelo menos em parte, da mesma maneira. Mitchell (1966) observa, com propriedade, que a característica mais típica e também a mais terrível de um animal ou uma pessoa morta é a sua imobilidade. Nada mais natural, portanto, para a criança que tem medo de morrer do que manter-se em movimento. As ideias de impedir que outros da família morram, ou mesmo de trazer os mortos novamente à vida, também podem desempenhar certo papel nessas reações.

Não é raro que se observem reações eufóricas nas pessoas que experimentam uma ausência prolongada de pesar consciente; e elas também podem ter experiência de despersonalização. Ambos os casos estão bem ilustrados na descrição feita por Wolfenstein (1966), de uma adolescente que perdeu a mãe.

Ruth acabara de completar 15 anos quando a mãe morreu de repente de uma hemorragia cerebral. Pouco depois do enterro, Ruth sentiu-se incapaz de chorar. Sentia um vazio interior como se uma parede de vidro a separasse do que estava acontecendo à sua volta. À época da morte da mãe, Ruth já vinha recebendo tratamento há seis meses (por motivos não relatados). Ao comparecer para uma sessão na semana seguinte à perda, observou: "Acho que vai ser bastante ruim, esta semana", deixando implícito que esperava sentir-se deprimida. Não obstante, frequentemente demonstrava o contrário. Por exemplo, em certa ocasião estava com um humor excelente e explicou que escrevera uma composição humorística bem-sucedida, em que se congratulava consigo mesma pelo seu desempenho na escola e transformava várias circunstâncias embaraçosas em situações cômicas. Todas as vezes que estava com esse humor, saudava-o como o fim de sua depressão.

A precariedade desses humores eufóricos era comprovada por alguns dos sonhos que tinha. Num deles, por exemplo, ela e o pai tentaram fugir de uma cidade atingida por uma catástrofe, mas voltaram para tentar salvar os agonizantes e os mortos.

Vários meses depois da morte da mãe, Ruth ficou deprimida. Queixava-se de não encontrar prazer em nada, nem em estar com amigos, nem em ouvir música: tudo o que antes lhe agradava havia perdido o sabor. Achava que nada mais tinha a esperar, que qualquer esforço era excessivo, que tudo o que desejava era ficar na cama. Muitas vezes tinha vontade de chorar. Para Ruth, porém, nenhum desses sentimentos estava conscientemente ligado, de maneira alguma, com a morte da mãe. Em vez disso, ela se censurava pela insensatez de tais emoções, ou então as atribuía à sua incapacidade de ficar à vontade com os colegas de escola. Embora o terapeuta tentasse repetidamente ajudá-la a ver e a sentir a relação entre sua depressão e sua perda, para ela isso era apenas um exercício intelectual.

Não obstante, havia indícios inequívocos de quais eram os seus sentimentos. Às vezes, na cama à noite, dizia ela, sentia-se desesperada de frustração, raiva e angústia. Nessas ocasiões, arrancava os lençóis da cama, enrolava-os dando-lhes a forma de um corpo humano e abraçava-se a eles. Outras vezes sentia, quando conversava com alguém, que não estava realmente se dirigindo à pessoa à sua frente. Quando lhe perguntavam com quem, talvez, estava conversando, dizia que podia ser com sua mãe. Isso, porém, parecia apenas uma especulação indiferente.

Só no segundo ano após a perda o anseio que Ruth tinha da mãe começou a aparecer com mais clareza. Ruth há muito sofria de excesso de peso e a mãe insistia para que fizesse um regime. Começou a fazê-lo e depois de alguns meses tornou-se surpreendentemente magra. À véspera de seu aniversário foi dar um longo passeio sozinha e voltou num estado de euforia sonhadora. Mas na noite do aniversário começou um "ataque de comilança" que durou muitas semanas. A explicação para essa sequência só surgiu mais tarde. Tendo cumprido os desejos da mãe em relação ao regime, parecia estar esperando a volta dela no dia do aniversário: era uma troca, que não fora respeitada.

Mesmo assim, persistiram as esperanças de que a mãe voltasse. Ela se sentia como se estivesse constantemente esperando alguma coisa. Deveria haver um acordo, disse ela, segundo o qual as pessoas ficassem mortas durante cinco anos e então voltassem outra vez.

Finalmente, Ruth começou a sentir, com toda a plenitude, seu anseio pela mãe e seu terror de perdê-la. Como no caso de outras crianças e adolescentes descritos neste capítulo e nos anteriores, essa experiência ocorreu em ocasiões de separação, ou iminência de separação, do seu analista. Numa delas, Ruth queixou-se: "Se minha mãe estivesse realmente morta, eu ficaria sozinha"; e em outra: "Se eu admitisse para mim mesma que minha mãe está morta, ficaria com um medo terrível." Finalmente, quatro anos depois da morte da mãe e quando ia ser transferida para outro terapeuta, Ruth escreveu ao seu analista, citando as palavras de uma cantata que cantava, na qual o coro expressava os sentimentos desesperados das crianças que se afogavam: "Mãe, querida mãe, onde estão teus braços para me segurar? Onde está a tua voz, para afugentar a tempestade?... Não há ninguém aqui para me ajudar?... Podes ouvir-me, mãe?" Isso expressava exatamente os seus sentimentos, disse ela.

Na sua descrição do caso, Wolfenstein dá poucos detalhes sobre a família de Ruth, das personalidades ou atividades de seus pais, de suas relações familiares, ou das experiências com os pais. Não fica claro quem cuidou dela depois da morte da mãe, embora pareça que tenha vivido com o pai, pelo menos até quando este se casou novamente, três anos depois. (Não há menção de irmãos.)

Nas menções que fez à mãe durante as sessões posteriores à perda, Ruth a idealizou, fazendo eco em parte, como nos informam, "ao que se dizia no círculo familiar". Começava a compreender, disse Ruth, que a mãe fora uma mulher notável. Deteve-se especialmente num incidente ocorrido durante o ano anterior, quando se sentira muito aflita e a mãe fora muito compreensiva e solidária. Na mente de Ruth, essa imagem da mãe tornou-se o arquétipo de sua relação, e ela "tendeu a deixar de lado as muitas dificuldades e frustrações reais de sua vida com a mãe". Mas Wolfenstein não diz em que consistiam essas dificuldades e frustrações reais.

Comentário

As razões de todas essas omissões não são difíceis de ver. Ao apresentar o material clínico, Wolfenstein pretende ilustrar sua tese de que, devido à fase primitiva do desenvolvimento de seu ego, crianças e adolescentes são incapazes de luto. Como não se interessa pela interpretação alternativa, que implica experiências familiares adversas, não inclui dados relevantes para esse aspecto. Nem mesmo o fato de que Ruth havia sofrido de problemas emocionais antes da morte da mãe, e de um tipo que tinha levado a procurar terapia, é considerado como relevante.

Uma interpretação alternativa é que as reações de Ruth não são típicas do luto adolescente, mas sim uma variante patológica que não difere em princípio dos exemplos de adultos que experimentam uma ausência prolongada de pesar consciente, descrita no capítulo 9. Em apoio a essa interpretação cito especialmente as seguintes características do estado de Ruth:

– sua prolongada incapacidade de chorar ou de sentir saudades da mãe;
– suas crises impróprias de euforia;
– sua depressão subsequente, totalmente desligada, em sua mente, da perda que havia sofrido;
– as acusações que fazia a si mesma de ter sentimentos "insensatos";
– o terror que sentia ao admitir a morte da mãe.

Partindo dessas características e recorrendo às teorias apresentadas nos capítulos 12 e 13, poderíamos fazer deduções sobre como a mãe de Ruth a tratara. Primeiro deduzo que a mãe de Ruth tenha sido pouco compreensiva em relação aos desejos da menina de amor e cuidado, especialmente em relação a qualquer aflição ou angústia que ela pudesse ter manifestado quanto às ausências da mãe. Em consequência desse tratamento, seria de esperar que Ruth crescesse sabendo que as dores e lágrimas são recompensadas não com o consolo, mas com reprimendas; que se sentir infeliz quando a mãe só tem tempo para se ocupar de outras coisas é ser infantil, tola ou insensata, e que uma realização brilhante, feliz, é aquela que recebe a aprovação materna. Além disso, deduziria que a imagem que se deveria esperar que Ruth tivesse da mãe fosse a de uma mulher capaz, que deu à filha todo o cuidado que seria razoável esperar. Criada dessa maneira, a criança naturalmente terá medo de reagir a uma perda com pesar, saudade e lágrimas[3].

Despersonalização

A descrição feita por Ruth de seus sentimentos depois do enterro da mãe é típica da condição denominada de senso de irrealidade, despersonalização ou derrealização: ela sentia um vazio interior, como se uma parede de vidro a separasse do que estava acontecendo à sua volta.

Outros exemplos em que esse estado se alterna, como no caso de Ruth, com fases de euforia, são descritos por Fast e Chethik (1976). A descrição seguinte, extraída do trabalho deles, mostra

....

3. A teoria do desenvolvimento do adolescente que Wolfenstein supõe em seu trabalho de 1966 tende, involuntariamente, a estimular a ideia de que um adolescente com autoconfiança compulsiva (ou um "falso eu" na terminologia de Winnicott) se está desenvolvendo de maneira satisfatória. Por exemplo, as lágrimas são consideradas como repressivas; e acredita-se que durante o desenvolvimento normal o adolescente "é forçado a abandonar um objeto de amor importante" e que "o desenvolvimento requer uma decatescia radical dos pais". Essa visão do desenvolvimento da adolescência que exige uma retirada radical do apego aos pais vem da teoria da dependência e ainda é mantida. Como mostrei no capítulo 21 do segundo volume, ela não encontra confirmação nos resultados de estudos empíricos.

claramente certos estados mentais experimentados por uma jovem cuja mãe suicidou-se quando ela tinha 7 anos.

Aos 10 anos, três anos depois do suicídio de sua mãe, Esther[4] começou uma psicoterapia intensiva que durou dois anos. Naquela época morava com o pai e a madrasta. Em relação aos seus problemas, somos informados de que ocasionalmente ela era dada a uma hiperatividade barulhenta que levava à "intervenção pelos que estavam à sua volta". Também há referências ao seu agarramento a um professor do sexto grau; dominava-o por "seu comportamento barulhento e turbulento".

Durante o tratamento, Esther descreveu um pouco de sua vida de fantasias. Antes de dormir, disse ela, era capaz de "provocar" um sonho especial, que aos poucos foi se embelezando e tomando a seguinte forma: "Ela se levantava da cama, flutuava sobre a casa e subia até uma área enevoada onde estava a mãe, num longo vestido cintilante adornado de belas joias, e cercada de uma aura brilhante especial. Ao fundo estava a casa da mãe, onde havia um cartaz: 'Aqui mora Miriam S'."

Esther também desenvolveu um jogo no qual se retratava como presidente de um grande banco ou empresa. Era muito procurada, na verdade era indispensável, e estava sempre ocupada, ganhando lucros enormes. Ao fazer esse jogo durante as sessões, voltava-se ocasionalmente para uma multidão imaginária que a cercava, inclinava-se totalmente para seus "fãs", unia as mãos por cima da cabeça e murmurava: "Eu sou grande."

Entretanto, assim como acontecia com Ruth, esses sentimentos eram superficiais. Com o avanço da terapia, Esther começou a dizer que se sentia abandonada e esquecida. No passado, isso provocara nela uma hiperatividade barulhenta; agora, costumava enroscar-se num sofá e chupar o dedo. Teve também a coragem de descrever como se sentiu depois da morte da mãe. "Depois que o funeral terminou e todos os parentes foram embora, sentiu muito medo. Tudo na casa começou a ter aparência de sombras. Nada à sua volta parecia real." Também lembrou-se de que, certo dia, ao voltar para casa da escola, ficara sozinha em casa, chamando "Ma-

....
4. No original, essa criança tem o pseudônimo de Ruth, que foi modificado aqui para evitar confusão com o caso anterior. Praticamente nenhuma informação é dada sobre as relações de família, as circunstâncias do suicídio da mãe ou as razões por que Esther vinha recebendo tratamento.

mãe, mamãe", sem que ninguém respondesse. Sua voz parecia apenas um eco. Era a coisa mais aterrorizante de que se podia lembrar. Enquanto a contava a um adulto compreensivo, durante a terapia, chorava convulsivamente. Ao que parece, durante todo o tratamento de Esther as questões sobre as suas relações com a mãe mostraram ter importância central. Entre muitas outras coisas, Esther contou que, depois do suicídio, sentiu-se abandonada pela mãe. Também se sentia dividida entre a fidelidade à mãe e seus laços com a madrasta.

Comentário

No histórico original do caso não há muitas informações sobre Esther e seus pais, para que se possa fazer um comentário muito extenso. A mãe, é quase certo, tinha problemas emocionais sérios que, presumivelmente, tiveram efeito negativo sobre a relação com a filha. Além disso, a morte de um dos pais por suicídio gera problemas especiais, dos quais o sentimento de abandono por parte dos sobreviventes é apenas um. No capítulo seguinte, esses problemas são mais bem discutidos.

Sintomas identificadores: acidentes

No capítulo 9 observamos que entre os adultos cujo luto assume forças patológicas há uma minoria que desenvolve uma sensação da presença da pessoa morta dentro de si, de alguma maneira. Particularmente notáveis são os casos em que a pessoa enlutada apresenta sintomas que constituem réplicas dos sintomas sofridos pelo morto. Vários exemplos desses sintomas também em crianças são registrados pela bibliografia. Dois deles já foram mencionados.

No relato transcrito no capítulo 19, sobre Henry, cuja mãe morreu quando ele tinha 8 anos e meio, há uma descrição de como, numa sessão terapêutica, subitamente levou a mão ao peito e queixou-se de uma dor terrível, e de que estava sofrendo um ataque do coração. A dor foi imediatamente relacionada por ele com a operação de câncer sofrida pela mãe, também no peito. Isso o levou a recordar-se da insistência da mãe em que fizesse os deveres escolares em vez de ir para a clínica. Provavelmente também será relevante o fato de esse episódio ter ocorrido numa época em que sua madrasta havia sofrido um ataque cardíaco.

No caso de Addie, cuja mãe morreu quando a menina tinha quatro anos (neste capítulo), o torcicolo de que ela sofria parecia estar intimamente relacionado com a morte da mãe, embora a relação que pudesse ter com qualquer dos sintomas apresentados por ela continue sendo incerta. Como a mãe morreu de leucemia e também sofreu ferimentos com os espancamentos do pai, um torcicolo bem poderia ter sido um dos sintomas.

Dois outros exemplos de crianças que apresentaram sintomas que reproduzem os sofridos pelo genitor – ou um dos avós – agonizante podem ser lembrados.

Krupp (1965) relata o caso de um menino, Paul[5], cujo pai morreu de repente de hemorragia cerebral quando ele tinha seis anos. Pouco antes de morrer, o pai queixara-se de uma terrível dor de cabeça. Pouco depois, Paul, que havia testemunhado a morte, começou também a se queixar de dores de cabeça, e durante os três anos seguintes, em períodos de tensão, afirmava sentir "uma dor de cabeça terrível", sempre usando as mesmas palavras. Posteriormente, Paul apresentou muitos outros problemas, entre os quais o comportamento anti-social, um forte sentimento de culpa e um medo constante de retribuição. Não há indicações das razões pelas quais se desenvolveu dessa maneira.

Outro exemplo é extraído de um relato feito por Erikson (1950, pp. 21-7) sobre um menino, Sam, cuja avó paterna morreu quando ele tinha três anos. A avó, que fazia uma prolongada visita à família, não gozava de boa saúde e Sam havia sido advertido para que fosse gentil com ela. Certo dia, a mãe precisou sair e deixou-o com a avó. Quando voltou, encontrou Sam e a avó no chão – ela tivera um ataque cardíaco. A avó viveu apenas mais alguns meses e morreu na própria casa. Apesar disso, a mãe de Sam procurou esconder os fatos do filho. Para explicar a súbita ausência da avó, disse-lhe que ela havia ido para uma cidade dis-

....
5. Para facilitar as referências, demos um pseudônimo a esse menino.

tante, e tentou explicar o caixão dizendo que nele iam os livros da avó. É claro que Sam não se deixou enganar.

Cinco dias depois da morte da avó, Sam teve uma crise de falta de ar durante a noite que se parecia com um ataque epiléptico. Observou-se que antes de se deitar, naquela noite, Sam empilhara os travesseiros, tal como a avó costumava fazer, para evitar congestão; e dormira da mesma maneira que ela: sentado.

Acidentes

Muitos clínicos acreditam que as crianças infelizes, inclusive as enlutadas, são mais propensas a acidentes do que as outras. Há muitas evidências circunstanciais em favor dessa opinião, embora eu não conheça nenhuma confirmação epistemológica relacionada com isso.

Entre as crianças enlutadas já descritas neste capítulo, e nos anteriores, duas sofreram acidentes no curso da terapia. Pouco depois de assistir ao enterro do presidente Kennedy e ao fazer a primeira referência ao enterro da mãe, Geraldine caiu no ginásio e quebrou a perna (capítulo 19). Pouco antes da data em que deveria suspender o tratamento com seu terapeuta, Seth caiu no peitoril de uma janela e quebrou o cotovelo. Esse menino de 6 anos, como os leitores se recordarão, estava presente quando, dois anos antes, a mãe caiu da cama e não conseguiu levantar-se.

Outra criança que sofreu uma fratura, nesse caso durante um aniversário significativo, é relatado por Bonnard (1961). (No original, esse menino é chamado de John. Mudou-se o nome para Jack para evitar confusão com o menino de 1 ano mencionado no capítulo 24.)

> Fazia alguns meses que Jack, então com quase 13 anos, não vinha comparecendo às aulas, sendo, por essa razão, enviado a uma clínica. Uma investigação revelou que ele vinha também furtando dinheiro das despesas de casa pelo menos há um ano, embora na escola não se soubesse disso. Até começarem esses problemas, ele tinha a fama de ser um menino sempre bem comportado e dócil.
> Quando Jack tinha 12 anos, dez meses antes de ser entrevistado na clínica, sua mãe morreu em virtude de um carcinoma do seio.

Cinco anos antes, ela se submetera a uma mastectomia, e durante os dez meses anteriores à sua morte estivera no hospital por causa de uma queda em que quebrou o fêmur, em virtude da presença de problemas secundários. O pai não fora informado da natureza fatal da doença senão nas últimas cinco semanas. Jack foi mantido na ignorância até pouco antes da morte da mãe, quando, por acaso, ficou sabendo.

Jack era um de três filhos de uma família muito unida. Tinha um irmão quatro anos mais velho do que ele e uma irmã nove anos mais nova, que nasceu um ano depois da mastectomia. Além disso, um ano antes de ser operada sua mãe teve um bebê que não sobreviveu.

Durante as entrevistas com Jack e seu pai, tornou-se claro que ambos se criticavam mutuamente, e muito. O pai estava furioso e desesperado com o comportamento do filho e imaginava que ele seria um criminoso quando crescesse. Inversamente, Jack queixava-se de que o pai deixava a mãe fazer tudo em casa e pelos filhos, e depois a criticava. Agora, continuou ele, o pai estava simplesmente mimando a menininha que, entre outras coisas, partilhava de sua cama. Durante alguns meses Jack vinha cozinhando para a família com muita frequência.

Desde a morte da mãe, Jack se sentia amargurado porque não lhe falaram da enfermidade dela, e ainda estava muito preocupado com relação a quem, ou o quê, poderia ser responsável por isso. Uma de suas ideias era que depois da morte do bebê o leite materno ficara sem utilização e azedara. Outra, provavelmente baseada nos comentários de seus parentes, era que o pai era culpado por ter engravidado a mãe logo depois de sua operação. Quanto à fratura, ele primeiro culpou o cão, porque fizera a mãe perder o equilíbrio, e em seguida culpou o resto da família, ele inclusive, por terem ficado na cama pelas manhãs, deixando que a mãe lhes levasse o café, quando não estava bem de saúde. Revelou-se então que no primeiro aniversário da queda da mãe o próprio Jack havia fraturado o cotovelo.

Comentário

Dois aspectos que se destacam nesse caso são, primeiro, o silêncio sobre a verdadeira condição da mãe, com as incertezas decorrentes sobre as causas, e, segundo, a acentuada tendência de todos os membros da família a lançar a culpa sobre os outros membros ou sobre si mesmos. O fato de o acidente de Jack ter ocorrido no aniversário de um acontecimento que, para ele, foi provavelmente crucial na enfermidade fatal da mãe, e em relação ao qual todos os membros sobreviventes da família se sentiram evidentemente muito culpados, dificilmente poderia ter sido uma coincidência. Partindo dos casos, relativamente poucos, registrados, não é fácil identificar quais condições precisas podem fazer com que algumas crianças, e não outras, desenvolvam os mesmos sintomas apresentados pelo genitor morto, ou sofram um acidente em circunstâncias relacionadas de perto com a enfermidade ou morte do genitor. O máximo que se pode dizer é que em todos os casos mencionados aqui o luto estava seguindo um curso patológico. Na maioria deles, a criança estava presente quando o genitor que posteriormente morreu sofreu uma forte crise de dor ou um acidente; e na maioria dos casos, também, tentou-se manter a condição em segredo. As questões de atribuição de culpa também se destacaram; e é possível que em todos eles a criança estivesse, de certa maneira, se culpando pela catástrofe. Não obstante, por mais frequentes que sejam essas condições, todas podem ocorrer também nos casos em que as crianças não se desenvolvem dessa maneira particular, de modo que nenhuma delas pode ser considerada como patognomônica dos distúrbios em questão.

Se a criança ou o adulto desenvolvem sintomas que reproduzem os sofridos por uma pessoa que morreu, é evidentemente conveniente nos referirmos a eles como identificadores. Para explicar por que devem ocorrer em certas pessoas e não em outras, porém, essa designação não nos leva muito longe. Nem serve para indicar de maneira clara quais processos psicológicos podem estar em ação. Felizmente, para os objetivos de tratamento, nossa falta de entendimento não constitui grande desvantagem, já que, uma vez reconhecido que a perturbação nasce do luto malsucedido, a tarefa terapêutica se torna clara.

O mesmo acontece nos casos de acidente. Em alguns, e talvez todos, o principal motivo é o desejo de reunião com o genitor morto, associado mais ou menos conscientemente a ideias de suicídio. Como já vimos no capítulo 17 e também antes neste capítulo, essas ideias certamente predominam em pessoas, sejam crianças, adolescentes ou adultos, que perderam um dos pais na infância.

Conclusão

Neste longo capítulo, procuramos ilustrar como uma grande variedade de distúrbios psiquiátricos podem ser interpretados como reações das crianças à morte de um dos pais, quando esta é antecedida de certas condições específicas. Em alguns distúrbios, as conexões causais são facilmente percebidas; em outros, são mais obscuras, embora perceptíveis em seus contornos. Em relação a todas elas, mais pesquisas são necessárias.

No passado, pouquíssima atenção foi dedicada à capacidade que têm essas variáveis ambientais de influir no curso do luto. Isso deixou o campo livre para as hipóteses tradicionais, tais como a fase do desenvolvimento ou a fantasia autônoma. O que sabemos hoje é que, quanto mais claramente as condições relevantes forem especificadas e quanto mais cuidadosa for a investigação, mais regularmente elas serão encontradas. Com o conhecimento de que dispomos no momento, portanto, acredito que a única suposição segura ao alcance do clínico é a de que em todos os casos, atrás da fumaça da angústia de uma criança, da autoacusação ou de outro sintoma ou problema, está o fogo iniciado por alguma experiência atemorizante ou provocadora de culpa, na vida real. Em nenhuma situação essas sequências se evidenciam mais claramente do que depois do suicídio de um dos pais.

Capítulo 22
Efeitos do suicídio de um genitor

Proporção de morte de genitores por suicídio

Em capítulos anteriores chamamos a atenção para o fato de que, embora a taxa de mortalidade para homens e mulheres em idade de ter filhos seja relativamente baixa, a proporção de mortes por suicídio é elevada, se comparada com a de homens e mulheres em outros grupos etários. Isso significa que em relação às mortes por outras causas, a morte de pais por suicídio não é rara. Na verdade, os dados britânicos mostram que para filhos de pais na casa dos 20 anos ela pode chegar a um pai em cada quinze, e uma mãe em cada 17 que morrem[1].

1. Os dados para a Inglaterra e o País de Gales, para 1973, obtidos da Registrar General's Statistical Review (H.M.S.O., 1975), mostram as seguintes porcentagens de mortes por suicídio, em três grupos etários.

Grupo etário	Homens	Mulheres
	%	%
15-24 anos	6,2	7,1
25-44 "	7,0	5,8
45-64 "	1,1	1,5

Esses dados sugerem que a estimativa de 2,5% feita por Shepherd e Barraclough (1976) como a proporção de morte de pais por suicídio é baixa demais. Sua estimativa é baseada no número de filhos sobreviventes deixados por cem pessoas que se suicidaram; muitos deles, porém, haviam passado da idade em que se poderia esperar que tivessem filhos com menos de 17 anos.

Considerando as traumáticas circunstâncias que cercam uma morte por suicídio e a acentuada tendência a ocultar os fatos dos filhos, não seria de surpreender se a morte de um dos pais por suicídio levasse a uma incidência, e talvez a um grau, de psicopatologia consideravelmente mais elevado do que para as mortes provocadas por outras causas. Faltam dados adequados, mas os existentes indicam a probabilidade dessas proporções. As tendências são proporcionadas por dados de levantamentos e estudos terapêuticos.

Resultados de levantamentos

Há três levantamentos, dois dos quais descritos no capítulo 18, que apresentam resultados indicativos de que a incidência de distúrbios psiquiátricos depois do suicídio de um dos pais é excepcionalmente alta.

Em seu estudo de um grupo de contraste de pessoas que haviam perdido um dos pais durante a infância e tinham agora uma vida comum, numa área da Califórnia, Hilgard et al. (1960) observam que nenhuma delas perdera o pai ou a mãe devido a suicídio. Era de 6,3% a incidência num grupo comparável de pacientes psiquiátricos. No segundo estudo, de 28 crianças e adolescentes de Michigan que perderam um dos pais por morte e foram encaminhados a tratamento por causa de problemas psiquiátricos, Arthur e Kemme (1964) observam que em dez (12%) a morte ocorrera devido a suicídio. Sem estatísticas relevantes das taxas de suicídio na Califórnia e Michigan, não é possível fazer comentários. Não obstante, para este segundo grupo a incidência parece elevada.

O terceiro levantamento que apresenta resultados relevantes é o acompanhamento dos cônjuges de 44 suicidas num condado do sul da Inglaterra, realizado por Shepherd e Barraclough, e parcialmente descrito no capítulo 10. Entre os 44 cônjuges desses suicidas havia 13 mães que, no conjunto, tinham 28 filhos entre 2 e 17 anos, quando da morte do pai suicida, e cinco pais com um total de oito filhos na mesma faixa de idade quando as mães se suicidaram. As informações sobre os filhos foram obtidas do genitor sobrevivente durante duas entrevistas, a primeira poucas semanas depois da morte, e a segunda entre cinco e sete anos mais tarde. Os dados sobre as 36 crianças (14 meninos e 22 meninas) foram apresentados em Shepherd e Barraclough (1976).

Quando se procurou fazer uma avaliação geral dessas crianças, com base nas informações obtidas no acompanhamento e usando critérios de saúde, desempenho escolar ou profissional, relações com o genitor sobrevivente e participação numa unidade familiar estável, apenas 15 foram consideradas como perfeitamente adequadas. Dezesseis foram classificadas como inadequadas; e sobre as cinco restantes não havia informações. Entre as classificadas como inadequadas, cinco receberam tratamento por distúrbios psicológicos desde o suicídio de um dos pais; e a mãe de uma sexta criança disse que o filho fora encaminhado a um psiquiatra antes do suicídio e que ela estava pensando em levá-lo novamente a tratamento. Isso nos dá uma incidência de distúrbios psiquiátricos declarados de cerca de 15% do grupo.

Essa incidência foi significativamente maior que a de um grupo de comparação de crianças que viviam na mesma comunidade. Não é claro se ela também teria sido mais elevada do que a de um grupo de crianças cujos pais morreram de outras causas que não o suicídio, já que essa comparação não foi feita. Em vista, porém, da elevada incidência (15%) entre os filhos de suicidas, isso não parece improvável.

As perturbações nas crianças tomaram principalmente a forma de angústia ou mau comportamento. Quinze delas se tornaram mais angustiadas depois do suicídio e, embora cinco anos depois isso não fosse mais evidente em nove crianças, em seis ainda persistia. Revelava-se em perguntas constantes sobre a saúde do genitor sobrevivente e no medo de que este pudesse deixar o lar, ou morrer. Os pais de 14 crianças queixaram-se do comportamento dos filhos, e quatro destas crianças chegaram a ser conhecidas da polícia. Algumas crianças achavam-se culpadas pelo suicídio do genitor; outras culpavam o genitor sobrevivente. Nenhuma criança tentou suicidar-se, mas uma fez ameaças nesse sentido.

Os pais de metade das crianças, ou seja, 18 delas, principalmente as mais novas, tentaram esconder dos filhos o suicídio. Não obstante, quatro o haviam descoberto pouco depois – através de um jornal, um parente ou ouvindo uma conversa –, e outros dois, mais tarde. Os pais de outras 12 crianças acreditavam que elas ainda não sabiam. Os pais das 18 crianças restantes tentaram contar aos filhos, embora nem sempre o tivessem feito de uma maneira que a criança pudesse entender.

Fez-se uma comparação entre as crianças que se estavam saindo razoavelmente bem num acompanhamento com as que não estavam. Quanto à idade, ao sexo, à classe social e ao tamanho da família do genitor desaparecido, não houve diferenças. Estas foram mais acentuadas em relação às condições anteriores ao suicídio. As crianças que faziam menos progressos eram as mais prováveis a terem pais separados, pelo menos temporariamente, ou pais com personalidade anormal.

Resultados de estudos terapêuticos

Pelo estudo de Shepherd e Barraclough pode-se concluir que, embora a incidência de distúrbios psiquiátricos depois do suicídio de um dos pais seja relativamente elevada, nada na psicopatologia é anormal. Não obstante, devemos lembrar que seus dados foram obtidos em segunda mão, através do genitor sobrevivente. Se as próprias crianças tivessem sido ouvidas e a interação familiar examinada de maneira mais profunda, o quadro revelado poderia ter sido diferente.

Portanto, é útil passarmos a um estudo de Cain e Fast (1972), da Universidade de Michigan, de uma série de 45 crianças entre 4 e 14 anos, que perderam um dos pais por suicídio e que se tornaram psiquiatricamente perturbadas. Os dados eram disponíveis a partir de avaliações de pacientes não-internados em todos os casos; a partir de entrevistas terapêuticas, em muitos casos; e também a partir de prolongado tratamento de pacientes internos, em nove casos. O intervalo entre o suicídio e o exame variou de uns poucos dias a mais de dez anos.

Cerca de 60% das crianças se classificaram num de dois grupos principais: (*a*) crianças que eram tristes, retraídas, receosas e inibidas, e que se sentiam culpadas; (*b*) crianças que eram irritadas, truculentas e indóceis, de comportamento desorganizado e agressivo. A seriedade da psicopatologia registrada variou muito, indo de distúrbios neuróticos relativamente leves a psicoses graves. A incidência das psicoses, 11 crianças em 45, foi excepcionalmente alta se comparada com a incidência em crianças de outro *background*. Certo ou errado, os autores atribuem essa alta incidência a uma combinação do impacto do suicídio, e sua cadeia de consequências, e ao *background* familiar anterior ao suicídio que, como nos casos relatados por Shepherd e Barraclough, fora frequentemente muito perturbado.

Além de constatar uma alta incidência de psicopatologia grave nesta série de casos, Cain e Fast foram surpreendidos pelo importante papel desempenhado na sintomatologia das crianças o fato de terem conhecido dois tipos especiais de situação patogênica: situações em que uma culpa intensa pode ser provocada e situações em que a comunicação é seriamente distorcida. Vamos examinar os efeitos de cada uma delas.

Nos casos em que o genitor esteve gravemente perturbado, especialmente naqueles em que houve ameaças ou tentativas de suicídio, a criança recebeu muitas advertências, ou reprimendas, por parte do outro genitor ou do médico da família, de que estava "perturbando" a mãe, de que a estava "deixando louca", de que deveria ficar muito quieta e comportar-se muito bem, não devendo discutir com a mãe ou causar-lhe preocupações. Dentro desse ambiente provocador de culpa, se o suicídio tivesse ocorrido depois de algum atrito, mesmo trivial, entre filho e pai, seria quase inevitável que a criança se convencesse de que a causa do suicídio fora esse episódio. Isso seria especialmente provável se o genitor tivesse reagido ao episódio como se fosse a gota d'água.

Em outros casos, a criança chegou a sentir antes do suicídio que tudo aquilo que ia mal entre seus pais era por sua culpa. Em algumas crianças, além disso, chegou a haver o sentimento de que era sua responsabilidade garantir que as ameaças do genitor não se cumprissem, com o consequente sentimento de peso da responsabilidade se o suicídio acabasse ocorrendo num momento em que a criança estivesse brincando, ou por alguma outra razão estivesse longe de casa. Houve também casos em que as repetidas ameaças e gestos de um dos pais levaram uma criança cada vez mais atemorizada e exasperada a desejar, de maneira consciente e irritada, que o pai "acabasse por fazê-lo". Muitas dessas crianças, durante o tratamento, não só disseram que se acreditavam totalmente responsáveis, como também continuaram a insistir em que realmente o eram, a despeito de qualquer coisa que o terapeuta lhes pudesse dizer. O caso de Dan e sua família, descrito por Arthur (1972), oferece-nos uma descrição detalhada e reveladora de uma sequência desse tipo[2].

Dan era o mais velho de seis filhos de um pai muito trabalhador e uma mãe perturbada e instável. Os pais tiveram infâncias difíceis. O pai ficou órfão ainda muito jovem e, embora sua mãe trabalhasse muito para manter a família, não foi fácil viver com ela.

A mãe de Dan foi criada por uns tios, com os quais foi muito infeliz; parece ter crescido "com um profundo sentimento de inferioridade, uma fome de amor e uma disposição de encontrar uma vida melhor". Ela e o pai de Dan casaram-se num impulso, esperando encontrar um no outro a segurança que nunca tiveram. As brigas começaram cedo. A mãe sentia-se cada vez mais presa pela família que crescia sempre, enquanto o pai trabalhava mais do que nunca, passando ainda mais tempo fora de casa. A mãe acabou se sentindo solitária e pouco amada. "Colhida no seu dilema de ser incapaz de aceitar amor quando lhe era oferecido, e ainda assim precisando de provas excessivas de que era amada, passou a ficar deprimida com frequência cada vez maior, tornando-se mais exigente em relação ao marido e aos filhos, e menos interessada na casa." Por fim, começou a buscar amor em outros lugares, ativamente. Embora o pai desconfiasse, nada dizia.

As brigas agravaram-se, com gritos e ameaças de separação e divórcio, e começaram a atirar coisas um no outro. Nessas ocasiões, cada um deles buscava o apoio dos filhos, e exigia que escolhessem com quem ficariam se houvesse uma separação. Certa vez, a mãe ameaçou suicidar-se.

....

2. A idade de Dan não é mencionada. Pelo fato de ele ser o mais velho de seis filhos, e a partir de outras informações, parece que tinha entre 10 e 14 anos na época do suicídio da mãe. Como Dan foi observado profissionalmente apenas algumas semanas depois do fato, foi possível obter muitas informações suplementares, tanto sobre a sequência dos acontecimentos como sobre os problemas emocionais dos pais de Dan e de outros parentes, bem como do próprio paciente.

Uma noite, quando o pai estava ausente em viagem de negócios, a mãe tentou se matar, e aos seis filhos, usando a fumaça do escapamento do carro. Todas as crianças, com exceção do mais velho, Dan, morreram. Ele só escapou porque foi despertado pelo telefone, numa chamada que o pai estava fazendo. Ao levantar-se para atender, Dan tropeçou num dos irmãos mortos e disse alguma coisa ao pai, que, evidentemente suspeitando do pior, mandou o menino olhar na garagem. Quando Dan lhe contou o que vira, deu-lhe instruções para chamar os vizinhos e a polícia.

A noite que a mãe escolheu para fazer isso era a do seu aniversário de casamento. Ela alimentara esperanças de uma comemoração, mas em vez disso o marido estava longe.

Quando a polícia chegou, Dan sentiu-se mal e tonto, com muita dor de cabeça. Foi levado ao hospital, onde ficou 24 horas. Em seguida, foi para a casa de amigos, onde passou uma semana, e depois para a casa de uns tios, onde permaneceu junto com o pai. Só aos poucos foi compreendendo o que havia acontecido.

Pouco depois, Dan começou a queixar-se novamente de enjoo, tontura e dores de cabeça; e, como não se encontraram causas orgânicas, foi encaminhado a exame psiquiátrico.

Nas primeiras conversas, Dan negou que a mãe e os irmãos estivessem mortos; estavam apenas ausentes, fazendo uma visita, dizia ele. Quando lhe recordaram que haviam sido enterrados, achou que deviam ser exumados para que ele visse se estavam realmente nos caixões. Mais tarde, quando começou a aceitar a verdade, oscilou entre considerar-se totalmente responsável e atribuir a culpa aos outros. Em certos momentos achava que a culpa era do homem do gás; em outro, de seu pai; com mais frequência, porém, culpava a si mesmo.

Dan explicou que pouco antes do suicídio da mãe, quando seus pais estavam brigando e as outras crianças optaram por ficar com a mãe, ele disse que ficaria com o pai. Isso a tornou tão infeliz, na opinião do menino, que ela se matou. Como os irmãos e irmãs preferiram ficar com a mãe, estavam agora com ela, e ele ficara. Dan também preferia a mãe, mas disse ter escolhido o pai na esperança de que isso levasse a mãe a ficar em casa. Mas ela apenas chorou. Agora, queria ir para onde ela estava, como as outras crianças. Além disso, merecia ser castigado, razão por que era melhor morrer.

À medida que Dan falava da mãe, tornava-se evidente que as relações entre eles nunca foram fáceis e que seus sentimentos em relação a ela eram intensamente ambivalentes. Nos seus melhores momentos, fora uma mãe carinhosa e dera muita alegria aos filhos. Mas, frequentemente, fora negligente com eles, que tinham de fazer as coisas sozinhos, recaindo sobre Dan o principal ônus, por ser o mais velho. Em certas ocasiões, reconheceu ele, a mãe lhe provocara muita raiva, e pelo menos uma vez lhe dissera que queria que ela morresse. Repetidamente o menino voltava ao seu sentimento de culpa. Se pelo menos naquela ocasião crucial não tivesse escolhido ficar com o pai, a mãe e os irmãos ainda estariam vivos.

O pai foi à clínica apenas para prestar informações, pois não desejava participar do tratamento. Era evidente, porém, que tinha muitos problemas. "Alternava entre elogios à esposa e críticas a ela. Alternava também entre dizer que se esforçara para agradá-la e sugerir que ela não podia, ou não queria, ficar contente. Reconheceu tê-la tratado às vezes de maneira rude, não dando importância às suas necessidades de atenção, batendo nela e recusando-se deliberadamente a ceder aos seus desejos. Também ele se sentia responsável pela morte dela. Ele a obrigara a continuar casada... e fora cruel, forçando as crianças a escolher entre eles. Tinha certeza de que isso a magoara profundamente." Também estava preocupado por ter passado muito tempo ausente e, particularmente, por ter estado ausente na noite do aniversário de casamento.

O tratamento desse caso não evoluiu bem. O pai também começou a ameaçar suicidar-se. Demonstrava, além disso, um gênio violento, tanto em relação a Dan como em relação aos tios com quem estavam morando. Além disso, Dan brigava com outras crianças. Um dia, e sem qualquer aviso, o pai deixou a cidade, levando Dan com ele.

Comentário

Tendo em vista os problemas da família, não é de surpreender que Dan tivesse ficado confuso e perturbado com a morte da mãe. Mas o tanto em que insistia em dirigir contra si mesmo a culpa e sua insistência na ocasião em que escolhera ficar com o pai e não com a mãe exigem um comentário.

Pelos dados apresentados, é claro que dos três – Dan, a mãe e o pai – o menino era o menos culpado. Por que então, podemos indagar, insistir em assumir a culpa? Parece-me que a explicação mais provável é a de que ele tinha profundos sentimentos de raiva em relação a ambos os pais, aos quais responsabilizava. Mas por diferentes razões não podia sentir raiva contra nenhum deles e, em vez disso, dirigia a raiva contra si mesmo. Em relação à mãe, muitas vezes teve de ser protetor, consolando-a especialmente quando o pai estava ausente e ela se sentia deprimida e solitária. Tinha um medo evidente do pai, tanto quando ele perdia a calma como quando ameaçava suicidar-se. Se essa análise é válida, a reação de Dan à morte da mãe foi de luto crônico, e os prognósticos para o seu futuro podem ser considerados sombrios.

O segundo tipo de situação patogênica que Cain e Fast verificaram predominar nesta série de famílias inclui a comunicação extremamente distorcida. Em quase todos os casos, o genitor sobrevivente não só evitou falar com os filhos sobre o que acontecera, como baniu ativamente o assunto de qualquer conversa. Alguns rezaram para que os filhos nunca fizessem perguntas. Outros ficaram furiosos quando os clínicos abordaram a questão. Outros, ainda, recusaram-se a ouvir as perguntas feitas pelos filhos. A maioria desses filhos, porém, logo compreendeu que o assunto era proibido, de modo que o genitor sobrevivente pôde dizer mais tarde, sem mentir e com alívio, que "eles nunca perguntaram".

Em cerca de um quarto dessa série de casos a criança tinha presenciado alguma cena ligada à morte do genitor, mas apesar disso o genitor sobrevivente insistia em que o desaparecimento não se devia ao suicídio, mas a alguma enfermidade ou acidente. "Um menino que viu o pai se matar com uma espingarda... recebeu na mesma noite, de sua mãe, a notícia de que o pai havia morrido de um ataque do coração; uma menina que descobriu o corpo do pai pendurado num armário foi informada de que ele morrera num acidente de automóvel; e dois irmãos que encontraram a mãe com os pulsos cortados foram informados de que ela se afogara nadando" (Cain e Fast, 1972, p. 102). Quando a criança descrevia o que havia visto, o genitor sobrevivente procurava desacreditá-la, seja ridicularizando-a ou insistindo em que se confundira com alguma coisa vista na televisão ou algum pesadelo. Essa confusão às vezes se complicava pelo fato de a criança ter ouvido várias histórias diferentes sobre a morte, de diferentes pessoas, ou mesmo do próprio genitor sobrevivente.

Muitos dos problemas psicológicos das crianças pareciam diretamente atribuíveis ao fato de terem enfrentado situações desses tipos. Seus problemas incluíam a desconfiança crônica de outras pessoas, a inibição da curiosidade, a desconfiança quanto aos seus próprios sentidos e uma tendência a achar tudo irreal. Durante a terapia, verificou-se que algumas delas tinham dois, ou mais, sistemas incompatíveis de ideias, crenças e planos, cada qual com seu sentimento correspondente. Damos a seguir a descrição de um menino de 11 anos, Bob, cujo pai se suicidara dois anos antes, e que tinha três séries à parte de sistemas de crenças (Cain e Fast, 1972, p. 104).

O primeiro era que seu pai morrera de um ataque cardíaco, como lhe haviam dito. A esse sistema pertenciam preocupações hipocondríacas e sintomas transitórios, e também a crença de que seu comportamento barulhento poderia ter provocado o ataque, o que levava a esforçar-se para ficar quieto e silencioso, e a um forte desejo de se tornar um médico capaz de realizar operações de emergência.

O segundo sistema de crenças era que o pai morrera num acidente de carro. A este pareciam pertencer os repetidos pesadelos e uma tendência a se envolver em atividades perigosas e sofrer ferimentos leves.

O terceiro sistema de crenças era que seu pai se matara. A este sistema pertencia sua convicção de ser responsável pelo suicídio do pai, uma aversão a si mesmo e ao pai, e uma desconfiança de toda autoridade masculina.

Em seu excelente artigo, Cain e Fast referem-se também ao forte desejo de suicidar-se que algumas dessas crianças desenvolvem mais tarde. A ideia, apresentada no passado, de que uma propensão suicida pode ser transmitida de alguma maneira pelos genes é muito questionada pelas circunstâncias do ato das crianças, que às vezes está ligado de maneira quase misteriosa com as circunstâncias da morte do genitor. Dos muitos exemplos descritos por Cain e Fast, podemos selecionar dois: o de uma moça de 18 anos que se afogou sozinha, à noite, na mesma praia em que sua mãe morrera de maneira muito parecida, muitos anos antes; e de um homem de 32 anos que despencou com o carro do mesmo rochedo de onde seu pai lançara um carro, 21 anos antes. Ao que parece, essas pessoas teriam vivido muitos anos com um sentimento profundo, equivalente a uma convicção, de que um dia morreriam pelo suicídio. Algumas se resignam silenciosamente ao destino. Outras buscam ajuda. Inevitavelmente, o conceito de identificação é invocado na tentativa de compreender esses casos estranhos. Um enfoque alternativo, e ainda a ser explorado, é que a necessidade dessas pessoas de imitar o genitor nasce de uma necessidade de, literalmente, acompanhar o genitor morto até o lugar onde está, e finalmente encontrá-lo. A sugestão é confirmada pela maneira como falou um paciente: antes dos 30, disse, estaria seguindo seu pai na água. No devido tempo, suicidou-se, deixando uma nota de suicídio simples, que nada revelava.

Capítulo 23
Reações à perda no terceiro e quarto anos

> Chorei, e nada aconteceu, e não vieste.
>
> SARAH FERGUSON, *A Guard Within*

Questões pendentes

Apresentamos, nos capítulos anteriores, evidências de que as maneiras como as crianças e os adolescentes reagem à perda de um dos pais pouco diferem das maneiras como os adultos vivem o luto por um genitor ou um cônjuge. Na medida em que há diferenças, relacionam-se mais com a constatação de que crianças e adolescentes são ainda mais sensíveis às condições que precedem, envolvem e se seguem a uma perda do que os adultos.

As questões ainda pendentes relacionam-se com a maneira como crianças ainda menores de quatro anos reagem a uma perda. Em condições favoráveis, reagirão de maneiras semelhantes às de crianças mais velhas e adolescentes? Se assim for, em que idade começam a apresentar essas reações? Em caso negativo, como devemos entender as diferenças? Será que as influências das condições desfavoráveis sobre suas reações são semelhantes ou diferentes das influências que exercem sobre as reações de crianças mais velhas? Estas foram, é claro, as perguntas com que começamos este volume. Agora, porém, podemos examiná-las de uma perspectiva bem mais ampla.

Trataremos, neste capítulo, das crianças de 3 e 4 anos, idade em que elas provavelmente já têm um bom entendimento e domínio da linguagem, deixando para o capítulo seguinte o problema muito mais difícil das crianças de 1 e 2 anos.

Reações em condições favoráveis

Vimos, no capítulo 16, que em condições favoráveis as crianças pequenas, de até 4 anos, são tão capazes quanto os adultos de guardar lembranças e imagens da pessoa morta e de sofrer crises repetidas de saudade e tristeza. Usando sua capacidade de conservar lembranças da relação perdida e os sentimentos intensos ligados a ela e independentes de sua presença, essas crianças podem, como os adultos em circunstâncias semelhantes, aproveitar da melhor maneira qualquer nova relação que lhes possa ser oferecida. Embora sejam extremamente raros os registros de como crianças mais novas do que isso reagiram à morte de um genitor, há motivos para acreditar que, desde que suas perguntas e lembranças não sejam desencorajadas, as reações de crianças muito novas, de 2 anos e meio, pouco diferem das reações das crianças mais velhas. Devemos a Marion J. Barnes (1964) a seguinte descrição detalhada de como uma menina pequena reagiu à morte de sua mãe.

Winnie chora a morte da mãe

Apresentamos no capítulo 16 uma descrição de como a irmã mais velha de Winnie, Wendy, uma menina de 4 anos, reagiu à morte repentina da mãe, em consequência de um súbito agravamento de uma esclerose múltipla, que permanecera estagnada nos sete anos anteriores. Não só se conhecia muita coisa sobre a família antes dessa tragédia imprevista, como também foi possível manter estreito contato com as duas crianças, Wendy, de 4 anos, e Winnie, de 2 anos e meio, e com o pai enlutado e a avó materna, durante os 12 meses que se seguiram à morte da mãe. Para detalhes sobre a família e as condições de vida das crianças depois da morte da mãe, o leitor é remetido ao relato de Wendy, feito anteriormente.

> Durante seus primeiros dois anos e meio de vida, o desenvolvimento de Winnie foi tranquilo, e ela era "uma menina feliz e extrovertida, bem adiantada para sua idade, em todos os níveis".

Falava muito, e não parava um minuto, desde o momento em que acordava até a hora de voltar para a cama.

Quando a mãe morreu, o pai resolveu contar às filhas o que acontecera, que a mãe seria enterrada no chão e que isso representava o fim. Sabemos que num certo nível Winnie registrou essa informação corretamente, já que, três semanas depois, quando Wendy estava cantando "Minha mãe vai voltar, eu sei que ela vai voltar", Winnie respondeu: "Mamãe está morta e não vai voltar. Ela está no chão, perto da torre da caixa d'água." Em outras ocasiões, também, Winnie fez afirmações semelhantes, objetivas: "Mamãe está morta. Ela nunca mais vai voltar."

Não obstante, é claro que em outro nível Winnie estava longe de se ter convencido de que a mãe nunca mais voltaria. Durante várias semanas continuou alegre como sempre. Não fazia referências à mãe e parecia evitar ativamente a questão da sua ausência. Por exemplo, embora antes fosse muito precisa quanto a saber de quem era determinado carro, agora se referia ao carro da mãe como o "carro do papai". Mas havia evidências claras de que a mãe nunca estava muito longe dos pensamentos de Winnie. Por exemplo, certa noite em que a avó estava usando o avental que fora da mãe, a menina a censurou: "Tire o avental", disse. Em outra ocasião, seis semanas depois da morte da mãe, quando as crianças estavam fazendo cartões, Winnie afirmou: "Estou preparando o meu para a Mamãe." Wendy corrigiu-a: "Você não pode fazer isso. Ela está morta." Ao que Winnie retorquiu: "Chut, não diga isso." Noutra ocasião, tendo urinado na cama durante a noite, chamou pela mãe.

Embora durante esse período Winnie não manifestasse tristeza e nunca falasse da ausência da mãe, revelava sinais óbvios de que sentia falta dela. Por exemplo, buscava consolo no cobertor com mais frequência do que antes, e também começou a puxar a orelha esquerda, a ponto de deixá-la vermelha e inchada. Seu apetite não era bom e ela perdeu um pouco de peso. Em vez de, como antes, ser uma mulherzinha afirmativa quando lhe pediam para fazer alguma coisa de que não gostava, agora tornara-se submissa e dócil. E se contentava de modo pouco habitual em brincar quieta e sozinha.

Durante esse período, o pai e a avó tinham conversas regulares com a terapeuta sobre o progresso das crianças. Preocupada com o estado de Winnie, a terapeuta recomendou que a avó e a empregada lhe dessem bastante carinho físico: "Aconselhei-as a pegar Winnie no colo e falar-lhe como a mãe fazia, e seguir o mais de perto possível a rotina cumprida pela mãe. Também sugeri que nessas ocasiões fizessem referências adequadas à mãe. Por exemplo, 'Você e sua mãe costumavam ir à loja. Agora que ela se foi, eu levarei você'. 'Sua mãe lia uma história para você todas as tardes. Agora eu farei isso.' Sugeri que o pai conversasse com Winnie sobre o fato de que algumas meninas pensam que as suas mães adoecem e até mesmo morrem se elas não se comportam bem, mas que isso realmente não acontece. Com essas poucas modificações, Winnie voltou a ser como antes e os sintomas desapareceram. Ela ainda não fazia nenhuma menção espontânea da mãe. A principal característica de seu comportamento era buscar substitutos para a mãe – a avó, a empregada, o pai e às vezes a irmã Wendy. Parecia feliz e contente e não mostrava sinais de perturbação, enquanto recebia cuidado e amor, como de fato ocorria."

Sete meses depois da morte da mãe, quando tinha 3 anos e 1 mês, Winnie repentinamente começou a conversar sobre a mãe ausente. Um dia, dirigindo-se ao pai, exclamou: "Papai, estou muito triste. Sinto muita falta da mamãe." Nos dias e semanas que se seguiram, falou muito sobre a mãe, fez perguntas sobre a morte e sobre a sua própria saúde e de outros membros da família. Foi uma mudança tão notável que suscitava a indagação das razões por que teria ocorrido naquele momento.

A explicação dada pela terapeuta, Marion J. Barnes, é que Winnie só pôde expressar o pesar pela perda da mãe depois que a avó foi capaz de expressar pesar pela perda da filha. A avó não pudera fazer isso antes porque, segundo achava, tinha de dar muita atenção ao bem-estar das crianças. A combinação de uma festa religiosa e da ida de Winnie para o jardim de infância agira como deflagradores, na sua opinião.

Em várias ocasiões, na escola, Winnie dizia que não tinha mãe. E o fazia especialmente ao comparar-se com outras crianças. Às vezes a ênfase recaía no fato de a mãe estar morta. Por exemplo, quando outra criança disse a Winnie, "Quando sua mãe vier te buscar", a menina corrigiu: "Minha mãe morreu, ela não virá." Em outras ocasiões, ansiava pela volta da mãe. Quando outra menina disse que a mãe vinha buscá-la, Winnie respondeu: "A mim também – mas não exatamente, porque minha mãe está morta." E certa vez, quando a professora estava ajudando outra criança a escrever uma saudação aos seus pais, Winnie observou, com emoção: "Gostaria que minha mãe voltasse." Em outra ocasião em que Wendy e Winnie se haviam referido ao fato de estar a mãe morta, Winnie retirou-se para um canto, sentou-se na cadeira de balanço e chorou por alguns instantes; em seguida voltou a brincar.

Durante todos os seus primeiros meses no jardim de infância, Winnie foi acentuadamente sensível às separações. Desde o início voltou-se para Wendy em busca de segurança e, quando a irmã não estava bem, ficava excepcionalmente quieta e não almoçava. Em outra ocasião, quando a professora se ausentou, Winnie ficou perto de Wendy o dia inteiro, triste e calada.

Winnie também tinha medo de perder as outras pessoas que cuidavam dela. Certa manhã o pai e a empregada discutiram sobre alguma questão sem importância. Quando Winnie chegou à escola com a avó, recusou-se a ficar, e foi levada para casa. Quando lhe perguntaram o que tinha, explicou que tinha medo de não encontrar mais a empregada, quando voltasse da escola. Winnie também ficou preocupada quando a avó saiu de férias; voltou a meter o dedo no nariz, chegando a feri-lo. Qualquer referência a alguém que estivesse para morrer também lhe provocava angústia.

Embora no final de doze meses Winnie parecesse estar se desenvolvendo razoavelmente bem, Barnes mostrou-se preocupada quanto à sua capacidade de reagir a situações estressantes, em especial separações prolongadas, e observou a facilidade com que ela apresentava sintomas somáticos.

Comentário

Esse relato mostra que em condições favoráveis uma criança pequena, por exemplo, de 2 anos e meio, é capaz de atravessar um processo de pesar que parece ter todos os aspectos típicos do luto saudável de crianças mais velhas e de adultos. Houve, é certo, um espaço de seis meses entre a aceitação verbal, por Winnie, da morte da mãe e sua manifestação clara de saudade. A explicação de Barnes para essa demora – um reflexo do luto retardado da avó – não é improvável, embora seja impossível ter certeza disso, sem muitos outros casos.

Da mesma forma, não é fácil ter certeza sobre qual elemento da orientação dada ao pai, à avó e à empregada influiu na melhora do estado de Winnie. Parece provável, porém, que a mudança mais importante tenha sido o cuidado físico ativo – maternal – que lhe fora dado.

A recusa de Winnie em ficar na escola depois de ter ouvido a áspera troca de palavras entre o pai e a empregada e o medo de que pudesse voltar para casa e não encontrar mais a empregada podem ser considerados como exemplo de recusa à escola ("fobia" da escola) numa criança de 3 anos, no contexto de um dos padrões de interação familiar postulado (no capítulo 18 do volume II) como característico dessa condição.

Sem muitos outros históricos descritivos de crianças enlutadas durante o terceiro ano de vida, e que receberam cuidados e compreensão, é impossível saber a frequência das reações demonstradas por Winnie. Existem, porém, certos indícios de como as crianças dessa idade reagem à separação de uma figura materna por períodos de alguns dias ou semanas, os quais sugerem serem as reações de Winnie bastante típicas. Seguem-se dois exemplos.

Thomas, de 2 anos e 4 meses, e Kate, com quase 2 anos e meio, eram os mais velhos de quatro crianças que ficaram aos cuidados de James e Joyce Robertson, enquanto suas mães estavam tendo um novo filho (Robertson e Robertson, 1971)[1]. Thomas ficou separado da mãe apenas dez dias, mas Kate ficou 27 dias. Nas condições muito favoráveis de cuidados proporcionados, as duas crianças tiveram uma boa compreensão do que estava acontecendo e ambas manifestaram saudades da mãe ausente. Houve, porém, diferenças significativas. Os Robertson as atribuem, e corretamente ao que parece, aos tipos muito diferentes de tratamento que as duas crianças recebiam em casa, tanto em relação ao comportamento que delas se esperava como aos métodos de disciplina empregados.

O pai de Thomas era cordial e extrovertido, e sua mãe, delicada e afetuosa. Ambos eram compreensivos em relação ao filho e orgulhavam-se de suas realizações. O próprio Thomas era uma criança afetiva, segura e amável, que conversava bem.

Tendo visitado várias vezes antes a casa onde ficaria, Thomas nela se instalou contente. Manteve-se bem-humorado a maior parte do tempo, foi cordial e conseguiu divertir-se com as brincadeiras e

....
1. Esse projeto é descrito no primeiro capítulo do volume II, onde são feitas descrições mais completas das quatro crianças. Repetimos aqui alguns trechos devido à relevância dos dados para esta discussão.

outras atividades oferecidas. Depois de dois dias, porém, começou a manifestar tristeza e irritação pela ausência dos pais. Falava muito sobre a mãe e às vezes afagava o retrato dela. Havia também ocasiões em que ficava longos períodos falando de sua casa, seus brinquedos e seus pais. Com cara de choro, disse um dia: "Estou pensando em meu cavalo de balanço que está em casa. Minha mãe diz: 'O dia está bonito, Thomas.' Gosto mais da minha mãe." Ocasionalmente, rejeitava as atenções de sua mãe adotiva dizendo que era a mãe que devia fazer isso: "Não me faça festas, é minha mãe quem me faz festas." Essa distinção muito clara entre sua relação com a mãe e com a pessoa que ocasionalmente cuidava dele foi mantida, como poderíamos esperar, quando ele voltou para casa. Quando, pouco depois, foi visitado pela mãe adotiva, Thomas, embora fosse cordial, também foi cauteloso, e ficou o tempo todo perto da mãe.

Em seus comentários os Robertson notam que durante toda a sua permanência fora de casa Thomas pôde expressar livremente os seus sentimentos: "No terceiro dia, estava demonstrando sua tristeza e angústia quase que com uma compreensão adulta da situação."

A educação da segunda criança, Kate, de 2 anos e meio, contrastava sob certos aspectos com a de Thomas, embora, como ele, ela também viesse de um lar estável e carinhoso.

A educação de Kate fora, nas palavras dos Robertson, "um pouco rígida. Seu pai costumava dar palmadas e recorria também às proibições, feitas em voz baixa, mas em tom ameaçador. Embora a mãe fosse mais branda... [suas] exigências eram muitas". De acordo com esse tratamento, a própria Kate era mais autocontrolada do que é normal em crianças de sua idade.

Durante os 27 dias que passou fora de casa e aos cuidados de pessoas especializadas, Kate, como Thomas, manteve-se alegre, ativa e cooperativa a maior parte do tempo. Não obstante, também, como ele, manifestou saudade dos pais ausentes e ocasionalmente irritação com relação a eles, por não a levarem para casa.

Nos primeiros dias, Kate empenhou-se em ser cooperativa e alegre, repetindo para si mesma as instruções e proibições dos pais: "Coma as batatas", "Seja uma boa menina e não chore". Tão bem-sucedida foi nesse esforço que só chorou no sexto dia, numa ocasião em que, acompanhada de sua mãe adotiva, estava num lugar estranho, cercada de estranhos. Pouco depois, na segunda semana, manifestou receio de se perder e tornou-se mais agarrada do que habitualmente. Também chorava com mais facilidade, e às vezes parecia preocupada e sonhadora. Numa dessas ocasiões, murmurou: "O que a Kate está procurando?", observação que parece indicar que havia perdido temporariamente a identidade da pessoa por quem procurava e ansiava.

Durante a terceira e quarta semanas do mês que passou fora de casa, embora a relação de Kate com sua mãe adotiva se intensificasse, a saudade da mãe continuava e misturava-se cada vez mais com a raiva. Primeiro, ela dizia com tristeza: "Quero minha mãe e meu pai"; pouco depois, seu humor se modificava e ela anunciava: "Não gosto de minha mãe. Minha mãe é levada." Também começou a se preocupar com a possibilidade de não ser amada pelos pais, que talvez não a quisessem de volta, temores estes que sua mãe adotiva fez o possível para afastar.

Finalmente, quando chegou o dia de voltar para casa, Kate ficou tensa e hiperativa. Atravessando Londres de carro, negava que estivesse a caminho de casa e cantava canções com letras sem nexo. Somente ao reconhecer a rua de sua casa é que parou de fingir, e exclamou: "Olha a casa da mamãe!" Ao entrar, cumprimentou imediatamente a mãe, e passou toda a hora seguinte restabelecendo a relação. Em contraposição, ignorou completamente sua mãe adotiva, que cuidara dela durante quatro semanas, ininterruptamente, e que ficou sentada em silêncio.

Durante toda a sua permanência, Kate foi muito mais inibida do que Thomas, na expressão de seus sentimentos; mesmo durante a viagem para a casa, ainda evitava admitir sua esperança. Isso porque, ao que parece, ela misturava esperança e medo, medo de se perder e, particularmente, de que seus pais não a quisessem de volta. Creio que se poderia interpretar esse medo como tendo sido provocado pela maneira como seus pais a tratavam. Eles não só insistiam em que Kate fosse uma boa menina, não chorasse, como também deduzo que em seus esforços para disciplina-la tivessem-na frequentemente ameaçado de deixar de amá-la. Um exemplo dessa ameaça poderia ser: "Nós não queremos/amamos meninas levadas!"; isso dito no tom "baixo mas ameaçador" registrado pelos Robertson e tomado literalmente seria extremamente atemorizante para uma criança de 2 anos e meio.

Pelo relato dos Robertson sobre essas duas crianças é evidente que, à parte o lapso temporário de Kate (ao qual nos referimos mais adiante neste capítulo), ambas conservaram uma imagem clara da mãe ausente durante a separação e, com estímulo de suas mães adotivas, nenhuma das duas teve dificuldades em distinguir a mãe dessa pessoa. É certo que o período de separação foi relativamente curto (10 e 27 dias, respectivamente), e com repetidas afirmações de que a mãe voltaria. Não obstante, as reações das duas crianças foram bastante semelhantes às de Winnie, a ponto de sugerir que as reações desta última não foram, sob nenhum aspecto, atípicas.

Esses resultados levam a certas conclusões experimentais. Uma delas é que mesmo as crianças muito novas, de dois anos e meio, podem, em condições favoráveis, lamentar a perda de um dos pais de maneiras que se assemelham muito às de crianças mais velhas e adultos. A segunda é que, também como as crianças mais velhas e os adultos, o padrão de reação evidenciado é muito influenciado pelas experiências vividas com seus pais antes de ocorrer a perda.

Passamos agora a examinar como as crianças desse grupo etário reagem em condições desfavoráveis, as quais são também muito frequentes.

Reações em condições desfavoráveis

O destino de muitas crianças novas que são afastadas de suas famílias é não terem uma mãe substituta que cuide delas com amor. Além disso, mesmo quando a criança recebe esse cuidado, a mãe substituta pode não compreender que ela o considera apenas como uma segunda opção, ou que continua a ansiar pela mãe ausente. E, mesmo que reconheça isso, a mãe substituta pode não compreender os sentimentos da criança, nem estimular sua manifestação, especialmente quando isso implica um choro prolongado, períodos de insatisfação irritada ou explosões de raiva. Cuidar de uma criança pesarosa é tarefa difícil e pouco recompensadora; não é de surpreender que as pessoas que se incumbem dela se tornem impacientes e irritáveis. Portanto, quando uma criança pequena perde um dos pais, não é incomum que seja submetida a uma forte pressão para "esquecer" seu sofrimento e, em lugar dele, interessar-se por aquilo que a pessoa responsável por ela julga que possa distraí-la.

Não é infrequente que as condições da prestação de cuidados sejam diferentes, conforme a mãe tenha morrido, ou esteja ausente por alguma outra razão. É lamentável, portanto, que não disponhamos de relatos detalhados em primeira mão sobre a maneira como crianças de 3 e 4 anos reagem em condições desfavoráveis depois da morte da mãe. Por essa razão, a seguir recorremos apenas aos relatórios sobre as maneiras como crianças pequenas, nessa idade, reagem quando colocadas numa creche residencial, ou num hospital. Há situações em que as condições de cuidado são, com frequência, especialmente desfavoráveis, pois, em geral, não só a criança não tem quem cuide dela, como também pode estar competindo, no atendimento, com muitas outras crianças da mesma idade.

Embora sob esses aspectos as condições referentes a crianças que perderam a mãe não sejam, com frequência, diferentes daquelas referentes a crianças cuja mãe deve voltar a cuidar delas, há certas circunstâncias especiais que mais provavelmente se aplicam às crianças separadas apenas temporariamente da mãe do que às crianças que a perderam de maneira permanente. Por exemplo, uma criança num hospital provavelmente ficará confinada a um leito e estará sujeita a uma série de procedimentos médicos que são sempre estranhos, talvez dolorosos, e certamente atemorizantes. Mais uma vez, antes que a mãe deixe a criança temporariamente, seja no hospital ou na creche, pode exercer sobre ela um tipo de pressão que a mãe agonizante provavelmente não exerceria. Um exemplo disso, e de especial interesse, é a mãe que recomenda repetidamente ao filho para que não chore enquanto ela está ausente, e lhe diz para ser um bom menino, o que significa que deve aceitar sua sorte sem se queixar. Além disso, a criança que sofreu uma perda pode talvez despertar mais simpatia dos adultos do que a criança ansiosa de rever a mãe que voltará em breve.

Ao ler o que se segue, portanto, o leitor deve lembrar-se de que algumas das condições negativas descritas provavelmente afetarão uma proporção menor de crianças que perderam um dos pais por morte do que de crianças que estão sofrendo apenas uma separação temporária.

Vamos começar com a história de um menino de pouco mais de 2 anos, que não viu a mãe durante 11 semanas, enquanto estava numa creche residencial[2]. O caso ilustra como uma criança dessa idade, apesar de muitos fatores adversos, continua a ter esperanças de que a mãe volte. E também ilustra muitas outras coisas; por exemplo, como é difícil para uma criança nessas circunstâncias manter relações de confiança, ou mesmo relações cordiais, com seu pai, nas ocasiões de visita, e a enorme tensão emocional que tal situação cria para todas as partes, no momento de reunião.

Owen continua a ansiar pela mãe

Owen tinha 2 anos e 2 meses quando foi colocado numa creche residencial porque sua mãe tinha de ser internada no hospital para uma operação, por causa de um antigo problema nas costas. Embora ela deixasse o hospital cinco semanas depois, Owen só voltou para casa depois de outras seis semanas, perfazendo um total de onze semanas e quatro dias na creche, muito mais do que o tempo inicialmente previsto. Durante esse período, foi visitado regularmente pelo pai, mas não viu a mãe. Recados dela lhe foram transmitidos nas nove ocasiões em que a assistente social que a visitara viu o menino na creche. A mãe, porém, não lhe mandou brinquedos, ou qualquer lembrança concreta.

Família. Owen era o segundo filho numa família estável de classe média, sua irmã, Sheila, era seis anos mais velha. A mãe tomava conta de casa e da família, e o pai era funcionário público.

A mãe teve uma infância bastante infeliz e cresceu sentindo-se incapaz e insegura de si mesma. Disfarçava isso adotando maneiras sociais agradáveis, que a tornaram popular entre os seus co-

....

2. Esse menino foi uma das dez crianças pequenas cujas reações durante e depois de sua permanência numa creche residencial foram observadas sistematicamente por meus colegas Christoph Heinicke e Ilse Westheimer. A exposição, muito condensada, aqui apresentada baseia-se na exposição excepcionalmente detalhada que fazem nas pp. 112-58 de *Brief Separations* (1966).

nhecidos. Em casa, porém, era excessivamente controladora. Incapaz de concessões, achava que tinha de vencer todas as batalhas que disso provinham. O resultado foi uma tendência a dominar e pressionar tanto o marido como os filhos.

O pai, que também teve uma infância difícil, parecia sempre calmo e conscencioso, e em relação à mãe e aos filhos demonstrava notável paciência e tolerância. Não se descobriram outros sentimentos atrás de sua aparência plácida.

Pelo que a mãe disse da história de Owen durante as prolongadas entrevistas, formou-se o quadro seguinte. O menino sempre fora cuidado por ela, e, embora as relações entre eles fossem estritas, nunca haviam sido tranquilas. Ela o descreveu como um bebê sempre descontente, que chorava sem parar. Aos 2 anos, embora muito mais bem-disposto durante o dia, chorava muito depois de ser colocado na cama, à noite. Agora, ainda com pouco mais de 2 anos, ela o considerava criticamente como "uma pequena ameaça", dotado de vontade própria. As brigas entre eles eram muito frequentes. Numa ocasião recente, quando ela havia sido claramente arbitrária com o filho, ele teve um acesso de raiva que durou mais de duas horas. Disposta a vencer, ela o trancou no quarto e disse que ficasse ali até calar a boca. Mais tarde, mais calmo, ele desceu, em busca de uma afirmação de que ela ainda o amava.

Permanência na creche. Quando o pai o deixou na creche, Owen chorou amargamente e agarrou-se com desespero. Continuou gritando durante o resto da tarde e recusou-se a comer. Durante a noite, acordou e chamou pela mãe e pelo pai. Na manhã seguinte parou de chorar e parecia estar fazendo o possível para controlar-se. Parecia desnorteado e esfregava os olhos. Quando se esperava que fizesse alguma coisa, desmanchava-se em lágrimas e em geral se recusava, com raiva.

Durante toda a primeira semana choramingou muito. Depois da visita do pai, no terceiro dia, chorou intensamente e quis acompanhá-lo. Fez algumas tentativas de aproximação com as amas, mas nenhum dos esforços que estas fizeram para consolá-lo teve êxito.

Durante a segunda semana chorou muito menos e muitas vezes deu mostras de estar emocionalmente mais desligado. Por exemplo, quando o pai o visitava, ele não dizia uma palavra; quando partia, soluçava baixinho por alguns momentos apenas, e depois ficava sentado, olhando para o vazio.

Nas últimas semanas esse tipo de comportamento tornou-se ainda mais acentuado. Às vezes recebia o pai com um sorriso superficial, outras parecia não reconhecê-lo. Queria apenas os doces que trazia. Da mesma forma, quando o pai estava prestes a ir embora, Owen retraía-se e recusava-se a olhar para ele, apesar de todos os seus esforços para uma despedida afetuosa. Em duas ocasiões, depois de uma dessas visitas, Owen pareceu prestes a chorar, mas se controlou.

Durante todo o segundo e terceiro meses, Owen continuou a tratar o pai da mesma maneira distante. Tornou-se, porém, afetuoso para com uma das amas, e parecia desejar muito consolo quando se agarrava a ela. Era extremamente possessivo com relação aos brinquedos e outras coisas, e irritava-se logo quando alguma coisa lhe era negada.

Durante esses meses, apesar de não ter visto a mãe, era evidente que não a esquecera. De vez em quando murmurava "Mamãe" em voz baixa. Certa ocasião, seis semanas depois de ingressar na creche, ouviu uma voz no corredor. Voltando-se para o adulto mais próximo, exclamou: "Minha mãe!" Pensava, evidentemente, que a mãe finalmente viera.

Reunião. Na manhã em que devia voltar para casa, Owen inicialmente chorou muito, depois tornou-se dócil, submisso e triste. Quando lhe disseram que o pai chegara para levá-lo para casa, não demonstrou nenhuma reação, nem respondeu quando o pai o cumprimentou. Seu único gesto foi agarrar-se muito às coisas que eram suas. Durante a primeira metade de uma viagem de 90 minutos para casa, Owen ficou sentado silenciosamente nos joelhos do pai; somente no final da viagem tornou-se mais animado e começou a fazer comentários sobre o que via pela janela do carro. Mas, quando o pai anunciou: "Agora vamos para casa, ver a mamãe", ele pareceu não ouvir. Além disso, ao chegarem em casa ele parecia desorientado e não queria sair do carro. Deixou-se, porém, ser carregado pelo pai.

Quando a mãe o cumprimentou com um "Como vai, Owen", mais uma vez ele pareceu não ouvir; continuou calado e sem qualquer expressão no rosto, sentado nos joelhos do pai. Quando a mãe entregou-lhe um novo brinquedo, um carro, ele não tomou conhecimento; aceitou um biscoito que ela lhe ofereceu e mordeu-o, mas sem interesse. Sua única preocupação era ficar perto do pai. Mesmo quando, vinte minutos depois, a irmã mais velha entrou correndo para vê-lo, Owen simplesmente se afastou dela. Como a mãe, Sheila ficou profundamente perturbada pela sua expressão. "Não é o rosto de Owen", repetia ela, "é um rosto diferente."

Transcorreram 50 minutos antes que Owen desse a menor demonstração de entusiasmo. Isso ocorreu quando a mãe trouxe seu livro favorito, que ele examinou com ela, dando mostras de reconhecê-lo e de interessar-se por ele. Em pouco tempo, estava amontoando à sua volta todos os seus brinquedos e suas coisas; e também pediu suco de laranja. Mais tarde, deixou que a mãe lhe vestisse as roupas de sair e quis acompanhar o pai às compras. Naquela noite, o pai teve de ficar sentado com ele vinte minutos, antes que Owen fosse dormir.

Durante seus primeiros dias em casa, Owen voltou-se sempre para o pai, em busca de consolo, desconhecendo as ofertas feitas pela mãe. No segundo dia, porém, fez pequenas aproximações com ela, e no quarto dia deixou que ela o acarinhasse. No decorrer da semana, começou a voltar-se cada vez mais para ela, mas foi só no 11º dia em casa que todo o vigor de seus sentimentos encontrou expressão. Podia-se então ouvi-lo murmurar, às vezes, para si mesmo: "minha mãe, minha mãe, mamãe". E começou aos poucos a mostrar coisas a ela, dizendo "veja mamãe!", e a buscar consolo nela.

Durante seu segundo mês em casa, foi-se tornando mais espontâneo com a mãe: quando machucou o braço, quis que ela o beijasse para que sarasse, dava-lhe um beijo antes de sair com o pai, ia vê-la rapidamente antes de voltar aos brinquedos. Mas também podia ser extremamente teimoso (como a mãe), e os conflitos entre os dois voltaram a ocorrer. Também chorava muito antes de dormir, se alguém não ficasse com ele. As relações com o pai eram muito estreitas: ele o levava para passear e o colocava na cama à noite, e ambos pareciam gostar da companhia um do outro.

No terceiro mês, as relações entre Owen e a mãe pareciam ter sido retomadas. Mesmo assim, ele não esqueceu sua experiência, como se evidenciou num incidente ocorrido 16 semanas depois de ter voltado para casa. Um dos pesquisadores que o entrevistara regularmente durante sua permanência na creche visitou-o em casa, e saiu no momento em que Owen também saía para passear com o pai. Owen começou a gritar, e só se acalmou depois que lhe garantiram que não iam levá-lo de volta à creche.

Comentário

Quando as reações de Owen são comparadas com as de Winnie, Thomas e Kate, dois aspectos se destacam. O primeiro é a intensidade de seu choro aflitivo durante os primeiros dias de permanência fora de casa, e o segundo, a intensidade de seu desligamento emocional em relação aos pais. Ambos os tipos de reação, e na mesma sequência, ocorrem regularmente em crianças desse grupo etário que são colocadas, como Owen, num lugar estranho, com pessoas estranhas, sem ninguém para agir como mãe substituta.

O fenômeno do desapego emocional é de especial interesse. Cerca de dez dias após Owen ingressar na creche, todas as reações que habitualmente demonstrava em relação ao pai desapareceram e ele pareceu totalmente retraído e desinteressado. O mesmo aconteceu quando encontrou a mãe pela primeira vez. Não obstante, há também indícios de que seu apego a eles continuava. Por exemplo, em algumas ocasiões depois que o pai foi embora, no final da visita, Owen foi visto quase chorando; e ao voltar para casa manteve-se perto do pai e o procurou para ser consolado. Além disso, há evidências de que durante todo o tempo que esteve na creche lembrou-se da mãe, e nunca perdeu totalmente as esperanças de que ela voltasse, como mostraram suas repetidas referências à mãe e a esperança que demonstrou ao ouvir uma voz no corredor. Além disso, embora suas relações com a mãe tenham demorado um pouco mais para se restabelecer do que com o pai, começaram a renascer cerca de dez dias depois e, a partir de então, tomaram uma forma semelhante ao que haviam sido antes da separação.

Sob muitos desses aspectos, o estado de Owen assemelha-se ao da prolongada ausência de pesar e pode ser interpretado em termos semelhantes. Usando a estrutura conceitual aqui defendida, o estranho comportamento de Owen pode ser considerado como resultado da desativação dos sistemas que governavam seu comportamento de apego, tanto em relação à mãe como ao pai, por meio da exclusão defensiva da maior parte dos, mas não de todos, influxos sensoriais que o teriam ativado. Da mesma forma, sua recuperação pode ser considerada como consequência de uma crescente aceitação desse influxo sensorial.

Embora o estudo de Heinicke e Westheimer (1966) e estudos anteriores feitos por Robertson mostrem que as reações de Owen são bastante típicas de crianças em sua idade que são colocadas na situação em que ele estava, não é improvável que os frequentes conflitos que tinha com a mãe antes da separação tenham contribuído para a intensidade de suas reações. Se lembrarmos o modo como a mãe o tratava, é pelo menos possível que o fato de ser levado para a creche tenha sido interpretado por ele como um castigo. Ao avaliarmos a possibilidade de que o menino tenha pensado assim, é muito significativa uma observação feita pela mãe ao assistente social. Ela queixava-se amargamente das constantes explosões de Owen, e disse que se sentia tão cansada delas que chegou a ameaçar o marido de que "iria embora" e mandaria os filhos para uma instituição.

Embora no caso de Owen as provas de que ele estava sendo profundamente influenciado pelas brigas anteriores com a mãe possam parecer inadequadas, no caso de outras crianças as evidências nesse sentido são inequívocas. Por exemplo, no capítulo 1, fizemos um breve relato sobre duas crianças pequenas, Patrick, de pouco mais de 3 anos, e Laura, de 2 anos e 5 meses, cujas reações durante uma separação temporária da mãe e do lar mostraram claramente alguns dos efeitos dessas relações. As duas crianças haviam sido instadas pela mãe a não chorar, e ambas se empenharam em cumprir essa recomendação, mas, como não o conseguiram, fragmentos expressivos do comportamento e dos sentimentos que tentavam sufocar manifestaram-se. Em cada um daqueles dois históricos (um de Anna Freud e Dorothy Burlingham, o outro de James Robertson), há detalhes suficientes para que se possam ver os dois componentes do conflito em que a criança é envolvida, tendo de um lado seu anseio intenso da mãe ausente e a forte necessidade de chorar por ela ou pedir a outros que a encontrem, e, do outro, seus esforços para não manifestar esse sentimento ou comportamento e, em vez disso, aceitar a situação sem objeções.

Patrick luta para sufocar sua saudade

Uma dessas crianças, Patrick, um menino de 3 anos e 2 meses, antes de ser levado a uma creche residencial, recebeu de sua mãe a recomendação de que fosse um bom menino e não chorasse. Além disso, ameaçou-o de não o visitar, se ele não obedecesse. Pelo seu comportamento subsequente, é evidente que ele não só levou a ameaça muito a sério, como também provavelmente a interpretou como significando que, se não fosse bom, a mãe o deixaria na creche para sempre. Durante vários dias, as suas principais preocupações foram não chorar e assegurar a si mesmo, e a quem o estivesse ouvindo, que a mãe viria buscá-lo, e que o levaria para casa, afirmações que enfatizava com um aceno afirmativo de cabeça. Com o passar do tempo essas tentativas de se convencer de que a mãe realmente viria tornaram-se "mais compulsivas e automáticas", e foram incrementadas pela referência a todas as diferentes peças de roupas com que, na imaginação dele, a mãe o vestiria antes de levá-lo para casa com ela.

Na fase seguinte Patrick sofreu nova pressão, desta vez por alguém da creche, que lhe disse para desistir de repetir monotonamente suas afirmações de que a mãe viria. Mais uma vez, tentou obedecer, e deixou de repetir a fórmula em voz alta. Mas, como mostrou seu comportamento, continuou totalmente preocupado em assegurar-se de que a mãe voltaria; e, em vez de palavras, começou a usar gestos que mostravam como a mãe chegaria, como vestiria nele o capote e o gorro e o levaria para casa com ela. Poucos dias depois esses gestos reduziram-se a "um simples e abortivo movimento dos dedos".

Acredito que as mudanças de comportamento observadas em Patrick constituem um guia seguro dos processos psicológicos que se desenrolaram nele. A saudade da mãe ausente permanece sempre ativa, mas aos poucos sua manifestação é sufocada, até que seus sinais quase desapareçam. Desde o início, é proibido chorar pela mãe, sob ameaça daquilo que ele considera abandono. Não obstante, ele ainda consegue encontrar um certo consolo, não só repetindo que a mãe virá buscá-lo como também convidando as pessoas que cuidam dele a participar de suas esperanças e confirmá-las. Mais tarde, porém, mesmo esse pequeno conforto lhe é negado. Ele já não pode comunicar seus pesares e suas esperanças. Em consequência, fecha-se em si mesmo, fica de pé sozinho num canto, ainda tentando convencer-se, com leves movimentos de dedos e de lábios, mas com uma "expressão absolutamente trágica no rosto".

Não é possível um relato mais expressivo de como um estado de pesar natural pode ser transformado num luto patológico. Não só as esperanças de Patrick desaparecem como, e o que é mais importante, ele é proibido, primeiro pela mãe e em seguida pela ama, de qualquer ato conhecido que pudesse ajudá-lo a recuperar a mãe ausente. Nenhum protesto é permitido, já que ele deve ser "bom". Chorar é proibido e também, mais tarde, pedir ajuda aos que cuidam dele. Em consequência, Patrick torna-se impotente, e dessa maneira vai ficando cada vez mais desamparado e desesperado. Seu estado final, visto num adulto, seria imediatamente diagnosticado como distúrbio depressivo.

A descrição do caso de Patrick lança luz não só sobre a maneira como a saudade é inibida e um sentimento de desamparo é provocado, como também sobre a origem e função da identificação com a pessoa perdida. Evidentemente, era da maior importância para Patrick poder comunicar, tanto a si mesmo como aos outros, as suas esperanças e expectativas. Também era de importância vital para ele ter a confirmação dessas esperanças como o demonstravam suas explosões em violentos soluços sempre que alguém o contradizia. Inicialmente, expressou-se de maneira direta e pela fala. Mais tarde, porém, falar lhe foi proibido; recorreu então a gestos, usando com essa finalidade as ações que imaginava seriam praticadas pela mãe quando finalmente viesse buscá-lo.

Portanto, nesse caso parece certo dizer que o comportamento, adequadamente chamado de identificador, serviu como meio de comunicação: foi usado em lugar da fala quando esta tornou-se proibida, por ser o único meio que restava a Patrick para expressar a si mesmo, ou aos que lhe estavam próximos, as esperanças e as expectativas a que se agarrava. E, como tal, é claramente parte de uma condição patológica.

Se o comportamento identificador após a perda serve com frequência como meio anormal de comunicação, não podemos dizer. Seria útil, porém, examinar alguns exemplos à luz dessa possibilidade.

Laura disfarça sua saudade

A segunda criança mencionada no capítulo 1, na qual se pode ver um conflito entre a saudade aflitiva e a tentativa de ser "boazinha", de não chorar, é Laura, uma menina de 2 anos e 5 meses, observada e filmada por James Robertson durante uma permanência de oito dias num hospital (Robertson, 1952). Mais uma vez, as recomendações da mãe para que a criança não chorasse e o esforço das amas para afastar sua atenção da mãe ausente tiveram papéis importantes na formação do conflito e na supressão da saudade da criança, e sua expressão[3].

Laura tinha 2 anos e 5 meses quando foi internada no hospital por oito dias, para uma pequena cirurgia de hérnia umbilical[4]. Nunca, até então, estivera longe dos cuidados maternos. Embora fosse filha única, sua mãe já estava grávida de cinco meses de um segundo filho. O casamento parecia estável e as relações familiares, felizes. A mãe dedicava muito tempo aos cuidados com Laura e esperava muita coisa dela. Particularmente, insistia em que não chorasse. Certamente, devido à combinação do cuidado carinhoso da mãe e sua insistência em que a menina se controlasse, Laura raramente chorava e em geral controlava a expressão de seus sentimentos de uma maneira excepcional para sua idade. Dava a impressão de uma menina inteligente e relativamente amadurecida.

Embora os pais de Laura tivessem tentado prepará-la para ficar no hospital, parece pouco provável que ela tenha compreendido que ficaria ali sozinha. A princípio mostrou-se cordial com a enfermeira, depois, cautelosa, e só quando foi despida começou a gritar pela mãe e a tentar fugir. Dentro de dez minutos, porém, seus sentimentos estavam sob controle e ela parecia calma. A partir de então,

....

3. O relato que se segue foi extraído do guia para o filme de James Robertson (1953) e de uma análise da significação psicológica do comportamento de Laura, feita por Bowlby, Robertson e Rosenbluth (1952). Além de filmar a criança, os pais e as enfermeiras quando estavam presentes, os observadores registraram o comportamento de Laura durante as horas em que esteve acordada, durante sua permanência. Os detalhes da realização do filme, de como Laura foi escolhida e do esquema e método de filmagem constam do guia.

4. Trata-se de uma condição indolor que, como hoje se sabe, geralmente regride sozinha. Em 1951, fazia-se a operação com muito mais frequência do que hoje. A operação é simples, feita muitas vezes em pacientes não internados.

oscilou entre a resignação silenciosa e o anseio declarado pela mãe, expresso de maneira mais ou menos intensa, dependendo das circunstâncias. Laura ficava grande parte do tempo sozinha em seu berço. Frequentemente aparentava um ar tenso e triste, segurando num dos braços seu ursinho e no outro o cobertor que ela chamava de seu filho, ambos trazidos de casa. Como não chorava nem exigia atenção, teria sido fácil para as pessoas não informadas considerá-la como "tranquila". Não obstante, sempre que aparecia uma enfermeira para participar de uma breve representação (organizada especialmente para os fins do estudo), os sentimentos de Laura encontravam expressão. Com o rosto contorcido pelo choro, repetia, com maior ou menor ênfase: "Quero minha mãe, quero minha mãe agora." Não gritava como muitas outras crianças; havia sempre uma certa contenção, embora não se pudesse duvidar da intensidade de seus sentimentos. Quando a enfermeira ia embora, Laura retomava o controle triste que vinha mantendo antes; mas o constante esfregar do rosto e do nariz, iniciado duas horas depois de seu internamento no hospital, revelavam a tensão que sofria.

Embora chorasse pouco, Laura frequentemente se preocupava com o choro de outras crianças. Numa ocasião em que um menino gritava muito, demonstrou imediatamente sua preocupação e pediu que trouxessem a mãe do menino. Um pouco presunçosamente, ela disse: "Eu não choro, vê!", e em seguida, de maneira enfática: "Tragam a mãe desse menino!" Alguns dias depois, Laura disfarçou a saudade que tinha da mãe, insistindo com a enfermeira: "Minha mãe está chorando por minha causa – vá buscá-la!" Um ou dois dias depois, quando uma criança recém-admitida chorava intensamente Laura, muito controlada, observou-a com uma expressão tensa e, em seguida, tentou tranquilizá-la: "Você está chorando porque quer a sua mãe, não chore. Ela virá amanhã."

A mãe de Laura visitava-a em dias alternados, com bastante regularidade. Embora reconhecesse imediatamente a mãe, em cada ocasião havia um pequeno intervalo até que falasse com ela. Nas duas primeiras visitas, Laura chorou quando viu a mãe e, na primeira, também se afastou dela. Seguiu-se então um intervalo de alguns minutos (cerca de dois minutos na primeira visita e dez, na segunda) antes que ela começasse a manifestar qualquer satisfação. A partir de então, tornou-se rapidamente a criança feliz que brincava intimamente com a mãe, tal como em casa. Quando a mãe disse que precisava ir embora, Laura ficou angustiada; e, enquanto a mãe se afastava, a menina voltou a cabeça para outro lado. Apesar de não ter chorado, sua expressão se alterou e ela ficou inquieta. Embora ainda fosse muito cedo, pediu para ser colocada na cama com seus vários objetos, e proibiu a enfermeira de retirar a cadeira onde a mãe se sentara.

Na terceira e quarta visitas, Laura não chorou, ficou com o rosto inexpressivo e não fez nenhuma tentativa de contato com a mãe. Depois de algum tempo, animou-se. Na quarta visita, quando o pai chegou, dez minutos depois da mãe, teve uma recepção mais calorosa; e, quando foi embora, Laura murmurou baixinho: "Vou com você." Mas não insistiu e, quando os pais saíram, pareceu não dar importância ao fato de ficar ali.

Na última manhã, Laura chorou: na noite anterior a mãe lhe dissera que a levaria para casa no dia seguinte. Laura não contou nada a ninguém, mas seu controle desapareceu temporariamente. Quando a mãe chegou para buscá-la, continuou cautelosa na expressão de qualquer esperança, e só quando a mãe mostrou-lhe os sapatos de sair é que ela se permitiu manifestar alegria. Juntou então todas as suas preciosas coisas e foi embora com a mãe. Na saída, deixou cair um livro, que uma enfermeira apanhou para ela. Supondo que a enfermeira pretendesse ficar com ele, Laura arrancou-o de suas mãos com raiva e gritou – o sentimento mais violento que demonstrou durante aqueles oito dias.

Comentário provisório

As observações de Laura não deixam dúvida de que durante toda a sua permanência fora de casa ela esteve constantemente pensando na mãe, e com saudades dela. Não obstante, esses indícios e a sua significação poderiam facilmente passar despercebidos a um observador menos sensível. O desejo potencialmente intenso que Laura tinha da mãe foi frequentemente disfarçado. Por exemplo, quando afirmou que a mãe estava chorando por ela, e não o inverso. Em outra ocasião Laura interpolou, sem emoção e de maneira aparentemente irrelevante, as palavras "Quero minha mãe, onde está minha mãe?" a observações sobre coisas totalmente diferentes. Certa vez, como descrevemos no capítulo 1, expressou o desejo permanente de ver o rolo compressor que estivera observando da janela do hospital, e que fora embora. No meio do seu monólogo, "Quero ver o rolo compressor, quero ver o rolo compressor", intercalava ocasionalmente, com uma voz em *off*, "Quero ver minha mãe!".

A mãe de Laura, como o leitor se lembrará, era muito exigente em relação a ela e insistia especialmente em que não chorasse. As enfermeiras também pareciam ter deixado claras as suas preferências. Nenhum dos adultos queria ver uma menininha infeliz, chorando desesperadamente pela mãe e profundamente ressentida da maneira como era tratada. Laura, sem dúvida consciente disso, procurou controlar-se e guardar para si mesma seus desejos e sentimentos. Mesmo quando chegou o momento de voltar para casa, ela, como Kate, evitou ter demasiadas esperanças para não se decepcionar novamente. Como seus pedidos foram em vão, estava aprendendo que os esforços para provocar mudanças eram inúteis e a resignar-se ao desespero. Assim, como Patrick, Laura sentia-se cada vez mais desamparada e desesperada.

Outro aspecto evidente na descrição de Laura é sua acentuada disposição para cuidar dos outros. Embora ela mesma chorasse pouco, preocupava-se constantemente quando outras crianças choravam, e fazia todo o possível para consolá-las. Essa tendência, evidenciada por crianças pequenas que estão longe do cuidado materno, a cuidar umas das outras foi observada por Dorothy Burlingham e Anna Freud, durante a guerra (Burlingham e Freud 1955, pp. 32-3). Embora seja evidente que uma criança pequena, ao consolar outras, pode encontrar também um certo consolo, as opiniões sobre a influência que isso pode ter na normalidade do desenvolvimento futuro divergem. A questão é novamente mencionada no final deste capítulo.

Examinemos agora como Laura se comportou ao voltar para casa.

> Nos primeiros dias, Laura ficou inquieta, irritada e aflita todas as vezes que a mãe, mesmo momentaneamente, se afastou dela. Depois, porém, parece ter voltado ao seu natural, e poder-se-ia supor que os oito dias no hospital, por mais difíceis que tenham sido na época, estavam superados e esquecidos. Dois episódios, porém, demonstraram que não era assim.
>
> O primeiro ocorreu por acaso. Certa noite, seis meses depois do retorno de Laura, o filme sobre ela estava sendo mostrado aos seus pais. Sem que ninguém percebesse, Laura entrou na sala e viu

as últimas sequências na tela. Quando as luzes foram acesas, Laura, agitada e corada, exclamou com raiva: "Onde você estava durante todo aquele tempo, mamãe? Onde você estava?" Em seguida começou a chorar muito alto, afastando-se da mãe e procurando consolo junto ao pai. Naturalmente, seus pais ficaram espantados pela força dos sentimentos revelados pela filha, e também perturbados pelo fato de Laura ter-se afastado da mãe, com raiva. O segundo episódio ocorreu três meses depois, pouco depois do seu terceiro aniversário. Levada pelos pais a uma exposição, Laura parecia estar contente em ficar no local reservado às brincadeiras das crianças, apesar dos atendentes com seus aventais brancos, que lhe poderiam ter lembrado as enfermeiras do hospital. Mas, quando apareceu um fotógrafo, ela ficou histérica, e seus pais levaram uma hora para acalmá-la. Ao que tudo indica, a câmera a fizera lembrar de sua experiência anterior.

Novo comentário

Esses dois episódios sugerem fortemente que, apesar da aparente recuperação de Laura em relação à sua aflitiva experiência anterior, ela continuava sujeita a reagir com raiva e angústia àquilo que provocasse recordações dessa experiência.

Houve ainda um outro episódio na vida de Laura que provocou reações que bem poderiam ter sido influenciadas pelos oito dias passados no hospital. Trata-se de um período de quatro semanas durante as quais ela ficou aos cuidados da avó materna, enquanto a mãe foi ter um novo bebê. As reações de Laura não foram observadas e as informações sobre elas foram recebidas dos pais e da avó. O interesse está na maneira como tratou os pais ao voltar para casa.

Quatro meses depois do filme, quando Laura tinha 2 anos e 9 meses, a mãe foi para o hospital para ter um novo filho. Ficou internada quatro semanas, durante as quais Laura não viu nenhum dos pais. Segundo a avó, cujo relato deve ser tratado com cautela, Laura chorou um pouco a princípio, mas depois ficou "muito contente".

A reunião de Laura com a mãe começou quando esta, já em casa, falou-lhe pelo telefone. A menina ficou excitada ao ouvir a voz da mãe, e desejosa de voltar. Meia hora depois chegava em casa, e a mãe pôde ouvi-la bater na porta da frente e gritar: "Mamãe, mamãe!" Mas, quando a mãe abriu, Laura olhou-a sem expressão e disse: "Mas eu quero a minha mamãe." Nos dois dias seguintes, Laura pareceu não reconhecer a mãe e, embora não fosse hostil, estava totalmente desapegada. Foi, naturalmente, uma experiência muito perturbadora para a mãe.

O tratamento dado por Laura ao pai foi muito diferente. Quando ele chegou em casa, uma ou duas horas depois da chegada da menina, ela ficou calada por alguns momentos, mas recuperou-se rapidamente e em pouco tempo o estava tratando de maneira cordial. Ele havia tirado férias a partir daquele dia e nos dias subsequentes os dois se entenderam bem. Intrigados pela atitude de Laura em relação à mãe, seus pais acharam que ela poderia ter perdido a memória. Colocaram-na à prova com as bonecas favoritas e vários objetos domésticos, que ela naturalmente reconheceu.

Dois dias depois da volta para casa, a relação entre Laura e a mãe parecia ter voltado ao normal, embora às vezes a menina se dirigisse a ela como "Nana", o que deixava a mãe irritada. Durante esses dias, Laura não deu outras demonstrações de perturbação, não teve explosões de raiva, nem sono agitado ou problemas de alimentação.

Deformações no desenvolvimento da personalidade

As descrições da maneira como Laura e Patrick reagiram durante os dias passados num lugar estranho, sem ninguém para cuidar deles, ou compreendê-los, mostram como uma criança pequena, nessa situação, anseia intensa e continuamente pela mãe ausente, e também como fica ansiosa por obedecer às instruções que a mãe lhe dá no sentido de não protestar, mesmo que isso exija um esforço incessante de inibir todas as suas reações naturais – protesto em voz alta e irritada contra o que está acontecendo e forte exigência da volta da mãe. Ao cumprir as ordens da mãe, é claro que cada uma dessas crianças lutava para evitar a sanção que acreditavam haver em suas palavras – para Patrick, a ameaça de abandono, para Laura, a ameaça de desaprovação e retirada do amor.

Pode-se acreditar que, para cada uma dessas crianças, essa consciência de que o anseio e a raiva foram despertados nelas pela situação que viviam estava se desligando de sua consciência do que era realmente a situação – em termos tradicionais, que estavam funcionando certos processos de repressão. Os desejos de Laura passam a focalizar-se no rolo compressor. Patrick, censurado por suas constantes repetições, deixa de falar sobre a mãe e, em lugar disso, passa a preocupar-se com uma série de movimentos que perdem rapidamente seu significado. Isso me leva a suspeitar de que cada uma dessas crianças corria o perigo de perder a noção de quem estavam querendo, tal como parece ter acontecido momentaneamente com Kate, quando perguntou: "O que Kate está procurando?"

As deformações no desenvolvimento da personalidade que ocorrem nessas duas crianças tomaram formas bastante diferentes. Sem ninguém para sancionar seu anseio ou ajudá-lo a conservar sua consciência de quem, ou do que, ele desejava, Patrick compreendia cada vez menos o que o estava deixando infeliz. Se tal avaliação é correta, a condição de Patrick se estava transformando em luto crônico. O estado de Laura, em contraposição, tendia para a autoconfiança excessiva, e a excessiva prestação de cuidados. Reconhecidamente, ela parecia muito mais feliz quando estava consolando as outras crianças do que quando estava chorando pela mãe. Não obstante, seria perigoso supor que sua capacidade de encontrar consolo em confortar os outros representa um passo favorável no desenvolvimento de sua personalidade. Não é difícil ver como numa situação de prolongada falta de cuidados a preocupação de Laura com a infelicidade dos outros, combinada com uma acentuada tendência de inibir a expressão de seu próprio desejo de cuidado, poder-se-ia ter consolidado num padrão firme de compulsão para cuidar.

Assim, ao avaliar o comportamento de cuidar de Laura como potencialmente patológico, minha posição difere da posição de muitos outros. Por exemplo, num trabalho recente de McDevitt (1975), membro do grupo de Margaret Mahler, expressa-se uma opinião tradicional e contrária. Primeiro, McDevitt observa que, a partir da idade de cerca de 16 meses, uma criança cuja mãe está ausente "pode cuidar de sua boneca numa brincadeira simbólica, usando essa brincadeira para consolar-se..." e em seguida comenta: "Essa transferência da relação mãe e filho para o mundo interior permite a continuação de uma relação com o objeto de amor durante a ausência deste." Ao dizer isso, ele deixa implícito que essa "transferência" é um passo no sentido do desenvolvimento sadio. Como já disse, não participo desse otimismo. Em termos da teoria apresentada aqui, o comportamento em questão deve ser considerado como uma *alternativa* da busca de cuidados. Além disso, por ser uma forma de comportamento incompatível com a busca de cuidado, e também pelo próprio fato de trazer algum conforto e frequentemente receber aprovação dos adultos, há sempre o risco de que cuidar dos outros seja uma reação usada rotineiramente em circunstâncias em que a busca de cuidados para si mesmo seria a reação adequada.

Capítulo 24
Reações à perda no segundo ano

Um período de transição

Quanto mais nova a criança, mais difícil conceituar melhor as suas reações à perda da mãe. O exame dos dados sugere o que se segue. Antes dos 6 meses as reações são tão diferentes do que são mais tarde que o conceito de luto parece certamente inadequado. Entre os 7 meses e cerca de 17 meses, as reações assumem formas tão semelhantes às reações de crianças mais velhas, que justificam um exame cuidadoso. De cerca de 17 meses em diante, as reações seguem cada vez mais de perto as examinadas nos capítulos anteriores, de modo que as conclusões experimentadas a que neles chegamos podem começar a ser aplicadas.

Para dar à discussão proporções controláveis, decidi, com relutância, tratar apenas rapidamente das reações observadas em crianças de menos de cerca de 16 meses. Isso nos permite focalizar a atenção principalmente sobre as reações ocorridas durante os últimos oito meses do segundo ano. Não só esse período é transitório e de grande interesse, em relação ao qual não faltam controvérsias, como também há um volume considerável de dados sobre ele. Esses dados, além do mais, foram levantados por pesquisadores que trabalhavam dentro de duas tradições distintas – clínicos que estudaram problemas de apego, separação e perda, e psicólogos preocupados com o desenvolvimento cognitivo. Como acredito que as evidências das duas são compatíveis entre si, e como a teoria desenvolvida pelos psicólogos cognitivos está mais próxima dos dados e mais bem articulada do que a desenvolvida pelos clínicos, recorro mais a ela, bem como à teoria do apego, ao examinar os resultados. Antes de tratarmos das questões teóricas, porém, é preciso examinar os dados.

Reações em condições favoráveis

Comecemos com a descrição de uma menina de 17 meses que esteve aos cuidados dos Robertson durante dez dias.

Jane tinha 17 meses quando veio para a clínica e era a mais nova de quatro crianças que ficaram sob os cuidados de James e Joyce Robertson, enquanto suas mães foram ter novos filhos (Robertson e Robertson, 1971). Era uma criança viva e atraente, que sua jovem mãe tratava com zelo e imaginação. Ambos os pais exigiam alto padrão de obediência e Jane já compreendia muitas de suas proibições.

A familiarização de Jane com sua família adotiva demorou várias semanas e foi mais difícil do que com as duas outras crianças mais velhas do estudo – Thomas e Kate (ver capítulo 23). Quando chegou na clínica, contudo, Jane sentiu-se bastante à vontade em seu novo ambiente e, no devido momento, aceitava todos os cuidados maternos proporcionados pelo substituto mais próximo.

Nos três primeiros dias, Jane ficou alegre e animada. A alegria e os muitos sorrisos dirigidos aos pais adotivos, porém, pareciam bastante artificiais e destinados a provocar sorrisos sem resposta; e, quando parava de sorrir, seu rosto ficava tenso e inexpressivo.

A impressão dos Robertson de que esses sorrisos eram artificiais e destinados a agradar foi amplamente confirmada, mais tarde, pela mãe de Jane. Depois de ver o filme desses primeiros dias, ela comentou: "Jane sorri desse jeito quando fico nervosa com ela, tentando me agradar."

No quarto dia, o humor de Jane modificou-se. Deixou de ser alegre, tornou-se inquieta e frequentemente estava prestes a chorar irritadamente. Também demonstrou tendência a chupar o dedo e queria ser acalentada. A impressão que dava aos pais substitutos era a de uma criança "sob tensão... e às vezes desorientada".

Os pais substitutos moravam no mesmo quarteirão que os pais de Jane, e quando ela brincava no jardim comunal, que as duas famílias partilhavam (com outras), não estava distante do portão do jardim de seus pais. Nos quatro primeiros dias pareceu não notar o portão. No quinto, porém, dirigiu-se a ele, tentou abri-lo e não conseguiu. Olhando sobre o muro para o jardim vazio, balançou a cabeça, voltou para o jardim comunal e pareceu não saber que direção tomar. No dia seguinte tentou novamente o portão e desta vez este se abriu. Correndo, Jane em seguida tentou abrir a porta do apartamento dos pais. Não tendo êxito, voltou, fechou cuidadosamente o portão e passou alguns minutos olhando para a casa vazia. Ao voltar para a casa dos pais substitutos, naquele dia, não quis entrar e, pela primeira vez desde que saíra de casa, murmurou a palavra "Mamãe".

O pai de Jane visitou-a todos os dias durante uma hora por dia, enquanto ela esteve fora de casa. A princípio, ela brincava alegremente com o pai e chorava quando ele partia. No final de sua permanência, porém, parecia ignorá-lo propositadamente. Tão logo, porém, o pai se preparava para sair, agarrava-se a ele e chorava.

Quando a mãe chegou para levá-la para casa, Jane reconheceu-a imediatamente. A princípio ficou um pouco insegura e tímida, mas logo depois sorriu docemente, talvez querendo agradar. O jogo de colocar moedinhas numa bolsa, que vinha fazendo com a mãe substituta, foi transferido para a mãe, que segundo as expectativas de Jane devia assumir, a partir de então, toda a atividade de cuidar dela.

Durante algum tempo, depois que Jane voltou para casa, as relações entre ela e os pais foram tensas. Às vezes ela se conformava aos desejos deles, outras fazia o contrário. As tentativas de corrigi-la com tapas levaram a explosões de choro nunca vistas.

No fim dos dez dias na creche, Jane parecia firmemente apegada à mãe adotiva e relutante em deixá-la. Por isso a mãe adotiva visitou-a em casa várias vezes, nas primeiras semanas. A princípio, foi calorosamente recebida pela menina, mas, na medida em que esta foi restabelecendo suas relações com a mãe, as visitas começaram a criar conflito, e Jane mostrava-se indecisa na escolha entre as duas mães.

Comentário

Apesar das condições muito favoráveis da creche e de sua alegria aparente nos primeiros dias, o comportamento de Jane foi, desde o início, o de uma criança insegura e talvez desorientada. Embora tivesse apenas 17 meses e com inícios muito rudimentares de linguagem, ainda assim ela pôde distinguir claramente entre a mãe e a substituta. Primeiro, reconhece sua própria casa e o jardim; depois, lembra-se da "mamãe"; e durante todo o tempo deixa perfeitamente claras quais as suas preferências. Quando a mãe chega para levá-la para casa, ela passa imediatamente da substituta para a mãe. Essas observações mostram que durante seus dez dias fora de casa Jane pôde conservar a lembrança da mãe ausente de uma maneira facilmente acessível, e assim reagir com atos bem planejados não só na primeira vez em que viu a mãe novamente, mas também quando identificou o portão do jardim. Além disso, sua referência posterior à "mamãe" mostra que, com esse lembrete, ela era capaz de recordar a imagem da mãe ausente.

Sob muitos aspectos o comportamento de Lucy, de 1 ano e 9 meses e a quarta criança de que o casal Robertson se ocupou, assemelha-se ao de Jane. Embora quatro meses mais velha, Lucy não falava nada. Não obstante, há indícios de que ela também foi capaz de conservar a imagem da mãe ausente de forma facilmente acessível e de reagir rapidamente, tanto a um lembrete da mãe durante o período de separação[1] como à própria mãe, no momento da reunião.

Uma questão levantada pelos Robertson é se, na ausência de quaisquer lembretes concretos da mãe, Jane ou Lucy teriam a capacidade cognitiva de se lembrar de sua imagem[2], sem a qual, podemos supor, nenhuma criança poderia experimentar ou manifestar o anseio de reunir-se com a mãe. Embora seja evidente que as duas crianças mais velhas, Thomas e Kate, tinham essa capacida-

---

1. Um relato de Lucy é feito no capítulo 1 do volume II. O lembrete da mãe foi o fato de ter sido levada a um parque onde estivera muitas vezes com a mãe.

2. Usada neste contexto, a palavra "imagem" tem a mesma referência que a expressão "modelo representacional", usada neste trabalho.

de bem desenvolvida (ver capítulo 23), a capacidade das duas mais novas estava, certamente, em dúvida. Não obstante, as observações feitas sobre elas, isoladamente, não parecem apresentar bases para concluir, como os Robertson se inclinam a fazer, que as crianças em meio ao seu segundo ano não têm capacidade de lembrar. Algumas crianças dessa idade dispõem indubitavelmente dessa capacidade, como certas observações de Piaget deixam claro (ver capítulo seguinte). Não obstante, muitas questões correlatas continuam sem resposta. Por quanto tempo, por exemplo, pode uma criança, durante seu segundo ano de vida, conservar, de forma recuperável, um modelo da mãe ausente, seja para reconhecimento ou lembrança? Durante quanto tempo ela continua a desejar a mãe? O que acontece ao modelo, quando deixa de ser recuperável? As respostas seguras são esquivas.

O certo é que grandes modificações ocorrem na capacidade cognitiva de uma criança durante esse segundo ano, de modo que as operações que poderiam estar totalmente fora de seu alcance, nos primeiros meses, no final do ano estão perfeitamente no seu âmbito. Uma ilustração disso é um relato bastante curto de Furman (1974, p. 55) sobre um menino, Clive, que acabava de completar seu segundo aniversário quando o pai morreu. Mostra de forma inequívoca que nessa idade a criança não tem dificuldade, pelo menos durante um período de várias semanas, de recordar um parente ausente e sentir a sua ausência.

> A mãe de Clive ajudou-o – e com êxito, ao que se acredita – a compreender que o pai não voltaria. A partir de então e durante várias semanas Clive passou muito tempo repetindo as brincadeiras diárias que fazia com o pai; e "também insistiu, repetidamente, em dar os passeios que dava com o pai, parando nas lojas onde o pai parava e lembrando coisas específicas". A mãe de Clive, como observa Furman, achava difícil tolerar esses indícios claros da tristeza e saudade de Clive.

Observamos rapidamente nos capítulos anteriores que não é fácil aos adultos suportar a saudade prolongada de uma criança enlutada, especialmente quando os próprios adultos também foram atingidos por ela; e também que as dificuldades dos adultos aumentam as dificuldades da própria criança. Apesar da atitude da mãe, Clive persistiu em conservar suas ligações com o pai morto, de uma maneira que se assemelha muito ao de uma pessoa mais velha em processo de luto sadio.

Reações em condições desfavoráveis

Passamos agora às observações sobre crianças mais ou menos da idade de Jane e Lucy mas que, estando numa creche residencial, não recebiam cuidados constantes da mesma pessoa – como Owen, um menino bem mais velho, descrito no capítulo anterior. Recorremos às descrições de duas crianças, feitas detalhadamente por observadores muito experimentados no assunto, e consideradas por eles como razoavelmente representativas. Um dos relatos, o de John, um menino de 17 meses, foi feita por James e Joyce Robertson (1971). O outro, o de Dawn, uma menina de 16 meses, foi feito por Christoph Heinicke e Ilse Westheimer (1966). As reações de duas crianças mostram muitas semelhanças notáveis. Para simplificar a exposição, porém, a descrição das reações de John e a comparação delas com as de Jane e também de Laura (capítulo 23) são feitas em primeiro lugar, ficando para depois a descrição de Dawn.

John perde as esperanças de receber cuidados

John tinha 1 ano e 5 meses quando passou nove dias numa creche residencial porque sua mãe foi ter um novo bebê; o pai estava numa fase crítica da carreira profissional e não havia parentes que pudessem ficar com o menino. A creche era bem conhecida e autorizada para o treinamento de pessoas especializadas em cuidar de crianças, mas naquela época as amas tinham outras atribuições que não a de cuidar de crianças. Consequentemente, nenhuma delas tinha responsabilidade exclusiva pelo cuidado de John. Além disso, ele se viu entre muitas crianças que em sua maioria estavam na creche desde o nascimento, e eram por isso "barulhentas, agressivas, autoafirmativas e exigentes".

Permanência na creche. O trabalho de parto da mãe de John começou durante a noite, e o menino foi deixado na creche a caminho do hospital. Quando, na manhã seguinte, foi recebido por Mary, uma jovem ama sorridente, respondeu de maneira cordial e relacionou-se bem com ela, enquanto ela o vestia. Foi também cordial com as outras amas jovens que iam e vinham; mas não recebeu atenção especial de nenhuma delas. À noite, Mary o colocou na cama, mas não ficou com ele. Decepcionado, John gritou em protesto. O segundo dia também começou bastante bem. Durante boa parte do tempo John brincou tranquilamente num canto, afastado das outras crianças, e ocasionalmente procurava uma ama que pudesse dar-lhe atenção; suas tentativas, porém, passaram facilmente despercebidas e era provável que as outras crianças o pusessem de lado. Ficou quieto e sem reclamar a maior parte do dia, mas modificou-se quando o pai chegou para visitá-lo. Quando o pai foi embora, John gritou e lutou para ir com ele. Mary conseguiu consolá--lo, mas, quando também ela teve de ir embora, ele voltou a chorar.

A partir do terceiro dia, John foi-se tornando cada vez mais aflito; às vezes ficava de pé na extremidade da sala, com ar desolado; outras vezes, passava longos momentos chorando tristemente. Embora ainda tentasse uma aproximação com uma ou outra das amas, em geral brincava silenciosamente num canto, ou se arrastava para baixo de uma mesa, para chorar sozinho. No quinto dia suas tentativas de aproximação se tornaram menos frequentes, e mesmo quando alguém tentava consolá-lo era provável que se mantivesse indiferente. A partir de então voltou-se para um enorme urso, que acalentava. Mas também chorava muito, "num desespero silencioso, às vezes rolando de um lado para outro e torcendo as mãos. Ocasionalmente, gritava irritado, mas sem se dirigir a ninguém particularmente, e num breve contato deu um tapa no rosto de Mary".

Quando, no sexto dia, o pai voltou a visitá-lo, depois de ter faltado dois dias, John deu beliscões e tapas. Depois seu rosto alegrou-se, e ele foi apanhar os sapatos de sair e dirigiu-se esperançosamente para a porta. Mas teve uma decepção quando o pai foi embora sem ele. Aproximando-se da ama Mary, olhou para o pai com uma expressão de angústia. Em seguida, afastou-se de Mary e sentou-se longe dos outros, agarrado no cobertor.

Nos dois dias seguintes John era a imagem do desespero. "Não brincou, não comeu, não fez exigências, não reagiu senão por uns poucos segundos às tentativas das jovens amas de alegrá-lo." Quando outra criança tentou derrubá-lo dos joelhos da ama, houve irritação na sua voz. Mas por longos períodos "ficou no chão, num silêncio apático, a cabeça sobre o ursinho...".

Quando, no oitavo dia, o pai chegou, na hora do chá, John chorou convulsivamente e não conseguiu comer nem beber. No final da visita, ficou entregue ao desespero, e ninguém conseguiu consolá-lo. Deixando o joelho de Mary, arrastou-se até um canto e ficou deitado, chorando, ao lado do ursinho, sem reagir aos esforços da jovem e preocupada ama.

Volta ao lar. Na manhã do nono e último dia, o estado de John permaneceu inalterado; e, quando a mãe chegou para levá-lo para casa, ele estava imóvel e abandonado no colo de uma das amas. Ao ver a mãe, começou a mexer-se e a chorar alto. Lançou-lhe vários olhares, mas a cada vez afastava os olhos "com gritos e uma expressão perturbada". Depois de alguns minutos ela o colocou sobre os joelhos, mas John resistiu e gritou, arqueou as costas e correu, chorando, para longe da mãe e na direção de Joyce Robertson (que observava). Esta o acalmou e no devido tempo devolveu-o à mãe. O menino ficou quieto em seus joelhos, mas sem olhá-la uma única vez.

Quando o pai chegou, pouco depois, John novamente lutou para libertar-se da mãe. Depois, nos braços do pai, parou de chorar e pela primeira vez olhou diretamente para a mãe. "Foi um olhar duro e prolongado", comentou ela, "ele nunca me olhara daquela maneira."

Durante a primeira semana em casa, John chorou muito: impacientava-se com a menor demora e tinha muitas crises de raiva. "Rejeitava os pais em todos os níveis – não aceitava afeição nem consolo, não brincava com eles, e mantinha-se fisicamente afastado, fechando-se no seu quarto." Durante a segunda semana ficou mais quieto; mas durante a terceira demonstrou estar mais aflito do que nunca. As explosões de raiva voltaram; recusou alimentos, perdeu peso e dormia mal; mas começou a agarrar-se. Seus pais, chocados com o seu estado, deram-lhe grande atenção e fizeram todo o possível para restabelecer-lhe a confiança. Seus esforços tiveram certo êxito, e a relação entre John e a mãe melhorou bastante.

Essa melhora, porém, foi precária, como se evidenciou quando, em duas ocasiões, Joyce Robertson, que o havia observado na creche, visitou-o. Depois da primeira visita, quatro semanas após John ter voltado para casa, ele deixou novamente de comer durante alguns dias, recusando as atenções dos pais. A mesma coisa aconteceu depois da segunda visita, três semanas mais tarde; durante cinco dias John ficou muito perturbado e, pela primeira vez, foi abertamente hostil em relação à mãe.

Acompanhamento. Quando foi visitado três anos depois, John tinha 4 anos e meio, e era um belo e ativo menino que proporcionava muita satisfação aos pais. Não obstante, suas informações indicavam que ele ainda tinha um medo anormal de perder a mãe e sempre se perturbava quando ela não estava onde esperava que estivesse. Havia dias também em que, aparentemente sem nenhuma razão, ele se tornava hostil e provocador em relação à mãe.

Comentário

Ao examinarmos as reações de John ao fato de ter sido afastado do cuidado dos pais é necessário estabelecer duas comparações. Na primeira, a idade é constante e a influência das condições variáveis é examinada; na segunda, as condições mantêm-se constantes e a influência da idade variável é examinada.

No primeiro caso, as reações de John podem ser comparadas às de Jane, descritas na seção anterior. John e Jane tinham a mesma idade, 17 meses, e estiveram ausentes de casa pelo mesmo período, nove e dez dias, respectivamente. Mas, enquanto Jane recebeu a atenção de pais substitutos devidamente habilitados, John não teve nenhuma ama para cuidar dele.

Tanto John como Jane buscaram a companhia das figuras substitutas que pareciam disponíveis e ambos receberam bem quaisquer atenções que lhes foram dadas. No caso de Jane, a relação se pôde desenvolver e seu comportamento demonstrou rapidamente algumas das características de um apego estável. No caso de John, apesar de seus esforços, isso foi impossível. Várias vezes ele tentou aproximar-se de uma das amas, esperando uma atenção maternal, e desapontou repetidamente.

Assim, cada uma das crianças buscou recriar, com um substituto da mãe, ou substituto potencial, uma versão da relação que mantinha com a sua própria mãe. Ao mesmo tempo, porém, ambas distinguiam o substituto do original com toda a clareza, e cada criança reconheceu a mãe imediatamente. Jane, sempre que isso foi possível, deixou clara a preferência pela mãe, embora continuasse apreciando a mãe substituta. As reações de John à sua mãe foram muito mais complexas, mas nunca houve dúvidas de que ela lhe despertava as emoções mais intensas.

Isso nos leva às diferenças entre as reações de John e as de Jane. Esta, com uma figura substituta à qual podia apegar-se, esteve relativamente contente durante o tempo passado fora de casa e, ao encontrar a mãe, reagiu com satisfação. John, sem uma figura substituta que lhe pudesse dedicar tempo e atenção, desesperou-se por ser tratado por qualquer pessoa. Aos poucos desistiu de dirigir seu comportamento de apego para as amas e voltou-se para o ursinho inanimado. Brincava pouco e chorava muito. Além disso, depois de viver essas experiências durante uma semana, não encontrava consolo nem mesmo quando o pai ou uma das amas tentava confortá-lo. O mesmo ocorreu quando a mãe, finalmente, reapareceu. Ao invés de recebê-la bem e aceitar sua oferta de cuidado carinhoso, John lutou para fugir dela e fechou a cara. O profundo ressentimento pela maneira como fora tratado e sua angústia persistente diante da possibilidade de que a situação se repetisse eram evidentes.

Assim, é claro que ambas as crianças conservavam na memória um modelo da mãe ausente, e conservavam também o potencial para reagir a ela com um sentimento intenso, tão logo a encontrassem novamente. A questão de se John, durante a separação, era capaz de se lembrar da mãe, e ansiar ativamente por ela, deve ficar em aberto.

No segundo caso, as reações de John podem ser comparadas às reações de uma criança mais velha, Laura. John e Laura estiveram fora de casa pelo mesmo período (nove e oito dias, respectivamente) e nenhum deles ficou aos cuidados de qualquer ama. Mas, enquanto John tinha apenas 17 meses e praticamente não falava, Laura tinha 2 anos e 4 meses e possuía um bom domínio da linguagem para a sua idade.

Em suas reações, as duas crianças mostravam muitas semelhanças. Ambas estavam infelizes longe de casa, ambas choravam muito e ambas procuravam consolo num ursinho. Ambas brincavam apenas de maneira desorganizada. Ambas distinguiam claramente entre as amas da creche e os seus próprios pais. Quando a mãe voltou, ambas reagiram de maneira intensa. Ambas deram mostras de profundo ressentimento em relação a ela pelo que havia acontecido – John imediatamente e com exclusão de quase todo o resto; Laura com algum atraso e só depois que se lembrou de todo o episódio, vendo o filme que mostrava a sua saída do hospital em companhia da mãe. Antes disso, a profundidade do ressentimento de Laura estava totalmente oculta.

O contraste entre John, que expressou seu ressentimento abertamente, e Laura, que escondeu o seu, é parte de uma diferença mais geral entre as duas crianças. Laura, claramente influenciada pela pressão dos pais para que fosse uma boa menina e não chorasse, lutou durante toda a sua permanência na creche para conter as lágrimas e qualquer outra expressão de saudade da mãe e de raiva por ter sido abandonada. Seu controle foi eficiente a maior parte do tempo. John, em contraposição, pouco ou nenhum indício evidenciou de tentar controlar a manifestação de seus sentimentos. A diferença reflete uma distinção na organização mental característica dos níveis de idade em questão. Laura, quatro meses depois de seu segundo aniversário, está relativamente bem equipada para conter, quando necessário, formas de comportamento que surgem nela com vigor; enquanto John, com 17 meses apenas, ainda não desenvolveu esse equipamento mental. Laura não é a única a demonstrar que existe capacidade de controle nas crianças de mais de dois anos: todas as outras cinco crianças descritas no capítulo 23, inclusive a mais nova delas, Owen, também deram provas disso.

Além dessa diferença importante quanto ao grau em que Laura e John controlavam a manifestação do sentimento, e o comportamento correspondente, as duas crianças diferiam acentuadamente quanto à proporção em que manifestavam, quando distantes de casa, preocupação com a mãe ausente. John não demonstrou claramente ter essa preocupação (embora isso não afaste a possibilidade de que ela existisse realmente). Laura, em contraposição, deu mostras claras de que pensava constantemente na mãe e também ansiava por ela. Não obstante, devemos notar que, se não fosse pelo observador informado e sensível, até mesmo essa evidência poderia ter passado despercebida, ou a sua significação poderia não ter sido levada em conta.

Ao comparar as reações de John com as de Jane e Laura, o pressuposto implícito é que as reações dele são bastante típicas de uma criança desse grupo etário, cuidada nas condições descritas. A confiança em tal suposição é fortalecida quando se comparam as reações de John com as reações de Dawn[3].

Dawn torna-se triste e deprimida

    Dawn tinha 16 meses quando passou 15 dias numa creche residencial. Vinha de uma família operária e tinha um irmão mais velho, de 6 anos. O pai discriminava acentuadamente em favor dela e contra o menino, que não era filho dele. A mãe, um caráter decidido e duro, mantinha a casa impecável e dedicava-se aos filhos. Ressentia-se da atitude do marido em relação a seu filho, o que provocava brigas entre eles.

    Permanência na creche. No primeiro dia, Dawn mostrou-se ativa e bastante alegre, aparentemente sem ter consciência da situação. Na manhã seguinte, porém, gritou desesperadamente por "Mamãe, Papai". Durante longos períodos ficou junto da porta por onde o pai desaparecera. As tentativas do pessoal da creche de consolá-la foram inúteis. Durante os três dias seguintes continuou chorando inconsolavelmente e permaneceu muito tempo de pé, junto da porta.

    No quinto dia, e pela primeira vez, o pai a visitou. Dawn o reconheceu imediatamente e, quando o pai a pegou no colo, agarrou-se fortemente a ele, gemendo. Mais tarde deixou-se colocar no chão por algum tempo, mas assim que o pai foi embora jogou-se no chão e gritou por ele.

    A hora de dormir era sempre difícil para as amas, até que descobriram que Dawn ficava sozinha se lhe dessem uma mamadeira de leite. Em outras ocasiões, usava a chupeta, interrompendo-se apenas brevemente para chamar pelo pai. E frequentemente acalentava o ursinho.

    Em certos momentos Dawn podia ser extremamente ativa, e gostava de empurrar carrinhos de criança. Em outros, parecia estar vagando e dava a impressão de estar procurando alguma coisa.

....

3. Este relato é uma versão muito abreviada do relato feito por Heinicke e Westheimer (1966, pp. 84-112).

Nos cinco últimos dias de sua permanência, Dawn apresentou tendências a ficar olhando para o espaço, em silêncio. Nessas ocasiões, parecia triste e desalentada, e ambos os observadores usaram a palavra deprimida para descrevê-la. Esses períodos de depressão, porém, eram ocasionalmente interrompidos por súbitas explosões de riso.

Em várias ocasiões houve evidências claras de que Dawn estava preocupada com seus pais ausentes. No 11º dia ela anunciou a um dos observadores: "Papai vem hoje." Embora naquele momento ela demonstrasse não se ter perturbado quando o observador lhe disse que não, mais tarde, quando a mãe de uma outra menina chegou, ela explodiu em soluços incontroláveis. No 13º dia, assim que localizou o observador, uma mulher, parou de brincar e começou a chorar pela mãe.

Nesses últimos dias, embora ocasionalmente Dawn parecesse estar alegre, continuou a chorar muito e a ter uma expressão triste. Às vezes, encontrava consolo nas amas, mas nunca o buscava. Também parecia não se preocupar se era essa ou aquela ama a cuidar dela.

Volta ao lar. Quando, dez dias depois de sua única visita, o pai foi buscá-la, Dawn chorou muito e levantou os braços, pedindo que ele a pusesse no colo. Acalmou-se nos braços do pai, mas voltou a chorar intensamente quando ele a colocou no chão por um momento. Em seguida, agarrou-se fortemente a ele.

Infelizmente não houve oportunidade de observar como Dawn teria recebido a mãe, porque esta, tão logo viu a filha, correu a tomá-la dos braços do pai e a apertá-la contra o peito, num abraço choroso. Durante a viagem de carro para casa, Dawn ficou sentada silenciosamente no colo da mãe. De volta ao apartamento, ela começou logo a explorar o ambiente que lhe era familiar e a brincar ativamente com os brinquedos favoritos. A apatia e a tristeza observadas na creche desapareceram, sendo substituídas por uma animada atividade.

Nos primeiros dias em casa Dawn parecia um pouco distante da mãe. Por exemplo, só no sexto dia disse a palavra "mamãe", e assim mesmo por insistência. Com o passar dos dias, porém, começou a tornar-se mais afetuosa e a subir no colo da mãe; mas mostrava-se preocupada em ficar perto da mãe e era capaz de crises de raiva quando não o podia fazer. Sob esse aspecto, e outros, o comportamento de Dawn foi muito semelhante ao das outras crianças pequenas que ficaram algum tempo num lugar estranho, com pessoas estranhas.

Comentário

Como as semelhanças entre as reações de Dawn e as de John são tão evidentes, não há necessidade de maiores comentários. Ambos demonstram uma grande aflição, ambos estão ansiosos para voltar para casa quando o pai os visita, nenhum deles encontra muito consolo nas atenções das amas, ambos passam o tempo acalentando um ursinho. No final da separação, porém, as relações de Dawn com os pais estão muito menos prejudicadas do que as de John com seus pais. A razão disso não é clara.

Enquanto John, durante sua permanência na creche, não deu nenhuma indicação de que pensava em seus pais ausentes, Dawn mostrou que sim. Primeiro, anuncia que o pai vem visitá-la, e mais tarde, no mesmo dia, soluça incontrolavelmente quando outra criança recebe uma visita. Dois dias depois, começa a chorar pela mãe assim que vê a observadora. Isso sugere que Dawn pode, momentaneamente, ter achado que a observadora era sua mãe, tal como Owen pensara, erroneamente, que a voz no corredor era da sua mãe.

Há observações de outras crianças da mesma idade, e até mesmo mais novas, que revelam sua preocupação com os pais ausentes. Uma dessas observações, descrita por Anna Freud e Dorothy Burlingham (1974, p. 39), relaciona-se com uma menina de 17 meses, que, durante três dias, disse apenas "Mamã, mamã, mamã", e que, embora gostasse de sentar nos joelhos da ama e ser abraçada por esta, insistia em manter-se de costas para ela a fim de não vê-la. Outra, descrita por James Robertson, já foi mencionada no capítulo 1. Com 13 meses, e portanto muito pequeno para usar palavras, Philip, enquanto chorava na creche residencial onde estava internado, foi visto fazendo movimentos associados à canção infantil "em volta do jardim", com a qual a mãe costumava acalmá-lo em casa, quando ficava perturbado.

Tendo em vista essas observações, acredito ser possível dizer que há muitas crianças de 16 meses e mais que têm capacidade de reter na memória, de forma acessível, seu modelo de um dos pais ausentes, e que se lembram desse modelo, a intervalos, durante uma permanência com pessoas desconhecidas; e, além disso, que elas o podem fazer não só quando lhes são apresentados lembretes claros dos pais, mas também em outras ocasiões. Tendo em vista as descobertas de Piaget (mencionadas no capítulo seguinte), não há razão para surpreender-se com isso. Não obstante, devemos lembrar que pode haver outras crianças em que essa capacidade não existe durante a primeira metade do segundo ano de vida, e nas quais só se desenvolve mais tarde.

Neste capítulo, as condições desfavoráveis a que chamamos a atenção limitam-se à ausência de um substituto estável da mãe. Que papel, podemos perguntar, as muitas outras condições desfavoráveis, examinadas nos capítulos anteriores, desempenham durante o segundo ano de uma criança. Em particular, as coisas que são ditas a uma criança – recomendações de não chorar, ameaças de rejeição ou abandono, atribuições de culpa – têm efeitos sobre as crianças em seu segundo ano, como claramente têm sobre as crianças de três anos e mais? Uma resposta poderia ser que isso pode acontecer porque as crianças de menos de dois anos, não tendo domínio da linguagem, não podem aprender o significado do que lhes dizem. Outros, porém, poderiam discordar, lembrando o fato de que pelo entendimento dos gestos a criança pode perceber a essência do que lhe é dito com uma perfeição muito superior à sua capacidade de expressar-se. Um problema semelhante surge com as crianças que perderam um dos pais por morte. Pode a informação de que ele nunca mais voltará ser compreendida de alguma maneira por uma criança tão pequena?

Entendo que não temos condições de responder a tais perguntas, de maneira confiante. Evidentemente, o entendimento de uma criança muito pequena é limitado, mas pode não ser zero. Além disso, as crianças diferem muito entre si na rapidez do desenvolvimento, e os pais diferem muito em sua disposição de se comunicar e em sua capacidade de fazê-lo. Até que exista um volume bem maior de dados, será prudente mantermos o espírito aberto em relação a esses problemas.

Isso nos leva mais uma vez às controvérsias com as quais começamos, sobre se as crianças pequenas sofrem luto. Como grande parte das discordâncias gira em torno de como as diferentes escolas de pensamento concebem a forma e o ritmo do início do desenvolvimento cognitivo, vamos examinar, no capítulo final, o que hoje se conhece sobre isso, e também que implicações a questão parece ter para os nossos problemas.

Capítulo 25
Reações de crianças pequenas à luz do desenvolvimento cognitivo inicial

Desenvolvimento do conceito de permanência da pessoa

Nas primeiras décadas da psicanálise, pouco se sabia sobre o desenvolvimento da capacidade cognitiva da criança ou de suas relações com os pais durante os primeiros dois ou três anos de vida. Consequentemente, foram feitas várias suposições bastante arbitrárias, muitas delas influenciadas pela suposição de que o interesse da criança pelas pessoas é necessariamente secundário ao seu desejo de alimento, do qual resulta. Assim, num extremo, havia os que acreditavam que uma criança já de dois anos ainda é tão dominada por suas necessidades fisiológicas que transfere prontamente suas afeições para quem as estiver atendendo no momento. No extremo oposto, uma capacidade cognitiva complexa e as relações com o seio como objeto parcial foram atribuídas a crianças com apenas alguns meses de idade. À base dessas ideias, duas ou mais teorias bem diferentes de desenvolvimento social foram desenvolvidas pelos psicanalistas, levando inevitavelmente a teorias do luto muito divergentes.

Hoje, graças aos estudos sistemáticos de um número crescente de psicólogos do desenvolvimento, já não é necessário recorrer a suposições. Embora muita coisa ainda esteja por estudar, um esboço mais ou menos sólido do desenvolvimento cognitivo e socioemocional durante os primeiros anos já começa a delinear-se. Neste capítulo, indicamos rapidamente como as reações de crianças à separação e perda podem ser vistas, à luz dessas descobertas.

Ao dar atenção ao desenvolvimento cognitivo, baseio-me principalmente na obra de Piaget (ver especialmente *A construção do real na criança*, 1937, e *Jogo, sonhos e imitação na infância*, 1951) e também na obra de Bower (1974), cujos experimentos imaginosos levaram não só a um apoio decidido aos conceitos de Piaget, como também ao desenvolvimento e esclarecimento desses conceitos. A obra de Bower sugere que no primeiro ano de vida a criança está bastante mais avançada em seu desenvolvimento cognitivo do que Piaget supunha inicialmente, e muitos outros trabalhos indicam a mesma evolução (ver a resenha crítica de Gratch, 1977). Por desenvolvimento cognitivo entende-se as fases por que passa a criança pequena e que fazem com que seu comportamento deixe de depender exclusivamente de *inputs* estimuladores imediatos, e passe a ser guiado pelas regras que lhe permitem combinar a informação perceptual com a informação da memória. Por meio dessas regras ela é capaz de prever mais ou menos acertadamente o que pode acontecer no seu mundo, e planejar e reagir adequadamente.

Piaget foi o primeiro a mostrar que só aos 6 meses de vida uma criança faz qualquer tentativa de procurar um objeto interessante que tenha desaparecido. Antes dessa idade, não só não faz nenhuma tentativa de procurá-lo, como ainda, quando mais tarde o mesmo objeto reaparece, trata-o como se fosse um objeto diferente (a julgar pela latência da reação e medidas correlatas). Assim, longe da vista parece ser, realmente, longe da mente. Bower acha que a razão disso é que antes de cinco meses a criança só parece ser capaz de identificar um objeto por meio de duas de suas muitas características identificadoras possíveis, ou seja, pelo fato de permanecer no mesmo lugar, ou seguir uma trajetória constante. Características óbvias como tamanho, forma e cor do objeto, de que os adultos habitualmente se valem para identificar certas coisas, não são usadas durante esses primeiros meses.

A partir de cerca de 5 meses, porém, ocorre uma acentuada modificação: tamanho, forma e cor passam a ter significação. Um dos resultados disso é que um objeto que reaparece depois de um intervalo é reconhecido e tratado como sendo o mesmo objeto.

Outro resultado é o reconhecimento da existência continuada desse objeto, mesmo quando longe da vista, como se vê pelo fato de ele ser procurado pela criança. Admite-se que durante muitos meses essa procura por parte da criança é muito mal dirigida, e ela comete estranhos erros. Por exemplo, a princípio, mesmo depois de observar onde um objeto está sendo escondido, talvez sob um pano, a criança ainda assim o procura não no lugar onde o viu ser colocado, mas no lugar onde o viu pela última vez, ou no lugar onde o encontrou anteriormente. Mais tarde, ao compreender que objetos não encontrados podem estar ocultos em muitos lugares variados, a criança ainda assim tem dificuldade de perceber que os objetos escondidos podem ser transferidos de um lugar para outro, dentro de um recipiente. Por exemplo, se a moeda for escondida dentro de uma xícara ao lado de outra igual, e se as xícaras forem trocadas de lugar em sua presença, a criança ainda assim procurará a moeda na xícara errada, ou seja, na que ocupar o lugar onde estava originalmente a xícara que continha a moeda. Só a partir dos 15 meses ou mais é provável que a criança seja capaz de resolver esse problema.

Assim, mesmo depois que a criança começa a procurar um objeto que viu desaparecer, seu conhecimento sobre onde procurá-lo só melhora passo a passo, resultando finalmente num desempenho eficiente. A partir dessas observações, Piaget e outros estudiosos do desenvolvimento cognitivo deduzem que, nos últimos meses do primeiro ano e primeiros meses do segundo ano, as crianças se tornam cada vez mais capazes de conceber um objeto como uma entidade que existe independentemente delas mesmas. Durante essa fase de desenvolvimento, diz-se que a criança está atingindo o conceito de permanência do objeto.

As experiências do próprio Piaget foram realizadas principalmente com pequenos objetos, como chaves e caixas de fósforos, e suscitam a pergunta de se as suas conclusões sobre o desenvolvimento do conceito de objeto se aplicam igualmente ao desenvolvimento do conceito de pessoa. Os dados existentes sugerem que, em princípio, assim é, embora existam certas diferenças: por exemplo, o conhecimento que a criança tem das pessoas desenvolve-se bem antes do seu conhecimento das coisas, como o próprio Piaget havia previsto com segurança. O que é especialmente interessante, porém, é que, também como Piaget previu, sua capacidade de procurar e encontrar pessoas em situações sucessivamente mais difíceis parece avançar passo a passo, atravessando todas as mesmas fases da capacidade de procurar coisas (Décarie, 1965; Bell, 1970; Brossard em Décarie, 1974).

O apego da criança a uma figura materna discriminada desenvolve-se rapidamente entre o quarto e o sétimo mês. O reconhecimento perceptual ocorre antes, mas, como antes de cinco meses seu conceito de objeto ainda é primitivo, observam-se comportamentos estranhos. Por exemplo, como já vimos, os dados mostram que uma criança de cerca de 12 semanas acha que um objeto é definido pelo lugar que ocupa ou pela trajetória que segue, e não por ambos. Assim, a criança não parece compreender que o objeto pode ser visto primeiro num lugar, e em seguida passar a outro; e que não pode estar em dois lugares simultaneamente. Obtêm-se evidências disso ao mostrar-se a uma criança de menos de 5 meses várias imagens de sua mãe (por meio de certos aparelhos óticos); sem perturbar, brinca satisfeita com cada uma dessas "mães". Se, porém, uma ou duas imagens da mãe são substituídas por imagens de estranhos, a criança sabe muito bem qual prefere. Em contraposição, depois dos 5 meses, sua percepção das propriedades dos objetos é tal que à vista de imagens múltiplas da mãe a criança fica muito perturbada: já então ela sabe que tem apenas uma mãe e que esta não pode estar visualmente presente em dois ou três lugares ao mesmo tempo (embora nem sempre tenha certeza disso, como iremos ver mais adiante).

Dessas observações, e de outras, pode-se deduzir que durante esses meses intermediários, no primeiro ano de vida, a criança está desenvolvendo uma representação elementar de sua figura materna. Mas poder reconhecê-la quando presente não é para ela a mesma coisa que ser capaz de lembrar-se dela quando ausente; há razões para acreditar que essa última capacidade só se desenvolve nos meses finais do primeiro ano. Uma ilustração dessa fase de desenvolvimento foi descrita por Schaffer (1971) e reproduzida no capítulo 3 do volume II. Quando se apresenta um objeto estranho a uma criança de 6 meses, estando sua mãe sentada atrás dela e fora de sua visão, essa criança se comporta como se a mãe não estivesse presente. Quando, em contraposição, a criança de 12 meses é colocada na mesma situação, geralmente se volta para a mãe como ponto de referência, antes de decidir como reagir.

Assim, dentro desses limites reconhecidamente estreitos de espaço e tempo, crianças de um ano criadas no lar não têm dificuldades em saber onde sua mãe, visualmente ausente, está, ou em utilizar tal conhecimento. De acordo com isso, nos últimos três meses de seu primeiro ano de vida, uma criança criada em condições estáveis, e cuja mãe é sensível aos seus sinais, sente-se satisfeita brincando sozinha durante algum tempo, sabendo evidentemente que a mãe, embora visualmente ausente, está ao seu alcance, se dela precisar (Staryton e Ainsworth, 1973).

As crianças divergem muito, como seria de esperar, quanto à idade em que desenvolvem essa capacidade cognitiva, quer em relação a objetos inanimados ou em relação a uma pessoa tão importante como a mãe. Em relação a esta, algumas crianças já demonstram uma limitada capacidade de encontrá-la aos 7 meses e podem resolver todos ou a maioria dos problemas aos 9 meses. Outras crianças só o fazem vários meses depois (Bell, 1970; Brossard em Décarie, 1974). E, como também seria de esperar, a idade em que a criança desenvolve essa capacidade é muito influenciada por suas experiências. Uma criança cuja mãe é sensível aos seus sinais e interage socialmente com ela de modo pleno provavelmente estará mais adiantada do que uma outra cuja mãe esteja menos atenta. Como as crianças são muito diferentes na idade em que estão chegando ao conceito de permanência da pessoa ou, mais precisamente, permanência da mãe, qualquer afirmação relacionando às fases de desenvolvimento cognitivo ou mental com a idade cronológica deve ser tratada com cautela.

Ao desenvolver seu conceito de permanência da pessoa, a criança torna-se cada vez mais capaz de representar para si mesma a localização e os atos de pessoas ausentes. Assim, nos primeiros meses do segundo ano, uma criança que se desenvolve normalmente está se tornando capaz de usar seu conhecimento geral para deduzir para onde pode ter ido uma pessoa desaparecida e como chegou ali. Como exemplo dessa capacidade, Piaget menciona um incidente em que um de seus filhos, Laurente, poucos dias depois de completar 18 meses, foi interrogado sucessivamente sobre onde estavam os membros ausentes da família. Em resposta, apontou o lugar onde achava que cada um estava, evidentemente influenciado na sua opinião pela localização dessas pessoas uma hora antes, ou pelo conhecimento que tinha de suas ocupações habituais. De observações como essas, os psicólogos cognitivos concluem que a maioria das crianças de 18 meses ou mais, criadas em lares atentos aos seus sinais, são capazes não só de representar simbolicamente o mundo exterior, como também de manipular as suas representações. Com isso, a criança pode recapitular atos do passado e prever atos do futuro, podendo chegar até mesmo à solução de um problema por meios puramente cognitivos e sem recurso à ação. Essas realizações cognitivas, segundo acredita Piaget, e com ele muitos linguistas, dão à criança uma base necessária (embora talvez não suficiente) para começar a compreender e produzir a linguagem (Cromer, 1974)[1].

Embora a obra de Piaget, e de outros dentro da mesma linha, mostre que a criança não é capaz de lembrar e usar o seu modelo representacional do mundo de todas essas maneiras mais complexas antes da metade do segundo ano de vida, mostra também que ainda assim a criança é capaz de vários graus embrionários de representação durante os 12 meses anteriores. Dessa forma, é extremamente enganoso dizer que o modelo representacional de uma criança de sua figura de apego está ausente antes de uma certa idade ou fase de desenvolvimento, e presente depois dela. Em vez disso, devemos supor que o modelo começa a se desenvolver nos meses intermediários do primeiro ano, e que a partir de então está disponível para o reconhecimento e a busca elementar e, com o passar dos meses, torna-se cada vez mais disponível também para a recordação e para operações cognitivas. Essa maneira de conceituar o desenvolvimento inicial parece-me encerrar um potencial muito mais explicativo do que as ideias defendidas tradicionalmente pela psicanálise. As sérias deficiências de muitos dos

....
1. Como o uso da linguagem pela criança é muito atrasado em relação ao uso que faz de modos não-verbais de representação, há uma tendência persistente a subestimar as capacidades cognitivas da criança pequena.

conceitos invocados de "constância do objeto libidinal" são examinadas mais adiante.

Entre os campos onde nosso conhecimento é reduzido estão a extensão do alcance da memória de um bebê ou de uma criança pequena, e as condições que lhe permitem reconhecer ou lembrar pessoas e lugares significativos depois de variados intervalos de tempo. O que sabemos, porém, mostra-nos que durante os primeiros meses a criança tem um alcance de memória de informação visual muito mais amplo do que às vezes se supõe (ver artigos de Cohen e Gelber, 1975, e Olson, 1976[2]). Fagan (1973), por exemplo, apresenta provas de que uma criança de 5 meses, a quem se mostra por apenas dois minutos a foto de um rosto, pode reconhecer esse rosto se lhe for apresentado duas semanas depois. Assim sendo, não é de surpreender que Bower (1974) tenha observado que crianças de 5 e 6 meses, levadas para o laboratório para uma segunda visita, mostrem lembrar-se do que aconteceu durante sua primeira visita, no dia anterior ou antes, e comecem a ensaiar as respostas antes de começar o teste; também não é de surpreender que Ainsworth e seus colegas (Ainsworth *et al.*, 1978) tenham observado que crianças de 12 meses colocadas numa sequência estranha de situações pela segunda vez, duas semanas depois da primeira experiência, tenham previsto claramente o que ia acontecer e reagido adequadamente. Em relação ao desenvolvimento da lembrança espontânea, nossas informações ainda são insignificantes, sendo imprudente tentar qualquer conclusão. Particularmente, enquanto não se ampliarem os nossos conhecimentos será apressado concluir, como fazem certos clínicos, que uma criança de menos de 18 meses é totalmente incapaz, sem lembretes dos adultos, de se lembrar de pessoas e lugares depois de um intervalo superior a um ou dois dias.

Concluindo, devemos notar que os estudos experimentais sobre a capacidade das crianças pequenas de reconhecerem as coisas depois de um certo lapso de tempo nos devem levar a esperar,

....
    2. Depois de comentar essa evidência, Olson conclui que "a generalização mais simples é que as crianças na faixa de 3 a 6 meses não esquecem os estímulos visuais muito rapidamente se tiveram com eles um contato inicial suficientemente demorado, e se houve uma interferência específica relativamente pequena".

com confiança, que a capacidade da criança de reconhecer e lembrar-se de sua mãe se desenvolve semanas, provavelmente meses, antes de sua capacidade de reconhecer e lembrar qualquer outra coisa ou qualquer outra pessoa. As razões disso estão, em parte, no fato de que a mãe tem uma importância emocional muito maior para a criança do que qualquer outra coisa, e em parte porque a criança tem uma experiência de interação com ela – através da visão, audição, olfato e tato – muito maior e mais variada do que com qualquer outra pessoa ou coisa.

Constância do objeto libidinal: um conceito insatisfatório

Ao examinar os problemas do luto na infância, muitos psicanalistas invocam o conceito da "constância do objeto", às vezes ampliado para "constância do objeto libidinal". Como acredito que se trata de um conceito muito insatisfatório, não o utilizo. Como Fraiberg (1969) observa, a expressão é empregada de maneiras bem diferentes, refletindo essa variação, em parte, a origem mista do conceito e, em parte, uma modificação de sentido da palavra "constância".

O conceito foi introduzido por Hartmann (1952) em conexão com o contraste entre o que certos psicanalistas acreditavam, e alguns ainda acreditam, ser uma fase de desenvolvimento em que a criança não tem interesse por nenhum "objeto" (pessoa), exceto nos momentos em que este está satisfazendo suas necessidades fisiológicas, e numa fase muito posterior, quando se acredita que a criança se torna emocionalmente apegada a uma determinada pessoa: nas palavras de Hartmann, "há um longo caminho entre o objeto que só existe enquanto satisfação das necessidades e a forma de relações objetais satisfatórias que inclui a constância do objeto...". No ano seguinte Hartmann (1953) relacionou seu novo conceito com o conceito já elaborado por Piaget, da permanência do objeto. Em parte como resultado dessa relação, e em parte por outras razões, os psicanalistas passaram a usar a expressão "constância do objeto" em nada menos de três sentidos.

a) Um desses sentidos simplesmente equaciona a constância do objeto com a permanência do objeto, de Piaget. Foi dessa forma que Spitz (1957) e Furman (1974) usaram a expressão.

b) Um segundo uso rejeita qualquer ligação com a psicologia cognitiva e reserva a expressão para indicar "a capacidade da criança de manter catexia do objeto, a despeito da frustração ou satisfação", fase postulada como muito contrastante com a fase anterior, durante a qual se acredita que a criança considera o objeto como "não existente, desnecessário", sempre que "não exista uma necessidade ou desejo libidinal..." (A. Freud, 1968). Esse uso está de acordo com a proposta original de Hartmann, sendo adotada por Anna Freud e por aqueles que são influenciados por ela.

c) Um terceiro significado, que nasce do segundo mas não é idêntico a ele, aplica a constância do objeto à fase de desenvolvimento em que a criança pode "permanecer longe da mãe por algum tempo e ainda assim manter o equilíbrio emocional, desde que esteja num ambiente que lhe é familiar" (Mahler, 1966). No esquema de desenvolvimento de Mahler essa capacidade se desenvolve durante a quarta subfase da separação-individuação, que se estende aproximadamente do 25º ao 36º mês. Além de Mahler, a expressão é usada nesse sentido por seus colaboradores Pine (1974) e McDevitt (1975).

Em consequência desses diferentes usos, a idade em que se acredita que a criança atinge a constância do objeto libidinal varia entre o sexto mês e o final do terceiro ano.
Examinemos esses três usos à luz do esquema de desenvolvimento proposto nesta obra.
Como o primeiro uso é sinônimo das expressões "permanência do objeto" e "permanência da pessoa", já consolidadas no campo da psicologia cognitiva, a nova expressão é redundante.
Além disso, o uso de constância do objeto, nesse sentido, pode provocar confusão com a expressão "constância perceptual", que se refere à capacidade de perceber a constância de tamanho, forma e cor de um objeto, apesar das mudanças na sua orientação e iluminação, que lhe modificam a aparência ao olhar. (Segundo Bower (1974), essa capacidade já é perceptível com 22 semanas.)

O segundo uso pressupõe duas fases distintas de desenvolvimento, uma primeira, que dura até boa parte do segundo ano e na qual se acredita que o "objeto" só existe para a criança na medida em que satisfaz suas necessidades, e uma fase posterior, a da constância do objeto, quando isso já não ocorre. Como, porém, a suposição da existência de duas fases está em desacordo com as evidências, não há necessidade de introduzir uma expressão especial.

O conceito a que se aplica um terceiro uso parece, à primeira vista, ser equivalente ao conceito de apego seguro, tal como se manifesta no comportamento das crianças ao final do terceiro ano de vida, e o qual examinamos nos volumes anteriores, notadamente no capítulo 21 do volume II. É, porém, um pouco diferente.

No pensamento de Mahler, há uma tendência a supor que somente quando a criança se está tornando capaz de suportar pequenas separações com equilíbrio, por exemplo o luto num grupo de representação de luto, é que podemos dar-lhe o crédito de ter desenvolvido a capacidade de evocar representações mentais de sua mãe ausente (por exemplo Mahler, 1966). Isso parece significar que, tão logo a criança possa evocar uma representação mental da mãe, poderá suportar breves separações com equilíbrio. Não vejo evidências de que essas duas fases de desenvolvimento ocorram simultaneamente. Pelo contrário, as evidências são de que a capacidade de evocar um modelo representacional se desenvolve independentemente da capacidade de suportar separações do tipo proposto, e que ela geralmente antecede a segunda em um ou dois anos. Na verdade, no caso do desenvolvimento patológico, isso pode ocorrer num período indefinidamente prolongado. Isso significa que, embora a capacidade de evocar um modelo representacional seja necessária para que a criança que se aproxima de seu terceiro ano suporte essas separações com equilíbrio, está longe de constituir uma condição suficiente (observação também feita por McDevitt, 1975). Para que as condições sejam suficientes, não só a situação externa existente tem de ser familiar, e a criança tem de ser normal e disposta, como também o modelo da mãe ausente que ela evoca deve representar a mãe como facilmente acessível e também bem disposta em relação à criança. E isso, como indicam as evidências, depende não só do amadurecimento de certas capacidades cognitivas, como também da forma assumida pelo modelo que a criança tem de sua mãe, o qual por sua vez depende muito da maneira como a criança é tratada pela mãe. Assim, o desenvolvimento como uma fase de amadurecimento, mas apenas como um passo, entre muitos outros passos no caminho do desenvolvimento que estão inicialmente ao alcance da criança[3]. Embora na elaboração de teorias as diferenças entre essas formulações tenham consideráveis consequências, para o tratamento de pacientes elas não são necessariamente importantes. É interessante, por exemplo, o fato de que os princípios terapêuticos apresentados por Fleming (1975), e que são derivados do esquema de desenvolvimento de Mahler, sejam muito próximos dos princípios que eu mesmo deduzi a partir da teoria do apego (Bowlby, 1977).

O papel da permanência da pessoa na determinação das reações à separação e perda

Quando os dados sobre a maneira como bebês e crianças muito pequenas reagem à ausência temporária da figura materna são examinados à luz das constatações descritas antes, não há incompatibilidades evidentes. Na verdade, cada série de dados esclarece o outro.

Com cerca de seis meses de idade uma criança, se puder movimentar-se sozinha, tentará acompanhar a mãe para fora do quarto e irá ao seu encontro quando ela voltar. Não obstante, nessa idade, não há motivos para supor que durante a ausência da mãe a criança tenha acesso a qualquer representação germinal que esteja desenvolvendo da mãe. Como ilustração (mas não prova) disso, notamos que na experiência de Schaffer (1971), mencionada antes, as crianças de seis meses comportaram-se de maneira muito diferente das crianças de 12 meses. Quando diante de um objeto estranho, nenhuma delas voltou a cabeça para buscar a mãe que

....

3. Uma criança que apresenta autoconfiança compulsiva também pode demonstrar capacidade de suportar separações breves com um aparente equilíbrio; mas o modelo representacional de sua mãe, que se presume tenha desenvolvido, é naturalmente muito diferente.

estava imediatamente atrás. Em vez disso, todas pareceram estar totalmente absorvidas pelo objeto à sua frente e totalmente esquecidas da proximidade da mãe.

Como outra ilustração, notamos que quando crianças de 26 semanas ou menos são colocadas num lugar estranho, sem a mãe, parecem aceitar pessoas estranhas como substitutos da mãe, sem modificações perceptíveis no nível de reação, mostrando pouco ou nenhum dos sinais de protesto e choro típicos de crianças um pouco mais velhas. A partir dos 7 meses, porém, a criança nessa situação não só percebe a mudança como também, protestando, chorando e rejeitando amas estranhas, demonstra sua intensa aversão por ela. Além disso, ao voltar para casa, depois de períodos de até três semanas no hospital, cerca de metade das crianças com 7 a 9 meses e quase todas com mais de 10 meses tornaram-se extremamente agarradas e choravam excessivamente sempre que a mãe estava ausente[4]. Essas observações estão claramente de acordo com a hipótese de que durante o último trimestre do primeiro ano de vida o modelo representacional que a criança tem de sua mãe está se tornando rapidamente acessível, com o objetivo de estabelecer comparação durante sua ausência e de reconhecê-la, quando ela volta. Também estão de acordo com a opinião de que durante esses meses a criança desenvolve uma capacidade de ver a mãe como pessoa que existe independentemente dela.

Antes de a criança falar, a única evidência que temos do que ela pensa de seus pais ausentes vem das observações de seu comportamento. Como, porém, poucos observadores estavam atentos para a relevância dessas observações, nosso conhecimento continua sendo escasso. Portanto, os poucos registros existentes são de muito interesse. Um deles, feito durante um estudo longitudinal empreendido por Margaret Mahler, é descrito por McDevitt (1975). Mostra o comportamento bastante típico de uma criança que havia alcançado um certo grau de permanência da pessoa e que foi deixada pela mãe num lugar bastante estranho (para ela, a criança).

....

4. Essas observações, registradas por H. R. Schaffer (Schaffer, 1958; Schaffer e Callender, 1959), são coerentes com as registradas por Spitz (1946a) em seu trabalho pioneiro. Ver também Yarrow (1963) sobre as reações de bebês após a transferência para pais adotivos.

Certa manhã, quando Donna tinha 9 meses e 2 semanas, sua expressão subitamente tornou-se muito solene ao ver a mãe deixar o quarto. Quando a porta se fechou, ela começou a mexer nas coisas; sentou-se imediatamente e colocou um brinquedo na boca. A mãe esteve ausente por meia hora, e durante esse tempo Donna esteve à beira das lágrimas, não se distraía com facilidade e olhava insistentemente para a porta, sempre com uma expressão preocupada[5].

Não são raros os históricos sobre crianças no segundo ano de vida que, quando deixadas em hospitais ou creches, ficam observando a porta pela qual a mãe ou o pai desapareceu, fazendo isso insistentemente durante vários dias, na esperança evidente de vê-la(o) voltar para ela. Exemplo disso é Dawn, de 16 meses, que, internada numa creche, ficou dias perto da porta, choramingando desconsolada (capítulo 24). Da mesma forma, as esperanças provocadas em Jane (17 meses) pelo fato de, no quinto dia de internamento, ter visto o portão do jardim de sua casa, e em Dawn (16 meses), quando, no 13º dia na creche, enganou-se pensando que a observadora era a mãe (capítulo anterior), estão perfeitamente de acordo com aquilo que o atual conhecimento do desenvolvimento cognitivo inicial nos poderia levar a esperar.

Pessoas e lugares: consequências da estreita ligação mental

Anteriormente, neste mesmo capítulo, notamos que as observações mostram que, ao procurar um objeto ausente, uma criança de menos de 12 meses provavelmente o buscará no lugar onde o viu ou o encontrou pela última vez, e que se comporta da mesma maneira em relação à mãe ausente. Embora essa tendência de localizar as pessoas em lugares especiais, e de ter dificuldade em pensar que possam estar em qualquer outro, diminua durante o desenvolvimento, não parece desaparecer totalmente. Na verdade, a experiência comum sugere que, em muitas pessoas, continua

---

5. Embora McDevitt observe que Donna era mais sensível do que outras crianças às idas e vindas da mãe, considera a sua forma de reação como típica da fase de desenvolvimento em que ela se encontrava.

por toda a vida⁶. Parece-me que à sua persistência podem ser atribuídas certas características comuns do luto.

Uma delas é a forte tendência que tem a pessoa enlutada, de qualquer idade, a ter a impressão viva de ver ou ouvir um parente morto num lugar em que ele costumava estar. Outra é a tendência, possivelmente universal, que tem o enlutado de achar que a pessoa desaparecida passou a localizar-se num lugar definido – talvez na sepultura, ou no céu, ou num de seus lugares favoritos ou, como no Japão, num santuário especial. Acreditando nisso, o enlutado geralmente obtém um sentimento de estabilidade e conforto. Outra característica pode ser a tendência surpreendente que às vezes têm as pessoas enlutadas de achar que a pessoa perdida está simultaneamente em dois lugares. Exemplo disso é a criança enlutada que sabe que o genitor se foi para sempre, mas, ao mesmo tempo, espera que ele volte brevemente.

Ao discutir o desenvolvimento da permanência da pessoa, Piaget (1937) descreveu observações que parecem esclarecer bem a maneira como esses sistemas incompatíveis de crenças se podem desenvolver. As observações que se seguem⁷ relacionam-se com sua filha mais nova, Lucienne.

> Aos 15 meses, Lucienne está no jardim com a mãe. O pai chega. Ela o vê chegar, reconhece-o e sorri. A mãe então lhe pergunta: "Onde está o papai?" Curiosamente, em vez de apontar diretamente para ele, volta-se para a janela de seu gabinete, onde está habituada a vê-lo, e aponta para lá. A experiência é repetida um pouco depois. Embora tenha acabado de ver o pai ali perto, quando a mãe diz "Papai", ela se volta novamente para a janela do seu gabinete.

....

6. As experiências de von Wright *et al.* (1975) mostram que pode constituir uma característica básica do processamento humano de informação o fato de que a localização de um item seja codificada e depositada na memória, de maneira rotineira e automática, com outras informações sobre o item. Experiências, com o uso de imagens, foram feitas com crianças e adultos jovens, em vários níveis etários de 5 a 18-23 anos, com resultados semelhantes em todos os níveis. É possível, portanto, que uma forte associação da pessoa com o lugar seja um exemplo especial de uma tendência geral.

7. As descrições apresentadas são resumos de material incluído na Observação 51 do livro *A construção do real na criança*.

Três meses depois, aos 18 meses, Lucienne se comporta de maneira semelhante, desta vez em relação à irmã mais velha. Jacqueline esteve adoentada durante uma semana e ficou de cama, e Lucienne foi visitá-la em seu quarto. Naquele dia Jacqueline levantou-se e foi brincar com Lucienne, no andar térreo. Entretanto, apesar disso, Lucienne pouco depois sobe as escadas, na evidente expectativa de encontrar a irmã ainda em seu quarto. Episódios semelhantes ocorrem quando Lucienne tem 2 anos e meio e, novamente, aos 3 anos e meio. Numa dessas últimas ocasiões, ao ver seu padrinho partir ao fim de uma visita, Lucienne volta para casa e vai diretamente ao quarto onde ele havia dormido. "Quero ver se o padrinho foi embora", anuncia ela. E, entrando no quarto sozinha, certifica-se: "Sim, ele foi embora."

Estas observações não só demonstram como o mundo de uma criança pequena está intimamente ligado à localização específica de uma pessoa, mas mostram também como isso leva facilmente a achar que uma pessoa pode estar em dois lugares praticamente ao mesmo tempo. Além disso, questionam seriamente as noções de que essas "cisões do ego" são necessariamente tão patológicas como os teóricos clínicos geralmente supõem, e que suas origens devem remontar aos primeiros meses de vida. Pelo contrário, as observações e conclusões de Piaget apoiam vigorosamente a ideia, expressa em capítulos anteriores, de que crenças incompatíveis desse tipo são uma ocorrência normal em todas as idades, e se levam ou não à patologia depende da oportunidade que tem o enlutado, seja uma criança ou uma pessoa mais velha, de discutir suas dúvidas com um companheiro compreensivo e em quem confiem.

Relevância para uma teoria do luto

À luz dessas ideias e das observações mencionadas antes, parece haver razões para atribuir uma capacidade germinal de luto a crianças pequenas, pelo menos a partir dos 16 meses. Isso significa que, como no caso de Jane, elas têm a capacidade de construir e conservar uma imagem de sua mãe ausente, de distinguir a mãe da substituta da mãe e de conhecer bem as pessoas preferidas.

Significa também que só relutantemente abrem mão da figura ausente e que, se tiverem oportunidade, só aos poucos se apegam à nova figura. A princípio parece provável que a extensão de tempo durante a qual a distinção entre a preferência antiga e a preferência nova pode ser mantida é de apenas semanas, e não meses, e que até o segundo aniversário, aproximadamente, essa distinção exige a cooperação ativa do substituto da mãe. A razão para conceituar as reações de crianças dessa idade nos mesmos termos que as crianças mais velhas e os adultos é que a continuidade ontogenética das reações é enfatizada, de modo que as diferenças de reação em diferentes idades podem ser estudadas como variações sobre um mesmo tema.

Contudo, qual a melhor maneira de caracterizar as reações de crianças entre 6 e 16 meses continua sendo um enigma. Se os psicólogos cognitivos têm razão ao acreditar que uma criança de menos de cerca de 17 meses tem apenas uma capacidade muito limitada de funcionamento simbólico, a palavra "luto" pode ser inadequada. Não obstante, durante toda essa faixa etária a criança mostra evidente aflição quando sua figura de apego familiar está ausente, e com o passar dos meses procura-a com uma competência cada vez maior. Mesmo quando recebe assistência de substitutos especializados, a aflição na separação e os elementos de procura estão presentes; e, depois da reunião, a criança demonstra uma certa recuperação, cuja rapidez e proporção dependem da extensão da separação e das condições em que foi cuidada durante a separação. Como a aflição é evidentemente uma reação à ausência de uma pessoa altamente discriminada, há, pelo menos, boas razões para mantermos a prática de nos referirmos a ela com pesar, como vem sendo feito há muito tempo (ver capítulo 1).

Ao examinar essas questões estou, é claro, consciente de que grande parte do debate sobre se as crianças muito pequenas sofrem luto surgiu em consequência das opiniões que expressei em trabalhos publicados durante fins da década de 1950 e princípios da década de 1960. Nesses artigos, meu objetivo foi ressaltar que o apego da criança à figura materna desenvolve-se no primeiro ano de vida, em grande parte independentemente de quem a alimenta; que depois de seis meses a criança fica claramente aflita quando perde a mãe e que, quaisquer que sejam as diferenças entre as reações dos primeiros anos e as reações de anos posteriores, as semelhanças são evidentes e importantes. Nada, no debate subsequente – nem a observação empírica, nem a argumentação teórica –, me leva a mudar de opinião. Minha posição modificou-se em relação a um aspecto: hoje, dou muito mais peso do que antes à influência que as condições em que a criança é cuidada durante o período em que está separada da mãe – seja uma separação permanente ou temporária – têm sobre suas reações. Com relação a isso, o trabalho realizado pelos Robertson com crianças de 2 e 3 anos foi particularmente valioso, porque chamou a atenção para os efeitos mitigantes de um bom cuidado substituto. Não obstante, quanto a isso estou surpreso tanto pelas semelhanças na maneira como as crianças muito pequenas, as crianças mais velhas e os adultos reagem, como pelas diferenças. Pois não são apenas as reações de crianças muito pequenas à perda que sofrem a influência das condições familiares predominantes depois da perda. O mesmo acontece, como já vimos nos capítulos 15, 19 e 21, em relação a crianças mais velhas e adolescentes; e, no capítulo 10, em relação aos adultos. Na verdade, ao preparar este volume, nada me impressionou mais profundamente do que as evidências de uma influência generalizada, em todas as idades, do padrão de vida familiar do ser humano sobre a maneira como ele reage à perda.

Epílogo

Isso nos traz ao fim de um trabalho já extremamente longo. A maior parte dos problemas com os quais comecei foi explorada, e propus uma contribuição para a sua solução, dentro de uma nova estrutura conceitual. Concentrei-me, durante toda a obra, em problemas da etiologia e da psicopatologia, acreditando que só quando tivermos uma boa compreensão das causas do distúrbio psiquiátrico, e de seu funcionamento, estaremos em condições de desenvolver medidas efetivas, seja para seu tratamento ou sua prevenção. Minha estratégia foi selecionar uma série de fatores causais putativos – o rompimento, ou ameaça de rompimento, de um laço afetivo – e procurar suas consequências. E, ao fazer isso, identificar, na medida do possível, as outras condições que, surgidas antes, durante ou depois do rompimento, influem sobre as consequências, para melhor ou para pior. Pelo exame das evidências, colhidas em muitas disciplinas e muitas terras, foi possível indicar como certas combinações de circunstâncias levam a certas formas de distúrbios da personalidade e como tais distúrbios afetam não apenas o indivíduo, mas quase invariavelmente também os membros de sua família. Entre eles estão os muitos distúrbios clínicos comuns, inclusive os estados de angústia e fobia, de depressão e suicídio, bem como distúrbios no relacionamento entre pais e filhos e entre cônjuges. Em conjunto, são os tipos de distúrbio de que sofre a maior parte de todos os que precisam da atenção dos profissionais clínicos, do mundo ocidental de hoje. Mas, embora os rompimentos de laços e as experiências relacionadas a esse rompimento, ou consequentes dele, tenham sem dúvida um papel causal nesses estados e em outros, continuamos ignorando as proporções do papel causal que desempenham e em que circunstâncias precisas esse papel é desempenhado. Para descobrir isso, será necessária uma pesquisa constante, com o uso de muitos métodos. Somente quando isto tiver sido feito, e a própria estrutura conceitual tiver sido aperfeiçoada, desenvolvida e testada, poderemos saber se a investigação descrita será produtiva.

Enquanto isso, há conclusões que podemos aceitar, ao que me parece. O apego íntimo a outros seres humanos é o núcleo em torno do qual gira a vida de uma pessoa, não só enquanto bebê, criança pequena ou criança de escola, mas também durante a sua adolescência e maturidade, até a velhice. É desse apego íntimo que retiramos a força e o prazer da vida, e proporcionamos também força e prazer a outros. Nessas questões, a ciência atual e a sabedoria tradicional se identificam.

Podemos esperar portanto que, apesar de todas as suas deficiências, nosso conhecimento atual seja bastante sólido para nos guiar nos esforços de ajudar os que enfrentam dificuldades e, acima de tudo, para impedir que outros também venham a enfrentá-las.

Referências bibliográficas

Ablon, J. (1971). "Bereavement in a Samoan Community". *Brit. J. med. Psychol.* 44: 329-37.

Abraham, K. (1911). "Notes on the Pycho-analytical Investigation and Treatment of Manic Depressive Insanity and Allied Conditions". In Abraham, *Selected Papers on Psycho-analysis*. Londres: Hogarth, 1927. Nova edição, Londres: Hogarth, 1949; Nova York: Basic Books, 1953.

_____ (1924ª). "A Short Study of the Development of the Libido". In Abraham, *Selected Papers on Psycho-analysis*. Londres: Hogarth, 1927. Nova edição, Londres: Hogarth, 1949; Nova York: Basic Books, 1953.

_____ (1924ᵇ). "The Influence of Oral-erotism on Character Formation". In Abraham, *Selected Papers on Psycho-analysis*. Londres: Hogarth, 1927. Nova edição, Londres: Hogarth, 1949; Nova York: Basic Books, 1953.

_____ (1925). "Character-formation on the Genital Level of Libido-development". In Abraham, *Selected Papers on Psycho-analysis*. London: Hogarth, 1927. Nova edição, Londres: Hogarth, 1949; Nova York: Basic Books, 1953.

Adam, K. S. (1973). "Childhood Parental Loss, Suicidal Ideation and Suicidal Behaviour". In E. J. Anthony & C. Koupernik (orgs.), *The Child in his Family; The Impact of Disease and Death*. Nova York e Londres: John Wiley.

Ainsworth, M. D. & Boston, M. (1952). "Psychodiagnostic Assessments of a Child after Prolonged Separation in Early Childhood". *Brit. J. med. Psychol.* 25: 169-201.

Ainsworth, M. D., Blehar, M. C., Waters, E. & Wall, S. (1978). *Patterns of Attachment: Assessed in the Strange Situation and at Home*. Hillsdale, N. J.: Lawrence Erlbaum.

Albino, R. C. & Thompson, V. J. (1956). "The Effects of Sudden Weaning on Zulu Children". *Brit. J. med. Psychol.* 29: 117-210.

Anderson, C. (1949). "Aspects of Pathological Grief and Mourning". *Int. J. Psycho-Anal.* 30: 48-55.

Anthony, E. J. (1973). "A Working Model for Family Studies". In E. J. Anthony & Koupernik (orgs.), *The Child in his Family: The Impact of Disease and Death.* Nova York e Londres: John Wiley.

Antony, S. (1971). *The Discovery of Death in Childhood and After.* Londres: Allen Lane, The Penguin Press.

Arthur, B. (1972). "Parent suicide: A Family Affair". In A. C. Cain (org.), *Survivors of Suicide.* Springfield, Illinois: C. C. Thomas.

Arthur, B. & Kemme, M. L. (1964). "Bereavement in Childhood". *J. Child Psychol. Psychiat.* 5:37-49.

Averill, J. R. (1968). "Grief: Its Nature and Significance". *Psychol. Bull.* 70: 721-48.

Balint, M. (1952). "New Beginning and the Paranoid and the Depressive Syndromes". In Balint (org.), *Primary Love and Psycho-Analytic Technique.* Londres: Hogarth, 1953.

_____ (1960). "Primary Narcissism and Primary Love". *Psychoanal. Quart.* 29: 6-43.

Barnes, M. J. (1964). "Reactions to the Death of a Mother". *Psychoanal. Study Child.* 19: 334-57.

Barry, H. Jr., Barry, H. III & Lindemann, E. (1965). "Dependency in Adult Patients following Early Maternal Bereavement". *J. Nerv. Ment. Dis.* 140: 196-206.

Beck, A. T. (1967). *Depression: Clinical, Experimental and Theoretical Aspects.* Londres: Staples Press; Nova York: Harper & Row. Reeditado pela University of Pensylvania Press, com subtítulo modificado. *Depression: Causes and Treatment*, 1972.

Beck, A. T. & Rush, A. J. (1978). "Cognitive Approaches to Depression and Suicide". In G. Serban (org.), *Cognitive Defects in the Development of Mental Illness.* Nova York: Brunner Mazel.

Becker, D. & Margolin, F. (1967). "How Surviving Parents Handled their Young Children's Adaptation to the Crisis of Loss". *Amer. J. Orthopsychit.* 37: 753-7.

Becker, H. (1953). "The Sorrow of Bereavement". *F. Amer. Soc. Psychol.* 27: 391-410.

Bedell, J. (1973). "The Maternal Orphan: Paternal Perceptions of Mother Loss". Apresentado num simpósio sobre enlutamento, Nova York, nov. 1973. Fundation of Thanatology.

Bell, S. M. (1970). "The Development of the Concept of Object as related to Infant-Mother Attachment". *Child Dev.* 41: 291-311.

Bemporad, J. (1971). "New Views on the Psycho-dynamics of the Depressive Character". In S. Arieti (org.), *World Biennial of Psychiatry and Psychotheraphy*, Vol. 1. Nova York: Basic Books.

Bendiksen, R. & Fulton, R. (1975). "Death and the Child: An Anterospective Test of the Childhood Bereavement and Later Behaviour Disorder Hypothesis". *Omega* 6: 45-59.
Berg, I. (1976). "School Phobia in the Children of Agoraphobic Women". *Brit. J. Psychiat.* 128: 86-9.
Berg, I., Butler, A. & Hall, G. (1976). "The Outcome of Adolescent School Phobia". *Brit. J. Psychiat.* 128: 80-5.
Bernfeld, S. (1925, trad. ingl., 1929). *The Psychology of the Infant*. Londres: Kegan Paul.
Bibring, E. (1953). "The Mechanisms of Depressions". In P. Greenacre (org.), *Affective Disorders*. Nova York: International Universities Press.
Binger, C. M., Ablin, A. R., Fuerstein, R. C., Kushner, J. H., Zoger, S. & Mikkelsen, C. (1969). "Childhood Leukemia: Emotional Impact on Patient and Family". *New England J. Med.* 280: 414-8.
Binion, R. (1973). "Hitler's Concept of Lebensraum: The Psychological Basis". *History of Childhood Quarterly* I: 187-215.
Birtchnell, J. (1971). "Early Death in relation to Sibship Size and Composition in Psychiatric Patients and General Population Controls". *Acta Psychiatrica Scandinavica* 47: 250-70.
_____ (1972). "Early Parent Death and Psychiatric Diagnosis". *Social Psychiat.* 7: 202-10.
_____ (1975ª). "The Personality Characteristics of Early-bereaved Psychiatric Patients". *Social Psychiat.* 10: 97-103.
_____ (1975ᵇ). "Psychiatric Breakdown following Recent Parent Death". *Brit. J. med. Psychol.* 48: 379-90.
Bond, D. D. (1953). "The Common Psychological Defense to Stressful Situations and the Patterns of Breakdown when they Fail". In *Symposium on Stress*, patrocinado pela Division of Medical Sciences National Research Council e o Army Medical Service Graduate School, Walter Reed Army Medical Center, Washington D.C., março, 1953.
Bonnard, A. (1961). "Truancy and Pilfering associated with Bereavement". In S. Lorand & H. Schneer (orgs.), *Adolescents*. Nova York: Hoeber.
Bornstein, P. E., Clayton, P. J., Halikas, J. A., Maurice, W. L. & Robins, E. (1973). "The Depression of Widowhood after Thirteen Months". *Brit. J. Psychiat.* 122: 561-6.
Bower, T. G. R. (1974). *Development in Infancy*. San Francisco: W. H. Freeman.
Bowlby, J. (1944). "Forty-four Juvenile Thieves: Their Characters and Home Life". *Int. J. Psycho-Anal.* 25: 19-52 e 107-27.
_____ (1951). *Maternal Care and Mental Health*. Genebra: WHO; Londres: HMSO; Nova York: Columbia University Press. Versão abreviada, *Cuidados maternos e saúde mental*, São Paulo, Martins Fontes, 3.ª ed., 1995.

Bowlby, J. (1953). "Some Pathological Processes Set in Train by Early Mother-Child Separation". *J. ment. Sci.* 99: 265-72.
_____ (1954). "Psychopathological Processes Set in Train by Early Mother-Child Separation". In *Proceedings of Seventh Conference on Infancy and Childhood* (março, 1953). Nova York: Jos. Macy Jnr Fundation.
_____ (1957). "An Ethological Approach to Research in Child Development". *Brit. J. med. Psychol.* 30: 230-40. Reimpresso em Bowlby, 1979.
_____ (1958). "The Nature of the Child's Tie to his Mother". *Int. F. Psycho-Anal.* 39: 350-73.
_____ (1960[a]). "Separation Anxiety". *Int. F. Psycho-Anal.* 41: 89-113.
_____ (1960[b]). "Grief and Mourning in Infancy and Early Childhood". *Psychoanal. Study Child* 15: 9-52.
_____ (1960[c]). "Ethology and the Development of Object Relations". *Int. J. Psycho-Anal.* 41: 313-7.
_____ (1961[a]). "Separation Anxiety: A Critical Review of the Literature". *J. Child Psychol. and Psychiat.* 1: 251-69.
_____ (1961[b]). "Processes of Mourning". *Int. F. Psycho-Anal.* 42: 317-40.
_____ (1961[c]). "Childhood Mourning and its Implications for Psychiatry". *Amer. F. Psychiat.* 118: 481-98. Reimpresso em Bowlby, 1982.
_____ (1963). "Pathological Mourning and Childhood Mourning". *F. Am. psychoanal. Ass.* 11: 500-41.
_____ (1977). "The Making and Breaking of Affectional Bonds". *Brit. J. Psychiat.* 130: 201-10 e 421-31. Reimpresso em Bowlby, 1979.
_____ (1982). *Formação e rompimento dos laços afetivos*, São Paulo, Martins Fontes, 3.ª ed., 1997.
Bowlby, J., Robertson, J. & Rosenbluth, D. (1952). "A Two-year-old Goes to Hospital". *Psychoanal. Study Child* 7: 82-94.
Bozeman, M. F., Orbach, C. E. & Sutherland, A. M. (1955). "Psychological Impact of Cancer and its treatment". III The Adaptation of Mothers to the Threatened Loss of their Children through Leukemia: Part I. *Cancer* 8: 1-19.
Brown, F. (1961). "Depression and Childhood Bereavement". *J. ment. Sci.* 107: 754-77.
Brown, G. W. & Harris, T. (1978[a]). *The Social Origins of Depression: A Study of Psychiatric Disorder in Women*. Londres: Tavistock Publications.
Brown, G. W. & Harris, T. (1978[b]). "Social Origins of Depression: A Reply". *Psychol. Med.* 8: 577-88.
Brown, G. W., Harris, T. & Copeland, J. R. (1977). "Depression and Loss". *Brit. J. Psychiat.* 130: 1-18.
Bunch, J. (1972). "Recent Bereavement in Relation Suicide". *F. Psychosomat. Res.* 16: 361-6.
Bunney, W. E. *et al.* (1972). "The 'Switch Process' in Manic-depressive Illness". Parts I, II e III. *Arch. Gen. Psychiat.* 27: 295-319.

Burlingham, D., e Freud, A. (1942). *Young Children in War-time*. Londres: Allen & Unwin.
_____ (1944). *Infants Without Families*. Londres: Allen and Unwin.
Cain, A. C. (org.) (1972). *Survivors of Suicide*. Springfield, Illinois: C. C. Thomas.
Cain, A. C. & Cain, B. S. (1964). "On Replacing a Child". *J. Amer. Acad. Child Psychiat.* 3: 443-56.
Cain, A. C. & Fast, I. (1972). "Children's Disturbed Reactions to Parent Suicide". In Cain (org.), *Survivors of Suicide*. Springfield, Illinois: C. C. Thomas.
Caplan, G. (1964). *Principles of Preventive Psychiatry*. Nova York: Basic Books.
Casey, K. L. (1973). "Pain: A Current View of Neural Mechanisms". *Amer. Scientist* 61: 194-200.
Cecil, D. (1969). *Visionary and Dreamer*. Londres: Constable.
Chodoff, P., Fridman, S. B. & Hamburg, D. A. (1964). "Stress, Defenses and Coping Behaviour: Observations on Parents of Children with Malignant Disease". *Amer. J. Psychiat.* 120: 743-9.
Clayton, P. J. (1975). "The Effect of Living Alone on Bereavement Symptoms". *Amer. F. Psychiat.* 132: 133-7.
Clayton, P. J., Desmarais, L., & Winokur, G. (1968). "A Study of Normal Bereavement". *Amer. J. Psychiat.* 125: 168-78.
Clayton, P. J., Halikas, J. A. & Maurice, W. L. (1972). "The Depression of Widowhood". *Brit. J. Psychiat.* 120: 71-8.
Clayton, P. J., Halikas, J. A., Maurice, W. L. & Robins, E. (1973). "Anticipatory Grief and Widowhood". *Brit. J. Psychiat.* 122: 47-51.
Clayton, P. J., Herjanic, M., Murphy, G. E. & Woodruff, R. Jnr (1974). "Mourning and Dreams: Their Similarities and Differences". *Can. Psychiat. Ass. Journal* 19: 309-12.
Cohen, L. B. & Gelber, E. R. (1975). "Infant Visual Memory". In L. B. Cohen & P. Salapatek (orgs.), *Infant Perception: From Sensation to Cognition, Vol. I: Basic Visual Processes*. Nova York: Academic Press.
Cohsen, M. B., Baker, G., Cohen, R. A., Fromm-Reichmann, F. & Weigert, E. (1954). "An Intensive Study of Twelve Cases of Manic-depressive Psychosis". *Psychiatry* 17: 103-37.
Corney, R. T. & Horton, F. J. (1974). "Pathological Grief following Spontaneous Abortion". *Amer. J. Psychiat.* 131: 825-7.
Cromer, R. F. (1974). "The Development of Language and Cognition: The Cognition Hypothesis". In B. Foss (org.), *New Perspectives in Child Development*, Harmondsworth, Middx: Penguin Books.
Darwin, C. (1872). *The Expression of the Emotions in Man and Animals*. Londres: Murray.
Décarie, T. Gouin (1965). *Intelligence and Affectivity in Early Childhood*. Nova York: International Universities Press.

Décarie, T. Gouin (1974). *The Infant's Reaction to Strangers*. Nova York: International Universities Press.
Deutsch, H. (1937). "Absence of Grief". *Psychoanal. Quart.* 6: 12-22.
Dixon, N. F. (1971). *Subliminal Perception: The Nature of a Controversy*. Londres: McGraw-Hill.
Dunbar, J. (1970). *J. M. Barrie: The Man Behind the Image*. Londres: Collins.
Durkheim, E. (1915). *The Elementary Forms of the Religious Life*. Londres: Allen & Unwin.
Eliot, T. D. (1930). "The Bereaved Family". *Ann. Amer. Political and Social Sciences* 160: 184-90.
_____ (1955). "Bereavement: Inevitable but not Insurmountable". In H. Becker & R. Hill (orgs.), *Family, Marriage and Parenthood*. Boston: Heath.
Engel, G. (1961). "Is Grief a Disease?". *Psychosomat. med.* 23: 18-22.
Engel, G. & Reichsman, F. (1956). "Spontaneous and Experimentally Induced Depressions in an Infant with a Gastric Fistula". *J. Amer. Psychoanal. Ass.* 4: 428-52.
Erdelyi, M. H. (1974). "A New Look at the New Look: Perceptual Defense and Vigilance". *Psychol. Rev.* 81: 1-25.
Erikson, E. H. (1950). *Childhood and Society*. Nova York: W. W. Norton. Edição revista Harmondsworth, Middx: Penguin Books, 1965.
Fagan, J. F. (1973). "'Infants' Delayed Recognition Memory and Forgetting". *J. Experimental Child Psychol.* 16: 424-50.
Fairbairn, W. R. D. (1941). "A Revised Psychopathology of the Psychoses and Psychoneuroses". *Int. J. Psycho-Anal.* 22. Reimpresso em *Psychoanalytic Studies of the Personality*. Londres: Tavistock Publications, 1952. Também em *Object-Relations Theory of the Personality*. Nova York: Basic Books, 1954.
_____ (1952). *Psychoanalytic Studies of the Personality*. Londres: Tavistock Publications. Publicado com o título de *Object-Relations Theory of the Personality*. Nova York: Basic Books, 1954.
Fast, I. & Chethik, M. (1976). "Aspects of Depersonalization-derealization in the Experience of Children". *Int. Rev. Psycho-Anal.* 3: 483-90.
Fenichel, O. (1954). *The Psychoanalytic Theory of Neurosis*. Nova York: Norton.
Ferguson, S. (1973). *A Guard Within*. Londres: Chatto & Windus.
Firth, R. (1961). *Elements of Social Organization*, 3.ª edição. Londres: Tavistock Publications.
Flavell, J. H. (1974). "The Development of Inferences about Others". In T. Mischel (org.), *On Understanding Other Persons*. Oxford: Blackwell.
Fleming, J. (1975). "Some Observations on Object Constancy in the Psychoanalysis of Adults". *J. Amer. Psychoanal. Ass.* 23: 742-59.
Fleming, J. & Altschul, S. (1963). "Activation of Mourning and Growth by Psycho-analysis". *Int. J. Psycho-Anal.* 44: 419-31.

Fraiberg, S. (1969). "Libidinal Object Constancy and Mental Representation". *Psychoanal. Study Child* 24: 9-47.
Frazer, J. G. (1933-4). *The Fear of the Dead in Primitive Religion*, 2 vols. Londres: Macmillan.
Freud, A. (1949). "Certain Types and Stages of Social Maladjustment". In K. R. Eissler (org.), *Searchlights on Delinquency*. Londres: Imago.
_____ (1960). "A Discussion of Dr. John Bowlby's Paper 'Grief and Mourning in Infancy and Early Childhood'". *Psychoanal. Study Child* 15: 53-62.
_____ (1968). Contribution to Panel Discussion, 25.ª I.P.A. Conference Amsterdam, 1967. *Int. J. Psycho-Anal.* 49: 506-12.
Freud, A. & Burlingham, D. (1943). *War and Children*. Nova York: International Universities Press.
_____ (1974). *Infants Without Families and Reports on the Hampstead Nurseries 1939-1945*. Londres: Hogarth.
Freud, A., Dann, S. (1951). "An Experiment in Group Upbringing". *Psychoanal. Study Child* 6: 127-68.
Freud, E. L. (org.) (1961). *Letters of Sigmund Freud*. Londres: Hogarth; Nova York: Basic Books.
Freud, S. (1912). "The Dynamics of the Transference". *SE* 12: 97-108.[1]
_____ (1912-13). *Toten and Taboo*. *SE* 13: 1-162.
_____ (1917). "Mourning and Melancholia". *SE* 14: 243-58.
_____ (1920). "A Case of Homosexuality in a Woman". *SE* 18: 147-72.
_____ (1921). *Group Psychology and the Analysis of the Ego*. *SE* 18: 67-143.
_____ (1923). *The Ego and the Id*. *SE* 19: 12-66.
_____ (1926). *Inhibitions, Symptoms and Anxiety*. *SE* 20: 87-172.
_____ (1927). "Fetishism". *SE* 21: 149-57.
_____ (1933). *New Introductory Lectures on Psycho-Analysis*. *SE* 22: 7-182.
_____ (1938). "Splitting of the Ego in the Defensive Process". *SE* 23: 271-8.
_____ (1954). *The Origins of Psychoanalysis: Letters to Wilhelm Fliess 1887-1902*. Londres: Imago.
Friedman, R. J. & Katz, M. M. (orgs.) (1974). *The Psychology of Depression*. Nova York e Londres: John Willey.
Friedman, S. B., Mason, J. W. & Harmburg, D. A. (1963). "Urinary 17-hydroxycorticosteroid Levels in Parents of Children with Neoplastic Disease". *Psychosom. Med.* 25: 364-76.
Friedman, S. B., Chodoff, P., Mason, J. W. & Hamburg, D. A. (1963). "Behavioral Observations on Parents Anticipating the Death of a Child". *Pediatrics* 32: 610-25.

....
1. A abreviação *SE* refere-se à *Standard Edition of The Complete Psychological Works of Sigmund Freud*, publicado em 24 volumes pela Hogarth Press Ltd., Londres, e, no Brasil, pela Imago com o título de Edição Standard Brasileira das Obras Psicológicas Completas de Sigmund Freud.

Furman, E. (1974). *A Child's Parent Dies: Studies in Childhood Bereavement*. New Haven e Londres: Yale University Press.

Furman, R. A. (1964ª). "Death and the Young Child: Some Preliminary Considerations". *Psychoanal. Study Child* 19: 321-33.

_____ (1964ª). "Death of a Six-year-old's Mother during his Analysis". *Psychoanal. Study Child* 19: 377-97.

_____ (1968). "Additional Remarks on Mourning and the Young Child". *Bull. Philadelphia Ass. of Psychoanalysis* 18: 51-64.

_____ (1969). "Sally". In R. A. Furman & A. Katan (orgs.), *The Therapeutic Nursery School*. Nova York: International Universities Press.

_____ (1973). "A Child's Capacity for Mourning". In E. J. Anthony & C. Koupernik (orgs.), *The Child in his Family: The Impact of Disease and Death*. Nova York: John Wiley.

Gardner, A. & Pritchard, M. (1977). "Mourning, Mummification and Living with the Dead". *Brit. J. Psychiat.* 130: 23-8.

Garnett, D. (org.) (1970). *Carrington: Letters and Abstracts from her Diaries*. Londres: Jonathan Cape.

Gartley, W. & Bernasconi, M. (1967). "The Concept of Death in Children". *J. Genet. Psychol.* 110: 71-85.

Gero, G. (1936). "The Construction of Depression". *Int. J. Psycho-Anal.* 17: 423-61.

Glick, I. O., Weiss, R. S. & Parkes, C. M. (1974). *The First Year of Bereavement*. Nova York: John Wiley, Interscience.

Glover, E. (1932). "A Psycho-analytic Approach to the Classification of Mental Disorders". *J. ment. Sci.* 78, reimpresso em *On the Early Development of Mind* por E. Glover. Londres: Imago (mais tarde por Allen & Unwin).

Gorer, G. (1965). *Death, Grief and Mourning in Contemporary Britain*. Londres: Tavistock Publications.

_____ (1973). "Death, Grief and Mourning in Britain". In E. J. Anthony & C. Koupernik (orgs.), *The Child in his Family: The Impact of Disease and Death*. Nova York: John Wiley.

Granville-Grossman, K. L. (1968). "The Early Environment of Affective Disorders". In A. Coppen & A. Walk (orgs.), *Recent Developments of Affective Disorders*. Londres: Headley Bros.

Gratch, G. (1977). "Review of Piagetian Infancy Research; Object Concept Development". In W. F. Overton & J. H. Gallagher (orgs.), *Knowledge and Development*, Vol. 1, Nova York e Londres: Plenum Press.

Great Britain (1975). Office of Population Censures and Surveys. *The Registrar-General's Statistical Review of England and Wales for the Year 1973*, Part I (A), tables, medical. Londres: HMSO.

_____ (1976). Office of Population Censures and Surveys. *The Registrar-General's Statistical Review of England and Wales for the Year 1973*, Part I (B), tables, medical. Londres: HMSO.

Greer, S., Gunn, J. C. & Koller, K. M. (1966). "Aetiological factors in Attempted Suicides". *Brit. Med. J.* 2: 1352-5.

Halton, W. (1973). "A Latency Boy's Reaction to his Father's Death". *J. Child Psychotherapy* 3: N.º 3, 27-34.

Halpern, W. I. (1972). "Some Psychiatric Sequelae to Crib Death". *Amer. J. Psychiat.* 129: 398-402.

Hamburg, D. A., Hamburg, B. A. & Barchas, J. D. (1975). "Anger and Depression in Perspective of Behavioral Biology". In L. Levi (org.), *Parameters of Emotion.* Nova York: Raven Press.

Hansburg, H. G. (1972). *Adolescent Separation Anxiety: A Method for the Study of Adolescent Separation Problems.* Springfield, Illinois: C. C. Thomas.

Harris, M. (1973). "The Complexity of Mental Pain Seen in a Six-year-old Child following Sudden Bereavement". *J. Child Psychoterapy* 3: N.º 3, 35-45.

Harrison, S. I., Davenport, C. W. & McDermott, J. F. Jnr (1967). "Children's Reactions to Bereavement: Adult Confusions and Misperceptions". *Arch. Gen. Psychiat.* 17: 593-7.

Hartmann, H. (1952). "The Mutual Influences in the Development of Ego and Id". *Psychoanal. Study Child* 7: 9-30, reimpresso em *Essays on Ego Psychology* por H. Hartmann. Nova York: International Universities Press, 1964.

_____ (1953). "Contribution to the Metapsychology of Schizophrenia". *Psychoanal. Study Child* 8: 177-98, reimpresso em *Essays on Ego Psychology* por H. Hartmann. Nova York: International Universities Press, 1964.

Heinicke, C. M. (1956). "Some Effects of Separating Two-year-old Children from their Parents: A Comparative study". *Hum. Rel.* 9: 105-76.

Heinicke, C. M. & Westheimer, I. (1966). *Brief Separation.* Nova York: International Universities Press; Londres: Longmans.

Hilgard, E. R. (1964). "The Motivational Relevance of Hypnosis". In D. Levine (org.), *Nebraska Symposium on Motivation*, Vol. 12. Lincoln, Neb.: University of Nebraska Press.

_____ (1973). "A Neodissociation Interpretation of Pain Reduction in Hypnosis". *Psychol. Rev.* 80: 396-411.

_____ (1974). "Toward a Neo-dissociation Theory: Multiple Cognitive Controls in Human Functioning". *Perspectives in Biology and Med.* 17: 301-16.

Hilgard, J. R. & Newman, M. F. (1959). "Anniversaries in Mental Illness". *Psychiatry* 22: 113-21.

Hilgard, J. R., Newman, M. F. & Fisk, F. (1960). "Strength of Adult Ego following Childhood Bereavement". *Amer. J. Orthopsychiat.* 30: 788-98.

Hobson, C. J. (1964). "Widows of Blackton". *New Society* 24, set. 1964. Hofer, M. A., Wolff, C. T., Friedman, S. B. & Mason, J. W. (1972). "A Psychoendocrine Study of Bereavement". *Psychosomat. Med.* 34: 481-504.

Horn, G. (1965). "Physiological and Psychological Aspects of Selective Perception". In D. S. Lehrman, R. A. Hinde & E. Shaw (orgs.), *Advances in the Study of Animal Behaviour*, Vol. 1, Nova York: Academic Press.
_____ (1976). "Physiological Studies of Attention and Arousal". In T. Desiraju (org.), *Mechanisms in Transmission of Signals for Conscious Behaviour*. Amsterdam: Elsevier.
Jacobson, E. (1943). "Depression: The Oedipus Conflict in the Development of Depressive Mechanisms". *Psychoanal. Quart.* 12: 541-60.
_____ (1946). "The Effect of Disappointment on Ego and Superego Formation in Normal and Depressive Development". *Psychoanal. Rev.* 33: 129-47.
_____ (1957). "Denial and Repression". *J. Amer. Psychoanal. Assoc.* 5: 61-92.
_____ (1965). "The Return of the Lost Parent". In M. Schur (org.), *Drives, Affects, Behaviour*. Nova York: International Universities Press.
Jeffcoate, W. J. et al. (1978). "β-endorphin in Human Cerebrospinal Fluid". *Lancet* 2: 119-21.
Jones, E. (1953). *Sigmund Freud: Life and Work*, Vol. 1. Londres: Hogarth; Nova York: Basic Books.
Kaplan, D. M. & Mason, E. A. (1960). "Maternal Reactions to Premature Birth Viewed as an Acute Emotional Disorder". *Amer. J. Orthopsychiat.* 30: 539-47.
Kaplan, D. M., Smith, A., Grobstein, R. & Fischman, S. E. (1973). "Family Mediation of Stress". *Social Work* 18: 60-9.
Kay, D. W., Roth, M. & Hopkins, B. (1955). "Aetiological Factors in the Causation of Affective Disorders in Old Age". *J. ment. Sci.* 101: 302-16.
Keddie, K. M. G. (1977). "Pathological Mourning after the Death of a Domestic Pet". *Brit. J. Psychiat.* 131: 21-5.
Kennard, E. A. (1937). "Hopi Reactions to Death". *Amer. Anthropologist* 29: 491-4.
Klagsbrun, M. & Bowlby, J. (1976). "Responses to Separation from Parents: A Clinical Test for Young Children". *Brit. J. Projective Psychology and Personality Study* 21: N° 2, 7-27.
Klaus, M. H. & Kennell, J. H. (1976). *Maternal-infant Bonding*. St. Louis, Mo.: C. V. Mosby.
Klein, M. (1926). "The Psychological Principles of Infant Analysis". In *Love, Guilt and Reparation and Other Papers, 1921-1946*. Londres: Hogarth, 1947; Boston: Seymour Lawrence/Delacorte.
_____ (1932). *The Psycho-analysis of Children*. Nova edição, Londres: Hogarth; Boston: Seymour Lawrence/Delacorte.
_____ (1935). "A Contribution to the Psychogenesis of Manic-Depressive States". In *Love, Guilt and Reparation and Other Papers, 1921-1946*. Londres: Hogarth, 1947; Boston: Seymour Lawrence/Delacorte.

Klein, M. (1936). "Weaning". In J. Rickman (org.), *On the Bringing Up of Children*. Londres: Kegan Paul. Reimpresso em *Love, Guilt and Reparation and Other Papers, 1921-1946*.
_____ (1940). "Mourning and its Relation to Manic-depressive States". In *Love, Guilt and Reparation and Other Papers, 1921-1946*.
_____ (1945). "The Oedipus Complex in the Light of Early Anxieties". In *Love, Guilt and Reparation and Other Papers, 1921-1946*.
_____ (1948). *Contribution to Psycho-Analysis 1921-1945*. Londres: Hogarth. Reimpresso, com artigos adicionais, in *Love, Guilt and Reparation e Other Papers, 1921-1946*.
Klein, M., Heimann, P., Isaacs, S. & Riviere, J. (1952). *Developments in Psycho-analysis*. Londres: Hogarth.
Kliman, G. (1965). *Psychological Emergencies of Childhood*. Nova York: Grune & Stratton.
Kliman, G., Feinberg, D., Buchsbaum, B., Kliman, A., Lubin, H., Ronald, D. & Stein, M. (1973). "Facilitation of Mourning During Childhood". Apresentado num simpósio sobre enlutamento na New York Foundation of Thanatology.
Kluckhohn, C. (1947). "Some Aspects of Navaho Infancy and Early Childhood". In *Psychoanalysis and the Social Sciences*, Vol. 1. Nova York: International Universities Press.
Knox, V. J., Morgan, A. H. & Hilgard, E. R. (1974). "Pain and Suffering in Ischemia: The Paradox of Hypnotically Suggested Anestesia as Contradicted by Reports from 'The Hidden Observer'". *Arch. Gen. Psychiat.* 30: 840-7.
Koller, K. M. & Castanos, J. N. (1968). "The Influence of Parental Deprivation in Attempted Suicide". *Med. J. Australia* 1: 396-9.
Kovacs, M. & Beck, A. T. (1977). "An Empirical-clinical Approach toward a Definition of Childhood Depression". In J. G. Schulterbrandt & A. Raskin (orgs.), *Depression in Childhood: Diagnosis. Treatment and Conceptual Models*. Nova York: Raven Press.
Kris, E. (1956). "The Recovery of Childhood Memories in Psychoanalysis". *Psychoanal. Study Child* 11: 54-88.
Krupp, G. (1965). "Identification as a Defense against Anxiety in Coping with Loss". *Int. J. Psycho-Anal.* 46: 303-14.
Krupp, G. R. & Kligfeld, B. (1962). "The Bereavement Reaction: A Cross-cultural Evaluation". *J. of Religion and Health* 1: 222-46.
Leff, M. J., Roatch, J. F. & Bunney, W. E. (1970). "Environmental Factors Preceding the Onset of Severe Depressions". *Psychiatry* 33: 293-311.
Lehrman, S. R. (1956). "Reactions to Untimely Death". *Psychiat. Quart.* 30: 564-8.
Levinson, P. (1972). "On Sudden Death". *Psychiatry* 35: 160-73.
Lewis, C. S. (1955). *Surprised by Joy: the Shape of my Early Life*. Londres: G. Bles (reimpresso por Fontana, 1959).

Lewis, C. S. (1961). *A Grief Observed*. Londres: Faber.
Lewis, E. (1976). "The Management of Stillbirth: Coping with an Unreality". *Lancet* 2: 619-20.
Lewis, E. & Page, A. (1978). "Failure to Mourn a Stillbirth: An Overlooked Catastrophe". *Brit. J. med. Psychol.* 51: 237-41.
Lewis, W. H. (org.) (1966). *Letters of C. S. Lewis: with a Memoir by W. H. Lewis*. Londres: G. Bles.
Lieberman, S. (1978). "Nineteen Cases of Morbid Grief". *Brit. J. Psychiat.* 132: 159-63.
Lind, E. (1973). "From False-self to True-self Functioning: A Case in Brief Psychotherapy". *Brit. J. med. Psychol.* 46: 381-9.
Lindemann, E. (1944). "Symptomatology and Management of Acute Grief". *Amer. J. Psychiat.* 101: 141-9.
_____ (1960). "Psycho-social Factors as Stressor Agents". In J. M. Tanner (org.), *Stress and Psychiatric Disorder*. Oxford: Blackwell. Lipson, C. T. (1963). "Denial and Mourning". *Int. J. Psycho-Anal.* 44: 104-7.
Longford, E. (1964). *Victoria R. I*. Londres: Wiedenfeld & Nicolson.
Lord, R., Ritvo, S. & Solmit, A. J. (1978). "'Patients' Reactions to the Death of the Psychoanalyst". *Int. J. Psycho-Anal.* 59: 189-97.
MacCurdy, J. T. (1925). *The Psychology of Emotion*. Londres: Kegan Paul.
McDevitt, J. B. (1975). "Separation-individuation and Object Constancy". *J. Amer. Psychoanal. Ass.* 23: 713-42.
McDonald, M. (1964). "A Study of the Reaction of Nursery School Children to the Death of a Child's Mother". *Psychoanal. Study Child* 19: 358-76.
MacKay, D. M. (1972). "Formal Analysis of Communicative Processes". In R. A. Hinde (org.), *Non-verbal Communication*. Cambridge: Cambridge University Press.
MacKay, D. G. (1973). "Aspects of the Theory of Comprehension, Memory and Attention". *Q. J. Exp. Psychol.* 25: 22-40.
McKinney, W. T. Jnr. (1977). "Animal Behavioral/biological Models relevant to Depressive and Affective Disorders in humans". In J. G. Shulterbrandt & A. Raskin (org.), *Depression in Childhood: Diagnosis, Treatment and Conceptual Models*. Nova York: Raven Press.
Maddison, D. (1968). "The Relevance of Conjugal Bereavement to Preventive Psychiatry". *Brit. J. med. Psychol.* 41: 223-33.
Maddison, D. & Viola, A. (1968). "The Health of Widows in the Year following Bereavement". *J. Psychosomat. Res.* 12: 297-306.
Maddison, D., Viola, A. & Walker, W. L. (1969). "Further Studies in Bereavement". *Ausit. & N. Z. J. Psychiat.* 3: 63-6.
Maddison, D. & Walker, W. L. (1967). "Factors Affecting the Outcome of Conjugal Bereavement". *Brit. J. Psychiat.* 113: 1057-67.
Magee, B. (1977). *Facing Death*. Londres: Kimber.
Mahler, M. S. (1961). "On Sadness and Grief in Infancy and Childhood". *Psychoanal. Study Child* 16: 332-51.

Mahler, M. S. (1966). "Notes on the Development of Basic Moods: The Depressive Affect". In R. M. Loewenstein, L. M. Newman, M. Schur & A. J. Solnit (orgs.), *Psychoanalysis: A General Psychology*. *Essays in Honor of Heinz Hartmann*. Nova York: International Universities Press.
Main, M. B. (1977). "Analysis of a Peculiar Form of Reunion Behavior in Some Day-care Children: Its History and Sequelae in Children who are Home-reared". In R. Webb (org.), *Social Development in Childhood: Daycare Programs and Research*. Baltimore: Johns Hopkins University Press.
Malinowski, B. (1925). "Magic, Science and Religion". In J. Needham (org.), *Science, Religion and Reality*. Londres. The Sheldon Press, reimpresso em: *Magic, Science and Religion and Other Essays* por B. Malinowski. Boston, Mass.: Beacon, Press, 1948.
Mandelbaum, D. (1959). "Social Use of Funeral Rites". In H. Feifel (org.), *The Meaning of Death*. Nova York: McGraw Hill.
Mandler, G. (1975). *Mind and Emotion*. Nova York: John Wiley.
Marris, P. (1958). *Widows and their Families*. Londres: Routledge & Kegan Paul.
_____ (1974). *Loss and Change*. Londres: Routledge & Kegan Paul. Marsden, D. (1969). *Mothers Alone*. Londres: Allen Lane, the Penguin Press.
Mattinson, J. & Sinclair, I. A. C. (1979). *Mate and Stalemate: Working with Marital Problems in a Social Services Department*. Oxford: Blackwell.
Mendelson, M. (1974). *Psychoanalytic Concepts of Depression*, 2ª edição Nova York: Halsted Press (John Wiley).
Miller, J. B. M. (1971). "Children's Reactions to the Death of a Parent: A Review of the Psychoanalytic Literature". *J. Amer. Psychoanal. Ass.* 19: 697-719.
Miller, S. I. & Schoenfeld, L. (1973). "Grief in the Navajo: Psychodynamics and Culture". *Int. J. Soc. Psychiat.* 19: 187-91.
Mintz, T. (1976). "Contribution to Panel Report on Effects on Adults of Object Loss in the First Five Years". Relatado por M. Wolfenstein *J. Amer. Psychoanal. Ass.* 24: 662-5.
Mitchell, M. E. (1966). *The Child's Attitude Toward Death*. Londres: Barry & Rockliff; Nova York: Schocken Books.
Moss, C. S. (1960) "Brief Successful Psychotherapy of a Chronic Probic Reaction". *J. Abnorm. and Soc. Psychol.* 60: 266-70.
Murray, H. A. (1937). "Visceral Manifestations of Personality". *J. Abnorm. and Soc. Psychol.* 32: 161-84.
Nagera, H. (1970). "Childrens's Reactions to the Death of Important Objects: A Developmental Approach". *Psychoanal. Study Child* 25: 360-400.
Nagy, M. (1948). "The Child's Theories Concerning Death". *J. Genet. Psychol.* 73: 3-27.
Neisser, U. (1967). *Cognitive Psychology*. Nova York: Appleton-Century Crofts.

Norman, D. A. (1976). *Memory and Attention: Introduction to Human Information Processing*, 2.ª edição. Nova York: John Wiley.
Olson, G. M. (1976). "An Information Processing Analysis of Visual Memory and Habituation in Infants". In T. J. Tighe & R. N. Leaton (orgs.), *Habituation: Perspectives from Child Development, Animal Behavior and Neurophysiology. Hillsdale*, N. J.: Lawrence Erlbaum.
O"Neil, E. (1956). *Long Day's Journey into Night*. Londres: Jonathan Cape.
Orbach, C. E., Sutherland, A. M. & Bozeman, M. F. (1955). "Psychological Impact of Cancer and its Treatment". III The Adaptation of Mothers to the Threatened Loss of their Children through Leukemia. *Cancer* 8: 20-33.
Palgi, P. (1973). "The Sociocultural Expressions and Implications of Death, Mourning and Bereavement arising out of the War Situation in Israel". *Israel Ann. Psychiatry* 11: 301-29.
Pantin, C. F. A. (1968). *The Relation between the Sciences*. Londres: Cambridge University Press.
Parker, G. (1979). "Parental Characteristics in Relation to Depressive Disorders". *Brit. J. Psychiat.* 134: 138-47.
Parkes, C. M. (1964[a]). "Recent Bereavement as a Cause of Mental Illness". *Brit. J. Psychiat.* 110: 198-204.
_____ (1964). "The Effects of Bereavement on Physical and Mental Health: A Study of the Case-Records of Widows". *Brit. Med. J.* 2: 274-9.
_____ (1965). "Bereavement and Mental Illness". *Brit. J. med. Psychol.* 38: 1-26.
_____ (1969). "Separation Anxiety: An Aspect of the Search for a Lost Object". In M. H. Lader (org.), *Studies of Anxiety*. British Journal of Psychiatry Special Publication N.º 3. Publicado com a autorização da World Psychiatric Association da Royal Medico-Psychological Association.
_____ (1970[a]). "The First Year of Bereavement". *Psychiatry* 33: 444-67.
_____ (1970[b]). "'Seeking' and 'Finding' a Lost Object: Evidence from Recent Studies of the Reaction to Bereavement". *Soc. Sci. & Med.* 4: 187-201.
_____ (1970[c]). "The Psychosomatic Effects of Bereavement". In O. W. Hill (org.), *Modern Trends in Psychosomatic Medicine*. Londres: Butterworth.
_____ (1971). "Psycho-social Transition: A Field of Study". *Soc. Sci. & Med.* 5: 101-15.
_____ (1972). *Bereavement: Studies of Grief in Adult Life*, Londres: Tavistock Publication; Nova York: International Universities Press.
_____ (1975[a]). "Unexpected and Untimely Bereavement: A Statistical Study of Young Boston Widows". In B. Schoenberg *et al.* (orgs.), *Bereavement: Its Psychosocial Aspects*. Nova York: Columbia University Press.
_____ (1975[b]). "Determinants of Outcome following Bereavement". *Omega* 6: 303-23.
_____ (1975[c]). "What Becomes of Redundant World Models? A Contribution to the Study of Adaptation to Change". *Brit. J. med. Psychol.* 48: 131-7.

Parkes, C. M., (1980). *Stress of Illness.*
Parkes, C. M., Benjamin, B. & Fitzgerald, R. G. (1969). "Broken Heart: A Statistical Study of Increased Mortality among Widowers". *Brit. Med. J.* 1: 740-3.
Parkes, C. M. & Brown, R. (1972). "Health after Bereavement: A Controlled Study of Young Boston Widows and Widowers". *Psychosomat. Med.* 34: 449-61.
Paul, N. L. (1966). "Effects of Playback on Family Members of their own Previously Recorded Conjoint Therapy Material". *Psychiat. Res. Reports* 20: 175-87.
Paul, N. L. & Grosser, G. (1965). "Operational Mourning and its Role in Conjoint Family Therapy". *Community Mental Health J.* 1: 339-45.
Paykel, E. (1974). "Recent Life Events and Clinical Depression". In E. K. E. Gunderson & R. D. Rahe (orgs.), *Life Stress and Illness.* Springfield, Illinois: C. C. Thomas.
Paykel, E. S., Prussoff, A. B. & Klerman, G. L. (1971). "The Endogenous-neurotic Continuum in Depression: Rater Independence and Factor Distributions". *J. Psychiat. Res.* 8: 73-90.
Peterfreund, E. (1971). "Information, Systems, and Psychoanalysis". *Psychological Issues*, Vol. VII, Monogr. 25/26. Nova York: International Universities Press.
_____ (1980). "On Information and Systems Models for Psychoanalysis". *Int. Rev. Psycho-Anal.*
Piaget, J. (1937, trad. ingl., 1954). *The Construction of Reality in the Child.* Nova York: Basic Books. Também publicado com o título *The Child's Construction of Reality.* Londres: Routledge & Kegan Paul, 1955.
_____ (1951). *Play, Dreams and Imitation in Childhood.* Londres: Routledge & Kegan Paul; Nova York: Norton.
Pine, F. (1974). "Libidinal Object Constancy: A Theoretical Note". In L. Goldberger & V. H. Rosen (orgs.), *Psychoanalysis and Contemporary Science*, Vol. 3. Nova York: International Universities Press.
Pollock, G. (1972). "On Mourning and Anniversaries: The Relationship of Culturally Constituted Defence Systems to Intra-psychic Adaptive Processes". *Israel Ann. Psychiat.* 10: 9-40.
Prugh, D. G. & Harlow, R. G. (1962). "'Masked Deprivation' in Infants and Young Children". In *Deprivation of Maternal Care: a Reassessment of its Effects*, WHO Public Health Papers, 14. Genebra: WHO.
Purisman, R. & Maoz, B. (1977). "Adjustment and War Bereavement – Some Considerations". *Brit. J. med. Psychol.* 50: 1-9.
Rado, S. (1928^a). "An Anxious Mother". *Int. J. Psycho-Anal.* 9: 219-26.
_____ (1928^b). "The Problem of Melancholia". *Int. J. Psycho-Anal.* 9: 420-8.
Raphael, B. (1973). "Care-eliciting Behaviour of Bereaved Children and their Families". Relatório apresentado na seção sobre Psiquiatria Infantil, Australian and New Zealand College of Psychiatrists.

Raphael, B. (1975). "The Management of Pathological Grief". *Aust. and N. Z. J. Psychiat.* 9: 173-80.
_____ (1976). "Preventive Intervention with the Crisis of Conjugal Bereavement". Tese apresentada para o grau de mestrado, University of Sydney.
_____ (1977). "Preventive Intervention with the Recently Bereaved". *Arch. Gen. Psychiat.* 34: 1450-4.
Raphael, B., Field, J. & Kvelde, H. (1978). "Childhood Bereavement: A Prospective Study". Comunicado apresentado no 9th International Congress of Child Psychiatry and Allied Professions, Melbourne, 1978.
Raphael, B. & Maddison, D. C. (1976). "The Care of Bereaved Adults". In O. W. Hill (org.), *Modern Trend in Psychosomatic Medicine*. Londres: Butterworth.
Rees, W. D. (1971). "The Hallucinations of Widowhood". *Brit. Med. J.* 4: 37-41.
Rees, W. D. & Lutkins, S. G. (1967). "Mortality of Bereavement". *Brit. Med. J.* 1: 13-6.
Rickarby, G. A. (1977). "Four Cases of Mania associated with Bereavement". *J. Nerv. and Ment. Dis.* 165: 255-62.
Rickman, J. (1951). "Methodology and Research in Psychopathology". *Brit. J. med. Psychol.* 24: 1-25.
Robertson, J. (1952). Film: *A Two-year-old Goes to Hospital*. (16 mm, 45 min; guia suplementar; também versão abreviada, 30 min), Londres: Tavistock Child Development Research Unit; Nova York: New York University Film Library.
_____ (1953). *A Guide to the Film "A Two-year-old Goes to Hospital"*. Londres: Tavistock Child Development Research Unit, 3ª edição, 1965.
Robertson, J., & Robertson, J. (1971). "Young Children in Brief Separation: A Fresh Look". *Psychoanal. Study Child* 26: 264-315.
Rochlin, G. (1953). "Loss and Restitution". *Psychoanal. Study Child* 8: 288-309.
_____ (1967). "How Younger Children View Death and Themselves". In E. A. Grollman (org.), *Explaining Death to Children*. Boston: Beacon.
Root, N. (1957). "A Neurosis in Adolescence". *Psychoanal. Study Child* 12: 320-34.
Rosenblatt, A. D. & Thickstun, J. T. (1977). "*Modern Psychoanalytic Concepts in a General Psychology*", partes 1 e 2. Psychological Issues Monogr. 42/43. Nova York: International Universities Press.
Rosenblatt, P. C. (1975). "Uses of Ethnography in Understanding Grief and Mourning". In B. Schoenberg *et al.* (orgs.), *Bereavement: Its Psychosocial Aspects*. Nova York: Columbia University Press.
Roth, M. (1959). "The Phobic Anxiety-depersonalisation Syndrome". *Proc. Royal Soc. Med.* 52: 587-95.
Rutter, M. (1966). *Children of Sick Parents*. Londres: Oxford University Press.

Rutter, M. (1972). *Maternal Deprivation Reassessed*. Harmondsworth, Middx: Penguin Books.

_____ (1976). "Separation, Loss and Family Relationships". In M. Rutter & L. Hersov (orgs.), *Child Psychiatry*, Cap. 3. Oxford: Blackwell.

Rynearson, E. K. (1978). "Humans and Pets and Attachment". *Brit. J. Psychiat.* 133: 550-5.

Sachar, E. J., Mackenzie, J. M., Binstock, W. A. & Mack, J. E. (1967). "Corticosteroid Responses to the Psychotherapy of Reactive Depression. I. Elevations during Confrontation of Loss". *Ach. Gen. Psychiat.* 16: 461-70.

_____ (1968). "Corticosteroid Responses to the Psychotherapy of Reactive Depressions. II. Further Clinical and Physiological Implications". *Psychosomat. Med.* 30: 23-44.

Schaffer, H. R. (1958). "Objective Observations on Personality Development in Early Infancy". *Brit. J. med. Psych.* 31: 174-83.

_____ (1971). *The Growth of Sociability*. Harmondsworth, Middx: Penguin Books.

Schaffer, H. R. & Callender, W. M. (1959). "Psychological Effects of Hospitalization in Infancy". *Pediatrics* 24: 528-39.

Searles, H. E. (1958). "Positive Feelings between a Schizophenic and his Mother". *Int. J. Psycho. Anal.* 39: 569-86.

Seligman, M. E. P. (1975). *Helplessness: On Depression, Development and Death*. San Franscisco: W. H. Freeman.

Shallice, T. (1972). "Dual Function of Consciousness". *Psychol. Rev.* 79: 383-93.

Shambaugh, B. (1961). "A Study of Loss Reactions in a Seven-year-old". *Psychoanal. Study Child* 16: 510-22.

Shand, A. F. (1920). *The Foundations of Character*, 2.ª edição. Londres: Macmillan.

Shepherd, D. & Barraclough, B. M. (1974). "The Aftermath of Suicide". *Brit. Med. J.* 1: 600-3.

_____ (1976). "The Aftermath of Parental Suicide for Children". *Brit. J. Psychiat.* 129: 267-76.

Siggins, L. D. (1966). "Mourning: A Critical Survey of the Literature". *Int. J. Psycho-Anal.* 47: 14-25.

Smith, J. H. (1971). "Identificatory Styles in Depression and Grief". *Int. J. Psycho-Anal.* 52: 259-66.

Sperling, S. J. (1958). "On Denial and the Essential Nature of Defence". *Int. J. Psycho-Anal.* 39: 25-38.

Spitz, R. A. (1946[a]). "Anaclitic Depression". *Psychoanal. Study Child* 2: 313-42.

_____ (1946[b]). Filme: *Grief, a Peril in Infancy*. Nova York: New York University Film Library.

Spitz, R. A. (1953). "Aggression: Its Role in the Establishment of Object Relation". In R. M. Loewenstein (org.), *Drives, Affects, Behavior*. Nova York: International Universities Press.

_____ (1957). *No and Yes*. Nova York: International Universities Press.

Stayton, D. J. & Ainsworth, M. D. S. (1973). "Individual Differences in Infant Responses to Brief Everyday Separation as related to Other Infant and Maternal Behaviors". *Developmental Psychol.* 9: 226-35.

Stengel, E. (1930). "Studies on the Psychopathology of Compulsive Wandering". *Brit. J. med. Psychol.* 18: 250-4.

_____ (1941). "On the Aetiology of the Fugue States". *J. Ment. Sci.* 87: 572-99.

_____ (1943). "Further Studies on Pathological Wandering". *J. Ment. Sci.* 89: 224-41.

Strachey, J. (1957). Nota do editor a "Mourning and Melancholia". *SE* 14: 239-42.

Sullivan, H. S. (1953). *Conception of Modern Psychiatry*, 2.ª edição. Nova York: Norton.

Tanner, J. M. (org.) (1960). *Stress and Psychiatric Disorder*. Oxford: Blackwell.

Tennant, C. & Bebbington, P. (1978). "The Social Causation of Depression: A Critique of the Work of Brow and his Colleagues". *Psychological Medicine* 8: 565-75.

Tessman, L. H. (1978). *Children of Parting Parents*. Nova York: Jason Aronson.

Tooley, K. (1975). "The Choice of Surviving Sibling as 'Scapegoat' in Some Cases of Maternal Bereavement: A Case Report". *J. Child Psychol. and Psychiat.* 16: 331-41.

Trivers, R. L. (1971). "The Evolution of Reciprocal Altruism". *Quart Rev. Biol.* 46: 35-57.

Tulving, E. (1972). "Episodic and Semantic Memory". In E. Tulving & W. Donaldson (orgs.), *Organization of Memory*. Nova York: Academic Press.

Tuters, E. (1974). "Short-term Contracts: Visha". *Social Work To-day* 5: 226-31. Reimpresso em J. Hutten (org.), *Short-term Contracts in Social Work*. Londres: Routledge & Kegan Paul, 1977.

Volkan, V. (1970). "Typical Findings in Pathological Grief". *Psychiat. Quart.* 44: 231-50.

_____ (1972). "The Linking Objects of Pathological Mourners". *Arch. Gen. Psychiat.* 27: 215-21.

_____ (1975). " 'Re-grief' Therapy". In B. Schoenberg *et al.* (orgs.), *Bereavement: Its Psychosocial Aspects*. Nova York: Columbia University Press. Dryden.

Waller, W. W. (1951). *The Family: A Dynamic Interpretation*. Nova York: Dryden.

Ward, A. W. M. (1976). "Mortality of Bereavement". *Brit. Med. J.* 1: 700-2.
Wear, L. E. (1963). "Disorders of Communion: Some Observations on Interpersonal Tensions in General Practice". *Lancet.* jan. 1963, 103-4.
Weiss, R. S. (org.) (1974). *Loneliness.* Camb., Mass.: MIT Press.
_____ (1975[a]). "The Provision of Social Relationships". In Z. Rubin (org.), *Doing Unto Others.* Nova York: Prentice Hall.
_____ (1975[b]). *Marital Separation.* Nova York: Basic Books.
Wing, J. K. Cooper, J. E. & Sartorius, N. (1974). *The Measurement and Classification of Psychiatric Symptoms: An Instruction Manual for the Present State Examination and CATEGO Programme.* Londres: Cambridge University Press.
Winnicott, D. W. (1945). "Primitive Emotional Development". *Int. J. Psycho-Anal.* 26: 137-43. Reimpresso em *Through Paediatrics to Psycho-Analysis* por D. W. Winnicott. Londres: Hogarth, 1957; Nova York: Basic Books.
_____ (1953[a]). "Psychoses and Child Care". *Brit. J. med. Psychol.* 26: 68-74. Reimpresso em *Through Paediatrics to Psycho-Analysis.*
_____ (1953[b]). "Transitional Objects and Transitional Phenomena". *Int. J. Psycho-Anal.* 34: 89-97. Reimpresso em *Through Paediatrics to Psycho-Analysis.*
_____ (1954). "Mind and its Relation to Psyche-soma". *Brit. J. med. Psychol.* 27: 201-9. Reimpresso em *Through Paediatrics to Psycho-Analysis.*
_____ (1960). "Ego Distortion in Terms of True and False Self". Reimpresso em *The Maturational Processes and the Facilitating Environment* por D. W. Winnicott. Londres: Hogarth, 1965; Nova York: International Universities Press.
_____ (1965). "A Child Psychiatry Case Illustrating Delayed Reaction to Loss". In M. Schur (org.), *Drives, Affects, Behavior*, Vol. 2. Nova York: International Universities Press.
Wolfenstein M. (1966). "How Is Mourning Possible?". *Psychoanal. Study Child* 21: 93-123.
_____ (1969). "Loss, Rage and Repetition". *Psychoanal. Study Child* 24: 432-60.
Wolff, C. T., Friedman, S. B., Hofer, M. A. & Mason, J. W. (1964[a]). "Relationship between Psychological Defenses and Mean Urinary-17-Hydroxycorticosteroid Excretion Rates. A Predictive Study of Parents of Fatally ill Children". *Psychosomatic Med.* 26: 576-91.
Wolff, C. T., Hofer, M. A. & Mason, J. W. (1964[b]). "Relationship between Psychological Defenses and Mean Urinary-17-Hydroxycorticosteroid Excretion Rates. II. Methodologic and Theoretical Consideration". *Psychomatic Med.* 26: 592-609.
Wolff, J. R., Nielson, P. E. & Schiller, P. (1970). "The Emotional Reaction to a Stillbirth". *Am. J. Obstet. and Gynaecol.* 108: 73-6.
Wretmark, G. (1950). "A Study in Grief Reaction". *Act. Psychiat. et Neurol. Scand. Suppl.* 136.

Wright, J. M. von, Gebhard, P. & Karttunen, M. (1975). "A Developmental Study of the Recall of Spatial Location". *J. Child Psychol.* 20: 181-90.

Yamamoto, J., Okonogi, K., Iwasaki, T. & Yoshimura, S. (1969). "Mourning in Japan". *Am. J. Psychiat.* 125: 1660-5.

Yarrow, L. J. (1963). "Research in Dimensions of Early Maternal Car". *Merrill-Palmer Quart.* 9: 101-11.

3ª Edição Outubro de 2004 | **2ª reimpressão** maio de 2021
Impressão e acabamento Graphium